ein Ullstein Buch

ÜBER DAS BUCH:

Auf höchster Ebene ist Fiktion und dennoch hochaktuell. Der Roman schildert das Dilemma der kanadischen Regierung während einer weltpolitischen Krisensituation. Ein neuer Weltkrieg droht, und gerade jetzt steht Kanadas Premier James Howden vor einer Entscheidung von internationaler Tragweite: Washington wünscht, seinen Raketenabwehrgürtel in den Norden Kanadas zu verlegen. Der Preis, den die USA dafür zu zahlen hätten, heißt Alaska.
Zur gleichen Zeit geht in Vancouver ein blinder Passagier von Bord eines Frachters: ein Staatenloser, den auch die kanadische Einwanderungsbehörde wieder ausweisen will. Presse und Opposition greifen den Fall auf, die Bevölkerung reagiert spontan – die großen nationalen Probleme sind verdrängt, Henri Duval wird zur Schachfigur im Kampf um die Macht.

DER AUTOR:

Arthur Hailey, am 5. April 1920 in Luton/England geboren, war während des Zweiten Weltkriegs Pilot in der Royal Air Force. 1947 wanderte er nach Kanada aus und war in Toronto als Immobilienmakler und Herausgeber einer Zeitschrift der Transportindustrie tätig, bis er sich ganz dem Schreiben widmete. Haileys Weltbestseller in Millionenauflage: *Letzte Diagnose, Hotel, Airport, Räder, Die Bankiers, Hochspannung, Bittere Medizin*. Sein Rezept für den nicht nachlassenden Erfolg? »Versuche nie, einen Bestseller zu schreiben. Schreibe einfach das beste Buch, das du schreiben kannst. Dann hast du eine Chance.« Arthur Hailey lebt in Nassau auf den Bahamas.

Arthur Hailey

Auf höchster Ebene

Roman

ein Ullstein Buch

ein Ullstein Buch
Nr. 3208
im Verlag Ullstein GmbH,
Frankfurt/M – Berlin
Titel der Originalausgabe:
»In High Places«
Aus dem Amerikanischen
von Karl Deichfelder

Ungekürzte Ausgabe

Umschlagentwurf:
Hansbernd Lindemann
Alle Rechte vorbehalten
Deutsche Rechte bei
Verlag Ullstein GmbH,
Frankfurt/M – Berlin
© 1961, 1962 Arthur Hailey, Ltd.
Übersetzung © 1971
Verlag Ullstein GmbH,
Frankfurt/M – Berlin
Printed in Germany 1986
Druck und Verarbeitung:
Ebner Ulm
ISBN 3 548 03208 7

Januar 1987
157.–166. Tsd.

Vom selben Autor
in der Reihe der
Ullstein Bücher:

Letzte Diagnose (2784)
Hotel (2841)
Airport (3125)
Räder (3272)
Die Bankiers (20175)
Hochspannung (20301)

Zusammen mit
John Castle:
Flug in Gefahr (2926)

Alle Personen dieses Buches
sind frei erfunden, und
jede Ähnlichkeit mit lebenden
oder toten Personen
ist rein zufällig

Wie sind die Helden so gefallen
im Streit! Jonathan ist auf
deinen Höhen erschlagen.

2. SAMUEL I. 25.

Inhalt

23. Dezember 9

Der Premierminister 11

Die M. S. Vastervik 56

Ottawa, Heiligabend 84

Senator Richard Deveraux 121

Alan Maitland 155

Der Ehrenwerte Harvey Warrender 179

Edgar Kramer 207

General Adrian Nesbitson 240

Die einstweilige Verfügung 274

Das Weiße Haus 288

Vancouver, 4. Januar 346

Das Unterhaus 388

»Verhaftet und deportiert« 423

Der Generalsekretär 433

Richter Willis 450

Margaret Howden 472

Henri Duval 491

Der Unionsvertrag 522

23. Dezember

Am dreiundzwanzigsten Dezember geschahen im Verlauf des Nachmittags und frühen Abends drei Ereignisse, die scheinbar ohne Verbindung miteinander und 5 000 km voneinander entfernt waren. Das eine war ein Telefonanruf – über gut abgesicherte Leitungen – vom Präsidenten der Vereinigten Staaten an den Premierminister von Kanada. Das Gespräch dauerte fast eine Stunde und war nüchtern. Das zweite Ereignis war ein offizieller Empfang in der Residenz des Generalgouverneurs Ihrer Majestät. Das dritte Ereignis war das Anlegen eines Schiffes in Vancouver an der kanadischen Westküste.

Das Telefongespräch kam zuerst. Es kam vom Arbeitszimmer des Präsidenten im Weißen Haus und wurde vom Premierminister in seinem Büro im Ostflügel des Regierungsgebäudes auf dem *Parliament Hill* angenommen.

Als nächstes legte das Schiff an. Es handelte sich um das Motorschiff *Vastervik,* 10 000 Tonnen, das unter der Flagge Liberias segelte, mit Sigurd Jaabeck, einem Norweger, als Kapitän. Es machte am *La Pointe Pier* an der Südseite, der Stadtseite des *Burrard Inlet Harbour* um drei Uhr fest.

Genau eine Stunde später begannen in Ottawa, wo es wegen des dreistündigen Zeitunterschiedes bereits Abend war, die ersten Gäste des Empfangs im *Government House* einzutreffen. Der Empfang war auf einen kleinen Kreis beschränkt. Er fand alljährlich in der Vorweihnachtszeit statt, wo Seine Exzellenz den Kabinettsangehörigen und ihren Damen einen Empfang gab.

Nur zwei der Gäste – der Premierminister und sein Außenminister – hatten Kenntnis vom Anruf des amerikanischen Präsidenten. Keiner der Anwesenden hatte je von der M. S. *Vastervik* gehört, noch war es nach Lage der Dinge wahrscheinlich, daß sie je davon erfahren würden.

Und doch waren diese drei Ereignisse unwiderruflich

und unwiederbringlich dazu bestimmt, sich wie Planeten und ihre Nebel, deren Kreise sich in wunderlicher Weise überschneiden und für Augenblicke gemeinsam aufleuchten, miteinander zu verbinden.

Der Premierminister

Die Nacht in Ottawa war schneidend kalt. Der verhangene Himmel verhieß Schnee noch vor Morgengrauen. Die Hauptstadt – so sagten die Sachverständigen – durfte sich auf weiße Weihnachten gefaßt machen.

Im Fond eines schwarzen Oldsmobile mit Chauffeur berührte Margaret Howden, die Gattin des Premierministers von Kanada, die Hand ihres Mannes. »Jamie«, sagte sie, »du siehst müde aus.«

Der Ehrenwerte James McCallum Howden, Mitglied des Staatsrates Ihrer Britischen Majestät, Doktor der Rechtswissenschaft, Kronanwalt, Mitglied des Parlaments, hatte seine Augen geschlossen, entspannte sich in der Wärme des Wagens. Nun öffnete er die Augen. »Nicht eigentlich.« Er sträubte sich stets dagegen, Erschöpfung zuzugeben. »Ich komme nur ein bißchen zu mir selbst. Die vergangenen achtundvierzig Stunden ...« Er hielt inne, warf einen Blick auf den breiten Rücken des Chauffeurs. Die Trennscheibe war hochgeschraubt, aber dennoch empfahl es sich, Vorsicht zu üben.

Von draußen fiel Licht auf das Glas, und er konnte sein Spiegelbild sehen: das schwere, raubvogelähnliche Gesicht, die Adlernase und das vorspringende Kinn.

Seine Frau sagte neben ihm erheitert: »Schau dich doch nicht so gebannt an, oder du bekommst ... wie nennt man diesen psychiatrischen Tick?«

»Narzißmus.« Ihr Mann lächelte, seine Augen mit den schweren Lidern blinzelten. »Aber den habe ich schon seit Jahren. Das ist eine Berufskrankheit bei Politikern.«

Eine Pause, dann wurden sie wieder ernst.

»Es ist irgend etwas passiert, oder?« fragte Margaret sanft. »Irgend etwas Wichtiges.« Sie hatte sich ihm zugewandt, ihr Ausdruck war besorgt, und obwohl er mit sich beschäftigt war, nahm er doch die klassische Schönheit ihrer Gesichtszüge wahr. Margaret war immer noch eine schöne Frau, dachte er, und man drehte sich noch immer nach ihnen um, wenn sie zusammen einen Raum betraten.

»Ja«, gab er zu. Einen Augenblick lang war er versucht, sich Margaret anzuvertrauen, ihr alles zu erzählen, was so schnell geschehen war, angefangen von dem geheimen Telefongespräch aus dem Weißen Haus, das vor zwei Tagen über die Grenze gekommen war. Dann das zweite Gespräch am Nachmittag. Er entschied jedoch: es war jetzt nicht am Platz.

Neben ihm sagte Margaret: »Es hat so viel Trubel in letzter Zeit gegeben, wir sind nur selten allein gewesen.«

»Ich weiß.« Er griff nach ihrer Hand.

Als ob die Geste Worte freigesetzt hätte, die aufgestaut waren: »Ist es das alles wert? Hast du nicht genug geleistet?« Margaret Howden sprach rasch, sie dachte an die Kürze des Weges und daß zwischen ihrem Haus und der Residenz des Generalgouverneurs nur wenige Minuten Fahrzeit lagen. Gleich würde dieser Augenblick der Wärme und menschlichen Nähe wieder vorbei sein. »Wir sind jetzt zweiundvierzig Jahre verheiratet, Jamie, und die meiste Zeit habe ich nur die Hälfte von dir gehabt. Uns bleibt ja nicht mehr so viel Zeit übrig.«

»Es ist nicht leicht für dich gewesen, nicht wahr?« Er sprach leise, mit Gefühl. Margarets Worte hatten ihn bewegt.

»Nein, nicht immer.« Eine Unsicherheit klang an. Das war ein heikles Thema, etwas, von dem sie selten sprachen.

»Aber wir werden Zeit haben, das verspreche ich dir. Wenn andere Dinge . . .« Er hielt inne, erinnerte sich an die Ungewißheit der Zukunft, die durch die vergangenen zwei Tage bestätigt wurde.

»Was für andere Dinge?«

»Ich habe noch eine Aufgabe. Vielleicht die schwierigste, die mir je bevorstand.«

Sie zog ihre Hand zurück. »Warum mußt du es machen?«

Eine Antwort war unmöglich. Selbst Margaret gegenüber, der Vertrauten so vieler intimer Gedanken, konnte er niemals seine innerste Überzeugung äußern: *weil niemand sonst dafür geeignet ist. Niemand von meinem Format, mit meinem Verstand und meiner Vorausschau, um die großen Entscheidungen zu treffen, die sehr bald anstehen.*

»Warum du?« fragte Margaret noch einmal.

Sie waren jetzt in den Park des *Government House* eingefahren. Gummi knirschte auf dem Kies. In der Dunkelheit zog die Parklandschaft an ihnen vorbei.

Plötzlich empfand er ein ausgeprägtes Schuldgefühl Margaret gegenüber. Sie hatte immer das Leben des Politikers wie selbstverständlich hingenommen, obgleich sie es nie so zu genießen vermochte, wie ihm das gegeben war. Aber er hatte schon lange ihre Hoffnung gespürt, daß er eines Tages die Politik aufgeben würde, damit sie einander wieder näher sein könnten wie im Anfang ihrer Ehe.

Andererseits war er ein guter Ehemann gewesen. In seinem Leben hatte es keine andere Frau gegeben . . . außer dem einen Zwischenfall vor Jahren: Jene Liebesaffäre, die etwa ein Jahr gedauert hatte, bevor er sie resolut beendete, bevor nämlich seine Ehe gefährdet werden konnte. Aber manchmal nagte ein Schuldgefühl an ihm . . . auch eine gewisse Sorge, daß Margaret je die Wahrheit erfahren könnte.

»Wir unterhalten uns heute abend«, sagte er beruhigend, »wenn wir nach Hause kommen.«

Der Wagen hielt, und die Tür hinter dem Fahrersitz wurde geöffnet. Ein *Mountie* in scharlachroter Paradeuniform grüßte zackig, als der Premierminister und seine Gattin ausstiegen. James Howden lächelte anerkennend, reichte dem Polizisten die Hand und stellte Margaret vor. Das war etwas, das Howden immer mit Charme und ohne Herablassung tat. Zugleich natürlich war er sich sehr wohl bewußt, daß der *Mountie* hinterher von diesem Erlebnis erzählen würde, und es war erstaunlich, wie weit die Auswirkungen einer solchen einfachen Geste reichten.

Als sie *Gouvernment House* betraten, kam ein Adjutant – ein jüngerer Leutnant der *Royal Canadian Navy* – ihnen entgegen. Die goldbestickte Paradeuniform des Adjutanten wirkte unbequem eng. Das war vielleicht, dachte Howden, die Folge der langen Stunden am Schreibtisch in Ottawa und eine Folge der zu kurzen Zeit auf See. Die Offiziere mußten jetzt abwarten, bis sie wieder auf See Dienst tun konnten, wo doch die Kriegsmarine lediglich noch als Prestigewaffengattung existierte – in gewisser Weise eine Art Operettenscherz, wenn auch ein teurer Scherz für den Steuerzahler.

Sie wurden aus der Eingangshalle mit den hohen Säulen eine mit dickem rotem Teppich belegte Marmortreppe hinaufgeleitet, durch einen breiten, mit Wandbehängen ausgeschlagenen Korridor in den schmalen Empfangsraum, wo kleine Empfänge wie der heutige normalerweise abgehalten wurden. Ein großer, länglicher Raum, einer Schuhschachtel nicht unähnlich, mit einer hohen Kassettendecke. Er hatte die Intimität einer Hotelhalle, wenn auch etwas mehr Komfort zu spüren war. Bis jetzt jedoch waren die einladend gruppierten Sessel und Sitzbänke, in türkis und narzißgelben Pastelltönen gepolstert, noch nicht besetzt. Die etwa sechzig Gäste standen und unterhielten sich in kleinen Grüppchen. Über ihre Köpfe hinweg starrte ein lebensgroßes Porträt der Königin hochmütig über den Raum auf die schweren, jetzt zugezogenen Goldbrokatvorhänge. Am äußeren Ende des Raumes leuchteten in regelmäßigen Abständen die elektrischen Birnen an einem Weihnachtsbaum auf. Das Gemurmel der Plaudernden wurde merklich leiser, als der Premierminister mit seiner Frau eintrat. Margaret Howden trug ein Abendkleid aus blaßlila Spitze, ihre Schultern waren frei.

Der Leutnant ging immer noch voran und führte die beiden in die Nähe des knisternden Kaminfeuers, wo der Generalgouverneur die Gäste begrüßte. Der Adjutant meldete: »Der Premierminister und Mrs. Howden.«

Seine Exzellenz, der Ehrenwerte Luftmarschall Sheldon

Griffiths, Viktoriakreuz, goldene Flugspanne, *Royal Canadian Air Force* (i. R.), Ihrer Majestät Generalgouverneur im Dominion von Kanada, streckte die Hand aus. »Guten Abend, Premierminister.« Dann, den Kopf höflich neigend: »Margaret.« Margaret Howden machte einen gekonnten Hofknicks, ihr Lächeln schloß Natalie Griffiths, die an der Seite ihres Mannes stand, ein.

»Guten Abend, Euer Exzellenz«, sagte James Howden. »Sie sehen außergewöhnlich gut aus.«

Der Generalgouverneur mit seinem Silberhaar und der frischen Gesichtsfarbe stand trotz seiner Jahre militärisch straff. Er trug einen makellosen Frack mit einer langen, eindrucksvollen doppelten Ordensspange. Er beugte sich vertraulich vor. »Ich habe den Eindruck, als ob mir mein verflixter Achtersteven langsam verbrennt.« Er deutete auf den Kamin. »Wo Sie jetzt hier sind, gehen wir doch ein bißchen weg aus dieser Vorhölle.«

Zusammen schritten sie durch den Saal, der Generalgouverneur ganz freundlich-zuvorkommender Gastgeber.

»Ich habe Ihr neues Porträt von Karsh gesehen«, wandte er sich an Melissa Tayne, die elegante Gattin von Dr. Borden Tayne, dem Minister für das Gesundheitswesen. »Es ist sehr gut geworden und wird Ihrer Schönheit fast gerecht.« Ihr Gatte, der daneben stand, errötete vor Freude.

Neben ihnen murmelte Daisy Cawston, untersetzt, mütterlich und wenig auf Etikette bedacht: »Ich habe meinen Mann immer gebeten, für Karsh zu sitzen, Euer Exzellenz, wenigstens so lange Stuart noch ein Haar auf dem Kopf hat.« Neben ihr lächelte Stuart Cawston, der Finanzminister, seinen Freunden als »Smiling Stu« bekannt, gutmütig.

Nüchtern inspizierte der Generalgouverneur Cawstons rasch kahler werdenden Kopf. »Nehmen Sie nur ja den Rat Ihrer Frau an, alter Knabe. Da ist nicht mehr viel Zeit zu verlieren, meine ich.« Sein Ton nahm dem Gesagten alles Beleidigende, und einhelliges Gelächter brach aus, in das der Finanzminister einfiel.

Als sich jetzt die Prominentengruppe wieder in Bewegung setzte, blieb James Howden etwas zurück. Er blickte zu Arthur Lexington, dem Außenminister, hinüber, der in einiger Entfernung mit seiner Frau Susan stand, und nickte ihm unmerklich zu. Lexington entschuldigte sich beiläufig und kam zu ihm herüber – ein kleiner fülliger Mann Ende Fünfzig, dessen gelassenes, onkelhaftes Äußeres einen der klügsten Köpfe der internationalen Politik verbarg.

»Guten Abend, Premierminister«, sagte Arthur Lexington. Ohne seinen Ton zu ändern, sprach er nun leiser. »Es ist alles bereit.«

»Sie haben mit Angry gesprochen?« fragte Howden kurz. Seine Exzellenz Phillip B. Angrove, »Angry« für seine Freunde, war der amerikanische Botschafter in Kanada.

Lexington nickte. Er sagte leise: »Ihr Treffen mit dem Präsidenten ist für den zweiten Januar festgelegt. Natürlich in Washington. Das gibt uns zehn Tage Zeit.«

»Die brauchen wir dringend.«

»Ich weiß.«

»Haben Sie schon über das Protokoll gesprochen?«

»Nicht ins einzelne gehend. Am ersten Tag gibt es ein Staatsbankett für Sie – so das übliche Trara –, dann das Gespräch im kleinen Kreise, nur wir vier, am Tag darauf. Ich denke, dann werden wir Klartext reden.«

»Wie steht es mit einer Verlautbarung?«

Lexington hob warnend den Kopf, und der Premierminister folgte seinem Blick. Ein Kellner näherte sich mit Getränken. Auf dem Tablett stand neben anderen Gläsern ein einziges Glas mit Traubensaft, ein Getränk, von dem man annahm, daß es James Howden, ein Antialkoholiker, besonders gern mochte. Unverbindlich nahm er das Glas vom Tablett.

Als der Kellner sich entfernt hatte, trank Lexington sein Glas mit Rye und Wasser, und Aaron Gold, der Postminister, das einzige jüdische Kabinettsmitglied, trat zu ihnen. »Mir tun die Füße so weh«, verkündete er. »Könnten Sie nicht mal der Exzellenz ins Ohr flüstern,

Premierminister, könnten Sie ihn nicht um Himmelswillen bitten, sich hinzusetzen, so daß wir übrigen es auch ein bißchen leichter haben?«

»Das ist mir ja ganz neu, Aaron, daß Sie sich ausruhen wollen!« Arthur Lexington grinste. »Das sollte man gar nicht meinen, wenn man Ihre Reden liest.«

Stuart Cawston, der in der Nähe stand, hatte zugehört. Er rief hinüber: »Warum so schwach auf den Beinen, Aaron? Haben Sie die Weihnachtspost zugestellt?«

»Da fallen die Witzbolde über mich her«, sagte der Postminister verzagt, »wo ich doch Trost so dringend brauche.«

»Ich glaube aber zu wissen, daß Sie den schon reichlich haben«, sagte Howden erheitert. Der idiotische Kontrapunkt, dachte er. Komischer Dialog auf der Nebenbühne mit Macbeth. Vielleicht brauchte man das dennoch. Die Probleme, die plötzlich auf ihn zugekommen waren, die an die Grundexistenz Kanadas rührten, waren ernst genug. Wie viele in diesem Saal außer Lexington und ihm ahnten denn überhaupt... Jetzt gingen die anderen weg.

Arthur Lexington sagte leise: »Ich habe mit Angry über eine Verlautbarung anläßlich der Zusammenkunft gesprochen, und er hat noch einmal das State Department angerufen. Die sagen, der Präsident hat darum gebeten, daß zum gegenwärtigen Zeitpunkt noch keine Ankündigung gemacht wird. Die scheinen dort zu meinen, daß naheliegende Schlußfolgerungen gezogen werden, wo doch die russische Note erst so kurz bekannt ist.«

»Ich kann mir eigentlich nicht vorstellen, daß da Porzellan zerschlagen würde«, sagte Howden, und sein Habichtsgesicht sah nachdenklich aus. »Es muß bald bekanntgegeben werden, aber wenn er es so will...«

In ihrer Umgebung wurde das Geplauder lauter, und Gläser klirrten. »...Ich habe vierzehn Pfund abgenommen und dann diese wunderbare Konditorei entdeckt. Jetzt habe ich alles wieder drauf...« – »...Ich habe dann erklärt, ich hätte das rote Licht nicht gesehen, weil ich in Eile sei, um meinen Mann zu treffen, der immerhin Minister ist...« – »...Das muß man dem *Time Magazin* ja lassen, selbst die journalistischen Verdrehungen sind interessant . . .« – » . . . Aber wirklich, die Leute aus Toronto sind heutzutage unerträglich, sie leiden an einer Art kultureller Verstopfung . . .« – » . . . Da hab ich ihm gesagt, wenn wir blödsinnige Spirituosengesetze haben wollen, dann ist das schließlich unsere Angelegenheit. Versuchen Sie doch mal, in London zu telefonieren . . .« – » . . . Die Tibetaner sind aber wirklich reizend, sie haben so etwas von Höhlenmenschen . . .« – » . . . Haben Sie denn nicht gemerkt, daß die Kaufhäuser einem jetzt die Rechnungen viel rascher schicken? Es gab einmal eine Zeit, da konnte man immer noch mit zwei Wochen Ziel rechnen . . .« – » . . . Wir hätten Hitler am Rhein und Chruschtschow in Budapest aufhalten sollen . . .« – » . . . Da können Sie sicher sein: wenn die Männer Kinder kriegen müßten, dann gäbe es viel weniger – ich danke, Gin und Tonic.«

»Wenn wir die Verlautbarung an die Presse geben«, sagte Lexington, immer noch leise sprechend, »dann sagen wir am besten, es handele sich um Wirtschaftsverhandlungen.«

»Ja«, sagte Howden. »Ich halte das für das beste.«

»Wann werden Sie es dem Kabinett mitteilen?«

»Das hab ich mir noch nicht überlegt. Ich habe gedacht, wir verständigen zuerst den Verteidigungsrat. Ich möchte wissen, wie man reagiert.« Howden lächelte gequält. »Nicht alle haben Ihr Gespür für Weltpolitik, Arthur.«

»Na ja, mir sind vielleicht manche Quellen eher zugänglich.« Lexington hielt inne, sein biederes Gesicht sah gedankenvoll aus, die Augen blickten fragend. »Aber an diese Vorstellung wird man sich erst ganz allmählich gewöhnen müssen.«

»Ja«, sagte James Howden. »Das glaube ich auch.«

Die beiden trennten sich, der Premierminister ging zur Gruppe des Gouverneurs zurück. Seine Exzellenz drückte gerade einem Kabinettsmitglied, dessen Vater vor einer Woche gestorben war, sein Beileid aus. Im Weitergehen gratulierte er einem anderen Minister, dessen Tochter ihr Universitätsexamen mit Auszeichnung gemacht hatte.

Der alte Mann macht das sehr gut, dachte Howden – die richtige Mischung von Würde und Herzlichkeit. Nicht zu viel und nicht zu wenig.

James Howden ertappte sich dabei, daß er sich fragte, wie lange der Kult der Könige und Königinnen und der königlichen Stellvertreter in Kanada noch dauern würde. Eines Tages würde sich das Land ganz selbstverständlich von der britischen Monarchie loslösen, genauso wie es sich vor Jahren des Joches der Direktregierung durch das britische Parlament entledigt hatte. Die Vorstellung von königlichen Festlichkeiten – kleinlichem Protokoll, von vergoldeten Kutschen, Höflingen, Lakaien und goldenen Tafelbestecken – gehörte einfach nicht mehr in die Zeit, besonders nicht in Nordamerika. Ein Gutteil der Zeremonie, die zum Thron gehörte, schien etwas lächerlich, wie eine biedere Scharade. Wenn der Tag kam, und er würde kommen, daß die Leute laut darüber lachten, dann hatte der Zerfall eingesetzt. Vielleicht würde auch zuvor irgendein königlicher Skandal zum Vorschein kommen, und das Ganze würde schnell zerbröckeln, in England und auch in Kanada.

Der Gedanke an die Monarchie erinnerte ihn an eine Frage, die er heute abend noch zur Sprache bringen mußte. Das kleine Gefolge war stehengeblieben, und Howden, der den Generalgouverneur beiseite nahm, fragte: »Sie fahren doch im nächsten Monat nach England, Sir?«

Das »Sir« war rein offiziell. Privat nannten sich die beiden Männer seit Jahren schon beim Vornamen.

»Am achten«, sagte der Generalgouverneur. »Natalie hat mich gezwungen, von New York aus per Schiff zu reisen. Das ist, weiß Gott, das richtige für einen ehemaligen Generalinspekteur der Luftwaffe!«

»Sie werden natürlich Ihre Majestät in London sehen«, sagte der Premierminister. »Könnten Sie vielleicht bei der Gelegenheit die Frage des Staatsbesuches zur Sprache bringen, den wir für März vorgeschlagen haben? Vielleicht könnte ein freundliches Wort von Ihnen eine Entscheidung in unserem Sinne bringen.«

Die Einladung an die Königin war bereits vor einigen Wochen durch den Hochkommissar in London ausgesprochen worden. Sie war – wenigstens von James Howden und den führenden Politikern seiner Partei – als Manöver vor den Wahlen im Frühling oder Frühsommer gedacht, da ein Besuch der Königin im allgemeinen mit Sicherheit Stimmen für die Partei brachte, die sich an der Macht befand. Angesichts der Entwicklung während der vergangenen Tage und der neuen und existenzbedrohenden Probleme, von denen das Land recht bald Kenntnis erhalten würde, war der Besuch von besonderer Bedeutung.

»Ja, ich hatte gehört, daß die Einladung überbracht worden ist.« Im Ton des Generalgouverneurs war eine gewisse Zurückhaltung zu spüren. »Das ist ziemlich kurzfristig, meiner Meinung nach. Man möchte doch im Buckingham Palast wenigstens ein Jahr vorher Bescheid wissen.«

»Das weiß ich wohl.« Howden fühlte einen Augenblick Ärger in sich aufsteigen, weil Griffiths es für nötig hielt, ihn über eine Tatsache zu belehren, mit der er voll und ganz vertraut war. »Aber bisweilen läßt sich doch so etwas machen. Ich meine, es wäre gut für unser Land, Sir.«

Trotz der Wiederholung des »Sir« machte James Howden durch seinen Tonfall klar, daß er einen Befehl erteilte. Und so würde das auch in London verstanden werden, dachte er. Der Hof war sich der Position Kanadas als reichstem und einflußreichstem Mitgliedsstaat des zerzausten Britischen Commonwealth sehr wohl bewußt, und wenn andere Verpflichtungen abgesagt werden konnten, dann war es praktisch sicher, daß die Königin und ihr Gemahl kommen würden. Er hatte den Verdacht, daß die gegenwärtige Verzögerung nur aus Prestigegründen erfolgte. Dennoch war es eine Vorsichtsmaßnahme, wenn er allen ihm zur Verfügung stehenden Druck ausübte.

»Ich werde Ihre Erwägungen weitergeben, Premierminister.«

»Ich danke Ihnen.« Der Wortwechsel erinnerte Howden daran, daß er sich Gedanken über einen Nachfolger für Sheldon Griffiths machen mußte, dessen zweimal verlängerte Amtszeit im nächsten Jahr ablief.

In dem Raum gegenüber hatte sich am Buffet eine Schlange gebildet. Das war nicht weiter verwunderlich, denn der Chefkoch des *Government House*, Alphonse Goubaux, war zu Recht wegen seiner kulinarischen Kunstfertigkeit berühmt. Man hatte einmal das Gerücht verbreitet, daß die Frau des amerikanischen Präsidenten versuche, Küchenchef Goubaux aus Ottawa nach Washington wegzulocken. Bis diese Nachricht dementiert war, hatte es fast einen diplomatischen Zwischenfall gegeben.

Howden fühlte, wie Margaret seinen Arm ergriff, und sie schlossen sich den anderen an. »Natalie redet nur noch von dem Hummer in Aspik. Sie meint, den müsse man einfach versucht haben.«

»Sag mir, wenn ich darauf beiße«, meinte er lächelnd. Das war ein alter Scherz zwischen ihnen. James Howden interessierte sich kaum für Feinschmeckereien, und wenn er nicht daran erinnert wurde, ließ er bisweilen Mahlzeiten ganz aus. Dann wieder aß er, während er an ganz andere Dinge dachte, und früher hatte er, wenn Margaret besondere Leckerbissen zubereitete, sie gegessen, ohne hinterher zu wissen, was er zu sich genommen hatte. Zu Beginn ihrer Ehe war Margaret manchmal ärgerlich und traurig geworden, weil ihr Mann so wenig Interesse an der Küche hatte, die ihr Spaß machte. Aber schon lange hatte sie sich in heitere Resignation ergeben.

Howden meinte mit einem Blick auf das großzügig angerichtete Buffet, wo ein aufmerksamer Kellner zwei Teller bereithielt: »Das sieht eindrucksvoll aus. Was ist das alles?«

Erfreut über die Auszeichnung, den Premierminister bedienen zu dürfen, rasselte der Kellner die Namen aller Speisen herunter: Beluga Malossol Kaviar, Austern Malpeque, Pâté Maison, Hummer in Aspik, geräucherte

Goldaugen aus Winnipeg, Foie gras Mignonette, kaltes Rippspeer, Kapaungelatine, Puter auf Buchenholz geräuchert, gekochter Virginiaschinken.

»Ich danke Ihnen«, sagte Howden. »Geben Sie mir doch ein bißchen Roastbeef, gut durchgebraten, und ein wenig Salat.«

Als sich die Enttäuschung im Gesicht des Mannes abzeichnete, flüsterte Margaret: »Jamie!« Und der Premierminister fügte hastig hinzu: »Und etwas von dem, was meine Frau da empfohlen hat.«

Als sie sich vom Tisch abwandten, kam der Adjutant zurück. »Entschuldigen Sie bitte, Sir. Seine Exzellenz läßt Ihnen mitteilen, daß Miß Freedeman am Telefon ist.«

Howden stellte den Teller hin, ohne ihn angetastet zu haben. »Na gut.«

»Mußt du jetzt gehen, Jamie?« In Margarets Stimme machte sich eine leichte Verärgerung bemerkbar.

Er nickte zustimmend. »Milly würde nicht anrufen, wenn es nicht dringend wäre.«

»Das Gespräch ist in die Bibliothek gelegt worden, Sir.« Der Adjutant verbeugte sich vor Margaret und ging dem Premierminister voran.

Einige Augenblicke später: »Milly«, sagte er ins Telefon, »ich habe schwören müssen, daß dies ein wichtiges Gespräch ist.«

Die sanfte Altstimme seiner Privatsekretärin antwortete: »Das ist es wohl auch.«

Manchmal machte es ihm Spaß, mit Milly zu sprechen, nur um ihre Stimme zu hören. Er fragte: »Wo sind Sie?«

»Im Büro. Ich bin zurückgekommen, und Brian ist hier bei mir. Darum rufe ich an.«

Er verspürte eine plötzliche, irrationale Eifersucht bei dem Gedanken, daß Milly Freedeman mit einem anderen allein war ... Milly, mit der ihn vor Jahren die Liaison verbunden hatte, an die er sich heute abend mit einer Spur von Schuldgefühl erinnert hatte. Zu jener Zeit war sein Verhältnis leidenschaftlich und verzehrend gewesen, aber als es zu Ende ging, wie er von Anfang an gewußt

hatte, da hatten sie beide ihr gewohntes Leben weiter-
geführt, als hätten sie eine Tür zwischen zwei Zimmern
geschlossen, die nebeneinander lagen. Keiner von beiden
hatte je wieder jene einmalige, besondere Zeitspanne erwähnt. Aber ganz gelegentlich, wie auch in diesem Augenblick, konnte der Anblick oder die Stimme Millys ihn
erneut erschauern machen, als wäre er noch einmal jung
und ehrgeizig, als trennten ihn nicht all die Jahre von
der Vergangenheit ...

Später jedoch würde immer die Nervosität wieder die
Überhand gewinnen. Die Nervosität eines Mannes, der –
im öffentlichen Leben stehend – es sich nicht leisten konnte, seine Verwundbarkeit merken zu lassen.

»In Ordnung, Milly«, sagte der Premierminister. »Geben Sie mir Brian.«

Es gab eine kurze Pause, und man hörte, wie der
Telefonhörer weitergegeben wurde. Dann sagte eine energische Männerstimme kurz und klar: »In Washington gibt
es eine undichte Stelle, Chef. Ein kanadischer Reporter
dort hat herausgefunden, daß Sie in der Stadt erwartet
werden, um den großen weißen Vater zu treffen. Wir
brauchen sofort eine Erklärung aus Ottawa. Wenn die
Nachricht offiziell von Washington kommt, dann könnte
es so aussehen, als würden Sie hinbeordert.«

Brian Richardson, der energische vierzigjährige Generalsekretär der Partei, verlor selten zu viele Worte. Seine
Mitteilungen, die gesprochenen und die geschriebenen,
hatten stets das Flair der klaren, ansprechenden Werbe-
texte, die er zunächst als Werbetexter, dann als Leiter
einer Werbeagentur zu schreiben pflegte. Heute jedoch
war die Werbung etwas, was er an andere delegierte,
denn seine Hauptaufgabe war es, James McCallum Howden tagtäglich darüber zu beraten, wie man die Gunst der
Öffentlichkeit für die Regierung erhalten konnte.

Howden fragte besorgt: »Es ist aber doch nicht durchgesickert, worum es eigentlich geht?«

»Nein«, sagte Richardson. »Da sind noch alle Ventile
dicht. Die wissen nur, daß es eine Zusammenkunft gibt.«

Brian Richardson war schon bald, nachdem Howden

den Parteivorsitz übernommen hatte, in sein jetziges Amt geholt worden. Er hatte bereits zwei erfolgreiche Wahlkämpfe geleitet und dazwischen noch andere Erfolge zu verzeichnen. Er war clever, voller Einfälle, mit einem lexikalischen Gedächtnis und einem Organisationsgenie, das seinesgleichen suchte. Er war einer der drei oder vier Männer im Lande, deren Anrufe ohne weitere Fragen zu jeder Tageszeit direkt zum Privatanschluß des Premierministers durchgestellt wurden. Er war auch einer der einflußreichsten Leute, und keine Regierungsentscheidung von größerer Bedeutung wurde je ohne sein Wissen, ohne seinen Rat getroffen. Im Gegensatz zu den anderen Ministern Howdens, die noch nichts von der bevorstehenden Konferenz in Washington oder von ihrem Thema wußten, hatte der Premierminister Richardson sofort unterrichtet.

Und doch war außerhalb eines kleinen Kreises der Name Brian Richardson fast unbekannt, und bei den seltenen Gelegenheiten, wo sein Bild in den Zeitungen erschien, war das immer ganz diskret gemacht – er stand in der zweiten oder dritten Reihe einer Gruppe von Politikern.

»Wir hatten mit dem Weißen Haus abgesprochen, daß wir die nächsten Tage noch keine Verlautbarung herausgeben würden«, sagte Howden. »Und dann geben wir zur Tarnung bekannt, daß die Besprechungen über Handels- und Wirtschaftsfragen geführt werden.«

»Zum Teufel, Chef, so läuft das nicht mehr«, sagte Richardson. »Die Ankündigung wird eben früher gemacht – zum Beispiel morgen früh.«

»Haben wir eine andere Wahl?«

»Überall werden Spekulationen angestellt, auch über jene Komplexe, die wir nicht ins Gespräch bringen wollen. Was irgendein Heini heute herausfindet, das wissen die anderen morgen früh«, fuhr der Generalsekretär fort. »Im Augenblick hat nur ein Reporter die Story, daß Sie eine Reise planen – Newton vom *Toronto Express*. Das ist ein fixes Bürschchen. Der hat zuerst seinen Verleger angerufen, und der hat sich an mich gewandt.«

James Howden nickte. Der *Express* war eine Zeitung, die der Regierung nahestand, bisweilen fast ein Parteiorgan war. Man hatte sich schon zuvor gegenseitig Gefälligkeiten erwiesen.

»Ich kann die Geschichte noch zwölf, vielleicht auch vierzehn Stunden geheimhalten«, sagte Richardson. »Danach wird es brenzlig. Kann denn das Außenministerium bis dahin nicht mit einer Erklärung zu Rande kommen?«

Mit der freien Hand strich sich der Premierminister über seine lange schnabelähnliche Nase. Dann sagte er entschlossen: »Ich werde es veranlassen.« Diese Worte bedeuteten eine anstrengende Nacht für Arthur Lexington und seine leitenden Männer. Sie würden mit der Amerikanischen Botschaft und mit Washington arbeiten müssen, aber das Weiße Haus würde schon mitspielen, wenn erst einmal bekannt war, daß die Presse Lunte gerochen hatte. Dort waren sie solche Situationen gewohnt. Und außerdem war eine einleuchtende Tarnerklärung für den Präsidenten genauso wichtig wie für ihn. Die wirklichen Probleme, die auf der Konferenz in zehn Tagen behandelt werden sollten, waren zum gegenwärtigen Zeitpunkt noch viel zu heikel für die Neugier der Öffentlichkeit.

»Wo wir schon miteinander sprechen«, sagte Richardson, »gibt es irgend etwas Neues über den Besuch der Königin?«

»Nein, aber ich hab vor ein paar Minuten mit Shel Griffiths gesprochen. Er wird sich in London bemühen.«

»Ich hoffe, das klappt.« Der Generalsekretär schien Zweifel zu hegen. »Der alte Fuchs ist immer so verflixt korrekt. Haben Sie ihm gesagt, er sollte der Dame auf die Sprünge helfen?«

»Nein, so hab ich es sicher nicht ausgedrückt.« Howden lächelte. »Aber gemeint habe ich es so.«

Man konnte ein Kichern am anderen Ende der Leitung hören. »Na ja, wenn sie nur kommt. Es könnte uns nächstes Jahr schon helfen, wo wir noch den ganzen Schlamassel vor uns haben.«

Howden wollte aufhängen, als ihm noch etwas einfiel. »Brian.«

»Ja.«

»Kommen Sie doch mal während der Feiertage vorbei.«

»Danke. Mach ich.«

»Wie geht's Ihrer Frau?«

Richardson antwortete heiter: »Ich glaube, Sie werden mit mir allein vorlieb nehmen müssen.«

»Ich will nicht aufdringlich sein.« James Howden zögerte, denn er war sich bewußt, daß Milly das halbe Gespräch mithörte. »Hat es keine Besserung gegeben?«

»Eloise und ich leben in einem Zustand bewaffneter Neutralität«, antwortete Richardson ganz nüchtern. »Aber das hat seine Vorteile.«

Howden konnte sich die Art von Vorteilen vorstellen, die Richardson meinte, und wieder hatte er mit einem Gefühl unvernünftiger Eifersucht zu kämpfen, wenn er sich den Generalsekretär und Milly zusammen vorstellte. Laut sagte er dann: »Tut mir leid.«

»Es ist erstaunlich, woran man sich alles gewöhnen kann«, sagte Richardson. »Wenigstens wissen Eloise und ich, woran wir sind, und das schafft klare Fronten. Sonst noch etwas, Chef?«

»Nein«, sagte Howden, »sonst nichts mehr. Ich rede jetzt mit Arthur.«

Er ging von der Bibliothek in die lange Halle zurück. Das Summen der Unterhaltung drang ihm entgegen. Die Atmosphäre war jetzt etwas gelöster. Die Getränke und das Essen, das jetzt fast vorbei war, hatten zu einer Atmosphäre der Entspannung geführt. Er ging an verschiedenen Gruppen vorbei, aus denen ihm erwartungsvoll einige der Umstehenden entgegenschauten. Er lächelte und ging weiter.

Arthur Lexington stand am Rande einer größeren Gruppe lachender Menschen, die zuschauten, wie der Finanzminister Stuart Cawston kleine Zauberkunststücke vorführte – eine Begabung, mit der er bisweilen den zähen Gesprächsfluß bei Kabinettssitzungen unterbrach. »Schauen Sie auf diesen Dollar«, sagte Cawston gerade. »Ich lasse ihn jetzt verschwinden.«

»Pfusch!« sagte jemand erwartungsgemäß, »das ist

kein Kunststück; das machen Sie doch die ganze Zeit.« Der Generalgouverneur, der auch unter den Zuschauern war, fiel in das fröhliche Lachen ein.

Der Premierminister berührte Lexington am Arm und nahm zum zweiten Mal den Außenminister beiseite. Er erklärte, was der Generalsekretär gesagt hatte, und wies darauf hin, daß eine Presseverlautbarung noch bis zum Morgen erarbeitet werden müßte. Lexington – das war für ihn typisch – stellte keine unnötigen Fragen. Er nickte zustimmend. »Ich rufe die Botschaft an und rede mit Angry«, sagte er, »dann werde ich ein paar von meinen Leuten an die Arbeit setzen.« Er kicherte. »Es gibt mir immer ein Gefühl der eigenen Wichtigkeit, wenn ich andere aus dem Bett holen kann.«

»Jetzt ist aber Schluß, ihr beiden! Keine Staatsgeschäfte heute abend.« Es war Natalie Griffiths. Sie berührte die beiden Männer leicht an den Schultern.

Arthur Lexington drehte sich mit einem strahlenden Lächeln um. »Nicht einmal eine klitzekleine Weltkrise?«

»Nicht einmal die. Außerdem habe ich eine Krise in der Küche. Das ist viel schlimmer.« Die Frau des Generalgouverneurs ging auf ihren Gatten zu. Sie flüsterte verstört, so daß es niemand hören sollte und doch in der Nähe verstanden wurde: »Es ist uns tatsächlich passiert, Sheldon, daß wir keinen Kognak haben.«

»Das ist doch nicht möglich!«

»Psst! Ich weiß nicht, wie das geschehen konnte, aber es ist so.«

»Da müssen wir schnell etwas heranschaffen.«

»Charles hat schon das Offizierskasino der *Air Force* angerufen. Die bringen schnell etwas her.«

»Um Himmelswillen!« Die Stimme seiner Exzellenz klang ungehalten.

»Können wir denn nie einen Empfang geben, ohne daß etwas schiefgeht?«

Arthur Lexington murmelte: »Da werde ich wohl meinen Kaffee ohne Zusatz trinken müssen.« Er schaute auf das neue Glas Traubensaft, das James Howden vor einigen Minuten gebracht worden war. »Sie brauchen sich keine Sorgen zu machen. Von dem Zeug haben sie wahrscheinlich Hektoliter.«

Der Generalgouverneur murmelte zornig: »Dafür soll mir aber einer büßen.«

»Beruhige dich doch, Sheldon«, ging das Geflüster weiter, – Gastgeber und Gastgeberin waren wohl ihrer erheiterten Zuhörerschaft nicht gewahr – »das kommt eben vor, und du weißt doch, wie vorsichtig man das Personal behandeln muß.«

»Das Personal soll mir den Buckel runterrutschen!«

Natalie Griffiths sagte voller Geduld: »Ich habe mir nur gedacht, daß du es wissen solltest. Aber laß mich nur machen.«

»Na ja, denn.« Seine Exzellenz lächelte – eine Mischung von Resignation und Zuneigung –, und die beiden kehrten gemeinsam zu ihrem Ausgangspunkt beim Kamin zurück.

»Sic transit gloria mundi. Die Stimme, die früher einmal tausend Flugzeuge in die Schlacht geschickt hat, darf jetzt nicht einmal mehr die Küchenfee tadeln.« Das war nicht ohne Schärfe und ein wenig zu laut gesagt worden. Der Premierminister zuckte zusammen.

Harvey Warrender hatte gesprochen, der Minister für Einwanderung. Er stand jetzt neben ihnen, ein großer, kräftiger Mann mit unordentlichem Haar und einem tiefen Baß. Sein Gehabe war gewöhnlich belehrend – vielleicht ein Überbleibsel aus den Jahren, die er als Universitätsprofessor verbracht hatte, bevor er in die Politik einstieg.

»Nur langsam, Harvey«, sagte Arthur Lexington. »Sie reiben sich da am Stellvertreter der Königin.«

»Manchmal«, erwiderte Warrender etwas leiser, »mag ich einfach nicht daran erinnert werden, daß die Lamettaträger in jedem Falle überleben.«

Es herrschte betretenes Schweigen. Die Bemerkung wurde genau verstanden. Der einzige Sohn der Warrenders, ein junger Fliegeroffizier, war im zweiten Weltkrieg gefallen. Der Stolz des Vaters auf seinen Sohn war genauso geblieben wie sein Schmerz über den Verlust.

Verschiedene Entgegnungen auf diese Bemerkung über die Lamettaträger hätten sich angeboten. Der Generalgouverneur hatte in zwei Kriegen tapfer gekämpft, und das Viktoriakreuz wurde nicht ohne weiteres verliehen – Der Tod und das Opfer im Kriege kannten keine Alters- oder Standesgrenzen.

Es empfahl sich, gar nichts zu sagen.

»Nur weiter so«, sagte Arthur Lexington munter. »Entschuldigen Sie mich, Premierminister. Harvey.« Er nickte und ging dann wieder zu seiner Frau hinüber.

»Wie kommt es nur«, sagte Warrender, »daß ganz bestimmte Themen für manche Leute so peinlich sind? Oder gibt es einen Verjährungstermin für die Erinnerung?«

»Das ist wohl mehr eine Frage des richtigen Zeitpunktes und des richtigen Ortes.« James Howden hatte nicht die Absicht, die Angelegenheit weiter zu verfolgen. Manchmal wünschte er, ohne Harvey Warrender in der Regierung auszukommen, aber es gab zwingende Gründe, warum das nicht ging.

Der Premierminister versuchte, das Thema zu wechseln, und sagte: »Harvey, ich wollte immer schon einmal mit Ihnen über Ihr Ministerium sprechen.« Man mußte es ihm nachsehen, so dachte er, wenn er ein gesellschaftliches Ereignis für so viele amtliche Gespräche benutzte. In letzter Zeit blieben viele Dinge auf dem Schreibtisch liegen, die der Erledigung harrten, weil er Wichtigeres zu tun hatte. Die Einwanderung war eine dieser Fragen.

»Wollen Sie mir ein Lob oder eine Zigarre verpassen?« Harvey Warrenders Frage klang etwas streitsüchtig. Das Glas, das er in der Hand hielt, war offenbar nicht das erste.

Howden erinnerte sich an ein Gespräch vor wenigen Tagen, bei dem er und der Generalsekretär politische Tagesfragen erörtert hatten. Brian Richardson hatte gesagt: »Das Einwanderungsministerium hat uns fortwährend eine schlechte Presse gebracht, und leider handelt es sich da um eine der wenigen Fragen, die der Wähler verstehen kann. Man kann mit Zöllen und dem Diskontsatz so viel herummurksen wie man will, und die Stimmen werden dadurch nicht weniger. Aber wenn die Zeitungen ein Bild von einer ausgewiesenen Mutter mit Kind bringen – wie das im letzten Monat passiert ist –, dann muß sich die Partei darüber Gedanken machen.«

Einen Augenblick lang spürte Howden Zorn in sich aufsteigen, weil er solche Banalitäten erwägen mußte, wenn – und das war jetzt weiß Gott der Fall – größere und lebenswichtigere Fragen seine ungeteilte Aufmerksamkeit erforderten. Dann dachte er darüber nach, daß die Notwendigkeit, die Alltagsdinge mit den weltbewegenden Affären zu vermischen, immer schon das Los des Politikers gewesen war. Oft war das der Schlüssel zur Macht – niemals die Bagatellen aus dem Auge zu verlieren. Die Einwanderung war ein Fragenkomplex, der ihn immer beunruhigte. Da gab es so viele Aspekte, da konnte man in so viele politische Fallgruben stürzen wie man Vorteil daraus zu ziehen vermochte. Schwierig war es, sich über die Vor- oder Nachteile klar zu werden.

Kanada war für viele immer noch das gelobte Land und würde es auch bleiben. Deshalb mußte jede Regierung die Ventile, die den Bevölkerungszustrom regelten, mit außerordentlicher Vorsicht bedienen. Zu viele Einwanderer aus einem Lande, zu wenige aus einem anderen, das konnte genügen, um das Gleichgewicht der Macht innerhalb einer Generation zu verändern. In gewisser Weise, dachte der Premierminister, haben wir unsere eigene Apartheidspolitik, obwohl die Rassenschranken zum Glück diskret aufgestellt werden und bereits außerhalb unserer Landesgrenzen in den kanadischen Botschaften und Konsulaten im Ausland funktionieren. Und wenn sie auch ganz klar vorhanden sind, so können wir im eigenen Land doch vorgeben, daß sie nicht existieren.

Einige Leute im Lande, das wußte er, wollten mehr Immigration, andere weniger. Die Gruppe der Leute, die mehr wollten, bestand unter anderem aus Idealisten, die allen Neuankömmlingen die Türen weit öffnen wollten, und aus jenen Arbeitgebern, die mehr Arbeitskräfte brauchten. Die Opposition gegen die Einwanderung kam im allgemeinen von den Gewerkschaften, die immer dann »Arbeitslosigkeit« schrien, wenn die Immigration zur Sprache kam, und die sich einfach nicht darüber klar waren, daß die Unterbeschäftigung, wenigstens in gewissem Maße, eine notwendige wirtschaftliche Tatsache war. Auf deren Seite fand man auch die angelsächsischen und protestantischen Bevölkerungsteile – in erstaunlich hoher Zahl –, die sich gegen »zu viele Ausländer« wandten, besonders, wenn die Immigranten Katholiken waren. Oft war es für die Regierung unumgänglich, einen Seiltanz zu veranstalten, um weder die eine noch die andere Seite gegen sich aufzubringen.

Er hatte beschlossen, daß es an der Zeit sei, offen zu reden. »Ihr Ministerium, Harvey, hat eine schlechte Presse, und ich glaube, das ist zum Teil Ihre Schuld. Ich wünsche, daß Sie Ihre Abteilung fester in den Griff nehmen und Ihre Beamten nicht machen lassen, was sie wollen. Wechseln Sie doch einige aus, wenn das nötig ist, selbst an der Spitze. Wir können Beamte nicht rausschmeißen, aber wir haben doch genügend Schubladen, in die wir sie stecken können. Und halten Sie mir um Himmelswillen diese umstrittenen Einwandererfälle aus den Zeitungen heraus! Der Fall im letzten Monat, zum Beispiel – die Frau mit ihrem Kind.«

»Die Frau hat in Hongkong ein Bordell besessen«, sagte Harvey Warrender. »Und sie war geschlechtskrank.«

»Vielleicht ist das kein gutes Beispiel. Aber es hat viele ähnliche Fälle gegeben, und wenn diese heiklen Geschichten an die Öffentlichkeit kommen, dann erscheint die Regierung wie ein herzloses Monstrum, das uns allen Schaden zufügt.«

Der Premierminister hatte ruhig, aber mit Nachdruck gesprochen, sein Blick war fest auf den anderen gerichtet.

»Offensichtlich ist meine Frage damit beantwortet«, sagte Warrender. »Das Lob ist heute wohl nicht an der Reihe.«

James Howden sagte scharf: »Das ist keine Frage von

Lob oder Tadel. Das ist eine Frage des politischen Gefühls.«

»Und Ihr politisches Urteil ist ja immer besser gewesen als meins, Jim?« Warrender blickte auf. »Sonst wäre ich ja wohl an Ihrer Stelle Parteivorsitzender.«

Howden antwortete nicht. Der Alkohol tat bei seinem Gegenüber offensichtlich seine Wirkung. Warrender sagte: »Meine Beamten wenden das Gesetz so an, wie es vorgeschrieben ist. Ich erlaube mir, der Meinung zu sein, daß sie gute Arbeit leisten. Wenn sie Ihnen nicht gefällt, warum setzen wir uns nicht zusammen und ändern die Einwanderungsgesetze?«

Der Premierminister wurde sich darüber klar, daß er einen Fehler gemacht hatte, als er sich entschloß, hier offen zu reden. Er suchte das Gespräch zu beenden und meinte: »Das können wir nicht tun. Wir haben zuviel andere Dinge in unserem Programm.«

»Blödsinn!«

Das tönte wie ein Peitschenhieb durch den Raum. Eine Sekunde herrschte Schweigen. Köpfe drehten sich. Der Premierminister sah, wie der Generalgouverneur in seine Richtung schaute. Dann wurde das Gespräch wieder aufgenommen, aber Howden konnte spüren, wie die anderen zuhörten.

»Sie haben Angst vor der Einwanderung«, sagte Warrender. »Wir haben alle Angst – genauso wie jede andere Regierung in der Vergangenheit Angst gehabt hat. Deshalb sind wir nicht bereit, ganz bestimmte Dinge ehrlich zuzugeben, nicht einmal unter uns.«

Stuart Cawston, der seine Zauberkunststücke kurz zuvor beendet hatte, schlenderte mit scheinbarer Gelassenheit zu ihnen hinüber. »Harvey«, sagte der Finanzminister heiter, »du machst dich zum Narren.«

»Nimm ihn mal unter deine Fittiche, Stu«, sagte der Premierminister. Er spürte seinen Ärger wachsen. Wenn er weiterhin selbst das Gespräch führte, dann bestand die Gefahr, daß er die Geduld verlor. Das würde die Situation nur verschlimmern. Er ging weg und unterhielt sich mit Margaret, die bei einer anderen Gruppe stand.

Aber er konnte immer noch Warrender hören, der sich jetzt an Cawston wandte.

»Wenn es um die Einwanderungsgesetze geht, dann sind wir Kanadier richtige Heuchler, laß dir das sagen. Unsere Einwanderungspolitik – die Politik, die ich in die Tat umsetze, mein Freund, die besteht im Grunde genommen nur darin, daß man so tut als ob.«

»Darüber reden wir später«, sagte Stuart Cawston. Er versuchte immer noch zu lächeln, obwohl es ihm kaum noch gelang.

»Ich will jetzt darüber sprechen!« Harvey Warrender hatte fest den Arm des Finanzministers umspannt. »Zwei Dinge brauchen wir in unserem Land, wenn wir uns weiter vergrößern wollen, und jeder in diesem Raum weiß darüber Bescheid. Das eine ist ein Reservoir von Arbeitslosen, aus dem die Industrie schöpfen kann, und das andere ist eine Gewährleistung der angelsächsischen Mehrheit. Aber geben wir das je in der Öffentlichkeit zu? Nein!«

Der Minister für Einwanderung hielt inne, schaute sich herausfordernd um und fuhr dann unbeirrt fort: »Dafür braucht man eine sorgfältig ausgeglichene Immigration. Wir müssen die Immigranten hereinkommen lassen, denn wenn die Industrie sich vergrößert, müssen die Arbeitskräfte bereits vorhanden sein – nicht in der nächsten Woche oder gar im nächsten Monat oder im nächsten Jahr, sondern in dem Augenblick, wo die Fabriken sie brauchen. Aber da öffnet man die Tore zu weit oder zu oft oder beides, und was geschieht? Die Bevölkerung kommt aus dem Gleichgewicht. Wenn man solche Fehler macht, würde es gar nicht viele Generationen brauchen, bis man im Unterhaus die Debatten auf Italienisch führt und ein Chinese im *Government House* sitzt.«

Jetzt konnte man verschiedene Äußerungen des Mißfallens von anderen Gästen hören, für die Warrenders Stimme immer deutlicher hörbar geworden war. Außerdem hatte der Generalgouverneur ganz deutlich die letzte Bemerkung gehört, und der Premierminister sah, wie er eine Ordonnanz zu sich rief. Harvey Warrenders Gattin,

33

eine blasse, fragile Frau, hatte sich ihrem Mann unentschlossen genähert und ihn beim Arm gefaßt. Aber der
ignorierte sie.

Dr. Borden Tayne, der Gesundheitsminister und frühere Universitätsboxmeister, der alle Anwesenden überragte, flüsterte deutlich hörbar: »Mach doch um Himmels willen Schluß!« Er hatte sich zu Cawston und
Warrender gestellt.

Eine Stimme murmelte energisch: »Schaffen Sie ihn
doch raus!«

Eine andere Stimme antwortete: »Er kann doch nicht
gehen. Niemand kann gehen, bevor der Generalgouverneur sich verabschiedet.«

Unbeirrt redete Harvey Warrender weiter.

»Wenn man schon über Immigration spricht«, erklärte
er laut, »dann kann ich euch sagen, die Öffentlichkeit will
Gefühle, keine Tatsachen. Tatsachen sind immer unbequem. Die Leute stellen sich gern vor, daß ihr Land die
Türen aufmacht für alle Armen und Geschundenen. Das
gibt einem so ein edles Gefühl. Der Haken dabei ist nur,
daß sie es noch viel lieber sehen, wenn die Armen und
Heruntergekommenen ihnen aus dem Wege gehen, sobald
sie hier ankommen, und nicht etwa Läuse in die Vororte
schleppen oder die schönen neuen Kirchen verschmutzen.
Ganz sicher, die Öffentlichkeit in unserem Lande will
keine freie Einwanderung. Darüber hinaus wissen die
Leute auch, daß die Regierung niemals die Einwanderung
freigeben wird, deshalb also geht man gar kein Risiko
ein, wenn man sich lautstark dafür einsetzt. So kann jeder
rechtschaffen und zugleich ungeschoren bleiben.«

Der Premierminister erkannte in einer anderen Gehirn-
windung, daß alles, was Harvey gesagt hatte, durchaus
sinnvoll, aber politisch undurchführbar war.

»Wie hat das bloß alles angefangen?« fragte eine der
Frauen.

Harvey Warrender hörte die Bemerkung und antwortete: »Das hat damit angefangen, daß man mir sagte, ich
sollte mein Ministerium anders führen. Aber ich darf Sie
nur daran erinnern, daß ich den Einwanderungserlaß

befolge – das Gesetz.« Er schaute die Phalanx männlicher
Gestalten an, die ihn nunmehr umgab. »Und ich werde
auch weiter das Gesetz durchsetzen, bis ihr Bastarde euch
bereit erklärt, es zu ändern.«

Jemand sagte: »Vielleicht haben Sie morgen kein
Ministerium mehr, lieber Freund.«

Einer der Ordonnanzen – ein Luftwaffenleutnant war
es diesmal – erschien neben dem Premierminister. Er sagte
ruhig: »Seine Exzellenz bittet, Ihnen mitzuteilen, daß er
sich jetzt zurückzieht, Sir.«

James Howden schaute auf die Außentür. Der Generalgouverneur schüttelte einigen der Gäste lächelnd die
Hand. Mit Margaret an seiner Seite ging der Premierminister zu ihm hinüber. Die anderen gingen auseinander.

»Ich hoffe, Sie haben nichts dagegen, wenn wir uns
schon so bald zurückziehen«, sagte der Generalgouverneur. »Natalie und ich sind ein bißchen erschöpft.«

»Ich möchte mich bei Ihnen entschuldigen«, setzte
Howden an.

»Aber ich bitte Sie doch, mein lieber Freund. Es ist das
beste, wenn ich gar nichts davon erfahre.« Der Generalgouverneur lächelte herzlich. »Ich wünsche Ihnen recht
frohe Weihnachten, Premierminister. Natürlich auch Ihnen, meine liebe Margaret.«

Mit ruhiger und doch bestimmter Würde zogen sich
die Exzellenzen zurück, eine Ordonnanz ging ihnen voraus, während die weiblichen Gäste knicksten und ihre
Gatten sich verbeugten.

2

Als sie im Auto vom *Government House* zurückkehrten,
fragte Margaret: »Nach dem, was heute abend geschehen
ist, muß doch Harvey Warrender sicherlich seinen Rücktritt einreichen?«

»Ach, ich weiß nicht«, sagte James Howden nachdenklich. »Vielleicht will er nicht.«

»Kannst du ihn nicht dazu zwingen?«

Er stellte sich vor, was Margaret wohl sagen würde, wenn er wahrheitsgemäß antwortete: »*Nein, ich kann Harvey Warrender nicht zum Rücktritt zwingen. Der Grund dafür liegt irgendwo in dieser Stadt – vielleicht in einem Tresor –, ein Stück Papier mit meiner eigenen Handschrift darauf. Wenn dieses Stück Papier an die Öffentlichkeit kommt, dann ist es gleichbedeutend mit einem Nachruf – oder einer Selbstmordnotiz über James McCallum Howden.*«

Statt dessen antwortete er: »Harvey hat eine große Anhängerschaft in der Partei, weißt du.«

»Aber ganz egal, wieviele Freunde er hat, das entschuldigt doch nicht, was heute abend geschehen ist.«

Er gab keine Antwort.

Er hatte Margaret nie von dem Parteitag erzählt, von der Absprache, die er und Harvey vor neun Jahren über die Parteiführung getroffen hatten. Jenes unerbittliche Abkommen, als sie beide allein in der kleinen Garderobe saßen, während draußen in dem riesigen Saalbau in Toronto die rivalisierenden Fraktionen applaudierten und auf das Ergebnis der Abstimmung warteten, das aus unerfindlichen Gründen verzögert wurde – unerfindlich waren diese Gründe nicht für die beiden Opponenten, die hinter den Kulissen ihr Spiel spielten.

Neun Jahre war das her. James Howden dachte zurück . . .

. . . Die nächste Wahl würden sie sicher gewinnen. Jeder in der Partei wußte es. Es gab Begeisterung, das Gefühl des Sieges, den Eindruck, daß etwas geschehen mußte.

Die Partei war zusammengekommen, um einen neuen Vorsitzenden zu wählen. Es war praktisch gewiß, daß, wer auch immer gewählt wurde, innerhalb eines Jahres Premierminister sein würde. Das war der Preis und die Gelegenheit, auf die James McCallum Howden sein ganzes politisches Leben gehofft hatte.

Die Wahl war zwischen ihm und Harvey Warrender zu treffen. Warrender hatte die Intellektuellen der Partei hinter sich. Er hatte in den Gremien und Kreisverbänden starke Unterstützung. James Howden war ein Mann des Kompromisses. Ihre Stärke war etwa gleich.

Draußen im Saalbau ging es hoch her.

»Ich bin bereit zurückzutreten«, sagte Harvey. »Aber nicht ohne Bedingungen.«

James Howden fragte: »Welche Bedingungen?«

»Zunächst ein Ministerium, das ich mir selbst aussuche für die Zeit, die wir an der Regierung sind.«

»Sie können alles außer dem Außenministerium und dem Gesundheitsministerium haben.« Howden hatte nicht die Absicht, sich ein Kuckucksei ins Nest zu legen, einen scharfen Konkurrenten. Das Außenministerium gab dem Mann, der es leitete, dauernd Schlagzeilen. Das Gesundheitsministerium bestimmte das Kindergeld, und die Gesundheitsminister standen hoch im Kurs bei den Wählern.

»Das nehme ich an«, sagte Harvey Warrender, »vorausgesetzt, Sie erklären sich mit meinen Forderungen einverstanden.«

Die Parteidelegierten draußen wurden unruhig. Durch die geschlossenen Türen konnte man das Stampfen von Füßen und ungeduldige Rufe hören.

»Sagen Sie mir die zweite Bedingung«, meinte Howden.

»Wenn wir an der Regierung sind«, sagte Harvey zögernd, »dann gibt es eine Menge Veränderungen. Nehmen Sie zum Beispiel das Fernsehen. Das Land wächst, und es gibt Platz für weitere Sender. Wir haben bereits angedeutet, daß wir den Rundfunkaufsichtsrat neu organisieren. Wir können unsere eigenen Leute hineinberufen und einige andere, die das Spiel mitmachen.« Er hielt inne.

»Worum geht's denn?« sagte Howden.

»Ich will eine Lizenz für das kommerzielle Fernsehen in – – –.« Er nannte eine Stadt – das industrielle Zentrum des Landes. »Auf den Namen meines Neffen.«

James Howden pfiff durch die Zähne. Wenn das gemacht würde, dann wäre es Schiebung im großen Stil. Die Fernsehlizenz war eine Goldgrube. Es gab schon viele, die berücksichtigt werden wollten – unter ihnen große Kapitalgesellschaften – und die bereits Schlange standen.

»Die Lizenz ist zwei Millionen Dollar wert.«

»Ich weiß.« Harvey Warrender schien ein wenig verlegen. »Aber ich denke an mein Alter. Universitätsprofessoren verdienen kein Vermögen, und in der Politik habe ich noch nie Geld sparen können.«

»Wenn das bekannt würde . . .«

»Das wird nicht möglich sein«, sagte Harvey, »darum werde ich mich kümmern. Mein Name erscheint nirgendwo. Vermuten können sie alles mögliche, aber feststellen läßt sich das nicht.«

Howden schüttelte zweifelnd den Kopf. Draußen wurde es wieder lauter – jetzt hörte man Buhrufe, und Spottverse wurden gesungen.

»Ich verspreche Ihnen, Jim«, sagte Harvey Warrender, »wenn sie mich erwischen – bei dieser Sache oder irgend etwas anderem –, dann nehme ich allein die Verantwortung auf mich und werde Sie nicht hineinziehen. Aber wenn Sie mich rausschmeißen oder mich nicht unterstützen, wenn es hart auf hart kommt, dann nehme ich Sie mit.«

»Sie könnten nicht beweisen . . .«

»Ich will es schriftlich«, sagte Harvey. Er deutete in Richtung des Saales. »Bevor wir da hinaus gehen. Sonst lassen wir abstimmen.«

Das würde ein Kopf-an-Kopf-Rennen. Das wußten sie beide. James Howden glaubte schon, daß ihm der Pokal, für den er so lange gekämpft hatte, wieder aus den Händen glitt.

»Ich bin einverstanden«, sagte er. »Geben Sie mir ein Stück Papier.«

Harvey hatte ihm ein Programm des Partei-Konvents hinübergeschoben, und er hatte die Worte auf die Rückseite geschrieben – Worte, die ihn vernichten würden, wenn sie je an die Öffentlichkeit kämen.

»Machen Sie sich keine Sorgen«, sagte Harvey und steckte das Blatt ein. »Das ist eine sichere Sache. Wenn wir uns beide aus der Politik zurückgezogen haben, geb ich es Ihnen zurück.«

38

Dann waren sie in den Saal gegangen – Harvey Warrender, um eine kurze Ansprache zu halten, in der er seinen Verzicht ankündigte – eine der besten Reden seiner politischen Karriere –, und James Howden, um zum Vorsitzenden gewählt zu werden, um sich bejubeln und auf Schultern durch den Saal tragen zu lassen...

Diese Abmachung war von beiden Seiten gehalten worden, obwohl James Howdens Prestige in dem Maße gestiegen war, wie Harvey Warrenders im Laufe der Jahre abgenommen hatte. Heute fiel es schwer, sich daran zu erinnern, daß Warrender einmal ein ernsthafter Konkurrent für den Parteivorsitz gewesen war. Im Augenblick jedenfalls war er völlig aus dem Rennen. Aber das geschah ja oft in der Politik. Wenn ein Mann erst einmal bei dem Ringen um die Macht zurückgeblieben war, dann nahm sein Ansehen im Laufe der Zeit immer mehr ab.

Der Wagen war jetzt aus dem Park des *Government House* hinausgefahren und fuhr nach Westen in Richtung der Residenz des Premierministers in Susex Drive 24 zu.

»Ich habe mir manchmal gedacht«, sagte Margaret vor sich hin, »daß Harvey Warrender ein bißchen verrückt ist.«

Das war's, dachte Howden. Harvey *war* ein bißchen verrückt. Deshalb gab es auch keine Gewißheit, daß er nicht eines Tages dieses vor neun Jahren schnell hingeschriebene Übereinkommen an die Öffentlichkeit bringen würde, obwohl er sich damit selbst zerstören würde.

Was dachte Harvey wohl selber über diese Einigung von damals, fragte sich Howden. Soweit er wußte, war Harvey Warrender in der Politik bis zu jenem Zeitpunkt immer ehrlich gewesen. Seither verwaltete Harveys Neffe die Fernsehlizenz, und wenn die Gerüchte zutrafen, hatte er ein Vermögen gemacht. Das galt wohl auch für Harvey. Sein Lebensstandard ging jetzt weit über die Mittel eines Ministers hinaus, obgleich er glücklicherweise diskret geblieben war und keine plötzlichen Veränderungen vorgenommen hatte.

Als die Lizenz zugeteilt wurde, hatte es an Kritik und an Verdächtigungen nicht gefehlt. Nichts jedoch konnte je bewiesen werden, und die Howden-Regierung, die mit einer großen Mehrheit im Unterhaus wiedergewählt worden war, hatte ihre Kritiker einfach überfahren. Schließlich – wie er es schon immer erwartet hatte – waren die Leute dieser Affäre müde geworden, und das Ganze wurde vergessen.

Aber erinnerte sich Harvey noch? Litt er ein wenig unter einem unruhigen Gewissen? Versuchte er vielleicht, sich auf seine eigene, etwas hinterhältige Weise Genugtuung zu verschaffen?

Harvey war in letzter Zeit immer sonderbarer geworden – er war fast krankhaft darum bemüht, immer das »Richtige« zu tun und selbst in Bagatellen nach dem Gesetz zu handeln. In jüngster Zeit hatte es verschiedentlich im Kabinett Streit gegeben. Harvey stellte sich quer, weil irgendeine vorgesehene Aktion Untertöne von politischem Opportunismus hatte. Harvey bestand dann stets darauf, daß auch die kleinste Klausel jedes einzelnen Gesetzes genau befolgt werden müßte. Als das geschah, hatte James Howden sich über die Zwischenfälle keine Gedanken gemacht, er hatte sie als eine vorübergehende Kauzigkeit abgetan. Aber als er sich jetzt daran erinnerte, wie Harvey unter Alkoholeinfluß heute abend darauf bestanden hatte, daß die Einwanderungsgesetze peinlich genau befolgt werden müßten, da begann er sich doch zu wundern.

»Jamie«, fragte Margaret, »Harvey Warrender hat dich doch nicht irgendwie in der Hand?«

»Aber ich bitte dich!« Dann, besorgt, er hätte vielleicht ein wenig zu überzeugt geklungen: »Ich lasse mich nur nicht gern zu übereilten Entscheidungen drängen. Warten wir doch ab, was es morgen für eine Reaktion gibt. Schließlich waren es ja nur unsere eigenen Leute, die dort waren.«

Er fühlte Margarets Blick auf sich gerichtet und fragte sich, ob sie wohl wisse, daß er gelogen hatte.

3

Sie betraten das große Haus – die offizielle Residenz des Premierministers während seiner Amtszeit – durch die mit einem Vordach abgeschirmte Vordertür. Drinnen erwartete sie bereits Yarrow, der Butler, und nahm ihnen die Mäntel ab. Er sagte: »Der amerikanische Botschafter hat versucht, Sie zu erreichen, Sir. Die Botschaft hat zweimal angerufen und wissen lassen, daß es sich um eine eilige Angelegenheit handelt.«

James Howden nickte mit dem Kopf. Vielleicht hatte Washington auch schon von der Indiskretion erfahren. Wenn dem so war, dann wäre Arthur Lexingtons Aufgabe wesentlich leichter. »Warten Sie bitte fünf Minuten«, sagte er, »dann sagen Sie der Zentrale, daß ich zu Hause bin.«

»Wir trinken den Kaffee im Wohnzimmer, Mr. Yarrow«, sagte Margaret. »Und für Mr. Howden bitte ein paar belegte Brote. Er hat das kalte Buffet verpaßt.« Sie blieb in der Garderobe im Hauptkorridor stehen, um ihr Haar zu ordnen.

James Howden war bereits durch die Vorzimmer bis zum dritten Raum gegangen, wo die großen Glastüren den Blick auf den Fluß und die Gatineau-Hügel dahinter freigaben. Das war ein Anblick, der ihn immer wieder begeisterte, und selbst bei Nacht, wo nur ein paar winzige Lichter zur Orientierung dienten, konnte er sich die Landschaft vorstellen: den breiten, vom Wind aufgewirbelten Ottawa-Fluß, den Strom, den der Abenteurer Etienne Brûle vor dreieinhalb Jahrhunderten bereits befahren hatte. Nach ihm war Champlain gekommen und später dann die Missionare und die Pelzhändler, die ihren legendären Handelspfad nach Westen bis zu den großen Seen und zum pelzreichen Norden vorgetrieben hatten. Auf der anderen Seite des Flusses lag das Ufer von Quebec, reich an Geschichten und Geschichte, Zeuge vieler Veränderungen: vieles war gekommen, und vieles davon würde eines Tages der Vergessenheit anheimfallen.

James Howden dachte immer, daß es in Ottawa

schwierig sei, kein Gespür für Geschichte zu entwickeln. Ganz besonders jetzt, wo die Stadt – einstmals schön und dann durch die kommerzielle Entwicklung erniedrigt – rasch wieder grün zu werden schien: mit drei Grüngürteln und Autoschnellstraßen – dank der Sonderkommission für die Landeshauptstadt. Gewiß waren die Regierungsgebäude weitgehend ohne besonderen Charakter, sie trugen den Stempel dessen, was ein Kritiker »die lahme Hand bürokratischer Kunst« genannt hatte. Dennoch hatten sie etwas Naturburschenhaftes an sich, und in einiger Zeit, wenn die natürliche Schönheit wieder hergestellt war, konnte Ottawa vielleicht Washington als Hauptstadt ebenbürtig, ja sogar überlegen sein.

Hinter ihm, unter der breiten geschwungenen Treppe, klingelte leise eines der beiden vergoldeten Telefone auf einem echten Adam-Beistelltisch. Es war der amerikanische Botschafter.

»Hallo, Angry«, sagte James Howden. »Ich höre, daß eure Leute die Katze aus dem Sack gelassen haben.«

Über die Leitung kam der typische Bostoner Tonfall des Ehrenwerten Phillip Angrove. »Ich weiß, Premierminister, und ich möchte mich ganz nachdrücklich entschuldigen. Glücklicherweise ist es allerdings nur der Kopf der Katze, der aus dem Sack ist, und wir haben das ganze Tier noch fest in der Hand.«

»Das beruhigt mich ja etwas«, sagte Howden. »Aber wir müssen eine gemeinsame Erklärung herausgeben. Arthur ist schon auf dem Weg...«

»Er steht hier neben mir«, gab der Botschafter zurück. »Sobald wir ein Glas getrunken haben, machen wir uns an die Arbeit, Sir. Wollen Sie die Erklärung selbst abzeichnen?«

»Nein«, sagte Howden. »Das überlasse ich ganz Ihnen und Arthur.«

Sie redeten noch ein paar Minuten, dann legte der Premierminister den Hörer wieder auf.

Margaret war schon in das große, bequem eingerichtete Wohnzimmer mit den chintzbezogenen Sofas, den Empiresesseln und den hellgrauen Gardinen vorangegangen.

Ein Kaminfeuer flackerte hell auf. Sie hatte eine Koste-lanetz-Schallplatte mit Tschaikowskij-Musik aufgelegt, die leise im Hintergrund zu hören war. Das war die Lieblingsmusik der Howdens. Einige Minuten später brachte ein Hausmädchen Kaffee und eine große Platte belegter Brote. Auf einen Wink von Margaret bot das Mädchen Howden die Brote an, und er nahm achtlos eine Schnitte.

Als das Mädchen das Zimmer verlassen hatte, nahm er seine Frackbinde ab, lockerte den steifen Kragen und ging dann zu Margaret hinüber. Am Kamin sank er ent-spannt in einen tiefen, weichgepolsterten Sessel, zog sich eine Fußbank heran und legte beide Beine darauf. Mit einem tiefen Seufzer sagte er: »So geht es mir schon bes-ser. Du und ich und sonst niemand.« Er ließ den Unter-kiefer fallen und strich sich gewohnheitsmäßig über die Nasenspitze.

Margaret lächelte matt. »Das sollten wir öfter versu-chen, Jamie.«

»Das tun wir auch. Das tun wir ganz bestimmt«, sagte er bedacht. Dann, mit einem Wandel in der Stimme: »Ich habe Nachricht bekommen. Wir reisen bald nach Wa-shington. Ich habe mir gedacht, du solltest es wissen.«

Seine Frau schenkte gerade den Kaffee in eine Sheffield-Tasse ein und schaute zu ihm auf. »Das ist ein biß-chen plötzlich, oder nicht?«

»Ja«, antwortete er. »Aber eine Menge wichtige Dinge haben sich ereignet. Ich muß mit dem Präsidenten reden.«

»Dann ist es ja nur gut, daß ich ein neues Kleid habe«, sagte Margaret. Sie hielt nachdenklich inne. »Jetzt muß ich nur noch Schuhe kaufen und eine passende Hand-tasche. Handschuhe brauche ich auch.« Sie sah plötzlich besorgt aus. »Dazu haben wir doch noch Zeit, oder?«

»So gerade«, sagte er und lachte dann über die unange-messene Situation.

Margaret sagte sehr entschieden: »Ich fahre gleich nach den Feiertagen einen Tag zum Einkaufen nach Montreal. Da ist das Angebot viel größer als in Ottawa. Wie steht es übrigens mit Geld?«

Er zog die Stirn in Falten. »Nicht allzu gut. Wir haben unser Bankkonto überzogen. Wir müssen wohl noch ein paar Aktien verkaufen.«

»Schon wieder?« Margaret schien beunruhigt. »Wir haben gar nicht mehr so viele.«

»Nein, aber mach nur.« Er schaute seine Frau voll Zuneigung an. »Eine Einkaufsreise macht den Braten ganz sicherlich auch nicht fett.«

»Na ja . . . wenn du meinst.«

»Ganz bestimmt.«

Aber das einzige, dessen er sich wirklich gewiß war, dachte Howden, war, daß niemand dem Premierminister einen Zahlungsbefehl schicken würde. Der Mangel an Geld für persönliche Bedürfnisse war ein fortwährendes Ärgernis. Die Howdens hatten kein Privatvermögen außer bescheidenen Ersparnissen aus der Zeit, in der er als Rechtsanwalt gearbeitet hatte. Es war charakteristisch für Kanada – eine im ganzen Land verbreitete Engstirnigkeit, die immer noch anzutreffen war –, daß das Land seinen politischen Führern nur karge Gehälter zahlte.

Howden war sich oft der beißenden Ironie bewußt geworden, die in der Tatsache lag, daß ein kanadischer Premierminister, der die Geschicke seines Landes leitete, ein geringeres Gehalt und weniger Spesen erhielt als ein Abgeordneter im amerikanischen Kongreß. Er hatte keinen Dienstwagen, mußte seinen eigenen aus einem unangemessen kleinen Fonds bezahlen, und selbst die Gestellung eines Hauses war etwas relativ Neues. Noch 1950 war der damalige Premierminister Louis St. Laurent gezwungen gewesen, in einer Zweizimmerwohnung zu leben, die so klein war, daß Madame St. Laurent die Einmachgläser unter ihr Bett gestellt hatte. Außerdem war das Höchste, was ein Premierminister nach einem Leben der parlamentarischen Arbeit erwarten konnte, einige tausend Dollar im Jahr nach der Pensionierung aus einer Angestelltenversicherung, die er selbst bezahlt hatte. Ein Ergebnis dieser Praxis war in der Vergangenheit gewesen, daß die Premierminister im Alter sich an ihr Amt klammerten. Andere legten ihr Amt nieder und sahen sich völliger Mittellosigkeit und dem Wohlwollen der Freunde ausgeliefert. Minister und Parlamentsabgeordnete waren sogar noch schlechter dran. Es ist doch bemerkenswert, dachte Howden, daß so viele von uns ehrlich bleiben. In gewisser Weise sympathisierte er ein wenig mit Harvey Warrender. Er konnte ihn verstehen.

»Du hättest besser daran getan, einen Geschäftsmann zu heiraten«, sagte er zu Margaret gewandt. »Die Mitglieder des Aufsichtsrates haben im allgemeinen mehr Geld in der Tasche.«

»Aber ich bin ja auf andere Weise entschädigt worden.« Margaret lächelte.

Gott sei Dank, dachte er, haben wir eine gute Ehe geführt. Das politische Leben konnte einen so vollkommen auspressen, weil man die Macht wollte – da verlor man leicht die Gefühle, alle Illusionen, selbst die Integrität –, und ohne die Wärme einer Frau, die ihm nahestand, konnte ein Mann zu einer leeren Schale werden. Er verdrängte den Gedanken an Milly Freedeman, obgleich dies mit einem Gefühl der Beunruhigung geschah, wie er es schon zuvor empfunden hatte.

»Ich habe mich erst vor einigen Tagen daran erinnert, wie dein Vater uns erwischte«, sagte er. »Erinnerst du dich daran?«

»Natürlich. Frauen erinnern sich immer an solche Dinge. Ich habe schon geglaubt, du hättest es vergessen.«

Das war vor zweiundvierzig Jahren in Medicine Hat, einer Stadt am Fuße der westlichen Hügel gewesen. Er selbst war damals zweiundzwanzig – er war im Waisenhaus aufgewachsen und hatte soeben sein Rechtsanwaltsexamen bestanden, ohne Mandanten zu haben, ohne zu wissen, was die Zukunft brachte. Margaret war achtzehn gewesen, das älteste von sieben Mädchen, Tochter eines Viehhändlers, der außerhalb der Arbeit ein abweisender, ungeselliger Mann war. Nach den Maßstäben jener Tage war Margarets Familie wohlhabend im Vergleich mit James Howdens Mittellosigkeit bei Abschluß seines Studiums.

Eines Sonntagabends vor dem Vespergottesdienst hatten es die beiden geschafft, das Wohnzimmer für sich allein zu haben. Sie umarmten sich mit wachsender Leidenschaft, und Margaret war halb ausgezogen, als ihr Vater – nach dem Gebetbuch suchend – hereingekommen war. Er hatte keinerlei Bemerkung außer einem gemurmelten »Entschuldigung« gemacht, aber später, am selben Abend, vom Kopf des Familientisches aus hatte er zu James Howden hinuntergeschaut und eine Rede gehalten.

»Junger Mann«, hatte er gesagt, wobei seine füllige, gutherzige Frau und die anderen Töchter interessiert zuhörten, »wenn ein Mann in meinem Gewerbe seine Finger um ein Euter legt, dann bedeutet das mehr als nur ein flüchtiges Interesse an der Kuh.«

»Sir«, hatte James Howden gesagt, und zwar mit der Schlagfertigkeit, die ihm später manchmal gut zu statten kam, »ich möchte Ihre älteste Tochter heiraten.«

Die Hand des Viehhändlers war auf den vollbeladenen Tisch niedergefahren. »Zuschlag!« Dann ergänzte er mit ungewohntem Wortschwall, den Tisch entlang schauend: »Eine ist weg, so Gott will, und für sechs muß noch geboten werden.«

Einige Wochen später hatten sie geheiratet. Danach war es der nun schon längst verstorbene Viehhändler gewesen, der zunächst seinem Schwiegersohn geholfen hatte, eine Rechtsanwaltspraxis einzurichten und später in die Politik zu gehen.

Sie hatten auch Kinder, obwohl er und Margaret sie jetzt nur noch selten sahen, da die beiden Mädchen in England verheiratet waren und der Jüngste, James McCallum Howden jun., ein Ölsucherteam im fernen Osten leitete. Aber daß sie Kinder hatten, war wichtig und von anhaltendem Einfluß.

Das Feuer war heruntergebrannt, und er warf ein frisches Birkenscheit in den Kamin. Die Borke fing prasselnd Feuer und flammte auf. Neben Margaret sitzend schaute er zu, wie die Flammen das Scheit umspielten.

Margaret fragte ruhig: »Was wirst du mit dem Präsidenten besprechen?«

»Wir geben morgen früh eine Verlautbarung heraus. Darin ist von Gesprächen über Handelsfragen und Steuerpolitik die Rede.«

»Geht es denn wirklich darum?«

»Nein«, sagte er, »darum geht es nicht.«

»Was ist denn los?«

Er hatte sich Margaret schon früher mit Informationen über die Regierungsgeschäfte anvertraut. Ein Mann – jeder Mann – mußte jemanden haben, dem er sich mitteilen konnte.

»Es geht vorwiegend um die Verteidigung. Eine neue weltweite Krise steht bevor, und ehe es dazu kommt, werden die Vereinigten Staaten vielleicht eine ganze Menge von Aufgaben übernehmen, für die wir bisher allein verantwortlich waren.«

»Militärische Einrichtungen?«

Er nickte.

Margaret sagte gedehnt: »Dann übernehmen sie auch die Kontrolle über unsere Armee . . . und alles?«

»Ja«, sagte er, »es sieht so aus.«

Seine Frau runzelte konzentriert die Stirn. »Wenn das geschähe, dann könnte Kanada keine eigene Außenpolitik mehr führen, nicht wahr?«

»Keine wirksame mehr, fürchte ich.« Er seufzte. »Wir haben uns schon seit langem in diese Richtung bewegt.«

Es herrschte Stille, dann fragte Margaret: »Bedeutet das für uns, Jamie, daß unsere Tage als unabhängiges Land gezählt sind?«

»Nicht, so lange ich Premierminister bin«, antwortete er fest. »Und auch nicht, wenn ich meine Pläne durchsetzen kann.« Seine Stimme wurde schärfer in dem Maße, wie er an Überzeugungskraft gewann. »Wenn unsere Verhandlungen mit Washington richtig geführt werden, wenn die richtigen Entscheidungen in den nächsten ein oder zwei Jahren getroffen werden, wenn wir selbst stark, aber realistisch sind und wenn Vorausschau und Integrität auf beiden Seiten herrschen, wenn das alles zusammentrifft, dann kann es einen neuen Anfang bedeuten. Letzten Endes könnten wir stärker sein, nicht schwächer.

Wir könnten in der Welt mehr darstellen, nicht weniger.«
Er fühlte Margarets Hand auf seiner Schulter und lachte.
»Tut mir leid. Habe ich gepredigt?«

»Du fingst gerade an. Iß doch noch ein Brot, Jamie.
Noch etwas Kaffee?« Er nickte.

Beim Einschenken sagte Margaret leise: »Glaubst du
wirklich, daß es zum Krieg kommen kann?«

Bevor er antwortete, streckte er seinen langen Körper,
räkelte sich bequem im Sessel und legte die Füße auf der
Fußbank übereinander. »Ja«, sagte er ruhig, »ich bin
sicher, daß es dazu kommt. Aber ich glaube, es besteht
eine reale Chance, daß man den Krieg noch ein wenig
hinauszögern kann – ein Jahr, zwei Jahre, vielleicht sogar
drei.«

»Warum muß das nur sein? Warum?« Zum ersten Mal
machte sich in der Stimme seiner Frau Gefühl bemerkbar.
»Gerade jetzt, wo doch jeder weiß, daß es die Vernichtung
der ganzen Welt bedeutet.«

»Nein«, sagte James Howden, die Worte langsam for-
mulierend, »es braucht nicht die Vernichtung zu bedeuten. Das ist ein gängiger Irrglaube.«

Es herrschte Schweigen, dann fuhr er, seine Worte sorgfältig wählend, fort: »Du verstehst, daß meine Antwort
›nein‹ gewesen wäre, wenn man mir außerhalb dieses
Raumes die Frage gestellt hätte, die du gerade an mich
gerichtet hast? Ich müßte dann sagen, daß der Krieg nicht
unvermeidlich ist, denn jedes Mal, wenn man die Unvermeidbarkeit zugibt, dann ist das, als ziehe man den
Abzugshebel noch etwas fester an.«

Margaret hatte die Kaffeetasse vor ihn hingestellt. Jetzt
sagte sie: »Dann ist es doch sicher besser, das nicht zuzugeben – nicht einmal dir selbst gegenüber. Ist es nicht am
besten, wenn man die Hoffnung beibehält?«

»Wenn ich ein ganz normaler Bürger wäre«, antwortete
ihr Mann, »dann würde ich mich wohl so in Sicherheit
wiegen. Ich glaube, es wäre gar nicht schwer – ohne daß
man weiß, was wirklich geschieht. Aber ein Regierungs-
chef kann sich den Luxus von Illusionen nicht leisten,
wenigstens nicht, wenn er den Leuten dienen will, die

ihm ihr Vertrauen schenken – wenn er ihnen so dienen will, wie er muß.«

Er rührte in seiner Kaffeetasse, trank davon, ohne den Kaffee zu schmecken, und setzte dann die Tasse wieder ab.

»Früher oder später ist der Krieg unvermeidlich«, sagte James Howden gedehnt, »denn er ist immer schon unvermeidlich gewesen. Er wird es auch immer sein, so lange die Menschen Streit und Zorn hervorbringen können, ganz egal, worum es geht. Weißt du, jeder Krieg ist im Grunde genommen nur ein Streit unter kleinen Männern, der millionenfach vergrößert wird. Um den Krieg abzuschaffen, muß man auch die letzte Spur von menschlicher Eitelkeit, von Neid und Unfreundlichkeit beseitigen. Das läßt sich wohl nicht machen.«

»Aber wenn das wirklich wahr ist«, protestierte Margaret, »dann gibt es doch nichts, für das es sich zu leben lohnte.«

Er schüttelte den Kopf. »Das ist nicht wahr. Das Überleben ist einer Anstrengung wert, denn Überleben bedeutet Leben. Und Leben ist ein Abenteuer.« Er drehte sich um, er betrachtete das Gesicht seiner Frau. »Für uns ist es doch ein Abenteuer gewesen. Würdest du es ändern wollen?«

»Nein«, sagte Margaret Howden, »das glaube ich nicht.«

Bei den letzten Worten hatte sich James Howden erhoben. Er ging durch das Zimmer und wandte sich um.

Zu ihm hinschauend sagte Margaret behutsam: »Du nutzt sie doch, die Zeit, die uns noch bleibt?«

»Ja«, sagte er, »ganz sicher.« Sein Ausdruck wurde sanfter. »Vielleicht hätte ich dir all das nicht erzählen sollen. Hat es dich sehr erregt?«

»Es hat mich traurig gemacht. Die Welt, die Menschheit – wie man es auch nennen mag –, wir haben doch so viel, und wir verschleudern alles.« Eine Pause, dann kam es vorsichtig: »Aber du wolltest es jemandem mitteilen.«

Er nickte. »Es gibt nicht viele Menschen, mit denen ich offen reden kann.«

»Dann bin ich froh, daß du es mir erzählt hast.« Aus

Gewohnheit stellte Margaret das Kaffeegeschirr zusammen. »Es ist spät geworden. Meinst du nicht, wir sollten nach oben gehen?«

Er schüttelte den Kopf. »Noch nicht. Aber geh du nur. Ich komme später.«

Auf dem Weg zur Tür blieb Margaret stehen. Auf einem Sheraton-Spieltisch lag ein Stapel von Dokumenten und Zeitungsausschnitten, die am Nachmittag aus Howdens Parlamentsbüro herübergeschickt worden waren. Sie nahm ein dünnes Heft auf und blätterte darin.

»So etwas liest du doch wohl nicht, Jamie, oder?«

Der Titel auf dem Umschlag lautete *Der Sterngucker*. Um den Titel waren die Sternzeichen angeordnet.

»Aber ich bitte dich!« Ihr Mann wurde etwas rot. »Na ja, manchmal werfe ich einen Blick rein – so zum Spaß.«

»Die alte Dame, die dir diese Hefte geschickt hat, ist aber doch schon gestorben?«

»Irgend jemand schickt sie mir eben weiter.«

Howdens Stimme verriet eine Spur von Gereiztheit. »Es ist schwierig, von einer Versandliste wieder gestrichen zu werden, wenn man erst einmal darauf steht.«

»Aber dies ist doch ein Abonnementsexemplar«, beharrte Margaret. »Schau – das Abonnement ist erneuert worden. Das sieht man doch an dem Aufkleber.«

»Ich bitte dich, Margaret, wie weiß ich, warum und wann und wo das Abonnement erneuert ist? Kannst du dir vorstellen, wieviel Post mir im Laufe eines Tages zugeht? Das überprüfe ich doch nicht alles. Ich sehe das nicht einmal alles. Vielleicht hat das jemand im Büro veranlaßt, ohne es mir zu sagen. Wenn es dir etwas ausmacht, dann lasse ich morgen das Abonnement abbestellen.«

Margaret sagte ganz ruhig: »Es ist doch nicht nötig, sich darüber aufzuregen, und mich geht das auch gar nichts an. Ich war nur neugierig, und selbst wenn du es liest, warum so viel Lärm um nichts? Vielleicht kannst du darin lesen, wie du mit Harvey Warrender umgehen mußt.« Sie legte das Heft wieder auf den Tisch. »Möchtest du jetzt nicht doch ins Bett kommen?«

»Ganz bestimmt nicht. Ich muß noch eine Menge planen, und ich habe nicht viel Zeit.«

Es war die alte Erfahrung. »Gute Nacht, mein Lieber«, sagte sie.

Als sie die breite, geschwungene Treppe hinaufging, fragte sich Margaret, wie oft sie bereits in ihrem verheirateten Leben einsame Abende verbracht oder so ganz allein zu Bett gegangen war. Vielleicht war es gut, daß sie die Zahl nie festgehalten hatte. Ganz besonders in den letzten Jahren war es für James Howden zur Gewohnheit geworden, lange aufzubleiben, über die Politik oder die Staatsgeschäfte nachzubrüten, und wenn er dann zu Bett kam, schlief Margaret schon und wachte nur selten auf. Es waren nicht die sexuellen Vertraulichkeiten, die sie entbehrte, gestand sie sich mit weiblicher Offenheit ein. Die waren schon vor Jahren eingedämmt und organisiert worden, aber die Kameradschaft gegen Ende des Tages vermittelte ein Gefühl der Wärme, das eine Frau schätzte. In unserer Ehe hat es ganz gewiß gute Erfahrungen gegeben, dachte Margaret, aber die Einsamkeit gab es auch.

Die Erwähnung des Krieges hatte in ihr ein Gefühl ungewohnter Traurigkeit hinterlassen. Die Unvermeidlichkeit des Krieges, so dachte sie, war etwas, was die Männer akzeptierten, aber die Frauen nie hinnehmen würden. Die Männer machten Krieg, nicht die Frauen, bis auf wenige Ausnahmen. Warum? War es, weil die Frauen zu Schmerz und Leiden geboren waren, aber die Männer ihren eigenen Schmerz erst verursachen mußten? Plötzlich hatte sie Sehnsucht nach ihren Kindern, nicht um sie zu umsorgen, sondern um von ihnen verwöhnt zu werden. Die Tränen stiegen ihr in die Augen, und sie war einen Augenblick lang versucht, wieder nach unten zu gehen, und ihn zu bitten, daß sie wenigstens diese eine Nacht zur Schlafenszeit nicht allein sein mußte.

Dann sagte sie sich: »Ich bin töricht. Jamie würde nett zu mir sein, aber verstehen würde er mich nie.«

Nachdem seine Frau gegangen war, blieb James Howden noch etwas vor dem Feuer sitzen – ein glühendes Rot, nachdem die Flammen zusammengefallen waren – und gestattete seinen Gedanken, frei zu schweifen. Was Margaret bemerkt hatte, war richtig. Das Reden hatte Erleichterung gebracht, und einige der Dinge, die er heute abend gesagt hatte, waren zum ersten Mal laut ausgesprochen worden. Aber jetzt mußte er genaue Pläne machen, nicht nur für die Besprechungen in Washington, sondern auch für seine eigene Haltung dem Land gegenüber.

Das Wichtigste war natürlich dabei, daß er an der Regierung blieb. Es war, als winke ihm das Schicksal zu. Aber würden die anderen es genauso sehen? Er hoffte darauf, aber es war am besten, wenn man sich vergewisserte. Deshalb mußte er auch zu diesem Zeitpunkt einen vorsichtigen, genau festgelegten Kurs in der Innenpolitik steuern. Zum Wohle des Landes war ein Wahlsieg für seine eigene Partei in den nächsten Monaten von ausschlaggebender Bedeutung.

Als sei er erleichtert darüber, sich Bagatellen zuzuwenden, kehrte er in Gedanken zu dem Zwischenfall zurück, zu dem es heute abend mit Harvey Warrender gekommen war. Das durfte auf keinen Fall wieder passieren. Er mußte Harvey zur Rechenschaft ziehen, beschloß er, und zwar am besten schon morgen. Er war jedenfalls entschlossen, es im Ministerium für Einwanderung zu keinen weiteren Schwierigkeiten mehr kommen zu lassen.

Die Musik hatte aufgehört, und er ging zum Plattenspieler hinüber, um eine andere Schallplatte aufzulegen. Er wählte eine Mantovani-Platte mit dem Titel *Gems Forever*. Auf dem Rückweg nahm er die Zeitschrift mit, auf die Margaret angespielt hatte.

Was er Margaret gesagt hatte, war vollkommen wahr. Tatsächlich kam eine Menge Post in sein Büro, und dies hier war nur ein winziger Bruchteil. Natürlich erreichten ihn zahlreiche Zeitungen und Zeitschriften nie, es sei denn, daß auf ihn Bezug genommen wurde oder ein Photo abgebildet war. Seit Jahren schon hatte Milly Freedeman diese Zeitschrift in eine kleine Auswahl eingeschlossen. Er konnte sich nicht erinnern, daß er sie je darum gebeten hatte, er hatte sich aber auch nicht dagegen verwahrt. Er glaubte auch, daß Milly automatisch das Abonnement erneuerte, wenn es ablief.

Natürlich war das ganze Unfug – Astrologie, das Okkulte und der dazugehörige Hokuspokus –, aber es war doch interessant festzustellen, wie leichtgläubig andere Menschen sein konnten. Das war allein der Anstoß zu seinem eigenen Interesse, obwohl es irgendwie schwierig erschienen war, das Margaret zu erklären. Es hatte schon vor Jahren in Medicine Hat begonnen, wo er erfolgreich als Rechtsanwalt tätig war und gerade seine politische Karriere begann. Er hatte einen Fall als Pflichtverteidiger angenommen, einen von vielen, den er in jenen Tagen vertrat, und die Angeklagte war eine weißhaarige mütterliche Frau gewesen, die man des Ladendiebstahls beschuldigte. Sie war so offenbar schuldig und hatte ein einschlägiges Vorstrafenregister, daß nichts anderes geraten schien, als die Tatsachen zuzugeben und um Milde zu bitten. Aber die alte Dame, eine Mrs. Ada Zeeder, hatte ganz anders argumentiert, wobei sie vor allem darum besorgt war, den Gerichtstermin um eine Woche zu verschieben. Er hatte sie gefragt, warum.

Sie hatte ihm entgegnet: »Weil mich dann der Richter nicht verurteilt, Sie törichter junger Mann.« Nachdem er weiter in sie gedrungen war, hatte sie erklärt: »Ich bin unterm Sternzeichen des Schützen geboren. Die nächste Woche ist eine gute Woche für alle Schützen. Das werden Sie ja sehen.«

Um der alten Frau einen Gefallen zu tun, hatte er den Fall vertagen lassen und später auf »nicht schuldig« plädiert. Zu seinem großen Erstaunen hatte ein normalerweise strenger Richter, nach einem besonders schlechten Plädoyer seinerseits, die Anklage fallengelassen.

Nach jenem Tag im Gerichtssaal hatte er die alte Mrs. Zeeder nie wieder gesehen, aber jahrelang bis zu ihrem

Tode hatte sie ihm regelmäßig Ratschläge zu seiner Karriere geschrieben, die auf der Tatsache beruhten, daß er auch, wie sie entdeckt hatte, ein Schütze war. Er hatte die Briefe gelesen, aber nur wenig Aufmerksamkeit darauf verschwendet, bisweilen war er allerdings verwundert über die Voraussagen gewesen, die einzutreffen schienen. Später hatte die alte Frau in seinem Namen ein Abonnement auf diese astrologische Zeitschrift bestellt, und als ihre Briefe schließlich nicht mehr kamen, wurde ihm immer noch diese Zeitschrift zugestellt.

Beiläufig öffnete er die Seiten eines Kapitels mit der Überschrift »Ihr Horoskop – 15. bis 30. Dezember.« Für jeden Tag der beiden Wochen war dort ein Abschnitt mit Ratschlägen für diejenigen, die sich ihres Geburtsdatums über Gebühr bewußt waren. Er las den Abschnitt für den morgigen Tag unter »Schütze«. Für den vierundzwanzigsten hieß es dort:

»Ein wichtiger Tag für Entscheidungen und eine gute Gelegenheit, das Schicksal zu eigenen Gunsten zu wenden. Ihre Fähigkeit, andere zu überzeugen, ist besonders ausgeprägt, und deshalb sollte man Fortschritte, die jetzt erzielt werden können, nicht erst später zu machen versuchen. Eine Zeit für Begegnungen. Hüten Sie sich vor der kleinen Wolke, die nur so groß ist wie eine Männerhand.«

Das war ein absurder Zufall, dachte er. Außerdem aber waren die Worte vage und konnten auf fast jede Situation angewandt werden, wenn man das ganze einmal ruhig nachdenkend überlas. Aber er hatte ja tatsächlich Entscheidungen zu treffen, und er hatte eine Zusammenkunft des Verteidigungsrates im Kabinett für morgen erwogen, und es würde tatsächlich für ihn notwendig sein, andere zu überzeugen. Er dachte darüber nach, was wohl mit der Wolke gemeint sein könnte, die nicht größer war als eine Männerhand. Vielleicht stand das mit Harvey Warrender im Zusammenhang. Dann gebot er sich selbst Einhalt. Das war doch lächerlich. Er legte das Heft weg, vergaß es.

Er war jedoch an eins erinnert worden: an den Verteidigungsrat. Vielleicht sollte man dennoch die Zusammenkunft für morgen einberufen, auch wenn es Heiligabend war. Die Erklärung zur Reise nach Washington wäre dann schon veröffentlicht, und er würde sich im Kabinett Unterstützung sichern müssen, um die anderen zu seiner eigenen Ansicht zu bekehren. Er begann zu planen, was er dem Ausschuß sagen würde. Seine Gedanken überschlugen sich.

Erst zwei Stunden später begab er sich ins Bett. Margaret schlief bereits, und er zog sich aus, ohne sie zu wecken, und stellte einen kleinen Wecker auf sechs.

Zunächst schlief er fest, aber gegen Morgen wurde seine Ruhe durch einen sonderbaren, immer wiederkehrenden Traum unterbrochen – ein Anzahl von Wolken, die sich von Handgröße zu dunklen, sturmverzerrten Gestalten vergrößerten.

Die M. S. Vastervik

An der kanadischen Westküste – 2300 Meilen von Ottawa entfernt nach der Strecke der Düsenflugzeuge gemessen – machte das Motorschiff *Vastervik* im schauerartigen Regen am 23. Dezember fest.

Der Wind im Hafen von Vancouver war winterlich und böig. Der Hafenlotse, der vor einer halben Stunde an Bord gegangen war, hatte noch drei Kettenlängen der Ankerkette auswerfen lassen, und jetzt schob sich die *Vastervik* ganz behutsam an den Pier, der große Anker schlierte wie eine Bremse über den Schlick auf dem Boden. Der Schlepper vor dem Schiff ließ die Sirene kurz aufheulen, und ein Landetau wurde auf die Mole geworfen, andere folgten nach.

Zehn Minuten später, um 15.00 Uhr Ortszeit, war das Schiff festgemacht und der Anker wieder gehievt.

La Pointe Pier, an dem das Schiff festgemacht hatte, war einer von mehreren Piers, die wie Finger aus der mit Gebäuden dicht besäten Küste herausragten. Um den Neuankömmling herum und den übrigen Piers löschten andere Schiffe ihre Fracht oder luden. Kranladungen erhoben sich schnell in die Luft und wurden wieder abgelassen. Die Waggons von Schmalspurbahnen rangierten geschäftig auf den Schienen hin und her, während Gabelstapler den Weg von den Schiffen zu den Lagerhallen machten. Von einem nahegelegenen Pier schob sich ein untersetzter grauer Frachter allmählich hinaus auf die freie See, zwei Schlepper zogen ihn.

Eine Gruppe von drei Männern näherte sich der *Vastervik* mit geschäftiger Entschlossenheit. Sie gingen im gleichen Schritt, vermieden mit Geschick Hindernisse, die im Weg lagen, und gingen um die arbeitenden Gruppen herum. Zwei der Männer trugen Uniformen. Der eine war ein Zollbeamter, der andere gehörte dem kanadischen Einwanderungsbüro an. Der dritte Mann trug Zivil.

»Verflixt!« sagte der Zollbeamte. »Jetzt regnet es schon wieder.«

»Kommen Sie auf unser Schiff«, sagte der Zivilist grinsend. Er war der Vertreter der Reederei. »Da ist es sicher trockener.«

»Da würde ich nicht so sicher sein«, sagte der Einwanderungsbeamte. Er hatte ein strenges Gesicht und sprach, ohne zu lächeln. »Ein paar von den Pötten, die ihr habt, sind drinnen nasser als draußen. Wie ihr die überhaupt am Schwimmen haltet, ist mir ein Rätsel.«

Eine verrostete eiserne Gangway wurde von der *Vastervik* herabgelassen.

Am Schiff hinaufschauend sagte der Reedereivertreter: »Manchmal frage ich mich das selbst. Aber drei Leute mehr werden es sicherlich nicht zum Sinken bringen.« Er schwang sich auf die Gangway, die anderen folgten ihm.

2

In seiner Kajüte direkt unter der Brücke legte sich Kapitän Sigurd Jaabeck, ein starkknochiger, ruhiger Mann mit einem wetterharten Seemannsgesicht, die Papiere zurecht, die er für die Hafenmeisterei zur Freigabe seiner Ladung und seiner Mannschaft brauchte. Vor dem Landen hatte der Kapitän seinen üblichen Pullover und die Blue jeans mit einem zweireihigen blauen Anzug vertauscht, trug aber immer noch die altmodischen Pantoffeln, die er an Bord meist anhatte.

Es war gut, dachte Kapitän Jaabeck, daß sie bei Tageslicht eingefahren waren und heute abend an Land essen konnten. Es würde eine Erlösung bedeuten, mal dem Gestank der Düngemittel zu entkommen. Der Kapitän zog voller Abneigung über den alles durchdringenden Geruch die Nase hoch. Das war ein Geruch, der einen an eine Mischung von nassem Schwefel und verfaulendem Kohl erinnerte. Tagelang schon war der Gestank aus der Ladeluke Nummer drei heraufgekommen und wurde freizügig durch die Warmluftgebläse im ganzen Schiff verteilt. Es war tröstlich, dachte er, daß die nächste Ladung der *Vastervik* kanadisches Holz war, Holz frisch von der Sägemühle.

Mit den Dokumenten in der Hand trat er jetzt auf das Deck hinaus.

Im Mannschaftsquartier, am Heck, schlenderte Vollmatrose Stubby Gates durch die kleine Messe, die auch als Aufenthaltsraum bei Tage diente. Er ging hinüber zu einer anderen Gestalt, die schweigend durch eine Luke hinausschaute.

Gates war ein *Cockney*. Er hatte das zernarbte, etwas verzogene Gesicht eines Boxers, war untersetzt mit langen herunterhängenden Armen, die ihn etwas äffisch erscheinen ließen. Er war der stärkste Mann auf dem Schiff und auch – es sei denn, man provozierte ihn – der gutmütigste.

Der andere Mann war jung, von kleinem Wuchs. Er erschien rundlich mit festem Knochenbau, er hatte tiefliegende Augen und überlanges schwarzes Haar. Er sah eigentlich kaum älter als ein Junge aus.

Stubby Gates fragte: »Was denkst du denn so, Henri?«

Einen Augenblick lang schaute der andere weiter durch die Luke hinaus, als hätte er nichts gehört. Sein Ausdruck war sonderbar wehmütig, seine Augen schienen sich an den Umrissen der Stadt mit ihren sauberen Hochhäusern, die hinter den Docks sichtbar wurden, festzukrallen. Das Geräusch des Straßenverkehrs war durch die offene Luke über das Wasser hinweg klar wahrzunehmen. Dann zog der junge Mann abrupt die Schultern hoch und drehte sich um.

»Ich denke an gar nichts.« Er sprach mit einem starken, gutturalen, obwohl nicht unangenehmen Akzent. Englisch fiel ihm schwer.

»Wir sind eine Woche im Hafen«, sagte Stubby Gates. »Bist du schon mal in Vancouver gewesen?«

Der junge Mann, er hieß Henri Duval, schüttelte den Kopf.

»Ich bin dreimal hier gewesen«, sagte Gates. »Es gibt schönere Städte, wo man an Land gehen kann. Aber das

Fressen ist hier gut, und man kann immer schnell ein Mädchen aufreißen.« Er blinzelte seitlich zu Duval hinüber. »Glaubst du, daß sie dich diesmal an Land lassen, Kamerad?«

Der junge Mann antwortete schwermütig, mit Verzweiflung in der Stimme. Die Worte waren schwer zu verstehen, aber Stubby Gates konnte sie wahrnehmen. »Manchmal glaube ich«, sagte Henri Duval, »daß ich nie wieder an Land gehen kann.«

3

Kapitän Jaabeck ging den drei Männern entgegen, als sie an Bord kamen. Er gab dem Reedereivertreter die Hand, und dieser stellte den Zollbeamten und den Einwanderungsbeamten vor. Die beiden Männer – jetzt ganz amtlich – nickten dem Kapitän freundlich zu, gaben ihm aber nicht die Hand.

»Haben Sie Ihre Mannschaft zusammen, Kapitän?« fragte der Einwanderungsbeamte.

Kapitän Jaabeck nickte. »Bitte folgen Sie mir.«

Die Formalitäten waren schon bekannt, und es bedurfte keiner besonderen Anweisungen, um die Mannschaft in die Offiziersmesse mittschiffs zu bringen. Sie standen draußen Schlange, während die Schiffsoffiziere im Raum warteten.

Stubby Gates gab Henri Duval einen freundlichen Rippenstoß, als die Gruppe, der Kapitän vorneweg, vorüberging. »Das sind die Regierungsleute«, murmelte Gates. »Die sagen, ob du an Land kannst.«

Henri Duval wandte sich dem Älteren zu. »Ich werde versuchen«, sagte er sanft. In seiner Stimme mit dem starken Akzent lag eine knabenhafte Begeisterung. Die Depression schien gebannt. »Ich versuche arbeiten. Vielleicht darf bleiben.«

»So ist es richtig, Henri«, sagte Stubby Gates heiter. »Nur nicht aufgeben!«

In der Messe hatte man Tisch und Stuhl für den Einwanderungsbeamten bereitgestellt. Er setzte sich hin, sah sich die maschinengeschriebene Mannschaftsliste an, die der Kapitän ihm übergeben hatte. An einer anderen Stelle des Raumes blätterte der Zollbeamte in einer Begleitliste für die Ladung.

»Dreißig Offiziere und Mannschaftsgrade und ein blinder Passagier«, sagte der Einwanderungsbeamte. »Stimmt das, Kapitän?«

»Ja.« Kapitän Jaabeck nickte.

»Wo ist der blinde Passagier an Bord gegangen?«

»In Beirut. Er heißt Duval«, sagte der Kapitän. »Er ist jetzt schon lange bei uns. Viel zu lang.«

Der Gesichtsausdruck des Einwanderungsbeamten änderte sich nicht.

»Ich nehme die Offiziere zuerst.« Er wandte sich dem ersten Offizier zu, der vortrat und einen schwedischen Paß überreichte.

Nach den Offizieren kamen die Matrosen von draußen herein. Jede Befragung war nur kurz. Name, Staatsangehörigkeit, Geburtsort, ein paar beiläufige Fragen. Danach ging jeder einzelne zum Zollbeamten hinüber.

Duval kam zuletzt. Bei ihm waren die Fragen des Einwanderungsbeamten weniger oberflächlich. Er antwortete mit Bedacht, mit einem spürbaren Ernst, in stockendem Englisch. Einige der Seeleute, unter ihnen Stubby Gates, waren im Raum geblieben und hörten zu.

Ja, sein Name sei Henri Duval. Ja, er sei als blinder Passagier auf dem Schiff. Ja, er sei in Beirut, im Libanon, an Bord gegangen. Nein, er sei kein Staatsbürger des Libanon. Nein, er habe keinen Paß. Er hätte noch nie einen Paß besessen. Auch keine Geburtsurkunde. Auch keinerlei Dokumente. Ja, seinen Geburtsort wisse er. Es sei Französisch Somaliland. Seine Mutter sei Französin, sein Vater Engländer gewesen. Seine Mutter sei jetzt tot, seinen Vater habe er nie gekannt. Nein, er habe keinerlei Unterlagen, um zu beweisen, daß er die Wahrheit sage. Ja, man habe ihm die Einreise nach Französisch Somaliland verweigert. Nein, die Beamten dort hätten seine Geschichte nicht geglaubt. Ja, man habe ihm auch in anderen Häfen nicht gestattet, an Land zu gehen. Er hätte es schon in vielen Häfen versucht. Er könne sich nicht an alle erinnern. Ja, er sei ganz sicher, daß er keine Papiere habe. Gar keine.

Es war die Wiederholung einer Befragung an anderen Orten. Während die Befragung weiterging, wich die Hoffnung, die sich ganz kurz auf dem Gesicht des jungen Mannes gezeigt hatte, einer tiefen Verzweiflung und Resignation. Gegen Ende versuchte er es noch einmal.

»Ich arbeiten«, bat er, und seine Augen suchten im Gesicht des Einwanderungsbeamten nach einer Andeutung von Verständnis. »Bitte – ich arbeiten gut. Arbeiten in Kanada.« Er sprach den Ländernamen linkisch aus, so als habe er ihn gelernt, aber nicht gut genug.

Der Einwanderungsbeamte schüttelte verneinend den Kopf. »Nein, hier arbeiten Sie nicht.« Er wandte sich an Kapitän Jaabeck: »Ich werde einen Arrestbefehl für diesen blinden Passagier ausschreiben, Kapitän. Sie sind dafür verantwortlich, daß er nicht an Land geht.«

»Wir werden dafür sorgen«, sagte der Vertreter der Reederei.

Der Einwanderungsbeamte nickte. »Die übrige Mannschaft ist in Ordnung.«

Die Zurückgebliebenen begannen jetzt hinauszugehen, als Stubby Gates sagte:

»Kann ich nich 'n Augenblick mit Ihnen reden, Chef?«

Erstaunt antwortete der Einwanderungsbeamte: »Ja.«

An der Tür wurde es plötzlich ruhig, und ein paar Männer kamen wieder in den Raum.

»Wegen dem Henri hier.«

»Was gibt's denn da?« Die Stimme des Beamten klang scharf.

»Ja wissen Sie, wo doch jetzt Weihnachten is und wir im Hafen liegen, da haben wir gedacht, wir könnten den Henri doch einfach mitnehmen, bloß für eine Nacht.«

Der Einwanderungsbeamte sagte streng: »Ich habe doch unmißverständlich klargemacht, daß er an Bord bleibt.«

Stubby Gates wurde lauter: »Das weiß ich schon. Aber

könnten Sie denn vielleicht nich mal für fünf verdammte Minuten Ihre blödsinnigen bürokratischen Bestimmungen vergessen?« Er hatte nicht die Absicht, sich aufzuregen, aber er empfand die Verachtung des Seemannes für die bürokratische Gesinnung der Landratten.

»Jetzt ist es aber genug!« Der Einwanderungsbeamte sprach sehr scharf, seine Augen blitzten zornig.

Kapitän Jaabeck trat vor. Unter den Seeleuten im Raum erhöhte sich die Spannung.

»Vielleicht genug für dich, du hochnäsiger Fatzke«, sagte Stubby Gates streitlustig. »Aber wenn ein Bursche fast zwei Jahre lang keinen Schritt vom Schiff runter gemacht hat und es dazu noch Weihnachten ist . . .«

»Gates«, sagte der Kapitän ruhig, »jetzt langt's.«

Plötzlich herrschte Schweigen. Der Einwanderungsbeamte war rot im Gesicht geworden und beruhigte sich jetzt wieder. Fragend schaute er zu Stubby Gates hinüber. »Wollen Sie mir erzählen, daß dieser Mann hier, der Duval, zwei Jahre lang nicht an Land gegangen ist?«

»Es sind noch nicht ganz zwei Jahre«, mischte sich Kapitän Jaabeck ruhig ein. Er sprach ein klares Englisch mit einem winzigen Anklang an seine norwegische Muttersprache. »Seit dieser junge Mann als blinder Passagier vor zwanzig Monaten auf mein Schiff gekommen ist, hat man ihm in keinem Lande gestattet, von Bord zu gehen. In jedem Hafen, an jedem Ort sagte man mir dasselbe: Er hat keinen Paß. Deshalb kann er nicht von uns weg. Er ist an uns gebunden.« Der Kapitän streckte die großen Seebärenpranken mit gespreizten Fingern fragend aus. »Was soll ich tun – soll ich ihn den Fischen zum Fraß vorwerfen, bloß weil kein Land ihn haben will?«

Die Spannung war gewichen. Stubby Gates war zurückgetreten, stand jetzt stumm da und fügte sich seinem Kapitän.

Der Einwanderungsbeamte – die Schärfe war von ihm gefallen – sagte zweifelnd: »Er behauptet, Franzose zu sein – in Französisch Somaliland geboren.«

»Das ist richtig«, sagte der Kapitän. »Leider verlangen die Franzosen auch Papiere, und dieser Mann hat keine.

Er hat mir geschworen, daß er nie Papiere besessen hat, und ich glaube ihm. Er ist ehrlich und ein guter Arbeiter. Das immerhin erfährt man ja in zwanzig Monaten.«

Henri Duval war dem Gespräch gefolgt, seine Augen wanderten voller Hoffnung von einem Gesicht zum anderen. Jetzt kehrte sein Blick zum Einwanderungsbeamten zurück.

»Es tut mir leid. Er kann in Kanada nicht an Land.« Der Einwanderungsbeamte schien in Verlegenheit geraten zu sein. Trotz seiner äußeren Strenge war er kein ungefälliger Mann und wünschte bisweilen, daß seine Dienstanweisungen weniger präzise wären. Fast entschuldigend fügte er hinzu: »Es tut mir leid, aber ich kann einfach nichts machen, Kapitän.«

»Nicht einmal eine Nacht an Land?« Das hatte Stubby Gates gefragt, der den Versuch – in seiner Halsstarrigkeit ein echter *Cockney* – immer noch nicht aufgegeben hatte.

»Nicht einmal für eine Nacht.« Die Antwort war endgültig. »Ich fülle jetzt den Arrestbefehl aus.«

Eine Stunde war seit dem Anlegen vergangen, und draußen legte sich die Abenddämmerung um das Schiff.

4

Wenige Minuten nach 23.00 Uhr Ortszeit von Vancouver, etwa zwei Stunden nachdem der Premierminister in Ottawa ins Bett gegangen war, fuhr im strömenden Regen an dem dunklen verlassenen Eingangstor zum *La Pointe Pier* ein Taxi vor.

Zwei Männer stiegen aus. Der eine war ein Reporter, der andere ein Photograph von der *Vancouver Post*.

Der Reporter, Dan Orliffe, ein kräftig gebauter, dennoch beweglicher Enddreißiger, hatte ein gerötetes Gesicht mit breiten Backenknochen und trat äußerst gelassen auf, was ihn bisweilen eher wie einen freundlichen Landwirt erscheinen ließ als wie einen erfolgreichen und gelegentlich rücksichtslosen Nachrichtenreporter. Im Gegensatz dazu war der Photograph Wally de Vere ein über

1,80 m großer hagerer Mann, der sich rasch und nervös bewegte und dauernd einen Anflug von Pessimismus zeigte.

Als das Taxi zurücksetzte, schaute Dan Orliffe sich um und schlug den Mantelkragen zum Schutz gegen Wind und Regen hoch. Zunächst mußten sich die Augen an die plötzliche Dunkelheit nach dem Abfahren des Taxis gewöhnen. Um sie herum gab es geisterhafte Formen und Flecken tiefer Dunkelheit, voraus glänzte das Wasser. Stille, verlassene Gebäude waren nur in verschwommenen Umrissen zu erkennen, die sich mit der trostlosen Dunkelheit vermischten. Dann gelang es Dan Orliffe allmählich, seine Augen an die Finsternis zu gewöhnen, und in der Nähe wurden Schattengebilde deutlicher; so konnte er erkennen, daß sie auf einer breiten Zementrampe parallel zur Hafenmauer standen.

Hinter ihnen, wo das Taxi sie abgestzt hatte, standen die zylinderförmigen Silhouetten von Getreidesilos und dunklen Lagerschuppen. Nahebei lagen Schiffsladungen aufgetürmt, mit Zeltbahnen bedeckt; von der Rampe aus erstreckten sich zwei Docks nach draußen, reichten wie Arme ins Wasser hinaus. An beiden Seiten der zwei Docks waren Schiffe festgemacht, und einige Lampen, die matt leuchteten, zeigten an, daß fünf Schiffe hier lagen. Nirgendwo gab es irgendein Anzeichen für Menschen oder Bewegung.

De Vere hatte seine Kamera und seine Ausrüstung über die Schulter gehängt. Jetzt deutete er auf die Schiffe. »Welches ist es?« fragte er.

Dan Orliffe benutzte eine Taschenlampe, um eine Notiz zu lesen, die der Redakteur vom Dienst ihm vor einer halben Stunde nach einem Telefontip gegeben hatte. »Wir suchen die *Vastervik*«, sagte er. »Das müßte vielleicht eines von diesen hier sein.« Er wandte sich nach rechts, und der Photograph folgte ihm. In den paar Minuten, seit sie aus dem Taxi gestiegen waren, hatte der Regen bereits ihre Mäntel durchnäßt. Dan fühlte, wie seine Hose naß wurde und das Wasser unangenehm in seinen Kragen lief.

»Was die hier brauchen«, klagte De Vere, »ist 'ne hübsche Puppe in einem Auskunftskiosk.« Sie bahnten sich vorsichtig zwischen zerbrochenen Kisten und Ölfässern einen Weg. »Wer ist denn überhaupt der Typ, den wir suchen?«

»Er heißt Henri Duval«, sagte Dan. »Der Redakteur vom Dienst sagt, er ist ein Mann ohne Papiere, ohne Heimat, und keiner läßt ihn vom Schiff.«

Der Photograph nickte weise. »Eine richtige Story für die Tränendrüsen, was? Ich verstehe – Weihnachtsabend und kein Platz in der Herberge.«

»Das wäre auch ein Aspekt«, gab Dan zu. »Du solltest die Geschichte schreiben.«

»Ich ganz sicher nicht«, sagte De Vere. »Wenn wir hier fertig sind, geh ich in mein Labor, um die Aufnahmen zu entwickeln. Außerdem wette ich zehn zu fünf, daß der Junge nicht echt ist.«

Dan schüttelte den Kopf. »Ich habe keine Lust zu wetten. Du könntest gewinnen.«

Sie waren jetzt auf halbem Weg auf dem rechten Dock. Sie gingen vorsichtig an Güterwagen vorbei. Fünfzehn Meter tiefer, dort unten in der Dunkelheit, glitzerte das Wasser, und der Regen klatschte hörbar auf das Hafenbecken.

Am ersten Schiff schauten sie nach oben, um den Namen zu lesen. Es war ein russisches Schiff.

»Komm weiter«, sagte Dan. »Hier sind wir nicht richtig.«

»Es ist todsicher das letzte«, sagte der Photograph. »Das ist doch immer so.«

Aber es war das nächste Schiff. Der Name *Vastervik* stand auf dem angestrahlten Bug oben zu lesen. Und darunter waren verrostete, verfallende Stahlplatten.

»Kann so ein alter vergammelter Schrottpott eigentlich schwimmen?« De Veres Stimme klang ungläubig. »Oder will uns hier einer zum Narren halten?«

Sie waren eine klapperige Gangway hinaufgestiegen und standen jetzt auf dem Hauptdeck.

Vom Dock her gesehen war die *Vastervik* selbst in der

65

Dunkelheit als ein heruntergekommenes Schiff erschienen. Jetzt, näher besehen, waren die Anzeichen des Alters und der zunehmenden Vernachlässigung noch schlagender. Der ausgewaschene Anstrich zeigte große Rostflecken, die sich über die Aufbauten, die Luken und Türen erstreckten. An anderer Stelle hingen die letzten Farbreste in Streifen herunter. Eine einsame nackte Glühbirne über der Gangway ließ unter ihren Füßen auf Deck eine ganze Schicht von fettigem Schmutz erkennen, und in der Nähe standen mehrere offene Kisten mit Abfällen. Vorn war ein Stahlventilator so verrostet, daß er aus seinem Gehäuse herausgefallen war. Er war wahrscheinlich nicht mehr zu reparieren, und man hatte ihn völlig sinnlos an Deck vertaut.

Dan schnupperte.

»Ja, Mensch«, sagte der Photograph. »Ich merke es auch schon.«

Aus dem Inneren des Schiffes drang der Gestank der Düngemittel herauf.

»Versuchen wir's doch hier mal«, sagte Dan. Er öffnete eine Stahltür vor sich und ging einen schmalen Gang hinunter.

Nach wenigen Metern gabelte sich der Gang. Rechts war eine Anzahl von Kabinentüren – offensichtlich die Zimmer der Offiziere. Dan wandte sich nach links, ging auf eine Tür zu, aus der Licht drang. Dahinter war eine Kombüse.

Stubby Gates saß in einem schmierigen Overall am Tisch und las ein Pin-up Magazin.

»Hallo Chef«, sagte er, »wer sind Sie denn?«

»Ich bin von der *Vancouver Post*«, sagte Dan. »Ich suche einen Henri Duval.«

Der Seemann verzog seinen Mund zu einem breiten Grinsen und zeigte dabei eine Reihe geschwärzter Zähne. »Der junge Henri war vorhin hier, aber er hat sich jetzt in seine Privatgemächer zurückgezogen.«

»Meinen Sie, wir könnten ihn wecken?« fragte Dan, »oder sollen wir den Kapitän fragen?«

Gates schüttelte den Kopf. »Lassen Sie den Skipper am

besten in Ruhe. Er hat was dagegen, wenn er im Hafen früh aufgeweckt wird. Aber ich könnte schon den Henri für Sie raufbringen.« Er blinzelte De Vere zu. »Wer ist denn der da?«

»Der macht ein paar Photos.«

Der Matrose stand auf, stopfte die Zeitschrift in seinen Overall. »Na gut, meine Herren«, sagte er. »Folgen Sie mir.«

Sie gingen zwei Stiegen hinunter und dann nach vorn ins Schiff. In einem düsteren Gang, der nur durch eine einzige schwache Birne erhellt wurde, klopfte Stubby Gates an eine Tür, drehte einen Schlüssel und öffnete. Er griff hinein und schaltete die Lampe an.

»Zeig dich mal, Henri«, sagte er. »Hier sind zwei Herren, die dich sprechen wollen.« Er trat zurück und lud Dan ein, hereinzukommen.

Dan trat an die Tür und sah eine kleine Gestalt, die sich schläfrig in einer Metallkoje aufrichtete. Dann schaute er sich weiter um.

Um Gottes Willen! dachte er. Muß hier ein Mensch leben?

Es war ein Metallkäfig – ein Kasten, der etwa zwei Meter im Quadrat groß war. Vor langer Zeit waren die Wände einmal ockerfarben angestrichen gewesen, aber die meiste Farbe war verschwunden, war durch Rost ersetzt worden. Farbe und Rost waren mit einer feuchten Schicht überzogen, die nur da unterbrochen wurde, wo größere Wassertropfen an der Wand entlang rannen. An der einen Wand, über die Hälfte des Raumes füllend, befand sich eine einzige Metallkoje. Darüber war ein kleines Regal, etwa dreißig Zentimeter lang und fünfzehn Zentimeter breit. Unter der Koje stand ein Metalleimer. Das war alles.

Es gab kein Fenster, keine Luke, nur eine Art Entlüfter oben an der einen Wand.

Und die Luft war unerträglich schlecht.

Henri Duval rieb sich die Augen und blinzelte die Gruppe an. Dan Orliffe war verwundert darüber, wie jung der blinde Passagier erschien. Er hatte ein rundes, angenehmes Gesicht mit gut proportionierten Zügen und dunkle, tiefliegende Augen. Er trug ein Unterhemd, ein Flanellhemd, das aufgeknöpft war, und eine Hose aus Segeltuch. Sein Körper schien gut gebaut.

»*Bon soir, Monsieur Duval*«, sagte Dan. »*Excusez-nous de troubler votre sommeil, mais nous venons de la presse et nous savons que vous avez une histoire interessante à nous raconter.*«

Der blinde Passagier schüttelte langsam den Kopf.

»Es hat gar keinen Zweck, Französisch zu sprechen«, sagte Stubby Gates. »Henri versteht das nicht. Der muß wohl mit seinen Sprachen schon durcheinander geraten sein, als er noch in die Hose machte. Versuchen Sie es auf Englisch, aber ganz langsam.«

»Danke.« Dan wandte sich wieder dem blinden Passagier zu und sagte betont deutlich: »Ich bin von der *Vancouver Post.* Das ist eine Zeitung. Wir möchten gerne etwas von Ihnen erfahren. Verstehen Sie, was ich sage?«

Es gab eine Pause. Dan versuchte es noch einmal. »Ich möchte mit Ihnen reden. Dann will ich über Ihren Fall schreiben.«

»Warum du schreiben?« Die Worte – die ersten Worte, die Duval sagte – waren eine Mischung aus Erstaunen und Mißtrauen.

Dan sagte mit Geduld: »Vielleicht kann ich Ihnen helfen. Sie wollen doch von diesem Schiff runter?«

»Sie mir helfen Schiff verlassen? Einen Job? Leben in Kanada?« Die Worten waren linkisch formuliert, aber man spürte unmißverständlich die ungeduldige Erwartung.

Dan schüttelte den Kopf. »Nein, das kann ich nicht. Aber viele Leute lesen, was ich schreibe. Vielleicht liest es auch einer, der Ihnen helfen kann.«

Stubby Gates warf ein: »Was hast du schon zu verlieren, Henri? Das kann doch nich schaden. Vielleicht kann es dir sogar nutzen.«

Henri Duval schien zu überlegen.

Dan beobachtete ihn genau, und es schien ihm, daß

dieser junge blinde Passagier, ganz egal woher er kam, eine instinktive, unauffällige Würde besaß.

Jetzt nickte er. »O.K.«, sagte er einfach.

»Weißt du was, Henri«, sagte Stubby Gates, »du wäschst dich ein bißchen, und ich geh mit den Leuten rauf und warte in der Kombüse auf dich.«

Der junge Mann nickte und stieg aus der Koje.

Im Weggehen sagte De Vere leise: »Der arme Hund.«

»Ist er immer eingeschlossen?« fragte Dan.

»Bloß nachts, wenn wir vor Anker liegen«, sagte Stubby Gates. »Der Kapitän hat das befohlen.«

»Warum?«

»Um sicher zu sein, daß er sich nicht aus dem Staub macht. Der Käptn ist für ihn verantwortlich, wissen Sie?« Der Seemann blieb oben auf der Stiege stehen. »Es ist hier für ihn nicht so schlimm wie in den Vereinigten Staaten. Als wir in Frisco waren, da haben sie ihn mit Handschellen an seine Koje gefesselt.«

Sie kamen zur Kombüse und gingen hinein.

»Wie wär's mit einer Tasse Tee?« fragte Stubby Gates.

»Sehr gut«, sagte Dan. »Danke schön.«

Der Matrose holte drei Becher und ging dann zu einer emaillierten Teekanne hinüber, die auf einer Kochplatte stand. Er goß ein starkes, dunkles Gebräu in die Becher. Milch war bereits hinzugeschüttet worden. Er setzte die Becher auf den Tisch in der Kombüse und lud die beiden ein, sich zu setzen.

»Ich kann mir denken, wenn man auf einem solchen Schiff ist«, sagte Dan, »dann kommt man mit allen möglichen Leuten zusammen.«

»Das kann man wohl laut sagen, mein Lieber«, der Matrose grinste. »Der Herrgott hatt'se mit und ohne Glatze. Wir haben alle Hautfarben bei uns. Schwule gibt's auch.« Er schaute wissend zu den anderen hinüber.

»Was halten Sie denn von Henri Duval?« fragte Dan.

Stubby Gates nahm einen kräftigen Schluck aus seinem Becher, bevor er antwortete.

»Is'n anständiger Kerl. Die meisten von uns mögen ihn. Er arbeitet, wenn man es ihm sagt, obwohl ein blin-

69

der Passagier das ja nicht braucht. Das ist so Sitte auf See«, fügte er kenntnisreich hinzu.

»Waren Sie auf dem Schiff, als er an Bord gekommen ist?« fragte Dan.

»Ja natürlich! Zwei Tage nachdem wir aus Beirut ausgelaufen waren, haben wir ihn gefunden. Der war so dünn wie ein Besenstiel. Der arme Hund hat sicher schon gehungert, bevor er auf unser Schiff kam.«

De Vere hatte seinen Tee probiert und den Becher wieder auf den Tisch gestellt.

»Der ist schlimm, was?« sagte der Gastgeber heiter. »Der schmeckt nach reinem Zink. Wir hatten in Chile eine Ladung mitgenommen. Das verfluchte Zeug kommt überall hin – das hängt einem im Haar, in den Augen, fällt sogar in den Tee.«

»Danke schön«, sagte der Photograph. »Dann kann ich im Krankenhaus wenigstens sagen, was mit mir los ist.«

Zehn Minuten später kam Henri Duval in die Kombüse. Er hatte sich mittlerweile gewaschen, sein Haar gekämmt und sich rasiert. Über seinem Hemd trug er eine blaue Seemannsjacke. Seine Kleidungsstücke waren alt, aber sauber. Ein Riß in der Hose, so hatte Dan bemerkt, war ordentlich geflickt.

»Komm, setz dich zu uns, Henri«, sagte Stubby Gates. Er füllte einen vierten Becher und stellte ihn dem blinden Passagier hin, der dankbar lächelte. Er hatte zum ersten Mal in Gegenwart der beiden Reporter gelächelt, sein ganzes Gesicht leuchtete auf, ließ ihn noch knabenhafter erscheinen, als er zuvor schon gewirkt hatte.

Dan begann, ganz einfach zu fragen. »Wie alt sind Sie?«

Nach einer ganz kurzen Pause sagte Duval: »Ich dreiundzwanzig.«

»Wo wurden Sie geboren?«

»Ich auf Schiff geboren.«

»Wie hieß denn das Schiff?«

»Ich nicht wissen.«

»Wie wissen Sie dann, daß Sie auf einem Schiff geboren sind?«

Wieder eine Pause. »Ich nicht verstehen.«

70

Dan wiederholte geduldig die Frage. Diesmal nickte Duval verstehend. Er sagte: »Meine Mutter sagt mir.«

»Welche Staatsangehörigkeit hatte denn Ihre Mutter?«

»Sie französisch.«

»Wo ist denn Ihre Mutter jetzt?«

»Sie stirbt.«

»Wann ist sie denn gestorben?«

»Lange schon her – Addis Abeba.«

»Wer war Ihr Vater?« fragte Dan.

»Ich nicht kennen.«

»Hat Ihnen Ihre Mutter von ihm erzählt?«

»Er englisch. Matrose. Ich nie gesehen.«

»Haben Sie nie seinen Namen gehört?«

Ein verneinendes Kopfschütteln.

»Haben Sie Geschwister?«

»Kein Bruder, keine Schwester.«

»Wann ist denn Ihre Mutter gestorben?«

»Verzeihung – ich nicht weiß.«

Dan formulierte die Frage neu: »Wissen Sie, wie alt Sie waren, als Ihre Mutter starb?«

»Ich sechs Jahre alt.«

»Wer hat sich denn später um Sie gekümmert?«

»Ich selbst gesorgt.«

»Sind Sie je zur Schule gegangen?«

»Kein Schule.«

»Können Sie lesen und schreiben?«

»Ich schreibe Name – Henri Duval.«

»Aber sonst nichts?«

»Ich schreibe Name«, bestand Duval. »Ich zeigen.«

Dan schob ein Blatt Papier und einen Bleistift über den Tisch. Langsam und mit kindischer Handschrift gab der blinde Passagier seine Unterschrift. Sie war kaum zu lesen.

Dan wandte sich wieder an ihn: »Warum sind Sie auf dieses Schiff gegangen?«

Duval zog die Schultern hoch. »Ich versuche Land finden.« Er rang nach Worten und fügte dann hinzu: »Libanon nix gut.«

»Warum nicht?« Unbewußt benutzte Dan die kurze Ausdrucksweise des jungen Mannes.

71

»Ich kein Bürger. Wenn Polizei findet – ich geh Gefängnis.«

»Wie sind Sie denn nach dem Libanon gekommen?«

»Ich auf Schiff.«

»Was für ein Schiff war das?«

»Italienisch Schiff. Verzeih – ich nicht Namen weiß.«

»Waren Sie als Passagier auf dem italienischen Schiff?«

»Ich blinder Passagier. Ich auf Schiff ein Jahr. Versuche runter kommen. Keiner will.«

Stubby Gates wandte ein: »So weit ich mir denken kann, war er auf so einem italienischen Trampdampfer, wissen Sie? Der ist im Nahen Osten immer nur von einem Hafen zum anderen geschaukelt. Da ist er in Beirut raus und auf unser Schiff. Verstehen Sie?«

»Ich verstehe«, sagte Dan. Dann an Duval gewandt: »Was haben Sie gemacht, bevor Sie auf das italienische Schiff kamen?«

»Ich gehen mit Männer, Kamele. Die mir essen geben. Ich arbeite. Wir gehen Somaliland, Äthiopien, Ägypten.« Er sprach die Namen linkisch aus, machte dazu mit seiner Hand eine Vor- und Rückwärtsbewegung. »Wenn Junge, über Grenze weg nicht schlimm. Keiner kümmert. Dann wenn größer, anhalten – keiner will.«

»Und dann haben Sie sich auf dem italienischen Schiff versteckt?« fragte Dan. »War das so?«

Der junge Mann nickte zustimmend.

Dan fragte: »Haben Sie irgendeinen Paß, Papiere, irgend etwas, mit dem Sie beweisen können, woher Ihre Mutter stammt?«

»Kein Papier.«

»Gehören Sie in irgendein Land?«

»Kein Land.«

»Wollen Sie ein Heimatland?«

Duval schaute verwundert drein.

»Ich meine«, sagte Dan langsam, »Sie wollen doch von diesem Schiff herunter. Das haben Sie mir doch gesagt.«

Ein heftiges zustimmendes Nicken.

»Dann wollen Sie doch eine Heimat – einen Ort, an dem Sie wohnen können?«

»Ich arbeiten«, sagte Duval unbeirrbar. »Ich arbeite gut.«

Noch einmal schaute Dan Orliffe den jungen blinden Passagier nachdenklich an. War seine Geschichte vom heimatlosen Wanderer echt? War er tatsächlich ein Ausgesetzter, ein Unerwünschter, den niemand haben wollte? War er ein Mann ohne Heimat? Oder war das alles nur Erfindung, ein kunstvolles Gewebe von Lügen und Halbwahrheiten, darauf angelegt, Sympathie zu erwecken?

Der junge Mann sah wirklich unschuldig genug aus. War er es auch?

Die Augen schienen etwas Bittendes zu haben, aber irgendwo war ein Schleier der Undurchsichtigkeit über seinem Blick. Steckte dahinter eine gewisse Schläue, oder ließ er sich von seinen eigenen Phantasievorstellungen narren?

Dan Orliffe zögerte. Er wußte, daß das, was immer er auch schrieb, von der konkurrierenden Abendzeitung, vom *Vancouver Colonist*, noch einmal recherchiert und überprüft würde.

Da er ja keinen Termin wahrnehmen mußte, lag es ganz bei ihm, wieviel Zeit er sich nahm, um die Geschichte zu schreiben. Er beschloß, seine Zweifel noch einmal gründlich zu überdenken.

»Henri«, fragte er den blinden Passagier, »vertrauen Sie mir?«

Einen Augenblick lang kam das vorher geäußerte Mißtrauen wieder in den Blick des jungen Mannes. Dann nickte er abrupt.

»Ich vertrau«, sagte er einfach.

»In Ordnung«, sagte Dan. »Vielleicht kann ich tatsächlich helfen. Ich will aber alles über Sie wissen, alles von Anfang an.« Er schaute kurz zu De Vere hinüber, der das Blitzlicht für seine Kamera fertig machte. »Wir machen erst ein paar Photos. Dann unterhalten wir uns. Und lassen Sie nur ja nichts aus. Sie brauchen sich nicht zu eilen, denn wir können uns viel Zeit nehmen.«

Henri Duval war müde, wenn auch immer noch wach in der Kombüse der *Vastervik*.

Der Mann von der Zeitung hatte eine Zunge mit vielen Fragen.

Manchmal wußte man gar nicht genau, was der Mann denn wollte, dachte der junge Mann. Der Journalist fragte viel und wollte ehrliche Antworten. Jede einzelne Antwort wurde schnell auf das Stück Papier geschrieben, das vor ihnen auf dem Tisch lag. Es war, als würde Duval von der schnell dahinhuschenden Bleistiftspitze mitgezerrt, während sein Leben, das hinter ihm lag, sich langsam zu ordnen begann. Und doch gab es in so vielen Abschnitten seines Lebens überhaupt keine Ordnung, nur unzusammenhängende Teile. So viele Dinge konnte man mit einfachen Worten auch nur schwer sagen – mit den Worten dieses Mannes –, ja, man konnte sich nicht einmal in der Reihenfolge daran erinnern, in der sie geschehen waren.

Wenn er nur Lesen und Schreiben gelernt hätte, wenn er nur Bleistift und Papier benutzen könnte, um die Gedanken aufzuschreiben, wie dieser Mann und Seinesgleichen es taten. Dann könnte auch er, Henri Duval, Gedanken konservieren und die Erinnerung an die Vergangenheit. Dann müßte nicht alles in seinem Gehirn bleiben, wie auf einem Regal, wo man dann immer nur hoffen mußte, daß es nicht vergessen würde, wie das mit einigen Dingen geschehen war, nach denen er jetzt vergeblich suchte.

Seine Mutter hatte einmal die Schule erwähnt. Sie selbst hatte als Kind lesen und schreiben gelernt, aber das war schon vor langer Zeit. Seine Mutter war dann gestorben, bevor seine Schulausbildung beginnen konnte. Danach gab es niemanden, der sich darum Gedanken machte, ob oder wie er lernen könnte.

Er zog die Stirn in Falten, sein junges Gesicht fiel zusammen, er suchte sich zu sammeln. Er versuchte, die Fragen zu beantworten, versuchte, sich zu erinnern, erinnern, erinnern ...

Zuerst war da das Schiff gewesen. Seine Mutter hatte ihm davon erzählt, und er war auch auf dem Schiff geboren worden. Sie waren am Tage vor seiner Geburt aus Djibouti, Französisch Somaliland, ausgelaufen, und er glaubte sich zu erinnern, daß seine Mutter ihm einmal erzählt hatte, wohin das Schiff fahren sollte, aber er hatte es längst vergessen. Wenn sie ihm je gesagt hatte, unter welcher Flagge das Schiff fuhr, so war das auch vergessen.

Die Geburt war kompliziert, und an Bord des Schiffes war kein Arzt. Seine Mutter war geschwächt und litt an Fieber. Der Kapitän des Schiffes hatte umgedreht und war nach Djibouti zurückgefahren. Im Hafen waren Mutter und Kind in ein Armenkrankenhaus gebracht worden. Sie hatten wenig Geld gehabt, damals und später auch.

Henri erinnerte sich seiner Mutter als einer freundlichen und trostspendenden Frau. Sein Eindruck war, daß sie schön gewesen war, aber vielleicht war das nur Einbildung, denn die Erinnerung an ihr Aussehen war in seinen Gedanken verschwommen, und wenn er jetzt an sie dachte, lag ihr Gesicht im Schatten mit verschwommenen Zügen. Aber sie hatte ihm Liebe geschenkt, dessen war er sicher, und er erinnerte sich daran, weil es die einzige Liebe war, die ihm je zuteil geworden war.

Die frühen Jahre waren in seinem Gedächtnis zusammenhanglose Fragmente. Er wußte, daß seine Mutter gearbeitet hatte, wann immer sie konnte, um für sie beide das Essen zu verdienen, obwohl es zu Zeiten nichts zu essen gegeben hatte. Er erinnerte sich nicht an die Art der Arbeit, die seine Mutter geleistet hatte, obgleich er irgendwann einmal geglaubt hatte, sie sei eine Tänzerin. Die beiden waren weit gereist – von Französisch Somaliland nach Äthiopien, zunächst nach Addis Abeba, dann nach Massana. Zwei- oder dreimal hatten sie die Reise zwischen Djibouti und Addis Abeba zurückgelegt.

Im Anfang hatten sie unter französischen Staatsangehörigen kärglich gelebt. Später, als sie noch ärmer wurden, war das Eingeborenenviertel ihr einziger Aufenthalt. Als dann Henri Duval sechs Jahre alt war, starb seine Mutter.

Seine Erinnerungen an die Zeit nach dem Tode seiner Mutter vermischten sich wieder. Eine Zeitlang – es war schwierig, sich jetzt Gewißheit zu verschaffen – hatte er auf der Straße gelebt. Er hatte sich Essen erbettelt und nachts da geschlafen, wo er irgendeinen Unterschlupf fand. Er war niemals zu den Behörden gegangen. Es war ihm nicht in den Sinn gekommen, das zu tun, denn in den Kreisen, in denen er sich bewegte, galt die Polizei als der Feind.

Dann hatte ihn ein älterer Somali, der allein in einer Hütte im Eingeborenenviertel lebte, zu sich genommen und ihm eine Art Unterkunft gewährt. Dieses Zusammenleben hatte fünf Jahre gedauert. Dann war der alte Mann aus irgendeinem Grund weggegangen, und Henri Duval war wieder allein.

Er zog von Äthiopien hinüber nach Britisch Somaliland, nahm Arbeit an, wo immer er konnte, und war weitere vier Jahre lang Helfer bei einem Schafhirten, Ziegenhirte und Bootsruderer, wobei er sich mühsam von Tag zu Tag sein Existenzminimum verdiente. Der Lohn war selten mehr, als er für das Essen und eine Unterkunft brauchte.

Damals und auch noch später war das Überqueren internationaler Grenzen einfach gewesen. Es gab so viele Familien, die mit ihren Kindern auf der Wanderschaft waren, daß die Beamten an den Grenzkontrollstellen sich selten um die einzelnen Kinder kümmerten. Bei solchen Gelegenheiten hängte er sich dann einfach an eine Familie an und ging unbemerkt durch die Kontrollen. Mit der Zeit erwarb er darin eine gewisse Fertigkeit. Selbst als er schon fast zwanzig war, machte sein kleiner Wuchs das noch immer möglich. Mit zwanzig, als er mit arabischen Nomaden auf der Reise war, wurde er dann zum ersten Mal angehalten und an der Grenze von Französisch Somaliland zur Rückkehr gezwungen.

Zwei Erkenntnisse kamen Henri Duval zu jener Zeit: Erstens waren die Tage der Grenzüberquerung mit einer Gruppe von Kindern vorbei. Zweitens war ihm Französisch Somaliland, das er bis dahin als sein Heimatland betrachtet hatte, nunmehr verschlossen. Das Erstere hatte er bereits vermutet, die zweite Tatsache kam als ein tiefer Schock.

Schicksalhaft, unvermeidlich war einem der Grundprinzipien der modernen Gesellschaft begegnet: ohne Dokumente – ohne die so wichtigen Papierfetzen, wenigstens ein Geburtsschein – ist der Mensch nichts, existiert von Amts wegen überhaupt nicht und gehört nirgendwohin in einer Welt, die nach Territorien aufgeteilt ist.

Wenn gelehrte Männer und Frauen bisweilen Schwierigkeiten hatten, diese Grundtatsache anzuerkennen, so kam sie für Henri Duval – der keinerlei Schulbildung hatte und in den Jahren seiner Kindheit gezwungen worden war, wie ein unerwünschter Aasfresser zu leben – als eine zerstörerische Erfahrung. Die arabischen Nomaden zogen weiter und ließen Duval in Äthiopien zurück, wo er doch jetzt wußte, daß er auch dort kein Recht zu bleiben hatte, und einen Tag und eine Nacht saß er zusammengekauert bei der Grenzübergangsstelle Hadele Gubo...

...Da war eine Nische aus verwaschenem und vom Wetter zerklüftetem Gestein. In seinem Schutz blieb der Zwanzigjährige – in mancher Hinsicht noch ein Kind – unbeweglich und allein. Direkt vor ihm lagen die weiten, mit Findlingen übersäten Ebenen Somalilands, blaß im Mondlicht und öde in der hellen Mittagssonne. Jenseits der Ebene wand sich die staubverwehte Straße nach Djibouti in vielen Kurven wie eine hellbraune Schlange – die letzte dünne Verbindung zwischen Henri Duval und seiner Vergangenheit, zwischen seiner Kindheit und seinem Mannesalter, zwischen seinem Körper, der einzig und allein durch seine lebendige Gegenwärtigkeit dokumentiert wurde, und der in der Sonne schmorenden Küstenstadt, deren nach Fisch riechende Alleen und deren salzübersprühte Hafenmolen er für seinen Geburtsort und für seine einzige Heimat gehalten hatte.

Plötzlich schien die Wüste vor ihm vertraut und einladend. Wie ein Geschöpf, das durch einen Urinstinkt zum Geburtsort, zur Mutterliebe gezogen wird, verlangte es ihn danach, nach Djibouti zurückzukehren, das nunmehr unerreichbar war, wie so vieles andere, und das auch für immer unerreichbar bleiben würde.

Dann brachten ihn Durst und Hunger schließlich in Bewegung, und er erhob sich. Er wandte sich vom verbotenen Land ab, zog nach Norden, weil er ja irgendwohin ziehen mußte, nach Eriträa und dem Roten Meer zu ...

An die Reise nach Eriträa, der westlichen Küstenprovinz von Äthiopien, erinnerte er sich ganz klar. Er erinnerte sich auch daran, daß er auf dieser Reise systematisch zu stehlen begann. Zuvor hatte er Lebensmittel gestohlen, aber nur in Verzweiflung, wenn Betteln oder Arbeiten zu keinem Ergebnis geführt hatte. Jetzt suchte er sich keine Arbeit mehr und lebte ganz allein vom Diebstahl. Er stahl immer nur Nahrungsmittel, wenn sich die Gelegenheit bot, und auch kleine Sachen, die man für wenig Geld verkaufen konnte. Das wenige Geld, das er bekam, schien sofort wieder zu zerrinnen, aber er dachte doch immer daran, genug zusammen zu bringen, um eine Schiffspassage bezahlen zu können – eine Reise zu einem Ort, wo er sich zu Hause fühlen und das Leben von vorn beginnen könnte.

Eines Tages war er nach Massana gekommen, dem Korallenhafen und dem Zugangsweg von Äthiopien zum Roten Meer.

In Massana hätte er beinahe für sein Stehlen büßen müssen. Er hatte sich in der Nähe eines Fischhändlerstandes unter die Menge gemischt und einen Fisch an sich genommen, aber der argusäugige Händler hatte ihn gesehen und war ihm nachgelaufen. Mehrere andere Leute, darunter auch ein Polizist, hatten sich der Jagd angeschlossen, und innerhalb von Sekunden wurde Henri Duval von einer zornigen Menschenmenge verfolgt, so jedenfalls klang es in seinen jugendlichen Ohren. Durch einen verzweifelt schnellen Lauf hatte er die Verfolger um die korallenroten Gebäude Massanas und durch enge Seitenstraßen des Eingeborenenviertels gelockt. Nachdem er schließlich genügend Vorsprung hatte, um die Docks zu erreichen, hatte er sich zwischen Ballen, die auf die Schiffe verladen werden sollten, versteckt. Durch ein Guckloch hatte er zugeschaut, wie die Verfolger nach ihm suchten, dann schließlich aufgaben und weggingen.

Aber diese Erfahrung hatte ihn eingeschüchtert, und er beschloß, Äthiopien ganz egal auf welche Weise zu verlassen. Vor seinem Versteck lag ein Frachter am Pier, und er kroch nach Einbruch der Dunkelheit an Bord, versteckte sich in einem dunklen Schrank, gegen den er auf dem Unterdeck gelaufen war. Das Schiff stach am nächsten Morgen in See. Zwei Stunden später wurde er entdeckt und zum Kapitän gebracht.

Das Schiff war ein antiquierter italienischer Dampfer mit Kohlenfeuerung, der halbleck zwischen dem Golf von Aden und dem östlichen Mittelmeer hin und her pendelte.

Der schläfrige italienische Kapitän kratzte sich den Dreck unter den Fingernägeln weg, als Henri Duval zitternd vor ihm stand.

Nach einigen Minuten fragte der Kapitän sehr streng auf Italienisch. Es kam keine Antwort. Er versuchte es auf Englisch, dann auf Französisch, aber ohne Ergebnis. Duval hatte schon lange das wenige Französisch vergessen, das er von seiner Mutter gelernt hatte, und er redete nun einen mehrsprachigen Mischmasch aus Arabisch, Somali und Amharisch, durchsetzt mit gelegentlichen Wörtern aus einer der siebzig Sprachen und doppelt so vielen Dialekten Äthiopiens.

Als der Kapitän feststellte, daß keine Verständigung möglich sei, reagierte er mit Gleichgültigkeit. Blinde Passagiere waren nichts Neues auf dem Schiff, und der Kapitän, unbehelligt durch unbequeme Skrupel, was das Seegesetz anging, befahl, Duval bei der Arbeit einzusetzen. Er wollte dann den blinden Passagier im nächsten Hafen an Land setzen.

Was jedoch der Kapitän nicht vorausgesehen hatte, war, daß Henri Duval, ein Mann ohne Heimatland, von den Einwanderungsbeamten in jedem Hafen, einschließlich Massana, wohin das Schiff nach einigen Monaten zurückkehrte, abgelehnt werden würde.

Im Verhältnis zu der immer länger werdenden Zeitspanne, die Duval an Bord blieb, steigerte sich der Zorn des Kapitäns, bis er nach zehn Monaten seinen Maat zu einer Konferenz rief. Sie entwarfen gemeinsam einen Plan – den der Maat freundlicherweise Duval durch einen Dolmetscher mitteilte –, wonach das Leben des blinden Passagiers so unerträglich gemacht werden sollte, daß er früher oder später froh sein würde, wenn er von Bord gehen könnte. Das genau tat er nach etwa zwei Monaten Überstundenarbeit, nachdem man ihn geschlagen hatte und er halbverhungert war.

Duval erinnerte sich in jeder Einzelheit an die Nacht, in der er leise die Gangway des italienischen Schiffs hinunter geschlichen war. Das war in Beirut, im Libanon gewesen – jenem kleinen Pufferstaat zwischen Syrien und Israel, wo der Legende nach St. Georg einst den Drachen erschlagen hatte.

Er war gegangen, wie er gekommen war, in der Dunkelheit. Sein Abgang war leicht, weil er nichts mitnahm und keinen Besitz außer den zerlumpten Kleidungsstücken hatte, die er auf dem Leibe trug. Als er vom Schiff gegangen war, war er zunächst durch die Docks geeilt, in der Absicht, in die Stadt zu gehen. Aber der Anblick einer Uniform im Laternenlicht hatte ihn nervös gemacht und ihn veranlaßt zurückzulaufen, wobei er im Schatten Schutz suchte. Weiteres Umherschauen zeigte, daß die Docks eingezäunt und von Nachtwächtern kontrolliert wurden. Er fühlte, wie er zitterte. Er war jetzt einundzwanzig, von Hunger geschwächt, unglaublich einsam und verzweifelt vor Furcht.

Als er weiterging, stieg ein anderer Schatten vor ihm auf. Es war ein Schiff.

Zunächst dachte er, er sei zu dem italienischen Frachter zurückgekehrt, und einen Augenblick lang wollte er sich wieder an Bord stehlen. Das Elend, das er kannte, war sicher besser als das Gefängnis, das ihn wohl erwartete, wenn die Polizei ihn verhaftete. Dann sah er, daß der Schatten nicht das italienische Schiff war, sondern ein größeres, und er war an einem Tau entlang wie eine Ratte

80

an Bord gekrochen. Das Schiff war die *Vastervik*, eine Tatsache, die er zwei Tage später, zwanzig Meilen außerhalb des Hafens auf hoher See erfuhr, als sein Hunger die Furcht überwandt und ihn zitternd vor Angst aus dem Versteck trieb.

Kapitän Sigurd Jaabeck von der *Vastervik* war ganz anders als sein italienisches Gegenstück. Ein langsam redender, grauhaariger Norweger, ein kurzangebundener Mann, aber gerecht. Er respektierte die Vorschriften seiner Bibel und das Seerecht. Kapitän Jaabeck erklärte Henri Duval streng aber sorgfältig, daß ein blinder Passagier nicht zur Arbeit gezwungen werden dürfe, aber freiwillig, wenn auch ohne Bezahlung arbeiten könne. In jedem Falle, ob er nun arbeiten wolle oder nicht, würde er dieselben Rationen wie die anderen Matrosen bekommen. Duval beschloß, zu arbeiten.

Genau wie der italienische Kapitän hatte auch Jaabeck durchaus die Absicht, seinen blinden Passagier im ersten Anlaufhafen los zu werden. Aber im Gegensatz zu dem Italiener hatte er nicht die Absicht, den jungen Mann schlecht zu behandeln, nachdem er erfahren hatte, daß man Duval so schnell nicht loswerden konnte.

So blieb also Henri Duval zwanzig Monate an Bord, während die *Vastervik* langsam auf der Suche nach Ladung über die Hälfte der Weltmeere zog. Sie trampten monoton durch das Mittelmeer, den Atlantik und den Pazifik. Sie liefen Nordafrika, Nordeuropa, Südeuropa, England, Südamerika, die Vereinigten Staaten und Kanada an. Überall wurde der Antrag Henri Duvals, landen und bleiben zu dürfen, mit einem emphatischen Nein quittiert. Der Grund, wenn die Hafenbeamten überhaupt einen nannten, war immer derselbe – der blinde Passagier hatte keine Papiere, keine Identität, keine Heimat und keine Rechte.

Und dann, als die *Vastervik* sich nach einer Weile daran gewöhnt hatte, Duval als dazugehörig zu betrachten, war der blinde Passagier gewissermaßen zum Maskottchen des ganzen Schiffes geworden.

Die Mannschaft der *Vastervik* war eine internationale

Mischung aus Polen, Skandinaviern, Ostindern, einem Chinesen, einem Armenier und mehreren englischen Matrosen, unter denen Stubby Gates als Führer anerkannt wurde. Diese Gruppe hatte Duval adoptiert und sein Leben, wenn auch nicht angenehm, so doch wenigstens so erträglich gemacht, wie es die Überfüllung auf dem Schiff gestattete. Sie hatten ihm Englisch beigebracht; und obwohl sein Akzent stark und das Bilden von Sätzen immer noch umständlich war, konnte er sich doch bei beiderseitiger Geduld verständlich machen.

Dies war eine der wenigen freundlichen Erfahrungen, die Henri Duval je gemacht hatte, und er reagierte darauf etwa so, wie ein betulicher junger Hund auf ein Lob seines Herrn. Jetzt erledigte er persönliche Gefälligkeiten für die Mannschaft, half dem Offizierssteward und machte Gelegenheitsarbeiten an Bord. Die Männer gaben ihm dafür Zigaretten und Süßigkeiten, wenn sie an Land gingen, und gelegentlich gab ihnen Kapitän Jaabeck ein wenig Geld, das dann die anderen Seeleute für Duval anlegten. Aber trotz allem war der blinde Passagier immer noch ein Gefangener, und die *Vastervik,* einst eine Zuflucht, war ihm zum Gefängnis geworden.

So war Henri Duval, dessen einzige Heimat die See war, am Heiligen Abend vor die Tore Kanadas gekommen.

6

Das Interview hatte fast zwei Stunden gedauert. Nach einer Weile hatte Dan Orliffe einige seiner früheren Fragen anders formuliert wiederholt, er hatte versucht, den jungen Passagier zum Eingeständnis einer Lüge zu bringen oder ihn einer Ungenauigkeit zu überführen. Aber die Falle war nicht zugeschnappt. Außer sprachlichen Mißverständnissen, die im Verlauf der Unterhaltung geklärt wurden, blieb die eigentliche Geschichte dieselbe.

Gegen Ende, nach einer Fangfrage, die bewußt eine Ungenauigkeit enthielt, hatte Duval nicht geantwortet.

Statt dessen hatte er seine dunklen Augen auf den Fragesteller gerichtet.

»Du mich täuschen. Du glauben, ich lüge«, sagte der blinde Passagier, und der Zeitungsmann bemerkte die gleiche selbstverständliche Würde, die ihm schon zuvor aufgefallen war.

Dan Orliffe schämte sich, daß seine Hinterhältigkeit entdeckt worden war, und hatte gesagt: »Ich habe nur nachgeprüft. Ich tu es nicht wieder.« Dann waren sie zu einem anderen Punkt weitergegangen.

Als er nun an seinem stark mitgenommenen Schreibtisch in der engen, überfüllten Nachrichtenredaktion der *Vancouver Post* saß, breitete Dan seine Notizen aus und griff nach einem Packen Papier. Er schob Kohlepapier ein und rief zum Redakteur vom Dienst, Ed Benedict, hinüber:

»Ed, das ist eine gute Geschichte. Wieviele Zeilen kannst du brauchen?«

Der Redakteur vom Dienst überlegte. Dann rief er zurück: »Mach mir nicht mehr als hundert.«

Dan nickte und zog seinen Stuhl enger an den Schreibtisch heran. Das reichte. Er hätte gern mehr Platz gehabt, aber richtig geschrieben konnten hundert Zeilen eine Menge aussagen.

Er begann, auf seiner Maschine zu tippen.

83

Ottawa, Heiligabend

Um 6.15 Uhr am Heiligen Abend wurde Milly Freedeman
durch das anhaltende Klingeln des Telefons in ihrer
Wohnung im modernen *Tiffany Building* an der Ottawa
Driveway geweckt. Sie zog einen Frotteebademantel in
verblichenem Gelb über ihren Seidenpyjama, tastete mit
den Füßen nach den alten, an den Absätzen heruntergetretenen
Mokassins, die sie am Abend abgestreift hatte.
Die Privatsekretärin des Premierministers war nicht in der
Lage, sie zu orten, stapfte barfuß in das danebenliegende
Wohnzimmer und knipste das Licht an.

Selbst zu so früher Stunde und durch schlaftrunkene
Augen gesehen schien der Raum, den das Licht sichtbar
machte, genauso einladend gemütlich wie immer. Er war
weit entfernt, das wußte Milly, von den schicken Jung-
mädchenappartements, die so oft in den Illustrierten zu
sehen waren, aber sie kam gern jeden Abend, normalerweise übermüdet, hierher zurück. Und dann sank sie
zunächst einmal in die Daunenkissen des großen, viel zu
dick gepolsterten Sofas – des Sofas, mit dem die Spedi-
teure so viel Schwierigkeiten gehabt hatten, als sie es vom
Haus ihrer Eltern in Toronto hierher schafften.

Das alte Chesterfieldsofa war seither frisch bezogen
worden, und zwar mit Millys Lieblingsgrün, und jetzt
standen zwei Lehnsessel daneben, die sie bei einer Auk-
tion in der Nähe von Ottawa erstanden hatte – etwas
abgewetzt aussehend, aber wunderbar bequem. Sie hatte
schon oft beschlossen, daß sie eines Tages Chintzbezüge
in Herbstfarben für die Sessel kaufen müßte. Die Über-
züge würden gut zu den Wänden ihrer Wohnung und
auch zur Holztäfelung passen, die in einer warmen dun-
kelbraunen Farbe gestrichen war. Sie hatte sie an einem
Wochenende selbst angestrichen, hatte ein paar Freunde
zu einem raschen Abendessen eingeladen und sie dann
dazu gebracht, ihr beim Fertigstreichen zu helfen.

Am anderen Ende des Wohnzimmers stand ein alter Schaukelstuhl, ein Stück, an das sie eine absurd sentimentale Bindung hatte, weil sie bei ihren Tagträumen als Kind darin geschaukelt hatte. Neben dem Schaukelstuhl, auf einem Kaffeetisch mit geprägter Lederauflage, für den sie einen ungeheuren Preis gezahlt hatte, stand das Telefon.

Sie setzte sich mit einer vorbereitenden Schaukelbewegung in den Stuhl, und dann nahm Milly den Hörer ab. Der Anrufer war James Howden.

»Guten Morgen, Milly«, sagte der Premierminister ganz frisch. »Ich möchte um elf Uhr eine Zusammenkunft des Verteidigungsrates haben.« Er erwähnte nicht, daß sein Anruf wohl etwas früh gekommen sei, und Milly erwartete das auch gar nicht. Sie hatte sich schon lange daran gewöhnt, daß sich ihr Arbeitgeber dem Frühaufstehen verschrieben hatte.

»Um elf heute morgen?« Mit ihrer freien Hand zog Milly den Bademantel über ihre Schultern. Es war kalt in der Wohnung, denn sie hatte am Abend das Fenster einen Spalt breit aufgelassen.

»Ja, um elf«, sagte Howden.

»Da wird es aber Murren geben«, meinte Milly. »Es ist schließlich Heiligabend.«

»Das hatte ich nicht vergessen, aber diese Angelegenheit ist zu wichtig, um aufgeschoben zu werden.«

Als sie aufgehängt hatte, schaute sie auf die kleine Reiseuhr im Lederetui, die neben dem Telefon lag, und widerstand der Versuchung, ins Bett zurückzugehen. Statt dessen schloß sie das offene Fenster, ging dann zu der kleinen Kochnische hinüber und schaltete die Kaffeemaschine ein. Als sie ins Wohnzimmer zurückkehrte, stellte sie ein Transistorradio an. Der Kaffee begann, durch die Maschine zu laufen, als die Nachrichten um 6.30 Uhr die offizielle Bekanntgabe der Beratungen des Premierministers in Washington brachten.

Eine halbe Stunde später, noch im Schlafanzug, aber nunmehr mit den alten Mokassins an den Füßen, begann sie, die fünf Mitglieder des Rates zu Hause anzurufen.

Der Außenminister kam zuerst. Arthur Lexington antwortete unbekümmert: »Aber klar, Milly. Ich bin schon die ganze Nacht bei Besprechungen gewesen, da kommt es auf eine weitere nicht an. Haben Sie übrigens die Verlautbarung gehört?«

»Ja«, sagte Milly, »sie war gerade in den Nachrichten.«

»Würde Ihnen eine Reise nach Washington Spaß machen?«

»Das einzige, was ich bei solchen Reisen je zu sehen kriege«, sagte Milly, »sind die Tasten meiner Schreibmaschine.«

»Da müssen Sie mit mir auf die Reise gehen«, sagte Lexington. »Ich brauche nie eine Maschine. Meine Reden passen immer auf die Rückseite einer Zigarettenpackung.«

Milly sagte: »Die hören sich auch besser an als die meisten, die nicht darauf gehen.«

»Das ist nur, weil ich mir nie Sorgen mache.« Der Außenminister kicherte. »Ich gehe stets von der Voraussetzung aus, daß nichts, was ich zu sagen habe, die Situation verschlechtern könnte.«

Sie lachte.

»Ich muß mich jetzt aufmachen«, sagte Lexington, »bei uns gibt es ein besonderes Ereignis, ich frühstücke mit meinen Kindern zusammen. Sie wollen ganz gern wissen, wie sehr ich mich verändert habe, seit ich das letzte Mal zu Hause war.«

Sie lächelte und fragte sich, wie das Frühstück heute morgen bei den Lexingtons wohl aussehen würde. Wahrscheinlich ein absolutes Tohuwabohu. Susan Lexington, die vor Jahren Sekretärin ihres Mannes gewesen war, galt als eine notorisch schlechte Hausfrau, aber die Familie schien immer einig zu sein, wenn sie gemeinsam etwas unternahmen, während der Minister zu Hause in Ottawa war. Als Milly an Susan Lexington dachte, erinnerte sie sich an etwas, was man ihr einmal erzählt hatte: die Sekretärinnen gehen verschiedene Wege. Einige werden vernascht und heiraten, andere werden alt und mies. Bis jetzt, dachte sie, habe ich einen Punkt auf jeder Seite. Ich bin nicht alt, aber verheiratet bin ich auch nicht.

Sie hätte natürlich längst verheiratet sein können, wenn ihr Leben weniger auf das Leben von James McCallum Howden ausgerichtet gewesen wäre ...

Vor einem runden Dutzend Jahren, als Howden lediglich ein Hinterbänkler im Parlament, wenn auch eine energisch aufsteigende Persönlichkeit in der Partei gewesen war, hatte sich Milly, seine junge Halbtagssekretärin, blindlings und bedenkenlos in ihn verliebt, und zwar bis zu dem Punkt, wo sie sich nach jedem neuen Tag und der Wonne seiner körperlichen Nähe sehnte. Sie war damals etwas über zwanzig gewesen, zum ersten Mal von ihrem Elternhaus in Toronto weg, und Ottawa erwies sich als eine männliche und aufregende neue Welt.

Sie schien sogar noch männlicher an jenem Abend, als James Howden, der ihre Gefühle erraten hatte, sie zum ersten Mal umarmt hatte. Selbst heute, zehn Jahre danach, erinnerte sie sich genau: es war am frühen Abend, das Unterhaus vertagte sich zum Abendessen. Sie sortierte Briefe im Parlamentsbüro von Howden, als er leise hereingekommen war. Ohne zu sprechen, hatte er die Tür verschlossen, hatte Milly bei den Schultern genommen und sie an sich gezogen. Beide wußten, daß der andere Abgeordnete, der das Büro mit Howden teilte, nicht in Ottawa war.

Er küßte sie, und sie erwiderte leidenschaftlich ohne Zurückhaltung, ohne falsche Scham. Später hatte er sie zum Ledersofa geführt. Ihre erwachende, hervorbrechende Leidenschaft und der völlige Mangel an Hemmungen erstaunte sie selbst.

Das war der Anfang einer Zeit, die in ihrer Zufriedenheit und ihrem Glück durch keinen anderen Lebensabschnitt Millys erreicht wurde, weder zuvor noch nachher. Tag um Tag, Woche um Woche wurden die geheimen Zusammenkünfte geplant, Entschuldigungen abgesprochen, Minuten gestohlen ... Bisweilen nahm ihr Verhältnis fast die Formen eines Geschicklichkeitsspieles an. In anderen Augenblicken schien es, als wären Leben und Liebe ihretwegen eins geworden.

Millys Bewunderung für James Howden war intensiv

und verzehrend. Sie war sich seiner Gefühle für sie weniger gewiß, obwohl er häufig beteuerte, daß er für sie genauso empfinde. Sie verschloß sich allen Zweifeln und nahm dankbar die Bedingungen des Hier und Jetzt hin, so wie sie die Umstände mit sich gebracht hatten. Eines Tages, das wußte sie, würden sie den Punkt erreichen, von dem es kein Zurück mehr gab – entweder für die Ehe der Howdens oder für James Howden und sie. Sie hegte eine schwache Hoffnung, was den endgültigen Ausgang anging, aber sie machte sich nur wenig Illusionen.

Und doch schien zu einem gewissen Zeitpunkt – fast ein Jahr nachdem sie ihre Liebe entdeckt hatten – die Hoffnung zu überwiegen.

Es war um die Zeit des Parteikonvents, bei dem die Entscheidung über den Parteivorsitz getroffen werden sollte, und James Howden hatte ihr eines Nachts gesagt: »Ich habe daran gedacht, die Politik aufzugeben und Margaret um die Scheidung zu bitten.« Nach ihrer anfänglichen Überraschung hatte Milly dann gefragt, was denn aus dem Parteikonvent werden sollte, der die Entscheidung zwischen Howden oder Harvey Warrender bringen mußte, wo es doch um die Parteiführung ging, die beide Männer anstrebten.

»Ja«, sagte er. Er hatte sich nachdenklich über seine Adlernase gestrichen. Sein knochiges Gesicht war ernst. »Darüber habe ich auch nachgedacht. Wenn Harvey gewinnt, dann ziehe ich mich ganz zurück.«

Sie hatte den Parteikonvent atemlos verfolgt, hatte nicht gewagt, an das zu denken, was sie so sehr wünschte: einen Sieg Warrenders. Wenn nämlich Warrender gewann, dann wäre ihre eigene Zukunft gesichert. Sollte Warrender jedoch verlieren und James Howden gewinnen, dann – so fühlte Milly – würde ihre Liebe unweigerlich ein Ende nehmen. Das persönliche Leben eines Parteivorsitzenden, der sicherlich bald Premierminister werden sollte, mußte makellos und ohne den Hauch eines Skandals sein.

Am Ende des ersten Konventtages stand es gut für Warrender. Dann jedoch – aus einem Grund, den Milly nie verstand – trat Harvey Warrender zurück, und Howden gewann.

Eine Woche später, im gelben Parlamentsbüro, wo sie begonnen hatte, wurde die Romanze zwischen den beiden auch beendet.

»Es muß einfach so sein, meine liebe Milly«, hatte James Howden gesagt. »Es gibt keinen anderen Weg.«

Milly war versucht gewesen zu antworten, daß es schon einen anderen Weg gebe, aber sie wußte, eine solche Äußerung wäre Zeitverschwendung gewesen. James Howden ritt auf einer Woge des Erfolges. Seit seiner Wahl zum Parteivorsitzenden hatte eine nervöse Spannung in der Luft gelegen, und sogar jetzt, obwohl seine Gefühle echt waren, lag eine gewisse Ungeduld darin, als wolle er die Vergangenheit hinausfegen, damit die Zukunft Einzug halten konnte.

»Wirst du denn hier bleiben, Milly?« hatte er gefragt.

»Nein«, sagte sie, »ich glaube, das könnte ich nicht.«

Er hatte verständnisvoll genickt. »Ich kann dir keinen Vorwurf machen. Wenn du es dir je anders überlegst . . .«

»Das werde ich nicht«, hatte sie gesagt, aber sechs Monate später war es doch geschehen. Nach einem Ferienaufenthalt auf den Bermudas und einem anderen Job, der sie gelangweilt hatte, war sie zurückgekommen und geblieben. Die Rückkehr war zunächst schwierig gewesen, und ein Gefühl für das, was hätte sein können, war immer latent. Aber Traurigkeit und einsame Tränen hatten sie nie verbittert gemacht, und letzten Endes hatte sich die Liebe in großzügige Loyalität verwandelt.

Manchmal fragte sich Milly, ob Margaret Howden je etwas von jenem Jahr und von der Intensität der Empfindungen der Sekretärin ihres Mannes erfahren hatte. Frauen hatten eine Intuition für jene Dinge, die man bei Männern nicht fand. Aber dennoch hatte Margaret klugerweise nichts gesagt, weder damals noch später.

Milly stellte ihre Gedanken ganz auf die Gegenwart um und führte ihr nächstes Telefongespräch.

Sie hatte Stuart Cawston angerufen, dessen Frau noch schlaftrunken mit der Information antwortete, daß der

Finanzminister unter der Dusche stünde. Milly sprach von der Verabredung, und die Nachricht wurde weitergegeben. Sie hörte, wie der lächelnde Stu zurückrief: »Sag Milly, daß ich rechtzeitig komme.«

Adrian Nesbitson, Verteidigungsminister, stand als nächster auf ihrer Liste, und sie mußte mehrere Minuten warten, bevor die schlurfenden Schritte des alten Mannes das Telefon erreichten. Als sie ihm von der Sitzung Mitteilung machte, sagte er resignierend: »Wenn der Chef das so will, Miß Freedeman, dann muß ich wohl dort sein. Das ist allerdings unangenehm. Meiner Meinung nach hätte das auch noch bis nach den Feiertagen Zeit gehabt.«

Milly bekundete Sympathie, obwohl sie sich darüber klar war, daß die Anwesenheit oder das Nicht-Erscheinen von Adrian Nesbitson wenig für die Entscheidungen dieses Morgens bedeuten würden. Und noch etwas wußte sie, von dem Nesbitson keine Kenntnis hatte, daß nämlich James Howden verschiedene Veränderungen im Kabinett für das nächste Jahr plante und daß der gegenwärtige Verteidigungsminister zu denen gehören würde, die gehen mußten.

Milly dachte, daß es einem heute etwas wunderlich vorkam, wenn man sich daran erinnerte, daß General Nesbitson einmal eine heroische Gestalt gewesen war – ein legendärer, hoch dekorierter Veteran des Zweiten Weltkrieges mit dem Ruf, wagemutig, wenn auch nicht besonders phantasievoll zu sein. Es war Adrian Nesbitson gewesen, der einmal einen Angriff gegen deutsche Panzer geleitet hatte, in einem offenen Jeep stehend, während sein persönlicher Dudelsackpfeifer sich spielend auf den hinteren Sitz gekauert hatte. Und wenn Generäle je geliebt wurden, Nesbitson hatte die Zuneigung der Männer gehabt, die unter ihm dienten.

Aber nach dem Kriege wäre aus Nesbitson, dem Zivilisten, nichts geworden, wenn nicht James Howden einen wohlbekannten, aber in der Verwaltung ungeübten Mann im Verteidigungsressort hätte haben wollen. Howden wollte einen angesehenen Verteidigungsminister nach außen hin, aber das Ressort selbst wollte er unter Kontrolle halten.

Dieser Teil seines Planes hatte funktioniert – bisweilen zu gut funktioniert. Adrian Nesbitson, der mutige Soldat, hatte sich im Zeitalter der Atomenergie und der Raketen als vollkommen deplaciert erwiesen, und er war nur zu sehr willens, genau das auszuführen, was man ihm auftrug, ohne daß er je Einwände dagegen geltend machte. Leider hatte er nicht immer die Vorträge seiner eigenen Beamten richtig verstanden, und in jüngster Zeit war er vor der Presse und der Öffentlichkeit zur Karikatur eines müden und gehetzten Berufsoffiziers geworden.

Es deprimierte Milly, mit dem alten Mann reden zu müssen. Sie füllte ihre Kaffeetasse nach und ging ins Badezimmer, um sich frisch zu machen, bevor sie die verbleibenden zwei Gespräche führte. Sie hielt einen Augenblick inne, bevor sie zurückging, betrachtete sich in dem großen Badezimmerspiegel unter dem hellen Neonlicht. Sie sah eine hochgewachsene attraktive Frau, immer noch jung, wenn man das Wort in toleranter Weise benutzte, mit einem kräftigen Busen, auch ein bißchen starken Hüften, dachte sie kritisch. Aber sie hatte einen guten Knochenbau, ein ausgeprägtes Gesicht mit regelmäßigen Zügen, mit hohen klassischen Backenknochen und dichten Augenbrauen, die sie in unregelmäßigen Zeitabständen, wenn sie daran dachte, mit der Pinzette auszupfte. Die Augen waren groß, leuchtend grau-grün und standen ziemlich weit auseinander. Eine gerade Nase, etwas breit am Ende, schwang sich über die vollen sinnlichen Lippen. Das dunkelbraune Haar war sehr kurz geschnitten: Milly sah es sich kritisch an und fragte sich, ob es nicht Zeit sei, es wieder zu schneiden. Sie mochte vornehme Friseursalons überhaupt nicht und zog es vor, ihr Haar selbst zu waschen, zu legen und zu bürsten. Dazu allerdings mußte es gut geschnitten sein, und das mußte ihrer Meinung nach viel zu häufig gemacht werden.

Kurzes Haar hatte einen großen Vorzug: man konnte mit der Hand durchfahren, und Milly tat das oft. James Howden hatte das auch immer gern getan, genauso wie er den alten gelben Bademantel gern mochte, den sie immer noch trug. Zum zwanzigsten Mal stellte sie fest, daß sie den Mantel bald wegwerfen müsse.

Nachdem sie ins Wohnzimmer zurückgekehrt war, führte sie die beiden übrigen Telefongespräche. Das eine war mit Lucien Perrault, dem Minister für Rüstungsproduktion, der ganz offensichtlich ungehalten war, so früh angerufen zu werden, und Milly war genauso schnippisch, da sie wußte, daß sie sich das ruhig erlauben konnte. Nachher tat es ihr leid, weil sie sich daran erinnerte, daß irgend jemand einmal das Recht, am frühen Morgen unangenehm zu reagieren, als das sechste Grundrecht des Menschen bezeichnet hatte, und Perrault – der der Führer der Französisch-Kanadier war, behandelte sie normalerweise mit ausgesuchter Höflichkeit.

Das abschließende Gespräch führte sie mit Douglas Martening, dem Sekretär des Staatsrates, der bei allen Kabinettsbesprechungen souverän Protokoll führte. Martening gegenüber war Milly etwas respektvoller, als das bei den anderen der Fall war. Minister kamen und gingen, aber der Sekretär des Staatsrates war während seiner Amtszeit der höchste Beamte in Ottawa. Er galt auch als besonders hochmütig, und meist, wenn Milly mit ihm sprach, machte er den Eindruck, daß er ihre Existenz kaum zur Kenntnis nahm. Heute jedoch war er wider Erwarten in einer resignierenden Weise gesprächig.

»Das dürfte wohl eine lange Konferenz werden. Vielleicht reicht sie bis in den Weihnachtstag hinein.«

»Es würde mich gar nicht wundern, Sir«, sagte Milly. Dann meinte sie: »Aber wenn sich das so entwickelt, könnte ich ja jederzeit belegte Brote mit Truthahn besorgen.«

Martening grunzte und setzte dann erstaunlicherweise noch einmal an: »Es sind nicht die belegten Brote, die ich brauche, Miß Freedeman. Ich brauche einfach eine andere Arbeit, wo ein Mann bisweilen ein bißchen von seinem Familienleben hat.«

Milly dachte später nach: war die Lustlosigkeit ansteckend? Konnte vielleicht der große Mr. Martening sich auch der langen Reihe jener hohen Beamten anschließen, die aus der Regierung ausgetreten waren, um höher bezahlte Jobs in der Industrie zu übernehmen? Die Frage ließ sie über sich selbst nachdenken. War es an der Zeit, den Abschied zu nehmen, war die Zeit reif, bevor es für eine Veränderung zu spät wurde?

Vier Stunden später stellte sie sich immer noch diese Frage, als nämlich die Mitglieder des Verteidigungsrates sich in den Büroräumen des Premierministers auf dem *Parliament Hill* versammelten. Milly, in einem sehr gut gearbeiteten grauen Kostüm mit weißer Bluse, begrüßte die Herren an der Tür.

General Nesbitson war als letzter gekommen. Seine kahlköpfige, untersetzte Gestalt war in einen schweren Wintermantel und Schal gehüllt. Milly nahm ihm Mantel und Schal ab und war überrascht festzustellen, wie krank der alte Mann wirkte, und sogleich begann er auch, als wolle er diese Ansicht bestätigen, lange in sein Taschentuch zu husten.

Milly goß Eiswasser aus einer Karaffe ein und hielt es ihm hin. Der alte Krieger trank davon und nickte dankbar. Nach einer Pause und weiterem Husten keuchte er: »Entschuldigen Sie bitte – dieser verflixte Katarrh. Ich bekomme ihn jedes Jahr, wenn ich den Winter über in Ottawa bleiben muß. Ich bin so daran gewöhnt, meine Winterferien im Süden zu verbringen. Aber jetzt kommt man ja nicht weg, wo so viele wichtige Dinge zu erledigen sind.«

Im nächsten Jahr klappt es vielleicht, dachte Milly.

»Frohe Weihnachten, Adrian.« Stuart Cawston war gekommen, sein liebenswürdig häßliches Gesicht strahlte wie üblich wie eine Leuchtschrift.

Hinter ihm sprach Lucien Perrault: »Und ausgerechnet Sie müssen das wünschen, Sie, dessen Steuern uns wie Dolche in die Seele dringen.« Perrault, der flott und gut aussah mit einer Fülle schwarzer Locken, einem gepflegten Schnurrbart und humorvollen Augen, sprach Englisch genauso fließend wie Französisch. Bisweilen deutete er in seinem Benehmen – obwohl das jetzt nicht der Fall war – einen Anflug von Hochmut, eine Erinnerung an seine adligen Vorfahren an. Mit achtunddreißig war er das jüngste Kabinettsmitglied, und sein Einfluß war effektiv stärker, als es das vergleichsweise unbedeutende Amt, das er innehatte, vermuten ließ. Das Rüstungsministerium war jedoch von Perrault selbst gewählt worden, und da es eines der drei Ministerien war, die Großaufträge vergaben (die anderen: das Ministerium für öffentliche Arbeiten und das Verkehrsministerium), wurde hier sichergestellt, daß die wirklich günstigen Aufträge an die Firmen gingen, die die Partei finanziell unterstützten. Somit war der Einfluß des Ministers in der Parteihierarchie beträchtlich.

»Sie sollten Ihre Seele nicht so nahe beim Bankkonto ansiedeln, Lucien«, gab der Finanzminister zurück. »Aber ich bin sowieso für euch Knaben hier der Nikolaus. Sie und Adrian sind ja schließlich die Leute, die die teuren Spielzeuge kaufen.«

»Aber sie explodieren mit einem so beachtlichen Knall«, sagte Lucien Perrault. »Und darüber hinaus, mein lieber Freund, schaffen wir ja in der Rüstungsindustrie eine Menge Arbeit und damit Arbeitsplätze, wodurch Sie mehr Steuern bekommen als je zuvor.«

»Da ist doch wohl irgendwo eine Wirtschaftstheorie im Spiel«, sagte Cawston. »Ist doch schade, daß ich das nie begriffen habe.«

Die Gegensprechanlage im Büro summte, und Milly antwortete. James Howdens metallische Stimme kündigte an: »Wir halten unsere Sitzung im Raum des Staatsrates ab. Ich werde in wenigen Minuten dort sein.«

Milly sah, wie sich die Augenbrauen des Finanzministers in mildem Erstaunen hochzogen. Die meisten kleinen Konferenzen außer den Sitzungen des Gesamtkabinetts wurden normalerweise ganz formlos im Büro des Premierministers abgehalten. Gehorsam begab sich jedoch die Gruppe hinaus in den Korridor und ging in den Raum des Staatsrates, der nur wenige Meter entfernt lag.

Als Milly ihre Bürotür hinter Perrault, der als letzter den Raum verließ, geschlossen hatte, schlug die Bourdon-Glocke des Glockenspiels auf dem Friedensturm elf.

94

Es war für sie ganz ungewohnt, sich dabei zu ertappen, daß sie sich die Frage stellte, was sie tun sollte. Es gab genug angehäufte Arbeit, aber am Heiligen Abend hatte sie wenig Neigung, etwas neues zu beginnen. Alle Dinge, die mit den Feiertagen in Verbindung standen – Routine-Weihnachtstelegramme an die Königin, die Premierminister des Commonwealth und die Staatschefs befreundeter Regierungen – waren bereits gestern für den Versand am frühen Morgen vorbereitet und ausgeschrieben worden. Alles andere, stellte sie fest, konnte bis nach den Feiertagen warten.

Ihre Ohrclips drückten sie, und sie zog sie ab. Sie waren aus Perlmutt, wie kleine runde Knöpfe. Sie hatte sich nie viel aus Schmuck gemacht, und sie wußte, daß Schmuck ihr Aussehen nicht verschönte. Das einzige, was sie gelernt hatte – Schmuck oder kein Schmuck –, war, daß sie auf Männer attraktiv wirkte, obwohl sie sich nie ganz klar war, warum ...

Das Telefon auf ihrem Schreibtisch summte, und sie nahm den Hörer ab. Am anderen Ende war Brian Richardson.

»Milly«, sagte der Generalsekretär, »hat die Verteidigungssitzung schon begonnen?«

»Sie sind soeben 'reingegangen.«

»Verdammt!« Richardson war außer Atem, als sei er schnell gelaufen. Abrupt fragte er: »Hat der Chef Ihnen irgend etwas über den Zusammenstoß gestern abend gesagt?«

»Was für einen Zusammenstoß?«

»Offensichtlich hat er nichts gesagt. Es ist gestern bei dem Empfang des Generalgouverneurs praktisch zu einer Schlägerei gekommen. Harvey Warrender hat sich gehörig daneben benommen – wahrscheinlich hat er einen über den Durst getrunken.«

Betroffen sagte Milly: »Im *Government House*? Bei dem Empfang?«

»Die ganze Stadt redet jedenfalls davon.«

»Aber warum Mr. Warrender?«

»Ich bin auch neugierig«, gab Richardson zu. »Ich habe

so ein Gefühl, daß es sich auf etwas bezogen hat, was ich vor einigen Tagen gesagt habe.«

»Was denn?«

»Ich habe über die Immigration geredet. Warrenders Abteilung hat uns in letzter Zeit eine furchtbar schlechte Presse gebracht. Ich habe den Chef gebeten, einmal auf den Tisch zu hauen.«

Milly lächelte. »Vielleicht hat er zu fest draufgehauen.«

»Das ist gar nicht lustig, meine Kleine. So Streitigkeiten zwischen Ministern gewinnen einem keine Wahlen. Ich muß unbedingt mit dem Chef reden, sobald er frei ist, Milly. Und noch etwas, was Sie ihm besser gleich schonend beibringen: Wenn Harvey Warrender sich nicht irgendwie rasch aus der Affäre zieht, dann haben wir in Kürze an der Westküste noch mehr Schwierigkeiten mit der Einwanderung. Ich weiß, daß ihr im Augenblick eine Menge am Hals habt, aber die Einwanderung ist auch wichtig.«

»Was ist denn an der Westküste los?«

»Einer meiner Leute hat mich heute morgen schon angerufen«, sagte Richardson. »Anscheinend hat die *Vancouver Post* eine Story über einen blinden Passagier gebracht, der behauptet, die Einwanderungsbehörde behandle ihn nicht fair. Mein Verbindungsmann erzählt mir, daß irgend so ein verfluchter Journalist große fette Krokodilstränen auf der ganzen Seite eins verbreitet. Das ist genau der Fall, vor dem ich alle Leute dringend gewarnt habe.«

»Wird er denn fair behandelt – der blinde Passagier?« Die Stimme des Generalsekretärs ließ die Hörmuschel rasseln. »Ich will bloß von ihm, daß er nicht weiter Schlagzeilen macht. Wenn der einzige Weg, den Zeitungen das Maul zu stopfen, darin besteht, daß man den Bastard hereinläßt, dann wollen wir ihn um Gottes Willen einwandern lassen und die ganze Sache damit vergessen.«

»Ich muß aber schon sagen«, meinte Milly, »Sie sind ja in der richtigen Laune.«

»Wenn ich das bin«, erwiderte Richardson kurz, »dann

nur, weil ich manchmal die Nase gründlich voll habe von solch stumpfsinnigen Schwachköpfen wie Warrender, der einen politischen Furz läßt und mich dann ranholt, um die Sache wieder in Ordnung zu bringen.«

»Ganz abgesehen von dem vulgären Ausdruck«, sagte Milly heiter, »sind Sie da nicht aus dem Bild gefallen?« Sie fand die rauhe Ausdrucksweise Brian Richardsons und seinen ganzen Charakter erfrischend nach der amtlichen Gepflegtheit und den Redeklischees der meisten Politiker, die ihr begegneten. Vielleicht war es das, dachte Milly, was sie in letzter Zeit beim Gedanken an Richardson eine wunderliche Wärme empfinden ließ – mehr Wärme, als sie je beabsichtigt hatte.

Dieses Gefühl hatte sich bei ihr vor sechs Monaten eingestellt, als der Generalsekretär sie ab und zu eingeladen hatte. Zunächst – ungewiß ob sie ihn mochte oder nicht – hatte Milly aus Neugierde angenommen. Später jedoch hatte sich ihre Neugier in Sympathie verwandelt, und an jenem Abend vor etwa einem Monat, einem Abend, der in ihrer Wohnung geendet hatte, in körperliche Zuneigung.

Millys sexueller Appetit war gesund, aber nicht übermäßig, was ihrer Meinung nach bisweilen ganz gut war. Sie hatte seit ihrem fieberhaft verlebten Jahr mit James Howden eine Anzahl von Männern gekannt, aber das Ende in ihrem Schlafzimmer war nur selten gekommen, nur für jene reserviert, für die Milly eine echte Zuneigung empfand. Sie hatte noch nie die Ansicht geteilt, die manche Leute zu haben schienen, daß der Sprung ins Bett gewissermaßen eine dankbare Geste für die abendliche Einladung bedeutete. Vielleicht war es auch diese etwas spröde Eigenschaft, die Männer genauso anzog wie ihr beiläufiger, sinnlicher Charme. In jedem Falle jedoch hatte sie jene Nacht mit Richardson, die zu ihrem Erstaunen so endete, nur sehr wenig befriedigt und ihr lediglich bewiesen, daß Brian Richardsons rauhe Art sich nicht nur auf seine Ausdrucksweise beschränkte. Sie betrachtete das Ganze hinterher als eine Fehlleistung...

Seither hatten sie sich nicht mehr getroffen, und in der

Zwischenzeit hatte Milly ganz fest beschlossen, daß sie sich nicht ein zweites Mal in einen verheirateten Mann verlieben würde.

Jetzt meinte Richardson am Telefon: »Wenn die alle so geschickt wären wie Sie, Schätzchen, dann wäre mein Leben ein Traum. Einige dieser Leute glauben, Public Relations sei eine Art Beischlaf mit der Masse. Aber trotzdem, sagen Sie doch bitte dem Chef, er möge mich anrufen, sobald die Konferenz zu Ende ist, ja? Ich warte in meinem Büro.«

»Wird gemacht.«

»Und Milly . . .«

»Ja.«

»Wie wäre es, wenn ich heute abend mal reinschaute? So etwa um sieben?«

Es herrschte Schweigen. Dann sagte Milly unsicher: »Ich weiß nicht.«

»Was wissen Sie nicht?« Richardsons Stimme war ganz nüchtern, sie hatte den Ton eines Mannes, der nicht die Absicht hatte, sich abweisen zu lassen. »Hatten Sie sich schon was vorgenommen?«

»Nein«, sagte Milly, »aber . . .« Sie zögerte. »Ist es denn nicht Sitte, daß man den Heiligen Abend zu Hause bei der Familie verbringt?«

Richardson lachte, obwohl das Lachen hohl klang. »Wenn das alles ist, was Sie beunruhigt – das können wir vergessen. Ich kann Ihnen versichern, daß Eloise ihre eigenen Vorkehrungen für den Weihnachtsabend getroffen hat, und ich bin dabei nicht eingeplant. Sie wäre Ihnen wahrscheinlich sogar dankbar, wenn Sie sicherstellten, daß ich nicht auftauchen würde.«

Immer noch zögerte Milly, erinnerte sich an ihren Entschluß. Aber jetzt . . . Sie schwankte; vielleicht würde es noch lange dauern . . . Sie wollte Zeit gewinnen und sagte: »Ist das eigentlich besonders klug? Die Telefonzentrale hat Ohren.«

»Dann wollen wir denen keine Gelegenheit zum Schlackern geben«, sagte Richardson frech. »Sieben Uhr?«

Noch unentschlossen sagte Milly: »In Ordnung« und

hängte ein. Ganz aus Gewohnheit steckte sie nach dem Telefonieren ihre Ohrclips wieder an.

Sie blieb einen Augenblick am Schreibtisch, eine Hand am Telefon, als ob der Kontakt immer noch da sei. Dann trat sie mit einem nachdenklichen Gesichtsausdruck zu dem hohen Bogenfenster hinüber, durch das man den Hof des Parlamentsgebäudes sehen konnte.

Seit sie gekommen war, hatte sich der Himmel verdunkelt, und es hatte zu schneien angefangen. Jetzt deckte der Schnee mit seinen dicken weißen Flocken die Hauptstadt allmählich zu. Vom Fenster aus konnte sie das Zentrum sehen: den *Peace Tower,* der sich schlicht und schmal gegen den bleiernen Himmel abhob und hager das Unterhaus und den Senat überragte; die klotzigen gotischen Türme des Westflügels und dahinter das *Confederation Building,* das wie eine düstere Festung hingelagert schien; den *Rideau Club* mit seinen Kolonnaden, der sich an den weißen Sandstein der amerikanischen Botschaft anschloß, und davor die Wellington Street, in der – wie gewöhnlich – ein Verkehrsgewirr herrschte. Bisweilen konnte das eine strenge Szene grau in grau sein – symbolisch, so dachte Milly manchmal, für das kanadische Klima und den Volkscharakter. Jetzt, im Winterkleid, verschmolzen die harten Konturen und der eckige Gesamteindruck zu einer sanfteren Linienführung. Der Wetterbericht hatte recht gehabt, dachte sie. Ottawa würde weiße Weihnachten erleben.

Ihre Ohrclips taten ihr immer noch weh. Sie nahm sie zum zweitenmal ab.

2

Mit ernstem Gesicht trat James Howden in den Raum des Staatsrates mit seiner hohen Decke und dem beigefarbenen Teppich. Die anderen – Cawston, Lexington, Nesbitson, Perrault und Martening – saßen bereits am Kopf des großen ovalen Tisches mit seinen vierundzwanzig Stühlen aus geschnitzter Eiche, mit roten Lederbe-

zügen, dem Schauplatz der meisten Entscheidungen, die
seit der Gründung der Konföderation die kanadische
Geschichte beeinflußt hatten. Auf der einen Seite, an
einem kleineren Tisch, war ein Stenograph aufgetaucht –
ein kleiner, bescheidener, zurückhaltender Mann mit
einem Kneifer, einem offenen Stenoblock und einer Anzahl gespitzter Bleistifte.

Als der Premierminister hereinkam, schickten sich die
fünf Männer, die bereits im Raum waren, an aufzustehen,
aber Howden winkte ab, ging hinüber zu dem thronähnlichen Stuhl mit der hochragenden Rückenlehne am
Kopf des Tisches. »Rauchen Sie, wenn Sie wollen«, sagte
er. Dann schob er den Stuhl zurück, blieb stehen und
schwieg einen Augenblick. Als er dann begann, war der
Ton seiner Stimme ganz amtlich.

»Ich habe aus einem ganz bestimmten Grund unsere
Zusammenkunft in diesen Raum legen lassen, meine Herren. Ich wollte uns alle an den Eid erinnern, den Sie
geleistet haben, als Sie dem Staatsrat beitraten. Was hier
besprochen wird, ist äußerst geheim und muß auch so
bleiben bis zum richtigen Moment, selbst was unsere
engsten Kollegen angeht.« James Howden hielt inne und
schaute zum Protokollführer hinüber. »Ich glaube, es ist
am besten, wenn wir kein Stenogramm aufnehmen.«

»Entschuldigen Sie bitte, Premierminister.« Es war
Douglas Martening, der sein Intellektuellengesicht wie
eine Eule hinter einer großen Hornbrille verbarg. Wie
immer war der Sekretär des Staatsrates voller Respekt,
aber bestimmt. »Ich glaube, es ist besser, wenn wir ein
Sitzungsprotokoll aufzeichnen. Da vermeiden wir spätere
Meinungsverschiedenheiten über das, was tatsächlich von
jedem einzelnen gesagt wurde.«

Die Gesichter am Mitteltisch wandten sich dem Steno-
graphen zu, der die Diskussion über seine eigene Anwesenheit mit Sorgfalt aufgezeichnet hatte. Martening
fügte hinzu: »Das Sitzungsprotokoll wird geheim aufbewahrt, und Mr. McQuillan, wie Sie ja wissen, hat schon
in der Vergangenheit manches Geheimnis zu wahren gewußt.«

»Ja, das ist richtig.« James Howdens Antwort war herzlich, und doch spürte man einen Hauch seiner amtlichen Funktion. »Mr. McQuillan ist ein guter alter Freund.« Mild errötend schaute der Gegenstand der Diskussion auf und blickte dem Premierminister in die Augen.

»Nun gut«, gab Howden nach, »dann wollen wir die Konferenz protokollieren lassen, aber angesichts der Besonderheit unseres Zusammenkommens muß ich den Protokollführer auf die Wirksamkeit des Gesetzes über Amtsgeheimnisse aufmerksam machen. Ich darf annehmen, daß Sie mit diesem Gesetz vertraut sind, McQuillan?«

»Ja, Sir.« Gewissenhaft nahm der Protokollführer die Frage und seine eigene Antwort auf.

Indem er die anderen musterte, ordnete und konzentrierte Howden seine Gedanken. Die Vorbereitungen der vergangenen Nacht hatten ihm klar die Folge der Schritte gezeigt, die er gehen mußte, bevor es zu der Zusammenkunft in Washington kam. Eine wichtige Position, die schon früh gesichert werden mußte, war, daß er die anderen Kabinettsmitglieder von seinen eigenen Ansichten zu überzeugen vermochte, deshalb hatte er zunächst diese kleine Gruppe einberufen. Wenn er hier Übereinkunft erzielte, dann hatte er einen Kern, der ihn unterstützen würde und der die übrigen Minister dahingehend beeinflussen konnte, daß sie ihm ihre Zustimmung gaben.

James Howden hoffte, daß die fünf Männer, die ihm gegenüber saßen, seine Ansicht teilen und das Problem sowie die Alternativen klar erkennen würden. Es konnte katastrophal sein, wenn es durch einige Knallköpfe zu unnötigen Verzögerungen kam.

»Es kann keinerlei Zweifel mehr bestehen«, sagte der Premierminister, »welche Absicht Rußland für die nahe Zukunft hat. Wenn es noch einen Zweifel gäbe, so haben die Ereignisse der letzten Monate ihn gewiß zerstreut. Die Allianz der letzten Woche zwischen dem Kreml und Japan und zuvor die kommunistischen Staatsstreiche in Indien und Ägypten, die jetzt Satellitenregime sind, unsere weiteren Konzessionen in der Berlinfrage, die Achse Moskau–Peking mit ihrer Bedrohung Südasiens, die Zunahme von Raketenbasen, deren Geschosse auf Nordamerika gerichtet sind – all diese Vorgänge erlauben nur eine einzige Schlußfolgerung. Der sowjetische Plan einer völligen Beherrschung der Welt nähert sich seinem Höhepunkt – nicht in fünfzig oder nur zwanzig Jahren, wie wir einmal in unserer Selbstzufriedenheit angenommen haben, sondern jetzt, in unserer Generation, in diesem Jahrzehnt.

Natürlich würde Rußland einen Sieg ohne Krieg vorziehen. Genauso offenkundig ist aber, daß der Krieg als echte Alternative ins Spiel kommt, wenn der Westen unbeugsam bleibt und die Ziele des Kreml auf andere Weise nicht erreicht werden können.«

Es erhob sich ein zögerndes Gemurmel der Zustimmung. Der Premierminister fuhr fort: »Die russische Strategie ist noch nie vor Verlusten zurückgeschreckt. Historisch gesehen ist die Rücksicht der Russen auf Menschenleben wesentlich geringer als unsere eigene, und die Russen werden auch jetzt vor nichts zurückschrecken. Natürlich werden viele Leute – in unserem Land und auch anderswo – immer noch Hoffnungen hegen, genauso wie man einstmals die Hoffnung hatte, daß Hitler aus eigenem Antrieb eines Tages aufhören würde, Europa zu verschlingen. Ich kritisiere die Hoffnung als solche nicht. Sie ist ein Gefühl, das man schätzen muß. Aber hier in unserem Kreis können wir uns den Luxus der Hoffnung nicht leisten, und wir müssen unzweideutig für unsere Verteidigung und für unser Überleben planen.«

Während er sprach, erinnerte sich James Howden an das, was er Margaret gestern abend gesagt hatte. Wie hatte er es doch formuliert? *Überleben ist wichtig, denn Überleben bedeutet Leben, und Leben ist ein Abenteuer.* Er hoffte, dieser Satz würde in Zukunft genauso zutreffen wie jetzt.

Er fuhr fort: »Was ich gesagt habe, ist natürlich nichts Neues. Es ist auch nicht neu, daß unsere Verteidigung bis zu einem gewissen Grad mit der Verteidigung der Vereinigten Staaten integriert worden ist. Neu ist allerdings, daß mir innerhalb der vergangenen achtundvierzig Stunden direkt vom amerikanischen Präsidenten ein Vorschlag zu einer Integration gemacht worden ist, die genauso weitreichend wie sensationell sein dürfte.«

Plötzlich konnte man am Tisch ein spürbares Anwachsen des Interesses bemerken.

»Bevor ich Ihnen den genauen Vorschlag unterbreite«, sagte Howden, seine Worte sorgsam wählend, »möchte ich mich noch mit einer anderen Frage beschäftigen.« Er wandte sich dem Außenminister zu. »Arthur, kurz bevor wir hier hereinkamen, habe ich Sie um Ihre Ansicht zur gegenwärtigen Weltlage gebeten. Ich möchte gern, daß Sie Ihre Antwort wiederholen.«

»Selbstverständlich, Premierminister.« Arthur Lexington legte ein Feuerzeug auf den Tisch, das er in der Hand gedreht hatte. Sein Posaunenengelgesicht war ungewöhnlich feierlich. Er schaute nach links und rechts und sagte dann gerade heraus: »Meiner Meinung nach sind die internationalen Spannungen zur Zeit viel ernster und gefährlicher als je zuvor seit 1939.«

Die ruhigen präzisen Worte hatten Spannung in den Raum gebracht. Lucien Perrault sagte leise: »Steht es denn wirklich so schlecht?«

»Ja«, antwortete Lexington, »es steht wirklich so schlecht. Ich weiß, daß die Tatsachen schwer zu begreifen sind, weil wir so lange schon auf des Messers Schneide gesessen haben, daß uns die Krise zur täglichen Gewohnheit geworden ist. Irgendwann jedoch kommt man über die Krise hinaus. Ich glaube, wir sind dieser Grenze nahe.«

Stuart Cawston sagte kummervoll: »Vor fünfzig Jahren müssen es die Leute doch leichter gehabt haben. Die drohende Möglichkeit eines Krieges kam wenigstens in annehmbaren Zeitabständen aufs Tapet.«

»Ja.« In Lexingtons Stimme machte sich Müdigkeit bemerkbar. »Die Abstände müssen wohl annehmbarer gewesen sein.«

»Dann müßte ein neuer Krieg . . .« Das war Perraults Frage. Er ließ sie unvollendet.

»Meine eigene Meinung«, sagte Arthur Lexington, »geht darauf hinaus, daß wir trotz der gegenwärtigen Lage wenigstens noch ein Jahr keinen Krieg haben werden. Vielleicht dauert dieser Zustand auch länger. Ich habe aber meine Botschafter als Vorsichtsmaßnahme bereits ermahnt, stets bereit zu sein, ihre Dokumente zu verbrennen.«

»Das gilt noch für den alten Krieg«, sagte Cawston. »Ihr mit all euren diplomatischen Kinkerlitzchen.« Er nahm einen Tabaksbeutel und eine Pfeife aus der Tasche und begann, die Pfeife zu stopfen.

Lexington zog die Schultern hoch. Er lächelte dünn. »Möglicherweise.«

Eine kurze, von ihm wohl berechnete Zeit lang hatte James Howden seine dominierende Rolle in dieser Gruppe von Männern aufgegeben. Jetzt nahm er die Zügel wieder fest in die Hand.

»Meine Ansicht«, sagte der Premierminister bestimmt, »ist identisch mit der Arthurs. So identisch, daß ich sofort eine Teilbesetzung der Notquartiere der Regierung angeordnet habe. Ihre eigenen Ministerien erhalten Geheimmemoranden innerhalb der nächsten Tage.« Das überraschte Einatmen der Umsitzenden war hörbar. Howden fügte ohne Nachsicht hinzu: »Vorsicht ist in jedem Falle besser als Nachsicht.«

Ohne auf Bemerkungen zu warten, fuhr er fort: »Was ich als nächstes sagen möchte, ist auch nicht neu, aber wir müssen uns über unsere eigene Position klar werden, bevor ein dritter Weltkrieg beginnt.«

Er schaute die anderen durch die Rauchwolke an, die den Raum anzufüllen begann. »Wie die Lage heute ist, kann Kanada weder Krieg führen – wenigstens nicht als unabhängiges Land – noch können wir neutral bleiben. Für das Erstere haben wir nicht die Mittel, für das Zweite ist unsere geographische Lage zu prekär. Das sage ich nicht als Meinungsäußerung, sondern als eine unwiderrufliche Tatsache.«

Die Augen der Männer am Tisch waren unbeweglich auf ihn gerichtet. Bisher, so bemerkte er, war noch keine Geste einer Opposition zu bemerken gewesen. Das konnte allerdings später noch kommen. »Unsere eigene Verteidigung«, sagte Howden, »war und ist lediglich ein Zeichen des guten Willens. Daher ist es kein Geheimnis, daß die Vereinigten Staaten in ihren Haushalt Mittel für die Verteidigung Kanadas aufnehmen, die im Rahmen eines Verteidigungsetats zwar nicht hoch sind, aber immer noch die Gesamtsumme unseres eigenen Verteidigungsetats übersteigen.«

Adrian Nesbitson sprach zum ersten Mal: »Das geschieht aber doch schließlich nicht aus Menschenfreundlichkeit«, sagte der alte Mann brummig. »Die Amerikaner verteidigen Kanada, weil sie uns verteidigen müssen, um sich selbst zu schützen. Wir sind keineswegs zur Dankbarkeit verpflichtet.«

»Zur Dankbarkeit ist man nie verpflichtet«, antwortete James Howden scharf. »Ich muß allerdings zugeben, daß ich bisweilen der Vorsehung gedankt habe, daß ehrenwerte Freunde und nicht Feinde auf der anderen Seite der Grenze wohnen.«

»Hört, hört!« Das war Lucien Perrault, dessen Zähne eine munter nach oben gerichtete Zigarre hielten. Jetzt hatte er die Zigarre weggelegt und seine große Pranke Adrian Nesbitson, der neben ihm saß, auf die Schulter gelegt. »Machen Sie sich keine Sorgen, alter Freund, ich bin dankbar für uns beide.«

Dieser Einwurf und die Tatsache, daß er von Nesbitson kam, hatten Howden überrascht. Normalerweise hätte er angenommen, daß die größte Opposition gegen seine kurzfristigen Pläne aus Französisch Kanada kommen würde, dessen Sprecher Lucien Perrault war. Französisch Kanada mit seiner alten Furcht vor einer Beschneidung der eigenen Rechte, mit dem tief verwurzelten historischen Mißtrauen gegen fremde Einflüsse und fremde Bindungen. Hatte er sich in seiner Einschätzung geirrt? Vielleicht nicht. Es war noch zu früh, um ein Urteil zu fällen. Aber zum ersten Mal war er erstaunt.

»Lassen Sie mich Ihnen noch ein paar Tatsachen vor Augen führen.« Howdens Stimme klang jetzt wieder fest und respektheischend. »Wir alle kennen die möglichen Auswirkungen eines Krieges mit Kernwaffen. Nach solch einem Kriege hängt das Überleben von den Nahrungsmitteln und der Lebensmittelproduktion ab. Das Land, dessen landwirtschaftliche Gebiete durch radioaktiven Niederschlag verseucht sind, hat bereits den Kampf ums Überleben verloren.«

»Mehr als nur die Nahrungsmittel wären dabei ausgerottet«, sagte Stuart Cawston. Sein gewohntes Lächeln war von seinem Gesicht verschwunden.

»Aber die Lebensmittelproduktion ist die vordringlichste Einzelaufgabe.« Howdens Stimme wurde lauter. »Die Städte können zu Schutt zerblasen werden, und viele werden sicherlich vollkommen zerstört. Wenn es jedoch danach noch unverseuchte Landstriche, saubere Äcker gibt, Land, auf dem man Nahrungsmittel anpflanzen kann, dann können diejenigen, die überlebt haben, aus dem Schutt hervorkriechen und von vorn beginnen. Lebensmittel und das Land, um Lebensmittel darauf zu züchten – das gibt letzten Endes den Ausschlag. Wir sind vom Land gekommen, und wir gehen aufs Land zurück. Da liegt der Weg zum Überleben! Der einzige Weg!«

An einer Wand des Staatsratssaales war eine Karte von Nordamerika aufgehängt worden. James Howden ging hinüber, die Blicke der übrigen folgten ihm. »Die Regierung der Vereinigten Staaten«, sagte er, »ist sich sehr wohl bewußt, daß die landwirtschaftlichen Gebiete zuerst geschützt werden müssen. Der Plan der amerikanischen Regierung läuft darauf hinaus, um jeden Preis die eigenen Gebiete für die Nahrungsmittelproduktion zu schützen.« Seine Hand fuhr rasch über die Karte. »Das ganze Gebiet für die Milchproduktion – das nördliche New York, Wisconsin, Minnesota; die landwirtschaftlichen Gebiete von Pennsylvania; der Weizengürtel – die beiden Dakota-Staaten und Montana; Mais in Iowa; das Vieh in Wyoming; Spezialgetreide in Idaho, im nördlichen Utah und im Süden, und all die übrigen Gebiete.« Howden ließ seinen Arm sinken. »Diese Gebiete werden zuerst geschützt, die Städte erst in zweiter Linie.«

»Und das kanadische Land wird in die Planung nicht einbezogen«, sagte Lucien Perrault leise.

»Das stimmt nicht«, sagte James Howden. »Man hat tatsächlich die Planung auf das kanadische landwirtschaftliche Gebiet ausgedehnt. Es ist als Schlachtfeld vorgesehen.«

Wieder wandte er sich der Karte zu. Mit dem Zeigefinger seiner rechten Hand berührte er eine Anzahl von Punkten südlich Kanadas, wobei er von der Atlantikküste nach innen vorging. »Hier verläuft die Linie der amerikanischen Raketenstellungen – der Abschußrampen für Abwehr- und Interkontinentalraketen –, mit denen die Vereinigten Staaten ihre landwirtschaftlichen Gebiete schützen werden. Sie kennen die Stellungen genauso gut wie ich, und jeder Anfänger im russischen Geheimdienst kennt sie ebenfalls.«

Arthur Lexington murmelte vor sich hin: »Buffalo, Plattsburg, Preque Isle . . .«

»Genau«, sagte Howden. »Diese Punkte sind die eigentliche Spitze der amerikanischen Verteidigung, und als solche sind sie natürlich das vorrangige Ziel eines sowjetischen Angriffs. Wenn dieser Angriff – mit russischen Raketen – durch Abfangraketen zurückgeschlagen wird, dann werden die Angreifer direkt über Kanada zerstört.« Mit einer dramatischen Geste fuhr er mit der Handfläche über den Teil der Karte, der Kanada darstellte. »Das ist das Schlachtfeld! Hier wird der Krieg ausgetragen, so wie die Dinge jetzt liegen.« Die Augen folgten der Bewegung seiner Hand. Sie war weit nördlich der Grenze entlang gefahren, hatte den getreidereichen Westen vom Industriegebiet im Osten getrennt. Im Verlauf der schwenkenden Bewegung lagen die Städte – Winnipeg, Fort William, Hamilton, Toronto, Montreal und die kleineren Gemeinden dazwischen. »Der radioaktive Niederschlag wird hier am stärksten sein«, sagte Howden. »Wir können erwarten, daß in den ersten Tagen des

Krieges unsere Städte ausgelöscht und unsere Anbau-
gebiete vergiftet und unfruchtbar gemacht werden.«

Draußen schlug das Glockenspiel auf dem *Peace Tower*
die Viertelstunde. Im Raum brach nur Adrian Nesbitsons schwerer Atem die Stille und das Rascheln von
Papier, als der Protokollführer eine Seite in seinem Notizblock umblätterte. Howden fragte sich, was der Mann
wohl dachte, wenn er überhaupt mitdachte. Und wenn
er das tat, konnte denn irgendein menschlicher Verstand
die Bedeutung dessen erfassen, was hier gesagt wurde –
es sei denn, daß er vorher sorgfältig darauf vorbereitet
würde? Was das anging, konnte irgendeiner von den
Anwesenden wirklich verstehen, wie die Ereignisse ablau-
fen würden, bevor es tatsächlich dazu kam?

Das Grundschema war natürlich ganz verblüffend einfach. Wenn es nicht irgendeine Fehlleistung gab oder
einen falschen Alarm, dann würden die Russen fast mit
Gewißheit zuerst schießen. Wenn sie das taten, dann
würde die Flugbahn ihrer Raketen direkt über Kanada
verlaufen. Wenn die gemeinsamen Warnsysteme zuverlässig arbeiteten, würde die amerikanische Leitstelle einige Minuten vorher Warnung erhalten – Zeit genug, um
die eigenen Abwehrraketen mit kurzer Flugbahn abzuschießen. Es würde zu einer ersten Serie von Abschüssen
kommen, soweit sich das absehen ließ, irgendwo nördlich
von den großen Seen im südlichen Ontario und Quebec.
Die amerikanischen Kurzstreckenraketen würden keine
Kernwaffen als Sprengköpfe führen, aber die sowjetischen
Raketen waren sicherlich mit einem Atomsprengkopf aus-
gerüstet und mit einem Aufschlagzünder versehen. Deshalb würde sich als Ergebnis eines jeden erfolgreichen
Abfangvorganges eine Wasserstoffexplosion ereignen, die
die Atombombe von Hiroshima zu einem Fliegenstich
und einer antiquierten Angelegenheit machte. Unter
jedem Explosionsgebiet – es hieß wahrscheinlich zuviel
erwarten, wenn man nur mit ein oder zwei Explosionen
rechnete, dachte Howden – lägen fünftausend Quadratmeilen der Zerstörung und radioaktiven Verseuchung.

Rasch und in kurz gefaßten Sätzen übertrug er diese

bildliche Vorstellung in Worte: »Sie müssen sich also darüber klar werden«, schloß er, »daß die Möglichkeiten unseres Überlebens als eine noch lebensfähige Nation nicht sehr groß sind.«

Wieder herrschte Schweigen. Diesmal brach Stuart Cawston die Stille, indem er leise sagte: »Ich habe das alles gewußt. Ich glaube, wir alle haben davon gewußt. Und doch wagt man nie so richtig ... man schiebt die Dinge auf; andere Tatsachen lenken einen ab ... vielleicht wollen wir das auch so ...«

»Dessen sind wir wohl alle schuldig«, sagte Howden. »Die Frage ist nur: können wir uns jetzt sinnvoll mit diesen Gegebenheiten auseinandersetzen?«

»Es gibt doch ein ›wenn‹ in dem, was Sie gesagt haben, oder nicht?« Diesmal sprach Lucien Perrault, seine tiefliegenden Augen erheischten eine Antwort.

»Ja«, gab Howden zu. »Es gibt ein ›wenn‹.« Er schaute die anderen an und blickte dann Perrault gerade in die Augen. Seine Stimme war überzeugend. »Alles was ich beschrieben habe, wird unweigerlich eintreffen, es sei denn, daß wir uns ohne weitere Verzögerung entschließen, unsere Souveränität und unsere nationale Unabhängigkeit mit den Vereinigten Staaten zu verschmelzen.«

Die Reaktion kam fast sofort.

Adrian Nesbitson war aufgesprungen. »Niemals! Niemals! Niemals!« Der alte Mann stieß die Worte zornig hervor, sein Gesicht war puterrot.

Cawston sah betroffen aus. »Wir würden vom ganzen Land geächtet werden.«

Douglas Martening, zu einer Reaktion aufgeschreckt, sagte: »Premierminister, Sie haben doch nicht ernstlich ...« Der Satz wurde nicht beendet.

»Ruhe!« Die Bärenpranke Lucien Perraults schlug auf den Tisch. Verdutzt verstummten die anderen. Nesbitson entkrampfte sich. Perrault blickte finster unter seinen schwarzen Locken. Nun ja, dachte Howden, ich habe Perrault verloren, und mit ihm verfliegt jegliche Hoffnung, die ich einmal in die nationale Einheit gesetzt habe. Jetzt würde sich Quebec – ganz Französisch Kanada –

absondern. Das war zuvor schon geschehen. Quebec war wie ein Fels – mit scharfen Kanten, unbeweglich –, an dem schon andere Regierungen in der Vergangenheit zerschellt waren.

Er konnte die anderen, oder wenigstens die meisten von ihnen heute auf seine Seite bringen – das glaubte er immer noch. Die angelsächsische Logik würde letzten Endes einsehen, was unmißverständlich war, und danach würde vielleicht das englischsprachige Kanada allein immer noch die Kraftreserve stellen, die er brauchte. Aber die Teilung im Lande würde tief gehen, mit Bitterkeit und Auseinandersetzungen, mit Narben, die nie heilen würden. Er wartete darauf, daß Lucien Perrault die Sitzung verließ.

Statt dessen sagte Perrault: »Ich will den Rest auch noch hören.« Er fügte drohend hinzu: »Ohne daß die Krähen wieder losschreien.«

James Howden war erneut überrascht, aber er verschwendete jetzt keine Zeit.

»Es gibt einen Vorschlag, der im Kriegsfall unsere Situation völlig ändern könnte. Dieser Vorschlag ist ganz einfach. Es ist die Verlagerung von Raketenstellungen der Vereinigten Staaten – Interkontinentalraketen und Kurzstreckenraketen – in den Norden unseres eigenen Landes. Wenn diese Verlagerung stattfände, dann würde ein großer Teil des radioaktiven Niederschlages, den ich erwähnt habe, über unbewohntem Land herunterkommen.«

»Aber den Wind muß man auch in Betracht ziehen!« sagte Cawston.

»Ja«, gab Howden zu. »Wenn der Wind aus Norden kommt, gibt es so viel Niederschlag, daß wir ihm nicht entgehen. Aber vergessen Sie nicht, daß kein Land unversehrt durch einen Krieg mit Kernwaffen kommt. Das beste, was wir erwarten können, ist eine Verringerung der schlimmsten Auswirkungen.«

Adrian Nesbitson protestierte: »Wir haben bereits so weitgehende Zugeständnisse gemacht ...«

Howden schnitt dem alternden Verteidigungsminister das Wort ab. »Was wir getan haben, sind alles nur halbe

Maßnahmen, Viertelmaßnahmen, wir haben improvisiert! Wenn der Krieg morgen auf uns zukäme, wären unsere kleinlichen Vorbereitungen völlig unbedeutend!« Seine Stimme wurde lauter. »Wir sind verletzlich und praktisch ohne jede Verteidigung, und wir würden überwältigt und überrannt wie Belgien in den großen europäischen Kriegen überrannt worden ist. Wenn wir Glück haben, werden wir besetzt und unterjocht. Wenn wir Pech haben, werden wir ein Schlachtfeld für Kernwaffen, unser Volk wird vernichtet und unser Land auf Jahrhunderte zur Einöde. Und doch braucht es dazu nicht zu kommen. Die Zeit drängt, aber wenn wir rasch handeln, wenn wir ehrlich und vor allem realistisch sind, können wir überleben, können wir einen Krieg durchstehen und darüber hinaus vielleicht eine Größe erreichen, von der wir nicht einmal zu träumen wagten.«

Der Premierminister hielt inne, seine eigenen Worte hatten ihn bewegt. Einen Augenblick lang spürte er eine gewisse Atemlosigkeit, eine freudige Erregung über seine eigenen Führerqualitäten, angesichts der großen Ereignisse, die ihre Schatten bereits vorauswarfen.

»Ich habe hier von einem Vorschlag gesprochen, der mir vor achtundvierzig Stunden vom Präsidenten der Vereinigten Staaten unterbreitet wurde.« James Howden hielt inne. Dann sagte er klar und ganz bewußt: »Der Vorschlag läuft auf einen feierlichen Unionsvertrag zwischen unseren beiden Ländern hinaus. Die Bedingungen würden die völlige Übernahme der Verteidigung Kanadas durch die Vereinigten Staaten einschließen, die Auflösung der kanadischen Streitkräfte und die gleichzeitige Übernahme durch die Armee der Vereinigten Staaten unter einem gemeinsamen Fahneneid. Der Vorschlag würde bedeuten, daß das gesamte Territorium Kanadas den Streitkräften der Vereinigten Staaten als Aufmarschgebiet zur Verfügung gestellt würde und – das ist besonders wichtig – die Umsiedlung aller Raketenabschußbasen in den hohen Norden Kanadas, und zwar so schnell wie nur eben möglich.«

»O mein Gott!« sagte Cawston. »Mein Gott!«

»Einen Augenblick«, sagte Howden. »Das ist noch nicht alles. Der Unionsvertrag, wie er vorgesehen ist, würde darüber hinaus auch eine Zollunion und die gemeinsame Vertretung der auswärtigen Angelegenheiten vorsehen. Außerhalb dieser Bereiche und außerhalb der anderen Interessensphären, die ich bereits genannt habe, würde unsere nationale Einheit und Unabhängigkeit erhalten bleiben.«

Er trat vor, nahm seine Hände vom Rücken und spreizte die Fingerspitzen auf dem ovalen Tisch. Er sprach zum ersten Mal mit Bewegung in der Stimme: »Das ist, wie Sie sehen werden, ein zugleich drastischer und ehrfurchtheischender Vorschlag. Ich kann Ihnen jedoch sagen, daß ich ihn sorgfältig erwogen und mir die Konsequenzen vor Augen geführt habe, und meiner Meinung nach liegt in diesem Vorschlag unser einzig möglicher Weg, wenn wir noch als Nation aus einem zukünftigen Kriege hervorgehen wollen.«

»Aber warum auf diese Weise?« Stuart Cawstons Stimme klang gepreßt. Der Finanzminister war noch nie verdutzter oder sorgenvoller gewesen. Es war, als bröckele um ihn herum eine alte, wohlbewährte Welt langsam ab. Nun, dachte Howden, dann ist es eben für uns alle der langsame Zerfall. Die Welten hatten so ihre eigene Art, die Vernichtung herbeizuführen, obwohl jedermann dachte, seine eigene Welt sei gesichert.

»Weil es keinen anderen Weg und auch keine Zeit mehr gibt!« Howden stieß die Worte hervor wie Maschinengewehrgeknatter. »Weil die Vorbereitung lebenswichtig ist und wir noch dreihundert Tage haben und vielleicht – so Gott will – ein wenig länger, aber nicht viel mehr. Weil wir mit Nachdruck handeln müssen! Weil die Zeit der Verzagtheit für immer vorbei ist! Weil das Gespenst des nationalen Stolzes uns bis heute in jedem Rat für gemeinsame Verteidigung verfolgt hat und die Entscheidungen lähmte, und dieses Gespenst wird uns noch weiter schrecken und uns lähmen, wenn wir noch mehr Kompromisse schließen, noch weiter Flickwerk machen wollen! Sie fragen mich – warum auf diese Weise?

Ich will es Ihnen noch einmal sagen – es gibt keinen anderen Weg!«

Jetzt sprach Arthur Lexington leise und ruhig mit seiner sonntäglichen Schiedsrichterstimme: »Was die meisten Leute wohl wissen wollen, ist doch, ob wir unter einem solchen Bündnisvertrag noch als Nation bestehen könnten oder ob wir lediglich zu einem amerikanischen Satelliten werden – einer Art unregistriertem einundfünfzigsten Staat. Wenn erst einmal die Kontrolle über unsere eigene Außenpolitik aufgegeben wird, was natürlich geschehen würde, ob wir nun das Kind beim Namen nennen oder nicht, dann müßten wir doch die Zusagen in gutem Glauben hinnehmen.«

»In dem unwahrscheinlichen Fall, daß so ein Abkommen jemals ratifiziert würde«, sagte Lucien Perrault betont, seine dunklen nachdenklichen Augen auf Howden gerichtet, »würde der Vertrag natürlich eine ganz bestimmte Laufzeit haben.«

»Fünfundzwanzig Jahre werden vorgeschlagen«, sagte der Premierminister. »Es würde natürlich eine Klausel eingefügt, daß der Unionsvertrag mit beiderseitigem Einverständnis gekündigt werden könnte, obwohl das nicht einseitig geschehen dürfte. Was nun die Frage angeht, daß man einen Gutteil dieses Vertrages auf Treu und Glauben hinnehmen müsse – ja, das müßten wir sicherlich. Die Frage ist nur: wem wollen Sie eher vertrauen – der vagen Hoffnung, daß es nicht zum Kriege kommt, oder dem Versprechen eines Nachbarn und Verbündeten, dessen Vorstellung von internationaler Ethik unserer eigenen entspricht.«

»Aber das Land!« sagte Cawston. »Könnten Sie je das Land überzeugen?«

»Ja«, erwiderte Howden. »Ich glaube, das könnten wir.« Er schickte sich an, ihnen zu erklären, warum: die Methode, die er entwickelt hatte; die Opposition, die zu erwarten war; die Wahl, die sie durchführen mußten mit dieser Frage im Hintergrund und die sie gewinnen mußten. Das Gespräch entwickelte sich weiter. Eine Stunde verging, zwei Stunden, zweieinhalb Stunden. Man hatte

Kaffee gebracht, aber abgesehen von einem kurzen Augenblick war die Diskussion nicht unterbrochen worden. Die Papierservietten, die zum Kaffee gereicht wurden, zeigten das Weihnachtssymbol der Stechpalme. Das war eine sonderbare Erinnerung daran, daß Weihnachten nur noch wenige Stunden entfernt war. Der Geburtstag Christi. Was er uns lehrte, war doch so einfach, dachte Howden: daß Liebe die einzig lebenswerte Gefühlsäußerung war – eine Lehre, die nüchtern und logisch war, ob man an Christus, den Sohn Gottes, oder an Jesus, einen heiligmäßigen, sterblichen Menschen dachte. Aber das Tier im Menschen hatte nie an Liebe geglaubt – an reine Liebe – und würde es auch nie tun. Der Mensch hatte das Wort Christi mit seinem Vorurteil korrumpiert, und seine Kirchen hatten es verdüstert. Und jetzt sitzen wir hier, dachte Howden, und treffen solche Entscheidungen am Heiligen Abend.

Stuart Cawston stopfte wohl zum zehnten Mal seine Pfeife. Perrault hatte keine Zigarren mehr und rauchte Douglas Martenings Zigaretten. Arthur Lexington – wie der Premierminister ein Nichtraucher – hatte einen Augenblick eines der hinteren Fenster geöffnet, hatte es aber später wieder wegen des entstehenden Durchzugs geschlossen. Eine große Rauchwolke hing über dem ovalen Tisch, und wie der Rauch verbreitete sich ein Gefühl der Unwirklichkeit. Es hatte den Anschein, als ob etwas Undenkbares geschehe. Das konnte einfach nicht wahr sein. Und doch konnte James Howden allmählich spüren, wie die Wirklichkeit um sich griff, wie die Überzeugung bei den anderen wuchs, genau wie sie in ihm entstanden war.

Lexington war auf seiner Seite: dem Außenminister war nichts von dem soeben Besprochenen neu. Cawston war noch unschlüssig. Adrian Nesbitson hatte meist geschwiegen, aber der alte Mann zählte auch nicht. Douglas Martening schien schockiert zu sein, aber schließlich war er Beamter und würde tun, was man ihm sagte. Blieb Lucien Perrault – seine Opposition war zu erwarten gewesen, bis jetzt aber noch nicht ausgesprochen worden.

Der Sekretär des Staatsrates sagte: »Es würde verschiedene Verfassungsprobleme geben, Premierminister.« Seine Stimme klang vorwurfsvoll, aber nur ein wenig, als wende er sich gegen eine geringfügige verfahrensmäßige Abänderung.

»Dann werden wir sie lösen«, sagte Howden entschlossen. »Ich jedenfalls bin nicht bereit, die völlige Auslöschung zu akzeptieren, weil ganz bestimmte Möglichkeiten nicht in den Statuten vorgesehen sind.«

»Quebec«, sagte Cawston. »Wir werden Quebec nie auf unsere Seite bringen können.«

Der Augenblick war gekommen.

James Howden sagte ruhig und gefaßt: »Ich will gern zugeben, daß ich auch schon daran gedacht habe.«

Ganz langsam wandten die anderen ihre Blicke Lucien Perrault zu – Perrault, der Auserwählte. Das Idol und der Sprecher von Französisch Kanada. Wie andere vor ihm – Laurier, Lapointe, St. Laurent – hatte er allein in den zwei vergangenen Wahlkämpfen die ganze Unterstützung von Quebec für die Howden-Regierung gewonnen. Und hinter Perrault standen dreihundert Jahre Geschichte: Neufrankreich, Champlain, die königliche Regierung von Ludwig XIV, die britische Eroberung – und der Haß der Franco-Kanadier gegen ihre Eroberer. Der Haß war mit der Zeit verflogen, aber das Mißtrauen – durchaus beiderseitig – war nie verschwunden. Zweimal während der Kriege im zwanzigsten Jahrhundert, an denen Kanada teilnahm, hatten ihre Streitigkeiten das Land geteilt. Kompromiß und Mäßigung hatten eine unsichere Einheit zu bewahren vermocht. Aber jetzt . . .

»Es scheint mir so, als ob ich gar nichts zu sagen brauchte«, sagte Perrault unbewegt. »Offenbar haben Sie, meine Kollegen, einen direkten Anschluß zu meinem Gehirn.«

»Es fällt schwer, Tatsachen zu ignorieren«, sagte Cawston. »Auch die Geschichte übersieht man nicht leicht.«

»Die Geschichte«, sagte Perrault leise und schlug dann

mit der Faust auf den Tisch. Der Tisch erzitterte. Seine Stimme dröhnte zornig. »Hat niemand Ihnen mitgeteilt, daß die Geschichte fortschreitet, daß auch der Geist Fortschritte macht und Veränderungen unterworfen ist, daß die Teilung nicht ewig dauert? Oder haben Sie geschlafen – geschlafen, während klügere Köpfe reif geworden sind?«

Die Veränderung im Raum war elektrisierend. Die aufreizenden Worte waren wie ein Donnerschlag in die Gesellschaft gefahren.

»Für was halten Sie uns eigentlich – uns aus Quebec?« zürnte Perrault. »Sind wir in alle Ewigkeit als Hinterweltler, als Idioten und Analphabeten abgestempelt? Sind wir unwissend, blind und den Veränderungen der Welt gegenüber vollkommen unempfindlich? Nein, meine Freunde, wir sind viel nüchterner als Sie, und wir lassen uns weniger leicht von dem Vergangenen einlullen. Wenn hier die Konsequenzen gezogen werden müssen, dann werden wir das unter Schmerzen tun. Aber der Schmerz ist nichts Neues für Französisch Kanada; eine realistische Einschätzung der Wirklichkeit auch nicht.«

»Na ja«, sagte Stuart Cawston ganz ruhig, »man weiß eben nie, wohin der Hase läuft.«

Darauf hatten sie gewartet. Die Spannung löste sich in wieherndem Gelächter. Stühle wurden zurückgestoßen. Perrault, dem Tränen der Heiterkeit über die Backen rannen, schlug Cawston heftig auf die Schulter. Wir sind doch ein sonderbares Volk, dachte Howden: eine unberechenbare Mischung von Mittelmäßigkeit und Genialität, wobei gelegentlich auch noch ein Zipfel von Größe sichtbar wird.

»Vielleicht bedeutet das für mich das Ende.« Lucien Perrault zog die Schultern hoch in einer Geste der Gleichgültigkeit. »Aber ich werde den Premierminister unterstützen, und vielleicht kann ich andere auch noch überzeugen.« Das war ein Meisterstück des Understatements, und Howden fühlte warme Dankbarkeit in sich emporsteigen.

Adrian Nesbitson war allein schweigsam geblieben.

Jetzt sagte der Verteidigungsminister mit erstaunlich fester Stimme: »Wenn Sie dieser Meinung sind, warum dann auf halbem Wege stehenbleiben? Warum sollen wir uns nicht mit Haut und Haaren an die Vereinigten Staaten verkaufen?« Gleichzeitig wandten sich ihm fünf Köpfe zu.

Der alte Mann errötete, fuhr jedoch unbeirrt fort: »Ich meine, daß wir unsere Unabhängigkeit behalten sollen – ganz egal welchen Preis wir dafür zahlen.«

»Sicherlich auch so weit, daß wir eine Invasion mit Kernwaffen abwehren«, sagte James Howden eisig. Weil er nach Perrault gesprochen hatte, wirkten Nesbitsons Worte wie ein kühler unerwarteter Regenschauer. Howden fügte hinzu, nachdem er seinen Zorn unter Kontrolle gebracht hatte: »Oder vielleicht hat der Verteidigungsminister Möglichkeiten, eine Invasion mit Kernwaffen abzuwehren, von denen wir noch nichts gehört haben.«

In Gedanken wurde sich Howden darüber klar, und das nicht ohne Bitterkeit, daß dies ein Beispiel für die uneinsichtige dumpfe Stupidität war, der er in den folgenden Wochen noch öfter begegnen würde. Einen Augenblick lang stellte er sich die anderen Nesbitsons vor, die ihm noch bevorstanden: die Pappkameraden mit alten verblichenen Fähnchen, eine ganze Kavalkade von Kasino-Witzfiguren, die blind in die Vergessenheit abzogen. Es war Ironie, so dachte er, daß er seinen eigenen Intellekt anstrengen mußte, um solche Narren wie Nesbitson von der Notwendigkeit, sich selbst zu retten, überzeugen zu können.

Es herrschte ein befangenes Schweigen. Es war im Kabinett kein Geheimnis, daß der Premierminister in letzter Zeit mit dem Verteidigungsminister nicht mehr zufrieden gewesen war.

Jetzt fuhr Howden fort. Sein Habichtsgesicht war blaß, und er wandte sich mit Nachdruck an Adrian Nesbitson. »In der Vergangenheit hat sich diese Regierung weitgehend um die Erhaltung unserer nationalen Unabhängigkeit bemüht. Meine eigene Einstellung in dieser

Frage habe ich immer wieder demonstriert.« Ein zustimmendes Gemurmel wurde hörbar. »Die persönliche Entscheidung, die ich jetzt getroffen habe, war nicht leicht, und ich darf wohl sagen, daß sie ein Mindestmaß an Mut erforderte. Die leichte Lösung ist die rücksichtslose Lösung, die manche für mutig halten, die jedoch letzten Endes die größere Feigheit ist.« Bei dem Worte »Feigheit« wurde General Nesbitson puterrot im Gesicht, aber der Premierminister war noch nicht am Ende. »Und noch etwas. Was immer auch unsere Diskussionen in den kommenden Wochen bringen, ich möchte von den Mitgliedern dieses Kabinetts keine politischen Tiefschläge hinnehmen, wie zum Beispiel die Phrase ›sich an die Vereinigten Staaten verkaufen‹.«

Howden hatte in seinem Kabinett immer die Zügel fest angezogen, er hatte Minister bisweilen – und nicht immer unter vier Augen – mit Worten geohrfeigt. Aber nie zuvor war sein Zorn so ausgeprägt gewesen.

Ungehalten schauten die anderen auf Adrian Nesbitson.

Zunächst hatte es den Anschein, als wolle der alte Krieger zurückschlagen. Er hatte sich in seinem Stuhl aufgerichtet, sein Gesicht war zornig verzogen. Er begann zu reden. Dann fiel er plötzlich wie ein abgelaufenes Uhrwerk sichtlich in sich zusammen, wurde wieder ganz der alte Mann, unsicher und unentschlossen, wo es um Probleme ging, die seinem Erfahrungsbereich fern waren. Er murmelte vor sich hin: »Vielleicht mißverständlich . . . unglücklich gewählte Formulierung«, setzte sich in seinen Stuhl zurück und wünschte offensichtlich, daß die allgemeine Aufmerksamkeit sich von ihm abwenden möge.

Als zeige er Verständnis, sagte Stuart Cawston hastig: »Eine Zollunion würde von unserem Gesichtspunkt aus einige große Vorzüge bieten, denn wir hätten dabei am meisten zu gewinnen.« Als sich die anderen ihm zuwandten, hielt der Finanzminister inne, sein rasch reagierender Geist ging bereits die Möglichkeiten durch. Nun fuhr er fort: »Aber jede Übereinkunft müßte noch wesentlich weiter gehen. Schließlich erkaufen sich die Amerikaner

118

ja auch ihre eigene Verteidigung neben der unseren. Es muß Garantien geben, damit wir hier produzieren können, damit sich unsere Industrie erweitern kann ...«

»Unsere Forderungen werden keinesfalls bescheiden sein, und ich möchte das in Washington ganz klarstellen«, sagte Howden. »In der Zeit, die uns noch verbleibt, müssen wir unsere Wirtschaft unterstützen, so daß wir nach einem Kriege stärker sind als irgendeiner der Hauptkonkurrenten.«

Cawston sagte zurückhaltend: »Das könnte sich so ergeben. Das könnte tatsächlich so kommen.«

»Und noch etwas«, sagte Howden. »Eine weitere Forderung – die umfassendste, die ich vortragen werde.«

Das Schweigen wurde von Lucien Perrault durchbrochen. »Wir hören aufmerksam zu, Premierminister. Sie haben von einer weiteren Forderung gesprochen.«

Arthur Lexington spielte mit einem Bleistift. Sein Gesichtsausdruck war nachdenklich.

Er konnte es nicht wagen, es ihnen jetzt zu sagen, fand Howden. Wenigstens noch nicht. Das Konzept war zu groß, zu kühn, und in gewisser Weise unerhört. Er erinnerte sich an Lexingtons Reaktion, die dieser gestern bei ihrer Unterhaltung gezeigt hatte, als der Premierminister seine Gedanken entwickelte. Der Außenminister hatte erklärt: »Die Amerikaner würden sich niemals einverstanden erklären, nie.« James Howden hatte langsam geantwortet: »Wenn sie genügend unter Druck sind, dann könnten sie unter Umständen doch einverstanden sein.«

Jetzt sah er die anderen entschlossen an. »Ich kann Sie über diese Forderung nicht unterrichten«, sagte er abschließend, »ich kann Ihnen nur sagen, wenn diese Forderung erfüllt wird, so ist das die größte Leistung, die Kanada in diesem Jahrhundert vollbracht hat. Aber Sie müssen mir bis nach der Konferenz im Weißen Haus Ihr Vertrauen schenken.« Er hob die Stimme und sagte herrisch: »Sie haben mir in der Vergangenheit vertraut. Ich muß Sie noch einmal um Ihr uneingeschränktes Vertrauen bitten.«

Um den Tisch herum konnte man ein zustimmendes Nicken wahrnehmen.

Howden spürte die Zustimmung und empfand ein neues Hochgefühl. Er wußte, daß sie auf seiner Seite waren. Mit Überredung, Logik und der Überzeugungskraft seiner Führerqualitäten hatte er die Diskussion für sich entschieden und Unterstützung bekommen. Das war die erste Feuerprobe gewesen, und was hier gelungen war, das konnte auch an anderer Stelle wiederholt werden.

Nur Adrian Nesbitson blieb unbeweglich und schwieg, die Augen niedergeschlagen, das zerfurchte Gesicht von einem ernsten Ausdruck überschattet. Howden schaute den Tisch entlang und spürte den Zorn erneut in sich aufsteigen. Wenn auch Nesbitson ein törichter Mann war – er brauchte zumindest auf dem Papier die Unterstützung des Verteidigungsministers. Dann verflog sein Zorn. Den alten Mann konnte man schnell loswerden, und war er erst einmal entlassen, würde er keine Schwierigkeiten mehr bereiten.

Senator Richard Deveraux

Die *Vancouver Post*, eine Zeitung, die nicht besonders zimperlich war, hatte Dan Orliffes Bericht über den potentiellen Einwanderer Henri Duval eine ausführliche Behandlung unter Betonung der menschlichen Aspekte folgen lassen. Die Story wurde links oben auf Seite eins in allen Weihnachtsausgaben gedruckt und lag an zweiter Stelle hinter den Berichten über einen Sexualmord, der einen Tag zurück lag und den Aufmacher lieferte. Über vier Zeilen hieß es:

Heimatlose Waise muß Weihnachten
einsam im Hafen feiern.

Darunter – ebenfalls über vier Spalten und vierzig Zeilen groß – war eine Nahaufnahme des jungen blinden Passagiers, mit dem Rücken an ein Rettungsboot gelehnt. Es war ungewöhnlich für ein Pressephoto, daß die Kamera eine Ausdruckstiefe vermittelte, die durch das grobe Zeitungsraster nicht vollkommen verlorengegangen war. Das war eine Mischung aus Sehnsucht und einem fast unschuldigen Ausdruck.

Die Wirkung der Story und des Bildes war dergestalt, daß der Redakteur vom Dienst auf einen Bürstenabzug kritzelte: »Sehr gut, wollen wir weiter verfolgen« und den Bogen in die Lokalredaktion weiterreichte. Der Chef der Lokalredaktion rief Dan Orliffe zu Hause an und sagte: »Versuch doch für Donnerstag eine Fortsetzung zu schreiben, Dan, und sieh mal zu, was du aus den Einwanderungsbeamten außer dem normalen Bla-bla noch herausholen kannst. Das sieht so aus, als hätten wir damit eine Menge Interesse geweckt.«

Lokal begann das Interesse mit einer überwältigenden Reaktion und blieb auch während der Weihnachtsfeiertage groß. In der Stadt und in der Umgebung war der blinde Passagier von der *Vastervik* Gesprächsthema in der Familie, in Clubs und Kneipen. Einige Leute, die das harte Los des jungen Mannes erörterten, wurden mitleidig gestimmt, andere schimpften ärgerlich über »die verflixten Beamten« und »die bürokratische Unmenschlichkeit«. Siebenunddreißig Telefonanrufe – der erste kam eine Stunde nach der Veröffentlichung – beglückwünschten die *Vancouver Post* dazu, daß sie die Angelegenheit an die Öffentlichkeit gebracht hatte. Und wie üblich bei solchen Gelegenheiten, wurden alle Anrufe sorgfältig eingetragen, so daß man den Anzeigenauftraggebern hinterher zeigen konnte, wie viel Wirkung eine typische Nachrichtenstory der *Post* hatte.

Es gab auch noch andere Reaktionen. Fünf Discjockeys der Lokalsender nahmen verständnisvoll auf die Story Bezug, einer von ihnen widmete »Stille Nacht« Henri Duval, »falls unser Freund von den sieben Weltmeeren zufällig Vancouvers Sender mit der größten Zuhörerschaft eingestellt hat.« In der Chinatown widmete eine Nachtclub-Stripteasetänzerin unter allgemeinem Beifall ihren nächsten Entblätterungsakt jenem »einsamen kleinen Burschen auf dem Schiff«. Auf der Kanzel waren wenigstens acht Weihnachtspredigten rasch umgeschrieben worden, um aktuell Bezug auf den »Fremden, der an deine Tür klopft« zu nehmen.

Fünfzehn Leute waren hinreichend beeindruckt, um Leserbriefe zu schreiben, von denen vierzehn abgedruckt wurden. Der fünfzehnte, weitgehend zusammenhanglos, stellte den Zwischenfall als Teil einer Invasionsverschwörung aus dem Weltraum dar, wobei Duval als Agent vom Mars fungierte. Außer dem letzteren waren sich die meisten Briefschreiber darin einig, daß irgend jemand etwas unternehmen müsse, sie waren sich allerdings nicht so klar darüber, welche Initiative von wem ergriffen werden sollte.

Eine Handvoll Menschen reagierte mit praktischem Verständnis. Ein Offizier der Heilsarmee und ein katholischer Priester machten sich eine Notiz, daß sie Henri Duval besuchen wollten, und taten dies auch tatsächlich. Die nerzbehängte Witwe eines ehemaligen Goldprospektors packte persönlich Lebensmittel und Zigaretten in

Weihnachtspapier ein und ließ das Paket durch ihren livrierten Chauffeur im weißen Cadillac zur *Vastervik* schaffen. Sie schickte auch eine Flasche des Lieblingswhiskys ihres Verblichenen mit. Zunächst hatte der Chauffeur sich vorgenommen, den Whisky zu stehlen, entdeckte jedoch auf der Fahrt, daß die Marke wesentlich schlechter war als das, was er sich normalerweise genehmigte. Er packte die Flasche also wieder ein und lieferte sie ab.

Ein Elektrogroßhändler, der unter der Drohung des baldigen Bankrotts stand, nahm ein neues Transistorradio aus dem Lager und schrieb – ohne eigentlich recht zu wissen, warum – Duvals Namen auf den Karton und brachte das Geschenk selbst zur Anlegestelle des Schiffes. Ein altersgebeugter pensionierter Eisenbahner, der seine letzten Jahre mit einer monatlichen Summe fristen mußte, die vielleicht gerade ausgereicht hätte, wenn die Lebenshaltungskosten auf dem Niveau von 1940 geblieben wären, legte zwei Dollarnoten in einen Umschlag und schickte sie an die *Vancouver Post* zur Weiterleitung an den blinden Passagier. Eine Gruppe von Busfahrern, die den Bericht in der *Post* vor Beginn ihrer Schicht lasen, sammelten mit der Mütze und kamen auf sieben Dollar und dreißig Cents. Der Besitzer der Mütze brachte das Geld höchstpersönlich am Weihnachtsmorgen zu Duval. Die Angelegenheit schlug über Vancouver hinaus Wellen.

Die erste Darstellung erschien in der Hauptausgabe der *Vancouver Post* um zehn Uhr am 24. Dezember. Um zehn Uhr zehn hatte die Nachrichtenagentur *Canadian Press* bereits die Geschichte umgeschrieben und kondensiert, sie dann an die Presse und die Rundfunksender im Westen weitergeleitet. Auf einer zweiten Leitung wurde die Nachricht an die Zeitungen in Ostkanada weitergegeben, und CP in Toronto stellte die Verbindung zu den Nachrichtenagenturen AP und *Reuters* in New York her. Die amerikanischen Agenturen, denen während der Feiertage die Nachrichten ausgegangen waren, kondensierten das ganze noch mehr und schickten dann die Geschichte in die ganze Welt hinaus.

Der *Johannesburg Star* gab der Nachricht fünf Zeilen und die *Stockholmer Europa Press* eine Viertelspalte. Der *Londoner Daily Mail* machte vier Zeilen daraus, und die *Times of India* rang sich einen Leitartikel ab. Der *Melbourne Herald* druckte eine Spalte, genau wie *La Prensa* in Buenos Aires. In Moskau gab die *Pravda* den Zwischenfall als Beispiel »kapitalistischer Heuchelei« zum besten.

In New York hörte der Vertreter Perus bei den Vereinten Nationen von der Geschichte und beschloß, die Vollversammlung zu fragen, ob man nicht etwas unternehmen könnte. In Washington hörte der britische Botschafter den Bericht und zog sorgenvoll die Stirn in Falten.

Die Nachricht kam am frühen Nachmittag nach Ottawa, gerade rechtzeitig für die Spätausgaben der beiden Abendzeitungen in der Hauptstadt. Der *Citizen* nahm die Story der Nachrichtenagentur CP auf die Titelseite und ließ folgende Schlagzeile laufen:

Mann ohne Heimatland fleht:
»Laßt mich ein.«

Etwas gesetzter hatte das *Journal* die Geschichte auf Seite drei unter der Überschrift:

Blinder Passagier bittet
um Einwanderungserlaubnis.

Brian Richardson, der über die Probleme nachgebrütet hatte, der sich die Partei gegenüber sähe, wenn die geheimen Vorschläge Washingtons schließlich doch bekannt wurden, las beide Zeitungen in seinem karg möblierten Büro in der Sparks Street. Der Generalsekretär der Partei war ein großer, athletisch gebauter Mann mit blauen Augen, sandfarbenem Haar und geröteten Wangen. Sein Gesichtsausdruck spiegelte zumeist heitere Skepsis wider, aber er konnte auch rasch aufbrausen, und er verbreitete den Eindruck geballter Kraft. Jetzt war seine schwere, breitschultrige Gestalt in einen zurückgekippten Schreibtischsessel gelagert, beide Beine waren auf dem überfüllten Schreibtisch, die Pfeife hielt er zwischen die Zähne geklemmt. Das Büro war vereinsamt und still. Sein Stellvertreter, seine Assistenten, das Archivpersonal und die Büroangestellten, die das umfangreiche Personal der Parteileitung ausmachten, waren bereits vor mehreren Stunden – einige von ihnen mit Weihnachtspaketen beladen – nach Hause gegangen.

Nachdem er die beiden Zeitungen sorgfältig durchgelesen hatte, kehrte er zu der Geschichte des blinden Passagiers zurück. Lange Erfahrung hatte Richardson eine empfindliche Nase für politischen Zündstoff gegeben, und hier stieß er auf eine Geschichte, die die Öffentlichkeit ganz sicher beschäftigen würde. Er seufzte. Es gab Zeiten, in denen die Heimsuchungen kein Ende zu nehmen schienen. Er hatte seit seinem Anruf bei Milly noch nichts vom Premierminister gehört. Unbehaglich legte er die Zeitungen beiseite, stopfte seine Pfeife und richtete sich aufs Warten ein.

2

Wenige hundert Meter von Brian Richardson entfernt – innerhalb der heiligen Hallen des *Rideau Clubs* an der Wellington Street, hatte auch Senator Richard Deveraux, der noch ein wenig Zeit vor dem Abflug nach Vancouver hatte, die beiden Zeitungen gelesen, dann seine Zigarre im Aschenbecher abgelegt und lächelnd die Geschichte aus den Blättern herausgerissen. Im Gegensatz zu Richardson, der verzweifelt hoffte, daß dieser Fall die Regierung nicht in Schwierigkeiten bringen würde, erwartete der Senator – Vorsitzender der Oppositionspartei – nicht ohne Genugtuung, daß der Fall Konsequenzen haben würde.

Senator Deveraux hatte sich die Nachrichten in der Bibliothek des *Rideau Clubs* zu Gemüte geführt – in einem quadratischen, hohen Raum, dessen Fenster zum *Parliament Hill* hinaus lagen und dessen Eingangstür von einer strengen Bronzebüste der Königin Viktoria bewacht wurde. Für den alten Senator waren sowohl die Bibliothek als auch der Club selbst ein wohlvertrauter Aufenthaltsort.

Der *Rideau Club* in Ottawa (wie seine Mitglieder manchmal betonen) ist so exklusiv und diskret, daß sein Name nicht einmal außen am Gebäude erscheint. Ein Vorübergehender würde nie wissen, um was es sich handelt, es sei denn, man erzählte es ihm. Und wenn er neugierig sein sollte, so könnte er wohl das Haus für einen privaten, wenn auch etwas heruntergekommenen Herrensitz halten.

Im Inneren des Clubs, mit seiner säulengetragenen Eingangshalle und der breit ausladenden Doppeltreppe, ist die Atmosphäre genauso ungewöhnlich. Es besteht kein Schweigegebot, aber meist herrscht Grabesstille, und neue Clubmitglieder haben die Neigung, nur zu flüstern.

Die Mitgliedschaft im *Rideau Club* – obgleich nicht an eine Partei gebunden – rekrutiert sich weitgehend aus der politischen Elite Ottawas, aus Ministern, hohen Richtern, Senatoren, Diplomaten, Stabsoffizieren, gehobenen Beamten, einer Handvoll zuverlässiger Journalisten und den wenigen normalen Parlamentsabgeordneten, die sich die gesalzenen Beiträge leisten können. Aber trotz der überparteilichen Richtlinien werden hier eine Menge politischer Fragen behandelt. Einige der wichtigsten Entscheidungen für die Entwicklung Kanadas sind bei Kognak und Zigarren von Mitgliedern des *Rideau Clubs* getroffen worden, während sie in den weichgepolsterten roten Ledersesseln des Clubs saßen, genauso wie es jetzt Senator Deveraux tat.

Richard Borden Deveraux war Mitte Siebzig, ein imposanter Mann – groß, ungebeugt, mit klaren Augen und einer gesunden Robustheit, die sich nur aus einem Leben ohne jede körperliche Anstrengung ergab. Sein Kugelbauch war ausreichend für den würdigen Eindruck, aber nicht umfangreich genug, um ihn lächerlich erscheinen zu lassen. Seine Art, sich zu geben, war eine liebenswerte Mischung aus Direktheit und Impertinenz, die Ergebnisse zeitigte, jedoch selten beleidigend wirkte. Er redete sehr langatmig und machte den Eindruck, niemals zuzuhören, obgleich ihm in Wirklichkeit nur sehr wenig entging. Er genoß sein Prestige, seinen Einfluß und den enormen

Wohlstand, der auf einem Holzimperium im Westen Kanadas beruhte, das ihm einer der früheren Deveraux vermacht hatte.

Der Senator erhob sich jetzt aus dem Sessel und ging – die Zigarre teilte vor ihm die Luft – zu einem von zwei Telefonen im hinteren Teil der Bibliothek hinüber. Man konnte hier direkt wählen. Er wählte zwei Nummern, bevor er den Mann am Apparat hatte, den er wünschte. Mit dem zweiten Gespräch setzte er sich mit dem Ehrenwerten Bonar Deitz, dem Fraktionsvorsitzenden der Oppositionspartei, in Verbindung. Deitz war in seinem Büro im Mittelbau.

»Bonar, mein Junge«, sagte Senator Deveraux, »ich bin hoch erfreut, wenn auch sehr erstaunt, feststellen zu können, daß Sie sich selbst am Heiligen Abend so fleißig für die Partei einsetzen.«

»Ich habe noch Briefe geschrieben«, sagte Deitz kurz angebunden. »Ich geh jetzt nach Hause.«

»Großartig!« dröhnte der Senator. »Würden Sie so nett sein und auf dem Heimweg im Club vorbeikommen? Ich muß etwas mit Ihnen besprechen.«

Am anderen Ende der Leitung war ein Ansatz zum Protest zu vernehmen, den der Senator jedoch sofort abtat. »Na, mein junger Freund, das ist aber gar nicht der richtige Diensteifer – jedenfalls nicht, wenn Sie wollen, daß wir die Wahlen gewinnen und Sie anstatt des Windhundes James Howden zum Premierminister machen. Und Sie wollen doch Premierminister werden, oder nicht?« Die Stimme des Senators hatte einen Anflug von Schmeichelei. »Das werden Sie auch sicher noch einmal, Bonar, mein Junge. Machen Sie sich keine Sorgen. Aber machen Sie jetzt bitte schnell. Ich warte.«

Kichernd ließ sich der Senator in einen Sessel in der Eingangshalle des Clubs fallen. Sein wacher Geist beschäftigte sich bereits mit möglichen Methoden, die dazu dienen würden, die Nachricht, die er gelesen hatte, zum Nutzen der Oppositionspartei umzumünzen. Bald umgab ihn eine Wolke von Zigarrenrauch, während er sich seinem beliebtesten Denksport hingab.

Richard Deveraux war nie ein Staatsmann gewesen, weder ein junger aufstrebender Karrieremacher, noch ein weiser alter Politiker, ja nicht einmal ein ernstzunehmender Gesetzesinitiator. Die Aufgabe seiner Wahl war die politische Manipulation, und auf diesem Gebiet hatte er sein ganzes Leben Erfahrung gesammelt. Es machte ihm Spaß, halbanonyme Gewalt auszuüben. In seiner Partei hatte er wenige gewählte Posten innegehabt (sein gegenwärtiges Amt im Parteivorstand war eine späte Ausnahme), und doch hatte er in der Partei Macht ausgeübt wie wenige vor ihm. Daran war nichts Betrügerisches gewesen. Seine Position beruhte lediglich auf zwei Faktoren – einer natürlichen politischen Wachheit, die in der Vergangenheit dazu geführt hatte, daß man seinen Rat stets suchte, und dann auf dem klugen Einsatz von Geldmitteln.

Im Laufe der Zeit – und während der Amtszeit seiner Partei – hatten diese beiden Faktoren Richard Deveraux die höchste Belohnung eingebracht, die man den Getreuen der Partei zukommen ließ: eine lebenslange Ernennung in den kanadischen Senat, dessen Mitglieder einmal als »die höchste Klasse von Staatspensionären in Kanada« von einem der Ihren bezeichnet wurden.

Wie die meisten seiner älteren Kollegen im Senat nahm auch Senator Deveraux selten an den wenigen beiläufigen Debatten teil, die das Oberhaus als Beweis seiner Existenzberechtigung abhielt, und nur zweimal war er aufgestanden, um das Wort zu ergreifen. Das erste Mal war gewesen, um zusätzliche Parkplätze für Senatoren auf dem *Parliament Hill* zu verlangen, das zweite Mal, um sich darüber zu beschweren, daß die Klimaanlage im Senat Zugluft hervorbrachte. Beide Vorstellungen hatten zu Aktionen geführt, was – wie Senator Deveraux gern trocken bemerkte – »mehr ist, als man von der Mehrheit der Reden im Senat behaupten kann«.

Zehn Minuten waren seit dem Telefongespräch vergangen, und der Oppositionsführer war noch nicht gekommen. Er wußte jedoch, daß Bonar Deitz kommen mußte, und mittlerweile schloß der Senator die Augen, um ein wenig zu schlummern. Fast umgehend – das Alter und ein reichhaltiges Mittagessen machten sich bemerkbar – war er fest eingeschlafen.

3

Der Mittelbau des Parlaments war verlassen und ruhig, als der Ehrenwerte Bonar Deitz die schwere Eichentür seines Parlamentsbüros, Zimmer 407 S, hinter sich schloß. Seine leichten Schritte echoten auf dem Marmorgang hart durch den langen Korridor, das Geräusch eilte ihm voraus und wurde von den gotischen Gewölben und Querbögen und von den Wänden aus Tyndall-Kalkstein zurückgeworfen. Er war länger geblieben als ursprünglich beabsichtigt, hatte ein paar persönliche Memoranden mit der Hand geschrieben und daß er jetzt zum *Rideau Club* hinübergehen mußte, um sich mit Senator Deveraux zu unterhalten, würde ihn noch mehr aufhalten. Er glaubte jedoch, daß es empfehlenswert sei zu erfahren, was der alte Knabe von ihm wollte.

Er wartete nicht auf den Aufzug und ging die klotzige Marmortreppe hinunter, die zum Haupteingang führte. Das waren nur zwei Treppen, und er eilte die Stufen rasch hinunter, sein langer, hagerer Körper bewegte sich mit kurzen, ruckhaften Bewegungen wie ein aufgezogener Spielzeugsoldat. Seine dünne, fragile Hand berührte das Messinggeländer leicht.

Wenn ein Fremder Bonar Deitz zum ersten Male sah, hätte er ihn für einen Gelehrten halten können – was er auch tatsächlich war –, aber niemals für einen führenden Politiker. Die Führergestalten in der Politik haben seit eh und je eine gewisse Robustheit und Autorität vorzuweisen, und äußerlich hatte Deitz keines von beidem. Auch sein fast dreieckiges, eingefallenes Gesicht – ein unfreundlicher Karikaturist hatte ihn einmal mit einem Mandelkopf und einer Stangenbohne als Körper gezeichnet – hatte nichts von der Attraktivität, die einigen Politikern Stimmen bringt, ganz egal was sie sagen oder tun.

129

Und doch hatte er eine erstaunlich große Gefolgschaft im Lande – viele unter den nachdenklichen Wählern vermochten in Deitz Qualitäten zu erkennen, die feiner und tiefer angelegt waren als die seines politischen Gegenübers James McCallum Howden. Dennoch hatten Howden und seine Partei Deitz bei der letzten Wahl überzeugend geschlagen.

Als er in die *Confederation Hall* trat, durch die große Außenhalle mit ihren hochragenden Säulen aus dunklem poliertem Syenit, unterhielt sich gerade ein uniformierter Bediensteter mit einem jungen Mann – er sah wie ein Teenager aus – in brauner Hose und Tweedjacke. Die Stimmen waren klar zu hören.

»Tut mir leid«, sagte der Saaldiener. »Ich mache die Bestimmungen ja nicht, mein Junge.«

»Das ist mir klar, aber könnten Sie nicht einmal eine Ausnahme machen?« Der Akzent des Jungen war amerikanisch. Und wenn er nicht aus dem tiefen Süden kam, dann zumindest aus der Nachbarschaft. »Ich hab doch bloß zwei Tage Zeit. Meine Familie muß schon wieder . . .«

Ungewollt blieb Bonar Deitz stehen. Das ging ihn ja nichts an, aber der Junge hatte irgend etwas an sich . . . Er fragte: »Gibt es Schwierigkeiten?«

»Der junge Mann möchte sich hier im Parlament umschauen, Mr. Deitz«, sagte der Saaldiener. »Ich hab ihm gesagt, daß es nicht möglich ist, wo doch Feiertag ist . . .«

»Ich bin auf der Uni in Chattanooga, Sir«, sagte der Junge. »Ich studiere Verfassungsgeschichte im Hauptfach. Ich hab mir gedacht, wo ich doch schon hier bin . . .«

Deitz schaute auf seine Uhr. »Wenn wir uns sehr beeilen, dann zeige ich Ihnen das Haus. Kommen Sie mit.« Er nickte dem Saaldiener zu und ging zurück in die Richtung, aus der er gekommen war.

»Mensch, das ist aber großartig!« Der sportliche hagere Student ging neben ihm her mit großen leichten Schritten. »Das ist aber wirklich prima.«

»Wenn Sie Verfassungsgeschichte studieren«, sagte Deitz, »dann ist Ihnen sicherlich der Unterschied zwischen

130

unserem kanadischen Regierungssystem und dem Ihren klar.«

Der Junge nickte. »Ich glaube schon, wenigstens weitgehend. Der größte Unterschied ist doch, daß wir einen Präsidenten wählen, aber Ihr Premierminister wird nicht vom Volk gewählt.«

»Er wird als Premierminister nicht direkt gewählt«, sagte Deitz. »Wenn er im Unterhaus sitzt, muß er sich jedoch der Wahl als Abgeordneter stellen, genauso wie alle anderen Abgeordneten. Nach einer Wahl wird dann der Vorsitzende der Mehrheitspartei Premierminister und bildet ein Kabinett aus seinen Parteifreunden.«

Er fuhr erklärend fort: »Das kanadische System ist eine parlamentarische Monarchie mit einer einzigen, durchgehenden Linie der Autorität, und zwar kontinuierlich nach oben fortschreitend vom einfachen Wähler über die Regierung bis zur Krone. Ihr System beruht auf geteilter Autorität auf der Grundlage der Gewaltenteilung – der Präsident hat ganz bestimmte Vollmachten, der Kongreß andere.«

»Kontrolle und Ausgleich«, sagte der junge Mann. »Bloß gibt es manchmal so viele Kontrollen, daß nichts zustande gebracht wird.«

Bonar Deitz lächelte. »Dazu will ich lieber nicht Stellung nehmen. Das könnte die diplomatischen Beziehungen stören.«

Sie waren in die Vorhalle des Unterhauses gekommen. Bonar Deitz öffnete eine der schweren Doppeltüren und ging in den Parlamentssaal vor. Sie blieben stehen. Die absolute Stille – fast körperlich zu spüren – hüllte sie ein. Nur wenige Lampen brannten, und über ihre Lichtkegel hinaus verschwanden die Zuschauertribüne und die Außenwände des Parlamentssaales im Dunkeln.

»Während der Sitzungsperiode des Parlaments geht es hier schon etwas lebendiger zu«, sagte Deitz trocken.

»Ich bin dankbar, daß ich es so gesehen habe«, sagte der junge Mann leise. »Es ist . . . es ist . . . gewissermaßen geheiligt.«

Deitz lächelte. »Es hat schon eine lange Tradition.« Sie

gingen weiter, und Deitz erklärte, wie der Premierminister und der Oppositionsführer – das sei er selbst – einander täglich gegenüberstanden. »Sehen Sie, wir glauben, daß die Direktheit eine ganze Menge Vorzüge hat. Bei unserem Regierungssystem ist die Exekutive dem Parlament direkt für das verantwortlich, was sie tut.«

Der junge Mann schaute voller Interesse seinen Führer an. »Wenn Ihre Partei mehr Abgeordnete hätte, Sir, dann wären Sie der Premierminister, anstatt die Opposition zu führen.«

Bonar Deitz nickte. »Ja, das wäre ich.«

Mit unbefangener Offenheit fragte der junge Mann: »Glauben Sie, daß Sie es je schaffen?«

»Manchmal«, sagte Deitz mit einem Anflug von Wehmut, »manchmal zweifle ich selbst daran.«

Er hatte nur ein paar Minuten opfern wollen, aber er bemerkte, daß der junge Mann ihm gefiel, und als sie schließlich ihr Gespräch beendeten, da war eine viel längere Zeitspanne vergangen. Wieder einmal, dachte Deitz, hatte er sich allzu willig ablenken lassen. Das geschah oft. Er fragte sich manchmal, ob darin der wahre Grund zu suchen sei, daß er in der Politik nicht mehr Erfolg gehabt hatte. Andere, die er kannte – James Howden war einer von ihnen –, nahmen eine gerad verlaufende Linie wahr und folgten ihr. Deitz tat das nie, weder politisch noch auf anderen Gebieten.

Er kam jetzt eine Stunde später als ursprünglich beabsichtigt in den *Rideau Club*. Er hängte seinen Mantel an den Haken und erinnerte sich mit schlechtem Gewissen daran, daß er seiner Frau versprochen hatte, den Tag fast ganz zu Hause zu verbringen.

Oben im Clubraum schnarchte Senator Deveraux unbekümmert vor sich hin.

»Senator!« sagte Bonar Deitz leise. »Senator!«

Der alte Mann schlug die Augen auf und brauchte einen Moment, um sich an das Licht zu gewöhnen.

»Ach du liebe Güte.« Er rutschte aus dem tiefen Sessel in eine aufrechte Stellung. »Ich muß wohl eingenickt sein.«

»Sie haben wohl geglaubt, Sie wären im Senat«, sagte Bonar Deitz. Er ließ sich mit eckigen Bewegungen – wie eine zurückschnellende Feder – in einen Sessel daneben fallen.

Senator Deveraux lachte. »Wenn ich das wirklich geglaubt hätte, dann wären Sie nicht imstande gewesen, mich so leicht aufzuwecken.« Er drehte sich seitlich, griff in eine Tasche und zog den Zeitungsartikel hervor, den er aus dem Blatt gerissen hatte. »Lesen Sie das einmal, mein Junge.«

Deitz rückte seine randlose Brille zurecht und las aufmerksam. Während Deitz las, schnitt der Senator eine neue Zigarre an und setzte sie in Brand.

Aufschauend sagte Deitz zurückhaltend: »Ich habe zwei Fragen, Senator.«

»Nur zu, mein Junge, nur zu.«

»Meine erste Frage ist – da ich jetzt zweiundsechzig Jahre alt bin, könnten Sie sich vielleicht entschließen, mich nicht länger ›mein Junge‹ zu nennen?«

Der Senator kicherte. »Das ist das Übel mit euch jungen Burschen – ihr wollt schon immer alte Männer sein. Machen Sie sich nur keine Sorgen: das Alter kommt schnell genug. Nun, mein Junge, was wäre denn die zweite Frage?«

Bonar Deitz seufzte. Er wußte, daß die Diskussion mit dem älteren Mann keinen Sinn hatte, der ihn ohnehin – so vermutete er – nur verspotten wollte. Er steckte sich eine Zigarette an und fragte: »Was gibt es denn da mit diesem Burschen in Vancouver – Henri Duval? Wissen Sie etwas Genaueres?«

Senator Deveraux machte mit der Zigarre in der Hand eine wegwerfende Geste. »Ich weiß überhaupt nichts davon. Aber in dem Augenblick, wo ich von diesem bedauernswerten jungen Mann und seinem erfolglosen Antrag, in unser Land einreisen zu dürfen, hörte, da hab' ich mir gesagt: hier ist eine Gelegenheit, Staub aufzuwirbeln, der unsere Gegner in der Nase kitzelt.«

Mehrere Herren waren in den Raum gekommen und grüßten Deitz und Senator Deveraux im Vorübergehen.

Der Senator sprach jetzt verschwörerisch leise: »Haben Sie gehört, was gestern abend im *Government House* passiert ist? Ein Boxkampf – unter Kabinettsmitgliedern!«

Bonar Deitz nickte.

»Und ausgerechnet unter den Augen des rechtmäßig eingesetzten Vertreters unserer erhabenen Königin.«

»Das kommt schon vor«, sagte Deitz. »Ich kann mich daran erinnern, daß unsere Leute auch schon mal eine kleine Rauferei hatten ...«

»Aber ich bitte Sie!« Senator Deveraux schien schockiert. »Sie begehen eine politische Todsünde, mein Junge. Sie versuchen, fair zu sein.«

»Entschuldigen Sie«, sagte Bonar Deitz, »ich habe meiner Frau versprochen ...«

»Ich werde mich kurz fassen.« Der Senator schob die Zigarre in den linken Mundwinkel und zählte an den Fingern einer Hand die folgenden Punkte ab. »Punkt eins: Wir wissen, daß unsere Gegner in ihrem Kreise uneins sind, wofür dieser unerhörte Zwischenfall gestern abend einen Beweis darstellt. Punkt zwei: Meine Informanten haben wir mitgeteilt, der Funke, der gestern abend das Pulverfaß zur Explosion brachte, waren unser Einwanderungsgesetz und Harvey Warrender – der intellektuelle Eierkopf mit dem faulen Kern. Können Sie mir folgen?«

Bonar Deitz nickte. »Ich bin ganz Ohr.«

»Nun gut. Punkt drei: Was die Einwanderung angeht, so sind die Einzelfälle, die in letzter Zeit an die Öffentlichkeit gedrungen sind – wir könnten sie auch die sentimentalen Fälle nennen – mit einer entsetzlichen Gleichgültigkeit ... entsetzlich von unseren Gegnern aus gesehen, natürlich nicht von uns aus ... mit einer entsetzlichen Gleichgültigkeit für die praktischen Gegebenheiten der Politik und für die Auswirkung dieser Fälle auf das Bewußtsein der Öffentlichkeit behandelt worden. Meinen Sie das nicht auch?«

Wieder ein Nicken. »Das meine ich auch.«

»Großartig!« strahlte Senator Deveraux. »Jetzt kommen wir zu Punkt vier: Es scheint genauso wahrscheinlich, daß unser linkischer Minister für Einwanderung sich mit diesem unglücklichen jungen Mann, mit Duval, in der gleichen umwerfenden Unfähigkeit beschäftigen wird wie mit den übrigen Fällen. Jedenfalls hoffen wir das.«

Bonar Deitz lächelte.

»Deshalb«, der Senator sprach noch immer leise – »deshalb, sage ich, lassen Sie uns – die Oppositionspartei – den Fall dieses jungen Mannes unterstützen. Lassen Sie uns das Ganze zu einem öffentlichen Ärgernis aufblasen, dabei können wir dann gleichzeitig einen Schlag gegen die recht fest im Sattel sitzende Howden-Regierung führen. Lassen Sie uns . . .«

»Ich verstehe«, sagte Bonar Deitz. »Lassen Sie uns dabei auch gleich ein paar Stimmen fangen. Das ist gar keine schlechte Idee.«

Der Oppositionsführer betrachtete Senator Deveraux nachdenklich durch seine Brille. Es war schon richtig, sagte er sich, der Senator wurde in gewisser Weise senil, aber wenn man den manchmal peinlichen Zweckoptimismus ignorierte, zeigte der alte Mann noch immer ein bemerkenswertes politisches Gespür. Laut sagte Deitz: »Was mich im Augenblick mehr beschäftigt, ist diese Nachricht von heute morgen über das Treffen in Washington zwischen Howden und dem Präsidenten. Die sagen zwar, daß es sich um Handelsfragen dreht, aber ich meine doch, daß wichtigere Fragen auf der Tagesordnung stehen. Ich wollte eigentlich im Parlament eine Anfrage an die Regierung richten, um zu erfahren, was in Washington diskutiert werden soll.«

»Ich beschwöre Sie, das nur ja nicht zu tun.« Senator Deveraux schüttelte heftig den Kopf. »Das würde uns im Bewußtsein der Öffentlichkeit keinerlei Sympathien einbringen, und in den Augen ganz bestimmter Leute würden Sie eher kleinlich erscheinen. Warum sollten wir es Howden neiden, wenn er gelegentlich mal im Weißen Haus die Hand küssen darf? Das ist doch eines der Vorrechte seines Amtes. Das werden Sie selbst eines Tages auch noch tun.«

»Wenn es sich wirklich nur um Handelsbesprechungen dreht«, sagte Bonar Deitz gedehnt, »warum ausgerechnet zu diesem Zeitpunkt? Es gibt doch keine dringenden Probleme, es gibt auch nichts Neues, über das man sich unterhalten könnte.«

»Genau!« In der Stimme des Senators merkte man eine Andeutung von Triumph. »Also ist doch jetzt die beste Zeit – wenn alles im eigenen Stall ruhig ist –, damit Howden ein paarmal Schlagzeilen macht und zusammen mit hohen Herren auf Photos erscheint. Nein, mein Junge, da macht sich ein Angriff nicht bezahlt. Und außerdem, wenn sie tatsächlich über Handelsfragen reden, wen interessiert das schon, außer ein paar Kaufleuten?«

»Mich interessiert es«, erwiderte Bonar Deitz, »und es sollte jedermann interessieren.«

»Einverstanden! Aber was die Leute tun müßten und das, was sie tatsächlich tun, sind doch zwei verschiedene Dinge. Wir müssen vor allem an den Durchschnittswähler denken, und der Durchschnittswähler versteht nichts vom Welthandel, und darüber hinaus will er auch nichts davon verstehen. Die Leute machen sich Sorgen, wenn es um Dinge geht, die sie verstehen können – menschliche Probleme, die aufs Gefühl gehen. Die machen sich Sorgen um Dinge, die sie bejubeln oder die sie beweinen können, über so etwas wie diesen verlorenen, einsamen jungen Mann, den Henri Duval, der so nötig einen Freund braucht. Wollen Sie denn nicht dieser Freund sein, mein Junge?«

»Da haben Sie wahrscheinlich wirklich recht«, sagte Bonar Deitz nachdenklich.

Er hielt inne, dachte nach. Der alte Deveraux hatte in einer Hinsicht recht: die Opposition brauchte eine gute, populäre Sache, die man der Regierung unter die Nase reiben konnte, denn in letzter Zeit hatte es allzu wenig Anlaß zur Kritik gegeben.

Und noch etwas war zu bedenken. Bonar Deitz war sich sehr wohl der Tatsache bewußt, daß unter seinen Gefolgsleuten in letzter Zeit zunehmend Kritik an ihm geübt wurde. Da hieß es, er sei zu zurückhaltend in seinen Angriffen gegen die Regierung. Vielleicht hatten seine Kritiker recht. Er war bisweilen milder gewesen, und seiner Meinung nach war dies das Ergebnis seiner Fähigkeit, immer auch den Standpunkt des Gegners begreifen zu können. In dem halsabschneiderischen Geschäft der Politik konnte so viel vernünftiges Verstehen ein Handicap sein.

Aber ein eindeutiger Menschenrechtsfall – wenn sich dies als ein solcher erwies, und so sah es ja wohl aus –, das wäre wohl etwas anderes. Er konnte dann ohne Bandagen kämpfen, konnte die Regierung an der verwundbaren Stelle treffen und war vielleicht sogar in der Lage, auf diese Weise seinen eigenen Kredit wieder zu heben. Was noch wichtiger war: es würde sich um jene Art von Auseinandersetzung handeln, die sowohl die Presse als auch die Wählerschaft verstehen und bejubeln konnten.

Würde das jedoch seiner eigenen Partei bei den nächsten Wahlen helfen? Das war der wirkliche Prüfstein, besonders für seine eigene Person. Er erinnerte sich an die Frage, die ihm heute nachmittag der junge Mann gestellt hatte: »Glauben Sie, daß Sie es je schaffen?« Die wirkliche Antwort lag darin, daß der nächste Wahlkampf die Entscheidung so oder so herbeiführen würde. Bonar Deitz hatte die Opposition bereits in einem Wahlkampf geführt, der eine Niederlage brachte. Eine zweite Niederlage würde das Ende seines Parteivorsitzes und das Ende seines Ehrgeizes, einmal Premierminister zu werden, bedeuten.

Würde es ihm helfen, wenn er sich in einen Kampf einließ, wie der Senator ihn vorschlug? Ja, entschied er, sehr wahrscheinlich würde es ihm nützlich sein.

»Ich danke Ihnen, Senator«, sagte Bonar Deitz. »Ich glaube, Ihr Vorschlag ist realistisch. Wenn es irgendwie geht, dann machen wir aus diesem Duval einen Streitfall, und es gibt ja noch eine Menge Zweifelhaftes auf dem Gebiet der Einwanderung, das wir zugleich rücksichtslos kritisieren können.«

»Das hör ich gern.« Der Senator strahlte.

»Wir müssen bestimmte Vorsichtsmaßnahmen ergreifen«, sagte Deitz. Er schaute sich nach den anderen Anwesenden im Raum um und vergewisserte sich, daß man ihn nicht hören konnte. »Wir müssen sicher sein, daß dieser Bursche in Vancouver auch tatsächlich ist, wer er zu sein behauptet, und daß mit ihm alles in Ordnung ist. Das ist doch klar, oder?«

»Natürlich, mein Junge. Natürlich.«

»Wie sollen wir dann Ihrer Meinung nach vorgehen?«

»Zunächst einmal müssen wir dem jungen Mann einen Rechtsanwalt stellen«, sagte Senator Deveraux. »Ich werde mich morgen darum in Vancouver kümmern. Danach muß man die notwendigen rechtlichen Schritte einleiten, und wir können nur hoffen, daß die Einwanderungsbehörde mit ihrer gewohnten ungeschickten Herzlosigkeit vorgeht. Und dann ... na ja, dann ist das ganz allein Ihre Sache.«

Der Oppositionsführer nickte zustimmend. »Das hört sich gut an. Aber was den Rechtsanwalt angeht, da gibt es etwas zu bedenken.«

»Ich hole schon den richtigen Mann – jemanden, auf den wir uns verlassen können. Das ist doch klar.«

»Es wäre vielleicht ganz klug, wenn der Rechtsanwalt nicht unserer Partei angehörte.« Bonar Deitz sprach bedächtig, dachte laut. »Dann würde es – wenn wir in der Angelegenheit ins Gespräch kommen – nicht so sehr nach einem abgekarteten Spiel aussehen. Am besten sollte der Anwalt gar keiner Partei angehören.«

»Das ist ein guter Einwand. Das Problem jedoch ist, daß die meisten unserer Rechtsanwälte einer Partei nahestehen.«

»Das ist nicht bei allen Rechtsanwälten der Fall«, sagte Bonar Deitz vorsichtig. »Die Jungen, zum Beispiel, die Leute, die gerade von der Universität kommen.«

»Brillant!« Ein allmähliches Grinsen verbreitete sich über Senator Deveraux' Gesicht. »So ist es richtig! Wir werden schon einen Unschuldigen finden.« Sein Grinsen wurde noch breiter. »Ein frommes Lamm, das wir an die Leine nehmen.«

Es schneite, allerdings einen feuchten Schnee, als Brian Richardson mit sorgfältig um den Hals gebundenem Schal, mit bequemen Gummischuhen und mit hochgeschlagenem Kragen das Büro auf der Sparks Street für den kurzen Weg zum *Parliament Hill* verließ. Der Premierminister hatte ihn schließlich angerufen und ihm gesagt: »Es ist besser, wenn Sie rüberkommen. Ich muß mit Ihnen eine Menge besprechen.« Mit langen tastenden Schritten bahnte sich Richardson einen Weg durch die Menschenmenge, die noch Weihnachtseinkäufe machte. Richardson erschauerte in der Kälte, die noch durch die grau auf die Stadt niedersinkende Abenddämmerung verstärkt zu werden schien.

Richardson hatte eine gleichgroße Abneigung gegen den Winter und gegen Weihnachten – gegen den Winter, weil er ein eingeborenes körperliches Bedürfnis nach Wärme hatte, und gegen Weihnachten wegen seiner Ungläubigkeit, die – davon war er überzeugt – die meisten anderen Menschen in seiner Umgebung mit ihm teilten, aber nicht eingestanden. Er hatte einmal zu James Howden gesagt: »Weihnachten ist zehnmal so heuchlerisch wie jede nur erdenkliche Politik, aber niemand wagt, das zu sagen. Da erzählen sie uns, ›Weihnachten ist zu kommerzialisiert‹. Zum Teufel noch mal! – Das Kommerzielle ist doch das einzige daran, was einen Sinn hat.«

Der Satz legte sich auf Richardsons Gewissen, während er nun an den Schaufenstern vorbeiging, von denen die meisten in aufdringlicher Weise erleuchtet die unvermeidlichen Weihnachtsthemen abwandelten. Er grinste über eine Kombination von Schildern, die ihm schon zuvor aufgefallen war. Im Schaufenster eines Haushaltswarengeschäftes strahlte ein hellgrünes Neonschild falsch zitierend FRIEDE AUF ERDEN, KUNDENDIENST FÜR ALLE MENSCHEN. Darunter verhieß ein zweites Schild genauso kitschig geschrieben: MACHEN SIE SICH JETZT EINE FREUDE AUS UNSEREM ANGEBOT – ZAHLEN SIE SPÄTER.

Außer ein paar Geschenken – darunter auch eins für Milly Freedeman, das er noch vor Geschäftsschluß kaufen mußte – war Brian Richardson froh, daß er bei dem ganzen Weihnachtstheater keine Rolle übernehmen mußte. Wie zum Beispiel James Howden, der morgen früh verpflichtet war, in die Kirche zu gehen, wie er das an den meisten Sonntagen tat, obgleich seine religiöse Überzeugung genauso wenig existierte wie die Richardsons.

Als Richardson vor Jahren als Kontaktmann in einer Werbeagentur gearbeitet hatte, fand sich ein Kunde aus der Industrie bereit, eine Kampagne »Man geht wieder in die Kirche« zu finanzieren, und Richardson war mit dem Auftrag betraut worden. Der Kunde hatte dann eines Tages nicht ohne Nachdruck den Vorschlag gemacht, daß auch Richardson dem Rat in seinem eigenen gescheiten Werbetext folgen und regelmäßig in die Kirche gehen solle. Er war tatsächlich gegangen. Die anderen Aufträge des Industriekunden waren zu wichtig, um den Etat zu gefährden. Er war jedoch insgeheim erleichtert, als die Agentur später den Etat verlor und somit dieser Kunde nicht mehr zufriedengestellt werden mußte.

Das war einer der Gründe, warum ihm seine Arbeit heutzutage richtig Spaß machte. Er brauchte keine anderen Leute mehr bei Laune zu halten, und wenn dies nötig wurde, dann geschah es mit Hilfe anderer Leute auf Richardsons Befehl. Auch brauchte er keinerlei Fassade aufrecht zu erhalten, weil er nicht den Augen der Öffentlichkeit ausgesetzt war. Das mußten die Politiker tun. Der Generalsekretär der Partei brauchte sich keine Sorgen über Äußerlichkeiten zu machen. Er hatte geradezu die Pflicht, im Hintergrund zu bleiben, und unter diesem Tarnmantel konnte er eigentlich weitgehend machen, was er wollte.

Deshalb hatte er sich auch weniger Gedanken über einen möglichen Mithörer gemacht als Milly Freedeman, als sie sich für diesen Abend verabredeten, obwohl er – so dachte er – aus Vorsicht bei anderer Gelegenheit vielleicht diskreter sein sollte. Wenn es noch zu einer anderen Gelegenheit kam.

Das war eigentlich auch etwas, was es ins Auge zu fassen galt. Vielleicht wäre es klug, wenn er nach diesem Abend den Vorhang über die Affäre Milly fallen ließ. Man muß die Frauen feiern, wie sie fallen, dachte er. Es gab schließlich genug Frauen, deren Gesellschaft – im Bett und außerhalb des Bettes – ein erfolgreicher Mann sich erfreuen konnte.

Natürlich hatte er Milly gern. Sie hatte eine persönliche Wärme und eine Aufrichtigkeit des Charakters, die ihn ansprach, und sie war gar nicht schlecht gewesen – wohl ein wenig gehemmt –, als sie das eine Mal zusammen geschlafen hatten. Aber dennoch, wenn sie beide noch weiter zusammenkamen, dann bestand immer die Gefahr einer gefühlsmäßigen Bindung – nicht für ihn, denn er beabsichtigte, auf lange Zeit eine solche Verstrickung zu vermeiden. Milly jedoch würde vielleicht verletzt sein – Frauen hatten so eine Neigung, das ernst zu nehmen, was Männer für eine beiläufige Bettfreundschaft hielten –, und dazu wollte er es lieber nicht erst kommen lassen.

Ein unansehnliches Mädchen in Heilsarmeeuniform läutete ihm mit einer Handglocke ins Gesicht. Neben ihr auf einem Podest stand ein Glas mit Münzen, vorwiegend Pennies und kleinere Silbermünzen. »Haben Sie auch etwas übrig, Sir? Das ist eine kleine Weihnachtsfreude für die Bedürftigen.« Die Stimme des Mädchens war schrill, als sei sie schon abgewetzt. Ihr Gesicht glühte rot vor Kälte. Richardson griff in die Tasche, und seine Finger fühlten eine Banknote zwischen dem losen Kleingeld. Es war eine Zehndollarnote, und spontan ließ er sie in das Glas fallen. »Gott schütze Sie und segne Ihre Familie«, sagte das Mädchen.

Richardson grinste. Eine Erklärung, so dachte er, würde das ganze Bild verderben. Er hätte dann erklären müssen, daß es nie eine Familie mit Kindern gegeben hatte, so wie er sich das einmal vorgestellt hatte in – wie er heute dachte – sentimentalen Augenblicken. Es war besser, nicht zu erklären, daß er und seine Frau Eloise eine stillschweigende Übereinkunft hatten, nach der jeder seine eigenen Wege ging, seinen eigenen Interessen folgte und doch die leere Hülle ihrer Ehe so weit aufrecht erhielt, daß sie die Unterkunft miteinander teilten, bisweilen zusammen aßen und gelegentlich – wenn die Vorbedingungen gerade gegeben waren – ihren sexuellen Appetit durch freundliche Benutzung ihrer Körper stillten.

Darüber hinaus gab es nichts. Es war nichts geblieben, nicht einmal die einst verbitterten Streitigkeiten, die bei ihnen zur Gewohnheit geworden waren. Jetzt stritten er und Eloise nicht mehr miteinander, sie hatten erkannt, daß die Kluft zwischen ihnen so groß war, daß sie dieselbe nicht einmal mehr durch ihre Streitigkeiten überbrücken konnten. In letzter Zeit, als andere Interessen in den Vordergrund traten – vor allem seine Arbeit für die Partei –, schien das Übrige immer unwichtiger zu werden.

Einige Leute fragten sich wohl, warum sie sich überhaupt die Mühe machten, ihre Ehe noch aufrechtzuerhalten, da eine Scheidung in Kanada (außer in zwei Provinzen) relativ leicht war. Da bedurfte es lediglich eines kleinen Falscheides, den die Gerichte stillschweigend hinnahmen. Die Wahrheit war, daß sowohl er als auch Eloise verheiratet freier waren, als sie das alleinstehend je gewesen wären. Wie die Dinge jetzt lagen, konnte jeder von beiden seine eigenen Verhältnisse haben, und das geschah auch. Wenn jedoch eine Affäre kompliziert wurde, so war die Tatsache einer bestehenden Ehe eine bequeme Ausrede. Darüber hinaus hatte sie beide ihre Erfahrung davon überzeugt, daß eine zweite Ehe für jeden von ihnen wahrscheinlich auch nicht erfolgreicher sein würde als die erste.

Er beschleunigte seine Schritte, denn er war darauf bedacht, aus dem Schnee und der Kälte herauszukommen. Er trat in den stillen, verlassenen Ostflügel ein, ging die Stufen hinauf und in die Büroflucht des Premierministers.

Milly Freedeman, die einen roten Wollmantel und mit Pelz abgesetzte Schneestiefel mit hohen Absätzen trug, schaute in einen Spiegel, um eine weiße Nerzschwanzkappe zurecht zu rücken. »Man hat mich nach Hause geschickt.« Sie schaute sich lächelnd um. »Sie können hineingehen, aber wenn es mit der Sitzung des Verteidi-

142

gungsrates zu tun hat, werden Sie nicht so bald wieder
herauskommen.«

»Es darf nicht zu lange dauern«, sagte Richardson.
»Ich habe später noch eine Verabredung.«

»Vielleicht sollten Sie die Verabredung rückgängig machen.« Milly hatte sich umgewandt. Die Kappe saß jetzt
richtig. Das war sowohl eine praktische als auch attraktive Winterkopfbedeckung, dachte er. Ihr Gesicht glühte,
und ihre großen graugrünen Augen blitzten.

»Den Teufel werde ich tun«, sagte Richardson. Seine
Augen, die über ihren Körper glitten, waren voll rück-
haltloser Bewunderung. Dann erinnerte er sich an die Entscheidung, die er sich für heute nacht vorgenommen hatte.

5

Als James Howden aufgehört hatte zu reden, schob er
seinen Sessel müde zurück. Ihm gegenüber, auf der Besucherseite des altmodischen vierbeinigen Schreibtisches,
an dem eine Reihe von Premierministern gearbeitet hatten,
saß Brian Richardson in nachdenklichem Schweigen. Sein
rasch arbeitendes Gehirn ordnete Tatsachen ein und saug-
te sie auf, Tatsachen, die er soeben mitgeteilt bekommen
hatte. Obwohl er in großen Umrissen von den Washingtoner Vorschlägen gewußt hatte, war er jetzt zum ersten
Mal detailliert unterrichtet worden. Howden hatte ihm
auch von der Reaktion des Verteidigungsrates erzählt.
Jetzt verzweigten sich die Gedanken des Generalsekretärs
wie Venen und Arterien eines menschlichen Körpers, sie
bewerteten das Soll und Haben, die Folgerungen und
möglichen Konsequenzen, Aktionen und Gegenmaßnah-
men, all das mit einer praktischen Geschicklichkeit. Die
Einzelheiten würden später noch eingefügt werden, zahlreiche Einzelheiten. Was man jetzt brauchte, war ein
großangelegter strategischer Plan – ein Plan, das wußte
Richardson, wesentlich wichtiger und wesentlich anfälli-
ger für Kritik als irgendeiner, den er bisher entwickelt

hatte. Wenn er nämlich einen Fehler machte, dann würde das die Niederlage für die Partei, ja vielleicht mehr als nur eine Niederlage, nämlich den völligen Untergang bedeuten.

»Und noch etwas«, sagte James Howden. Er war aufgestanden und ging zum Fenster und schaute den *Parliament Hill* hinunter. »Adrian Nesbitson muß weg.«

»Nein!« Richardson schüttelte nachdrücklich den Kopf. »Später vielleicht, aber jetzt nicht. Wenn Sie Nesbitson fallen lassen, ganz egal welchen Grund wir dafür angeben, dann sieht das nach Uneinigkeit im Kabinett aus. Das ist das Schlimmste, was uns passieren könnte.«

»Ich habe schon befürchtet, daß Sie so denken würden«, sagte Howden. »Das Übel ist nur, daß er völlig unnütz ist. Aber ich hoffe, daß wir es schaffen, wenn es sein muß.«

»Können Sie ihn, davon einmal abgesehen, auf die Parteilinie festlegen?«

»Ich glaube schon.« Der Premierminister strich über seine lange, gebogene Nase. »Ich glaube, er will etwas ganz Bestimmtes. Das kann ich als Köder benutzen.«

»Mit dem Köder würde ich vorsichtig sein«, sagte Richardson zweifelnd. »Vergessen Sie nicht, daß dem alten Knaben der Ruf der absoluten Rechtschaffenheit vorangeht.«

»Ich nehme Ihren Rat gern an.« Howden lächelte. »Wollen Sie mir noch etwas raten?«

»Ja«, sagte der Generalsekretär unbekümmert, »noch eine ganze Menge. Aber lassen Sie uns zunächst über einen Zeitplan reden. Ich bin mit Ihnen der Meinung, daß für eine Frage dieser Bedeutung das Land die Vollmacht erteilen muß.« Er dachte nach. »In mehrfacher Hinsicht wäre eine Wahl im Herbst für uns am besten.«

»So lange können wir nicht warten«, sagte Howden entschieden. »Es muß im Frühling sein.«

»Und wann genau?«

»Ich möchte das Parlament direkt nach dem Besuch der Königin auflösen, dann könnte die Wahl im Mai stattfinden.«

Richardson nickte. »Das könnte klappen.«

»Es muß klappen.«

»Was planen Sie für die Zeit nach der Konferenz in Washington?«

Der Premierminister dachte nach. »Ich wollte dem Parlament sagen, daß wir in drei Wochen eine Erklärung abgeben.«

Der Generalsekretär grinste. »Dann geht das Feuerwerk gerade los.«

»Ja, das erwarte ich auch.« Howden lächelte matt. »Dann kann sich aber das Land auch mit der Vorstellung eines Unionsvertrages vor den Wahlen vertraut machen.«

»Es würde uns schon eine Menge helfen, wenn wir die Königin herüberkriegen«, sagte Richardson. »Dann wäre sie zwischen der Verlautbarung und der Wahl hier.«

»Das habe ich auch gedacht«, stimmte Howden zu. »Sie ist dann gewissermaßen ein Symbol für das, was wir behalten, und das müßte eigentlich die Leute auf beiden Seiten der Grenze davon überzeugen, daß wir nicht die Absicht haben, unsere nationale Identität zu verlieren.«

»Ich darf annehmen, daß die Unterzeichnung des Vertrages erst nach der Wahl erfolgt.«

»Ja. Es muß klar sein, daß die Wahl eine echte Entscheidung darstellt. Aber wir werden unsere Verhandlungen vorher führen, so daß hinterher keine Zeit verloren geht. Zeit zu gewinnen, ist für uns das Wichtigste.«

»Das ist immer so«, sagte Richardson. Er hielt inne und fuhr dann nachdenklich fort: »Also schon in drei Wochen ist das Ganze der Öffentlichkeit bekannt, und dann haben wir noch vierzehn Wochen bis zur Wahl. Das ist nicht viel Zeit, aber darin könnte ein Vorteil liegen – zum Beispiel, daß man das alles hinter sich bringt, bevor irgendwelche Meinungsverschiedenheiten zu groß werden.« Seine Stimme wurde förmlicher. »Also, ich denke mir das Ganze folgendermaßen.«

Howden war vom Fenster zu seinem Sessel zurückgekehrt. Er kippte ihn zurück, legte die Fingerspitzen übereinander und war bereit zuzuhören.

»Alles«, sagte Brian Richardson gedehnt »– und ich meine wirklich alles – hängt von einem einzigen Umstand ab: Vertrauen. Man muß einem einzelnen im ganzen Lande und in allen Schichten absolut vertrauen. Dieser Einzige sind Sie. Ohne dieses Vertrauen verlieren wir. Wenn wir das Vertrauen haben, können wir gewinnen.« Er machte eine Pause, dachte offensichtlich scharf nach und fuhr dann fort. »Der Unionsvertrag... wir müssen übrigens dafür eine andere Bezeichnung finden... aber die Art von Union, die Sie vorschlagen, ist keineswegs schändlich. Schließlich haben wir uns seit einem halben Jahrhundert oder noch länger darauf zubewegt, und wir wären wahnsinnig, wenn wir einen solchen Vertrag ablehnen würden. Aber die Opposition wird alles versuchen, ihn als einen Schandvertrag darzustellen, und ich meine, daraus kann man der Opposition keinen Vorwurf machen. Zum ersten Mal seit Jahren haben diese Leute eine wirkliche Streitfrage, mit der sie sich auseinandersetzen können, und Deitz und seine Gesellen werden herausholen, was nur eben geht. Sie werden mit Worten wie ›Verrat‹ und ›Ausverkauf‹ um sich werfen, und sie werden Sie zum Judas machen.«

»Man hat mich schon früher mit Schimpfworten belegt, und ich bin immer noch hier, oder nicht?«

»Wichtig ist es auch hierzubleiben.« Richardson lächelte nicht mehr. »Wir müssen Ihr Image so klar in den Augen der Öffentlichkeit aufbauen, daß die Menschen Ihnen absolut vertrauen und auch glauben, daß, was immer Sie empfehlen, nur zu ihrem Besten ist.«

»Sind wir denn jetzt so weit davon entfernt?«

»Selbstzufriedenheit hilft keinem von uns beiden«, gab Richardson scharf zurück, und der Premierminister errötete, machte aber keine weitere Bemerkung. Der Generalsekretär fuhr fort: »Unsere jüngsten geheimen Meinungsumfragen zeigen, daß die Regierung – und damit Sie – um vier Prozent an Beliebtheit seit der gleichen Zeit im vergangenen Jahr verloren hat, und Sie persönlich haben im Westen Ihre schwächste Position. Das ist glücklicherweise nur eine geringfügige Veränderung, aber immerhin ein Trend. Wir können den Trend jedoch ändern, wenn wir hart – und vor allem schnell – daran arbeiten.«

»Welchen Vorschlag haben Sie denn?«

»Ich werde Ihnen übermorgen eine lange Liste mit Vorschlägen unterbreiten. Im wesentlichen bedeutet das jedoch, daß Sie hier aus Ihren vier Wänden herauskommen«, – Richardson machte eine Geste, die das Büro umfaßte – »und sich im Lande zeigen – das bedeutet, daß Sie reden, daß Sie in die Presse kommen, daß Sie auf dem Bildschirm erscheinen, wo immer und wann immer das möglich ist. Und das Ganze muß bald beginnen – gleich wenn Sie aus Washington zurück sind.«

»Sie vergessen doch dabei nicht, daß in knapp zwei Wochen das Parlament wieder zusammentritt.«

»Das vergesse ich schon nicht. Sie müssen an manchen Tagen zugleich an zwei Orten sein.« Richardson erlaubte sich ein Grinsen. »Ich hoffe, Sie haben Ihre alte Fähigkeit, im Flugzeug zu schlafen, nicht verloren.«

»Dann stellen Sie sich vor, daß ein Teil dieser Tour bereits vor der Bekanntgabe im Parlament durchgeführt werden soll.«

»Ja. Wir können die Tour vorbereiten, wenn wir schnell an die Arbeit gehen. So weit wir können, müssen wir das Land auf das vorbereiten, was auf es zukommt, und in dieser Hinsicht sind Ihre Reden von Bedeutung. Ich glaube, wir sollten ein paar neue Männer heranholen, die die Reden schreiben – wirkliche Spitzenleute, die Sie erscheinen lassen wie Churchill, Roosevelt und Billy Graham zusammengenommen.«

»Nun gut. Ist das alles?«

»Für jetzt ist das alles«, sagte Richardson. »Ach ja, mit einer Ausnahme – eine unangenehme Nachricht, die uns hier dazwischen kommt. Wir haben in Vancouver Schwierigkeiten mit einem Immigrationsfall.«

Gereizt sagte Howden: »Schon wieder!«

»Da ist ein blinder Passagier auf einem Schiff, der keine Staatsangehörigkeit hat und der von Bord gehen will. Es sieht so aus, als hätte die Presse seinen Fall aufgenommen, und wir sollten rasch handeln.« Er erzählte die Einzelheiten, die in den Abendzeitungen veröffentlicht worden waren.

Einen Augenblick war Howden versucht, das Ganze abzutun. Es gab ja schließlich Grenzen für die Vielzahl der Probleme, mit denen sich ein Premierminister persönlich beschäftigen konnte, und wo er doch so viel ... Dann erinnerte er sich an seine Absicht, mit Harvey Warrender ein ernstes Wort zu reden ... Er erinnerte sich auch an seine eigene Erkenntnis, daß kleine Dinge bisweilen Bedeutung erhalten konnten. Aber immer noch zögerte er.

»Ich habe gestern abend mit Harvey Warrender geredet.«

»Ja«, sagte Richardson trocken. »Ich habe davon gehört.«

»Ich muß da fair sein.« Howden erwog immer noch das Für und Wider in Gedanken. »Einiges von dem, was Harvey gestern abend sagte, war schon richtig – was er dazu meinte, daß wir Leute nicht einreisen lassen. Dieser eine Fall, von dem Sie mir erzählten – die Frau, die ausgewiesen wurde. Ich habe erfahren, daß sie in Hongkong ein Bordell besaß und geschlechtskrank war.«

»Aber die Zeitungen würden das nicht drucken, selbst wenn wir es ihnen zu verstehen gäben«, sagte Richardson gereizt. »Alles, was die Leute sehen, ist eine Mutter und ein Baby, die von der Regierung, diesem herzlosen Ungeheuer, aus dem Land gewiesen werden. Die Opposition hat das im Parlament ganz schön ausgenutzt, oder nicht? Sie brauchen schon Gummischuhe, um noch durch den Tränenstrom waten zu können.«

Der Premierminister lächelte.

»Deshalb sollten wir diese Angelegenheit in Vancouver umgehend erledigen«, insistierte der Generalsekretär.

»Aber Sie würden doch auch nicht unerwünschte Ausländer – wie jene Frau zum Beispiel – als Einwanderer hinnehmen.«

»Warum nicht?« argumentierte Richardson, »wenn wir damit eine schlechte Presse vermeiden? Das kann doch ganz in der Stille geschehen, durch eine Regierungsanweisung. Schließlich hat es im letzten Jahr zwölfhundert Sonderzulassungen gegeben, meist, um unseren eigenen Abgeordneten einen Gefallen zu tun. Sie dürfen sicher sein, daß da ein paar Maden darunter waren. Was machen da ein paar mehr aus?«

Die Zahl zwölfhundert überraschte Howden. Es war natürlich nichts Neues, daß die Einwanderungsgesetze Kanadas häufig weniger streng ausgelegt wurden, und diese Gefälligkeitsauslegung war eine Form der Begünstigung im Amt, die von allen politischen Parteien stillschweigend geduldet wurde. Aber das Ausmaß dieser Praxis überraschte ihn. Er fragte: »Waren es denn wirklich so viele?«

»Noch ein paar mehr, wenn man es genau nimmt«, sagte Richardson. Er fügte trocken hinzu: »Glücklicherweise setzt das Einwanderungsministerium immer zwanzig bis fünfzig Einwanderer auf jedes Formular, und keiner macht sich die Mühe, die Gesamtzahl zusammenzurechnen.«

Eine Pause entstand, dann sagte der Premierminister ruhig: »Harvey und sein Staatssekretär haben offensichtlich den Eindruck, daß wir die Einwanderungsgesetze straffer handhaben sollten.«

»Wenn Sie nicht der erste Minister Ihrer Majestät wären«, antwortete Richardson, »dann wäre ich versucht, mit einem kurzen, aber unmißverständlichen Wort zu antworten.«

James Howden runzelte die Stirn. Manchmal, so dachte er, ging Richardson ein wenig zu weit.

Ungeachtet der Mißbilligung fuhr der Generalsekretär fort: »Jede Regierung hat in den vergangenen fünfzig Jahren die Einwanderungsgesetze dazu benutzt, den eigenen Parteimitgliedern Gutes zu tun, warum sollten wir plötzlich damit Schluß machen? Damit erreichen wir doch politisch nichts.«

Nein, dachte Howden, damit erreichen wir nichts. Er griff nach einem Telefon. »In Ordnung«, sagte er zu Richardson gewandt, »wir machen es so, wie Sie wollen. Ich rufe Harvey Warrender sofort her.« Er sagte der Telefonistin: »Geben Sie mir Mr. Warrender. Er ist vermutlich zu Hause.« Er legte die Hand über die Sprechmuschel und fragte: »Gibt es außer dem Besprochenen noch irgend etwas, was ich ihm sagen sollte?«

Richardson grinste. »Sie könnten versuchen, ihm beizubringen, daß er mit beiden Beinen auf dem Teppich bleiben soll. Dann tritt er vielleicht nicht so oft ins Fettnäpfchen.«

»Wenn ich Harvey das sage«, meinte Howden, »dann wird er wahrscheinlich Plato zitieren.«

»In dem Fall könnten Sie mit Menander antworten: *Sie haben ihn erhöhet, auf daß er um so tiefer falle.*«

Der Premierminister zog die Augenbrauen hoch. Brian Richardson hatte gewisse Eigenschaften, die ihn immer wieder überraschten.

Die Telefonistin meldete sich, und Howden hörte zu, legte dann den Hörer wieder auf. »Die Warrenders sind über die Feiertage weggefahren – sie sind in ihrem Landhaus in den Laurentianbergen. Da haben sie kein Telefon.«

Richardson sagte neugierig: »Sie geben Harvey Warrender sehr viel Spielraum, meinen Sie nicht auch? – Mehr als anderen Kabinettsmitgliedern.«

»Dieses Mal nicht mehr«, sagte James Howden. Nach dieser Diskussion hatte er seine Entscheidung getroffen. »Ich werde ihn auf übermorgen hierher bestellen, und die Geschichte in Vancouver wird uns ganz sicher nicht zum Schaden gereichen. Das garantiere ich.«

6

Es war halb acht, als Brian Richardson in Milly Freedemans Wohnung ankam. Er trug zwei Päckchen, in dem einen war ein Flakon Guerlain, ein Parfum, das Milly, wie er wußte, gern hatte, im anderen Päckchen war eine Flasche Gin.

Das Parfum machte Milly große Freude. Was sie von dem Gin halten sollte, wußte sie nicht so genau, obwohl sie die Flasche in die Kochnische mitnahm, um Drinks zu mixen.

Richardson wartete in dem gemütlich beleuchteten

Wohnzimmer und schaute von einen auf den anderen großen Sessel. Er streckte seine Beine bequem auf dem beigefarbenen Wollteppich aus – die einzige teure Anschaffung, die Milly sich erlaubt hatte, als sie die Wohnung eingerichtet hatte – und sagte dann anerkennend: »Weißt du, Milly, eine ganze Menge von dem Kram, den du hier hast, würden andere Leute rausschmeißen. Aber du hast das alles so zusammengestellt, daß es das angenehmste Nest ist, das ich kenne.«

»Ich nehme an, das soll ein Kompliment sein.« Milly drehte sich in der Kochnische lächelnd um. »Aber es freut mich, daß es dir hier gefällt.«

»Aber natürlich gefällt es mir hier. Wem würde es nicht gefallen?« In Gedanken verglich Brian Richardson die Wohnung mit seiner eigenen, die Eloise vor einem guten Jahr gänzlich neu eingerichtet hatte. Zu Hause hatten sie elfenbeinfarbene Wände mit einem weißgrauen Teppich, schwedische Nußbaummöbel und vom Dekorateur besorgte Vorhänge aus matt-pfauenblauem Stoff. Ihm war das schon seit langem gleichgültig, und die Wirkung der Einrichtung störte ihn nicht mehr. Er erinnerte sich jedoch an die erbitterte Auseinandersetzung, die er mit Eloise gehabt hatte, als er die Rechnung in die Hand gedrückt bekam, eine Rechnung, die ihn dazu veranlaßte, das Ganze als »die Präsidentensuite in einem Puff« zu bezeichnen.

Milly würde immer wissen, so dachte er, wie man eine Wohnung warm und persönlich einrichtet ... ein bißchen unordentlich, da lagen Bücher auf den Tischen herum, aber es war ein Ort, an dem sich ein Mann entspannen konnte.

Milly hatte sich wieder abgewandt. Er beobachtete sie nachdenklich.

Bevor er kam, hatte sie das Kostüm ausgezogen, das sie vorher getragen hatte, und sie hatte jetzt orangefarbene Hosen und einen einfachen schwarzen Pullover an, der lediglich durch eine dreifache Perlenkette etwas belebt wurde. Die Wirkung, dachte Richardson, war ungekünstelt und erregend.

Als sie ins Wohnzimmer zurückkehrte, ertappte er sich dabei, daß er ihre Grazie bewunderte. In jeder Bewegung Millys war Rhythmus und zugleich Verhaltenheit, und sie machte selten eine Geste zuviel.

»Milly«, sagte er, »du bist ein erstaunliches Mädchen.«

Sie brachte die Gläser herüber, das Eis klirrte. Er bemerkte die schlanken Beine und festen Schenkel unter der Hose und wieder den unbewußten Rhythmus der Bewegungen ... wie ein junges langbeiniges Rennpferd, dachte er absurderweise.

»Wieso erstaunlich?« fragte Milly. Sie gab ihm sein Glas, und ihre Fingerspitzen berührten sich.

»Na ja«, sagte er, »ohne Spitzennegligé, so nach der Hollywoodmasche, in Hose, so wie du hier jetzt bist, bist du das attraktivste Wesen, das ich kenne.«

Er setzte das Glas ab, das sie ihm gegeben hatte, stand auf und küßte sie. Nach einem Augenblick befreite sie sich behutsam und wandte sich ab.

»Brian«, sagte Milly, »hat das eigentlich einen Sinn?«

Vor neun Jahren hatte sie gewußt, was Liebe bedeutet, und danach hatte sie den unerträglichen Kummer des Verlustes empfunden. Sie liebte Brian Richardson nicht so, wie sie damals James Howden geliebt hatte, aber in ihr stiegen Wärme und Zärtlichkeit auf. Es könnte vielleicht mehr daraus werden, das spürte sie, wenn die Zeit und die Umstände es gestatteten. Aber sie hegte den Verdacht, daß es dazu nie kommen würde. Richardson war verheiratet ... Er war ein praktisch denkender Mann. Letzten Endes würde es wieder einmal ein Ende ... einen Abschied bedeuten ...

Richardson fragte: »Was hat einen Sinn, Milly?«

Sie sagte gerade heraus: »Ich glaube, das weißt du ganz genau.«

»Ja, ich weiß es.« Er hatte wieder sein Glas in der Hand. Er hielt es gegen das Licht, betrachtete es und stellte es wieder zurück.

Milly sehnte sich nach Liebe. Ihr Körper verlangte danach, aber plötzlich überwältigte sie das Bedürfnis nach mehr als körperlicher Liebe ... Es muß doch etwas

Dauerhaftes geben. Oder vielleicht nicht? Als sie vor Jahren James Howden geliebt hatte, da war sie willens gewesen, sich mit weniger zufrieden zu geben.

Brian Richardson sagte bedächtig: »Ich könnte dir eine Menge vorlügen, Milly. Aber wir sind doch beide erwachsen. Ich glaube nicht, daß du solchen Unfug willst.«

»Nein«, antwortete sie, »ich will nicht zum Narren gehalten werden. Aber ich will auch nicht nur ein Tier sein. Da muß schon noch irgend etwas hinzukommen.«

Er antwortete scharf: »Für einige Leute gibt es nicht mehr. Wenigstens nicht, wenn sie sich selbst gegenüber ehrlich sind.«

Einen Augenblick danach fragte er sich, warum er das gesagt hatte: vielleicht ein Übermaß an Wahrheitsliebe, oder lediglich Selbstmitleid, ein Gefühl, das er bei anderen verachtete. Aber er hatte die Wirkung auf Milly nicht erwartet. Ihre Augen schimmerten voll Tränen.

»Milly«, sagte er, »es tut mir schrecklich leid.«

Sie schüttelte den Kopf, und er ging zu ihr hinüber. Er nahm sein Taschentuch und wischte ihr behutsam über die Augen, trocknete ihr die rinnenden Tränen von den Wangen.

»Ich hätte das wirklich nicht sagen sollen«, sagte er.

»Schon in Ordnung«, sagte Milly, »ich bin nur einen Moment lang wehleidig gewesen, glaube ich.«

O Gott, dachte sie, was ist nur mit mir los – die selbstbewußte Millicent Freedeman . . . weint wie ein Teenager. Was bedeutet dieser Mann für mich? Warum kann ich mit so etwas nicht mehr im Handumdrehen fertig werden wie früher?

Er nahm sie in die Arme. »Ich brauch dich, Milly«, sagte er sanft. »Ich weiß nicht, wie ich es sonst sagen soll, ich weiß nur, daß ich dich brauche.«

Er hob ihren Kopf an und küßte sie. Dieses Mal erwiderte sie seinen Kuß.

Sie zögerte noch einmal. »Nein, Brian! Bitte nicht!« Aber sie wandte sich nicht ab. Als er sie liebkoste, wurde ihr Begehren stärker. Jetzt wußte sie, daß sie sich hingeben würde. Später würde dann wieder die Einsamkeit sein, das Gefühl, etwas verloren zu haben. Aber jetzt ... jetzt ... sie hatte die Augen geschlossen, und ihr Körper zitterte ... jetzt.

»Nun gut.« Ihre Stimme klang belegt.

Das Knipsen des Lichtschalters durchbrach die Stille. Zur gleichen Zeit drang von draußen herein das schrille Jaulen von Düsentriebwerken hoch über der Stadt. Das Geräusch näherte sich, wurde dann wieder leiser, als sich die Nachtmaschine nach Vancouver – Senator Deveraux war unter den Passagieren an Bord – nach Westen wandte und rasch durch die Dunkelheit emporstieg.

»Sei zärtlich zu mir, Brian«, flüsterte Milly. »Sei diesmal ... sei bitte zärtlich.«

Alan Maitland

Am Morgen des ersten Weihnachtsfeiertages schlief Alan Maitland in Vancouver lange. Und als er schließlich aufwachte, hatte er einen pelzigen Geschmack im Mund vom Alkohol, den er bei seinem Partner in der Rechtsanwaltspraxis am Vorabend getrunken hatte. Er gähnte und kratzte sich seinen Kopf mit dem Bürstenhaarschnitt. Er erinnerte sich daran, daß sie zu dritt wohl zwei Flaschen geleert haben mußten – er, Tom Lewis und Toms Frau Lillian. Das war wirklich ein extravagantes Vergnügen gewesen, da weder er noch Tom Geld für solche Mätzchen übrig hatten, besonders jetzt, wo Lillian schwanger war und Tom Schwierigkeiten hatte, seine Hypothekenrückzahlung auf das kleine Haus, das er vor einem halben Jahr in North Vancouver gekauft hatte, einzuhalten. Dann dachte Alan: Ach, was soll's, er rollte seinen ein Meter achtzig großen, athletischen Körper aus dem Bett und watschelte barfuß ins Bad.

Als er zurückkam, zog er eine alte Flanellhose und einen ausgeblichenen Pullover von der Universität an. Dann machte er sich einen Pulverkaffee und Toast und kratzte in einem Glas Honig zusammen. Zum Essen setzte er sich auf das Bett, das den meisten Raum in dem überfüllten Junggesellenapartment an der Gilford Street in der Nähe der English Bay in Anspruch nahm. Man konnte dann später das Bett wie ein einziehbares Fahrgestell in der Wand verschwinden lassen, aber Alan ließ sich damit meist Zeit, er zog es vor, dem Tag allmählich zu begegnen, wie er das gewohnt war, seit er vor langer Zeit schon entdeckt hatte, daß er am leistungsfähigsten war, wenn er die Dinge langsam anging.

Er fragte sich, ob er sich die Mühe machen sollte, Speck zu braten, als sein Telefon klingelte. Es war Tom Lewis.

»Hör mal, du Schwachkopf«, sagte Tom. »Warum hast

du mir nie etwas von deinen Freunden in der besseren Gesellschaft erzählt?«

»Na ja, man gibt doch damit nicht gerne an. Ich und die Vanderbilts . . .« Alan schluckte ein Stück halbgekauten Toast. »Was für Freunde in der besseren Gesellschaft?«

»Zum Beispiel Senator Deveraux. *Der* Senator Deveraux. Er will, daß du heute zu ihm kommst – heute. Wetz mal die Hacken.«

»Du bist ja verrückt!«

»Keinesfalls verrückt! Mich hat gerade G. K. Bryant – von der Rechtsanwaltspraxis Culliner, Bryant, Mortimer, Lane und Roberts, auch unter dem Namen »wir, das Volk« bekannt – ganz aufgeregt angerufen. Die Praxis erledigt die Arbeiten für Deveraux normalerweise, aber diesmal hat der Senator nach dir gefragt.«

»Warum sollte er das wohl?« Alan war skeptisch. »Da hat sich einer vertan, hat offensichtlich den falschen Namen erwischt.«

»Hör mal zu, mein Kleiner«, sagte Tom, »wenn die Natur dich schon mit überdurchschnittlicher Dummheit beschenkt hat, dann solltest du nicht noch nachhelfen. Der Mann, den die wollen, ist Alan Maitland aus der erfolgreichen neuen Rechtsanwaltspraxis – wenigstens wäre sie erfolgreich, wenn wir mehr Klienten hätten –, aus der erfolgreichen Praxis von Lewis und Maitland. Das bist doch du, oder nicht?«

»Ja sicher, aber . . .«

»Also, warum sollte ein Mann wie Senator Deveraux Maitland wollen, wenn er doch Lewis kriegen kann, der ein Jahr früher mit der Universität fertig war und beachtlich klüger ist, wie ja dieses Gespräch zeigt, das geht über mein Verständnis hinaus, aber . . .«

»Warte mal«, warf Alan ein. »Du hast doch Deveraux gesagt.«

»Sicherlich nicht mehr als sechsmal, und ich gebe zu, das ist sicher nicht oft genug, um deine Hirnschale zu durchdringen . . .«

»Während meiner letzten Semester war eine Sharon

Deveraux mit uns zusammen. Wir haben uns ein paar Mal gesehen, sind miteinander ausgegangen, obwohl ich sie seither nicht mehr getroffen habe. Vielleicht ist sie . . .«

»Vielleicht ist sie, vielleicht ist sie nicht. Ich weiß nur, daß Senator Deveraux an diesem klaren und sonnigen Weihnachtsmorgen auf einen gewissen Alan Maitland wartet.«

»Ich geh mal hin«, sagte Alan. »Vielleicht haben sie ein Geschenk für mich unterm Baum.«

»Hier ist die Adresse«, sagte Tom, und als Alan sie aufgeschrieben hatte, »ich werde für dich beten. Ich rufe vielleicht auch den Hausbesitzer von unserer Praxis an, damit er auch betet. Schließlich hängt ja von deinem Auftrag ab, ob er seine Miete kriegt.«

»Sag ihm, daß ich mein Bestes tun werde.«

»Daran hab ich nie gezweifelt«, sagte Tom. »Viel Erfolg.«

2

Senator Deveraux wohnte – das war gar nicht erstaunlich, dachte Alan Maitland – auf dem South West Marine Drive.

Alan kannte diese Gegend gut, er kannte den Ruf, den sie genoß, und er war hier gelegentlich während seiner Universitätszeit gewesen. Hoch über dem Stadtzentrum von Vancouver, nach Süden über den Nordlauf des breiter werdenden Fraser Flusses auf die ländliche Lulu Insel hin gerichtet, war dieser Stadtteil ein soziales Mekka und der Hort für eine Menge angesammelten Vermögens. Die Aussicht von den meisten Stellen am Drive entlang war beachtlich, an klaren Tagen konnte man bis zur amerikanischen Grenze und zum Staat Washington hinüberschauen. Das war auch, wie Alan wußte, ein symbolischer Ausblick, denn die meisten, die in dieser Gegend wohnten, hatten entweder gesellschaftliche Spitzenstellungen erreicht oder waren in solche Positionen bereits hineingeboren. Ein zweiter symbolischer Aspekt lag in den großen, aufeinander liegenden Baumstämmen, die unten

157

am Fluß festlagen oder von Schleppern majestätisch in die Sägewerke geschleppt wurden. Das Holzgeschäft hatte den Wohlstand der Provinz British Columbia begründet und sorgte auch jetzt noch weitgehend dafür.

Alan Maitland erblickte den Fraser River zur selben Zeit, als er Senator Deveraux' Haus ausmachte. Der Senator – das sah Alan gleich – mußte einen der besten Ausblicke an der ganzen Küste haben.

Die Sonne schien, die Luft war klar und kalt, als er auf das große Herrenhaus im Tudorstil zufuhr. Das Haus war vor neugierigen Blicken der Vorübergehenden durch eine hohe Zedernhecke geschützt und stand weit von der Straße entfernt. Eine gekurvte Auffahrt wurde am Eingang von zwei großen Wasserspeiern über handgeschmiedeten Gittern beherrscht. Ein blank polierter Chrysler Imperial stand vor der Tür, und Alan Maitland parkte seinen nicht mehr ganz taufrischen, in der Farbe verblichenen Chevrolet dahinter. Er ging auf die massive, mit Schnitzwerk verzierte Tür zu, die von einem fürstlichen Säulenbogen eingerahmt wurde und läutete. Sofort öffnete ein Butler.

»Guten Morgen«, sagte Alan. »Ich heiße Maitland.«

»Bitte kommen Sie rein, Sir.« Der Butler war ein zierlicher weißhaariger Mann, der ging, als schmerzten ihn seine Füße. Er schritt Alan durch einen kurzen gefliesten Korridor voran in eine große offene Eingangshalle. Am Eingang des Vorraumes erschien eine schlanke zierliche Gestalt.

Es war Sharon Deveraux, und sie war, wie er sie in Erinnerung hatte – nicht schön, aber zart, fast elfenhaft, ihr Gesicht war oval mit tiefliegenden, lustigen Augen. Ihre Frisur hatte sich verändert, wie Alan bemerkte. Das Haar war rabenschwarz, und sie hatte es früher lang getragen. Jetzt war es kurzgeschnitten und stand ihr eigentlich besser, fand er.

»Hallo«, sagte Alan. »Ich höre, Sie brauchen einen Anwalt.«

»Im Augenblick«, gab Sharon prompt zurück, »brauchten wir eigentlich dringender einen Klempner. Die Toilette in Großvaters Bad läuft dauernd.«

Er erinnerte sich noch an etwas anderes – an ein Grübchen in ihrer linken Backe, das immer dann auftrat, wenn sie lächelte, und gerade jetzt lächelte sie.

»Euer sehr ergebener Anwalt«, sagte Alan, »repariert auch Toiletten, wenn Not am Mann ist. In meiner Praxis geht es in letzter Zeit gar nicht so hoch her.«

Sharon lachte. »Dann freue ich mich, daß ich mich an Sie erinnert habe.« Der Butler nahm seinen Mantel ab, und Alan schaute sich neugierig um.

Das Haus verbreitete innen wie außen den Eindruck von solidem Wohlstand. Sie waren in einer großen offenen Eingangshalle stehengeblieben. Die Wände waren mit poliertem Holz getäfelt, die Decke war Renaissance und unter ihnen ein blitzblanker Eichenriemenboden. In einem massiven Tudor-Kamin, der durch schmal zulaufende Pilaster abgegrenzt wurde, brannte ein helles Feuer, und ein großer Strauß roter und gelber Rosen verzierte einen elisabethanischen Refektoriumstisch. Auf einem bunten Kerman-Teppich stand ein würdiger Lehnsessel aus Yorkshire einem modernen Knoll-Sofa gegenüber, und am anderen Ende der Halle rahmten bunte Leinenstickereien die Erkerfenster ein.

»Großvater ist gestern abend aus Ottawa zurückgekommen«, sagte Sharon, die zu ihm getreten war, »und beim Frühstück hat er gesagt, daß er einen jungen Abraham Lincoln braucht. Da hab ich ihm erzählt, daß ich auf der Universität einen Alan Maitland gekannt habe, der Jura studierte und alle möglichen Ideale hatte ... Haben Sie die eigentlich immer noch?«

»Ich glaube schon«, sagte Alan, der sich ein wenig unbehaglich fühlte. Es wurde ihm klar, daß er dem Mädchen mehr von sich erzählt haben mußte, als er sich erinnern konnte. »Es ist auf jeden Fall nett, daß Sie an mich gedacht haben.« Es war warm im Haus, und er faßte sich an den Kragen seines gestärkten weißen Hemdes, das er unter seinem einzigen anständigen Anzug, einem anthrazitfarbenen, trug.

»Gehen wir doch ins Arbeitszimmer«, sagte Sharon. »Großvater muß jeden Augenblick kommen.« Er folgte ihr durch die Halle. Sie öffnete eine Tür, und das Sonnenlicht drang ihnen entgegen.

Der Raum, den sie jetzt betraten, war größer als die Halle, aber auch heller und weniger prunkvoll, fand Alan. Er war mit Chippendale und Sheraton ausgestattet, und mit hellen Perserteppichen ausgelegt, die Wände waren mit Damast bezogen und mit vergoldeten Kristallwandleuchten geschmückt. Da hingen ein paar Originalgemälde – Degas, Cézanne und ein etwas modernerer Lawren Harris. Ein großer geschmückter Weihnachtsbaum nahm eine Ecke des Raumes neben einem Steinwayflügel ein. Bleiverglaste Fenster, jetzt geschlossen, führten auf eine mit großen Steinplatten belegte Terrasse.

»Großvater, darf ich annehmen, ist dann Senator Deveraux«, sagte Alan.

»Ja natürlich, ich habe gar nicht daran gedacht, daß Sie das ja nicht wissen konnten.« Sharon lud ihn ein, auf einer Chippendalebank Platz zu nehmen, und sie selbst setzte sich ihm gegenüber. »Meine Eltern sind geschieden, wissen Sie. Heute lebt Vati in Europa – meist in der Schweiz –, und Mutti hat wieder geheiratet und ist nach Argentinien gezogen. Deshalb wohne ich hier.« Sie sagte das ganz unbefangen und ohne eine Spur von Bitterkeit.

»Aha, da sind wir ja! Das ist also der junge Mann.« Eine Stimme dröhnte von der Tür her, wo jetzt Senator Deveraux stand, sein weißes Haar sorgfältig gebürstet, sein schwarzer Anzug mit der gestreiften Hose makellos gebügelt. Eine kleine rote Rose stak in seinem Rockaufschlag, und während er eintrat, rieb er sich die Hände.

Sharon stellte die beiden einander vor.

»Ich bitte um Entschuldigung, Mr. Maitland«, sagte der Senator höflich, »daß ich Sie am Weihnachtstag hierher gebeten habe. Ich hoffe, es kam Ihnen nicht allzu ungelegen?«

»Nein, Sir«, sagte Alan.

»Gut. Dann nehmen wir doch, bevor wir vom Geschäft reden, vielleicht erst ein Glas Sherry.«

»Danke, gern.«

Gläser und eine Kristallflasche standen auf einem

Mahagonitisch. Während Sharon den Sherry einschenkte, platzte Alan heraus: »Sie haben ein wunderschönes Haus, Senator.«

»Ich freue mich, daß es Ihnen gefällt, mein Junge.« Der alte Mann schien wirklich erfreut. »Ich habe mein ganzes Leben Vergnügen daran gehabt, mich mit exquisiten Dingen zu umgeben.«

»Großvater hat einen guten Ruf als Sammler«, sagte Sharon. Sie hatte den beiden Männern die Gläser gereicht. »Das einzig Unangenehme ist nur, daß man sich manchmal wie im Museum vorkommt.«

»Die jungen Leute weisen eben das Alte weit von sich, oder wenigstens tun sie so.« Senator Deveraux lächelte verständnisinnig über seine Enkelin. »Aber ich habe noch Hoffnung für Sharon. Sie und ich haben diesen Raum gemeinsam eingerichtet.«

»Mit einem eindrucksvollen Ergebnis«, sagte Alan.

»Ich gebe gern zu, daß es wahr ist.« Die Augen des Senators glitten voller Freude über die Gegenstände im Raum. »Wir haben hier ein paar Besonderheiten. Das da zum Beispiel ist ein außergewöhnlich gutes Stück aus der T'ang Dynastie.« Seine Finger griffen nach einem außerordentlich schönen Keramikpferd mit Reiter, das zurückhaltend in den Farben war. Zärtlich umfaßte er das Stück. Es stand allein auf einer Konsole mit Marmorplatte. »Vor zweitausendsechshundert Jahren wurde dieses Stück von einem Meister in einer Kultur geschaffen, die vielleicht fortgeschrittener war als unsere heutige.«

»Das ist aber wirklich ein wunderschönes Stück«, sagte Alan. Er dachte: in diesem einzigen Zimmer muß ein Vermögen untergebracht sein. Er dachte an den Kontrast zwischen dieser Umgebung und dem kastenähnlichen Bungalow von Tom Lewis mit seinen vier Zimmern, in dem er gestern abend noch gewesen war.

»Aber reden wir vom Geschäft.« Der Ton des Senators war frisch und nüchtern. Die drei setzten sich.

»Ich möchte mich noch einmal entschuldigen, mein Junge, wie ich bereits sagte, daß ich Sie so plötzlich gebeten habe. Aber es gibt eine Angelegenheit, die mich mit

Sorge und Sympathie erfüllt und die meiner Meinung nach keinen Aufschub verträgt.« Sein Interesse, erklärte Senator Deveraux, richte sich auf den blinden Passagier an Bord des Schiffes, Henri Duval – »jenen unglücklichen jungen Mann, der heimatlos und ohne Staatsangehörigkeit vor unseren Toren steht und im Namen der Menschlichkeit um Einlaß bittet.«

»Ja«, sagte Alan, »ich habe gestern abend davon gelesen. Ich habe mir da schon gedacht, daß man eigentlich nicht viel dagegen tun kann.«

Sharon, die aufmerksam zugehört hatte, fragte: »Warum nicht?«

»Zunächst einmal«, antwortete Alan, »weil die kanadischen Einwanderungsgesetze recht genau definieren, wer einwandern darf und wer nicht.«

»Aber wie die Zeitungen schreiben«, protestierte Sharon, »wird er nicht einmal seinen Fall einer Berufungsinstanz vortragen können.«

»Ja, mein Junge, was halten Sie denn davon?« Der Senator zog eine Braue hoch. »Wo ist unsere so hoch geschätzte Freiheit, wenn ein Mann – jeder beliebige Mann – nicht einmal Anspruch auf Anhörung durch ein Gericht hat?«

»Verstehen Sie mich bitte nicht falsch«, sagte Alan. »Ich verteidige nicht die bestehenden Zustände. Wir haben die Einwanderungsgesetze in der Vorlesung behandelt, und ich glaube schon, daß an ihnen eine ganze Menge schlecht ist. Aber ich rede jetzt von dem Gesetz, wie es rechtsgültig ist. Wenn es sich darum handelt, die Gesetze zu ändern, dann ist das mehr Ihr Geschäft, Senator.«

Senator Deveraux seufzte. »Das ist schwierig, das ist ganz schwierig bei einer Regierung, die so unbeugsam ist wie unsere jetzige. Aber sagen Sie, glauben Sie denn wirklich, daß man für diesen unglücklichen jungen Mann nichts tun kann – ich meine, rechtlich nichts unternehmen kann?«

Alan zögerte. »Ich müßte Ihnen da meine Meinung ganz improvisiert sagen.«

»Natürlich.«

»Nehmen wir einmal an, daß die Tatsachen weitgehend so sind, wie die Zeitung sie beschrieben hat, dann hat dieser Duval keinerlei Rechte. Bevor er überhaupt mit einer Anhörung vor Gericht rechnen könnte – selbst wenn die ihm nutzen würde, was ich bezweifle –, dann müßte er zunächst einmal offiziell in unser Land kommen, und wie die Dinge liegen, ist das äußerst unwahrscheinlich.« Alan schaute kurz zu Sharon hinüber. »Meiner Meinung nach wird das Schiff mit Duval an Bord wieder genauso ausfahren, wie es gekommen ist.«

»Vielleicht, vielleicht.« Der Senator überlegte, sein Blick war auf eine Landschaft von Cézanne auf der gegenüberliegenden Wand gerichtet. »Und doch gibt es gelegentlich Lücken im Gesetz.«

»Sehr oft.« Alan nickte zustimmend. »Ich habe auch gesagt, daß ich hier nur eine improvisierte Meinung äußern kann.«

»Ja, das haben Sie getan, mein Junge.« Der Senator hatte die Augen von dem Gemälde abgewandt und war jetzt wieder ganz geschäftlich. »Deshalb möchte ich auch, daß Sie sich mit dieser ganzen Angelegenheit intensiver beschäftigen, um herauszufinden, welche Lücke es gibt, wenn eine solche Lücke überhaupt vorhanden ist. Ganz kurz gesagt, ich möchte gern, daß Sie als Anwalt dieses unglücklichen jungen Menschen auftreten.«

»Aber nehmen wir einmal an, er . . .«

Senator Deveraux hob mahnend die Hand. »Ich muß Sie bitten: lassen Sie mich erst einmal ausreden. Ich habe die Absicht, die Gebühren und alle weiteren Unkosten, die Ihnen erwachsen, zu begleichen. Dafür möchte ich nur, daß meine Beteiligung an dieser Angelegenheit geheim bleibt.«

Alan setzte sich voller Unsicherheit zurecht. Dieser Augenblick, das wußte er, konnte für ihn und für andere von großer Bedeutung sein. Der Fall selbst blieb vielleicht erfolglos, wenn er jedoch richtig angepackt würde, dann konnte das für die Zukunft Verbindungen bringen, die später zu weiterer Arbeit führten. Als er heute morgen hierher gekommen war, hatte er nicht gewußt, was ihn erwartete. Jetzt, wo er im Bilde war, glaubte er, erfreut erscheinen zu müssen. Und doch, ganz im Verborgenen, hegte er einen gewissen Zweifel. Er vermutete, daß hier unter der Oberfläche mehr war, als der Alte gesagt hatte. Er spürte Sharons Blick auf sich.

Abrupt fragte Alan: »Warum, Senator?«

»Warum was, mein Junge?«

»Warum wollen Sie, daß Ihr Name dabei herausgehalten wird?«

Einen Augenblick lang schien der Senator verblüfft, dann lächelte er. »Es gibt in der Bibel einen Text. Der lautet etwa: ›Wenn du Gutes tust, so lasse deine linke Hand nicht wissen, was die rechte tut‹.«

Das klang theatralisch, aber in Alan Maitlands Gehirn war plötzlich Klarheit. Er fragte ruhig: »Gutes tun, Sir, oder politisch wirken?«

Der Senator kniff die Augen zusammen. »Ich fürchte, ich verstehe nicht recht.«

Na ja, dachte Alan, so geht es mir eben. Hier mache ich den ganzen Auftrag zu Schanden und verliere den ersten großen Mandanten, den ich fast schon hatte. Er sagte entschlossen: »Die Einwanderungsfrage ist doch gerade im politischen Gespräch. Dieser besondere Fall ist bereits in der Presse behandelt worden und könnte der Regierung eine Menge Schwierigkeiten machen. Haben Sie nicht daran gedacht, Senator – haben Sie nicht vorgehabt, diesen Mann auf dem Schiff als eine Art Schachfigur in Ihrem Spiel zu benutzen? Wollten Sie mich nicht aus dem Grunde – einen jungen und grünen Mann, statt Ihrer Rechtsanwälte, die Sie stets beschäftigen und die dann mit Ihnen identifiziert würden? Tut mir leid, Sir, aber auf die Weise möchte ich meine Rechtsanwaltspraxis nicht beginnen.«

Er hatte sich schärfer ausgedrückt, als er zunächst beabsichtigte, aber die Empörung hatte die Oberhand gewonnen. Er fragte sich, wie er sein Verhalten seinem Partner Tom Lewis erklären sollte und ob Tom an seiner Stelle genauso gehandelt hätte. Er war fast überzeugt, daß er es nicht getan hätte. Tom war viel vernünftiger und hätte ein gutes Honorar nicht durch ein solches Don-Quijote-Verhalten verloren.

Er wurde sich eines röhrenden Geräusches bewußt. Voller Erstaunen nahm er wahr, daß Senator Deveraux lachte.

»Jung und grün, sagten Sie wohl, mein Junge.« Der Senator hielt inne, lachte wieder los, wobei sich sein Bauch langsam hob und senkte. »Sie mögen noch jung sein, aber ganz gewiß nicht grün. Was meinst du dazu, Sharon?«

»Ich würde sagen, man hat dich erwischt, Opa.« Alan merkte, daß Sharon ihn mit Respekt betrachtete.

»Da hast du recht, mein Kind. Er hat mich wirklich erwischt. Das ist ein gescheiter junger Mann, den du mir da gebracht hast.«

Irgendwie wurde Alan klar, daß die Situation sich geändert hatte, obgleich er noch nicht sicher war, was jetzt weiter geschehen würde. Gewiß war nur, daß Senator Deveraux ein Mann mit vielen Gesichtern war.

»Nun gut, all unsere Karten liegen offen auf dem Tisch.« Des Senators Ton hatte sich kaum merklich geändert. Er sprach jetzt nicht mehr so gewichtig, eher als spräche er zu einem Gleichgestellten. »Nehmen wir doch einmal an, daß alles, was Sie unterstellen, wahr ist. Ist denn dieser junge Mensch auf dem Schiff nicht berechtigt, einen Anwalt zu bekommen? Soll ihm die helfende Hand versagt bleiben, weil die Beweggründe eines einzelnen, nämlich meiner Wenigkeit, nicht ganz eindeutig sind? Wenn Sie ertrinken, mein Junge, würden Sie sich dann darüber Sorgen machen, ob derjenige, der Sie rettet, das nur tut, weil er der Meinung ist, daß Sie lebendig für ihn von Nutzen sein könnten?«

»Nein«, sagte Alan, »das glaube ich nicht.«

»Wo liegt denn dann der Unterschied – wenn es überhaupt einen Unterschied gibt?« Senator Deveraux beugte sich in seinem Sessel vor. »Gestatten Sie mir einmal eine Frage? Sie glauben doch, so nehme ich an, daß die Ungerechtigkeit in dieser Welt abgeschafft werden muß.«

»Natürlich.«

»Natürlich.« Der Senator nickte weise. »Dann betrachten wir doch einmal diesen jungen Mann auf dem Schiff. Er hat keinerlei Rechte, so sagt man uns. Er ist kein Kanadier oder ein *bona fide* Immigrant. Nicht einmal ein Mann auf der Durchreise, der gelandet ist und bald wieder wegfährt. Juristisch gesehen, ist er nicht einmal existent. Selbst wenn er nun um eine Anhörung bitten will – wenn er vor Gericht seine Einreise in unser oder in irgendein anderes Land erbitten möchte –, dann kann er das gar nicht tun. Ist das richtig?«

»Ich würde es nicht ganz so formulieren«, sagte Alan, »aber im wesentlichen ist das richtig.«

»Mit anderen Worten also, ja.«

Alan lächelte resignierend. »Ja.«

»Und nehmen wir dennoch einmal an, daß heute abend auf dem Schiff im Hafen von Vancouver der gleiche Mann einen Mord oder Brandstiftung begeht. Was würde dann mit ihm geschehen?«

Alan nickte. Er erfaßte den Sinn der Frage. »Er würde an Land geholt und vor Gericht gestellt werden.«

»Genau, mein Junge. Und wenn er schuldig wäre, dann würde er entsprechend bestraft, ganz egal wie sein rechtlicher Status oder sein Nicht-Status wäre. Auf diese Weise also, sehen Sie, kann das Gesetz Henri Duval erreichen, obwohl er sich selbst mit der zuständigen Rechtsbehörde nicht in Verbindung setzen kann.«

Das war ein gut verpacktes Argument. Das war auch weiter gar nicht erstaunlich, dachte Alan, denn der Alte verfügte über alle Tricks eines erfahrenen Diskussionsredners.

Aber wie dem auch immer war, sein Einwand war durchaus berechtigt. Warum sollte das Gesetz nur einseitig – gegen einen Mann und nicht für ihn – gültig sein? Und selbst wenn die Motive von Senator Deveraux politische waren, so änderte das nichts an der Grundtatsache, die er klar herausgestellt hatte: daß einem Einzelnen, der sich in der Gemeinschaft befand, eines der Grundrechte des Menschen verwehrt wurde.

Alan grübelte nach. Was konnte das Gesetz für den Mann auf dem Schiff tun? Gab es einen Weg oder nicht? Und wenn sich nichts machen ließ – warum nicht?

Alan Maitland hatte keine zimperlichen Illusionen, was das Gesetz anbetraf. Wenn er auch im Dienste für das Gesetz neu war, so war er sich doch darüber klar, daß die Justiz weder automatisch noch unparteiisch handelte und daß bisweilen die Ungerechtigkeit über das Recht triumphierte. Er wußte, daß die gesellschaftliche Stellung eine Menge mit Schuld und Sühne, mit Verbrechen und Bestrafung zu tun hatte und daß der wohlhabende Mann, der alle Rechtsmittel ausschöpfen konnte, wahrscheinlich nicht so nachdrücklich für seine Übertretung leiden mußte wie der weniger Wohlhabende, der nicht alle Mittel einzusetzen vermochte. Die Langsamkeit des juristischen Apparates, dessen war er sicher, versagte bisweilen dem Unschuldigen sein Recht, und so mancher, der mit einer Berufung durchkommen konnte, bemühte sich nicht darum, weil ein Tag vor Gericht bereits hohe Kosten forderte. Am anderen Ende der Skala waren die Friedensgerichte, die mit Formularen Recht sprachen, häufig ohne sich wirklich um die Rechte eines Angeklagten zu kümmern.

Er hatte diese Tatsachen allmählich zur Kenntnis genommen, wie alle Studenten und jungen Rechtsanwälte unweigerlich und schrittweise damit bekannt wurden. Bisweilen bereiteten ihm die Zustände Kopfzerbrechen, wie es vielen seiner älteren Kollegen geschah, deren Idealismus sich während der langen Jahre vor Gericht noch nicht ganz abgenutzt hatte.

Aber bei allen Fehlern hatte das Gesetz doch einen großen Vorzug. Es war da. Es existierte. Sein größtes Verdienst lag in seiner Anwendbarkeit.

Die Existenz des Gesetzes war eine Anerkennung der Tatsache, daß die Gleichheit der Menschen vor dem Gesetz ein erstrebenswertes Ziel war. Was die Nachteile anging, so würde eines Tages die Reform verwirklicht werden. Das war immer so gewesen, obwohl die Reformen immer etwas später kamen als sie gebraucht wurden.

Und mittlerweile war der Gerichtssaal für den Niedrigsten und für den Höchsten – wenn sie wollten – stets geöffnet, und darüber hinaus standen ihnen auch die Berufungsgerichte offen.

Mit Ausnahme eines Mannes namens Henri Duval, so schien es.

Alan merkte, daß der Senator ihn erwartungsvoll betrachtete. Auf Sharons Gesicht war ein Anflug von Besorgnis wahrzunehmen.

»Senator Deveraux«, sagte Alan, »wenn wir diesen Fall übernehmen – angenommen, daß der Mann auf dem Schiff überhaupt bereit ist, sich vertreten zu lassen –, dann wäre er mein Mandant, ist das richtig?«

»Ich glaube, das könnte man so sagen.«

Alan lächelte. »Mit anderen Worten – ja.«

Der Senator warf den Kopf zurück und brach in schallendes Gelächter aus. »Sie machen mir Spaß, mein Junge. Fahren Sie nur fort.«

»Obgleich Sie im Hintergrund stehen, Senator«, sagte Alan vorsichtig, »würde jedes Vorgehen im Namen meines Mandanten ausschließlich von diesem meinem Mandanten und mir ohne Konsultation eines Dritten beschlossen.«

Der Ältere betrachtete Alan verschmitzt. »Meinen Sie denn nicht, daß wer zahlt auch . . .«

»Nein, Sir. In diesem Fall sicher nicht. Wenn ich einen Mandanten habe, dann will ich das Beste für ihn tun und nicht das, was politisch gesehen am einträglichsten ist.«

Das Lächeln des Senators war von seinem Gesicht verschwunden, und seine Stimme war jetzt bemerkenswert kühl. »Ich möchte Sie doch daran erinnern, daß hier eine Gelegenheit winkt, die mancher junge Rechtsanwalt gern beim Schopf fassen würde.«

Alan stand auf. »Dann würde ich vorschlagen, daß Sie im Branchenadressbuch nachschlagen, Sir.« Er wandte sich Sharon zu. »Es tut mir leid, wenn ich Sie enttäuscht habe.«

»Einen Augenblick!« Es war der Senator. Er hatte sich ebenfalls erhoben und schaute Alan gerade ins Gesicht. Jetzt dröhnte er: »Ich will Ihnen sagen, mein Junge, daß

ich Sie für ungestüm, unverschämt und undankbar halte
– und daß ich Ihre Bedingungen annehme.«

Sie reichten sich zur Bestätigung die Hand, und Alan
lehnte höflich eine Einladung des Senators zum Mittagessen ab. »Ich muß heute noch runter zu dem Schiff«,
sagte er. »Vielleicht bleibt mir nicht mehr viel Zeit, weil
das Schiff wieder ausläuft.«

Sharon brachte ihn zur Tür. Er zog seinen Mantel
zurecht und spürte plötzlich ihre Nähe und roch den
schwachen Duft ihres Parfums.

Etwas linkisch sagte er: »Es war nett, Sie einmal
wiedergesehen zu haben, Sharon.«

Sie lächelte. »Das finde ich eigentlich auch.« Noch einmal war das Grübchen kurz zu sehen. »Und auch wenn
Sie Großvater nichts zu berichten haben, kommen Sie
doch mal wieder vorbei.«

»Was ich eigentlich nicht verstehen kann«, sagte Alan
heiter, »ist, warum ich so lange nicht gekommen bin.«

3

Der Regen der vergangenen Nacht hatte in den Docks
große Wasserpfützen hinterlassen, und Alan Maitland
umging sie vorsichtig, schaute gelegentlich auf, wo vor
ihm die Silhouette der Schiffe traurig gegen einen grauen
Himmel mit niedrig dahinsegelnden Federwolken stand.
Ein einarmiger Wächter mit einem Hundebastard – der
einzige Mann, dem er in der stillen verlassenen Hafen-
gegend begegnet war – hatte ihn hierher geschickt, und
jetzt, als er die Namen der festgemachten Schiffe las,
konnte er die *Vastervik,* das zweite Schiff in der Reihe,
erkennen.

Eine dünne Rauchwolke, die vom Wind genauso
schnell verweht wurde, wie sie hochstieg, war das einzige
Lebenszeichen. Um das Schiff herum klangen die Geräusche gedämpft: das Wasser blubberte, und irgendwo
knarrte Holz. Über ihm ertönte der melancholische Schrei
fliegender Seemöwen. Hafengeräusche sind Geräusche

der Einsamkeit, dachte Alan, und er fragte sich, in wie vielen anderen Häfen der Mann, den er treffen wollte, auch schon diese Geräusche wahrgenommen hatte.

Er fragte sich, was für ein Mensch der blinde Passagier Henri Duval wohl sein würde. Es stimmte, daß die Geschichte in der Zeitung ihn sympathisch darstellte, aber die Zeitungen waren oft so weit von der Wahrheit entfernt, wenn sie ihre Geschichten veröffentlichten. Viel wahrscheinlicher war es, dachte Alan, daß sich dieser Mann als der schlimmste Herumtreiber herausstellte, den niemand wollte, und das aus gutem Grund.

Er erreichte die stählerne Gangway des Schiffes und schwang sich hinauf. Als er oben angekommen war, waren seine Hände rostverschmiert.

An der Deckreling versperrte eine Kette ihm den Weg. An der Kette hing ein Stück Sperrholz, auf dem mit ungelenken Buchstaben stand:

ZUTRITT
FÜR UNBEFUGTE VERBOTEN
S. Jaabeck, Kapitän.

Alan hakte die Kette auf und ging an Bord. Er war gerade ein paar Schritte auf eine Stahltür zugegangen, als er angerufen wurde.

»Sie haben doch das Schild gesehen! Keine Reporter mehr!«

Alan drehte sich um. Der Mann, der das Deck entlang auf ihn zukam, war Mitte Dreißig, groß und drahtig. Er trug einen verknitterten braunen Anzug und hatte einen Stoppelbart. Sein Akzent mußte, nach dem verwischten ›r‹ zu urteilen, skandinavisch sein.

»Ich bin kein Reporter«, sagte Alan. »Ich möchte gern mit dem Kapitän sprechen.«

»Der Kapitän ist beschäftigt. Ich bin der Dritte Offizier.« Der große Mann hustete chronisch, räusperte sich dann und spuckte gekonnt ins Wasser.

»Sie haben aber eine schlimme Erkältung«, sagte Alan.

»Ach! Das macht euer Land hier – feucht und kalt. Wo ich zu Hause bin, in Schweden, ist es auch kalt, aber die

Luft ist so scharf wie ein Messer. Warum wollen Sie zum Kapitän?«

»Ich bin Rechtsanwalt«, sagte Alan. »Ich möchte fragen, ob ich euerm blinden Passagier, dem Henri Duval, helfen kann.«

»Duval! Duval! Plötzlich dreht sich alles um Duval. Er wird hier noch die wichtigste Person. Aber Sie können ihm auch nicht helfen. Wir sind – wie sagt man das? – am Ende? Der bleibt bei uns, bis der Kahn absäuft.« Der hochgewachsene Mann grinste höhnisch. »Schauen Sie sich nur um, bis dahin dauert es nicht mehr lange.«

Alan sah den Rost und die abblätternde Farbe. Er schnupperte. Der Geruch nach faulem Kohl war stark. »Ja«, sagte er, »ich verstehe, was Sie meinen.«

»Na ja«, sagte der große Seemann. »Da Sie ja kein Reporter sind, wird der Kapitän vielleicht mit Ihnen reden.« Er winkte ihm zu. »Kommen Sie! Ich bringe Sie zu ihm – als Weihnachtsgeschenk.«

Die Kabine des Kapitäns war erstickend warm. Dem Bewohner schien es zu behagen, deshalb waren beide Luken, die aufs Deck hinausführten, fest verschraubt, wie Alan bemerkte. Die Luft war angefüllt mit dem Geruch starken Tabaks.

Kapitän Jaabeck, die Hemdsärmel hochgekrempelt, in altmodischen Pantoffeln, erhob sich aus einem Ledersessel, als Alan hereintrat. Er hatte in einem Buch – einem umfangreichen Band – gelesen, das er jetzt aus der Hand legte.

»Es ist sehr freundlich von Ihnen, daß Sie mich empfangen«, sagte Alan. »Ich heiße Maitland.«

»Ich heiße Sigurd Jaabeck.« Der Kapitän streckte seine knorrige, behaarte Hand aus. »Mein Dritter Offizier sagt, Sie sind Rechtsanwalt.«

»Das stimmt«, antwortete Alan. »Ich habe von Ihrem blinden Passagier gehört und wollte einmal fragen, ob ich helfen kann.«

»Nehmen Sie doch bitte Platz.« Der Kapitän deutete auf einen Stuhl und setzte sich wieder in seinen Sessel. Im Gegensatz zum übrigen Schiff, stellte Alan fest, war diese Kabine bequem und sauber, die Holztäfelung und die Messingteile glänzten. Drei Seiten der Kabine waren mit Mahagoni getäfelt, da standen grüne Ledersessel, ein kleiner Eßtisch und ein auf Hochglanz polierter Schreibtisch. Eine Türöffnung, die mit einem Vorhang verhängt war, führte wohl in das Schlafzimmer. Alans Augen schauten sich um, und sein Blick fiel dann auf das Buch, das der Kapitän weggelegt hatte.

»Das ist Dostojewskij«, sagte Kapitän Jaabeck. »*Schuld und Sühne.*«

»Sie lesen das im russischen Original«, fragte Alan voller Erstaunen.

»Aber es geht leider langsam«, sagte der Kapitän. »Russisch ist eine Sprache, die ich nicht fließend lese.«

Er nahm eine Pfeife aus seinem Aschenbecher, säuberte sie klopfend und begann, sie wieder zu stopfen. »Dostojewskij glaubt, daß die Gerechtigkeit letzten Endes siegt.«

»Glauben Sie das denn nicht?«

»Manchmal kann man nicht so lange warten. Besonders, wenn man noch jung ist.«

»Wie Henri Duval?«

Der Kapitän dachte nach, zog an seiner Pfeife. »Was können Sie da schon tun? Er ist doch ein Niemand. Er existiert nicht einmal.«

»Vielleicht kann ich nichts tun«, sagte Alan, »aber trotzdem möchte ich gerne mit ihm reden. Die Leute sind jetzt interessiert, und einige Menschen möchten ihm helfen, wenn es irgend geht.«

Der Kapitän schaute Alan neugierig an. »Wird denn dieses Interesse andauern? Oder ist mein blinder Passagier nur eine Eintagsfliege?«

»Wenn er das wirklich wäre«, sagte Alan, »dann hätte er ja jetzt schon doppelt so lange gelebt.«

Wieder hielt der Kapitän inne, bevor er antwortete. Dann sagte er bedächtig: »Sie wissen ja, daß es meine Pflicht ist, mich dieses Mannes zu entledigen. Blinde Passagiere kosten Geld. Man muß sie ernähren, und heute ist sowieso nicht viel mit einem Schiff zu verdienen. Die Gewinne sind niedrig, sagen die Eigentümer, und deshalb müssen wir überall sparen. Sie haben ja bereits gesehen, in welchem Zustand das Schiff ist.«

»Das verstehe ich wohl, Kapitän.«

»Aber dieser junge Mann ist jetzt 20 Monate bei mir gewesen. In dieser Zeit bildet man sich eine Meinung, ja man fühlt sogar bestimmte Sympathien.« Seine Stimme war langsam und bedächtig. »Der Junge hat weiß Gott nie ein anständiges Leben führen können, und das geht mich vielleicht auch gar nichts an. Doch würde ich es nicht gern sehen, wenn man falsche Hoffnungen in ihm weckt, die man dann grausam wieder zunichte macht.«

»Ich kann Ihnen nur noch einmal sagen«, antwortete Alan, »es gibt Leute, die möchten, daß ihm in Kanada eine Chance gegeben wird. Es ist vielleicht nicht möglich, aber wenn niemand den Versuch unternimmt, dann werden wir das nie wissen.«

»Das ist wahr.« Der Kapitän nickte. »Nun gut, Mr. Maitland, ich lasse Duval holen, und Sie können sich hier unterhalten. Möchten Sie gern allein sein?«

»Nein«, sagte Alan. »Ich hätte lieber, wenn Sie blieben.«

Henri Duval stand nervös in der Türöffnung. Seine Augen richteten sich auf Alan Maitland und huschten dann zu Kapitän Jaabeck hinüber.

Der Kapitän bat Duval hereinzukommen. »Du brauchst dich nicht zu fürchten. Dieser Herr hier, Mr. Maitland, ist ein Rechtsanwalt. Er ist gekommen, um dir zu helfen.«

»Ich habe gestern von Ihnen gelesen«, sagte Alan lächelnd. Er streckte seine Hand aus, und der blinde Passagier nahm sie mit unsicherer Geste. Alan bemerkte, daß er noch jünger war, als er auf dem Zeitungsfoto erschien, und daß seine tiefliegenden Augen eine unstete Trauer widerspiegelten. Er trug Blue Jeans und eine geflickte Matrosenjacke.

»Es war gut, was geschrieben, ja?« Der blinde Passagier stellte die Frage besorgt.

»Es war sehr gut«, sagte Alan. »Ich bin gekommen, um festzustellen, wieviel davon wahr ist.«

»Das alles wahr! Ich sag Wahrheit!« Der Ausdruck

war gekränkt, als ob man eine Beleidigung vorgetragen hätte. Alan dachte: Ich muß meine Worte sorgfältiger wählen.

»Ich bin sicher, daß Sie das tun«, sagte er beschwichtigend. »Was ich meinte, war auch nur, ob die Zeitungen alles richtig wiedergegeben haben.«

»Ich nicht verstehen.« Duval schüttelte den Kopf, er sah immer noch gekränkt aus.

»Dann lassen wir das erst einmal«, sagte Alan. Offenbar hatte er einen schlechten Anfang gemacht. Jetzt fuhr er fort: »Der Kapitän hat Ihnen gesagt, daß ich ein Rechtsanwalt bin. Wenn Sie das möchten, dann werde ich Sie vertreten und den Versuch unternehmen, Ihren Fall in unserem Land vor Gericht zu bringen.«

Henri Duval schaute von Alan zum Kapitän hinüber. »Ich hab nix Geld. Ich nicht Anwalt zahlen.«

»Da brauchen Sie gar nichts zu zahlen«, sagte Alan.

»Wer dann zahlen?« Wieder diese zögernde Betroffenheit.

»Jemand anders wird bezahlen.«

Der Kapitän warf ein: »Gibt es einen Grund, warum Sie ihm nicht sagen können, wer zahlt, Mr. Maitland?«

»Ja«, sagte Alan. »Ich habe Anweisung, den Namen der betreffenden Person nicht zu nennen. Ich kann Ihnen nur mitteilen, daß es jemand ist, der große Sympathie für Duval hegt und gerne helfen möchte.«

»Manchmal gibt es gute Menschen«, sagte der Kapitän. Offensichtlich befriedigt nickte er Duval aufmunternd zu.

Alan erinnerte sich an die Motive von Senator Deveraux und hatte einen Augenblick Gewissensbisse. Er überwand seine Bedenken, erinnerte sich an die Bedingungen, die er verlangt hatte.

»Wenn ich bleiben, dann arbeiten«, sagte Henri Duval mit Nachdruck, »ich viel Geld verdienen. Ich alles zurückzahlen.«

»Na ja«, sagte Alan, »ich glaube schon, daß Sie das tun könnten, wenn Sie wollten.«

»Ich zurückzahlen.« Das Gesicht des jungen Mannes spiegelte seinen Eifer wider. Einen Augenblick lang war sein Mißtrauen verschwunden.

174

»Ich muß Ihnen natürlich sagen«, meinte Alan, »daß ich vielleicht gar nichts unternehmen kann. Sie verstehen mich?«

Duval schien verdutzt. Der Kapitän erklärte: »Mr. Maitland versucht sein Bestes. Aber vielleicht sagt die Einwanderungsbehörde nein . . . wie bisher.«

Duval nickte langsam. »Ich verstehe.«

»Da fällt mir etwas ein, Kapitän Jaabeck«, sagte Alan. »Haben Sie, seit Sie eingelaufen sind, Henri zur Einwanderungsbehörde mitgenommen und eine offizielle Anhörung seines Antrags erbeten?«

»Ein Beamter von der Einwanderungsbehörde war auf meinem Schiff . . .«

»Nein«, erklärte Alan, »ich meine, davon ganz abgesehen. Haben Sie ihn zum Gebäude der Einwanderungsbehörde mitgenommen und eine offizielle Untersuchung verlangt?«

»Wozu soll das gut sein?« Der Kapitän zuckte mit den Schultern. »Da bekommt man doch immer dieselbe Antwort. Außerdem haben wir im Hafen so wenig Zeit, und ich habe noch viel für das Schiff zu erledigen. Heute ist Weihnachtsfeiertag. Deshalb lese ich Dostojewskij.«

»Mit anderen Worten«, sagte Alan sanft, »Sie haben ihn nicht mitgenommen und um eine umfassende Untersuchung gebeten, weil Sie zuviel zu tun hatten. Stimmt das?«

Er war darauf bedacht, seine Stimme beiläufig erscheinen zu lassen, obwohl sich die Umrisse einer Idee bereits in seinem Kopf abzeichneten.

»Das stimmt«, sagte Kapitän Jaabeck. »Natürlich, wenn daraus irgend etwas folgen könnte . . .«

»Lassen wir das einmal einen Augenblick beiseite«, sagte Alan. Sein Gedanke war vage und nur vorübergehend gewesen und würde vielleicht zu nichts führen. In jedem Falle brauchte er Zeit, um sorgfältig die Einwanderungsbestimmungen durchzugehen. Abrupt ging er zu einer anderen Frage über.

»Henri«, sagte er zu Duval, »ich möchte jetzt gern, daß Sie sich an alles erinnern, was geschehen ist, soweit Sie es sich wieder ins Gedächtnis zurückrufen können. Ich weiß, daß ein Teil Ihrer Geschichte in der Zeitung stand, aber vielleicht haben Sie irgend etwas ausgelassen und anderes ist Ihnen mittlerweile eingefallen. Warum fangen Sie nicht ganz von vorn an? An was erinnern Sie sich zuerst?«

»An meine Mutter«, sagte Duval.

»Was ist da am wichtigsten?«

»Sie freundlich zu mir«, sagte Duval einfach. »Als tot, niemand mehr freundlich – bis dieses Schiff.«

Kapitän Jaabeck war aufgestanden und hatte sich abgewand, er kehrte jetzt Alan und Duval den Rücken zu. Er stopfte langsam seine Pfeife.

»Erzählen Sie mir etwas von Ihrer Mutter, Henri«, sagte Alan. »Erzählen Sie mir, wie sie war, worüber sie gesprochen hat, was Sie mit ihr zusammen getan haben.«

»Mein Mutter schön, ich glaube. Wenn ich kleiner Junge, sie mir erzählt. Ich höre, und sie singt.« Der junge Mann sprach langsam, bedächtig, als ob die Vergangenheit etwas Zerbrechliches wäre, das man vorsichtig anfassen müßte, damit es nicht wieder in Staub zerfällt. »Dann sie sagen: Einmal wir gehen auf Schiff und finden neues Heim. Wir zusammen gehn ...« Er zögerte bisweilen, hatte dann wieder mehr Vertrauen und fuhr fort zu erzählen.

Seine Mutter war, soviel er wußte, die Tochter einer französischen Familie gewesen, die noch vor seiner Geburt nach Frankreich zurückgekehrt war. Warum sie keine Verbindung mit ihren Eltern hatte, konnte man nur erraten. Vielleicht hatte das etwas mit seinem Vater zu tun, der (so sagte seine Mutter) mit ihr kurze Zeit in Djibouti zusammengelebt hatte, sie dann aber verließ und zurück auf See ging.

Im wesentlichen war es dieselbe Geschichte, die er Dan Orliffe zwei Tage zuvor erzählt hatte. Alan hörte die ganze Zeit sorgfältig zu, versuchte zu ergänzen, wo es notwendig war, und fragte oder wiederholte eine Frage, wo Unklarheiten herrschten. Aber die meiste Zeit beobachtete er das Gesicht von Henri Duval. Es war ein überzeugendes Gesicht, das den Kummer widerspiegelte in dem Maß, wie die Ereignisse in der Vorstellung des jungen Mannes nachempfunden wurden. Es gab Augenblicke der Angst und auch einen Punkt, als Tränen in seinen Augen glitzerten, als nämlich der junge blinde Passagier den Tod seiner Mutter beschrieb. Wenn ich diesen Mann als Zeugen vor Gericht hätte, sagte sich Alan, dann würde ich dem glauben, was er mir sagt. Seine letzte Frage lautete: »Warum wollten Sie hierher kommen? Warum nach Kanada?« Diesmal bekomme ich sicher eine verlogene Antwort, dachte Alan. Er wird mir vielleicht erzählen, daß Kanada ein wunderbares Land ist, und er immer schon hier leben wollte.

Henri Duval dachte sorgfältig nach. Dann sagte er: »Alle anderen sagen nein. Kanada letztes Land ich versuche. Wenn nicht hier, dann kein Heim für Henri Duval, niemals.«

»Nun«, sagte Alan, »da habe ich wohl eine ehrliche Antwort bekommen.«

Er stellte fest, daß er auf wunderliche Weise gerührt war, und das war ein Gefühl, das er sicher nicht erwartet hatte. Er war mit Skepsis gekommen, er war bereit gewesen, wenn nötig, die rechtlichen Schritte zu ergreifen, obwohl er nicht erwartet hatte, Erfolg zu haben. Aber jetzt wollte er mehr. Er wollte etwas für Henri Duval tun. Wirklich etwas tun, ihn von dem Schiff herunterbringen und ihm die Chance geben, sich selbst ein neues Leben aufzubauen, in einer Weise, die ihm bis jetzt das Schicksal versagt hatte. Aber würde das gelingen? Gab es irgendwo eine Lücke im Einwanderungsgesetz, durch die dieser Mann eingeschleust werden konnte? Vielleicht gab es eine solche Lücke, und wenn sie existierte, dann durfte er keine Zeit verlieren, um sie zu finden.

Während des letzten Teils seines Interviews war Kapitän Jaabeck mehrere Male hinausgegangen und wiedergekommen. Jetzt war er in seine Kabine zurückgekehrt, und Alan fragte: »Wie lange bleibt Ihr Schiff in Vancouver?«

»Wir waren eigentlich auf fünf Tage vorbereitet. Aber leider müssen wir Maschinen reparieren, und jetzt brauchen wir zwei Wochen, vielleicht drei.«

Alan nickte. Zwei oder drei Wochen waren wenig Zeit, aber besser als fünf Tage immerhin. »Wenn ich Duval vertrete«, sagte er, »dann muß ich von ihm eine schriftliche Vollmacht haben.«

»Dann müssen Sie aufschreiben, was Sie brauchen«, sagte Kapitän Jaabeck. »Er kann seinen Namen zwar schreiben, aber das ist auch alles.«

Alan nahm ein Notizbuch aus der Tasche. Er dachte einen Augenblick nach und schrieb dann:

»Ich, Henri Duval, stelle hiermit den Antrag auf Genehmigung, im obengenannten Hafen an Land zu gehen, und ich habe den Rechtsanwalt Alan Maitland von der Firma Lewis und Maitland beauftragt, für mich als Rechtsvertreter in allen Angelegenheiten in Verbindung mit diesem meinem Antrag tätig zu werden.«

Der Kapitän hörte aufmerksam zu, als Alan die Worte laut las, und nickte dann. »Das ist gut«, sagte er zu Duval. »Wenn Mr. Maitland dir helfen soll, dann mußt du deinen Namen unter das setzen, was er geschrieben hat.«

Henri Duval benutzte einen Füllhalter, den der Kapitän ihm hinreichte, und unterschrieb die Seite im Notizbuch langsam und linkisch in einer kindlichen, breit auseinandergezogenen Handschrift. Alan schaute ungeduldig zu. Er dachte jetzt nur noch daran, vom Schiff wegzukommen und sich eingehender mit der Idee zu beschäftigen, die ihm zuvor gekommen war. Er verspürte eine sich steigernde Aufregung. Was er da plante, war ohnehin ein Versuch um drei Ecken. Aber es war ein Versuch, der mit Ach und Krach möglicherweise erfolgreich sein konnte.

Der Ehrenwerte Harvey Warrender

Die kurze Weihnachtspause war so schnell vergangen, als
wäre sie nie gewesen.

Am ersten Weihnachtsfeiertag waren die Howdens früh
zur Kirche gegangen und hatten, nach Hause zurückgekehrt, bis zum Mittagessen Gäste empfangen – meist
offizielle Besucher und ein paar Freunde der Familie. Am
Nachmittag waren die Lexingtons vorbeigekommen, und
der Premierminister und Arthur Lexington verbrachten
zwei Stunden mit einem Gespräch unter vier Augen und
diskutierten die Vorkehrungen für Washington. Später
sprachen Margaret und James Howden mit ihren Töch-
tern, Schwiegersöhnen und Enkelkindern in London, die
Weihnachten zusammen verbrachten. Bis jeder mit jedem
gesprochen hatte, war es ein langes Ferngespräch geworden, und James Howden, der zwischendurch auf seine
Uhr geschaut hatte, war froh, daß sein wohlhabender
Schwiegersohn und nicht er die Rechnung bezahlen mußte. Später dann aßen die Howdens ruhig im kleinen Kreis
zu Abend, und der Premierminister arbeitete allein in
seinem Arbeitszimmer, während Margaret sich im Fernsehen einen Film anschaute. Es war die traurig zärtliche
James-Hilton-Geschichte *Goodbye Mr. Chips,* und Margaret wurde nicht ohne Wehmut daran erinnert, daß sie
und ihr Mann den Film in den dreißiger Jahren gemeinsam gesehen hatten. Jetzt waren der Star, Robert Donat,
und der Autor schon lange tot, und heutzutage gingen
die Howdens nicht mehr ins Kino ... Um 23.30 Uhr,
nachdem sie gute Nacht gesagt hatte, ging Margaret ins
Bett, während James Howden noch bis um ein Uhr weiter arbeitete.

Milly Freedemans Weihnachtstag war weniger anstrengend, aber auch weniger interessant gewesen. Sie
war spät aufgewacht, und nachdem sie eine gewisse gei-
stige Unentschlossenheit überwunden hatte, war sie in

den Gottesdienst, aber nicht zum Abendmahl gegangen. Am Nachmittag nahm sie sich ein Taxi und fuhr zu einer früheren Freundin aus Toronto, die jetzt verheiratet in Ottawa lebte und Milly zum Abendessen eingeladen hatte. In dem Haushalt gab es mehrere kleine Kinder, die nach einer gewissen Zeit etwas anstrengend wurden, und noch später breitete sich dann Langeweile aus, als das Gespräch ganz unvermeidlich auf Kindererziehung, Dienstmädchen und die Lebenshaltungskosten kam. Wieder einmal – wie schon bei anderen Gelegenheiten – wurde sich Milly darüber klar, daß sie sich selber nichts vormachte, wenn sie glaubte, daß das Leben unter dem Haussegen für sie keinerlei Anziehung barg. Sie zog ihre eigene bequeme Wohnung vor, ihre Unabhängigkeit und die Arbeit und Verantwortung, die ihr Spaß machten. Dann dachte sie: Vielleicht werde ich bloß alt und verbittert, aber es war dennoch eine Erleichterung für sie, als die Zeit zum Gehen gekommen war. Der Mann ihrer Freundin fuhr sie im Wagen nach Hause und machte auf dem Weg vorsichtige Annäherungsversuche, die Milly nachdrücklich zurückwies.

Den ganzen Tag über hatte sie über Brian Richardson nachgedacht und hatte sich gefragt, was er jetzt wohl tue und ob er sie anrufen würde. Als er nicht anrief, war ihre Enttäuschung groß.

Der gesunde Menschenverstand warnte Milly vor einer tiefer gehenden gefühlsmäßigen Bindung. Sie rief sich Richardsons Ehe ins Gedächtnis, die Unwahrscheinlichkeit, daß zwischen ihnen irgend etwas Beständiges sein könnte, ihre eigene Verletzlichkeit ... aber das Bild blieb doch in ihren Gedanken, die Tagträume überwanden die Vernunft, ein Echo sanft geflüsterter Worte war da: *Ich brauche dich, Milly. Ich weiß nicht, wie ich es sonst sagen soll, aber ich brauche dich ...* Letzten Endes war es auch dieser Gedanke, der eine traumhafte und erfreuliche Erinnerung an den Tag darstellte.

Brian Richardson hatte einen Weihnachtstag voll harter Arbeit. Er hatte Millys Wohnung früh am Morgen verlassen, und nach vier Stunden Schlaf wurde er durch seinen Wecker aufgescheucht. Eloise, das bemerkte er, war nachts gar nicht nach Hause gekommen, eine Tatsache, die keinerlei Verwunderung hervorrief. Nachdem er sich selbst sein Frühstück gemacht hatte, war er zum Parteibüro in der Sparks Street gefahren, wo er den größten Teil des Tages blieb und Einzelheiten des grundlegenden Plans ausarbeitete, den er mit dem Premierminister diskutiert hatte. Da nur der Hausmeister und er im Gebäude waren und er nicht unterbrochen wurde, erledigte er eine Menge Arbeit und fuhr schließlich in seine immer noch leere Wohnung mit dem Gefühl tiefer Genugtuung zurück. Er hatte sich zuvor ein paar Mal dabei ertappt, daß er beunruhigt wurde, wenn er daran dachte, wie Milly in der vergangenen Nacht gewesen war. Zweimal war er versucht, sie anzurufen, aber ein Gefühl der Vorsicht warnte ihn davor. Schließlich war das Ganze ja nur eine vorübergehende Affäre, die man nicht allzu ernst nehmen durfte. Am Abend las er eine Weile und ging früh zu Bett.

Und jetzt war Weihnachten wieder vorbei.

Es war 23.00 Uhr am 26. Dezember.

2

»Mr. Warrender könnte kommen, wenn Sie ihn heute morgen zu sehen wünschen«, sagte Milly Freedeman. Sie war in das Privatbüro des Premierministers mit einem Kaffeetablett gekommen, als sein Persönlicher Referent sich anschickte zu gehen. Der Persönliche Referent, ein eifriger, ernster junger Mann, der finanziell unabhängig war und Elliot Prowse hieß, war den ganzen Morgen gekommen und gegangen, hatte Anweisungen erhalten und die Ausführung James Howden gemeldet. Dazwischen waren ständig andere Besucher gekommen, die bereits im Terminkalender standen. Ein gut Teil dieser Geschäftigkeit, das wußte Milly, hatte mit den bevorstehenden Besprechungen in Washington zu tun.

»Was soll ich denn mit Warrender?« Ein wenig gereizt

schaute James Howden von einer Akte auf, mit der er sich beschäftigt hatte – eine von vielen auf seinem Schreibtisch, die gut sichtbar mit »Streng geheim« gekennzeichnet war und sich mit der Interkontinental-Verteidigung beschäftigte. Militärische Fragen hatten James Howden nie sonderlich interessiert, und selbst jetzt mußte er alle Konzentration zusammennehmen, um die militärischen Tatsachen überhaupt in sich aufzunehmen. Gelegentlich betrübte es ihn, daß man heute so wenig Zeit hatte für soziale und fürsorgerische Fragen, die einmal in seinem politischen Leben sein größtes Interesse in Anspruch genommen hatten.

Milly antwortete verständnisvoll, indem sie Kaffee aus einer Thermosflasche goß: »Sie haben doch Mr. Warrender einen Tag vor Weihnachten angerufen, und er war verreist.« Sie fügte die üblichen vier Stücke Zucker hinzu und reichlich Sahne, dann stellte sie die Tasse behutsam auf das Löschpapier auf den Schreibtisch des Premierministers und einen kleinen Teller Schokoladenkeks daneben.

James Howden legte die Akte zurück, nahm einen Keks und biß hinein. Er sagte anerkennend: »Die sind aber besser als die letzten. Mehr Schokolade drauf.«

Milly lächelte. Wenn Howden weniger stark mit seinen eigenen Sorgen beschäftigt gewesen wäre, dann hätte er vielleicht gemerkt, daß sie heute morgen besonders strahlte und daß sie auch sehr attraktiv angezogen war mit ihrem braunen mit blau versetzten Tweedkostüm und einer weichen blauen Bluse.

»Ich erinnere mich – ich habe angerufen«, sagte der Premierminister nach einem Augenblick. »Da gab es irgendwelche Schwierigkeiten mit der Einwanderung in Vancouver.« Er fügte hoffnungsvoll hinzu: »Vielleicht hat sich das ganze mittlerweile von selbst erledigt.«

»Leider nicht«, sagte Milly. »Mr. Richardson hat heute morgen angerufen und um Erinnerung gebeten.« Sie schaute in ein Notizbuch. »Er bat mich, Ihnen mitzuteilen, daß dieser Fall im Westen außerordentlich brisant ist und daß die Zeitungen im Osten Kanadas sich jetzt auch dafür interessieren.« Sie sagte nicht, daß Brian Richardson auch sehr warm und persönlich hinzugefügt hatte: »Du bist eine wundervolle Person, Milly. Ich habe darüber nachgedacht, und wir müssen uns ganz bald darüber unterhalten.«

James Howden seufzte. »Dann werde ich wohl Harvey Warrender sprechen müssen. Sie müssen ihn mir irgendwo dazwischenschieben. Zehn Minuten müßten eigentlich genügen.«

»In Ordnung«, sagte Milly. »Ich werde ihn heute morgen noch auf den Terminkalender setzen.«

Kaffeeschlürfend fragte Howden: »Haben wir draußen noch viel unerledigte Arbeit liegen?«

Milly schüttelte den Kopf. »Nichts, das nicht noch eine Weile liegen bleiben könnte. Ich habe ein paar dringende Sachen an Mr. Prowse weitergegeben.«

»Gut.« Der Premierminister nickte beifällig. »Machen Sie das in den nächsten paar Wochen, soweit Sie nur können, Milly.«

Manchmal, und jetzt ganz besonders, empfand er ein wunderlich wehmütiges Gefühl, was Milly anging, wenn auch sein körperliches Begehren schon lange verschwunden war. Er fragte sich bisweilen, wie das alles hatte geschehen können ... ihr Verhältnis zueinander, die Intensität seiner Empfindungen zu jener Zeit. Da war natürlich die Einsamkeit gewesen, die die Hinterbänkler unter den Abgeordneten in Ottawa immer besonders stark belastet, das Gefühl der Leere, wo es so wenig zu tun gab in den langen Stunden, wenn das Parlament tagte. Zu jener Zeit war Margaret auch häufig weg gewesen ... aber das alles schien etwas weit Entferntes, lang Zurückliegendes zu sein.

»Da ist noch etwas, womit ich Sie nicht gern belästige.« Milly zögerte. »Da ist ein Brief von der Bank, eine Notiz, daß Sie Ihr Konto überzogen haben.«

Seine Gedanken zurückholend sagte Howden bekümmert: »Das hatte ich schon erwartet.« Er stellte fest, daß er sich – genau so wie das geschehen war, als Margaret die Frage vor drei Tagen zur Sprache gebracht hatte – gegen die Notwendigkeit sträubte, sich mit diesen Dingen in einer solchen Zeit auseinandersetzen zu müssen. Er wußte schon, daß es in gewisser Weise sein Fehler war. Er wußte, daß er lediglich ein einziges Wort zu einigen der reichen Anhänger der Partei oder zu den großzügigen amerikanischen Freunden zu sagen brauchte, und Geldgeschenke würden diskret und reichlich fließen, ohne daß irgendwelche Bedingungen daran geknüpft wären. Andere Premierminister vor ihm hatten das getan, aber Howden hatte sich stets dagegen gewehrt, im wesentlichen weil es sein Stolz nicht erlaubte. Sein Leben, so sagte er, hatte mit Fürsorgegeldern im Waisenhaus begonnen, und er sträubte sich gegen die Vorstellung, daß er nach einem Leben voller Leistung und Erfolg wieder von der Mildtätigkeit anderer abhängig werden sollte.

Er erinnerte sich daran, wie sehr Margaret darüber besorgt war, wie schnell ihre bescheidenen Rücklagen aufgezehrt wurden. »Ich glaube, Sie müssen mal den Montreal Trust anrufen«, wies er Milly an. »Stellen Sie doch bitte fest, ob Mr. Maddox zu einem Gespräch herkommen kann.«

»Ich habe mir gedacht, daß Sie ihn sprechen wollen, deshalb habe ich bereits angefragt«, antwortete Milly. »Die einzige Zeit, die Sie frei haben, ist morgen nachmittag, und Mr. Maddox kommt dann herüber.«

Howden nickte zustimmend. Er war stets dankbar für Millys wirksame Abkürzungen.

Er hatte den Kaffee ausgetrunken – er mochte ihn am liebsten, wenn er noch ganz heiß war, genau wie er ihn süß und mit viel Milch schätzte –, und Milly füllte seine Tasse erneut. Er kippte seinen Ledersessel zurück, entspannte sich ganz bewußt, erfreute sich eines der wenigen Augenblicke ohne besonderen Druck, die er am Tag hatte. In zehn Minuten würde er wieder ein Arbeitstempo bestimmen, mit dem Schritt zu halten seine Mitarbeiter sehr schwierig fanden. Milly wußte dies, und während der langen Jahre hatte sie gelernt, selbst auch in diesen kurzen Zwischenpausen zu entspannen, etwas, was, wie sie wußte, James Howden sehr schätzte. Jetzt sagte er leichthin: »Haben Sie den Sitzungsbericht gelesen?«

»Vom Verteidigungsrat?«

Howden nahm noch einen Schokoladenkeks und nickte.

»Ja«, sagte Milly, »ich habe ihn gelesen.«

»Was halten Sie denn davon?«

Milly dachte einen Augenblick nach. Wenn auch die Frage ganz beiläufig geklungen hatte, so wußte sie doch, daß er eine ehrliche Antwort erwartete. James Howden hatte ihr einmal geklagt: »Ich brauche immer erst die halbe Zeit, um herauszufinden, was die Leute tatsächlich denken. Sie sagen mir nie die Wahrheit, nur das, was sie für meine Ohren für geeignet halten.«

»Ich habe mich gefragt, was wir dann als Kanadier noch übrig hätten«, sagte Milly. »Wenn es dazu kommt – ich meine jetzt den Unionsvertrag –, dann kann ich mir nicht vorstellen, daß wir noch einmal zurückgehen können in unsere eigene Unabhängigkeit.«

»Nein«, sagte Howden, »das kann ich mir auch nicht vorstellen.«

»Ja, wäre das dann nicht nur der Anfang eines allgemeinen Aufsaugevorganges? Das geht doch dann so weiter, bis wir nur noch ein Teil der Vereinigten Staaten sind. Bis all unsere Unabhängigkeit dahin ist.« Während sie noch die Frage stellte, machte sich Milly Gedanken darüber, ob es denn etwas ausmachte, wenn es tatsächlich so wäre? Was war denn die Unabhängigkeit in Wirklichkeit, vielleicht nur eine Illusion, von der die Leute redeten? Niemand war wirklich unabhängig, konnte es auch gar nicht sein, und dasselbe galt natürlich für die Völker. Sie fragte sich, wie wohl Brian Richardson denken würde. Sie hätte gern mit ihm jetzt darüber gesprochen.

»Es ist mir ja klar, daß es wichtig ist, die Abschußrampen für Raketen weiter nach Norden zu verlegen«, sagte Milly, »und ich weiß auch, daß das, was Sie über den Schutz der landwirtschaftlichen Gebiete bemerkt haben, ebenfalls richtig ist. Aber wir bewegen uns doch direkt auf einen Krieg zu. Das steckt doch hinter diesen Erwägungen, oder nicht?«

Sollte er seine eigene Überzeugung von der Unvermeidlichkeit eines Krieges mitteilen, sollte er ihr von der Notwendigkeit erzählen, daß man sich lediglich auf das

Überleben vorzubereiten hatte? Howden beschloß, das nicht zu tun. Das war eine Frage, die er später in aller Öffentlichkeit nicht anschneiden durfte, und es war vielleicht ganz ratsam, die Zurückhaltung schon jetzt zu üben.

»Wir wählen unsere Seite, Milly«, sagte er vorsichtig, »und wir tun das, solange die Wahl noch etwas bedeuten kann. In gewisser Weise ist das, wie wir glauben, die einzige Wahl, die wir je treffen konnten. Aber es besteht eine gewisse Versuchung, die Wahl zu verschieben, eine Entscheidung zu vermeiden, wie gebannt sitzen zu bleiben und zu hoffen, daß unerträgliche Wahrheiten einfach weiter in der Schwebe bleiben.« Er schüttelte den Kopf. »Aber das geht nicht mehr.«

Versuchsweise fragte sie: »Wird es denn nicht schwer sein – die Leute zu überzeugen?«

Der Premierminister lächelte andeutungsweise. »Das glaube ich schon. Vielleicht geht es dann bei uns ganz schön hektisch zu.«

»In dem Fall«, sagte Milly, »werde ich schon für Ordnung sorgen.« Bei diesen Worten fühlte sie Zuneigung und Bewunderung für diesen Mann in ihr emporsteigen, von dem sie über Jahre hinweg so viele Leistungen gesehen hatte und mit dem gemeinsam sie sich so vielen weiteren Problemen gegenübersah. Es war nicht das alte ungestüme Gefühl, das sie einmal empfunden hatte, sondern sie wollte in einer viel intensiveren Weise ihn schützen und abschirmen. Es gab ihr eine große Genugtuung, ein Gefühl, gebraucht zu werden.

James Howden sagte ruhig: »Sie haben immer alles in Ordnung gehalten, Milly. Das hat mir stets sehr geholfen.« Er setzte die Kaffeetasse ab – ein Signal dafür, daß die Pause vorüber war.

Fünfundvierzig Minuten und drei Verabredungen später brachte Milly den Ehrenwerten Harvey Warrender herein.

»Bitte, nehmen Sie doch Platz.« Howdens Stimme war kühl.

Der Minister für Einwanderung ließ seine große, umfangreiche Gestalt in den Sessel gegenüber dem Schreibtisch fallen. Er rutschte hin und her.

»Wissen Sie, Jim«, sagte er in einem Versuch, herzlich zu klingen, »wenn Sie mich herbeordert haben, um mir zu erzählen, daß ich mich neulich abend unmöglich benommen habe, dann lassen Sie mich das zuerst sagen. Ich war sehr unklug, und es tut mir verflixt leid.«

»Leider«, sagte Howden bissig, »ist es etwas zu spät dafür. Ganz abgesehen davon ist der Empfang des Generalgouverneurs wohl kaum der richtige Ort, um sich wie ein Trunkenbold aufzuführen. Ich nehme an, daß Sie sich darüber im klaren sind, daß die Geschichte schon am nächsten Tag in ganz Ottawa bekannt war.« Er bemerkte mit Mißbilligung, daß der Anzug seines Gegenübers dringend gebügelt werden mußte.

Warrender wich den zornigen Augen des Premierministers aus. Er winkte in einer Geste der Ergebenheit mit der Hand.

»Ich weiß, ich weiß.«

»Ich hätte eigentlich allen Grund, Ihren Rücktritt zu fordern.«

»Ich hoffe, das werden Sie nicht tun, Premierminister. Das hoffe ich doch sehr.« Harvey Warrender hatte sich vorgebeugt, die Bewegung ließ Schweißperlen auf seinem kahlen Kopf erkennen. War im Ton und in der Formulierung eine Drohung enthalten? fragte sich Howden. Da konnte man nicht sicher sein. »Wenn ich noch einen Gedanken hinzufügen darf«, sagte Warrender lächelnd und leise – er hatte wieder etwas von seinem üblichen Selbstvertrauen zurückgewonnen – »es heißt *graviora quaedam sunt remedia periculis*, oder frei nach Vergil: Einige Heilmittel sind schlimmer als die zu bekämpfenden Gefahren.«

»Es gibt bei Vergil auch irgendwo einen Vers über das Schreien eines Esels«, gab Howden ärgerlich zurück. Die klassischen Zitate des anderen erzürnten ihn unweigerlich. Kurz angebunden fuhr der Premierminister fort: »Ich wollte gerade sagen, daß ich mich entschlossen hatte, außer einer Warnung keine weiteren Schritte einzuleiten.

Ich möchte Sie aber doch dringend bitten, mich nicht dazu zu provozieren, meine Absicht zu ändern.«

Warrender wurde rot im Gesicht und zog dann die Schultern hoch. Er murmelte leise: »Der Rest ist Schweigen.«

»Der eigentliche Grund, warum ich Sie hergebeten habe, ist, daß ich über den jüngsten Einwanderungsfall in Vancouver mit Ihnen sprechen wollte. Das scheint genau die unangenehme Situation zu sein, die ich um jeden Preis vermeiden wollte.«

»Aha!« Harvey Warrenders Augen glänzten vor erwachendem Interesse. »Ich habe darüber einen vollständigen Bericht vorliegen, Premierminister, und ich kann Ihnen das genau erklären.«

»Ich will aber nichts erklärt haben«, sagte James Howden ungeduldig. »Es ist Ihre Aufgabe, mit Ihrem Ministerium fertig zu werden, und ich habe ohnehin Wichtigeres zu tun.« Sein Blick ging zu den offenen Akten über Interkontinentale Verteidigung hinüber. Er war ungeduldig darauf bedacht, seine Arbeit daran fortsetzen zu können. »Was ich wünsche, ist, daß dieser Fall erledigt wird und aus den Zeitungen verschwindet.«

Warrender zog die Augenbrauen hoch. »Widersprechen Sie sich da nicht selbst? In einem Atemzug sagen Sie mir, daß ich mich um mein Ministerium selbst zu kümmern habe, und dann weisen Sie mich an, einen Fall zum Abschluß zu bringen . . .«

Howden unterbrach ihn ärgerlich: »Ich sage Ihnen nur, daß Sie die Regierungspolitik auszuführen haben – meine Politik: Und diese Politik richtet sich darauf, solche schwierigen Einwanderungsfälle besonders zum gegenwärtigen Zeitpunkt, wo wir im nächsten Jahr auf eine Wahl zugehen, zu vermeiden« – er zögerte einen Augenblick – »und außerdem haben wir noch andere Probleme vor uns. Wir haben darüber ja neulich abends gesprochen.« Dann sagte er bissig: »Aber vielleicht erinnern Sie sich nicht mehr daran.«

»So betrunken war ich ja nun auch wieder nicht!« Jetzt war Harvey Warrender zornig. »Ich habe Ihnen nur er-

zählt, was ich von unserer sogenannten Einwanderungspolitik halte, und das trifft auch heute noch zu. Entweder
wir schaffen uns einige neue, ehrliche Einwanderungsgesetze, in denen wir zugeben, was wir wirklich tun und
was jede Regierung vor uns ...«

»In denen wir was zugeben?«

James Howden war aufgesprungen und stand jetzt
hinter dem Schreibtisch. Harvey Warrender sagte zu ihm
hinaufschauend leise, aber nachdrücklich: »Wir müssen
zugeben, daß wir eine Politik der Diskriminierung prakti-
zieren. Warum auch schließlich nicht – es handelt sich ja
um unser Land, oder nicht? Wir müssen zugeben, daß
wir Rassenschranken und Rassenquoten haben und daß
wir Neger und Orientalen gar nicht einwandern lassen,
und so ist es ja schließlich immer gewesen. Warum sollten wir es ändern? Wir müssen auch zugeben, daß wir
Angelsachsen wollen und daß wir eine Menge Arbeits-
lose brauchen. Wir müssen eines Tages zugeben, daß
wir nur eine beschränkte Zahl von Italienern einreisen
lassen, und wir achten auf den Prozentsatz an römisch-
katholischen Bürgern. Lassen Sie uns doch endlich mit
diesem Fälschergeschäft aufhören. Lassen Sie uns ein ehr-
liches Einwanderungsgesetz aufstellen, das die Dinge so
darstellt, wie sie sind. Lassen Sie uns aufhören, bei den
Vereinten Nationen unser Sonntagsgesicht zu zeigen, uns
bei den Farbigen anzubiedern und ein anderes Gesicht im
eigenen Land zu zeigen ...«

»Sind Sie wahnsinnig?« Ungläubig, halb flüsternd formulierte James Howden die Frage. Sein Blick war auf
Warrender gerichtet. Natürlich, dachte er, Warrender
hatte bereits eine Andeutung gemacht, was er beim Empfang im *Government House* gesagt hatte ... Aber er hatte
da angenommen, das sei der Alkohol ... Dann erinnerte
er sich an Margarets Worte: *Ich habe manchmal so den
Eindruck, daß Harvey ein wenig verrückt ist.*

Harvey Warrender atmete schwer. Seine Nasenflügel
bebten. »Nein«, antwortete er, »ich bin nicht wahnsinnig,
ich habe nur die verfluchte Heuchelei satt.«

»Ehrlichkeit ist etwas Ehrenwertes«, sagte Howden.

189

Seine Wut war jetzt verflogen. »Aber diese Art Ehrlichkeit ist politischer Selbstmord.«

»Wie wissen wir das, wenn es noch keiner ausprobiert hat? Wie wissen wir, ob die Leute nicht ganz gerne einmal gesagt bekämen, was sie ohnehin schon wissen?«

Ganz ruhig fragte James Howden: »Welche Alternative haben Sie anzubieten?«

»Sie meinen, wenn wir kein neues Einwanderungsgesetz schaffen?«

»Ja.«

»Dann werde ich das Gesetz befolgen und durchsetzen, was es jetzt bestimmt«, sagte Harvey Warrender mit Festigkeit in der Stimme. »Ich werde es ohne Ausnahme und ohne Verschleierung und ohne irgendwelche Hintertüren ausführen, die man sonst vielleicht benutzt, um Unannehmlichkeiten aus der Presse herauszuhalten. Vielleicht sieht man dann das Gesetz tatsächlich so wie es ist.«

»In dem Falle«, sagte James Howden gelassen, »möchte ich gern Ihr Rücktrittsgesuch haben.«

Die beiden Männer sahen einander an. »O nein«, sagte Harvey Warrender leise, »o nein.«

Es herrschte Schweigen.

»Vielleicht drücken Sie sich klarer aus«, sagte James Howden. »Haben Sie ganz bestimmte Vorstellungen?«

»Ich glaube, die sind Ihnen bekannt.«

Das Gesicht des Premierministers war unbeweglich, seine Augen starr. »Ich habe Sie gebeten, sich klar auszudrücken.«

»Nun gut, wenn Sie das wünschen.« Harvey Warrender hatte sich wieder hingesetzt. Jetzt sagte er im Plauderton, als erörtere er eine Routineangelegenheit: »Wir haben ein Abkommen getroffen.«

»Das war aber schon vor langer Zeit.«

»Das Abkommen hatte keine Laufzeit.«

»Aber es ist dennoch erfüllt worden.«

Harvey Warrender schüttelte beharrlich den Kopf. »Das Abkommen hatte keinerlei Laufzeit.« Er suchte in einer Inntentasche seines Jacketts und zog ein gefaltetes Stück Papier heraus, das er auf den Schreibtisch des

Premierministers legte. »Lesen Sie doch selbst einmal nach, überzeugen Sie sich.«

Als er nach dem Papier griff, fühlte Howden, wie seine Finger zitterten. Wenn dies nur das Original wäre, das einzige Dokument ... es war eine Photokopie.

Einen Augenblick lang verließ ihn die Beherrschung. »Sie Narr!«

»Warum?« Das Gesicht des anderen blieb unverändert.

»Sie haben eine Fotokopie ...«

»Niemand wußte, was dort kopiert wurde. Außerdem habe ich die ganze Zeit neben der Maschine gestanden.«

»Fotokopien haben Negative.«

»Ich habe das Negativ«, sagte Warrender ruhig. »Ich habe es behalten, falls ich noch mehr Kopien brauche. Das Original ist auch in Sicherheit.« Er machte eine Geste. »Warum lesen Sie nicht? Davon haben wir geredet.«

Howden senkte den Kopf, und die Worte sprangen ihm entgegen. Sie waren einfach, sachlich und in seiner eigenen Handschrift.

1. H. Warrender tritt von seiner Bewerbung um den Parteivorsitz zurück, er unterstützt die Kandidatur von J. Howden.

2. H. Warrenders Neffe (H. O'B) erhält eine Fernsehlizenz.

3. H. Warrender im Kabinett Howden – kann sein eigenes Ministerium wählen (ausgenommen Auswärtiges oder Gesundheit). J. H. wird H. W. nicht entlassen, außer bei Indiskretion oder Skandal. Im letzteren Falle übernimmt H. W. die volle Verantwortung und zieht J. H. nicht in die Affäre hinein.

Dann stand darunter ein Datum – ein Datum vor neun Jahren – und die hingekritzelten Initialen der beiden Männer.

Harvey Warrender sagte ruhig: »Sie sehen – genau wie ich es gesagt habe. Der Vertrag hat keine Laufzeit.«

»Harvey«, sagte der Premierminister langsam, »hat es irgendeinen Sinn, sich bittend an Sie zu wenden? Wir sind doch Freunde gewesen ...« In seinem Kopf ging alles durcheinander. Eine Kopie in der Hand eines einzigen

Reporters wäre ein Todesurteil. Da gab es keinerlei Erklärungen, keine Manöver, kein politisches Überleben, lediglich die Bloßstellung, die Schande... Seine Handflächen wurden feucht.

Der andere schüttelte den Kopf. Howden spürte eine Wand... Unvernunft, undurchdringlich. Er versuchte es noch einmal. »Sie haben doch Ihren Anteil aus dem Vertrag bekommen, Harvey. Und noch manches darüber hinaus. Was soll jetzt geschehen?«

»Das will ich Ihnen sagen!« Warrender lehnte sich über den Schreibtisch, seine Stimme senkte sich zu einem bösen intensiven Flüstern. »Lassen Sie mich bleiben. Lassen Sie mich etwas tun, das der Mühe wert ist. Ich will einen Ausgleich schaffen. Vielleicht können wir unsere Einwanderungsgesetze neu fassen, und wenn wir das ehrlich machen – wenn wir die Tatsachen offen darstellen –, vielleicht packen wir dann die Leute bei ihrem Gewissen, und sie wollen den Wandel. Vielleicht müssen wir tatsächlich unsere Praxis ändern. Vielleicht ist es der Wandel, der einfach nötig ist. Aber wir können doch nicht damit anfangen, wenn wir nicht zunächst einmal ehrlich sind.«

Verdutzt schüttelte Howden den Kopf. »Sie reden unverständlich. Ich begreife Sie nicht.«

»Dann lassen Sie es mich erklären. Sie haben von meinem Anteil gesprochen. Glauben Sie denn, daß der mir etwas bedeutet? Glauben Sie denn, daß ich nicht die Uhr zurückdrehen und diesen unseren Vertrag rückgängig machen würde, wenn es nur ginge? Ich kann Ihnen sagen, daß es Nächte gegeben hat, zahlreiche Nächte, in denen ich wach gelegen habe, bis der Tag anbrach, in denen ich mich vor mir selbst ekelte und den Tag verflucht habe, an dem ich diesen Vertrag unterschrieb.«

»Warum, Harvey? Wenn Sie sich jetzt vielleicht über diese ganze Angelegenheit aussprechen würden, dann könnte das doch helfen... irgend etwas könnte doch helfen...«

»Ich habe mich verkauft, oder nicht?« Warrender sprach leidenschaftlich. »Ich habe mich verkauft für ein

Linsengericht, das den Preis nicht wert war. Und ich habe seither tausendmal gewünscht, daß wir wieder in der Kongreßhalle stünden und ich meine Chancen gegen Ihre setzen könnte – so wie sie damals waren.«

Howden sagte behutsam: »Ich glaube, ich hätte trotzdem gewonnen, Harvey.« Einen Augenblick lang empfand er ein tiefes Mitgefühl. Unsere Sünden suchen uns heim, dachte er – in der einen oder anderen Form, das liegt ganz bei uns selbst.

»Da bin ich gar nicht so sicher«, sagte Warrender langsam. Er hob den Kopf. »Ich bin mir nie ganz sicher gewesen, Jim, daß ich nicht hier an Ihrer Stelle an diesem Schreibtisch hätte sitzen können.«

Das war es also, dachte Howden: so etwa hatte er es sich vorgestellt, nur eine Besonderheit kam noch hinzu. Gewissen und Träume von Größe, die zunichte gemacht worden waren. Das war eine großartige Kombination. Befangen fragte er: »Sind Sie da nicht inkonsequent? In einem Atemzug sagen Sie, daß Sie den Vertrag hassen, den wir abgeschlossen haben, und doch bestehen Sie darauf, an seinen Bedingungen festzuhalten.«

»Das Gute daran will ich bewahren, und wenn ich Ihnen erlaube, mich in die Wüste zu schicken, dann bin ich erledigt. Deshalb klammere ich mich fest.« Harvey Warrender nahm ein Taschentuch heraus und wischte sich über die Stirn, auf der Schweißperlen standen. Es entstand eine Pause, dann sagte er nachgiebiger: »Manchmal glaube ich, daß es besser wäre, wenn man uns bloßstellen würde. Wir sind doch beide Betrüger – Sie und ich auch. Vielleicht wäre das ein Weg, die Sache wieder in Ordnung zu bringen.«

Das war gefährlich. »Nein«, sagte Howden rasch, »da gibt es bessere Methoden, glauben Sie mir.« Einer Tatsache war er sich jetzt sicher: Harvey Warrender war geistig labil. Er mußte geführt werden, man mußte ihn überreden, notfalls wie ein kleines Kind.

»Na ja«, sagte James Howden, »vergessen wir das Gerede vom Rücktritt.«

»Und das Einwanderungsgesetz?«

»Das Gesetz bleibt so, wie es ist«, sagte Howden bestimmt. Selbst hier gab es eine Grenze für den Kompromiß. »Außerdem möchte ich, daß im Fall Vancouver schleunigst etwas geschieht.«

»Ich richte mich genau nach dem Gesetz«, sagte Warrender. »Ich schau mir den Fall noch einmal an. Das kann ich Ihnen versprechen. Aber das Ganze wird genau nach dem Gesetz geregelt.«

Howden seufzte. So würde es denn wohl sein müssen. Er nickte und deutete an, daß die Unterhaltung beendet war.

Als Warrender gegangen war, saß er still da, grübelte über das neue Problem nach, das ihm zur Unzeit aufgebürdet worden war. Er stellte nüchtern fest, daß es falsch wäre, die Bedrohung seiner eigenen Sicherheit gering zu schätzen. Warrenders Temperament war immer schon cholerisch gewesen. Die Labilität seines Charakters war jetzt erheblich gestiegen.

Kurz fragte er sich, was er sonst hätte tun können ... Er hatte sich in völlig kopfloser Weise schriftlich festgelegt, wo ihn doch seine juristische Ausbildung und seine Erfahrung hätten warnen müssen. Aber der Ehrgeiz machte mit Männern, was er wollte, er brachte einen Mann dazu, Risiken einzugehen, bisweilen außergewöhnlich große Risiken, und er war nicht der erste. Wenn man zurückdachte, so schien das, was er getan hatte, unüberlegt und leichtsinnig. Und doch, damals, als der Ehrgeiz ihn trieb, da fehlte ihm die Voraussicht auf das, was kommen würde ...

Am sichersten, so dachte er, war es wohl, Harvey Warrender allein zu lassen, wenigstens zum gegenwärtigen Zeitpunkt. Das wilde Gerede von der Änderung der Gesetze stellte kein direktes Problem dar. In jedem Falle würde es wahrscheinlich bei Harveys eigenem Staatssekretär nicht auf Verständnis stoßen, und die gehobenen Beamten hatten ihre eigenen Methoden, Maßnahmen zu verzögern, mit denen sie nicht einverstanden waren. Und eine neue Gesetzesvorlage konnte auch nicht ohne Zustimmung des Kabinetts vorgelegt werden, obgleich ein direkter Zusammenstoß zwischen Harvey Warrender und den anderen im Kabinett vermieden werden mußte.

Es kam also letzten Endes darauf hinaus, daß man abwartete und Tee trank – das alte Allheilmittel der Politiker. Brian Richardson würde sich natürlich nicht darüber freuen, denn der Generalsekretär hatte offensichtlich schnelle, durchgreifende Aktionen erwartet, aber es war unmöglich, Richardson zu erklären, warum nichts unternommen werden konnte. In gleicher Weise würde man den Fall in Vancouver weiter schmoren lassen, wobei Howden selbst verpflichtet war, Harvey Warrender zu unterstützen, welche Maßnahmen im Einwanderungsministerium auch immer getroffen würden. Dieser Aspekt war bedauerlich, aber es handelte sich hier wenigstens um eine nebensächliche Angelegenheit, die nur jene kleinkarierte Kritik im Gefolge hatte, welche die Regierung schon in der Vergangenheit überstanden hatte und die sie zweifellos erneut zu überstehen vermochte.

Das Wichtigste war, dachte James Howden, seine eigene Führungsposition zu sichern. Davon hing ja so viel ab, so viel Gegenwart und so viel Zukunft. Er war es den anderen schuldig, die Macht weiter in der Hand zu halten. Im Augenblick war niemand da, der ihn gleichwertig vertreten konnte.

Milly Freedeman kam leise herein. »Mittagessen?« fragte sie mit ihrer tiefen Altstimme. »Möchten Sie es hier im Zimmer haben?«

»Nein«, antwortete er. »Ich möchte gern mal die Tapeten wechseln.«

Zehn Minuten später, in einem gut geschnittenen schwarzen Wintermantel, einen Eden-Homburg auf dem Kopf, schritt der Premierminister rasch vom Ostflügel auf den Eingang *Peace Tower* und das Parlamentsrestaurant zu. Es war ein klarer, kalter Tag. Die frische Luft war belebend. Die Straßen und Bürgersteige – der Schnee war am Rande aufgehäuft – trockneten in der Sonne. Er hatte ein Gefühl des Wohlbefindens, und er erwiderte herzlich die respektvollen Grüße der Vorbeigehenden und das zackige Salutieren der Wachtposten. Der Warrender-Zwi-

schenfall war seinem Gedächtnis schon wieder ent-
schwunden. Es gab so viele andere Dinge von größerer
Bedeutung.

Milly Freedeman goß sich Kaffee ein und ließ sich ein
belegtes Brot herüberschicken, wie sie das meistens tat.
Danach ging sie ins Büro des Premierministers und nahm
einen Haufen von Notizzetteln, aus dem sie bereits nicht
so dringende Angelegenheiten aussortiert hatte. Sie ließ
die Papiere in einem »Eingang«-Kasten auf dem Schreibtisch liegen. Die Schreibtischplatte war unordentlich und
mit allen möglichen Papieren übersät, aber Milly machte
gar nicht erst den Versuch aufzuräumen. Sie wußte, daß
James Howden es vorzog, im Lauf des Tages die Dinge
so vorzufinden, wie er sie zurückgelassen hatte. Ein einfacher einzelner Bogen Papier jedoch fiel ihr ins Auge.
Sie drehte ihn neugierig um und stellte fest, daß es eine
Fotokopie war.

Sie mußte zweimal lesen, um die volle Bedeutung zu
erfassen. Als sie sich darüber klar war, stellte Milly fest,
daß sie angesichts der furchtbaren Bedeutung dieses Dokumentes, das sie in der Hand hielt, zu zittern anfing. Das
erklärte manche Dinge, die sie im Laufe der Jahre nie
verstanden hatte: den Parteikonvent ... den Sieg Howdens ... ihren eigenen Verlust.

Das Dokument konnte sehr wohl, das wußte sie, das
Ende von zwei politischen Karrieren bedeuten.

Warum lag die Kopie hier? Offensichtlich war sie erörtert worden ... heute ... bei dem Gespräch zwischen
dem Premierminister und Harvey Warrender. Aber warum? Was konnte schon einer der beiden dadurch gewinnen? Und wo war das Original? ... Ihre Gedanken eilten
ihr davon. Die Fragen jagten ihr einen Schreck ein. Sie
wünschte, daß sie den Bogen Papier nicht umgedreht
hätte, daß sie es nie erfahren hätte. Und doch ...

Plötzlich stieg in ihr ein unbändiger Zorn gegen James
Howden auf. Wie hatte er das nur tun können? Wo doch
zwischen ihnen so viel Vertrauen geherrscht hatte. Wo sie
doch gemeinsames Glück erwartete, eine Zukunft miteinander, wenn er nur den Parteivorsitz verloren hätte ...

Sie fragte sich nicht ohne innere Regung: Warum hatte er nicht fair gespielt? . . . Warum hatte er ihr nicht wenigstens eine Chance gelassen, auch zu gewinnen? Aber sie wußte, daß es nie eine Chance gegeben hatte . . .

Dann war plötzlich – genauso plötzlich wie zuvor – der Zorn verflogen, Sorge und Mitgefühl nahmen seinen Platz ein. Was Howden getan hatte, das wußte Milly, hatte er tun müssen. Die Sucht nach Macht, nach dem Sieg über Rivalen, nach politischem Erfolg . . . das hatte ihn ganz erfüllt. Daneben war ein Privatleben . . . ja gar Liebe . . . ohne Bedeutung gewesen. Es war immer so gewesen: eine Chance hatte sie nie gehabt.

Aber man mußte jetzt an praktische Erwägungen denken.

Milly hielt inne und zwang sich, ruhig nachzudenken. Ganz offensichtlich drohte hier dem Premierminister und vielleicht auch anderen Männern Gefahr. Aber James Howden war für sie der einzige, der zählte . . . die Vergangenheit wurde wieder lebendig. Und erst heute morgen – daran erinnerte sie sich – hatte sie beschlossen, ihn zu schützen und abzuschirmen. Aber wie konnte sie nun . . . wenn sie ihre Kenntnis nutzte . . . eine Kenntnis, die ganz gewiß sonst niemand hatte, vielleicht nicht einmal Margaret Howden. Ja, in diesem Fall war sie James Howden doch endlich näher gekommen als seine Frau.

Direkt konnte man nichts unternehmen. Vielleicht kam eine Gelegenheit. Manchmal konnte man eine Erpressung gegen den Erpresser nutzen. Dieser Gedanke war vage, erschien ihr nur am Rande wichtig . . . es war, als taste sie sich durch das Dunkel. Aber wenn es dazu kam . . . wenn sich eine Gelegenheit ergab . . . dann mußte sie in der Lage sein, das, was sie wußte, auch zu untermauern.

Milly schaute auf die Uhr. Sie kannte Howdens Gewohnheiten gut. Es war sicher noch eine halbe Stunde Zeit, bis er zurückkam. Es befand sich niemand im äußeren Büro.

Sie handelte spontan. Sie nahm die Fotokopie hinüber zum Kopiergerät. Sie arbeitete rasch, ihr Herz schlug schneller, wenn sich Schritte näherten, dann wieder vorbeigingen. Sie machte eine Fotokopie. Die Kopie selbst – eine Wiedergabe der ursprünglichen Kopie – war in der Qualität schlecht und verwischt, aber lesbar. Die Handschrift war unverwechselbar. Hastig faltete sie die Kopie zusammen und schob sie in ihre Handtasche. Sie legte die ursprüngliche Fotokopie mit der beschrifteten Seite nach unten, genauso wie sie sie gefunden hatte, wieder auf den Schreibtisch.

Später am Nachmittag drehte James Howden das Blatt Papier um und erbleichte. Er hatte ganz vergessen, daß es hier lag. Wenn er das über Nacht liegen gelassen hätte ... Er schaute zur Tür hinüber. Milly? Nein. Es war eine seit langem eingeführte Regel, daß sein Schreibtisch um die Mittagszeit nie aufgeräumt wurde. Er nahm die Fotokopie in die Toilette neben seinem Büro. Er zerriß das Papier in winzige Stückchen und spülte sie hinunter. Er schaute zu, bis alle verschwunden waren.

3

Harvey Warrender lehnte sich mit einem Lächeln auf den Lippen im Wagen zurück, der ihn zum Ministerium für Einwanderung auf der Elgin Street brachte. Er stieg aus dem Wagen, ging in das kastenförmige Gebäude aus roten Ziegelsteinen, bahnte sich einen Weg durch eine ganze Horde von Büroangestellten, die in aller Hast zum Mittagessen nach draußen drängten. Er nahm einen Aufzug zum 5. Stock und ging durch eine direkte Tür in seine eigene Bürosuite. Dann ging er zu seinem Schreibtisch hinüber, nachdem er Mantel, Schal und Hut unordentlich über einen Stuhl gelegt hatte, und drückte den Knopf der Gegensprechanlage, die ihn direkt mit dem Staatssekretär im Ministerium verband.

»Mr. Hess«, sagte Harvey Warrender, »könnten Sie vielleicht, wenn Sie frei sind, einmal eben herüberkommen?«

Die bejahende Antwort klang genauso verbindlich.

Harvey Warrender wartete. Der Staatssekretär brauchte immer etwa fünf Minuten, bis er herüberkam, denn sein Büro – obwohl auf derselben Etage – lag etwas weiter entfernt, vielleicht zur Erinnerung daran, daß man den höchsten Verwaltungsbeamten eines Ministeriums nicht zu oft oder zu leichtfertig herbeirufen sollte.

Harvey Warrender ging langsam und bedächtig auf dem weichen Teppich des Raumes hin und her. Er hatte immer noch ein Gefühl der Genugtuung nach seiner Begegnung mit dem Premierminister. Ohne Frage, so dachte er, hatte er die Oberhand behalten, und er hatte eine mögliche Niederlage oder Schlimmeres in einen eindeutigen Sieg für sich umgemünzt. Darüber hinaus war die Beziehung zwischen den beiden nunmehr klar und deutlich neu definiert.

Nach dem Hochgefühl spürte er Genugtuung und Besitzerstolz. Hierher gehörte er: er war ein Mann der Autorität, wenn auch nicht am Steuer des Staates, dann wenigstens auf einem zweitrangigen Thron. Es war sogar ein sehr gut gepolsterter Thron, dachte er und schaute sich, wie er das oft zu tun pflegte, mit Genugtuung um. Die persönliche Bürosuite des Einwanderungsministers war die luxuriöseste in ganz Ottawa. Sie war mit großen Unkosten von einer Vorgängerin entworfen und eingerichtet worden – sie war eine der wenigen Frauen in Kanada, die je Kabinettsrang gehabt hatten. Als er selbst das Amt übernahm, hatte er das Büro so gelassen, wie er es vorfand – der dunkelgraue Teppich, die hellgrauen Vorhänge, eine angenehme Mischung englischer Originalmöbel –, und die Besucher waren ohne Ausnahme beeindruckt. Dieser Raum war ja so unendlich verschieden von dem kleinen, unfreundlichen kühlen Loch, in dem er vor Jahren tätig gewesen war, ohne daß es sich gelohnt hatte; und trotz der Gewissensbisse, die er James Howden gegenüber zugegeben hatte, mußte er sich gestehen, daß es schwierig sein würde, die materiellen Annehmlichkeiten, die Rang und finanzieller Erfolg ermöglichten, wieder aufzugeben.

Der Gedanke an Howden erinnerte ihn an sein eigenes

Versprechen, die lästige Vancouver Affäre noch einmal zu untersuchen und genau nach dem bestehenden Recht zu handeln. Das Versprechen würde er sicher halten. Er war entschlossen, daß es in dieser Hinsicht keine Fehler und kein Versagen geben dürfte, für das Howden oder andere ihn später verantwortlich machen könnten.

Draußen wurde an die Tür geklopft, und seine Sekretärin führte den Staatssekretär Claude Hess herein, einen beleibten Karrierebeamten, der sich wie ein wohlhabender Leichenbestatter anzog und auch manchmal die salbadernde Art hatte, die dazu paßte.

»Guten Morgen, Herr Minister«, sagte Hess. Wie immer verstand es der Staatssekretär, eine angemessene Mischung von Respekt und Vertraulichkeit zu finden, obwohl er zugleich keinen Zweifel daran ließ, daß er gewählte Minister kommen und gehen gesehen hatte und daß er immer noch seine eigene Macht ausüben würde, wenn der gegenwärtige Hausherr wieder abgetreten war.

»Ich war beim Premierminister«, sagte Warrender. »Ich habe eine Zigarre verpaßt gekriegt.« Er hatte sich angewöhnt, mit Hess offen zu reden, denn er hatte feststellen können, daß sich das durch die cleveren Ratschläge, die er oft von ihm bekam, wieder bezahlt machte. Auf dieser Grundlage und teilweise auch, weil Harvey Warrender bereits zwei Amtszeiten lang Einwanderungsminister gewesen war, war ihre Zusammenarbeit erfreulich.

Das Gesicht des Staatssekretärs nahm einen Ausdruck des Mitgefühls an. »So so«, sagte er. Er hatte natürlich bereits durch die Buschtrommel der gehobenen Beamtenschaft eine genaue Schilderung der Auseinandersetzung im *Government House* bekommen, hatte sich aber diskret versagt, etwas davon zu erwähnen.

»Eine seiner Klagen«, sagte Harvey, »richtete sich gegen diese Angelegenheit in Vancouver. Einige Leute, so scheint es, haben es wohl nicht gern, wenn wir uns an das Gesetz halten.«

Der Staatssekretär seufzte hörbar. Er hatte sich allmählich an die Machenschaften und die Winkelzüge gewöhnt, mit denen die Einwanderungsgesetze politischen

Zwecken unterworfen wurden. Aber die nächste Bemerkung des Ministers erstaunte ihn.

»Ich habe dem P. M. gesagt, daß wir nicht nachgeben«, sagte Warrender.

»Entweder er erklärt sich damit einverstanden, oder wir revidieren die Einwanderungsgesetze und machen unsere Arbeit, ohne uns dauernd kleine Schiebungen zuschulden kommen zu lassen.«

Der Staatssekretär fragte zögernd: »Und Mr. Howden . . .«

»Wir haben freie Hand«, sagte Warrender kurz. »Ich habe mich bereit erklärt, den Fall noch einmal zu untersuchen, aber danach beschäftigen wir uns damit, so wie wir es gewohnt sind.«

»Das ist eine sehr gute Nachricht.« Hess legte eine Akte auf den Tisch, die er in der Hand gehalten hatte, und die beiden Männer ließen sich in zwei gegenüberstehende Sessel nieder. Nicht zum erstenmal spekulierte der untersetzte Staatssekretär auf die Beziehung zwischen seinem eigenen Minister und dem Ehrenwerten James McCallum Howden. Offensichtlich gab es da ein ganz besonderes gegenseitiges Einverständnis, da Harvey Warrender stets ungewöhnlich viel Freiheit gehabt hatte, verglichen mit anderen Kabinettsmitgliedern. Das war eine Tatsache, die man ja nicht ungern sah und die die Umsetzung eigener politischer Vorstellungen des Staatssekretärs in die Wirklichkeit möglich gemacht hatte. Außenseiter, so dachte Claude Hess, glaubten ja bisweilen, daß Politik das ausschließliche Vorrecht gewählter Volksvertreter sei. Aber in einem erstaunlichen Ausmaß bestand der Vorgang des Regierens darin, daß die gewählten Vertreter die Vorstellungen einer Elite von hohen Staatsbeamten zum Gesetz erhoben.

Hess schob nachdenklich die Unterlippe vor. »Ich hoffe, das war von Ihnen nicht ernst gemeint, was Sie da über eine Revision des Einwanderungsgesetzes sagten, Herr Minister. Im ganzen gesehen ist es ein gutes Gesetz.«

»Natürlich, das müssen Sie ja sagen«, sagte Warrender kurz. »Sie haben es ja wohl entworfen.«

»Ja, einen gewissen Vaterstolz will ich nicht leugnen . . .«

»Ich bin nicht mit allen Ihren Vorstellungen über die Besiedlung einverstanden«, sagte Harvey Warrender. »Das wissen Sie doch, oder nicht?«

Der Staatssekretär lächelte. »Im Laufe unserer Zusammenarbeit habe ich bereits etwas davon zu spüren geglaubt. Aber, wenn ich das so sagen darf, Sie sind doch zugleich Realist.«

»Wenn Sie meinen, daß ich Kanada nicht von Chinesen und Negern überschwemmt sehen will, dann haben Sie recht«, sagte Warrender zögernd. Langsamer fuhr er fort: »Dennoch habe ich manchmal Zweifel. Wir sitzen auf vier Millionen Quadratmeilen des reichsten Landes in der Welt, wir sind unterbevölkert, unterentwickelt, und dabei ist die Erde übersät mit Menschen, die eine Zuflucht, eine neue Heimat suchen . . .«

»Nichts würde dadurch gelöst«, sagte Hess nüchtern, »wenn wir allen Neuankömmlingen Tür und Tor öffnen würden.«

»Vielleicht nicht für uns, aber was geschieht mit den übrigen Menschen in der Welt – was ist mit den Kriegen, die möglicherweise erneut ausbrechen, wenn nicht irgendwo ein Ventil für die Bevölkerungsexplosion geschaffen wird?«

»Das wäre ein hoher Preis, meine ich, den man dann noch für Eventualitäten entrichtet, die sich möglicherweise nie realisieren.« Claude Hess legte ein Bein über das andere, zog die Falten seiner makellos geschneiderten Hose zurecht. »Ich nehme den Standpunkt ein, Herr Minister – wie Sie ja wissen –, daß Kanadas Einfluß in der Welt wesentlich größer ist, solange wir unseren gegenwärtigen Bevölkerungsstand beibehalten, als wenn wir es zulassen, daß wir von weniger akzeptablen Rassen überrannt werden.«

»Mit anderen Worten«, sagte Harvey Warrender leise, »lassen Sie uns an den Privilegien festhalten, mit denen wir glücklicherweise geboren sind.«

Der Staatssekretär lächelte dünn. »Wie ich bereits

vor einem Augenblick gesagt habe: wir sind beide Realisten.«

»Na ja, vielleicht haben Sie recht.« Harvey Warrender trommelte mit den Fingern auf den Schreibtisch. »Es gibt Dinge, über die ich mir in meinen Gedanken niemals Klarheit verschafft habe, und diese Frage gehört dazu. Aber ich bin mir einer Tatsache sicher: die Bürger unseres Landes sind verantwortlich für unsere Einwanderungsgesetze, und man sollte ihnen das klar zu verstehen geben. Sie werden es nie begreifen, solange wir unschlüssig sind. Deshalb werden wir das Gesetz bis zum I-Punkt anwenden – ganz egal wie es nun wirkt, solange ich in diesem Sessel sitze.«

»Bravo!« Der mollige Staatssekretär sprach das Wort sanft aus. Er lächelte jetzt.

Einen Augenblick herrschte zwischen ihnen Schweigen. Harvey Warrenders Blick richtete sich auf einen Gegenstand über dem Kopf seines Staatssekretärs. Ohne sich umzudrehen, wußte Hess, was der Minister sah: das Ölgemälde eines jungen Mannes in der Uniform der Royal Canadian Air Force. Es war nach dem Heldentod von Harvey Warrenders Sohn nach einer Fotografie gemalt worden. Schon oft hatte Claude Hess in diesem Zimmer den Blick des Vaters zum Bild schweifen sehen, und bisweilen hatten sie über den Sohn gesprochen.

Jetzt sagte Warrender, als kenne er die Gedanken des anderen: »Ich denke oft an meinen Sohn.«

Hess nickte bedächtig. Das war keine neue Eröffnung für ein Gespräch, und bisweilen hatte er der Fortsetzung entgehen können. Heute beschloß er zu erwidern.

»Ich habe nie einen Sohn gehabt«, sagte Hess. »Nur Töchter. Wir haben ein gutes Verhältnis zueinander, aber ich habe immer gedacht, daß es eine besondere Verbindung zwischen Vater und Sohn gibt.«

»Das gibt es auch«, sagte Harvey Warrender. »Das gibt es auch, und das stirbt auch nie ganz – jedenfalls nicht für mich.« Er fuhr jetzt fort, seine Stimme wurde bewegt. »Ich stelle mir so oft vor, was mein Sohn Howard hätte werden können. Er war ein großartiger Bursche, immer mutig und draufgängerisch. Das war seine hervorstechendste Eigenschaft – der Mut. Er ist auch wie ein Held gestorben. Ich habe mir oft gesagt, daß ich darauf eigentlich stolz sein muß.«

Der Staatssekretär fragte sich in Gedanken, ob Heldentum das wäre, was ihn an einen eigenen Sohn erinnern würde. Aber der Minister hatte schon oft dasselbe gesagt, auch zu anderen, und war sich offensichtlich der Wiederholungen nicht bewußt. Manchmal pflegte Harvey Warrender bis in anschauliche Einzelheiten hinein die mörderische Luftschlacht zu beschreiben, in der sein Sohn ums Leben gekommen war, bis es schwierig war zu unterscheiden, wo der Kummer endete und die Heldenverehrung begann. Manchmal hatte man schon in Ottawa darüber geredet, obwohl die meisten Bemerkungen verständnisvoll mitfühlend waren. Der Kummer bewirkte sonderbare Veränderungen, dachte Claude Hess, er brachte bisweilen sogar eine Parodie des Kummers zustande. Er war froh, als der Ton seines Vorgesetzten wieder sachlicher wurde.

»Nun gut«, sagte Warrender, »reden wir von dieser Affäre in Vancouver. Ich will absolut sicher sein, daß wir juristisch vollkommen korrekt vorgehen. Das ist wichtig.«

»Ja, ich weiß.« Hess nickte bedächtig und deutete dann auf die Akte, die er mitgebracht hatte. »Ich habe noch einmal die Berichte durchgelesen, Sir, und ich bin ganz gewiß, daß Sie sich keinerlei Gedanken zu machen brauchen. Nur etwas beunruhigt mich.«

»Das öffentliche Aufsehen?«

»Nein, ich glaube, damit muß man rechnen.« Das Aufsehen hatte Hess jedoch tatsächlich beunruhigt. Er war überzeugt gewesen, daß der politische Druck die Regierung zwingen würde, in diesem Fall auf eine strikte Durchsetzung der Einwanderungsgesetze zu verzichten, wie das schon häufig geschehen war. Offensichtlich jedoch hatte er sich getäuscht. Jetzt fuhr er fort: »Ich habe daran gedacht, daß wir in Vancouver zum gegenwärtigen Zeitpunkt keinen leitenden Beamten haben. Williamson, unser Distriktsinspektor, ist auf Krankenurlaub, und das kann mehrere Monate dauern, wenn er überhaupt je zurückkehrt.«

»Ja«, sagte Warrender. Er zündete sich eine Zigarette an und bot dem Staatssekretär auch eine an, der sie annahm. »Ich erinnere mich.«

»Normalerweise würde mich das nicht beunruhigen, aber wenn der Druck stärker wird, und das kann sehr gut passieren, dann möchte ich dort jemanden wissen, auf den ich mich persönlich verlassen kann und der auch mit der Presse umzugehen versteht.«

»Ich darf annehmen, daß Sie an jemanden Bestimmtes denken.«

»Ja.« Hess hatte schnell nachgedacht. Die Entscheidung, festzubleiben, hatte ihm gefallen. Warrender war bisweilen exzentrisch, aber Hess glaubte an Loyalität, und jetzt mußte er die Position seines Ministers in jeder nur möglichen Weise abdecken. Er sagte gedankenvoll: »Ich könnte hier einige Verpflichtungen übernehmen und einen meiner stellvertretenden Direktoren frei machen. Der könnte dann die Sache in Vancouver übernehmen – nach außen hin, bis Williamson zurückkehrt, aber in Wirklichkeit, um diesen speziellen Fall zu bearbeiten.«

»Ich bin einverstanden.« Warrender nickte zustimmend. »Wen sollten wir denn Ihrer Meinung nach schicken?«

Der Staatssekretär blies den Zigarettenrauch aus. Er lächelte. »Kramer«, sagte er langsam. »Mit Ihrer Zustimmung, Sir, würde ich Edgar Kramer schicken.«

4

In ihrer Wohnung ließ Milly Freedeman beunruhigt noch einmal die Ereignisse des Tages an ihrem geistigen Auge vorüberziehen. Warum hatte sie die Fotokopie noch einmal abgezogen? Was konnte sie schon damit anfangen? Wo lag denn wirklich ihre Loyalität?

Sie wünschte, daß die Machenschaften und Manöver, an denen teilzuhaben sie gezwungen war, doch endlich ein Ende nehmen würden. Wie sie das schon vor ein paar Tagen getan hatte, erwog sie auch jetzt, sich aus der Politik zurückzuziehen, James Howden zu verlassen und etwas Neues zu beginnen. Sie fragte sich, ob irgendwo, ganz egal wo, unter irgendeiner Gruppe von Menschen eine Zufluchtsstätte war, wo es nie zu Intrigen kam. Wenn sie sich das recht überlegte, kamen ihr Zweifel.

Das Läuten des Telefons unterbrach ihre Gedanken.

»Milly«, sagte Brian Richardsons Stimme kurz, »Raoul Lemieux – er ist Staatssekretär im Handelsministerium und ein Freund von mir – gibt eine Party. Wir sind beide eingeladen. Was halten Sie davon?«

Millys Herz machte einen Sprung. Sie fragte ihn impulsiv: »Wird das ein netter Abend?«

Der Generalsekretär lachte. »Raouls Parties werden normalerweise sehr nett.«

»Arg laut?«

»Das letzte Mal«, sagte Richardson, »haben die Nachbarn die Polizei gerufen.«

»Gibt es da auch Musik? Können wir tanzen?«

»Er hat einen ganzen Stapel Platten. Bei Raoul kann man machen, was man will.«

»Ich komm mit«, sagte Milly. »Oh, ja, ich komm gern.«

»Dann hol ich dich in einer halben Stunde ab.« Seine Stimme klang heiter. Sie sagte ungestüm: »Ich danke dir, Brian, ich danke dir.«

»Du kannst mir später danken.« Dann klickte es in der Leitung.

Sie wußte ganz genau, welches Kleid sie anziehen würde: das rote Chiffonkleid mit tiefem Ausschnitt. Ganz aufgeregt, mit einem Gefühl der Erleichterung schleuderte sie ihre Schuhe durch das Zimmer.

Edgar Kramer

In den sechsunddreißig Stunden, seit Edgar S. Kramer in Vancouver war, hatte er sich zwei Schlußfolgerungen zurechtgelegt. Zunächst einmal hatte er festgestellt, daß es kein Problem in der Hauptgeschäftsstelle des Ministeriums für Einwanderung an der Westküste gab, mit dem er nicht fertig werden konnte. Zweitens war er sich betrübt der Tatsache bewußt, daß ein persönlicher und peinlicher physischer Mangel ständig schlimmer wurde.

In einem quadratischen, funktionell möblierten Büro im zweiten Stock des Einwanderungsgebäudes im Hafen machte sich Edgar Kramer über beides Gedanken.

Kramer war ein grauäugiger, hagerer Mann, Ende Vierzig, mit welligem braunem Haar und einem Mittelscheitel, mit randloser Brille und einem wendigen, kühlen Verstand, der ihn aus kleinen Anfängen bereits weit im Regierungsdienst gebracht hatte. Er war fleißig, unbestechlich, ehrlich und unparteiisch, wenn es darum ging, Bestimmungen buchstabengetreu anzuwenden. Er hatte etwas gegen Gefühl, gegen Untüchtigkeit und Respektlosigkeit gegenüber Bestimmungen und der staatlichen Ordnung. Ein Kollege hatte einmal bemerkt, daß »Edgar seiner eigenen Mutter die Rente verweigern würde, wenn im Antragsformular ein Komma an der falschen Stelle stünde«. Wenn das auch übertrieben war, so war doch ein Körnchen Wahrheit in diesem Vorwurf, obgleich man ebenso gut hätte sagen können, daß Kramer seinem größten Feind, ohne mit der Wimper zu zucken, helfen würde, wenn die Bestimmungen es verlangten.

Er war kinderlos mit einer einfachen Frau verheiratet, die das Heim mit einer Art farbloser Tüchtigkeit in Ordnung hielt. Sie suchte bereits in jenen Stadtteilen eine Wohnung, die sie nach kurzer Prüfung für respektabel und deshalb der Regierungsstellung ihres Mannes angemessen hielt.

In der gehobenen Beamtenschaft war Edgar S. Kramer zu einem von wenigen Männern geworden, die – weitgehend auf Grund ihrer Tüchtigkeit, zum Teil auch, weil sie es verstanden, sich ins rechte Licht zu rücken – für höhere Aufgaben ausersehen waren. Im Einwanderungsministerium sah man in ihm einen zuverlässigen Feuerwehrmann, und es ließ sich mit Sicherheit voraussagen, daß er innerhalb einiger Jahre – wenn man die erforderlichen Beförderungen und Pensionierungen in Betracht zog – zum Staatssekretär avancieren würde.

Edgar Kramer war sich dieser Vorzugsposition durchaus bewußt und darüber hinaus besonders ehrgeizig. Er suchte seine Stellung fortwährend abzusichern und zu verbessern. Er war außerordentlich erfreut gewesen, als ihm der Auftrag zuteil wurde, zeitweilig in Vancouver die Leitung zu übernehmen, ganz besonders, nachdem er erfahren hatte, daß der Minister selbst seine Wahl befürwortet hatte und nun auf Erfolge warten würde. Aus diesem Grund allein konnte das persönliche Problem, das ihn zur Zeit belastete, gar nicht ungelegener kommen. Um es ganz einfach zu sagen: Edgar Kramer mußte mit ärgerlicher und erniedrigender Häufigkeit urinieren.

Der Urologe, zu dem ihn sein praktischer Arzt vor einigen Wochen geschickt hatte, faßte die Situation folgendermaßen zusammen: »Sie leiden unter einer Prostataentzündung, Mr. Kramer, und bevor das besser wird, muß es zunächst noch schlimmer werden.« Der Spezialist hatte die unangenehmen Symptome beschrieben: häufiges Urinieren während des Tages, ein schwächerer Strahl und dann bei Nacht Nocturnie – die Notwendigkeit, Wasser zu lassen –, wobei der Schlaf unterbrochen wurde und er am darauffolgenden Tage müde und reizbar war.

Er hatte gefragt, wie lange er das mitmachen müsse, und der Urologe hatte mit viel Mitgefühl geäußert: »Es tut mir leid, Ihnen zu sagen, daß Sie da noch mit weiteren zwei bis drei Jahren rechnen müssen, bis Sie so weit sind, daß ein chirurgischer Eingriff wirklich zu empfehlen ist. Wenn das so weit ist, machen wir eine Resektion, die Ihnen dann Erleichterung bringt.«

Das war ein geringer Trost gewesen. Noch deprimierender war der Gedanke, daß seine Vorgesetzten möglicherweise davon Kenntnis erhielten, daß er – viel zu früh – eine Greisenkrankheit hatte. Nach allen Bemühungen, nach Jahren der Arbeit und Hingabe – und die endgültige Belohnung dafür war in Sicht – befürchtete er die Konsequenzen solchen Wissens.

Er versuchte eine Weile zu vergessen, widmete sich wieder verschiedenen durch Striche unterteilten Papierbögen, die auf dem Schreibtisch vor ihm ausgebreitet waren. Darauf hatte er in einer sauberen, genauen Handschrift die Vorgänge aufgeführt, die er seit seiner Ankunft in Vancouver bereits erledigt hatte und auch jene, die für die nahe Zukunft geplant waren. Aufs Ganze gesehen hatte er die Distriktgeschäftsstelle in guter Ordnung, offenbar zuverlässig geleitet vorgefunden. Einige Praktiken mußten jedoch revidiert werden, auch galt es, die Disziplin zu straffen. Eine Änderung hatte er bereits vorgenommen.

Das war gestern zur Mittagszeit gewesen, als er die Mahlzeit gekostet hatte, die den Gefangenen in den Haftzellen verabreicht wurde – den verhafteten illegalen Einwanderern, die niedergeschlagen ihre Deportation nach Übersee abwarteten. Zu seinem Ärger war das Essen, obwohl genießbar, weder warm noch von der gleichen Qualität wie in der Personalkantine. Die Tatsache, daß einige der für die Deportation Vorgesehenen besser lebten als je zuvor in ihrem Leben und daß andere möglicherweise in ein paar Wochen würden hungern müssen, spielte dabei gar keine Rolle. Die Anweisungen über die Behandlung von Gefangenen waren präzise, und Edgar Kramer hatte sich den leitenden Koch kommen lassen, der sich als ungeschlachter Mann erwies, der den hageren, schmächtigen Inspektor überragte. Kramer – nie beeindruckt durch die Körpergröße anderer Menschen – hatte einen scharf formulierten Tadel ausgesprochen, und von jetzt an – dessen war er sicher – würde das Essen für die Gefangenen sorgfältig zubereitet und auch warm sein, wenn sie es bekamen.

Jetzt wandte er sich in Gedanken der Disziplin zu. Heute morgen hatte er eine Unpünktlichkeit im Hauptbüro bemerkt, und er hatte darüber hinaus eine gewisse Schlampigkeit im Aussehen der uniformierten Beamten wahrgenommen. Er selbst zog sich sehr sorgfältig an – seine dunklen Anzüge mit Nadelstreifen waren immer gut gebügelt – mit einem gefalteten weißen Taschentuch in der Brusttasche –, und er stellte an seine Untergebenen ähnliche Ansprüche. Er begann eine Benotung, wurde dann jedoch in unangenehmer Weise wieder an die Notwendigkeit erinnert, Wasser lassen zu müssen. Ein Blick auf die Uhr zeigte ihm, daß seit dem letzten Gang kaum fünfzig Minuten vergangen waren. Er beschloß, nicht zu gehen ... er würde sich zwingen zu warten ... er versuchte, sich zu konzentrieren. Dann seufzte er einen Augenblick später resigniert auf, erhob sich und verließ das Büro.

Als er zurückkam, wartete die junge Stenotypistin, die ihm zur Zeit als Sekretärin diente, in seinem Büro. Kramer fragte sich, ob das Mädchen bemerkt habe, wie oft er hinausgegangen war, obwohl er doch eine direkte Tür zum Korridor benutzte. Natürlich konnte er immer die Entschuldigung geltend machen, daß er in einen anderen Teil des Gebäudes ging ... es würde sich vielleicht als notwendig erweisen, das alsbald zu tun ... Er mußte jedenfalls die Voraussetzungen dafür schaffen, kein Aufsehen zu erregen.

»Ein Herr draußen möchte Sie gern sprechen, Mr. Kramer«, sagte das Mädchen. »Ein Mr. Alan Maitland. Er sagt, er sei Rechtsanwalt.«

»In Ordnung«, sagte Kramer. Er nahm die randlose Brille ab, um sie zu putzen. »Bitte führen Sie doch den Herrn herein.«

Alan Maitland war den einen Kilometer von seinem Büro zum Hafen zu Fuß gegangen, sein Gesicht war vom kalten Wind gerötet. Er trug keinen Hut, nur einen leichten Mantel, den er im Hereinkommen auszog. In einer Hand trug er eine Aktentasche.

»Guten Morgen, Mr. Kramer«, sagte Alan. »Ich danke

Ihnen, daß Sie mich ohne vorherige Anmeldung empfangen.«

»Ich bin Staatsbeamter, Mr. Maitland«, sagte Kramer mit seiner präzisen wohlartikulierten Stimme. Mit einem höflich-formellen Lächeln bat er Alan, sich zu setzen, und er selbst ließ sich hinter seinem Schreibtisch nieder. »Die Tür meines Büros ist immer offen – soweit es eben geht. Was kann ich für Sie tun?«

»Vielleicht hat Ihnen Ihre Sekretärin schon gesagt, daß ich Anwalt bin«, sagte Alan.

Kramer nickte. »Ja.« Ein junger und unerfahrener dazu, dachte er. Edgar Kramer hatte im Laufe der Zeit viele Rechtsanwälte kennengelernt und auch mit einigen die Klinge gekreuzt. Die meisten hatten ihn nicht beeindruckt.

»Ich habe von Ihrer Ernennung vor ein paar Tagen gehört und mich dann entschlossen, bis zu Ihrer Ankunft zu warten.« Alan war klar, daß er sich langsam vortasten mußte, daß er diesen kleinen Mann, der ihm gegenüber saß, nicht gegen sich aufbringen wollte, weil sein Wohlwollen von Bedeutung sein konnte. Er hatte zunächst beabsichtigt, sich sobald wie möglich nach den Weihnachtsfeiertagen im Auftrag von Henri Duval an die Einwanderungsbehörde zu wenden. Aber als er dann den ganzen Tag damit verbracht hatte, die Einwanderungsgesetzgebung, sowie Präzedenzfälle in der Rechtssprechung nachzulesen, hatten die Abendzeitungen am 26. die kurze Mitteilung gebracht, daß die Einwanderungsbehörde einen neuen Leiter des Distrikts Vancouver ernannt hatte. Nach Erörterung der Angelegenheit mit seinem Partner Tom Lewis, der ebenfalls ein paar diskrete Erkundigungen eingezogen hatte, beschlossen sie – selbst wenn sie dadurch einige wertvolle Tage verlieren sollten –, auf den neuernannten Leiter zu warten.

»Ja, ich bin vor kurzem gekommen. Vielleicht sagen Sie mir, warum Sie auf mich gewartet haben.« Kramer verzog sein Gesicht zu einem Lächeln. Wenn er diesem Rechtsanwaltsnovizen helfen konnte, so dachte er – vorausgesetzt, daß der junge Mann mit dem Ministerium zusammenarbeiten wollte –, dann würde er das gewiß tun.

»Ich bin hier im Auftrag eines Mandanten«, sagte Alan vorsichtig. »Er heißt Henri Duval und wird zur Zeit auf einem Schiff, dem Motorschiff *Vastervik*, in Arrest gehalten. Ich würde Ihnen gern meine Handlungsvollmacht zeigen.« Er schloß den Reißverschluß an seiner Mappe auf und zeigte ein einziges Blatt Papier – eine mit der Maschine geschriebene Kopie der Vollmacht, die der blinde Passagier nach ihrem ersten Gespräch unterschrieben hatte – und legte es auf den Schreibtisch.

Kramer las das Dokument sorgfältig und gab es wieder zurück. Bei der Erwähnung des Namens Henri Duval hatte er etwas betroffen aufgeschaut. Jetzt fragte er ein wenig bekümmert: »Wenn ich einmal fragen darf, Mr. Maitland, wie lange kennen Sie denn Ihren Mandanten schon?«

Das war eine ungewöhnliche Frage, aber Alan beschloß, nicht beleidigt zu sein. Jedenfalls schien Kramer nicht unzugänglich zu sein. »Ich kenne jetzt meinen Mandanten seit drei Tagen«, sagte er geradeheraus. »Ich habe zum ersten Mal über ihn in den Zeitungen gelesen.«

Edgar Kramer legte auf seinem Schreibtisch die Fingerspitzen gegeneinander. Das war seine Lieblingsgeste, wenn er nachdachte oder Zeit gewinnen wollte. Er hatte natürlich gleich bei seiner Ankunft einen umfangreichen Bericht über den Duval-Zwischenfall bekommen. Staatssekretär Claude Hess hatte ihm mitgeteilt, das Ministerium wünsche, daß dieser Fall mit absoluter Korrektheit behandelt würde, und Kramer hatte sich davon überzeugt, daß dies bereits geschehen war. Er hatte noch am Tag zuvor entsprechende Rückfragen der Zeitungen in Vancouver beantwortet.

»Vielleicht haben Sie die Zeitungsartikel nicht gelesen.« Alan öffnete wieder seine Tasche und griff hinein.

»Machen Sie sich keine Mühe, bitte.« Kramer hatte beschlossen, freundlich, aber unnachgiebig zu sein. »Ich habe einen der Berichte gelesen. Aber wir verlassen uns nicht nur auf die Zeitungen, wissen Sie« – er lächelte dünn –

212

»ich habe Zugang zu den amtlichen Akten, die wir für wichtiger halten.«

»Über Henri Duval kann es nicht viele Aktennotizen geben«, sagte Alan. »Soweit ich weiß, hat ihn noch niemand von Amts wegen befragt.«

»Sie haben vollkommen recht. Da ist kaum etwas unternommen worden, weil die Angelegenheit doch vollkommen klar ist. Diese Person auf dem Schiff hat keinen rechtlichen Status, keine Dokumente und offensichtlich keine Staatsangehörigkeit. Deshalb gibt es keine Möglichkeit – soweit das unser Ministerium angeht –, ihn als Einwanderer auch nur zu prüfen.«

»Diese Person, wie Sie den Mann nennen«, sagte Alan, »hat ungewöhnliche Gründe dafür, daß er keine Staatsbürgerschaft besitzt. Wenn Sie den Pressebericht gelesen haben, dann müßten Sie das eigentlich wissen.«

»Ich weiß, daß Papier geduldig ist«. Wieder das dünne Lächeln. »Aber wenn Sie soviel Erfahrung hätten wie ich, dann würden Sie sicher wissen, daß Zeitungsberichte mit den Tatsachen bisweilen nicht ganz übereinstimmen.«

»Ich glaube auch nicht alles, was ich schwarz auf weiß gedruckt lese.« Alan stellte fest, daß das ein- und ausgeschaltete Lächeln seines Gegenübers ihn zu ärgern begann. »Ich bitte ja nur – und das ist der wirkliche Grund meines Hierseins –, daß Sie die Angelegenheit etwas genauer untersuchen.«

»Und ich sage Ihnen unmißverständlich, daß jegliche weitere Untersuchung vollkommen sinnlos ist.« Diesmal war eine spürbare Kälte in Edgar Kramers Ton. Er war sich seiner Reizbarkeit bewußt, die vielleicht auf seine Ermüdung zurückging – er hatte in der vergangenen Nacht mehrmals aufstehen müssen und war heute morgen alles andere als ausgeruht. Jetzt fuhr er fort: »Das entsprechende Individuum hat keinerlei Rechtsansprüche in unserem Land, und es ist auch gar nicht wahrscheinlich, daß er solche Ansprüche je wird geltend machen können.«

»Er ist doch ein Mensch«, insistierte Alan. »Zählt das denn überhaupt nicht?«

»Es gibt in der Welt viele Menschen; einige sind weniger glücklich als die anderen. Es ist meine Aufgabe, sich mit denen zu beschäftigen, die unter die Bestimmungen des Einwanderungsgesetzes fallen, und Duval fällt nicht darunter.« Dieser junge Anwalt, dachte Kramer, war ganz sicherlich nicht kooperativ.

»Ich bitte ja nur«, sagte Alan, »um eine offizielle Anhörung meines Mandanten, um seinen Einwandererstatus zu klären!«

»Und ich«, sagte Edgar Kramer mit fester Stimme, »lehne eine solche Anhörung ab.«

Die beiden betrachteten einander mit beginnender Abneigung. Alan Maitland hatte den Eindruck, sich einer Mauer undurchdringlicher Selbstgefälligkeit gegenüber zu sehen. Edgar Kramer meinte, eine flegelhafte Forschheit und eine Mißachtung der Autorität zu spüren. Er wurde darüber hinaus durch ein erneutes Bedürfnis, Wasser zu lassen, behelligt. Es war natürlich lächerlich ... so bald schon wieder. Aber er hatte bemerkt, daß Aufregung bisweilen diese Wirkung zeitigte. Er zwang sich in Gedanken, den Druck zu ignorieren. Er mußte ausharren ... nicht nachgeben ...

»Könnten wir uns darüber nicht etwas vernünftiger unterhalten?« Alan fragte sich, ob er vielleicht zu brüsk gewesen war. Das war gelegentlich ein Fehler, gegen den er sich zu wappnen suchte. Jetzt fragte er – wie er hoffte mit Überzeugung –, »würden Sie mir denn den Gefallen tun, sich mit diesem Mann einmal selbst zu unterhalten, Mr. Kramer? Ich könnte mir denken, daß er Sie beeindrucken würde.«

Der andere schüttelte den Kopf. »Ob ich beeindruckt wäre oder nicht, hat mit der Angelegenheit nichts zu tun. Meine Aufgabe besteht darin, daß ich das Gesetz, so wie es ist, in der Praxis anwende. Ich selbst habe die Gesetze nicht gemacht und billige auch keine Ausnahmen.«

»Aber Sie können doch Empfehlungen unterbreiten.«

Ja, dachte Edgar Kramer, das konnte er. Aber er hatte nicht die Absicht, es zu tun, ganz besonders nicht in diesem Fall mit seinen sentimentalen Untertönen. Und was die Möglichkeit eines persönlichen Gespräches mit einem möglichen Einwanderer anging, so war er durch seine jetzige Stellung darüber weit erhaben.

Es hatte natürlich einmal eine Zeit gegeben, wo er eine Menge solcher Gespräche geführt hatte – in Übersee, nach dem Kriege, in den verwüsteten Ländern Europas ... wo er Einwanderer für Kanada ausgewählt und andere zurückgewiesen hatte, so wie man die besten Hunde aus einem Zwinger wählt (wie einmal jemand zutreffend bemerkt hatte). Das war die Zeit gewesen, als Männer und Frauen ihre Seele für ein Einwanderungsvisum verkauft hätten und es manchmal auch taten. Für die Einwanderungsbeamten hatte es da manche Versuchungen gegeben, denen einige auch unterlagen. Er selbst jedoch hatte nie geschwankt, und obgleich ihm die Arbeit nicht viel Spaß machte – er zog die Verwaltungsarbeit den Menschen vor –, so hatte er sie doch zuverlässig ausgeführt.

Er war als strenger Beamter bekannt gewesen, der mit Nachdruck die Interessen seines Landes zu wahren wußte, der nur Einwanderer mit der höchsten Qualifikation annahm. Er war oft stolz darauf gewesen, wenn er an die guten Leute dachte ... die Aufgeweckten, Fleißigen, körperlich Gesunden, die er zur Einwanderung zugelassen hatte.

Die Zurückweisung derer, die seinen Ansprüchen nicht genügten – aus welchen Gründen auch immer –, hatte ihn nie beunruhigt, wie das bei anderen der Fall war.

Seine Erinnerungen wurden unterbrochen.

»Ich bitte ja gar nicht darum, daß mein Mandant als Einwanderer anerkannt wird – jedenfalls noch nicht«, sagte Alan Maitland. »Ich möchte ja nur die allererste Stufe erreichen – eine Anhörung außerhalb des Schiffes.«

Trotz seiner Entschlossenheit, dies ganz zu ignorieren, konnte Edgar Kramer fühlen, wie der Druck auf seine Blase anstieg. Er war auch erzürnt über die Annahme, daß er auf einen alten und elementaren Rechtsanwaltstrick hereinfallen würde. Er antwortete scharf: »Ich bin mir vollkommen klar über das, was Sie beantragen. Sie bitten das Ministerium, diesen Mann offiziell anzuerkennen und ihn dann auch offiziell zurückzuweisen, so daß Sie danach Rechtsmittel einlegen können. Denn wenn Sie durch alle Berufungsinstanzen gehen – zweifellos so langsam wie nur eben möglich –, dann reist das Schiff ab, und Ihr sogenannter Mandant bleibt hier. Hatten Sie das nicht im Sinn?«

»Um es ganz ehrlich zu sagen«, meinte Alan, »das hatte ich beabsichtigt.« Er grinste. Diese Strategie hatten er und Tom Lewis gemeinsam geplant. Da sie jetzt durchschaut worden war, hatte es ja keinen Sinn, das abzuleugnen.

»Ganz genau!« gab Kramer bissig zurück. »Sie wollten sich einen billigen juristischen Trick erlauben.« Er ignorierte sowohl das freundliche Grinsen als auch eine innere Stimme, die ihn warnte, daß er diese Angelegenheit falsch behandelte.

»Damit wir uns nur darüber klar sind«, sagte Alan Maitland ruhig, »ich erlaube mir, nicht damit einverstanden zu sein, daß mein Vorgehen billig oder ein Trick genannt wird. Ich habe aber noch eine Frage. Warum haben Sie von meinem »sogenannten Mandanten« gesprochen?«

Das war zuviel. Das nagende körperliche Unbehagen, die Belastung von Wochen und die aufgestaute Müdigkeit drängten ihn, eine Erwiderung zu formulieren, die Edgar Kramer zu jeder anderen Zeit – taktvoll und in der Diplomatie bewandert – niemals auch nur erwogen hätte. Er war sich darüber hinaus der jugendlichen blühenden Gesundheit des jungen Mannes bewußt, der ihm gegenüber saß. Er bemerkte scharf: »Die Antwort ist eigentlich völlig klar, genauso wie es für mich klar ist, daß Sie diesen absurden und hoffnungslosen Fall nur aus einem Grund angenommen haben – um der Publizität und Eigenwerbung willen, die Sie sich davon erhoffen.«

Mehrere Sekunden lang herrschte Schweigen in dem kleinen quadratischen Zimmer.

Alan Maitland fühlte, wie ihm das Blut förmlich ins Gesicht stieg. Einen unbeherrschten Augenblick lang erwog er, über den Schreibtisch zu langen und den älteren Mann zu ohrfeigen.

Der Vorwurf war absolut unberechtigt. Er hatte nämlich bereits mit Tom Lewis erörtert, wie man öffentliches Aufsehen vermeiden konnte, da die beiden überzeugt waren, daß zuviel Aufmerksamkeit in der Presse die rechtlichen Schritte Henri Duvals beeinträchtigen könnte. Das war auch ein Grund dafür, warum er ganz gelassen zum Einwanderungsministerium gekommen war. Er war bereit gewesen vorzuschlagen, daß man zum gegenwärtigen Zeitpunkt keinerlei Erklärungen an die Presse geben sollte ...

Sein Blick traf den Edgar Kramers. Der Blick des Beamten wirkte zornig und doch zugleich bittend.

»Ich danke Ihnen, Mr. Kramer«, sagte Alan langsam. Er war aufgestanden, nahm seinen Mantel und klemmte die Aktenmappe unter den Arm. »Ich danke Ihnen dafür, daß Sie mir vorgeschlagen haben, was ich jetzt tatsächlich zu tun gedenke.«

2

Noch drei Tage nach den Weihnachtsfeiertagen hatte die *Vancouver Post* die Geschichte von Henri Duval weiter behandelt – die Geschichte vom Mann ohne Heimat. Die beiden anderen Zeitungen der Stadt waren ebenfalls, wenn auch nicht ganz so breit, darauf eingegangen – die Konkurrenz, die Abendzeitung *Colonist*, und die etwas seriösere Tageszeitung *Globe* – obwohl Skepsis anklang, da ja die *Post* den Fall zuerst entdeckt hatte.

Aber jetzt schien die Story endgültig an Interesse verloren zu haben.

»Wir haben uns eingesetzt, Dan, und wir haben viel Interesse gefunden, aber keiner hat gehandelt. Laß uns deshalb die ganze Angelegenheit vergessen, bis das Schiff in ein paar Tagen ausläuft, dann kannst du noch ein etwas wehmütiges Stückchen über den traurigen kleinen Mann schreiben, der da in den Sonnenuntergang hinausfährt.«

Es war 7.45 Uhr in der Nachrichtenredaktion der *Post*. Der Sprecher war Charles Woolfendt, der leitende Lokalredakteur, und Dan Orliffe hörte ihm zu. Woolfendt bereitete die Tagesausgaben vor, fast wie ein Gelehrter und leise redend, aber mit einem Gehirn, das nach Meinung einiger Kollegen wie ein IBM-Computer arbeitete. Er hatte Dan zu seinem Schreibtisch herübergebeten.

»Wenn du meinst, Chuck«, Orliffe zuckte mit den Schultern. »Aber ich hätte doch gern, wenn wir der Angelegenheit noch einen Tag widmeten.«

Woolfendt betrachtete sein Gegenüber prüfend. Er respektierte Orliffes Urteil als das eines alten Hasen. Aber es gab andere Probleme, die es zu behandeln galt. Heute war eine neue Lokalstory in Arbeit, mit der sie die Nachmittagsausgabe aufmachen würden und für die er noch weitere Reporter brauchte. Eine Frau, die eine Wanderung zum Mount Seymour, einem Berg an der Stadtgrenze, gemacht hatte, war verschwunden, und eine ausgedehnte Suchaktion hatte zu keinem Ergebnis geführt. Alle drei Zeitungen beschäftigten sich eingehend mit der Suche, und der Verdacht verdichtete sich, daß der Ehemann der Verschwundenen möglicherweise etwas mit der Angelegenheit zu tun habe. Der Chef hatte heute morgen bereits Woolfendt eine Notiz zukommen lassen, die lautete: »Fiel Daisy, oder wurde sie gestoßen? Wenn sie noch lebt, dann müssen wir sie vor ihrem Mann finden.« Dan Orliffe, so dachte Woolfendt, wäre auf dem Berg der geeignete Mann. »Wenn wir sicher wüßten, daß bei der Geschichte mit dem blinden Passagier noch irgend etwas Wichtiges kommt, dann wäre ich einverstanden«, sagte Woolfendt. »Aber damit meine ich nicht nur einen anderen Aspekt.«

»Ich weiß«, stimmte Dan zu. »Wir brauchen wieder einen Knüller, um neues menschliches Interesse zu wecken. Ich wünschte mir ja nur, daß ich das garantieren könnte.«

»Wenn du es schafftest, dann würde ich dir den zusätzlichen Tag geben«, sagte Woolfendt. »Sonst könnte ich dich bei dieser Suche einsetzen.«

»Ja, selbstverständlich«, konterte Dan. Er wußte, daß Woolfendt, für den er schon lange arbeitete, ihm auf den Zahn fühlen wollte. »Du bist schließlich der Chef, aber die andere Sache könnte immer noch eine bessere Story bringen.«

In der Nachrichtenredaktion ging jetzt, als andere Redakteure der Tagesschicht kamen, der Betrieb los. Der stellvertretende Chefredakteur setzte sich an seinen Platz neben dem Tisch der Lokalredaktion. Drüben am Hauptnachrichtentisch wurden die Texte bereits in den Schlitz geworfen, der zur Setzerei und zum Umbruch drei Stockwerke tiefer führte. Man spürte bereits ein noch unterdrücktes, aber stetiges Tempo, das sich zu einer Reihe von Höhepunkten steigern würde, in dem Maße wie die Termine des Tages näherrückten.

»Ich bin auch enttäuscht«, sagte der Lokalredakteur nachdenklich. »Ich habe wirklich erwartet, daß mit deinem blinden Passagier da mehr passiert, als wir bis jetzt gemerkt haben.« Er zählte verschiedene Punkte an den Fingern einer Hand ab. »Wir haben über den Mann selbst, über das Schiff, über die Reaktion der Öffentlichkeit und über die Einwanderungsbeamten berichtet. Wir haben nichts ausgelassen. Wir haben ohne Ergebnis im Ausland nachgeforscht, wir haben an die Vereinten Nationen telegrafiert – die werden sich damit beschäftigen, aber Gott weiß wann, und in der Zwischenzeit müssen wir jeden Tag unsere Zeitung machen. Was käme sonst noch in Frage?«

»Ich hatte gehofft«, sagte Dan, »daß sich vielleicht jemand, der Einfluß hat, für diesen Jungen stark machen würde.«

Ein hastender Bote legte die noch druckfeuchten Bürstenabzüge der Seiten aus dem Standsatz auf den Schreibtisch.

Woolfendt hielt inne. Hinter seiner hohen Stirn wog sein scharfer Verstand das Für und Wider ab. Dann sagte er entschlossen: »Nun gut, ich geb dir noch mal vierundzwanzig Stunden. Das bedeutet einen ganzen Tag, um einen barmherzigen Sankt Martin zu finden.«

»Danke schön, Stu«, Orliffe grinste und wandte sich ab. Über die Schulter rief er zurück: »Da oben auf dem Berg wär's auch ziemlich kalt gewesen.«

Ohne ein besonderes Ziel war er dann zum späten Frühstück mit seiner Frau Nancy nach Hause gegangen und hatte danach Patty, ihre sechsjährige Tochter, zur Schule gefahren. Als er später in die Stadt kam und vor dem Gebäude der Einwanderungsbehörde seinen Wagen parkte, war es fast zehn Uhr. Er hatte keinen besonderen Grund hierherzukommen, nachdem er Edgar Kramer am Vortag bereits interviewt hatte und außer einer farblosen offiziellen Erklärung keinen Honig hatte saugen können. Aber es erschien ihm logisch, hier zu beginnen.

»Ich bin auf der Suche nach Sankt Martin«, sagte er zu dem jungen Mädchen, das gerade als Edgar Kramers Sekretärin Dienst tat. »Er ist da reingegangen«, sagte sie und deutete in die Richtung von Edgar Kramers Zimmer. »Geradeaus in die Gummizelle.«

»Ich frage mich ja oft«, bemerkte Dan, »wie es kommt, daß Mädchen heute gleichzeitig so sexy und so intelligent sein können.«

»Meine Hormone haben einen hohen IQ«, sagte sie, »und mein Mann hat mir eine Menge beigebracht.«

Dan seufzte.

»Wenn wir mit unserem komischen Dialog fertig sind«, sagte das Mädchen, »dann darf ich meine Vermutung äußern, daß Sie Zeitungsreporter sind und Mr. Kramer sprechen wollen. Im Augenblick ist er leider beschäftigt.«

»Ich hätte nicht gedacht, daß Sie sich an mich erinnern.«

»Das hab ich auch nicht«, sagte das Mädchen kurz angebunden. »Nur kann man Reporter doch gleich erkennen. Sie sind doch im allgemeinen ein bißchen abgehetzt.«

»Ich bin es noch nicht«, sagte Dan. »Wenn Sie nichts dagegen haben, dann warte ich.«

Das Mädchen lächelte. »Wie sich das anhört, wird es nicht mehr lange dauern.« Sie nickte in Richtung der geschlossenen Tür von Edgar Kramers Büro.

Dan konnte laute, ärgerliche Stimmen hören. Sein scharfes Gehör vernahm das Wort »Duval«. Wenige Augenblicke später eilte Alan Maitland hinaus, und zwar mit hochrotem Gesicht. Dan Orliffe holte ihn im Hauptkorridor des Gebäudes ein. »Verzeihen Sie«, sagte er. »Ich habe Grund zu der Vermutung, daß wir ein gemeinsames Interesse haben.«

»Das ist sehr unwahrscheinlich«, gab Alan unhöflich zurück. Er machte keine Anstalten, stehen zu bleiben. Er hatte eine Stinkwut im Bauch – eine verzögerte Reaktion auf seine zuvor zur Schau gestellte ruhige Besonnenheit.

»Rennen Sie doch nicht so schnell.« Dan ging neben ihm und nickte mit dem Kopf in Richtung des Gebäudes, das sie soeben verlassen hatten. »Ich bin doch nicht einer von denen. Ich bin nur ein Journalist.« Er stellte sich vor.

Alan Maitland blieb auf dem Gehsteig stehen. »Tut mir leid.« Er atmete tief durch und grinste dann verlegen. »Ich mußte einfach Dampf ablassen, und Sie waren gerade in der Nähe.«

»Macht doch nichts«, sagte Dan. Er hatte bereits die Tasche zur Kenntnis genommen und einen Schlips von der Universität of British Columbia. »Heute hätte ich sicher Erfolg in der Sendung ›Wer bin ich?‹. Sind Sie vielleicht Rechtsanwalt?«

»Ja, das bin ich.«

»Und vertreten Sie einen gewissen Henri Duval?«

»Ja.«

»Könnten wir uns nicht irgendwo unterhalten?«

Alan Maitland zögerte. Edgar Kramer hatte ihn beschuldigt, nur Publicity zu suchen, und Alans eigene, zornige Erwiderung war gewesen, daß er das jetzt tatsächlich tun würde. Aber der Instinkt eines Rechtsanwaltes, der ihn davon abhielt, der Presse Erklärungen abzugeben, ließ sich nur schwer ausschalten.

»Ganz unter uns«, sagte Dan Orliffe ruhig, »es steht wohl nicht zum besten, oder?«

Alan verzog sein Gesicht. »Genau so unter uns, es könnte gar nicht schlechter stehen.«

»In dem Fall«, sagte Orliffe, »was haben Sie – oder Duval – zu verlieren?«

»Gar nichts, glaube ich«, sagte Alan langsam. Es war schon richtig, dachte er: zu verlieren war nichts, vielleicht konnte man etwas gewinnen. »In Ordnung«, sagte er. »Trinken wir eine Tasse Kaffee.«

»Ich hab es im Gefühl gehabt, daß für mich heute ein guter Tag ist«, sagte Dan Orliffe selbstzufrieden. »Wo haben Sie übrigens Ihr Pferd festgebunden, Sankt Martin?«

»Mein Pferd?« Alan sah verblüfft aus. »Ich bin zu Fuß gekommen.«

»Nehmen Sie das nicht ernst«, sagte Dan. »Ich werde manchmal etwas wunderlich. Nehmen wir doch meinen Wagen.«

Eine Stunde später, über der vierten Tasse Kaffee, bemerkte Alan Maitland: »Sie haben jetzt eine Menge Fragen zu meiner Person gestellt, aber Duval ist doch sicherlich wichtiger.«

Dan Orliffe schüttelte nachdrücklich den Kopf. »Heute nicht. Heute sind Sie meine Story.« Er schaute auf die Uhr. »Noch eine Frage, dann muß ich mich ans Schreiben machen.«

»Fragen Sie.«

»Verstehen Sie mich bitte nicht falsch«, sagte Dan, »aber wie kommt es nur, daß bei all den Großkopfeten und bei so viel begabten Rechtsanwälten in einer Stadt wie Vancouver Sie der einzige sind, der sich bereit erklärt hat, dem kleinen Burschen zu helfen?«

»Da will ich ganz ehrlich sein«, antwortete Alan, »das hab ich mich selbst auch schon gefragt.«

Das Druckhaus der *Vancouver Post* war ein trauriges Backsteingebäude, bei dem die Büros zur Straße hin und die Druckerei im Hof lagen. Der Turm mit den Redaktionen erhob sich stumpf darüber wie ein kurzer ausgerenkter Daumen. Zehn Minuten nachdem er Alan Maitland verlassen hatte, parkte Dan Orliffe seinen Ford Station Wagon auf dem Angestelltenparkplatz gegenüber und ging ins Haus. Er nahm den Aufzug im Turm, und

in der jetzt von Menschen wimmelnden Nachrichtenredaktion setzte er sich zum Schreiben an einen leeren
Tisch.

Die Überschrift hatte er gleich gefunden:

Ein zorniger junger Rechtsanwalt aus Vancouver
schickt sich an, wie weiland David, Goliath anzugrei-
fen.

Er heißt Alan Maitland, 25, ist in Vancouver geboren und hat sein Examen auf der Universität von
British Columbia gemacht.

Der Goliath ist die kanadische Regierung – genauer
die Einwanderungsbehörde.

Die Beamten der Behörden weigern sich störrisch,
der Bitte um Aufnahme stattzugeben, die Henri Duval,
der junge ›Mann ohne Heimat‹, geäußert hat, der als
Gefangener an Bord eines Schiffes im Hafen von Vancouver liegt.

Alan Maitland tritt jetzt als Anwalt für Henri
Duval auf. Der einsame Wanderer hatte fast die Hoffnung aufgegeben, noch Rechtshilfe zu finden, aber
Maitland hat seine Dienste angeboten. Dankbar ist
dieses Angebot angenommen worden.

Dan tippte das Wort ›weiter‹ und rief: »Text abholen!«
Er riß die Seite aus der Maschine, und ein Botenjunge
nahm sie ihm aus der Hand und brachte sie hinüber zur
Lokalredaktion. Automatisch schaute Dan auf die Uhr.
Es war 12.17 Uhr, noch 16 Minuten bis zum Redaktionsschluß für die Hauptausgabe. Die Hauptausgabe war immer der wichtigste Termin des Tages – das war die Ausgabe, die ausgetragen wurde und die höchste Auflage
hatte. Was er jetzt schrieb, würde heute abend in Tausen-
den von Heimen gelesen werden... In warmen, gemütlichen Wohnungen, deren Bewohner in sicherer Gebor-
genheit lebten...

Die Leser der *Post* erinnern sich sicher, daß unser
Blatt als erstes den tragischen Leidensweg von Henri
Duval schilderte, der durch eine Laune des Schicksals
keine Staatsangehörigkeit hat. Vor fast zwei Jahren
ging er in seiner Verzweiflung als blinder Passagier an

Bord eines Schiffes. Seither hat sich ein Land nach dem anderen geweigert, ihn aufzunehmen.

In England wurde Duval ins Gefängnis geworfen, während sein Schiff im Hafen lag. In den Vereinigten Staaten wurde er angekettet. Kanada tut keines von beidem, behauptet jedoch statt dessen, daß dieser Mann überhaupt nicht existiert.

»Gibt es noch ein paar Zeilen, Dan?« Das war Stu Woolfendt, der vom Lokalredaktionstisch herüberrief. Wieder kam ein Bote. Er nahm die Seite aus der Maschine, und eine neue wurde eingespannt.

Gibt es eine Chance, daß der junge Henri Duval hier an Land gelassen wird? Können gesetzliche Maßnahmen ihm helfen?

Erfahrene kühle Köpfe haben nein gesagt. Die Regierung und der Minister für Einwanderungsfragen, so behaupten sie, haben Vollmachten, die man gar nicht erst in Zweifel ziehen kann.

Alan Maitland ist da anderer Meinung. »Meinem Mandanten wird eines der Grundrechte verweigert«, sagte er heute, »und ich habe die Absicht, für das Recht dieses Mannes zu kämpfen.«

Er schrieb noch drei weitere Absätze mit Zitaten von Maitland über Henri Duval. Sie waren kurz und trafen den Kern der Sache.

»Los, beeil dich, Dan!« Das war wieder der Lokalchef, und jetzt stand neben Woolfendt auch der Chefredakteur. Die Geschichte der Suche auf dem Berg hatte sich als enttäuschend erwiesen – die vermißte Frau war lebendig gefunden worden, es gab keinerlei kriminelle Aspekte, und ihr Mann war von jedem Verdacht befreit. Tragödien machten aufregendere Schlagzeilen als das Happy End. Dan Orliffe tippte beharrlich vor sich hin. In Gedanken formulierte er Sätze, seine Finger folgten geschickt.

Ob Alan Maitland Erfolg hat oder nicht, das Ganze ist ein Wettlauf mit der Zeit. Duvals Schiff, die *Vastervik* – ein Trampdampfer, der vielleicht nie wieder diesen Hafen anläuft –, soll in zwei Wochen oder noch früher auslaufen. Das Schiff wäre bereits gefahren, aber Reparaturen haben das Auslaufen verzögert.

Jetzt noch mehr Informationen. Er schrieb sie hin, rief den Ablauf der Ereignisse in Erinnerung.

Jetzt stand der stellvertretende Leiter der Lokalredaktion schon neben ihm. »Dan, hast du ein Bild von Maitland?«

»Keine Zeit gehabt.« Er antwortete, ohne aufzuschauen. »Aber er hat für die Universität von British Columbia Rugby gespielt. Versuch's mal in der Sportredaktion.«

»In Ordnung.«

12.23 Uhr. Noch zehn Minuten.

»Zunächst einmal versuchen wir, eine amtliche Anhörung von Henri Duvals Fall zu erreichen«, erklärte Maitland der *Vancouver Post*. »Ich habe eine solche Anhörung als eine schlichte Rechtsmaßnahme erbeten. Aber man hat sie mir unumwunden abgelehnt, und meiner Meinung nach handelt die Einwanderungsbehörde, als wäre Kanada ein Polizeistaat.«

Als nächstes Informationen über Maitland ... Dann – um fair zu sein – noch einmal eine Beschreibung des Standpunktes der Einwanderungsbehörde, wie Edgar Kramer sie am Vortag gegeben hatte ... zurück zu Maitland – ein Zitat dagegen, dann eine Beschreibung von Maitland selbst.

Auf den Tasten seiner Schreibmaschine glaubte Dan Orliffe das Gesicht des jungen Rechtsanwaltes zu sehen, fest entschlossen, wie es heute morgen gewesen war, als er aus Kramers Büro kam.

Dieser Alan Maitland ist ein eindrucksvoller junger Mann. Wenn er redet, glänzen seine Augen, sein Kinn schiebt sich entschlossen vor. Man hat den Eindruck, daß er ein Mensch ist, den man auf seiner Seite wissen möchte.

Vielleicht empfindet heute abend in seiner einsamen, abgeschlossenen Kabine auf dem Schiff Henri Duval dasselbe.

12.29 Uhr. Die Zeit drängte jetzt. Noch ein paar Tatsachen, ein weiteres Zitat, und dann mußte es genügen.

Er würde die Story für die Spätausgabe noch etwas verlängern, aber was er hier geschrieben hatte, war das, was die meisten Leute zu lesen bekamen.

»In Ordnung«, sagte der Chefredakteur zu den Umstehenden. »Wir machen immer noch auf damit, daß wir die Frau gefunden haben, aber wir halten den Artikel kurz und lassen Orliffes Story direkt oben links weiterlaufen.«

»Die Sportredaktion hatte einen Ausschnitt über Maitland«, sagte der stellvertretende Lokalredakteur. »Brustbild und eine Spalte. Das Ganze ist drei Jahre alt, aber nicht schlecht. Ich schicke es runter.«

»Besorgt mal sofort ein besseres Bild für die Spätausgabe«, befahl der Chefredakteur. »Schickt einen Fotografen in Maitlands Praxis und stellt ein paar juristische Bücher dahinter.«

»Das hab ich bereits veranlaßt«, antwortete der stellvertretende Lokalredakteur gereizt. Er war ein hagerer, hitzköpfiger junger Mann, bisweilen fast beleidigend schnell in seinen Reaktionen. »Und ich habe mir gedacht, daß Sie juristische Bücher als Hintergrund wollen, deshalb habe ich das auch so bestellt.«

»Verflucht noch mal!« fauchte der Chefredakteur. »Ihr ehrgeizigen Kerle fallt mir auf die Nerven. Wie kann ich euch hier überhaupt noch Anweisungen geben, wenn ihr schrägen Vögel alles schon längst im Kopf habt?« Brummend ging er in sein Büro zurück, als die Hauptausgabe gerade Redaktionsschluß meldete. Wenige Minuten später, noch bevor Exemplare der *Vancouver Post* auf die Straße gekommen waren, ging eine Zusammenfassung von Dan Orliffes Bericht über die Fernschreiber der *Canada Press Agentur*.

4

Am späten Vormittag war sich Alan Maitland keineswegs darüber klar, wie schnell sein Name in Kürze bekannt werden sollte.

Nachdem er sich von Dan Orliffe getrennt hatte, war er zu dem bescheidenen Büro im Geschäftsviertel der Innenstadt zurückgekehrt, das er mit Tom Lewis teilte. Es lag über Geschäften und einem italienischen Restaurant, aus dem der Geruch nach Pizza und Spaghetti nach oben drang. Es bestand aus zwei kleinen Zimmern, die durch eine Glaswand getrennt waren, mit einem winzigen Warteraum, in dem zwei Stühle und ein Schreibmaschinentisch standen. Drei Vormittage in der Woche war dieser Tisch von einer matronenhaften Witwe besetzt, die für eine bescheidene Summe die wenigen erforderlichen Schreibarbeiten erledigte.

Im Augenblick saß Tom Lewis an dem Schreibmaschinentisch. Seine gedrungene Gestalt war über die Underwood-Schreibmaschine gebeugt, die sie vor ein paar Monaten billig aus zweiter Hand erstanden hatten. »Ich schreibe mein Testament«, sagte er munter und schaute auf. »Ich habe beschlossen, mein Gehirn der Wissenschaft zu vermachen.«

Alan zog seinen Mantel aus und hängte ihn in seinem eigenen Zimmer auf. »Vergiß nur ja nicht, dir selbst auch eine Rechnung zu schicken, und vor allen Dingen vergiß nicht, daß die Hälfte der Gebühren mir gehört.«

»Warum verklagst du mich nicht, bloß so zur Übung?« Tom Lewis drehte seinen Rollstuhl von der Schreibmaschine weg. »Wie ist es dir denn ergangen?«

»Negativ.« Bedrückt erzählte Alan kurz von seinem Gespräch in der Geschäftsstelle der Einwanderungsbehörde.

Tom strich sich nachdenklich über das Kinn. »Dieser Kramer ist ja gar nicht dumm. Wenigstens nicht, wenn er gleich unsere Verzögerungstaktik erkannt hat.«

»Ich meine ja, die Idee war nicht so originell«, sagte Alan ruhig. »Andere Leute haben das vielleicht auch schon versucht.«

»In der Juristerei«, sagte Tom, »gibt es keine originellen Ideen. Nur endlose Mutationen alter Einfälle. Was machen wir jetzt? Tritt Plan zwei in Kraft?«

»Werte unsere Überlegungen doch nicht zum Plan auf.

Das ist doch ein ganz heikler Versuch, und wir beide wissen das genau.«

»Aber du wirst es doch versuchen?«

»Ja, natürlich.« Alan nickte langsam. »Wenn auch nur, um unserem selbstzufrieden grinsenden Mr. Kramer eins auszuwischen.« Er fügte leise hinzu: »Das würde mir Spaß machen, den vor Gericht fertig zu machen!«

»Das ist die richtige Stimmung!« Tom Lewis grinste. »Nichts beflügelt das Leben so sehr wie ein gesunder Haß.« Er rümpfte die Nase und schnüffelte. »Heiliger Strohsack! Riechst du die Spaghettisauce?«

»Das kann man wohl sagen«, meinte Alan. »Und wenn du dauernd das Zeug zu Mittag ißt, bloß weil wir hier in der Nähe arbeiten, dann bist du innerhalb von zwei Jahren dreimal so fett wie jetzt.«

»Ich plane durchaus, knapp davor Schluß zu machen«, meinte Tom.

»Was ich anstrebe, sind aufgeblasene Backen und ein dreifaches Doppelkinn, wie sie die Anwälte im Kino immer haben. Das beeindruckt die Mandanten wenigstens richtig.«

Die äußere Tür öffnete sich ohne die Höflichkeitsgeste des Anklopfens, und eine Zigarre kam herein, dahinter ein untersetzter Mann mit scharfen Gesichtszügen, der eine Wildlederjacke und einen etwas mitgenommenen weichen Hut, ins Genick geschoben, trug. Er hatte eine Kamera mit einer Ledertasche über die Schulter gehängt. Er sprach mit der Zigarre im Mund und fragte: »Wer von Ihnen ist Maitland?«

»Ich bin Maitland«, sagte Alan.

»Ich brauche Ihr Bild, ich bin eilig, das muß noch in die Abendausgabe.« Der Fotograf beschäftigte sich mit seiner Kamera. »Stellen Sie sich doch mal vor ein paar juristische Bücher, Maitland.«

»Verzeihen Sie, daß ich mich aufdränge«, fragte Tom, »aber was zum Teufel soll das bedeuten?«

»Ach ja«, sagte Alan, »das wollte ich dir gerade erzählen. Ich hab gesungen, und ich glaube, das könnte man als Plan drei bezeichnen.«

Kapitän Jaabeck hatte sich gerade zum Mittagessen hingesetzt, als Alan Maitland an Bord der *Vastervik* in die Kabine geführt wurde. Wie bei voraufgegangenen Besuchen fand er auch jetzt die Kabine aufgeräumt und gemütlich vor. Die Mahagonitäfelung war poliert, und die Messingteile glänzten. Ein kleiner quadratischer Tisch war aus der Wand geklappt worden, auf einem weißen Leinentuch mit blitzblankem Silberbesteck stand ein Teller, und Kapitän Jaabeck bediente sich aus einer großen offenen Schüssel, anscheinend mit kleingeschnittenem grünem Gemüse. Als Alan hereinkam, legte er den Löffel weg und stand mit einer höflichen Geste auf. Heute trug er einen braunen Kammgarnanzug, aber dazu die altmodischen Pantoffeln.

»Ich bitte um Entschuldigung«, sagte Alan. »Ich habe nicht gewußt, daß Sie gerade zu Mittag essen.«

»Aber ich bitte Sie, das macht gar nichts, Mr. Maitland.« Kapitän Jaabeck forderte Alan mit einer Geste auf, in einem der grünen Sessel Platz zu nehmen, und er selbst rückte seinen Stuhl am Tisch wieder zurecht. »Wenn Sie selbst noch nicht gegessen haben . . .«

»Doch, ich habe gegessen. Danke schön.« Alan hatte Tom Lewis' Vorschlag abgelehnt, zu Mittag Spaghetti zu essen und hatte sich statt dessen auf ein hastig unterwegs heruntergeschlungenes belegtes Brot und Milch beschränkt.

»Nun, das ist vielleicht auch besser.« Der Kapitän zeigte auf die Schüssel in der Mitte des Tisches. »Ein junger Mann wie Sie würde vielleicht auch eine vegetarische Mahlzeit für sehr unbefriedigend halten.«

Erstaunt fragte Alan: »Sie sind Vegetarier, Kapitän?«

»Schon viele Jahre. Einige Leute glauben, es handele sich dabei um . . .« Er hielt inne. »Wie heißt das englische Wort?«

»Eine Marotte«, sagte Alan, dann wünschte er, er hätte weniger schnell reagiert.

Kapitän Jaabeck lächelte. »Ja, das sagt man wohl bisweilen. Aber das trifft nicht zu. Sie haben nichts dagegen, wenn ich weiteresse . . .«

»Aber ich bitte Sie.«

Der Kapitän kaute von dem Gemüse mehrere Gabeln voll mit Appetit. Eine Pause machend sagte er: »Die vegetarische Idee, wie Sie sicher wissen, Mr. Maitland, ist noch älter als das Christentum.«

»Nein«, sagte Alan, »das wußte ich nicht.«

Der Kapitän nickte. »Um viele Jahrhunderte älter. Die wahren Anhänger des Vegetariertums halten das Leben für heilig. Deshalb müssen alle Geschöpfe das Recht haben, sich ihres Lebens ohne Furcht zu erfreuen.«

»Glauben Sie selbst das denn auch?«

»Ja, Mr. Maitland, ich glaube das auch.« Der Kapitän legte sich noch mehr vor. Er schien nachzudenken. »Die ganze Angelegenheit ist doch ganz einfach, wissen Sie. Die Menschheit wird nie in Frieden leben, wenn wir nicht mit der Bestialität fertig werden, die in uns allen steckt. Diese Wildheit bringt uns doch dazu, andere Geschöpfe zu töten, die wir dann essen. Und der gleiche wilde Instinkt drängt uns auch zum Streit, zu Kriegen und vielleicht letzten Endes zu unserer eigenen Zerstörung.«

»Das ist eine interessante Theorie«, sagte Alan. Er stellte fest, daß er immer wieder von diesem norwegischen Kapitän überrascht wurde. Er begann zu verstehen, warum Henri Duval an Bord der *Vastervik* mehr freundliches Verständnis gefunden hatte als je zuvor.

»Wie Sie sagen, eine Theorie.« Der Kapitän nahm eine von mehreren Datteln, die auf einem kleinen Teller lagen. »Aber leider eine Theorie, die wie alle Theorien auch eine schwache Stelle hat.«

Alan fragte neugierig: »Was für eine schwache Stelle?«

»Es ist eine Tatsache, wie die Wissenschaftler uns jetzt sagen, daß auch das Pflanzenleben über eine gewisse Form von Verständnis und Empfindung verfügt.« Kapitän Jaabeck kaute auf der Dattel, rieb sich dann mit einer Leinenserviette Finger und Mund sorgfältig ab. »Es gibt einen Apparat, so hat man mir erzählt, Mr. Maitland, der so empfindlich ist, daß er die Todesschreie eines Pfirsiches registriert, wenn er vom Baum gepflückt und geschält wird. Somit erreicht also letzten Endes der Vegetarier doch nichts, weil er genauso grausam zu dem hilflosen Kohlkopf ist wie der Fleischesser der Kuh gegenüber und dem Schwein.« Der Kapitän lächelte, und Alan fragte sich, ob er zum besten gehalten würde.

Etwas bestimmter sagte der Kapitän: »Nun, Mr. Maitland, was können wir für Sie tun?«

»Ich möchte zwei Punkte noch gerne besprechen«, sagte Alan zu ihm gewandt. »Aber ich möchte Sie fragen, ob mein Mandant dabei sein kann.«

»Aber gewiß.« Kapitän Jaabeck ging durch die Kabine zu einem Wandtelefon, drückte einen Knopf und sprach dann rasch. Zurückkehrend sagte er trocken: »Man hat mir gesagt, daß Ihr Mandant gerade hilft, unsere Pumpen zu reinigen. Aber er kommt.«

Wenige Minuten später hörte man ein zögerndes Klopfen, und Henri Duval kam herein. Er trug einen fettverschmierten Overall, und ein strenger Geruch nach Heizöl haftete ihm an. Auf dem Gesicht hatte er schwarze Fettflecken, die bis in sein Haar reichten, das ganz verstrubbelt war und stumpf aussah. Er stand dort anstellig, jung, eine Strickmütze in den Händen ringend.

»Guten Tag, Henri«, sagte Alan.

Der junge blinde Passagier lächelte unsicher. Er schaute befangen auf seine schmutzige Kleidung.

»Du brauchst nicht nervös zu sein«, sagte der Kapitän, »du brauchst dich der Zeichen ehrlicher Arbeit nicht zu schämen.« Er fügte an Alan adressiert hinzu: »Manchmal, fürchte ich, nutzt man Henris Gutwilligkeit aus, indem man ihm Aufgaben überträgt, die kein anderer freiwillig übernehmen würde. Aber er macht auch die Arbeit willig und gut.«

Bei diesen Worten grinste der Gemeinte breit. »Zuerst ich mach Schiff sauber«, verkündete er. »Dann Henri Duval. Beide sehr dreckig.«

Alan lachte.

Der Kapitän lächelte versonnen. »Was man von mei-

nem Schiff sagt, ist leider wahr. So wenig Geld wird dafür
ausgegeben. Wir haben eine so kleine Mannschaft. Aber
was unseren jungen Freund angeht, so möchte ich nicht,
daß er sein Leben damit verbringt, das Schiff zu säubern.
Vielleicht haben Sie uns etwas Neues zu berichten, Mr.
Maitland.«

»Nichts eigentlich Neues«, erwiderte Alan. »Nur hat
die Einwanderungsbehörde sich geweigert, in Henris Fall
eine öffentliche Anhörung zu gewähren.«

»Ach!« Kapitän Jaabeck hob ungeduldig beide Hände.
»Dann kann wieder einmal nichts unternommen werden.« Henri Duvals Augen, die aufgeleuchtet hatten,
wurden wieder umflort.

»So würde ich das auch nicht sagen«, meinte Alan. »Ich
möchte Ihnen eine Frage stellen, Kapitän, und deshalb
wollte ich auch, daß mein Mandant dabei ist.«

»Ja?«

Alan war sich bewußt, daß die beiden ihn mit Spannung musterten. Er erwog die Worte, die er nun sagen
wollte, recht sorgfältig. Er mußte eine Frage stellen und
hoffte, eine ganz bestimmte Antwort darauf zu erhalten.
Die richtige Antwort von Kapitän Jaabeck würde den
Weg für das öffnen, was Tom Lewis den Plan zwei genannt hatte. Aber der Kapitän mußte ganz allein reagieren und die richtigen Worte finden.

»Als ich neulich hier war«, sagte Alan vorsichtig, »da
habe ich gefragt, ob Sie als Kapitän dieses Schiffes mit
Henri Duval zur Einwanderungsbehörde gegangen sind
und dort eine Anhörung seines Antrages auf Lande-
erlaubnis verlangt haben. Ihre Antwort war damals nein,
und die Gründe dafür waren –« Alan schaute auf eine
Notiz, die er sich gemacht hatte –, »daß Sie zuviel zu tun
hätten und außerdem glaubten, daß es doch nichts helfen
würde.«

»Das ist wahr«, sagte der Kapitän, »ich erinnere mich,
davon gesprochen zu haben.«

Während die beiden sprachen, huschte Duvals Blick
forschend von einem zum anderen.

»Ich werde Sie noch einmal fragen, Kapitän«, sagte

Alan ruhig, »ob Sie mit meinem Mandanten Henri Duval von diesem Schiff zur Einwanderungsbehörde gehen werden und dort eine amtliche Anhörung verlangen wollen.«

Alan hielt den Atem an. Was er wollte, war, daß dieselbe Antwort noch einmal wiederholt wurde. Wenn der Kapitän wiederum nein sagte, selbst beiläufig und ganz egal aus welchem Grunde, dann würde das technisch bedeuten, daß Duval an Bord des Schiffes als Gefangener festgehalten wurde... Auf einem Schiff in kanadischen Hoheitsgewässern, dem kanadischen Gesetz unterstellt. Und es wäre möglich – auf Grund von Alans eigener Aussage –, daß ein Richter ein Rechtsmittel gegen ungerechtfertigte Freiheitsberaubung einlegen würde und die Anweisung erteilen würde, den Gefangenen dem Gericht vorzuführen. Das war ein ganz kniffliger Aspekt des Gesetzes... das war das Experiment, wovon er und Tom gesprochen hatten. Die Voraussetzung dafür hing davon ab, daß man jetzt die richtige Antwort bekam, so daß die eidliche Aussage tatsächlich beschworen werden konnte.

Der Kapitän schien verdutzt. »Aber Sie haben mir doch gerade erzählt, daß die Einwanderungsbehörde nein gesagt hat.«

Alan antwortete nicht. Statt dessen schaute er dem Kapitän fest in die Augen. Er war versucht zu erklären, die Worte vorzuformulieren. Aber wenn er das täte, dann wäre es ein Verstoß gegen die juristische Ethik. Natürlich war das eine Unterscheidung um Haaresbreite, aber sie bestand, und Alan war sich ihrer durchaus bewußt. Er konnte nur hoffen, daß der scharfe Verstand des anderen...

»Na ja...« Kapitän Jaabeck zögerte. »Vielleicht haben Sie recht, und man sollte alles einmal versuchen. Vielleicht muß ich mir doch die Zeit nehmen...«

Es lief falsch. Gerade das wollte er nicht. Die Verständigkeit des Kapitäns versiegelte die einzig legale Öffnung ganz fest. Eine Tür, die noch einen Spalt breit offenstand, war dabei, zuzufallen. Alan preßte die Lippen aufeinander, sein Gesicht drückte Enttäuschung aus.

»Das wollten Sie nicht hören? Und doch haben Sie gefragt?« Wieder klang die Stimme des Kapitäns verwundert.

Alan trat direkt vor ihn. Er sagte mit gewollter Formalität: »Kapitän Jaabeck, mein Ersuchen bleibt bestehen, aber ich muß Sie darauf aufmerksam machen, wenn Sie ihm nicht folgen, dann behalte ich mir im Interesse meines Mandanten vor, alle notwendigen rechtlichen Schritte einzuleiten.«

Ein Lächeln breitete sich allmählich über das Gesicht des Kapitäns. »Ja«, sagte er. »Jetzt verstehe ich. Sie müssen die Dinge auf ganz bestimmte Weise tun, weil das Gesetz es so will.«

»Und mein Ersuchen, Kapitän?«

Kapitän Jaabeck schüttelte den Kopf. Er sagte feierlich: »Es tut mir leid, daß ich da nicht mitmachen kann. Das Schiff muß, solange es im Hafen liegt, noch gründlich überholt werden, und ich habe einfach keine Zeit für absolut wertlose blinde Passagiere.«

Bis jetzt hatte Henri Duval die Augenbrauen in großer Konzentration zusammengezogen, obwohl er wenig von dem verstanden hatte, was gesagt wurde. Nach der letzten Bemerkung des Kapitäns wurde sein Ausdruck jedoch plötzlich verwundert und gekränkt. Alan dachte, es war fast so, als ob ein Kind abrupt und unerklärlicherweise von seinen Eltern hintergangen würde. Noch einmal war er versucht, zu einer Erklärung anzusetzen, aber er stellte fest, daß er bereits weit genug gegangen war. Er streckte Henri Duval seine Hand entgegen und sagte: »Ich tu alles, was ich kann. Ich werde bald zurückkommen, um wieder mit Ihnen zu sprechen.«

»Du kannst jetzt gehen.« Der Kapitän sprach den jungen blinden Passagier schroff an. »Zurück zu den Pumpen! – und mach deine Arbeit anständig.«

Unglücklich, mit niedergeschlagenen Augen ging Duval hinaus.

»Sie sehen«, sagte Kapitän Jaabeck ruhig, »ich bin auch ein grausamer Mann.« Er nahm die Pfeife aus der Tasche und begann, sie zu stopfen. »Ich verstehe nicht genau, was

Sie eigentlich wollen, Mr. Maitland. Aber ich vermute, daß ich nichts versäumt habe.«

»Nein, Kapitän«, Alan lächelte jetzt. »Ich will ganz ehrlich sein, ich glaube nicht, daß Sie je etwas versäumt haben.«

6

Wo die Hafenanlagen aufhörten, war ein weißes MG Cabriolet geparkt. Das Verdeck war zurückgeschlagen. Als Alan Maitland von der *Vastervik* kommend auf den Wagen zuging – er hatte dabei den Mantelkragen gegen den kalten feuchten Wind, der vom Wasser herüberblies, hochgeschlagen –, da öffnete Sharon Deveraux die Tür.

»Hallo«, sagte sie, »ich hab in deinem Büro angerufen, und Mr. Lewis sagte mir dann, ich sollte hier auf dich warten.«

»Manchmal«, gab Alan fröhlich zurück, »zeigt der alte Tom wirklich Ansätze von gesundem Menschenverstand.«

Sharon lächelte, das Grübchen zeigte sich wieder. Sie hatte keine Kopfbedeckung, trug einen hellbeigen Mantel und dazu passende Handschuhe. »Steig doch ein«, sagte sie, »ich fahr dich, wohin du willst.« Er ging auf die andere Wagenseite hinüber und ließ sich dann vorsichtig in den kleinen Zweisitzer hineingleiten. Beim zweiten Versuch gelang es ihm. »Gar nicht schlecht«, sagte Sharon anerkennend. »Großvater hat es einmal versucht, aber das zweite Bein hat er nie reingebracht.«

»Ich bin nicht nur jünger«, sagte Alan, »sondern auch noch etwas beweglicher als dein Großvater.«

Mit drei raschen Ansätzen wendete Sharon den Wagen, und sie fuhren los. Der Wagen ratterte über die schlechte Straße im Hafenviertel. Das Innere des MG war klein aber bequem. Ihre Schultern berührten sich, und er roch dasselbe Parfum, das er bereits beim letzten Mal bemerkt hatte, als sie sich trafen.

»Was die Beweglichkeit angeht«, sagte Sharon, »ich habe mich da neulich wirklich gefragt ... Wohin fahren wir?«

»Zurück zum Büro, glaub ich. Ich muß noch etwas beschwören.«

»Warum nicht hier? Die meisten Worte sind mir geläufig.«

Er grinste. »Laß uns doch nicht die alte Leier mit dem dummen kleinen Mädchen abziehen. Ich weiß es doch besser.«

Sie wandte den Kopf. Ihre Lippen waren rot, voll und mit scherzhaftem Ausdruck ein wenig geöffnet. Er bemerkte wieder ihr elfenhaftes Wesen.

»Nun gut, das ist also irgend so eine juristische Sache.« Sie wandte den Blick wieder auf die Straße. Sie fuhren scharf um eine Ecke, und er wurde gegen sie geschleudert. Die Berührung war angenehm.

»Ich muß meine eidesstattliche Erklärung abgeben«, sagte er.

»Wenn es nicht gegen deine abgegriffenen alten Regeln verstößt, mir darüber etwas zu sagen«, meinte Sharon, »wie steht es denn überhaupt mit dem Fall? Mit dem Mann im Schiff da, meine ich.«

»Ich bin mir noch nicht sicher«, sagte Alan ernst. »Die Leute vom Einwanderungsministerium haben uns abgewiesen, aber das hatten wir erwartet.«

»Ja, und nun?«

»Heute ist etwas passiert . . . gerade jetzt. Es könnte sein, daß wir eine ganz unwahrscheinliche Chance haben – es könnte sein, daß wir den Fall vor den Richter bringen.«

»Wäre das denn von Nutzen?«

»Vielleicht nicht, aber es ist möglich.« Sharons Frage hatte er sich bereits selbst gestellt, aber in einem solchen Fall konnte man lediglich Schritt für Schritt vorgehen und dann hoffen, daß sich alles richtig entwickelte.

»Warum willst du denn vor Gericht gehen, wenn es möglicherweise doch nicht hilft?« Sie wanden sich durch den Verkehr, sie trat auf den Gashebel, um über eine Kreuzung zu fahren, obwohl die Ampel bereits gelbes Licht zeigte. In der Seitenstraße quietschten Bremsen. »Hast du den Bus gesehen?« sagte Sharon. »Ich habe gedacht, der würde uns vorne reinfahren.« Sie bogen scharf ab, zuerst nach links, dann wieder nach rechts, umfuhren einen Milchwagen, der dort geparkt hatte, und wichen mit knapper Not dem Fahrer aus. »Du sprachst davon, den Fall vor Gericht zu bringen.«

»Da gibt es verschiedene Möglichkeiten«, sagte Alan und schluckte erst ein paar Mal, »und es gibt verschiedene Gerichte. Können wir nicht ein wenig langsamer fahren?«

Entgegenkommend ging Sharon von sechzig Kilometer auf fünzig herunter. »Erzähl mir was vom Gericht.«

»Man kann nie im voraus wissen, was als Beweismittel vorgelegt wird«, sagte Alan. »Manchmal gibt es da Dinge, von denen man sonst nichts erfahren würde. Da gibt es auch verschiedene Rechtsauffassungen. Und in diesem Fall haben wir noch einen anderen Grund.«

»Erzähl doch«, drängte Sharon ihn, »das ist ja richtig aufregend.« Ihre Geschwindigkeit, so bemerkte Alan, war wieder auf sechzig gestiegen.

»Na ja«, erklärte er, »was immer wir auch tun, wir haben nichts zu verlieren. Und je länger wir die ganze Sache ins Gespräch bringen können, um so größer ist die Chance, daß die Regierung ihre Einstellung ändert und Henri die Chance gibt, einzuwandern.«

»Ich weiß nicht, ob Großvater das gern sähe«, sagte Sharon nachdenklich. »Er hofft, daraus politisches Kapital zu schlagen, und wenn die Regierung nachgeben würde, dann bliebe ja nichts übrig, das strittig wäre.«

»Ganz offen gestanden, es ist mir ganz wurscht, was dein Großvater will. Ich bin mehr daran interessiert, was ich für Henri tun kann.«

Es herrschte Schweigen. Dann sagte Sharon: »Du hast ihn jetzt schon zweimal beim Vornamen genannt. Magst du ihn?«

»Ja, ich mag ihn sehr«, sagte Alan. Er stellte fest, daß er mit Überzeugung sprach. »Er ist ein netter kleiner Bursche, dem es zeitlebens dreckig gegangen ist. Ich glaube nicht, daß er je irgendwo Präsident werden wird oder sonst Großes leisten könnte, aber ich möchte einfach, daß man ihm eine Chance gibt. Wenn er eine

Chance bekommt, dann ist es das erste Mal in seinem Leben.«

Sharon schaute Alan von der Seite her an, dann wandte sie den Blick wieder auf die Straße. Einen Augenblick später fragte sie: »Weißt du was?«

»Nein, was gibt's denn?«

»Wenn ich irgendwann mal in der Tinte sitzen sollte«, sagte sie, »dann wärst du, Alan, der Mann, von dem ich mir am liebsten helfen lassen möchte.«

»Wir sitzen jetzt schon in der Tinte«, sagte er. »Läßt du mich fahren?«

Die Reifen quietschten. Der MG rutschte und blieb dann stehen. »Warum?« fragte Sharon unschuldig. »Wir sind doch da.«

Die Geruchsmischung von Pizza und Spaghettisauce war unverkennbar. Im Büro las Tom Lewis die Hauptausgabe der *Vancouver Post.* Er legte die Zeitung auf den Tisch, als die beiden eintraten. »Die Rechtsanwaltskammer wird dich natürlich ausschließen«, sagte er, »nachdem man dir im Stanley Park zunächst öffentlich den Talar ausgezogen hat. Du kennst doch die Bestimmungen über Eigenwerbung?«

»Laß mal sehen«, sagte Alan. Er nahm die Zeitung. »Ich habe nur gesagt, was ich denke. Ich war ein bißchen in Rage.«

»Das«, sagte Tom, »geht mit bemerkenswerter Klarheit aus diesem Artikel hervor.«

»Mein Gott!« Alan breitete die Zeitung aus, Sharon stand neben ihm. »Ich habe nicht gedacht, daß es so aussehen würde.«

»Ich habe auch schon im Radio davon gehört«, informierte ihn Tom.

»Aber ich dachte doch, es würde vorwiegend um Duval gehen . . .«

»Ich will dir ganz ehrlich sagen«, meinte Tom, »ich bin blaugrün vor Neid. Irgendwie scheinst du tatsächlich ohne viel Mühe den Fall deines Lebens in die Hand bekommen zu haben, du hast die Publicity eines Helden, und jetzt sieht es so aus . . .«

»Ach, ich habe das ganz vergessen«, warf Alan ein. »Darf ich dir Sharon Deveraux vorstellen.«

»Ich weiß«, sagte Tom, »ich wollte mich gerade bekannt machen.«

Sharons Augen blitzten erheitert. »Schließlich werden Sie doch auch in der Zeitung erwähnt, Mr. Lewis. Da heißt es ganz unmißverständlich Lewis und Maitland.«

»Für diese Brotkrume werde ich ewig dankbar sein.« Tom zog seinen Mantel an. »Übrigens, ich muß mich um einen neuen Mandanten kümmern. Er hat einen Fischladen und hat Schwierigkeiten mit dem Pachtvertrag. Leider hat er niemanden, der auf den Laden aufpaßt, deshalb muß ich mich unter die Fische mischen. Möchtet ihr vielleicht ein nettes Goldbarschfilet zum Abendessen?«

»Heute abend sicher nicht, danke schön!« Alan schüttelte den Kopf. »Ich möchte mit Sharon gern ausgehen.«

»Ja«, sagte Tom, »das habe ich mir fast gedacht.«

Als sie dann allein waren, sagte Alan: »Ich muß die eidesstattliche Erklärung schreiben. Die muß fertig sein, damit ich morgen zum Gericht gehen kann.«

»Kann ich nicht helfen?« fragte Sharon. Sie lächelte ihn an, das Grübchen erschien und verschwand wieder. »Ich kann auch maschineschreiben.«

»Dann komm mit«, sagte Alan. Er nahm ihre Hand und führte sie in sein Zimmer mit der Glaswand.

General Adrian Nesbitson

Das ganze Kabinett mit Ausnahme von drei Ministern, die nicht in Ottawa waren, hatte sich auf dem Flughafen Uplands eingefunden, um den Premierminister und seine Begleitung vor dem Abflug nach Washington zu verabschieden. Das war gar nicht ungewöhnlich. Zu Beginn seiner Regierungszeit hatte James Howden verlauten lassen, daß er es gern hätte, wenn nicht nur einer oder zwei seiner Minister, sondern das ganze Kabinett ihn jeweils zum Flughafen begleitete und ihn auch am Flughafen wieder in Empfang nahm. Das galt nicht nur für besondere Gelegenheiten, sondern für all seine Reisen.

Unter den Kabinettsmitgliedern war dieser Vorgang im internen Sprachgebrauch mit der Bezeichnung ›Die Wachparade‹ belegt worden. Gelegentlich gab es milde Proteste, und einmal hatte auch James Howden davon gehört. Aber seine eigene Haltung – die er Brian Richardson klargemacht hatte, der die Beschwerden vortrug – drückte sich darin aus, daß diese Treffen eine Demonstration der Solidarität für Partei und Regierung darstellten, und der Generalsekretär stimmte ihm zu. Nicht erwähnt wurde vom Premierminister eine Kindheitserinnerung, die ihm auch jetzt noch manchmal in den Sinn kam.

Vor langer Zeit war der junge James Howden aus seiner Waisenhausschule nach dem 500 km entfernten Edmonton gereist, wo er die Aufnahmeprüfung für die Universität von Alberta machen mußte. Man hatte ihm eine Rückfahrkarte für den Zug mitgegeben, und er war dann allein gefahren. Drei Tage später, geziert mit einem Erfolg, den er verzweifelt mitzuteilen wünschte, war er zurückgekehrt – und hatte den Bahnhof leer vorgefunden, kein Mensch war dort, um ihn abzuholen. Schließlich mußte er mitsamt seinem Pappkoffer fünf Kilometer zu Fuß gehen, wobei sein erster Anflug von freudiger Erregung auf dem Wege schnell verpuffte. Danach hatte er sich stets dagegen gesträubt, eine Reise allein anzutreten oder zu beenden.

Heute brauchte er nicht allein zu sein. Außer den Kabinettsmitgliedern waren noch andere Gäste zum Flughafen gekommen, und vom Rücksitz des Oldsmobile, wo Margaret neben ihm saß, sah James Howden die Chefs des Generalstabes – Heer, Marine und Luftwaffe in Uniform mit ihren Adjutanten –, und er sah den Oberbürgermeister von Ottawa, den Polizeipräsidenten, verschiedene Vorsitzende von Regierungsausschüssen und ganz diskret im Hintergrund seine Exzellenz Phillip B. Angrove, den amerikanischen Botschafter. In einer anderen Gruppe ballten sich Reporter und Fotografen. Bei ihnen standen Brian Richardson und Milly Freedeman.

»Großer Gott!« flüsterte Margaret. »Man sollte meinen, daß wir freiwillig als Missionare nach China gingen.«

»Ich weiß«, antwortete er. »Es ist schon schlimm, aber die Leute scheinen so etwas von einem zu erwarten.«

»Sei doch nicht töricht«, sagte Margaret leise. Sie legte ihre Hand auf die seine. »Du hast das Ganze doch schrecklich gern, und es gibt auch keinen Grund, warum es dir nicht Spaß machen sollte.«

Die Limousine schwenkte mit einem weiten Bogen über das Rollfeld, hielt dann neben der Vanguard, der stattlichen Maschine. Der Rumpf glitzerte in der Morgensonne, die Besatzung der Royal Canadian Air Force stand in Haltung unter dem Cockpit. Ein Unteroffizier der Polizei öffnete die Wagentür, und Margaret stieg aus, James Howden folgte ihr. Die Soldaten und die Polizisten nahmen Haltung an, und der Premierminister nahm den neuen perlgrauen Homburg ab, den Margaret ihm von ihrer Einkaufsreise nach Montreal mitgebracht hatte. Unter den Umstehenden verbreitete sich ein Gefühl der Erwartung, dachte er, oder vielleicht war es auch der scharfe, kalte Wind, der über die Rollbahn fegte und die Gesichter gespannt erscheinen ließ. Er fragte sich, wie es mit der Geheimhaltung gegangen war – ob es gelungen war, sie beizubehalten, oder ob es irgendwo ein Leck

241

gegeben hatte, aus dem man auf die wirkliche Bedeutung der heutigen Reise schließen konnte.

Stuart Cawston trat strahlend vor. Der lächelnde Stu, als leitender Mann im Kabinett, würde nun für die Dauer von Howdens Abwesenheit amtierender Premierminister sein. »Alle guten Wünsche, Sir, und Ihnen, Margaret«, sagte der Finanzminister. Dann, als er die Hand reichte: »Wir sind, wie Sie sehen, in ganz respektabler Stärke zum Winken gekommen.«

»Wo ist denn die Blechmusik?« fragte Margaret respektlos. »Die scheint doch wirklich zu fehlen.«

»Das soll ein Geheimnis bleiben«, antwortete Cawston scherzend, »aber wir haben sie in der Uniform von amerikanischen Marinesoldaten nach Washington vorausgeflogen. Wenn Sie also die Marineinfanteristen mit ihren Kapellen irgendwo sehen, dann nehmen Sie doch einfach an, es handelte sich um unsere Jungens.« Er berührte den Premierminister am Arm. Sein Gesicht wurde ernst, und er fragte: »Gibt es noch irgendwas zu sagen – Billigung oder Mißbilligung?«

James Howden schüttelte den Kopf. Erklärungen waren jetzt nicht notwendig. Die Frage hatte die Welt gestellt, seit vor achtundvierzig Stunden die Zerstörung des amerikanischen Atom-U-Bootes *Defiant* im Ostsibirischen Meer lauthals bekanntgegeben worden war. Nach der russischen Behauptung, die Washington mittlerweile dementierte – war das Unterseeboot in die sowjetischen Küstengewässer eingedrungen. Der Zwischenfall hatte die in aller Welt während der vergangenen Wochen wachsende Spannung offensichtlich auf einen Höhepunkt getrieben.

»Wir können keinen Kommentar geben, jetzt nicht«, sagte Howden leise. Die Gruppe wartete, während er ernst auf Cawston einredete. »Ich glaube, es handelt sich um eine kalkulierte Provokation, und wir müssen jeder Versuchung eines Vergeltungsschlages widerstehen. Ich möchte das auch dem Weißen Haus ganz nachdrücklich klarmachen, weil wir immer noch so viel Zeit brauchen wie nur irgend möglich.«

242

»Ich bin der gleichen Meinung«, sagte Cawston ruhig. »Ich habe mich auch gegen jede Stellungnahme und jeden Protest von unserer Seite gewandt«, sagte der Premierminister, »und Sie wissen jetzt, daß es auch keine Erklärung gibt, es sei denn, daß Arthur und ich in Washington eine Verlautbarung beschließen, und in dem Fall kommt sie dann aus Washington. Ist das klar?«

»Vollkommen klar«, sagte Cawston. »Ich will Ihnen gern gestehen, daß ich froh bin, Sie und Arthur auf dieser Reise zu wissen, und nicht mich.«

Sie gingen zu der wartenden Gruppe zurück, und James Howden begann, sich mit Handschlag zu verabschieden. Zur gleichen Zeit fanden sich die drei Kabinettsmitglieder, die ihn auf dem Flug begleiten würden – Arthur Lexington, Adrian Nesbitson und Styles Bracken vom Handelsministerium – neben ihm ein.

Adrian Nesbitson sah wesentlich gesünder aus, als das bei ihrem letzten Treffen der Fall gewesen war. Der alte Krieger mit roten Backen und mit Wollschal, Pelzmütze und schwerem Wintermantel zeigte einen Anflug von Paradehaltung. Man merkte, daß ihm diese Veranstaltung offensichtlich Spaß machte, wie das bei jedem Zeremoniell der Fall war. Howden war sich klar darüber, daß sie auf dem Fluge miteinander reden mußten. Seit dem Treffen des Verteidigungsrates war dazu keine Gelegenheit gewesen, und es war unumgänglich, den Alten auf die gemeinsame Linie zu verpflichten. Selbst wenn Nesbitson nicht direkt an den Gesprächen mit dem amerikanischen Präsidenten teilnahm, so durften doch keine spürbaren Gegensätze in der kanadischen Gruppe auftreten.

Hinter Nesbitson trug Arthur Lexington die lässige Miene, die einem Außenminister so gut ansteht, zur Schau, einem Außenminister, für den eine Reise in alle Ecken der Welt nur noch Routine war. Offensichtlich von der Kälte unbehelligt, trug er einen weichen Filzhut und einen leichten Mantel, der übliche Querbinder war darunter zu erkennen. Bracken, der Handelsminister, ein wohlhabender Mann aus dem Westen, der erst vor ein paar Monaten ins Kabinett gekommen war, wurde nur aus optischen Gründen mitgenommen, da ja der Handel angeblich eines der Hauptthemen bei den Washingtoner Besprechungen sein sollte.

Harvey Warrender stand bei den übrigen Kabinettsmitgliedern. »Eine erfolgreiche Reise.« Sein Benehmen war korrekt und gewählt, man merkte nichts von der vorausgegangenen Auseinandersetzung. Er fügte hinzu: »Auch für Sie, Margaret.«

»Danke«, antwortete der Premierminister. Seine Reaktion war spürbar kälter als bei den anderen.

Unerwartet sagte Margaret: »Haben Sie nicht vielleicht ein kleines lateinisches Motto für uns auf den Weg, Harvey?«

Warrenders Blicke gingen von einem zum anderen. »Manchmal habe ich den Eindruck, daß Ihr Gatte meine kleinen Sprüche gar nicht mag.«

»Das macht doch nichts«, sagte Margaret. »Ich jedenfalls finde sie ganz amüsant.«

Der Minister für Einwanderungsfragen lächelte leicht. »In dem Fall, möge es wahr werden, *vectatio, interque, et mutata regio vigorem dant.*«

»Die Sache mit *vigorem* macht mir Spaß«, sagte Stuart Cawston. »Was heißt denn das übrige, Harvey?«

»Das ist eine Bemerkung von Seneca«, erwiderte Warrender. »Seereisen, Landreisen oder ein Umzug von Ort zu Ort verleihen einem neue Kraft.«

»Ich bin, auch ohne zu reisen, bei Kräften«, erklärte James Howden kurz angebunden. Das Gespräch hatte ihn verärgert, und er nahm Margaret fest beim Arm, geleitete sie auf den amerikanischen Botschafter zu, der vortrat und den Hut abnahm. Wie instinktiv hielten sich die anderen etwas zurück.

»Angry, das ist eine unerwartete Freude«, sagte Howden.

»Ganz im Gegenteil, Premierminister – es ist mir eine Ehre und ein Vergnügen.« Der Botschafter verbeugte sich leicht vor Margaret. Phillip Angrove, ein im Dienst ergrauter Karrierediplomat mit Freunden in vielen Ländern des Erdballs, hatte eine Art, protokollarisch vorgeschriebene Höflichkeitsfloskeln so persönlich erscheinen zu lassen, wie sie das bisweilen auch sicher gemeint waren. Howden dachte, wir neigen dazu, allzu leicht alles als oberflächliche Zierde abzutun, was höflich gesagt wird. Er bemerkte, daß die Schultern des Botschafters stärker vorgebeugt waren als üblich.

Auch Margaret hatte es bemerkt. »Ich hoffe, Mr. Angrove, daß Sie Ihre Arthritis nicht wieder gequält hat.«

»Das tut sie leider doch.« Ein wehmütiges Lächeln. »Der kanadische Winter hat so manche Vorzüge, Mrs. Howden, aber für uns Arthritiskranke bringt er auch Qualen.«

»Seien Sie um Himmels Willen unserem Winter gegenüber nicht höflich!« rief Margaret. »Mein Mann und ich, wir sind hier geboren, aber wir mögen ihn deshalb trotzdem nicht.«

»Das will ich gar nicht sagen.« Der Botschafter sprach leise, sein zerfurchtes Gesicht sah nachdenklich aus. »Ich habe mir oft gedacht, Mrs. Howden, daß die Kanadier ihrem Klima manches verdanken: einen unbeirrbaren Charakter und eine enorme Widerstandsfähigkeit, die immer mit großer Wärme gepaart ist.«

»Wenn das wahr ist, dann ist das ein weiterer Grund, daß wir so vieles gemeinsam haben«, sagte James Howden, die Hand ausstreckend. »Sie werden sich ja sicher dann in Washington zu uns gesellen.«

Der Botschafter nickte zustimmend. »Meine eigene Maschine fliegt wenige Minuten nach Ihrer.« Als sie sich die Hand reichten, fügte er hinzu: »Eine gute Reise, Sir, und eine ehrenhafte Rückkehr.«

Als Howden und Margaret sich abwandten und auf die wartende Maschine zugingen, kamen die Reporter. Etwa ein Dutzend Journalisten von der Pressetribüne im Parlament und von den Nachrichtenagenturen, ein selbstbewußter Fernsehinterviewer und das dazugehörige Filmteam. Brian Richardson hatte sich dort postiert, wo er Howden hören konnte und von ihm gesehen wurde. Der Premierminister grinste und nickte ihm freundlich zu. Richardson reagierte. Die beiden hatten bereits die Pressevorbereitungen für die Reise erörtert und waren sich einig gewesen, daß die wichtigste amtliche Erklärung – obwohl sie nicht die Hauptfragen behandeln würde, um die es ging – bereits bei der Ankunft in Washington abgegeben werden sollte. Dennoch wußte Howden, daß er auch der Presse in Ottawa etwas Brauchbares bieten mußte. Er sprach kurz und bediente sich einiger der gewohnten Platitüden über die Beziehungen zwischen Kanada und den Vereinigten Staaten. Dann bat er um Fragen.

Die erste stellte der Fernsehreporter. »Man hört Gerüchte, Herr Premierminister, daß es bei Ihrer Reise möglicherweise um mehr geht als nur um Handelsbesprechungen.«

»Ja, das trifft zu«, sagte Howden mit scheinbarem Ernst. »Wenn noch Zeit bleibt, dann werden der Präsident und ich möglicherweise ein wenig Handball spielen.«

Dröhnendes Gelächter brach los. Der Premierminister hatte den richtigen Ton getroffen, er war gutmütig geblieben, ohne den Interviewer zu verletzen.

»Aber ganz abgesehen von der sportlichen Komponente«, – der Fernsehmann lächelte pflichtgemäß und zeigte eine Doppelreihe makellos weißer Zähne – »ist nicht die Rede davon gewesen, daß zur gleichen Zeit militärische Entscheidungen getroffen werden sollen?«

Es war also doch noch etwas durchgesickert, obwohl das Ganze offensichtlich nur eine allgemeine Vermutung war. Es war ja eigentlich auch nicht erstaunlich, dachte Howden. Er hatte einmal jemanden sagen hören, wenn ein Geheimnis mehr als einer Person bekannt ist, dann ist es kein Geheimnis mehr. Dennoch war das eine Warnung, daß wichtige Informationen nicht zu lang aufgespeichert werden konnten, und nach der Washingtoner Reise mußte er rasch handeln, wenn er selbst die Kontrolle über die Veröffentlichung der wichtigen Nachrichten nicht verlieren wollte.

Er beantwortete jetzt die Fragen, sprach sorgfältig und erinnerte sich daran, daß alles, was er sagte, später auch zitiert werden konnte. »Natürlich wird die Frage unserer gemeinsamen Verteidigung in Washington diskutiert, wie das immer bei solchen Gelegenheiten geschieht, und zwar parallel mit anderen Fragen von beiderseitigem Interesse. Was aber die Entscheidungen angeht, so werden selbstverständlich alle politischen Entscheidungen in Ottawa mit vollem Wissen des Parlaments, und wenn notwendig, mit Zustimmung des Parlaments getroffen.«

Unter den Zuschauern klatschten einige Beifall.

»Können Sie uns sagen, Mr. Howden«, fragte der Fernsehreporter, »ob der jüngste U-Boot-Zwischenfall erörtert wird und wenn das geschieht, welche Haltung Kanada dabei einnimmt?«

»Ich bin sicher, daß dieser Zwischenfall erörtert werden wird«, antwortete Howden, und sein längliches Gesicht mit der Hakennase wurde ernst, »und natürlich teilen wir mit den Vereinigten Staaten die Besorgnis über den tragischen Verlust der *Defiant* und ihrer Besatzung. Aber darüber hinaus habe ich zum gegenwärtigen Zeitpunkt nichts dazu zu sagen.«

»In dem Fall, Sir . . .« begann der Fernsehmann, aber ein anderer Reporter schnitt ihm ungeduldig das Wort ab. »Haben Sie was dagegen, wenn außer Ihnen noch jemand anders eine Frage stellt, verehrter Herr Kollege? Die Zeitungen sind noch nicht ganz abgeschafft, wissen Sie.«

Andere Journalisten murmelten zustimmend, und James Howden lächelte innerlich. Er sah, wie der Fernsehreporter rot wurde und dann seinem Kamerateam zunickte. Dieser Teil des Films, dachte der Premierminister, würde wohl später geschnitten werden.

Unterbrochen hatte den Fernsehmann ein gutaussehender Journalist in den besten Jahren, George Haskins, der für die *Winnipeg Free Press* arbeitete und jetzt rief: »Herr Premierminister, ich möchte gern eine Frage stellen, die nicht im Zusammenhang mit Washington steht, sondern ich möchte etwas wissen über die Haltung der Regierung zu dem Mann ohne Staatsangehörigkeit.«

James Howden runzelte die Stirn. Verblüfft fragte er: »Wie war das, George?«

»Ich meine diesen jungen Mann, den Henri Duval, Sir – den Mann in Vancouver, den die Einwanderungsbehörde nicht hereinläßt. Können Sie uns sagen, warum die Regierung eine solche Haltung einnimmt?«

Howden tauschte einen Blick mit Brian Richardson aus, und der Generalsekretär schob sich nach vorn. »Meine Herren«, sagte Richardson, »jetzt ist doch aber wirklich nicht die Zeit . . .«

»Gerade jetzt und hier ist die Zeit, Brian«, fuhr der Reporter Haskins los. »Das ist doch immerhin die heißeste Nachrichtenstory im ganzen Land.« Ein anderer fügte murrend hinzu: »Vor lauter Fernsehen und Public Relation kommt man gar nicht mehr dazu, Fragen zu stellen.«

Gelassen freundlich ließ sich James Howden vernehmen: »Ich nehme zu jeder Frage Stellung, die ich beantworten kann. Das habe ich doch immer so gehalten, oder nicht?«

Haskins sagte: »Ja, Sir, das kann man nicht bestreiten. Aber da gibt es ja noch andere Leute, die Fragen zu blockieren versuchen.« Er blitzte Brian Richardson vorwurfsvoll an. Der starrte mit unbewegtem Gesicht zurück.

»Ich bezweifle nur –« sagte der Premierminister, »und offensichtlich tut das auch Mr. Richardson – ob dieses Thema zum gegenwärtigen Zeitpunkt angebracht ist.« Er hoffte, die Fragerei abzubiegen. Wenn das nicht gelang, so glaubte er, mußte er versuchen, so gut wie möglich davonzukommen. Manchmal, so dachte er, bringt es doch gewisse Vorteile, wenn man einen Pressesekretär hat – wie der amerikanische Präsident –, der diese Aufgaben übernehmen konnte. Aber er hatte es stets vermieden, einen Pressesekretär zu ernennen, weil er befürchtete, den direkten Kontakt mit der Wirklichkeit zu verlieren.

Tomkins vom *Toronto Star*, ein sanfter, sehr gebildeter Engländer, der in der Hauptstadt recht angesehen war, sagte höflich: »Es ist einfach so, Sir, daß die meisten von uns hier Telegramme ihrer Chefredakteure erhalten haben, die eine Stellungnahme von Ihnen zu diesem

Duval wünschen. Es hat den Anschein, als wären eine Menge Leute daran interessiert, was nun mit diesem jungen Mann geschehen wird.«

»Ja, natürlich.« Das Thema ließ sich also nicht ausklammern. Selbst ein Premierminister, wenn er klug war, vermochte sich einem solchen Appell nicht zu entziehen. Es war jedoch ärgerlich, wenn man erkennen mußte, daß das Interesse an der eigenen Reise nach Washington abgelenkt werden würde. Howden dachte sorgfältig nach. Er konnte sehen, wie sich Harvey Warrender ihm näherte, ignorierte ihn jedoch und erinnerte sich zornig an die beharrliche Sturheit des anderen, die zu dieser Entwicklung geführt hatte. Er sah, wie Richardson zu ihm herüberschaute. Der Gesichtsausdruck des Parteigeschäftsführers schien zu sagen: »Ich habe Sie ja gewarnt, daß wir Schwierigkeiten bekommen, wenn wir Warrender nicht an die Leine nehmen.« Vielleicht hatte Richardson jetzt schon erraten, daß ein weiterer Faktor ins Spiel gekommen war. Er war clever genug. Aber wie dem auch sei, solange Harvey Warrenders Drohung noch wie ein Damoklesschwert über ihm schwebte, mußte James Howden sich mit der Lage so gut wie nur eben möglich auseinandersetzen. Eines war gewiß, überlegte er: Der Zwischenfall, wenn er auch vorübergehend unangenehm war, würde in Kürze wieder in Vergessenheit geraten. Er bemerkte, daß die Fernsehkamera jetzt wieder lief. Vielleicht war doch hier der Ort, die offizielle Stellungnahme nachdrücklich zu vertreten und damit die Kritik zum Schweigen zu bringen.

»Selbstverständlich, meine Herren«, erklärte der Premierminister forsch. »Ich habe folgendes dazu zu sagen.« Vor ihm wurden die Bleistifte bereitgehalten und begannen zu schreiben, als er zu seiner Erklärung ansetzte.

»Ich bin darauf aufmerksam gemacht worden, daß die Zeitungen sich ausführlich mit der Person beschäftigt haben, deren Namen Mr. Haskins soeben erwähnt hat. Einige der Berichte – das muß ich offen sagen – sind etwas sensationell aufgemacht. Sie zeigen die Tendenz, ganz bestimmte Tatsachen zu ignorieren – Tatsachen, die die

Regierung auf Grund ihrer Verpflichtungen nicht zu übersehen vermag.«

»Könnten Sie uns sagen, um welche Aspekte es sich da handelt, Sir?« Diesmal hatte der Mann von der *Montreal Gazette* gefragt.

»Wenn Sie vielleicht einen Augenblick Geduld haben, ich komme noch auf diesen Punkt«, Howdens Stimme klang jetzt ein wenig scharf. Er mochte Unterbrechungen gar nicht, und es konnte gelegentlich nicht schaden, wenn man diese Männer daran erinnerte, daß sie nicht irgendeinen Staatssekretär interviewten. »Ich wollte gerade sagen, daß es viele Einzelfälle gibt, die nicht in die Presse kommen, die jedoch regelmäßig beim Ministerium für Einwanderung erörtert werden. Die faire und humane Beschäftigung mit solchen Fällen, die natürlich immer auf der Grundlage unserer Gesetzgebung erfolgen muß, ist weder für diese Regierung noch für die Einwanderungsbeamten eine neue Erfahrung.«

Der Mann vom *Ottawa Journal* fragte: »Liegt dieser Fall nicht doch etwas anders, Herr Premierminister? Ich meine, weil der Mann keine Staatsangehörigkeit hat und so weiter.« James Howden sagte nüchtern: »Wenn Sie sich mit einem Menschen beschäftigen, Mr. Chase, dann ist jeder Fall verschieden. Deshalb auch – um ein ganz bestimmtes Maß von Fairneß und Kontinuität zu gewährleisten – haben wir ein Einwanderungsgesetz, das unser Parlament und das kanadische Volk gebilligt hat. Die Regierung arbeitet im Rahmen dieses Gesetzes, und dazu ist sie verpflichtet. In dem Fall, von dem wir hier sprechen, ist genau das getan worden.« Er hielt inne und wartete darauf, daß die, die Notizen machten, seinen Worten gefolgt waren, und fuhr dann fort: »Ich habe natürlich die Details nicht hier zur Hand, aber man hat mir versichert, daß der Antrag des betreffenden jungen Mannes sorgfältig auf seine Berechtigung hin untersucht wurde und daß man ihn keinesfalls nach den Bestimmungen des Einwanderungsgesetzes nach Kanada einwandern lassen kann.«

Ein junger Reporter, den Howden nicht kannte, fragte

dann: »Würden Sie nicht auch sagen, Sir, daß es Fälle gibt, bei denen menschliche Erwägungen wichtiger sind als bürokratische Spitzfindigkeiten?«

Howden lächelte. »Wenn Sie mir eine rhetorische Frage stellen, so lautet meine Antwort, daß menschliche Erwägungen immer wichtig sind, und diese Regierung hat oft gezeigt, daß sie diese Überlegungen berücksichtigt. Wenn jedoch Ihre Frage spezifisch auf den Fall Bezug nimmt, mit dem wir uns hier beschäftigen, so lassen Sie mich noch einmal wiederholen, daß die menschlichen Aspekte alle in Betracht gezogen wurden, soweit das möglich war. Ich muß Sie jedoch noch einmal daran erinnern, daß die Regierung verpflichtet ist – und das muß und sollte so sein –, das zu tun, was ihr das Gesetz vorschreibt.«

Der Wind war jetzt schneidend kalt, und James Howden fühlte, wie Margaret neben ihm vor Kälte erschauerte. Es war nun genug, beschloß er. Die nächste Frage würde die letzte sein. Sie wurde von dem umgänglichen Tomkins gestellt, der fast entschuldigend sagte: »Der Oppositionsführer hat heute morgen eine Erklärung abgegeben.« Der Reporter schaute auf seine Notizen, blätterte einen Block um und fuhr dann fort: »Mr. Deitz sagte, die Regierung sollte im Falle Henri Duval eine Lösung menschlicher Art finden und sich nicht beharrlich auf den Buchstaben des Gesetzes berufen. Der Minister für Einwanderung hat die Vollmacht, wenn er sie benutzen will, einen Staatsratsentscheid durchzusetzen, der es diesem unglücklichen jungen Mann gestattet, nach Kanada einzuwandern.«

»Der Minister hat keine solchen Vollmachten«, erwiderte James Howden gereizt. »Die Vollmacht liegt bei der Krone in der Person des Generalgouverneurs. Mr. Bonar Deitz weiß das genauso gut wie alle anderen Bürger.«

Einen Augenblick herrschte Schweigen, dann fragte der Reporter Tomkins scheinbar unschuldig: »Aber tut denn der Generalgouverneur nicht stets genau das, was Sie empfehlen, Sir, und setzt er sich dann nicht auch über das Einwanderungsgesetz hinweg, was meiner Meinung nach schon ziemlich oft geschehen ist?« Wenn er auch äußerlich freundlich und zurückhaltend schien, so war Tomkins doch einer der klügsten Köpfe unter den Journalisten in Ottawa und Howden merkte, daß er hier in eine Falle gelaufen war.

»Ich hatte immer den Eindruck, daß die Opposition sich gegen das Regieren durch Staatserlasse wendet«, sagte er scharf, aber das war eine schwache Antwort, und er wußte es. Er sah Brian Richardsons Gesicht ärgerlich werden – und mit gutem Grund, dachte Howden. Die Aufmerksamkeit hatte sich nicht nur von der wichtigen Reise nach Washington auf diese banale Affäre verlagert, sondern er hatte darüber hinaus bei den Fragen nicht gut abgeschnitten.

Er beschloß, sich so gut wie möglich aus der Affäre zu ziehen. »Es tut mir leid, aus dem Zitat von Mr. Deitz zu erfahren, daß die Angelegenheit, von der wir hier reden, möglicherweise zum Stein des Anstoßes zwischen den Parteien werden könnte. Ich bin der Meinung, daß dies nicht angemessen ist.« Er machte eine wirkungsvolle Pause und fuhr dann gefaßt fort: »Wie ich bereits zuvor gesagt habe, gibt es bei unserer gegenwärtigen Gesetzgebung keine Rechtsgrundlage für eine Einreiseerlaubnis dieses Mannes. Soweit ich unterrichtet bin, haben auch mehrere andere Länder den gleichen Standpunkt vertreten. Ich sehe auch keinerlei Verpflichtung für Kanada, solche Schritte zu ergreifen, wenn andere Länder dies nicht tun. Was nun die Tatsachen angeht, sowohl die erwiesenen als auch die angeblichen, so möchte ich Ihnen erneut versichern, daß sie sehr sorgfältig vom Einwanderungsministerium geprüft wurden, bevor man eine Entscheidung traf. Und jetzt, meine Herren, gestatten Sie mir, daß ich Schluß mache.«

Er war versucht, noch etwas darüber hinzuzufügen, daß die Zeitungen ihre Nachrichten in die richtige Relation bringen sollten, entschloß sich jedoch, es zu unterlassen. Die Presse, die ja jeden Bruders Hüter war, konnte recht rücksichtslos reagieren, wenn sie selbst kritisiert wurde. Statt dessen nahm der Premierminister – nach außen hin lächelnd – innerlich jedoch vor Wut auf Har-

vey Warrender kochend – Margarets Arm und ging auf
das wartende Flugzeug zu. Beifall und freundliche Zurufe
seiner Anhänger folgten ihnen.

2

Die Sondermaschine, eine Turbo-Prop Vanguard, die die
Regierung für Dienstreisen hatte, war in drei Kabinen
eingeteilt – eine herkömmliche Kabine im vorderen Teil
des Rumpfes für Personal, das nicht dem Ministerium
angehörte und das bereits vor der Ankunft des Premierministers an Bord gegangen war. Dann gab es eine be-
quemere Mittelkabine, in der jetzt die drei Minister und
verschiedene Staatssekretäre saßen, und schließlich im
Heck einen mit bequemen Polstermöbeln eingerichteten
Aufenthaltsraum in pastellblau ausgeschlagen und an-
grenzend ein gemütliches kleines Schlafzimmer.

Die hinterste Kabine, die ursprünglich für die Königin
und den Prinzgemahl bei Staatsbesuchen vorgesehen war,
sollte jetzt vom Premierminister und Margaret benutzt
werden. Der Steward, ein Hauptfeldwebel der *Royal
Canadian Air Force,* half den beiden beim Anschnallen in
den tiefen, gutgepolsterten Sesseln und verschwand diskret. Draußen steigerte sich das tiefe, gedämpfte Brummen der vier Rolls-Royce-Motoren, als sie auf die Startbahn hinausrollten.

Als der Steward gegangen war, sagte James Howden
scharf: »War es wirklich nötig, Warrender in seinem absurden Hochmut über seine lateinischen Spielereien zu bestätigen?«

Margaret antwortete ruhig: »Vielleicht war es nicht
nötig, aber wenn du es hören willst: ich meinte, daß du
dich außergewöhnlich unhöflich benommen hast und
wollte mich gewissermaßen entschuldigen.«

»Verflucht nochmal!« Seine Stimme wurde lauter. »Ich
hatte gute Gründe, Harvey Warrender gegenüber unhöflich zu sein, Margaret.«

Seine Frau nahm vorsichtig den Hut ab und legte ihn

auf einen kleinen Tisch neben ihren Sessel. Der Hut war eine duftige Schöpfung aus schwarzem Samt mit Schleier. Sie hatte ihn in Montreal gekauft. Sie sagte gerade heraus: »Bitte fahr mich nicht so an, Jamie. Du hast vielleicht einen Grund gehabt, ich hatte jedoch keinen, und ich habe dir schon einmal zu verstehen gegeben, daß ich schließlich kein Abklatsch deiner Launen bin.«

»Darum geht es doch gar nicht . . .«

»Doch, darum geht es wohl!« Jetzt wurden Margarets Wangen rot. Sie brauchte immer lange, um ärgerlich zu werden, und das war auch der Grund dafür, daß ihre Auseinandersetzungen vergleichsweise selten waren. »Wenn ich mein Urteil danach bilde, wie du dich soeben den Reportern gegenüber benommen hast, dann würde ich sagen, daß Harvey Warrender nicht der einzige ist, dem man Eitelkeit vorwerfen kann.«

Er fragte abrupt: »Was meinst du damit?«

»Du hast dich doch nur über den Mr. Tomkins geärgert, weil er nicht töricht genug war, sich durch deinen pompösen Unfug über Fairneß und Menschlichkeit ins Bockshorn jagen zu lassen. Wenn du es wissen willst: Ich war auch nicht davon beeindruckt.«

Er erklärte steif: »Aber ich habe doch wenigstens hier ein Recht auf etwas Loyalität.«

»Mach dich doch nicht lächerlich«, sagte Margaret verärgert. »Und hör um Himmels willen auf zu reden, als wärest du auf einer Wahlversammlung. Ich bin schließlich deine Frau, vergiß das nicht – ich habe dich schon nackt gesehen. Es ist doch vollkommen klar, was hier vorgeht. Harvey Warrender hat dich in eine knifflige Lage gebracht . . .«

Er fiel ein: »Es ist eine unmögliche Lage.«

»Nun gut, eine unmögliche Lage. Aus irgendeinem Grund hast du das Gefühl, du müßtest dich vor ihn stellen, aber weil du das gar nicht gern und mit Überzeugung tust, mußt du deine schlechte Laune an allen möglichen Leuten auslassen, ja sogar an mir.« Es war ungewöhnlich, daß Margarets Stimme sich bei den letzten Worten fast überschlug.

254

Es herrschte Schweigen zwischen ihnen. Draußen liefen die Triebwerke für den Start noch schneller. Die Startbahn glitt draußen weg, und sie waren in der Luft, stiegen weiter an. Er ergriff Margarets Hand. »Du hast ganz recht. Ich war tatsächlich furchtbar schlechter Laune.«

So endeten die meisten ihrer Streitigkeiten, selbst die ernsteren, und davon hatten sie in ihrer Ehe durchaus einige gehabt. Immer erkannte einer das Argument des anderen an und lenkte dann ein. James Howden fragte sich, ob es tatsächlich Ehepaare gab, die ohne Streit miteinander auskamen. Wenn es das überhaupt gab, dachte er, dann mußten es langweilige und geistlose Menschen sein.

Margaret hatte ihren Kopf abgewandt, aber sie erwiderte seinen Händedruck.

Nach einer Weile sagte sie: »Warrender ist doch nicht wichtig. – Nicht für uns, meine ich. Er ist ein Hemmschuh, aber auch nicht mehr. Es wird schon alles klappen.«

»Ich habe mich auch dumm benommen. Vielleicht weil ich dich in letzter Zeit nicht oft gesehen habe.« Margaret hatte ein kleines Batisttuch aus der Tasche genommen und tupfte sich beide Augen ab. Sie fuhr langsam fort: »Manchmal habe ich furchtbare Eifersuchtsanwandlungen, was die Politik angeht, eine Art Hilflosigkeit. Ich hätte es, glaube ich lieber, wenn du irgendwo eine andere Frau versteckt hättest. Wenigstens wüßte ich dann, wie ich konkurrieren könnte.«

»Du brauchst doch nicht zu konkurrieren«, sagte er, »das hast du nie nötig gehabt.« Einen Augenblick lang hatte er Schuldgefühle, er dachte an Milly Freedeman.

Abrupt sagte Margaret: »Wenn Harvey Warrender so viel Schwierigkeiten macht, warum hast du ihm dann das Einwanderungsministerium gegeben? Könntest du ihn nicht irgendwo hinsetzen, wo er keinen Schaden anrichtet – zum Beispiel in das Fischereiressort?«

James Howden seufzte. »Leider will Harvey Einwanderungsminister sein, und er hat immer noch Einfluß genug, um seine Wünsche durchzusetzen.« Er fragte sich, ob Margaret seine Erklärung wirklich glaubte, aber sie ließ sich keinerlei Anzeichen eines Zweifels anmerken.

Die Vanguard drehte jetzt nach Süden ab, ging – immer noch steigend, wenn auch jetzt weniger steil – auf Kurs. Die Vormittagssonne schien hell durch die Backbordfenster, und rechts, von beiden Sitzen aus zu sehen, lag Ottawa wie eine Minidomstadt tausend Meter unter ihnen. Der Ottawafluß war eine Silberschlange zwischen den verschneiten Ufern. Im Westen, wo er sich zu den *Chaudière Falls* verengte, deuteten blaßhelle Rauchwolken wie Finger auf den Obersten Gerichtshof und das Parlament, die von oben zwergenhaft und unbedeutend aussahen.

Die Hauptstadt unter ihnen entzog sich jetzt der Sicht, das offene flache Land lag vor ihnen. In etwa zehn Minuten würden sie über den St. Lawrence-Strom fliegen und dann schon über dem Staat New York sein. Eine Atomrakete, dachte Howden, würde die gleiche Entfernung nicht in Minuten, sondern in Sekunden zurücklegen.

Margaret wandte sich vom Fenster ab und fragte: »Glaubst du, daß die Menschen da unten irgendeine Vorstellung davon haben, was in einer Regierung so vorgeht? Die politischen Manipulationen, das ›Eine-Hand-wäscht-die-andere‹ und all diese Machenschaften?«

Einen Augenblick war James Howden verdutzt. Nicht zum ersten Mal hatte er das Gefühl, daß Margaret seine Gedanken erraten hatte. Dann antwortete er: »Einige vermuten das natürlich schon – diejenigen, die die Politik am Rande miterleben. Aber ich stelle mir vor, daß die meisten Menschen das nicht empfinden, oder es zumindest gar nicht wissen wollen. Dann gibt es natürlich andere, die es auch nicht glauben würden, wenn man ihnen das ganze schwarz auf weiß vorlegen und heilige Eide darauf schwören würde.«

Nachdenklich sagte Margaret: »Wir sind immer so schnell bei der Hand, wenn es darum geht, die amerikanische Politik zu kritisieren.«

»Ich weiß«, gab er zu. »Das ist natürlich ganz unlogisch, weil wir im Verhältnis dazu genau soviel Begünstigung und indirekte Bestechung haben wie die Amerikaner, vielleicht sogar mehr. Es ist nur einfach so, daß wir in den meisten Fällen wesentlich diskreter sind, und bisweilen bringen wir jemanden, der zu habgierig geworden ist, der Öffentlichkeit als Opfer dar.«

Das Zeichen »Gurte anschnallen« war jetzt nicht mehr erleuchtet. James Howden öffnete seinen Gurt und beugte sich zu Margaret hinüber, um ihr zu helfen. »Natürlich mußt du dir klar sein«, sagte er, »daß einer unserer größten nationalen Vorzüge unser Empfinden für Selbstgerechtigkeit ist. Das ist etwas, was wir von den Engländern geerbt haben. Kannst du dich an Shaw erinnern? – ›Es gibt nichts, was so gut oder so schlecht wäre, daß es ein Engländer nicht tun könnte, aber ein Engländer ist nie im Unrecht.‹ Diese Überzeugung hilft dem Volksgewissen eine ganze Menge.«

»Manchmal«, sagte Margaret, »scheinen dir die Eigenschaften, die uns ins Unrecht setzen, richtig Spaß zu machen.«

Ihr Mann hielt nachdenklich inne. »Den Eindruck will ich allerdings nicht erwecken. Ich will nur, wenn wir allein sind, versuchen, die Maske abzulegen.« Er lächelte schwach. »Es gibt heute nicht mehr viele Orte, wo ich nicht als Ausstellungsstück auftrete.«

»Es tut mir leid.« Margarets Stimme klang besorgt. »Ich hätte das nicht sagen sollen.«

»Nein! Ich möchte nicht, daß einer von uns beiden das Gefühl hat, es gäbe irgend etwas auf der Welt, was wir uns nicht sagen könnten.« Kurz dachte er an Harvey Warrender und das Abkommen mit ihm. Warum hatte er das Margaret nie erzählt? Vielleicht würde er es eines Tages tun. Er fuhr jetzt fort: »Ein gut Teil von dem, was ich über Politik weiß, betrübt mich. Das ist immer so gewesen. Dann aber denke ich an unsere Vergänglichkeit und an die menschliche Schwäche. Ich erinnere mich, daß Macht und Unschuld nie zusammengehört haben – nirgendwo. Wenn du sauber bleiben willst, dann mußt du ganz alleine stehen. Wenn du etwas Positives leisten willst, wenn du die Welt ein winziges bißchen besser verlassen möchtest als du sie vorgefunden hast, dann mußt du die Macht wählen und von deiner Unschuld manches aufgeben. Da gibt es einfach keine Wahl.« Er fuhr nachdenklich fort: »Das ist so, als ob wir alle in einem reißenden Strom trieben, und wenn wir auch wollten, so könnten wir doch den Kurs nicht plötzlich ändern. Du kannst dich nur treiben lassen und versuchen, dich langsam in die eine oder andere Richtung zu drängen.«

Ein weißes Bordtelefon in der Nähe des Premierministersessels klingelte musikalisch, und er nahm den Hörer ab. Die Stimme des Flugkapitäns sagte: »Hier spricht Galbraith, Sir.«

»Ja, Kapitän?« Galbraith, ein Fliegerveteran mit einem soliden Ruf, flog normalerweise die Staatsflüge von Ottawa aus. Er hatte die Howdens schon oft geflogen.

»Wir sind jetzt auf der richtigen Höhe, bei achttausend Meter, und wir hoffen, Washington in 1 Stunde und 10 Minuten anzufliegen. Das Wetter in Washington ist heiter und klar, die Temperatur liegt bei einundzwanzig Grad.«

»Das ist eine erfreuliche Nachricht«, sagte Howden. »Da haben wir ja fast Sommer.« Er erzählte Margaret vom Wetter in Washington und sprach dann ins Telefon: »Ich glaube, wir haben morgen mittag ein Essen in der Botschaft, Kapitän. Wir würden uns freuen, wenn Sie kommen könnten.«

»Danke schön, Sir.«

James Howden legte den Hörer wieder auf. Während er sprach, war der Steward zurückgekommen, diesmal mit Kaffee und belegten Broten auf einem Tablett. Auch ein Glas Traubensaft war dabei. Margaret deutete darauf. »Wenn du den wirklich so gern magst, dann lasse ich uns mal welchen kommen.«

Er wartete, bis der Steward weg war, und dämpfte dann seine Stimme. »Das Zeug ist mir langsam widerlich. Ich habe einmal gesagt, daß ich es mag, und das scheint sich herumgesprochen zu haben. Jetzt weiß ich auch, warum Disraeli Pfingstrosen nicht ausstehen konnte.«

»Aber ich hab immer gedacht, daß er Pfingstrosen

gern hatte«, sagte Margaret. »Waren das nicht seine Lieblingsblumen?«

Ihr Mann schüttelte heftig den Kopf. »Disraeli hat das nur einmal gesagt, und zwar aus Höflichkeit gegenüber der Königin Victoria, die ihm einige Pfingstrosen geschickt hatte. Später überhäuften ihn die Leute mit Pfingstrosen, solange, bis ihn der bloße Anblick dieser Blumen fast verrückt machte. Du siehst also, politische Legenden sind dauerhaft.« Lächelnd nahm er den Traubensaft, öffnete eine Tür im Hintergrund der Kabine und schüttete ihn in die Toilette.

Margaret sagte nachdenklich: »Weißt du, manchmal glaube ich, daß du Ähnlichkeit mit Disraeli hast, obwohl du vielleicht ein wenig härter bist.« Sie lächelte. »Die Nase jedenfalls hast du dafür.«

»Ja«, stimmte er zu. »Und dieses alte zerfurchte Gesicht ist eine Art Warenzeichen gewesen.« Er fuhr sich über seine Adlernase und sagte dann, sich erinnernd: »Es hat mich zuerst erstaunt, wenn die Leute sagten, ich sähe hart aus. Aber nach einer Weile, als ich gelernt hatte, meinen besonderen Gesichtsausdruck aufzusetzen, da war das dann ganz natürlich.«

»Es ist angenehm«, sagte Margaret, »eine kurze Zeit wenigstens einmal allein zu sein. Wie lange dauert es noch bis Washington?«

Er verzog sein Gesicht. »Ich fürchte, das war's. Ich muß noch mit Nesbitson reden, bevor wir landen.«

»Mußt du das wirklich, Jamie?« Es war mehr ein Vorwurf als eine Frage.

Er sagte verständnisvoll: »Es tut mir leid, Liebes.«

Margaret seufzte. »Ich habe doch gewußt, es ist zu schön, um wahr zu sein. Ich lege mich ein bißchen hin, dann bist du ungestört.« Sie stand auf, nahm ihre Handtasche und ihren Hut an sich. Am Eingang zu dem kleinen Schlafzimmer drehte sie sich um. »Wirst du ihm eine Rüge erteilen?«

»Wahrscheinlich nicht – es sei denn, es läßt sich wirklich nicht vermeiden.«

»Ich hoffe, es ist nicht nötig«, sagte Margaret ernst.

»Er ist so ein trauriger alter Mann, ich stelle mir immer vor, er wäre besser dran in einem Rollstuhl mit einer Decke über den Beinen, und ein anderer Soldat müßte ihn schieben.«

Der Premierminister lächelte breit. »Alle Generale im Ruhestand müßten so leben. Leider wollen sie entweder Bücher schreiben oder in die Politik gehen.«

Als Margaret gegangen war, klingelte er nach dem Steward und ließ General Nesbitson höflich bitten, doch zu ihm zu kommen.

3

»Sie sehen aber außerordentlich gut aus, Adrian«, sagte James Howden.

Aus der Tiefe des weichgepolsterten Sessels, den Margaret zuvor verlassen hatte, nickte Adrian Nesbitson in freudiger Übereinstimmung, wobei seine rosafarbenen faltigen Hände einen Whisky mit Soda hielten. »Ich fühle mich gesundheitlich wirklich ausgezeichnet in letzter Zeit, Premierminister. Ich scheine den verflixten Katarrh endlich losgeworden zu sein.«

»Das freut mich aber wirklich. Ich meine ja, daß Sie sich eine Zeitlang übernommen haben. Wir alle haben uns zu sehr einsetzen müssen. Das hat uns nervös gemacht.« Howden beobachtete seinen Verteidigungsminister sorgfältig. Der Alte sah wirklich gesünder aus, ja sogar ausgezeichnet, trotz zunehmender Kahlheit und trotz des stereotypen soldatischen Aussehens. Der dicke weiße Schnurrbart trug mit dazu bei. Er war sorgfältig gestutzt und lieh dem Gesicht mit den eckigen Kieferknochen eine gewisse Würde. Es blieb immer noch eine Andeutung von militärischer Autorität. Howden dachte, sein Plan könnte gelingen. Aber er erinnerte sich an die Warnung von Brian Richardson: »Wenn Sie mit dem handeln wollen, dann stellen Sie das vorsichtig an. Der alte Knabe gilt als ganz besonders unbestechlich.«

»Nervös oder nicht«, sagte Nesbitson, »ich kann dennoch nicht Ihre Vorstellungen von diesem Unionsvertrag billigen. Ich bin ganz sicher, daß wir das, was wir wollen, von den Yankees kriegen können, ohne so viel aufgeben zu müssen.«

James Howden zwang sich zur Ruhe, ignorierte ein aufkommendes Gefühl des Ärgers und der Verbitterung. Nichts, so wußte er, würde erreicht werden, wenn er die Kontrolle über sich selbst verlor, wenn er laut schreien würde, so wie ihm zu Mute war: »Wachen Sie doch um Himmels willen auf! Machen Sie die Augen auf, und finden Sie sich in das Unvermeidliche: Erkennen Sie, daß es entsetzlich spät ist und daß wir keine Zeit mehr haben für alte abgedroschene Phantasievorstellungen.« Statt dessen sagte er beruhigend: »Adrian, ich möchte, daß Sie etwas für mich tun, natürlich nur, wenn Sie wollen.«

Einen winzigen Augenblick zögerte der Alte, bevor er fragte: »Was wäre das?«

»Überlegen Sie alles doch noch einmal ganz sorgfältig: Wie die Situation sich entwickeln wird, denken Sie an die Zeit, die uns zur Verfügung steht, an das, was wir neulich erwähnten. Erwägen Sie dann die Alternativen, und befragen Sie Ihr eigenes Gewissen.«

»Das hab ich bereits getan.« Die Antwort war entschlossen.

»Vielleicht doch noch einmal.« Howden wirkte besonders überzeugend. »Wollen Sie mir den persönlichen Gefallen tun?«

Der Alte hatte seinen Whisky ausgetrunken. Der Alkohol hatte ihn erwärmt, und er setzte sein Glas ab. »Na ja«, gab er zu, »dagegen habe ich eigentlich nichts. Aber ich mache Sie darauf aufmerksam, daß meine Antwort immer noch dieselbe bleibt: Wir müssen unsere nationale Unabhängigkeit wahren – voll und ganz wahren.«

»Ich danke Ihnen«, sagte James Howden. Er klingelte, und als der Steward kam, sagte er: »Bitte noch einen Scotch mit Soda für General Nesbitson.«

Als das zweite Glas kam, trank Nesbitson davon, lehnte sich dann zurück und schaute sich in der Privatkabine um. Er sagte anerkennend, mit einer Spur des alten mili-

261

tärischen Bellens in seiner Stimme: »Das hier ist eine verdammt elegante Umgebung, Premierminister, wenn ich so sagen darf.«

Das war der Anknüpfungspunkt, auf den Howden gewartet hatte. »Gar nicht schlecht«, gab er zu, und seine Finger umschlossen das frische Glas Traubensaft, das der Steward zusammen mit dem Whisky des Verteidigungsministers gebracht hatte. »Ich benutze die Maschine allerdings nicht oft. Das Flugzeug gehört eigentlich mehr dem Generalgouverneur als mir.«

»Ach, so?« Nesbitson schien erstaunt. »Wollen Sie damit sagen, daß Sheldon Griffiths in diesem Ding unterwegs ist?«

»O ja, wann immer er will.« Howdens Stimme klang absichtlich unbeteiligt. »Schließlich ist ja doch der Generalgouverneur der Vertreter Ihrer Majestät. Er verdient ja wohl eine gewisse Sonderstellung, oder meinen Sie nicht?«

»Ja sicher.« Der Gesichtsausdruck des Alten war nachdenklich.

Noch einmal ganz beiläufig, als hätte ihn das gegenwärtige Gespräch daran erinnert, sagte Howden: »Sie haben doch sicher gehört, daß Shel Griffiths in diesem Sommer in Pension geht. Er ist sieben Jahre lang im *Government House* gewesen und möchte sich jetzt zurückziehen.«

»Ich habe davon gehört«, sagte Nesbitson.

Der Premierminister seufzte. »Das ist immer ein Problem, wenn ein Generalgouverneur in den Ruhestand geht – da muß man den besten Mann als Nachfolger finden: jemanden, der die richtige Erfahrung hat und der bereit ist, ein solch verantwortungsvolles Amt zu übernehmen. Man muß sich schließlich vor Augen halten, daß es die höchste Ehre ist, die das Land zu vergeben hat.«

Howden sah zu, als der Ältere einen großen Schluck Whisky nahm. »Ja«, sagte er bedächtig, »das ist gewiß die höchste Ehre.«

»Natürlich«, sagte Howden, »hat die Aufgabe auch ihre Nachteile. Man muß das Zeremoniell beachten –

überall stehen Ehrenwachen, es gibt fast jeden Tag begeisterte Menschenmengen, Artillerie, Salutschüsse und so weiter.« Er fügte obenhin hinzu: »Dem Generalgouverneur stehen einundzwanzig Salutschüsse zu, genauso viel wie der Königin, wissen Sie.«

»Ja«, sagte Nesbitson leise, »ich weiß.«

Howden fuhr fort, als denke er laut vor sich hin: »Natürlich braucht man eine ganz besondere Erfahrung, um eine solche Aufgabe zufriedenstellend erfüllen zu können. Jemand mit militärischer Erfahrung ist eigentlich am besten dazu geeignet.«

Die Lippen des alten Kriegers standen leicht offen. Er befeuchtete sie mit seiner Zunge. »Ja«, sagte er, »das trifft wohl zu.«

»Ich will ganz offen sein«, sagte Howden, »ich hatte eigentlich immer gehofft, daß Sie eines Tages das Amt übernehmen würden.«

Die Augen des Alten öffneten sich weit. »Ich?« Seine Stimme war kaum hörbar. »Ich?«

»Na ja«, sagte Howden, als verwerfe er den Gedanken wieder. »Eine solche Überlegung kommt zur falschen Zeit. Ich weiß. Sie möchten ja sicher nicht aus dem Kabinett ausscheiden, und ich möchte Sie auch nicht verlieren.«

Nesbitson richtete sich auf, als wolle er aus dem Sessel aufstehen, und ließ sich dann wieder zurückfallen. Die Hand, die das Glas hielt, zitterte. Er schluckte, um seine Stimme unter Kontrolle zu bringen, und das gelang ihm fast. »Nun, eigentlich habe ich bereits seit einiger Zeit daran gedacht, mich aus der Politik zurückzuziehen. Es ist bei meinem Alter manchmal ein bißchen anstrengend.«

»Tatsächlich, Adrian?« Der Premierminister gestattete sich, erstaunt zu klingen. »Ich habe immer gedacht, daß Sie noch einige Jahre mit uns zusammenarbeiten würden.« Er überlegte. »Natürlich, wenn Sie mein Angebot annähmen, dann würde das eine Menge Schwierigkeiten aus dem Weg räumen. Ich zögere nicht, Ihnen zu sagen, daß es für unser Land nach dem Unionsvertrag schwere Zeiten gibt. Wir brauchen dann ein Gefühl der Einheit und der Kontinuität in unserer Nation. Ich persönlich sehe das Amt des Generalgouverneurs – vorausgesetzt, daß es den richtigen Händen anvertraut wird – als eine Schlüsselstellung bei dem Versuch, diese Kontinuität zu gewährleisten.«

Einen Augenblick fragte er sich, ob er zu weit gegangen war. Als er sprach, hatte der Alte seinen Kopf gehoben und schaute ihm gerade in die Augen. Es war schwierig abzulesen, was sich in seinem Blick ausdrückte. War es Verachtung oder Unglaube, oder gar beides mit einem Schuß Ehrgeiz? Auf eines konnte man sich verlassen: Obgleich Adrian Nesbitson in mancher Hinsicht ein reiner Tor war, so war er doch nicht benommen genug, um nicht zu verstehen, was ihm angeboten wurde: Ein Geschäft, ein Geschäft mit dem höchstmöglichen Preis für seine politische Unterstützung.

James Howden rechnete damit, daß der Alte den Preis richtig einschätzen würde. Er wußte, daß einige Männer das Amt des Generalgouverneurs unter keinen Umständen übernehmen würden. Für sie war es eher eine Bestrafung als eine Belohnung. Aber für einen alten Soldaten, der das Zeremoniell und die Repräsentation schätzte, war dieses Amt die Krone aller Bemühungen.

James Howden hatte nie das zynische Wort für richtig gehalten, daß jedermann seinen Preis hat. Er hatte in seinem Leben Menschen kennengelernt, die man weder mit Wohlstand noch mit Ehren kaufen konnte, nicht einmal mit der Versuchung – der ja doch so viele nachgaben –, ihren eigenen Mitmenschen etwas Gutes tun zu können. Aber die meisten, die in der Politik tätig waren, hatten irgendeinen Preis. Sie mußten so sein, um in diesem Geschäft bestehen zu können. Einige Leute benutzten dann Euphemismen wie »Zweckmäßigkeit« oder »Kompromiß«, aber letzten Endes kam es auf dasselbe hinaus. Hier mußte er sich nur fragen: Hatte er den Preis für Adrian Nesbitsons Unterstützung richtig angesetzt?

Die innere Auseinandersetzung zeichnete sich auf dem Antlitz des alten Mannes ab. Eine Folge von sich rasch wandelnden Gesichtsausdrücken, wie im Kaleidoskop eines Kindes, in dem Zweifel, Stolz, Befangenheit und Sehnsucht zusammenfielen . . .

Er konnte in seiner Erinnerung die Kanonen hören . . . Das Bellen der deutschen Acht-Acht-Batterien und die Antwort darauf . . . Ein sonnenüberfluteter Morgen. Antwerpen lag hinter ihnen, die Schelde vor ihnen . . . Die kanadische Division schob sich klirrend vorwärts, wurde langsamer, zögerte, war bereit abzudrehen . . .

Das war der Wendepunkt des Kampfes. Er hatte sich den Jeep herüberschicken lassen, winkte seinem Dudelsackpfeifer zu und befahl dem Fahrer, Gas zu geben. Er stand vorne im Wagen, hinter sich das Quäken des Dudelsacks und ihm gegenüber die deutschen Geschütze. Er führte, er überzeugte, und die verzweifelten Soldaten hatten sich wieder gesammelt. Die Zögernden hatte er angetrieben, er hatte sie mit widerlichen Schimpfworten belegt, die Männer hatten zurückgeflucht und waren ihm gefolgt.

Dampf, Staub, aufjaulende Motoren, der Gestank von Pulverdampf und Öl, die Schreie der Verwundeten . . . Die Vorwärtsbewegung, zunächst langsam, dann rascher . . . Die Verwunderung in den Augen seiner Männer – Verwunderung über ihn, der da aufrecht und stolz stand, ein Ziel, das keinem feindlichen Richtkanonier entgehen konnte . . .

Das war der höchste Augenblick des Ruhms. Es war ein hoffnungsloses Unterfangen gewesen, aber sie hatten den Sieg zurückgeholt. Es war selbstmörderisch gewesen, und wie durch ein Wunder hatte er das Ganze lebend überstanden.

Sie nannten ihn danach den verrückten General und den kämpfenden Narren, und später hatte ihm ein schlanker, zerbrechlicher Mann, der stotterte und den er sehr verehrte, im Buckingham Palace einen Orden an die Brust geheftet.

Aber jetzt waren die Jahre dahingegangen, und die Erinnerung mit ihnen. Nur wenige erinnerten sich an den Augenblick des Ruhms, und noch weniger Menschen kümmerten sich darum. Niemand nannte ihn noch den kämpfenden Narren. Wenn sie überhaupt auf ihn Bezug nahmen, dann ließen sie das ›kämpfenden‹ weg.

Bisweilen verlangte es ihn wieder – wenn auch nur kurz – nach dem Gefühl des Ruhmes.

Mit einem Anflug von Zögern sagte Adrian Nesbitson: »Sie scheinen sehr sicher zu sein, was diesen Unionsvertrag angeht, Premierminister. Wissen Sie denn ganz genau, daß er durchkommt?«

»Ja, das weiß ich. Er wird durchgehen, weil er durchkommen muß.« Howden blieb in Tonfall und Gesichtsausdruck ernst.

»Aber dagegen wird es doch Opposition geben.« Der alte Mann zog nachdenklich seine Stirn in Falten.

»Aber natürlich. Letzten Endes jedoch, wenn die Notwendigkeit und die Dringlichkeit erkannt werden, dann macht das nichts mehr aus.« Howdens Stimme klang jetzt überzeugend. »Ich weiß, Adrian, daß Sie zunächst das Gefühl hatten, Sie müßten sich gegen diesen Plan wenden, und wir alle respektieren Ihre Aufrichtigkeit. Ich glaube auch, wenn Sie weiterhin der Überzeugung sind, daß Sie sich dagegenstellen müssen, dann müssen wir uns politisch trennen.«

Nesbitson sagte rauh und linkisch: »Dafür sehe ich eigentlich keine Notwendigkeit.«

»Die Notwendigkeit besteht auch nicht«, sagte Howden. »Ganz besonders, wenn Sie als Generalgouverneur dem Land viel besser dienen könnten, als Sie das je in der politischen Wüste zu tun vermochten.«

»Na ja«, sagte Nesbitson; er schaute hinunter auf seine Hände. »Wenn man das Ganze so sieht . . .«

Das ist ja alles so einfach, dachte Howden. Die Macht, Ämter zu verleihen, macht doch die meisten Dinge möglich. Laut sagte er: »Wenn Sie damit einverstanden sind, dann würde ich gern die Königin sobald wie möglich davon in Kenntnis setzen. Ich bin sicher, daß Ihre Majestät die Nachricht mit großem Wohlwollen hört.«

Mit Würde neigte Adrian Nesbitson den Kopf. »Wie Sie wünschen, Premierminister.«

Sie waren aufgestanden und reichten sich feierlich die Hand. »Ich bin sehr froh«, sagte James Howden. Er fügte formell hinzu: »Ihre Ernennung zum Generalgouverneur wird im Juni bekanntgegeben. Dann haben wir Sie wenigstens bis zum Sommer im Kabinett, und Ihre Hilfe im Wahlkampf bedeutet uns eine Menge.« Er faßte zusammen, machte, ohne den geringsten Zweifel zu lassen, klar, auf was sie sich geeinigt hatten. Für Adrian Nesbitson gab es jetzt keine Abweichungen von der Regierungspolitik mehr, keine Kritik am Unionsvertrag. Statt dessen würde Nesbitson den Wahlkampf an der Seite der übrigen Parteipolitiker führen – er würde die Regierungspartei unterstützen, ihre Politik verwirklichen helfen, Verantwortung übernehmen ...

James Howden wartete auf eine gegenteilige Äußerung, sollte es noch kein völliges Einverständnis geben. Aber Nesbitson schwieg.

Kurz zuvor hatte sich der Ton der Triebwerke verändert. Sie setzten jetzt gleichmäßig zur Landung an, und das Land unter ihnen war nicht mehr von Schnee bedeckt, sondern erschien wie ein Fleckerlteppich aus braunen und grünen Farbtupfen. Das Bordtelefon klingelte leise, und der Premierminister nahm den Hörer ab.

Kapitän Galbraiths Stimme verkündete: »Wir werden in zehn Minuten in Washington landen. Wir haben Vorrang für den Anflug und die Landung, und ich bin gebeten worden, Ihnen mitzuteilen, daß der Präsident sich auf dem Weg zum Flughafen befindet.«

4

Nach dem Abflug des Premierministers fuhren Brian Richardson und Milly vom Uplands Airport in Richardsons Jaguar zurück in die Stadt. Während eines guten Teils der Fahrt nach Ottawa hinein schwieg der Parteigeschäftsführer. Sein Gesicht war grimmig verkrampft, sein Körper vor Zorn angespannt. Er behandelte den Jaguar – den er üblicherweise mit vorsichtiger Zuneigung steuerte –, als wäre er verantwortlich für die verunglückte Pressekonferenz auf dem Flughafen. Vielleicht konnte er sich mehr als irgend jemand anders vorstellen, wie leer und hohl die Erklärungen von James Howden zur Einwanderungsfrage und zum Fall Henri Duval wirken mußten, wenn sie erst einmal gedruckt vorlagen. Richardson schäumte: Es war noch unglücklicher, daß die Regierung – in Gestalt des Premierministers – einen Standpunkt eingenommen hatte, von dem man sich nur unter außerordentlichen Schwierigkeiten würde zurückziehen können.

Milly hatte nach der Abfahrt vom Flughafen gelegentlich zur Seite geschaut, aber da sie spürte, was in ihrem Begleiter vorging, versagte sie sich jede Bemerkung. Als sie aber der Stadtgrenze näherkamen, berührte sie nach einer besonders waghalsig gefahrenen Kurve Richardson am Arm. Worte waren da nicht notwendig.

Der Generalsekretär verlangsamte die Fahrt, wandte sich Milly zu und grinste: »Tut mir leid, Milly. Aber ich mußte meine Wut auslassen.«

»Ich weiß.« Die Fragen der Reporter vom Flughafen hatten auch Milly beunruhigt, denn sie wußte ja, welche geheimen Fesseln James Howden in seiner Entscheidungsfreiheit einschränkten.

»Ich brauche einen Drink«, sagte Richardson. »Fahren wir doch in deine Wohnung.«

»Ja natürlich.« Es war fast Mittag, und für ein oder zwei Stunden brauchte Milly nicht in das Büro des Premierministers zurückzukehren. Sie fuhren bei der Dunbar-Brücke über den Rideau-Fluß und wendeten dann nach Westen und fuhren auf der Queen-Elizabeth-Autobahn in die Stadt. Die Sonne, die zuvor geschienen hatte, war jetzt hinter dichten Wolken verschwunden, und der Tag wurde zusehends grauer, die düsteren Betonklötze der Hauptstadt wurden eins mit ihrer Umgebung. Der Wind kam in Böen, blies Staub, Blätter und Papier hoch, wirbelte den Abfall in der Gosse auf und fegte über Wochen alte Schneehaufen, die jetzt von Schlamm und Ruß verunstaltet waren. Fußgänger eilten durch die Straßen, den

Mantelkragen hochgeschlagen, Hüte festhaltend und den Windschatten der Gebäude nutzend. Trotz der Wärme im Jaguar schauderte Milly. Zu dieser Jahreszeit schien der Winter endlos, und sie sehnte sich nach dem Frühling.

Sie parkten den Jaguar vor Millys Haus und fuhren gemeinsam im Aufzug nach oben. In der Wohnung begann Milly – ganz aus Gewohnheit –, die Drinks zu mixen. Brian Richardson legte ihr die Hand um die Schulter und küßte sie flüchtig auf die Wange. Einen Augenblick schaute er Milly direkt in die Augen und ließ sie dann abrupt los. Das Gefühl, das ihn bei der Berührung übermannte, hatte ihn verblüfft. Es war so, als sei er einen Augenblick in eine andere Welt, eine luftige Traumwelt hinübergeschwebt. Etwas praktischer sagte er dann: »Laß mich die Drinks machen. Hinter die Bar gehört schließlich ein Mann.«

Er nahm die Gläser und während sie zusah, goß er den Gin ein, zerschnitt eine Zitrone und drückte den Saft aus. Er fügte Eiswürfel hinzu, öffnete mit kundigem Griff eine Flasche Schweppes Tonic und verteilte sie gleichmäßig auf die beiden Gläser. Das war einfach und geschah mühelos, aber Milly dachte: Wie wunderbar ist es, miteinander zu teilen – selbst an einem einfachen Vorgang wie dem Mixen von Getränken teilzuhaben, wenn man den Partner wirklich gern hatte.

Milly nahm ihr Glas zum Sofa hinüber, nippte daran und setzte es auf den Tisch. Sie lehnte sich zurück, ließ den Kopf entspannt in die Kissen fallen und genoß den willkommenen Luxus einer Ruhepause am Mittag. Sie hatte das Gefühl, der Zeit ein paar Augenblicke gestohlen zu haben. Sie reckte sich, streckte die Beine aus und zog sich dann, die Absätze gegen den Teppich pressend, die Schuhe von den Füßen.

Richardson ging in dem kleinen gemütlichen Zimmer auf und ab, sein Glas hielt er fest umspannt, seine Stirn war nachdenklich gerunzelt. »Ich verstehe das einfach nicht, Milly. Ich kann das nicht begreifen. Warum benimmt sich der Chef ausgerechnet heute so, wo er das doch nie vorher getan hat? Warum, in drei Teufels Namen, unterstützt er Harvey Warrender? Der glaubt doch nicht an das, was er da gesagt hat. Das konnte man heute ganz klar merken. Was ist bloß der Grund dafür? Warum, warum, warum?«

»O Brian!« sagte Milly. »Können wir das nicht einen Augenblick vergessen?«

»Vergessen! Ich bitte dich!« Die Worte stieß er angesichts der verfahrenen Situation zornig heraus. »Ich kann nur immer wieder sagen, wir sind unglaublich dämlich, wenn wir nicht nachgeben und diesen verfluchten blinden Passagier an Land lassen. Die ganze Angelegenheit kann sich weiterentwickeln bis zu dem Punkt, wo sie uns die nächsten Wahlen kostet.«

Unlogischerweise war Milly versucht zu fragen: Würde es denn etwas ausmachen, wenn wir die Wahlen verlieren? Sie wußte, daß das falsch war, und eben war ihre Sorge noch genauso groß gewesen wie die Richardsons. Plötzlich jedoch war sie die ganze Politik von Grund auf leid: Das Taktieren, das Manövrieren, das Punktesammeln gegen die Opposition, die selbstgefällige Rechtgläubigkeit. Worauf lief denn alles letzten Endes hinaus? Das, was heute als eine Krise erschien, würde schon in der nächsten Woche oder spätestens im nächsten Jahr eine vergessene Bagatelle sein. In zehn Jahren oder in hundert wären all die kleinen Problemchen und die Menschen, die sich damit auseinandersetzten, der Vergessenheit anheimgegeben. Auf die einzelnen Menschen kam es an, nicht auf die Politik. Und es ging nicht nur um die anderen Leute ... sondern um sie selbst.

»Brian«, sagte Milly sanft, aber nachdrücklich, »bitte umarme mich, jetzt.«

Die Schritte hörten auf. Es herrschte Schweigen.

»Sag nichts«, flüsterte Milly. Sie hatte die Augen geschlossen. Es war, als spreche aus ihr jemand anderes, als sei eine andere Stimme in ihren Körper geschlüpft, da sie noch vor ganz kurzer Zeit diese Worte nie hätte sagen können. Sie glaubte, sie müsse die Stimme dieser Fremden Lügen strafen, müsse rückgängig machen, was gesagt worden war. Sie glaubte, ihre eigene Identität wiedergewinnen zu müssen. Aber ein Gefühl genüßlicher Trägheit hielt sie zurück.

Sie hörte, wie ein Glas abgesetzt wurde, sie hörte leise Schritte, nahm wahr, daß die Vorhänge zugezogen wurden, und dann war Brian neben ihr. Sie umschlangen sich, ihre Lippen saugten sich aneinander fest, ihre Körper drängten zueinander. »O Gott, Milly!« stieß er hervor. Seine Stimme überschlug sich, »Milly, ich bin verrückt nach dir, und ich liebe dich.«

5

In die Stille hinein summte leise das Telefon. Brian Richardson richtete sich auf. »Na ja«, sagte er, »ich bin froh, daß es vor zehn Minuten nicht geklingelt hat.« Er sprach, um irgend etwas zu sagen, und er benutzte die Banalitäten, um seine eigene Unsicherheit zu verbergen.

»Ich hätte auch nicht abgenommen«, sagte Milly. Die angenehme Trägheit war von ihr gewichen. Sie verspürte ein belebendes Gefühl der Erwartung. Dieses Mal und auch beim letzten Mal war es anders gewesen, ganz anders, als sie es in Erinnerung gehabt hatte ... Brian Richardson küßte sie auf die Stirn. Er dachte, wie groß der Unterschied zwischen der Milly war, die die Welt da draußen kannte, und jener Milly, die er hier kennengelernt hatte. Im Augenblick schien sie schläfrig, ihr Haar war durcheinander, sie fühlte sich warm an ...

»Ich muß antworten«, sagte Milly. Sie richtete sich auf und ging zum Telefon.

Eine der Stenotypistinnen aus dem Büro des Premierministers war am Apparat. »Ich dachte, ich müßte Sie anrufen, Miß Freedeman. Wir haben eine Menge Telegramme bekommen. Heute morgen fing das an, und bis jetzt sind es zweiundsiebzig. Alle an Mr. Howden adressiert.«

Milly fuhr sich mit der Hand durchs Haar. Sie fragte: »Worum geht es denn?«

»Die beziehen sich alle auf den Mann auf dem Schiff, den die Einwanderungebehörde nicht hereinlassen will. Heute morgen stand wieder etwas darüber in der Zeitung. Haben Sie es gesehen?«

»Ja«, sagte Milly, »ich hab's gesehen. Was steht denn in den Telegrammen?«

»Eigentlich immer dasselbe, nur auf verschiedene Weise ausgedrückt, Miß Freedeman: Man sollte ihn hereinlassen und ihm eine Chance geben. Ich hab mir nur gedacht, Sie sollten das wissen.«

Milly legte den Hörer auf. Sie mußte wohl Elliot Prowse, den persönlichen Referenten, benachrichtigen. Der mußte jetzt bereits in Washington sein. Dann könnte er entscheiden, ob er den Premierminister unterrichtete oder nicht. Vielleicht würde er es tun. James Howden nahm Zuschriften und Telegramme sehr ernst, er bestand darauf, daß täglich und monatlich Aufstellungen über den Inhalt und die Absender gemacht wurden, die er gemeinsam mit dem Generalsekretär sorgfältig untersuchte.

»Wer war das?« fragte Brian Richardson, und Milly unterrichtete ihn.

Als habe er soeben einen anderen Gang eingeschoben, schaltete er zurück auf die praktischen Erfordernisse. Er machte sich gleich Sorgen, so wie sie es erwartet hatte. »Irgend jemand organisiert doch das Ganze, sonst würden nicht so viele Telegramme gleichzeitig eingehen. Aber ich verstehe die ganze Angelegenheit nicht.« Er fügte etwas ratlos hinzu: »Wenn ich nur wüßte, was ich unternehmen soll.«

»Vielleicht kann man gar nichts dagegen unternehmen«, sagte Milly.

Er blickte sie prüfend an. Dann legte er ihr beide Hände zärtlich auf die Schultern. »Milly, mein Liebes«, sagte er, »irgend etwas geht hier vor, wovon ich nichts weiß, wovon du allerdings etwas wissen mußt.«

Sie schüttelte den Kopf.

»Hör zu, Milly«, drängte er. »Wir sitzen doch beide in demselben Boot, oder nicht? Wenn ich irgend etwas unternehmen soll, dann muß ich Bescheid wissen.«

Sie schauten sich in die Augen.

»Du kannst mir doch vertrauen, oder nicht?« sagte er sanft. »Besonders jetzt.«

Sie war sich widerstreitender Gefühle und Verpflichtungen bewußt. Sie wollte James Howden abschirmen, das hatte sie immer schon getan . . .

Und doch hatte sich plötzlich ihre Beziehung zu Brian geändert. Er hatte ihr gesagt, daß er sie liebe. Jetzt gab es doch gewiß zwischen ihnen keine Geheimnisse mehr. In gewisser Weise würde es auch für sie eine Erleichterung bedeuten . . .

Er faßte sie etwas fester an. »Milly, ich muß es wissen.«

»Nun gut.« Sie machte sich los, nahm die Schlüssel aus ihrer Handtasche und schloß die untere Schublade eines kleinen Sekretärs neben der Schlafzimmertür auf. Der Abzug der Fotokopie war in einem versiegelten Umschlag, den sie öffnete und ihm übergab. Als er zu lesen begann, merkte sie, wie die Stimmung, die noch wenige Augenblicke zuvor geherrscht hatte, jetzt weggewischt war wie der Frühnebel im Morgenwind. Nun drehte sich alles wieder ums Geschäft, um Politik.

Brian Richardson hatte beim Lesen durch die Zähne gepfiffen. Jetzt schaute er auf, sein Gesichtsausdruck war verblüfft, sein Blick schien ungläubig.

»Du lieber Himmel!« stieß er hervor, »mein Gott!«

273

Die einstweilige Verfügung

Der oberste Gerichtshof der Provinz British Columbia schloß tagein, tagaus die gewichtigen Eichentüren des Hauptgebäudes in Vancouver pünktlich um 16.00 Uhr. Um zehn Minuten vor vier am Tage nach seinem zweiten Gespräch mit Kapitän Jaabeck und Henri Duval (und etwa zur gleichen Zeit – es war in Washington D.C. zehn vor sieben – als der Premierminister und Margaret Howden sich für das Staatsbankett im Weißen Haus umzogen) betrat Alan Maitland mit einer Aktentasche unterm Arm das Gerichtsgebäude.

In der Kanzlei zögerte Alan und schaute sich in dem länglichen Raum mit der hohen Decke um, dessen eine Wand ganz mit Aktenregalen bedeckt war. Ein polierter Schaltertisch lief quer durch den Raum. Er ging zum Tisch hinüber, öffnete seine Aktenmappe und nahm die darinliegenden Papiere heraus. Er merkte dabei, daß seine Handflächen feuchter waren als gewöhnlich.

Ein älterer Beamter, der einzige Mensch in der Kanzlei, stand von seinem Stuhl auf. Er war ein dünner, zwergenhafter Mann, vornübergebeugt, als ob die Jahre des Umgangs mit dem Gesetz als Bürde auf seinen Schultern lasteten. Er fragte höflich: »Ja, bitte, Mr. . .?«

»Maitland«, sagte Alan. Er reichte ein Bündel Papiere hinüber, die er vorbereitet hatte. »Ich möchte diese Unterlagen zur Registrierung abgeben, und ich möchte gern mit dem diensthabenden Richter sprechen.«

Der Beamte sagte geduldig: »Der Richter beginnt seine Sprechstunde um 10.30 Uhr, und die Liste der Besucher ist für heute bereits abgeschlossen, Mr. Maitland.«

»Sie werden verzeihen«, – Alan deutete auf die Dokumente, die er abgegeben hatte – »es dreht sich hier um einen Fall von Freiheitsberaubung. Ich gehe wohl richtig in der Annahme, daß ich da ein sofortiges Gespräch verlangen darf.« Dieser Tatsache jedenfalls war er sich sicher. Bei allen Fällen, die mit den Menschenrechten und ungesetzlicher Freiheitsberaubung zu tun hatten, mußte der juristische Apparat ohne Verzögerung tätig werden, und wenn nötig, konnte man sogar einen Richter mitten in der Nacht aus dem Bett holen.

Der Beamte nahm eine randlose Brille aus dem Etui, setzte sie sich auf der Nase zurecht und beugte sich vor, um zu lesen. Er tat das ohne jede Neugier, als könne ihn nichts mehr erstaunen. Einen Augenblick später hob er den Kopf. »Ich bitte um Entschuldigung, Mr. Maitland. Sie haben natürlich recht.« Er zog ein leinengebundenes großes Buch näher zu sich heran. »Wir bekommen nicht jeden Tag eine *Habeas corpus* Akte.«

Als er seine Eintragung in das Buch gemacht hatte, nahm der Beamte einen schwarzen Talar vom Kleiderhaken und hängte ihn sich über die Schultern. »Bitte, folgen Sie mir.«

Er ging Alan voraus, einen langen holzgetäfelten Korridor entlang, durch doppelte Schwingtüren in die Vorhalle des Gerichtsgebäudes, wo eine breite, steinerne Treppe zum Obergeschoß führte. Das Gebäude war ruhig, ihre Schritte hallten von den Wänden wider. Zu dieser Tageszeit hatten die meisten Kammern bereits ihre Arbeit beendet, und teilweise war im Gebäude schon das Licht ausgeschaltet.

Als sie die Stufen hinaufstiegen, in aller Ruhe jeweils nur eine Stufe nehmend, befiel Alan eine ungewohnte Nervosität. Er unterdrückte einen kindischen Drang, sich umzudrehen und wegzulaufen. Als er zuvor die Argumente erwogen hatte, die er vortragen wollte, waren sie ihm plausibel erschienen, wenn auch die Rechtsgrundlage in manchen Fällen etwas dünn war. Jetzt jedoch schien ihm der ganze Fall in seinen Zusammenhängen nutzlos und naiv. War er gerade dabei, sich in der ehrfurchtgebietenden Anwesenheit eines Richters am Obersten Gericht zum Narren zu machen? Wenn das geschah, was würde es für Konsequenzen haben? Mit den Richtern war nicht zu spaßen, auch bemühte man sich besser nicht um eine besondere Anhörung, wenn man dafür keine guten Gründe vorzuweisen hatte.

In gewisser Weise wünschte er, daß er sich eine andere Tageszeit ausgesucht hätte, wo im Gericht viel Betrieb war, wie man das im allgemeinen morgens und am frühen Nachmittag beobachten konnte. Der Anblick anderer Menschen hätte ihn vielleicht in seinem Vorhaben bestärkt. Aber er hatte andererseits diesen Zeitpunkt mit Bedacht gewählt, um jede Aufmerksamkeit und vor allem weiteres Aufsehen zu vermeiden. Die meisten Gerichtsreporter waren jetzt bereits nach Hause gegangen, und er hatte anderen Zeitungsleuten, die ihn heute mehrfach angerufen hatten, keinerlei Hinweis auf seine Pläne gegeben.

»Richter Willis ist heute im Dienst«, sagte der Beamte. »Kennen Sie ihn, Mr. Maitland?«

»Ich habe seinen Namen schon gehört«, sagte Alan, »aber sonst kenne ich ihn nicht.« Er wußte, daß die Richter regelmäßig wechselten, er wußte, daß jeder Richter am Obersten Gerichtshof in bestimmten Zeitabständen den Bereitschaftsdienst außerhalb der Bürozeit übernahm. Deshalb war es dem Zufall anheimgestellt, mit welchem Richter man zu tun hatte.

Der Beamte wollte wohl etwas sagen, änderte dann aber seine Absicht. Alan half ihm auf die Sprünge: »Wollten Sie mir noch etwas sagen?«

»Na ja, Sir, nur ein kleiner Hinweis, wenn das nicht unverschämt ist.«

»Bitte, sprechen Sie«, meinte Alan.

Sie waren oben auf der Treppe angekommen und gingen jetzt einen dunklen Korridor entlang. »Wissen Sie, Mr. Maitland« – der Beamte sprach jetzt leiser – »Seine Lordschaft ist ein umgänglicher Herr, aber er nimmt die Vorschriften sehr genau und hat etwas gegen Unterbrechungen. Lassen Sie sich für Ihren Vortrag so lange Zeit, wie Sie wollen, und er läßt Sie gewähren. Wenn er aber selbst erst einmal zu sprechen begonnen hat, dann hat er es gar nicht gern, wenn ihn irgend jemand unterbricht, nicht einmal, um eine Frage zu stellen. Er kann sehr ärgerlich werden, wenn man ihn unterbricht.«

»Ich danke Ihnen«, sagte Alan herzlich, »ich will es mir merken.«

Sie blieben vor der schweren Tür stehen, die nur durch das eine Wort ›privat‹ gekennzeichnet war. Der Beamte klopfte zweimal, hielt den Kopf an die Tür, um zu horchen. Von drinnen tönte eine Stimme: »Herein!« Der Beamte öffnete die Tür und ließ Alan vorgehen.

Sie waren in einem großen holzgetäfelten Raum. Alan sah, daß Teppiche ausgelegt waren und das Zimmer einen gekachelten Kamin hatte. Vor dem Kamin war ein elektrisches Heizgerät eingeschaltet. Ein Mahagonischreibtisch, auf dem sich Akten und Bücher häuften, stand in der Mitte des Raumes, dahinter auf einem Tisch lagen weitere Bücher und Akten. Braune Samtvorhänge waren zurückgezogen und gaben die bleiverglasten Fenster frei. Draußen nahm man die Abenddämmerung wahr, die Lichter in der Stadt und im Hafen leuchteten vereinzelt durch die beginnende Dunkelheit. Im Zimmer brannte eine einzige Schreibtischlampe, die ihren Lichtkegel warf. Außerhalb des Lichtkegels hatte eine schlanke, aufrechte Gestalt soeben Mantel und Hut angezogen und schickte sich an, den Raum zu verlassen, als Alan mit dem Beamten eintrat.

»Mylord«, sagte der Beamte, »Mr. Maitland möchte eine *Habeas corpus* Akte einreichen.«

»Wirklich.« Diese Worte, unwillig geäußert, waren die einzige Reaktion. Der Beamte und Alan warteten, Richter Stanley Willis nahm gemächlich den Hut ab, zog den Mantel wieder aus, hängte beide auf einen Kleiderständer hinter sich. Dann trat er in den Lichtkegel am Schreibtisch, setzte sich hin und meinte scharf: »Treten Sie vor, Mr. Maitland.«

Seine Lordschaft, so schätzte Alan, war ein Mann von sechzig oder zweiundsechzig Jahren, mit weißem Haar, von schmächtiger Gestalt, aber mit knochigen Schultern und einer so aufrechten Haltung, daß sie ihn größer erscheinen ließ, als er eigentlich war. Sein Gesicht war länglich und kantig mit einem vorspringenden Kinn, buschigen weißen Augenbrauen und einem sehr geraden schmalen Mund. Seine Augen waren lebendig und durchdringend, dennoch gaben sie nichts von seiner Persönlichkeit preis. Die Autorität war ihm zur Gewohnheit geworden.

Immer noch nervös – trotz seines eigenen inneren Zuspruchs – trat Alan Maitland an den Schreibtisch heran. Der Beamte blieb im Zimmer, wie es das Protokoll vorschrieb. Alan nahm aus seiner Tasche die Durchschläge seines Antrages und seiner Erklärung, die er im Amt bereits abgeliefert hatte. Er räusperte sich und sagte: »Mylord, hier sind meine Unterlagen, und dies sind meine Anträge.«

Richter Willis akzeptierte die Dokumente mit einem kurzen Nicken, rückte näher an den Lichtkegel heran und begann zu lesen. Während die beiden unbeweglich warteten, konnte man als einziges Geräusch nur das Rascheln der umgeblätterten Seiten hören.

Als der Richter zu Ende gelesen hatte, schaute er auf, sein Gesichtsausdruck war unverbindlich. Schroff fragte er: »Wollen Sie eine mündliche Erklärung abgeben?«

»Wenn Euer Lordschaft gestatten.«

Wieder ein Nicken. »Bitte.«

»Der Tatbestand dieses Falles ist folgendermaßen, Mylord.« In genauer Abfolge, wie er sich das zuvor zurechtgelegt hatte, beschrieb Alan die Situation Henri Duvals an Bord der *Vastervik*, erklärte die Weigerung des Kapitäns, der zweimal abgelehnt hatte, den blinden Passagier der Einwanderungsbehörde an Land vorzuführen, und er fügte seine eigene Erklärung hinzu – sie wurde durch seine persönliche eidesstattliche Versicherung unterstützt, daß Duval in ungesetzlicher Weise und unter Verletzung der Menschenrechte in Haft gehalten werde.

Die Schwierigkeit, wie Alan sehr genau wußte, lag darin, daß man den Nachweis zu erbringen hatte, die gegenwärtige Inhaftierung des Henri Duval sei nach der Strafprozeßordnung unangebracht und deshalb ungesetzlich. Wenn es gelang, das zu beweisen, dann mußte das

Gericht – in Gestalt des Richters Willis – automatisch eine *Habeas corpus* Akte ausschreiben und die Freisetzung des blinden Passagiers vom Schiff sowie seine Vorführung vor Gericht anordnen.

Alan fügte seine Argumente logisch zusammen, er zitierte Präzedenzfälle und fühlte, wie sein Selbstvertrauen langsam zurückkehrte. Er war darauf bedacht, sich lediglich auf juristische Fragen zu beschränken, er erwähnte in keiner Weise die gefühlsmäßigen Aspekte des Falles. Recht und nicht Gefühl galt hier. Als er sprach, hörte ihm der Richter unbewegt zu, sein Gesichtsausdruck blieb unverändert. Alan ging nun von der Frage einer ungesetzlichen Inhaftierung zum gegenwärtigen Status des Henri Duval über: »Das Einwanderungsministerium, Mylord, argumentiert, daß ja mein Mandant ein blinder Passagier und angeblich ohne Dokumente sei, daß er deshalb keinerlei Rechte habe und somit keine besondere Untersuchung seines Einwandererstatus erbitten könne – wie andere Einwanderer das in jedem kanadischen Hafen tun können. Aber ich möchte zu bedenken geben, daß die Tatsache seines Status als blinder Passagier und als Mensch, der offensichtlich über seinen Geburtsort nichts Genaues anzugeben weiß, in keiner Weise seine Rechte einschränkt.

Wenn Euer Lordschaft bestimmte Möglichkeiten vielleicht erwägen möchten: Ein gebürtiger Kanadier, der ins Ausland reist und unrechtmäßig verhaftet wird, wobei man ihm die Papiere abnimmt, könnte sich in die Lage versetzt sehen, daß der einzige Fluchtweg ein Schiff wäre, von dem er weiß, daß es zu einem kanadischen Hafen unterwegs ist. Würde er in einem solchen Falle, weil man ihn ja mit Recht als blinden Passagier bezeichnen müßte, der nicht in der Lage ist, seinen Rechtsanspruch auf Einreise nach Kanada zu belegen, auch als nicht-existent betrachten, nur weil man ihm eine Anhörung durch das Einwanderungsministerium versagt? Ich möchte zu bedenken geben, Mylord, daß diese absurde Situation tatsächlich eintreten könnte, wenn die gegenwärtige Praxis des Ministeriums logisch fortgesetzt wird.«

Die buschigen Augenbrauen des Richters zogen sich zusammen. »Sie möchten mich doch nicht glauben machen, daß Ihr Mandant Henri Duval ein kanadischer Bürger ist?«

Alan zögerte und antwortete dann mit Bedacht: »Das möchte ich nicht, Mylord. Andererseits jedoch könnte eine solche Anhörung dazu führen, daß man ihn als Kanadier anerkennt, eine Tatsache, die sich jedoch ohne voraufgegangene Anhörung sicherlich nicht beweisen läßt.« Wenn man schon einen schwachen Fall hatte und das wußte, dachte Alan, dann mußte man sich an jedem Strohhalm festklammern.

»Nun ja«, sagte Richter Willis, und zum erstenmal verriet sein Gesicht den Anflug eines Lächelns, »das ist ein geistreiches Argument, wenn es auch ein bißchen dünn erscheint. Ist das alles, Mr. Maitland?«

Der Instinkt ließ Alan erkennen: *Aufhören, wenn man einen Vorsprung hat!* Er deutete eine Verbeugung an. »Mit schuldigem Respekt, Mylord, das ist mein Antrag.«

Im Licht der Schreibtischlampe saß Richter Willis in nachdenklichem Schweigen. Das flüchtige Lächeln war wieder verschwunden, sein Gesicht war erneut zu einer strengen unbeweglichen Maske geworden. Die Finger seiner rechten Hand trommelten sanft auf den Tisch. Nach einer Weile sprach er. »Wir müssen hier natürlich das Zeitelement berücksichtigen – den Abreisetermin des Schiffes . . .«

Alan gab zu bedenken: »Wenn Euer Lordschaft gestatten, was das Schiff angeht . . .«

Er wollte gerade erklären, daß die Verzögerung der *Vastervik* auf Reparaturen zurückzuführen war, hielt aber dann abrupt inne. Bei der Unterbrechung hatte sich das Gesicht des Richters ärgerlich verzogen. Seine Augen unter den buschigen Augenbrauen erschienen wie abgestorben. Alan konnte die vorwurfsvolle Gegenwart des Beamten spüren. Er schluckte. »Ich bitte Eure Lordschaft um Verzeihung.«

Kurz und kühl starrte Richter Willis den jungen Anwalt an. Dann fuhr er fort. »Wie ich soeben sagte, obwohl wir die Zeitfrage berücksichtigen müssen, nämlich die Frage nach der Abfahrt des Schiffes, darf diese Tatsache in keiner Weise mit dem Rechtsanspruch des Individuums in Konflikt kommen.«

Alans Herzschlag setzte einen Augenblick aus. Bedeutete das, daß die gerichtliche Verfügung gewährt werden sollte... Daß er sich danach Zeit lassen konnte, langsam die einzelnen rechtlichen Schritte zu ergreifen, während die *Vastervik* abfuhr und Henri Duval an Land zurückließ?

»Andererseits«, der Richter fuhr gleichmäßig unbewegt fort, »in Verfolgung unserer allgemeinen Absicht und aus Fairneß gegenüber der Schiffsreederei, die ja bei dieser Angelegenheit unschuldig in Mitleidenschaft gezogen wird, ist es genauso dringlich, daß alles Mögliche getan wird, um den Vorgang zu beschleunigen, damit eine endgültige Entscheidung bereits vor der Abfahrt des Schiffes getroffen werden kann.«

Der Optimismus war also voreilig gewesen. Etwas niedergeschlagen dachte Alan, daß nicht nur Edgar Kramer, sondern jetzt auch dieser Richter bereits seinen Versuch, die Angelegenheit zu verzögern, durchschaut hatten.

»Ich betrachte die ungesetzliche Inhaftierung als nicht bewiesen.« Seine Lordschaft zog die Anträge zu sich hinüber und schrieb eine Bleistiftnotiz darauf. »Aber sie ist auch nicht im Beweisverfahren widerlegt, und ich bin bereit, weitere Beweismittel entgegenzunehmen. Deshalb würde ich eine einstweilige Verfügung erlassen.«

Dann war es also doch keine Niederlage, sondern ein Teilerfolg. Eine Welle der Erleichterung durchfuhr Alan. Er hatte sicherlich weniger erreicht, als er zunächst zu hoffen wagte, aber wenigstens hatte er sich nicht zum Narren gemacht. Die einstweilige Verfügung *nisi* – ein alter englischer Rechtsbrauch – bedeutete »wenn nicht«. Dieses *nisi* allein würde Henri Duval noch nicht aus seinem Schiffsgefängnis befreien und ihn vor Gericht bringen. Es bedeutete jedoch, daß Edgar Kramer und Kapitän Jaabeck vorgeladen würden, um ihren Standpunkt deutlich zu machen. Und *wenn* ihre Argumente –

oder die ihres Rechtsbeistandes – *nicht* überzeugten, dann würde die *Habeas-Corpus-Akte* in Kraft treten und Duval befreien.

»Wann muß denn nun das Schiff auslaufen, Mr. Maitland?«

Richter Willis hatte den Blick auf ihn gerichtet. Alan hielt inne, überlegte erst, bevor er sprach, und nahm dann wahr, daß die Frage direkt an ihn gerichtet war.

»Soweit ich unterrichtet bin, Mylord, wird das Schiff noch zwei Wochen im Hafen bleiben.«

Der Richter nickte. »Das ist eigentlich lang genug.«

»Und die Anhörung zur einstweiligen Verfügung, Mylord?«

Mr. Willis zog sich einen Terminkalender heran. »Ich meine, wir sollten uns drei Tage Zeit lassen, wenn Ihnen das recht ist.« Das war die übliche Höflichkeitsfloskel bei einem Gespräch zwischen Richter und Anwalt, ganz gleichgültig wie jung der Anwalt war.

Alan nickte. »Ja, Mylord.«

»Sie werden sich natürlich um die Ausfertigung der Papiere bemühen.«

»Wenn Eure Lordschaft nichts dagegen haben, ich habe sie bei mir.« Alan öffnete seine Aktentasche.

»Eine einstweilige Verfügung?«

»Ja, Mylord, ich habe diese Möglichkeit einkalkuliert.«

In dem Augenblick, wo der Satz heraus war, bedauerte Alan ihn als vorwitzig und unreif. Normalerweise würde die einstweilige Verfügung jetzt erst ausgefertigt und am kommenden Tag dem Richter zur Unterschrift vorgelegt werden. Es war Alans Idee gewesen, eine endgültige Verfügung zur sofortigen Unterschrift auszufertigen, und Tom Lewis hatte dann vorgeschlagen, auch noch eine einstweilige Verfügung zu schreiben. Jetzt legte Alan die mit der Maschine geschriebenen Seiten mit schwindendem Selbstvertrauen auf den Schreibtisch des Richters.

Mr. Willis' Gesichtsausdruck hatte sich nicht verändert, nur ein paar kleine Runzeln um die Augen hatten sich zusammengezogen. Er sagte unbewegt: »In dem Fall,

Mr. Maitland, werden wir ja etwas Zeit sparen, und ich schlage dann vor, daß wir die Anhörung früher abhalten. Sagen wir doch übermorgen.«

In Gedanken verfluchte Alan Maitland seine eigene Dummheit. Anstatt die Verzögerung, um die es ihm doch ging, zu verlängern, hatte er nun die ganze Angelegenheit noch beschleunigt. Er fragte sich, ob er um mehr Zeit bitten sollte, ob er geltend machen sollte, daß er sich noch vorbereiten müsse. Er schaute zu dem Beamten hinüber, der unmerklich den Kopf schüttelte.

Mit innerer Resignation sagte Alan: »Natürlich, Mylord, übermorgen dann.«

Richter Willis las die einstweilige Verfügung, unterschrieb sie dann sorgfältig, der Beamte fuhr mit einem Löscher über die Seite und nahm sie an sich. Während er zuschaute, erinnerte sich Alan an die Vorkehrungen, die sie gestern getroffen hatten, um das Dokument gleich zuzustellen, wenn sein Plan gelingen sollte. Tom Lewis würde zur *Vastervik* fahren und dort heute abend Kapitän Jaabeck den Inhalt der einstweiligen Verfügung und ihre Bedeutung erklären. Tom wollte ohnehin gern einmal auf das Schiff, und er wollte sowohl den Kapitän als auch Henri Duval kennenlernen.

Für sich hatte Alan eine ganz besonders angenehme Überraschung reserviert: Er würde sich beim Einwanderungsministerium einfinden und die einstweilige Verfügung persönlich Herrn Edgar S. Kramer vorlegen.

2

Die Dunkelheit, die feucht das Hafenbecken und die Stadt Vancouver einhüllte, erreichte auch die Lampen, die noch im Büro des Superintendenten im Hafengebäude der Einwanderungsbehörde brannten.

Edgar S. Kramer, der stets peinlich darauf bedacht war, jeden Tag pünktlich zu beginnen, bemühte sich selten, seine Arbeit schon nach Ableistung der Dienststunden zu beenden. Ob in Ottawa, in Vancouver oder sonstwo, er blieb normalerweise wenigstens eine halbe Stunde länger, wenn das übrige Personal bereits gegangen war. Einerseits, um sich dem üblichen betriebsamen Aufbruch zu entziehen und andererseits, um auf seinem Schreibtisch eine Anhäufung von Akten zu verhindern. Die Angewohnheit, anfallende Arbeit gleich zu erledigen und vor allen Dingen die Routinearbeiten stets auf dem laufenden zu halten, waren zwei Gründe, die für den offenkundigen Erfolg Edgar Kramers in der höheren Beamtenlaufbahn mitverantwortlich waren. Während der Jahre seines Aufstiegs hatte es viele Leute gegeben, die ihn persönlich nicht mochten, und einige, deren Abneigung noch tiefer ging. Aber nicht einmal seine Feinde konnten ihn der Faulheit beschuldigen oder ihm vorwerfen, daß er Arbeiten aufschöbe.

Ein gutes Beispiel für das rasche Zugreifen Kramers war die Entscheidung gewesen, die er heute getroffen hatte und die in einem Memorandum mit der unwahrscheinlichen Überschrift ›Taubendung‹ beschrieben wurde. Edgar Kramer hatte die Aktennotiz zuvor diktiert, und jetzt las er die fertig geschriebenen Kopien durch, die morgen dem Hausverwalter und den anderen Betroffenen zugehen würden. Er nickte beifällig angesichts seines eigenen Einfallsreichtums.

Das Problem war ihm gestern vorgetragen worden. Als er den Kostenvoranschlag der Hauptgeschäftsstelle der Einwanderungsbehörde Westküste für das kommende Jahr überflogen hatte, waren ihm eine Anzahl von Ausgaben für die Wartung der Gebäude aufgefallen, darunter auch eine Zahl von siebenhundertfünfzig Dollar, die offensichtlich jedes Jahr wiederkehrte – und die für ›die Reinigung der Dachrinne und Abflußrohre‹ eingeplant war.

Edgar Kramer hatte den Hausverwalter zu sich gerufen – einen stiernackigen, lauten Mann, der sich viel wohler hinter einem Besen als am Schreibtisch fühlte. Er hatte polternd reagiert. »Zum Teufel, Mr. Kramer, natürlich ist das zuviel Geld, aber es geht doch um den Taubendreck.« Als Kramer ihn weiter befragte, war er zum

Bürofenster hinübergegangen und hatte hinausgezeigt. »Schauen Sie sich die widerlichen Viecher doch nur an!« Draußen flogen Tausende von Tauben herum, die im Hafenbereich ihre Nester hatten und dort nach Futter Ausschau hielten.

»Die tun nichts wie vierundzwanzig Stunden am Tag scheißen, als hätten sie den Dauerdünnpfiff«, murrte der Hausmeister. »Und wenn eine von denen kacken will, dann fliegt sie auf unser Dach. Deshalb müssen wir sechsmal im Jahr die Dachrinne und die Abflußrohre mit Wasserdampf reinigen lassen – die sind vollgestopft mit Taubenscheiße. Das kostet eben Geld, Mr. Kramer.«

»Das Problem ist mir klar«, sagte Kramer. »Ist denn schon etwas unternommen worden, um die Anzahl der Tauben vielleicht etwas zu verringern – indem man zum Beispiel einige vergiftet?«

»Ich hab schon mal versucht, die elenden Biester abzuschießen«, sagte der Hausmeister mit Resignation, »und da war plötzlich der Teufel los. Da kam der Tierschutzverein an und hat behauptet, daß es in Vancouver ein Gesetz gibt, das einem das Taubentöten verbietet. Ich kann Ihnen aber was anderes sagen: Wir könnten ja Gift auf dem Dach auslegen. Wenn sie dann da drauf fliegen und ihre . . .«

Edgar Kramer sagte scharf: »Das Wort ist Dung – Taubendung.«

Der Hausmeister sagte: »Da wo ich herkomme, da nennt man das . . .«

»Und außerdem«, fiel Kramer ihm ins Wort, »wenn die Tauben gesetzlich geschützt sind, dann respektieren wir auch das Gesetz.« Er dachte nach. »Wir müssen eine andere Möglichkeit finden.«

Er hatte den Mann wieder weggeschickt und erwog die Schwierigkeiten. Eines war gewiß: Dieser verschwenderische Posten von siebenhundertfünfzig Dollar im Jahr mußte verschwinden.

Nach verschiedenen falschen Ansätzen und nachdem er eine Anzahl von Zeichnungen gemacht hatte, war schließlich ein Plan entstanden, der auf einer Erinnerung beruhte. Im wesentlichen ging es darum, Klavierdraht im Abstand von etwa fünfzehn Zentimetern über das Dach des Gebäudes zu spannen, wobei jeder Draht durch fünfzehn Zentimeter hohe Stäbe abgestützt wurde. Es gab eine Theorie, die besagte, daß eine Taube ihre Füße zwar durch den Draht setzen konnte, aber nicht die Flügel. Wenn sich also ein Vogel setzen wollte, dann würde der Draht das Zusammenlegen der Flügel verhindern, und der Vogel mußte umgehend wieder wegfliegen.

Heute morgen hatte Edgar Kramer eine kleine Dachfläche mit Drähten bespannen lassen. Das Ganze funktionierte sehr gut. In der Aktennotiz, die er soeben unterschrieben hatte, war nun die Anweisung ergangen, das ganze Dach mit Draht zu überziehen. Obgleich sich die anfänglichen Kosten auf tausend Dollar beliefen, wurde dadurch doch die jährliche Ausgabe von siebenhundertfünfzig Dollar abgeschafft – das ersparte dem Steuerzahler Geld, obwohl nur wenige Menschen je davon Kenntnis erhalten würden.

Der Gedanke gefiel Edgar Kramer, wie die Wahrnehmung seiner eigenen Gewissenhaftigkeit es immer zu tun pflegte. Er empfand auch eine gewisse Genugtuung. Das Gesetz, das hier am Ort galt, war streng befolgt worden, und selbst die Tauben wurden gerecht behandelt – nach dem Buchstaben der Bestimmungen.

Heute war ein äußerst zufriedenstellender Tag gewesen, stellte Edgar Kramer fest. Nicht zuletzt hatte es ihm Freude bereitet, daß er anscheinend nicht mehr so häufig Wasser zu lassen brauchte. Er schaute auf die Uhr. Es war jetzt schon über eine Stunde her, daß er zum letztenmal hatte gehen müssen, und er glaubte, wohl noch länger warten zu können, obwohl ein leichter, warnender Druck . . .

Da klopfte jemand an die Tür, und Alan Maitland kam herein. »Guten Abend«, sagte er kühl und legte einen zusammengefalteten Bogen Papier auf dem Tisch.

Das Auftreten des jungen Rechtsanwaltes hatte etwas Plötzliches und Verwirrendes. Edgar Kramer fragte abrupt: »Was soll das denn?«

»Das ist eine einstweilige Verfügung, Mr. Kramer«, sagte Alan ruhig. »Den Inhalt werden Sie ohne weitere Erklärung erfassen.«

Kramer faltete das Blatt auseinander und las rasch. Sein Gesicht wurde rot vor Zorn. Er stieß hervor: »Was zum Teufel wollen Sie damit?« Zugleich merkte er, daß der milde Druck auf seine Blase plötzlich äußerst stark geworden war.

Alan war versucht, eine ironische Antwort zu geben, beschloß dann aber doch, es nicht zu tun. Schließlich hatte er ja erst einen Teilsieg errungen, und die nächste Runde konnte sehr wohl an den Gegner gehen. Deshalb antwortete er gar nicht unhöflich: »Sie haben meinen Antrag auf eine Untersuchung des Falles Duval schließlich sehr brüsk abgelehnt.«

Einen Augenblick lang staunte Edgar Kramer über seine tiefe Abneigung gegen diesen kaltschnäuzigen jungen Rechtsanwalt. »Natürlich habe ich abgelehnt«, gab er zurück, »es gab auch keinen Grund für eine solche Anhörung.«

»Nur teile ich leider Ihre Auffassung nicht«, bemerkte Alan gelassen. Er deutete auf die einstweilige Verfügung. »Dieser Vorgang wird uns darüber informieren, welcher Ansicht das Gericht ist – Ihrer oder meiner.«

Der Druck wurde zur Qual. Kramer zwang sich, dem Druck nicht nachzugeben, und rief ärgerlich: »Das ist ausschließlich Angelegenheit des Ministeriums. Kein Gericht der Welt hat sich da einzumischen.«

Alan Maitlands Gesicht war ernst. »Wenn Sie meinen Rat wollen«, sagte er ruhig, »dann würde ich das an Ihrer Stelle nicht dem Richter sagen.«

Das Weiße Haus

Vom Fenster der *Blair House* Bibliothek schaute James Howden auf die Pennsylvania Avenue. Es war 10.00 Uhr am zweiten Tag in Washington, und die Zusammenkunft zwischen ihm, dem Präsidenten, Arthur Lexington und dem Stabschef der Vereinigten Staaten sollte planmäßig in einer Stunde beginnen.

Eine frische und dennoch sanfte Brise bewegte die hauchdünnen Vorhänge neben ihm am offenen Fenster. Draußen zeigte das Wetter Washington von seiner besten Seite. Die Luft war milde und frühlingshaft, und die Sonne schien warm und hell. Der Premierminister konnte drüben auf der anderen Straßenseite den gepflegten Rasen des Weißen Hauses sehen und noch einen Teil des weiter hinten liegenden *Executive Mansion* im Sonnenlicht erkennen.

Howden wandte sich Arthur Lexington zu und fragte: »Was haben Sie denn bis jetzt für ein Gefühl bei der ganzen Sache?«

Der Außenminister, der eine bequeme Harris Tweed-Jacke statt des Jacketts trug, das er später anziehen würde, richtete sich von dem Farbfernsehgerät auf, mit dem er herumgespielt hatte. Er stellte das Gerät ab und dachte einen Augenblick nach.

»Wenn ich es einmal ganz ins Unreine sagen soll«, meinte Lexington, »dann würde ich behaupten, wir machen eigentlich die Preise. Die Zugeständnisse, die wir anzubieten haben, brauchen die Vereinigten Staaten, und zwar ganz verzweifelt. Außerdem sind sich hier die Leute sehr wohl darüber klar.«

Die beiden hatten getrennt gefrühstückt, der Premierminister mit Margaret in seiner Privatsuite, Arthur Lexington mit anderen Angehörigen der Delegation im Erdgeschoß. Die Kanadier waren die einzigen Gäste in dem geräumigen Gästehaus des Präsidenten, zu dem sie gestern abend nach einem Staatsbankett im Weißen Haus zurückgekehrt waren.

Jetzt nickte Howden gemächlich. »Das war eigentlich auch mein Eindruck.«

»Kleinvieh macht auch Mist«, sagte Lexington nachdenklich. »Der Empfang zum Beispiel, den man Ihnen gestern gegeben hat. Ich habe noch nie erlebt, daß der Präsident für Kanadier raus zum Flugplatz gekommen ist. Normalerweise empfängt uns da einer der Unterläufer, und man behandelt uns wie die Vettern vom Lande – selbst die Premierminister. Als John Diefenbaker einmal zu einem Bankett im Weißen Haus war, haben sie ihn in eine Reihe mit Presbyterianerpastoren gestellt.«

Howden lachte in Erinnerung an diesen Vorfall. »Ja, daran kann ich mich erinnern. Er war wütend darüber, und ich kann ihn gut verstehen.«

James Howden ließ sich in einen gepolsterten Lehnsessel fallen. »Die haben uns gestern abend tatsächlich Honig ums Maul geschmiert«, bemerkte er. »Man sollte doch eigentlich meinen, wenn sie schon eine so große Veränderung anvisieren und dabei rücksichtsvoll vorgehen wollen, dann brauchten sie es doch nicht gleich so dick aufzutragen.«

Arthur Lexingtons Augen zwinkerten. Sein rotes Gesicht über der stets sorgfältig geknüpften Fliege war heiter. Bisweilen, dachte Howden, glich der Außenminister einem wohlmeinenden Schulmeister, der daran gewöhnt ist, streng, aber mit viel Geduld die kleinen widerborstigen Jungen zu behandeln. Vielleicht war es das, was ihn immer jung erscheinen ließ, selbst wenn er allmählich in die Jahre kam, wie das ja bei ihnen allen zu bemerken war.

»Zurückhaltung und das State Department wohnen eigentlich in getrennten Häusern«, sagte Lexington. »Ich habe immer das Gefühl, die amerikanische Diplomatie kennt nur zwei Wege – entweder will sie vergewaltigen, oder sie wollen vergewaltigt werden. Da gibt es kaum ein Zwischenstadium.«

Der Premierminister lachte. »Und wie steht es jetzt?«

Er genoß stets die Augenblicke, die sie allein miteinander verbrachten. Sie waren schon lange gute Freunde, die einander rückhaltlos vertrauten. Ein Grund dafür war vielleicht, daß zwischen ihnen kein Gefühl der Konkurrenz aufkam. Während andere im Kabinett offen oder insgeheim das Amt des Premierministers anstrebten, hatte Arthur Lexington, wie Howden sehr wohl wußte, keinerlei Ehrgeiz in dieser Richtung.

Lexington wäre wohl ein Botschafter geblieben, der sich in seiner freien Zeit mit den beiden Hobbies des Briefmarkensammelns und der Ornithologie begnügte, wenn Howden ihn nicht schon vor Jahren überredet hätte, aus dem diplomatischen Korps auszutreten, Parteimitglied zu werden und später Minister in seinem Kabinett. Loyalität und ein starkes Pflichtgefühl hatten ihn seither dort gehalten, aber er machte keinen Hehl daraus, daß er mit Freude dem Tag entgegensah, an dem er aus dem öffentlichen ins private Leben zurückkehren würde.

Lexington war den langen dunkelroten Teppich entlanggegangen, bevor er die Frage des Premierministers beantwortete. Jetzt blieb er stehen und sagte: »Genau wie Sie lasse ich mich nicht gern vergewaltigen.«

»Aber es wird viele geben, die sagen, daß man uns Gewalt angetan hat.«

»Einige Leute werden das sagen, ganz egal, was wir nun tun. Darunter sind sicher auch aufrichtige Menschen – nicht nur die Scharfmacher.«

»Ja, ich habe auch daran gedacht«, sagte Howden. »Der Unionsvertrag wird uns auch einige unserer Parteifreunde abspenstig machen, fürchte ich. Aber ich bin immer noch davon überzeugt, daß uns keine andere Wahl bleibt.«

Der Außenminister setzte sich in einen Sessel gegenüber. Er zog sich einen Fußschemel heran und streckte beide Beine darauf aus.

»Ich wünschte mir, ich wäre dessen genau so gewiß wie Sie, Premierminister.« Als Howden ihn durchdringend anschaute, schüttelte Lexington den Kopf. »Sie dürfen mich nicht mißverstehen, ich stehe voll und ganz hinter

Ihnen, aber die Hast dieser Entwicklung beunruhigt mich. Die Schwierigkeit liegt doch darin, daß wir in einer Zeit der komprimierten Geschichte leben, und doch werden sich dessen nur so wenige bewußt. Veränderungen, die einst fünfzig Jahre brauchten, gehen jetzt in fünf Jahren oder noch weniger vonstatten, und wir können gar nichts dagegen unternehmen, weil die Kommunikationsmittel diese Entwicklung mit sich gebracht haben. Ich hoffe ja nur, daß wir ein Gefühl der nationalen Einheit beibehalten können, aber das wird sicherlich nicht leicht sein.«

»Das war nie leicht«, sagte Howden. Er schaute auf seine Uhr. Sie würden *Blair House* in dreißig Minuten verlassen müssen, um noch an einer kurzen Pressekonferenz des Weißen Hauses teilzunehmen, bevor dann die offiziellen Gespräche begannen. Aber er meinte, es sei noch Zeit genug, um mit Lexington eine Frage zu besprechen, die ihn nun schon seit einiger Zeit beschäftigte. Jetzt schien dafür der richtige Moment gekommen.

»Was die Identität angeht«, meinte er nachdenklich, »da hat die Königin vor kurzem etwas gesagt – als ich das letzte Mal in London war.«

»Ja?«

»Die Dame hat vorgeschlagen – ich könnte sogar sagen, sie hat uns gedrängt –, daß wir Titel wieder einführen. Sie hat dabei einen sehr interessanten Aspekt zu bedenken gegeben.«

James Howden schloß seine Augen und erinnerte sich an die Szene, die er vor viereinhalb Monaten erlebt hatte: Ein milder Septembernachmittag in London. Er war im Buckingham Palast zu einem Höflichkeitsbesuch. Er war mit angemessenem Respekt empfangen und sofort zur Königin geführt worden . . .

». . . Aber nehmen Sie doch bitte noch etwas Tee«, hatte die Königin gesagt, und er hatte die zerbrechliche Tasse mit dem Goldrand noch einmal hingehalten, unfähig, den Gedanken zu unterdrücken – obwohl er wußte, wie naiv er war –, daß die britische Monarchin in ihrem Palast dem Waisenknaben aus Medicine Hat Tee einschenkte.

»Und Brot und Butter, Premierminister!« Er nahm von dem Angebotenen. Es lag Schwarzbrot und Weißbrot auf dem Teller, hauchdünn geschnitten. Er lehnte höflich die Marmelade ab – drei verschiedene Sorten in goldenen Töpfchen. Man mußte ohnehin das Geschick eines Jongleurs haben, um bei einem englischen Tee alles zu balancieren.

Sie waren allein im Wohnraum der Privatgemächer – in einem großen luftigen Zimmer, dessen Fenster in den Park hinausgingen. Formell eingerichtet, wenn man nordamerikanische Maßstäbe anlegte, aber weniger bedrückkend als die meisten anderen offiziellen Gemächer mit der Fülle an Gold und Kristall. Die Königin war einfach gekleidet, sie trug ein kornblumenblaues Seidenkleid, ihre zierlichen Füße in den farblich genau abgestimmten weichen Lederpumps hatte sie lässig übereinandergeschlagen. Keine Frau, dachte Howden mit Bewunderung, hat so viel Haltung wie eine Engländerin aus der oberen Gesellschaftsklasse, die sich gar nicht krampfhaft dafür anzustrengen braucht.

Die Königin strich sich selbst Erdbeermarmelade dick aufs Brot, dann bemerkte sie in ihrer artikulierten hohen Stimme: »Mein Mann und ich sind der Meinung, daß Kanada zum eigenen Nutzen eigentlich mehr Eigenständigkeit haben sollte.«

James Howden war versucht gewesen zu erwidern, daß sich Kanada durch eine ganze Menge Eigenständiges auszeichnete, zumal im Vergleich mit den gegenwärtigen britischen Verhältnissen, aber er hatte dann doch entschieden, daß er wohl die Bedeutung dieser Bemerkung falsch beurteilt hatte. Einen Augenblick später stellte sich das auch heraus.

Die Königin fügte hinzu: »Um sich selbst mehr Profil zu geben und sich von den Vereinigten Staaten zu unterscheiden.«

»Es ist schwierig, Madam«, hatte Howden zurückhaltend geantwortet, »ein unterschiedliches Bild nach außen zu bieten, wenn zwei Länder sich so ähnlich sind und so nah beieinander liegen. Bisweilen versuchen wir, unsere Eigenart herauszustellen, obgleich uns das nicht immer gelingt.«

»Schottland ist es ganz gelungen, seine Identität beizubehalten«, bemerkte die Königin. Sie rührte in ihrer Teetasse, ihr Gesichtsausdruck war völlig unbefangen. »Vielleicht können Sie von Schottland etwas lernen.«

»Na ja...« Howden lächelte. Das war tatsächlich wahr, dachte er. Schottland, das bereits vor zweieinhalb Jahrhunderten seine Unabhängigkeit verloren hatte, besaß immer noch mehr Volkscharakter als Kanada je gehabt hatte oder haben würde.

Die Königin fuhr nachdenklich fort: »Einer der Gründe dafür ist vielleicht, daß Schottland nie seine Traditionen aufgegeben hat. Kanada hatte es ziemlich eilig, wenn Sie mir diese Bemerkung verzeihen, sich davon zu trennen. Ich erinnere mich, daß mein Vater weitgehend dasselbe sagte.« Die Königin lächelte entwaffnend, ihre Art nahm den Worten jeglichen beleidigenden Unterton. »Möchten Sie noch Tee?«

»Nein, recht herzlichen Dank.« Howden gab seine Tasse und Untertasse einem livrierten Diener, der leise mit weiterem heißen Wasser für die Teekanne hereingekommen war. Er fühlte sich erleichtert, weil er mit dem zerbrechlichen Geschirr ohne Zwischenfall fertig geworden war.

»Ich hoffe doch, daß Sie mir nicht übelnehmen, was ich gesagt habe, Premierminister.« Die Königin füllte ihre eigene Tasse noch einmal nach. Der Diener entfernte sich.

»Aber nicht im geringsten«, erwiderte Howden. Jetzt war es an ihm zu lächeln. »Es tut uns gut, wenn man uns gelegentlich an unsere kleinen Schwächen erinnert, selbst wenn wir nicht recht wissen, was wir dagegen unternehmen sollen.«

»Eines könnten Sie möglicherweise dagegen tun«, sagte die Königin bestimmt. »Mein Mann und ich haben oft bedauert, daß die Kanadier keine Adelsliste aufstellen. Es würde mir sehr viel Freude bereiten, wenn Sie die Adelslisten zu Neujahr und zum Geburtstag wieder einführen könnten.«

James Howden schob nachdenklich die Lippen vor. »Adelstitel sind in Nordamerika eine heikle Angelegenheit, Madam.«

»In einem Teil Nordamerikas möglicherweise, aber sprechen wir denn nicht von unserem Dominion Kanada?« Obwohl die Worte behutsam gesagt wurden, enthielten sie doch einen Tadel, und Howden errötete sehr gegen seinen Willen. »Ich hatte eigentlich den Eindruck gewonnen«, bemerkte die Königin mit der Andeutung eines Lächelns, »daß in den Vereinigten Staaten Briten mit Titel sehr gefragt sind.«

Das saß! dachte Howden. Wie wahr! – Die Amerikaner schätzten einen Lord über die Maßen.

»Unsere Adelsliste hat sich in Australien außergewöhnlich gut bewährt, wie man mir sagt«, fuhr die Königin ruhig fort, »und hier in Großbritannien ist das natürlich auch weiterhin der Fall. Vielleicht trüge eine solche Liste in Kanada mit dazu bei, daß Sie sich gegen die Vereinigten Staaten etwas abgrenzen könnten.«

James Howden war sich unschlüssig: Wie sollte man so eine Sache anfassen? Als Premierminister eines unabhängigen Commonwealth-Landes hatte er Machtbefugnisse, die tausendmal größer waren als die Befugnisse der Königin, und doch zwang ihn die Tradition, eine Scheinrolle pflichtbewußter Ergebenheit zu spielen. Titel – »Sirs« und »Lords« und »Ladies« – waren doch heutzutage Humbug. Kanada hatte sich seit den dreißiger Jahren davon getrennt, und die wenigen noch verbliebenen Titel unter älteren Kanadiern wurden normalerweise mit diskretem Lächeln erwähnt. Der Premierminister wünschte mit einem Gefühl des Ärgers, daß sich die Monarchie doch auf ihre repräsentative Funktion beschränken sollte, so wie man sich das im allgemeinen vorstellte, statt königliche Spinnennetze auszulegen. Hinter dem Vorschlag der Königin, so vermutete er, verbarg sich doch die Befürchtung, die man immer in London spürte, daß Kanada der Kontrolle entglitt, wie andere Commonwealth-Völker das in der Vergangenheit getan hatten, und daß man alles, aber auch wirklich alles – selbst ein

294

seidenweiches Streicheln – versuchen mußte, um diese Distanzierung zu verzögern.

»Ich werde das Kabinett von Ihrer Ansicht unterrichten, Madam«, sagte James Howden. Das war eine höfliche Lüge. Er hatte keineswegs die Absicht, so etwas zu tun. »Das überlasse ich natürlich ganz Ihnen.« Die Königin nickte gnädig mit dem Kopf und fügte dann hinzu: »Im Zusammenhang damit möchte ich doch sagen, daß eines unserer erfreulichen Vorrechte bei der Verleihung von Adelstiteln darin besteht, daß wir die Premierminister bei ihrem Rücktritt vom Amt zum Earl erheben können. Das ist eine Gepflogenheit, die wir sehr gern auf Kanada ausdehnen möchten.« Ihre unschuldigen Augen blickten Howden direkt an.

Ein Earl. Trotz seiner festgefügten Überzeugung regte sich seine Phantasie. Das war fast schon der höchste Rang im britischen Adel. Nur Herzöge und Marquess' rangierten höher. Natürlich konnte er so etwas niemals annehmen, aber wenn er es täte, welchen Titel würde er dann wählen? Der Earl of Medicine Hat? Nein – das war zu exotisch. Die Leute würden lachen. Earl of Ottawa? O ja! Das klang sehr gut und bedeutungsvoll.

Die Königin nahm eine Leinenserviette, wischte sich eine Spur Marmelade behutsam von einer manikürten Fingerspitze und erhob sich dann. James Howden folgte ihrem Beispiel. Der vertrauliche Empfang war zu Ende, und äußerst höflich begleitete ihn die Königin, wie sie das bei weniger formellen Anlässen oft tat.

Sie waren bereits durch die Hälfte des Raumes gegangen, als der Gatte der Königin forsch hereinkam. Der Prinzgemahl trat durch eine enge Zwischentür, die von einem langen Spiegel mit Goldrahmen verborgen wurde. »Ist noch eine Tasse Tee da?« fragte er heiter. Dann sah er Howden. »Was! – Sie wollen schon wieder gehen?«

»Guten Tag, Königliche Hoheit.« Howden verneigte sich. Er wußte ganz genau, daß man nicht im gleichen Ton antworten durfte. Der Prinz war verantwortlich dafür, daß eine ganze Menge des steifen Zeremoniells um den britischen Thron beseitigt worden war, aber er verlangte immer noch Untergebenheit, und seine Augen konnten aufblitzen, sein Ton wurde eisig, wenn er spürte, daß der schuldige Respekt nicht vorhanden war.

»Wenn Sie wirklich gehen müssen, dann begleite ich Sie noch ein Stück«, sagte der Prinz. Howden beugte sich über die Hand, die ihm die Königin entgegenstreckte, und ging dann die verbleibenden Schritte, dem steifen Zeremoniell folgend, rückwärts aus dem Raum.

»Vorsicht!« warnte der Prinz. »Stuhl hart backbord!« Er machte einen nicht sehr erfolgreichen Versuch, selbst auch rückwärts gehend das Zimmer zu verlassen.

Das Gesicht der Königin erschien steinern, als sie gingen. Howden ahnte, daß sie bisweilen der Meinung war, die burschikose Art ihres Gatten ginge manchmal ein wenig zu weit.

Draußen schüttelten sich die beiden Männer in einem prunkvoll ausgestatteten Vorzimmer die Hand, als ein uniformierter Diener darauf wartete, den Premierminister zu seinem Wagen zu führen. »Cheerio«, sagte der Prinz unbeeindruckt. »Versuchen Sie doch, bevor Sie nach Kanada zurückfliegen, noch einmal reinzuschauen.«

Als James Howden zehn Minuten später die Mall entlang fuhr, vom Buckingham Palast weg in Richtung auf das *Canada House,* da lächelte er in der Erinnerung. Er bewunderte die Entschlossenheit des Prinzen, ungezwungen aufzutreten, obgleich man ja, wenn man einen permanenten Rang hatte wie der Gatte der Königin, die lässige Art zur Schau stellen und wieder ablegen konnte, wie einem das gerade Spaß machte. Die Beständigkeit war es ja, die etwas für einen Mann bedeutete, drinnen sowohl wie draußen. Und Politiker wie er wußten stets, daß eines Tages in der gar nicht so fernen Zukunft ihr Rang nichts mehr bedeuten würde. In England wurden natürlich die meisten Kabinettsminister geadelt, zur Erinnerung daran, daß sie ihrem Lande würdig gedient hatten. Heute jedoch war das System überholt ... Eine absurde Scharade. Das wäre noch viel lächerlicher in Kanada ... der Earl of Ottawa – ausgerechnet. Wie sich wohl seine Kollegen amüsieren würden!

Und doch glaubte er, daß er fairerweise den Vorschlag der Königin untersuchen müsse, bevor er ihn abtat. Die Dame hatte schon etwas Richtiges festgestellt, als sie von der Notwendigkeit einer Unterscheidung zwischen Kanada und den Vereinigten Staaten sprach. Vielleicht sollte er das Ganze doch im Kabinett zur Sprache bringen, wie er versprochen hatte. Das war für das Wohl des Landes . . . Der Earl of Ottawa . . .

Aber er hatte das Kabinett nicht befragt, auch hatte er das Ganze bis zu diesem Augenblick in Washington, wo er mit Arthur Lexington zusammensaß, noch nicht zur Sprache gebracht. Jetzt erzählte er mit einem Anflug von Humor, obgleich er dabei die Anspielung der Königin auf seine eigene Person ausließ, das ganze Gespräch so, wie es stattgefunden hatte.

Am Ende schaute er auf seine Uhr, sah, daß nur noch fünfzehn Minuten Zeit blieb, bis sie hinübergehen mußten zur Pennsylvania Avenue und ins Weiße Haus. Er stand auf, ging noch einmal zum offenen Bibliotheksfenster hinüber. Über die Schulter fragte er: »Nun, was halten Sie davon?«

Der Außenminister nahm seine Beine von der Fußbank, stand auf, streckte sich. Sein Gesichtsausdruck war erheitert: »Das würde uns schon von den Vereinigten Staaten unterscheiden, aber ich bin mir nicht so sicher, daß es eine Unterscheidung in der richtigen Richtung wäre.«

»Ich habe mir so ungefähr dasselbe gedacht«, sagte Howden, »aber ich muß gestehen, daß es mir seither klargeworden ist, daß die Bemerkung Ihrer Majestät über die Trennung von den USA durchaus beherzigenswert ist. Alles was uns in Zukunft helfen kann, Kanada zu etwas Besonderem und zu einem eigenen Staatswesen zu machen, wird von Bedeutung sein.« Er bemerkte, daß Lexington ihn neugierig anschaute, und fügte hinzu: »Wenn Sie darüber eine feste Ansicht haben, dann vergessen Sie bitte das Ganze, aber angesichts der Bitte der Königin hatte ich doch das Gefühl, wir alle sollten uns einmal damit beschäftigen.«

»Die Beschäftigung mit dieser Idee kann sicher nicht schaden, meine ich«, gab Lexington zu. Er begann wieder, auf dem Teppich hin- und herzugehen.

»Ich meine nur«, sagte Howden, »ob Sie vielleicht die Angelegenheit im Kabinett zur Sprache bringen könnten. Meiner Meinung nach kommt ein solcher Vorschlag besser von Ihnen, und auf diese Weise könnte ich mit meinem Urteil zurückhalten, bis wir noch andere Meinungen gehört haben.«

Zweifelnd sagte Arthur Lexington: »Ich möchte mir das vielleicht noch ein wenig überlegen, Premierminister, wenn Sie nichts dagegen haben.«

»Aber natürlich, Arthur, was immer Sie für nötig halten.« Offensichtlich, dachte Howden, mußte dieser Fragenkomplex, wenn überhaupt, mit großer Vorsicht behandelt werden.

Lexington verharrte neben einem Telefon, das auf dem polierten Mitteltisch stand. Halb lächelnd fragte er: »Sollten wir uns noch einen Kaffee bestellen, bevor uns das Schicksal ruft?«

2

Über den Rasen des Weißen Hauses hinweg, der die Prominenten von der Gruppe hin- und hereilender Fotografen trennte, die ihre Kameras immer wieder ansetzten, rief der Präsident leutselig mit seiner starken vollen Stimme:

»Ihr müßt doch jetzt genug Film für eine doppelte Abendvorstellung verschossen haben!« Dann wandte er sich dem Premierminister an seiner Seite zu: »Was meinen Sie, Jim? Sollen wir jetzt reingehen und mit der Arbeit anfangen?«

»Das ist eigentlich schade, Mr. President«, sagte James Howden. Nach dem kalten Winter in Ottawa hatte er die Wärme und die Sonne genossen. »Aber ich glaube, wir müssen wohl.« Er nickte dem kleinen breitschultrigen Mann mit der eckigen, knochigen Figur und dem sich scharf abzeichnenden entschlossenen Kinn zu. Die Sitzung im Freien, die sie beide soeben mit der Pressekonferenz des Weißen Hauses durchgeführt hatten, machte Howden richtig Spaß. Während der ganzen Konferenz hatte sich der Präsident dem Premierminister gegenüber höflich im Hintergrund gehalten, er sagte wenig und richtete die Fragen der Reporter weiter an Howden, so daß er heute und morgen in den Zeitungen, im Fernsehen und im Rundfunk zitiert werden würde. Als sie später gemeinsam auf der südlichen Rasenfläche des Weißen Hauses noch einmal für die Fotografen und die Fernsehkameras ein freundliches Gesicht machten, da hatte der Präsident James Howden sorgfältig in die Nähe der Objektive geschoben. Das Ergebnis einer solchen Erwägung, dachte Howden – eine seltene Erfahrung für einen Kanadier in Washington –, konnte seinem eigenen Ansehen zu Hause außerordentlich dienlich sein.

Er fühlte, wie sich die schwere Hand des Präsidenten mit ihren großen Fingern unter seinen Arm schob, ihn lenkte, und dann begaben sich die beiden Männer auf die Stufen des *Executive Mansion* zu. Das Gesicht des anderen war unter der unordentlichen Mähne stark ergrauten Haares mit der kurzen Stirnlocke entspannt und leutselig. »Wie wär's denn, Jim . . .« – das war der eigentümliche Akzent des Mittleren Westens, der bei den Fernsehansprachen ans Volk so effektvoll eingesetzt wurde – »wie wär's denn, wenn wir diese Floskeln vom ›Mr. President‹ mal beiseite ließen?« Ein dröhnendes Lachen. »Sie kennen doch meinen Vornamen, nehme ich an?«

Ehrlich erfreut antwortete Howden: »Es wäre mir eine Ehre, Tyler.« In einer Gehirnfalte fragte er sich, ob es möglich sein würde, die Presse von dieser vertraulichen Beziehung zu unterrichten. In Kanada würden dadurch einige seiner Kritiker Lügen gestraft, die sich immer darüber beklagten, daß die Howden-Regierung in Washington nicht genug Einfluß hätte. Natürlich war er sich klar darüber, daß die meisten Höflichkeiten, die heute und gestern zum Ausdruck kamen, auf die starke Verhandlungsposition Kanadas zurückzuführen waren – die er auch beizubehalten entschlossen war. Aber das war ja schließlich kein Grund, sich nicht zu freuen oder das politische Eisen nicht zu schmieden, wann immer sich dazu Gelegenheit bot.

Als sie über den Rasen schlenderten – der Boden unter ihren Füßen war locker –, da sagte James Howden: »Ich habe noch keine Gelegenheit gehabt, Ihnen persönlich zu Ihrer Wiederwahl zu gratulieren.«

»Ja, vielen Dank, Jim!« Wieder die prankenähnliche Hand, diesmal fest auf die Schulter des Premierministers gelegt. »Ja, das war eine großartige Wahl. Ich kann mit Stolz sagen, daß ich die größte Stimmenzahl bekommen habe, die ein Präsident der Vereinigten Staaten je erhalten hat. Und wie Sie wissen, haben wir jetzt eine überwältigende Mehrheit im Kongreß. Das ist auch wieder eine wichtige Tatsache – kein Präsident hat je zuvor im Parlament und im Senat stärkere Unterstützung gehabt als ich zur Zeit. Ich kann Ihnen ganz im Vertrauen sagen, daß jedes Gesetz, das ich wünsche, auch verabschiedet wird. Ich mache natürlich hier und da ein paar Konzessionen, aber nur der Optik wegen. Das fällt nicht ins Gewicht. Es ist wirklich eine einmalige Situation.«

»Einmalig vielleicht für Sie«, sagte Howden. Er meinte, daß ein Schuß gutgemeinten Spotts nicht schaden konnte. »Aber natürlich kann bei unserem parlamentarischen System die Regierungspartei die Gesetzgebung bestimmen.«

»Ganz richtig! Und glauben Sie nur ja nicht, daß ich und meine Vorgänger Sie nicht bisweilen beneidet haben. Das Wunder bei unserer Verfassung ist ja, daß sie überhaupt funktioniert.« Die Stimme des Präsidenten klang heiter, und er fuhr fort: »Die Schwierigkeit lag ja darin, daß die Staatsgründer so unglaublich darauf bedacht waren, sich von allem Britischen zu trennen, daß sie das Kind mit dem Bade ausgeschüttet haben. Aber man macht schließlich das Beste aus dem, was man hat, ob es sich da nun um die Politik oder um die eigene Person handelt.«

Als er die letzten Worte sprach, hatten sie die weite, mit einer Balustrade eingefaßte Treppe erreicht, die unter dem geschwungenen Südbalkon mit seinen Säulen vorbeiführte. Der Präsident ging seinen Gästen voraus, nahm jeweils zwei Stufen auf einmal, und um nicht zurückzustehen, folgte James Howden im gleichen Tempo.

Auf der Hälfte der Treppe blieb der Premierminister stehen, er atmete schwer und schwitzte. Sein dunkelblauer Kammgarnanzug, ideal für Ottawa, war unangenehm schwer in der warmen Sonne Washingtons. Er wünschte, er hätte einen seiner leichten Anzüge mitgenommen, aber als er sie angeschaut hatte, da war ihm für diesen Anlaß keiner gut genug erschienen. Man sagte, daß der Präsident außerordentlich penibel war, was Kleidung anging, und daß er selbst mehrmals am Tag die Anzüge wechselte. Aber der amerikanische Landesvater litt ja auch nicht unter den persönlichen Geldschwierigkeiten eines kanadischen Premierministers.

Dieser Gedanke erinnerte Howden kurz daran, daß er Margaret überhaupt noch nicht mitgeteilt hatte, wie ernst ihre eigene Finanzlage geworden war. Der Mann von der Montreal Trust Bank hatte es unmißverständlich klargemacht: Wenn sie nicht die paar tausend Dollar Kapital, die noch verblieben, in Ruhe ließen, dann wären seine Rücklagen bei Erreichung des Pensionsalters etwa mit dem Lohn eines angelernten Arbeiters zu vergleichen. Natürlich würde es dazu niemals wirklich kommen: Die Rockefeller-Stiftung und andere konnte man schließlich angehen – Rockefeller hatte Mackenzie King hunderttausend Dollar an dem Tag vermacht, als der alte Premierminister sich zur Ruhe setzte –, aber der Gedanke, sich aktiv um ein amerikanisches Almosen bemühen zu müssen, wie freizügig es auch gewährt würde, war immer noch erniedrigend.

Wenige Stufen höher war der Präsident stehengeblieben. Er sagte beiläufig: »Sie müssen mir verzeihen. Ich vergesse immer, daß ich damit andere Leute behellige.«

»Ich hätte das wissen müssen.« James Howdens Herz schlug schnell, er atmete schwer beim Hervorbringen der

Worte. »Das war wohl eine Demonstration Ihrer Bemerkung über die Politik Ihrer eigenen Person.« Wie alle anderen kannte er die Leidenschaft des Präsidenten für körperliche Ertüchtigung bei sich und bei den Leuten in seiner Umgebung. Eine ganze Reihe von Beratern des Weißen Hauses, darunter verzweifelte Generale und Admirale, stolperten erschöpft aus den täglichen Handball-, Tennis- oder Federballspielen mit ihrem Präsidenten. Eine häufige Beschwerde von den Lippen des Präsidenten lautete: »Diese Generation hat Bäuche wie Buddha und schlappe Schultern wie die Ohren von Jagdhunden.« Es war auch der Präsident, der die Freizeitbeschäftigung von Theodore Roosevelt wieder aufgenommen hatte, indem er in einer geraden Linie durch die Landschaft marschierte, dabei über Hindernisse stieg – Bäume erkletterte, über Scheunen weg, über Heuhaufen –, anstatt um sie herumzugehen. Er hatte sogar desgleichen in Washington versucht, und sich daran erinnernd fragte Howden: »Wie hat es denn mit Ihren Geradeausmärschen hier in Washington geklappt – diese gradlinigen Spaziergänge von A nach B?«

Der andere lachte kurz auf, als sie lässig die übrigen Stufen hinaufschritten. »Ich mußte letzten Endes aufgeben. Da gab es ein paar Schwierigkeiten. Wir konnten ja hier nicht über die größeren Gebäude weg, nur bei den kleineren ließ sich das machen, deshalb sind wir dann durch die Häuser gegangen, wenn wir unsere Gerade erst einmal festgelegt hatten. Dabei bin ich in ein paar lustige Situationen geraten. Einmal bin ich im Pentagon durch eine Toilette marschiert – zur Tür hinein und zum Fenster wieder hinaus.« Er kicherte. »Eines Tages aber fand ich mich mit meinem Bruder in der Küche des *Statler Hotels* – wir sind in den Kühlraum geraten, und da gab es keinen Ausweg, es sei denn, man hätte ein Loch in die Wand gesprengt.«

Howden lachte. »Vielleicht versuchen wir das mal in Ottawa. Es gibt in der Opposition ein paar Kollegen, die ich gerne einmal in geradliniger Bewegung sehen würde – besonders wenn sie immer weiter marschierten.«

»Man hat uns unsere Gegner als Heimsuchung beschert.«

»Ich glaube auch«, sagte Howden. »Aber manche suchen uns stärker heim als andere. Übrigens, ich habe Ihnen ein paar neue Gesteinsproben für Ihre Sammlung mitgebracht. Unser Ministerium für Bergbau und Bodenschätze hat mir versichert, daß es sich um einmalige Exemplare handelt.«

»Ich bedanke mich sehr dafür«, sagte der Präsident. »Und danken Sie doch bitte auch Ihren Leuten.«

Aus dem Schatten der Südterrasse gingen sie nun ins kühle Innere des Weißen Hauses, durch die Eingangshalle und durch lange Korridore zum Präsidentenarbeitszimmer in der Südostecke des Gebäudes. Der Präsident öffnete die weiße Tür und bat Howden einzutreten.

Auch jetzt, wie schon bei voraufgegangenen Besuchen, war der Premierminister von der Einfachheit des Raumes beeindruckt. Er war fast oval mit einer Holztäfelung in Gürtelhöhe und mit grauen Teppichen. Das Mobiliar bestand aus einem breiten Schreibtisch, der in der Mitte des Raumes stand, einem dahinterstehenden Schaukelstuhl – hinter dem die beiden mit Goldlitze abgesetzten Fahnen, das Sternenbanner und die Standarte des Präsidenten, standen. Die Erkerfenster reichten vom Boden bis zur Decke, und eine Tür führte hinaus auf die Terrasse. Der Fensterwand gegenüber stand ein mit Satin bespanntes Sofa, das fast die ganze Wand einnahm und bis rechts an den Schreibtisch heranreichte. Auf dem Sofa saßen Arthur Lexington und Admiral Levin Rapoport, ein kleiner, drahtiger Mann in einem eleganten braunen Anzug. Er hatte ein Raubvogelgesicht, und sein unverhältnismäßig großer Kopf ließ den übrigen Körper zwergenhaft erscheinen. Die beiden Männer erhoben sich, als der Präsident mit dem Premierminister eintrat.

»Guten Morgen, Arthur«, sagte der Präsident herzlich und streckte Lexington die Hand hin. »Jim, Sie kennen natürlich Levin.«

»Ja«, sagte Howden, »wir sind uns schon einmal begegnet. Wie geht es Ihnen, Admiral?«

»Guten Morgen.« Admiral Rapoport nickte kurz und kühl. Er konnte sich selten zu eindrucksvolleren Gesten bereitfinden, denn er war dafür bekannt, daß er nichts für unverbindliches Geplauder oder für nur gesellschaftliche Floskeln übrig hatte. Der Admiral – Sonderberater des Präsidenten – war bemerkenswerterweise dem Staatsbankett am voraufgegangenen Abend ferngeblieben.

Als sich die vier Männer niederließen, wurde von einem Filipino ein Tablett mit Getränken hereingebracht. Arthur Lexington wählte Whisky mit Wasser, der Präsident einen trockenen Sherry. Admiral Rapoport schüttelte ablehnend den Kopf, und der Diener stellte Jim Howden lächelnd ein Glas eisgekühlten Traubensaft hin.

Während die Getränke gereicht wurden, beobachtete Howden unmerklich den Admiral und erinnerte sich an das, was er über diesen Mann gehört hatte, der (so sagte man) jetzt praktisch genauso mächtig war wie der Präsident.

Vor vier Jahren war Captain Levin Rapoport, ein Marineberufsoffizier, am Rande der Zwangspensionierung gewesen – Zwangspensionierung, weil seine vorgesetzten Admirale ihn bereits zweimal bei der Beförderung übergangen hatten, obwohl Rapoport eine blendende, in der Öffentlichkeit stark beachtete Karriere bei der Einführung der Unterwasserinterkontinentalraketen aufweisen konnte. Die Schwierigkeit bestand nur darin, daß fast keiner Levin Rapoport als Mensch leiden mochte, und eine erstaunliche Zahl von einflußreichen Vorgesetzten haßte ihn rückhaltlos. Diese Gefühle gingen weitgehend auf die Gewohnheit Rapoports zurück, schon seit langem bei allen wesentlichen Fragen der Seeverteidigung absolut recht zu behalten und darüber hinaus hinterher nie zu zögern, sein »Das habe ich ja schon immer gesagt« anzubringen, wobei er noch namentlich jene nannte, die zuvor nicht seiner Meinung gewesen waren.

Mit dieser Eigenschaft verbanden sich eine ungeheure persönliche Eitelkeit (völlig gerechtfertigt, aber dennoch unangenehm), unglaublich schlechte Manieren, Ungeduld, wenn es um die Einhaltung des Dienstweges ging und eine offen zur Schau getragene Verachtung für diejenigen, die Captain Rapoport für geistig unterlegen hielt, was für die meisten Mitmenschen auch zutraf.

Aber, was nun die höheren Chargen der Marine nicht vorausgesehen hatten, als sie den Entschluß faßten, dieses umstrittene Genie in den Ruhestand zu schicken, war der zornige Aufschrei – sowohl im Kongreß als auch in der Öffentlichkeit –, als man sich darüber klar wurde, was die Nation verlieren würde, wenn das Gehirn Rapoports sich nicht mehr aktiv mit dem Wohl des Staates beschäftigen würde. Ein Kongreßmitglied formulierte es unmißverständlich: »Verdammt, wir *brauchen* diesen Bastard.«

Daraufhin hatte die Marine klein beigegeben – vom Senat und vom Weißen Haus nachdrücklich beeinflußt – und hatte Captain Rapoport zum Vizeadmiral befördert, womit die Zwangspensionierung hinfällig wurde. Zwei Jahre und zwei Ränge später, nach einer Vielzahl neuer brillanter Manöver, war Rapoport (nunmehr Admiral und widerborstiger denn je zuvor) vom Präsidenten dem Wirkungskreis der Marine entzogen worden, um ein Amt als Sonderberater des Präsidenten zu übernehmen. Innerhalb weniger Wochen übte der Neuernannte auf Grund seines Ehrgeizes, seiner Schnelligkeit und schlichten Autorität mehr direkte Macht aus als seine Vorgänger wie zum Beispiel Harry Hopkins, Sherman Adams oder Ted Sorenson.

Seither war die Reihe der eindeutigen Erfolge, der bekannten und der unbekannten, erstaunlich lang. Ein Selbsthilfeprogramm für die Entwicklungsländer, das – obwohl es spät kam – Amerika Respekt verschaffte statt Verachtung. Im Inland zeichnete er sich durch Einführung einer Landwirtschaftspolitik aus, gegen die die Farmer unbarmherzig ankämpften und von der sie behaupteten, daß sie sich nicht durchsetzen lasse, aber (wie Rapoport von Anbeginn vorausgesagt hatte) sie funktionierte fabelhaft. Ein beschleunigtes Forschungsprogramm wurde auf sein Bestreben eingeführt, und eine langfristige Abstimmung der Ausbildung von Wissenschaftlern mit der reinen Forschung wurde erreicht. Auf dem Gebiet der Rechtspraxis ging einerseits eine wirksame Bekämpfung betrügerischer Machenschaften der Industriegiganten und andererseits eine Reinigung der verbrecherisch unterwanderten Gewerkschaften auf sein Konto, wobei Lufto, der einst allmächtige Gewerkschaftsgangster, kaltgestellt und zu einer Gefängnisstrafe verurteilt wurde.

Jemand hatte einmal bei einem vertraulichen Gespräch mit dem Präsidenten gefragt: »Wenn Rapoport so gut ist, warum hat er dann nicht Ihren Job?« James Howden erinnerte sich daran.

Der Präsident (so hieß es) hatte wohlwollend gelächelt: »Das ist bloß darauf zurückzuführen, daß ich gewählt werde. Levin würde nicht einmal ein halbes Dutzend Stimmen bekommen, wenn er sich um das Amt eines öffentlichen Hundefängers bewerben würde.«

Im Verlauf der Zeit hatte man den Präsidenten wegen seiner Umsicht bei der Auswahl begabter Leute gelobt. Admiral Rapoport jedoch zog immer noch Abneigung, ja sogar Haß im gleichen Maße wie zuvor auf seine Person.

James Howden fragte sich, welche Wirkung dieser strenge und geistig spröde Mann auf die Geschicke Kanadas haben würde.

»Bevor wir uns weiter unterhalten«, sagte der Präsident, »möchte ich nur noch fragen: Haben Sie in *Blair House* alles zur Verfügung, was Sie brauchen?«

Arthur Lexington erwiderte lächelnd: »Wir werden mit Freundlichkeit überschüttet.«

»Das freut mich zu hören.« Der Präsident hatte es sich hinter seinem großen Schreibtisch bequem gemacht. »Manchmal haben wir mit Gästen Schwierigkeiten – zum Beispiel als die arabischen Gäste ihre Räucherstäbchen anzündeten und damit gleich einen Flügel des Hauses abbrannten. Doch ich glaube, Sie werden kaum hinter der Täfelung nach verborgenen Mikrofonen suchen, wie das die Russen taten.«

»Wir versprechen, daß wir das nicht tun«, sagte Howden, »wenn Sie uns im Vorhinein sagen, wo sie stecken.«

306

Der Präsident lachte kehlig. »Da kabeln Sie am besten an den Kreml. Ich würde außerdem gar nicht erstaunt sein, wenn die Russen da ihren eigenen Sender eingebaut hätten, als sie schon mal bei der Arbeit waren.«

»Das wäre eigentlich gar kein schlechter Einfall«, sagte Howden leichthin. »Dann würden wir uns ihnen wenigstens verständlich machen. Das scheint uns doch mit anderen Mitteln nicht zu gelingen.«

»Nein«, stimmte der Präsident leise zu, »das scheint uns leider nicht zu gelingen.«

Plötzlich herrschte Schweigen. Durch ein geöffnetes Fenster drangen die Verkehrsgeräusche auf der B Street und Rufe von Kindern vom Spielplatz des Weißen Hauses in den Raum. Irgendwo in der Nähe, durch dazwischenliegende Wände gedämpft, konnte man das Klappern einer Schreibmaschine eher ahnen als hören. Howden wurde sich unversehens bewußt, daß sich die Atmosphäre von leichter Frivolität zum tödlichen Ernst gewandelt hatte. Er fragte: »Nur zu meiner Information, Tyler, sind Sie immer noch der Meinung, daß ein offener größerer Konflikt innerhalb relativ kurzer Zeit unvermeidlich geworden ist?«

»Ich wünschte mit ganzem Herzen und ganzer Seele«, antwortete der Präsident, »daß ich verneinen könnte. Ich kann Ihnen aber nur sagen – ja.«

»Und wir sind nicht genügend vorbereitet?« Das war Arthur Lexington, dessen Posaunenengelgesicht nachdenklich aussah. Der Präsident beugte sich vor. Hinter ihm fuhr der Wind in die Vorhänge und die beiden Fahnen. »Nein, meine Herren«, sagte er leise, »wir sind nicht vorbereitet, und wir werden es auch nicht sein, bis die Vereinigten Staaten und Kanada, im Namen der Freiheit und der Hoffnung auf eine bessere Welt, an die wir noch immer glauben, eine Verteidigungslinie für eine gemeinsame Festung ausgebaut haben.«

Nun, dachte Howden, da sind wir rasch zur Sache gekommen. Die Blicke der anderen richteten sich auf ihn. Er sagte nüchtern: »Ich habe Ihren Vorschlag für einen Unionsvertrag sehr sorgfältig erwogen, Tyler.«

Der Schimmer eines Lächelns glitt über das Gesicht des Präsidenten. »Ja, Jim. Das habe ich mir wohl gedacht.«

»Es gibt zahlreiche Einwände«, sagte Howden.

»Wenn es um eine Angelegenheit dieser Größenordnung geht« – die Stimme tönte ruhig über den Schreibtisch hinweg – »dann wäre es eher erstaunlich, wenn es die nicht gäbe.«

»Andererseits möchte ich Ihnen sagen«, erklärte Howden, »daß meine Kollegen im Kabinett und ich uns auch bedeutender Vorteile bewußt sind, wenn wir diesen Vorschlag in Betracht ziehen. Das gilt allerdings nur, wenn ganz bestimmte Rücksichten beachtet und besondere Garantien geleistet werden.«

»Sie sprechen von Rücksichten und Garantien.« Das war Admiral Rapoport, der den Kopf vorgeschoben hatte und zum ersten Mal das Wort ergriff. Seine Stimme war barsch und hell. »Zweifellos haben Sie und die von Ihnen erwähnten Kollegen auch in Betracht gezogen, daß eine jegliche Garantie, ganz egal von wem sie gegeben wird, ohne Überleben unnütz ist.«

»Ja«, sagte Arthur Lexington, »das haben wir erwogen.«

Der Präsident fiel rasch ein: »Eines müßten wir uns immer vor Augen halten, Jim – und Sie, Arthur, ebenfalls –, daß nämlich die Zeit gegen uns arbeitet. Das ist auch der Grund, warum ich will, daß wir schnell handeln. Deshalb auch müssen wir offen reden, selbst wenn dabei ein paar Späne fallen.«

Howden lächelte grimmig. »Es müssen nicht unbedingt Späne fallen, wenn Sie nicht den Hobel ansetzen. Was schlagen Sie als erstes vor?«

»Ich möchte noch einmal die ganze Lage mit Ihnen durchgehen. Das scheint mir am besten. Ich möchte noch einmal bedenken, was wir in der letzten Woche schon am Telefon besprochen hatten. Wir müssen sicher sein, daß wir einander richtig verstehen. Dann können wir sehen, in welche Richtung der Kompaß zeigt.«

Der Premierminister schaute kurz zu Lexington hinüber, der ganz unmerklich nickte. »Nun gut«, sagte

308

Howden. »Ich bin damit einverstanden. Wollen Sie anfangen?«

»Ja, das will ich gern tun.« Der Präsident drückte seinen breitschultrigen Körper in den Sessel zurück, wandte sich halb von den anderen ab und schaute nach draußen ins Sonnenlicht. Dann drehte er sich zurück, sein Blick traf auf den Howdens. »Ich habe das Zeitelement erwähnt«, sagte der Präsident gemessen. »Die Zeit, in der wir uns auf den Angriff vorbereiten, der, wie wir wissen, unaufhaltsam kommen muß.«

Arthur Lexington fragte ruhig: »Wieviel Zeit haben wir Ihrer Meinung nach?«

»Wir haben gar keine Zeit«, antwortete der Präsident. »Wenn wir der Vernunft, der Logik und der Planung folgen, haben wir unsere Zeit aufgebraucht. Und wenn uns noch für irgend etwas Zeit bleibt – dann nur, weil der gute Gott uns gnädig ist.« Leise fügte er hinzu: »Glauben Sie an einen gnädigen Gott, Arthur?«

»Na ja«, Lexington lächelte, »das ist eine ziemlich nebulöse Angelegenheit.«

»Aber es gibt ihn, glauben Sie mir.« Eine Hand erhob sich über dem Schreibtisch, prankenähnlich mit ausgestreckten Fingern, so als wolle sie die Anwesenden segnen. »Er hat die Engländer schon einmal gerettet, als sie ganz auf sich allein gestellt waren, und er könnte uns vielleicht auch retten. Ich bete, daß er das tut, und ich bete darum, daß er mir noch ein Jahr schenkt. Mehr Zeit bleibt uns gewiß nicht.«

Howden fiel ein: »Dreihundert Tage hatte ich mir erhofft.«

Der Präsident nickte. »Wenn wir die bekommen, dann ist es ein Gottesgeschenk. Und was immer wir bekommen, morgen ist schon wieder ein Tag zerronnen, und in einer Stunde fehlen uns schon wieder sechzig Minuten.« Die Stimme mit dem Akzent aus dem Mittelwesten tönte jetzt hastiger. »Betrachten wir also die Lage, wie wir in Washington sie zur Zeit sehen.«

Punkt für Punkt mit dem Instinkt eines großen Meisters für Ordnung und sinnreiche Zusammenfassung wurden die einzelnen Pinselstriche ergänzt. Zunächst die Faktoren, die Howden seinem eigenen Verteidigungsausschuß im Kabinett klargemacht hatte. Der vorrangige Schutz von landwirtschaftlichen Gebieten in den USA – der Schlüssel zum Überleben nach einem Kernwaffenangriff. Die Raketenbasen der Vereinigten Staaten an der Grenze nach Kanada. Die Unvermeidlichkeit des Abfangens von Interkontinentalraketen über kanadischem Gebiet. Kanada als Schlachtfeld, hilflos, zerstört durch Explosionen und radioaktiven Niederschlag, die landwirtschaftlichen Gebiete verseucht ...

Dann die Alternative: Raketenbasen weiter nach Norden verlegt, eine größere Schlagkraft der USA, vorzeitiges Abfangen mit einer daraus resultierenden Verringerung des Niederschlages über beiden Ländern, kein Schlachtfeld und die Chance des Überlebens. Aber die verzweifelte Notwendigkeit des schnellen Handelns und die Ermächtigung, daß Amerika rasch vorrücken konnte ... Der Unionsvertrag wie vorgesehen. Die vollständige Übernahme der kanadischen Verteidigung durch die Vereinigten Staaten und die gemeinsame Führung der Außenpolitik. Die Auflösung aller kanadischen Streitkräfte und sofortige Wiedereinberufung unter einem gemeinsamen Fahneneid. Die Beseitigung aller Grenzen, Zollunion. Die fünfundzwanzigjährige Laufzeit, eine Garantie der kanadischen Souveränität auf allen nicht dem Notstand unterliegenden Gebieten ... Der Präsident erklärte schlicht: »Angesichts der gemeinsam erkannten Gefahr, die keine Grenzen kennt und keine Souveränität achtet, bieten wir Ihnen einen ehrenhaften Unionsvertrag in Freundschaft und gegenseitiger Achtung an.«

Eine Pause. Der prüfende Blick der kleinen untersetzten Gestalt hinter dem Schreibtisch, der fragend auf den drei Männern ruhte. Eine Hand fuhr hoch, um die vertraute graue Mähne zurückzuschieben. Die darunterliegenden Augen waren weise und wach, dachte James Howden, aber dahinter verbarg sich eine spürbare Trauer, die Trauer eines Mannes, der vielleicht nur wenig von seinem Lebenstraum zu verwirklichen vermochte.

Arthur Lexington durchbrach die Stille: »Was auch immer die Beweggründe dabei sind, Mr. President, es ist keine leichte Entscheidung, wenn man sich anschickt, seine Unabhängigkeit aufzugeben und den Lauf der Geschichte von heute auf morgen zu ändern.«

»Nichtsdestoweniger«, bemerkte der Präsident, »wird sich der Lauf der Geschichte ändern, ob wir das Steuer in die Hand nehmen oder nicht. Grenzen sind nicht unverrückbar, Arthur. In der Geschichte der Menschheit sind sie das noch nie gewesen. Jede Grenze, die wir kennen, wird sich im Laufe der Zeit verändern oder ganz verschwinden. Auch die Grenze zwischen Kanada und unserem Land, ob wir nun diesen Prozeß beschleunigen oder nicht. Nationen überdauern ein Jahrhundert, vielleicht zwei oder sogar mehr, aber letzten Endes gibt es für sie keinen ewigen Bestand.«

»Da bin ich mit Ihnen einverstanden.« Lexington lächelte zurückhaltend. Er setzte das Glas ab, das er in der Hand gehalten hatte. »Aber sind auch alle anderen dieser Meinung?«

»Nein, nicht alle.« Der Präsident schüttelte den Kopf. »Patrioten – die fanatischen jedenfalls – haben nur ein kurzes Gedächtnis. Aber die anderen – wenn man es ihnen offen und ehrlich erklärt –, die werden sich mit dem Unvermeidlichen abfinden, wenn sie es müssen.«

»Vielleicht ist das mit der Zeit möglich«, sagte James Howden. »Aber wie Sie schon sagten, Tyler – und ich bin da mit Ihnen einer Meinung –, Zeit ist das einzige, was wir nicht haben.«

»In dem Fall, Jim, möchte ich gern hören, was Sie vorschlagen.«

Der Augenblick war gekommen. Jetzt war es an der Zeit, dachte Howden, offen und hart zu verhandeln. Hier war der Wendepunkt, an dem über Kanadas Zukunft – wenn es überhaupt eine gab – beschlossen werden würde. Sicher würde es noch weitere Verhandlungen zu einem späteren Zeitpunkt geben, selbst wenn man jetzt zu einer grundlegenden Einigung käme, und die Einzelheiten – viele, unendlich viele Einzelheiten – würden dann von den Sachverständigen auf beiden Seiten erarbeitet. Aber das käme später. Die grundlegenden Fragen, die wesentlichen Zugeständnisse, wenn man dem Verhandlungspartner überhaupt irgendwelche abringen konnte, die würden hier und jetzt zwischen dem Präsidenten und ihm geklärt.

In dem ovalen Raum war es ruhig geworden. Das Straßengeräusch und das Rufen der Kinder drang nicht mehr von draußen herein – vielleicht hatte der Wind sich gedreht –, und auch die Schreibmaschine klapperte nicht mehr. Arthur Lexington setzte sich auf dem Sofa zurück. Admiral Rapoport blieb unbeweglich neben ihm sitzen – wie er das von Anfang an getan hatte –, als sei er angeschnallt. Der Sessel des Präsidenten quietschte, als er ihn bewegte, in seinen Augen waren Sorge und Zweifel. Er richtete seinen Blick auf das nachdenkliche Raubvogelgesicht des Premierministers. Wir sind doch nur vier Männer, dachte Howden... Ganz normale Sterbliche, aus Fleisch und Blut, die schon bald sterben müssen und dann vergessen sind... Und doch wird sich das, was wir heute beschließen, auf Jahrhunderte hinaus auf die Welt auswirken.

In dem spürbaren Schweigen war James Howden plötzlich unentschlossen. Jetzt, wo die Wirklichkeit ein Bekenntnis forderte, nagte wieder der Zweifel an ihm. Ein Gefühl für den geschichtlichen Augenblick lag im Widerstreit mit einer nüchternen Einschätzung der bekannten Tatsachen. War seine Gegenwart in diesem Raum schon ihrer Natur nach ein Verrat an seinem Land? War das Zweckdenken, das ihn nach Washington gebracht hatte – eine Eigenschaft, deren man sich schämen mußte, und nicht eine Tugend? Das waren die Gespenster, denen er bereits gegenübergestanden hatte, das waren die Befürchtungen, die er beschwichtigt hatte. Jetzt kamen sie wieder, waren lebendig und forderten ihn erneut in die Schranken.

Dann argumentierte er, wie er das schon in den vergangenen Tagen getan hatte, der Lauf der Menschheitsgeschichte habe gezeigt, daß der Nationalstolz, wenigstens der unbeugsame – der schlimmste Feind des Menschen sei und daß die einfachen Menschen dafür den Preis durch ihr Opfer zahlen mußten. Völker waren aus Ruhmsucht untergegangen, wo Selbstbescheidung sie möglicherweise zivilisiert und gerettet hätte. Kanada, dazu war er entschlossen, sollte nicht untergehen.

»Wenn wir uns vereinigen«, sagte James Howden, »dann brauche ich die Bestätigung unserer Wähler. Das bedeutet, ich muß einen Wahlkampf führen und ihn gewinnen.«

»Das habe ich erwartet«, sagte der Präsident. »Wird das bald geschehen?«

»Ich würde mit Vorbehalt Anfang Juni sagen.«

Sein Gegenüber nickte. »Ich kann mir auch nicht vorstellen, daß es schneller ginge.«

»Das ist dann ein kurzer Wahlkampf«, sagte Howden, »und wir werden einer starken Opposition begegnen müssen. Deshalb muß ich ganz spezifische Dinge anbieten können.«

Arthur Lexington gab zu bedenken: »Ich bin sicher, Mr. President, daß Sie als politischer Praktiker einsehen, wie notwendig das ist.«

Der Präsident grinste breit. »Ich fürchte mich fast, meine Übereinstimmung zu erklären, weil ich dann schon ängstlich darauf warte, daß Sie mir einen Preis abverlangen. Lassen Sie mich deshalb sagen, ja, ich bin sicher, daß die Opposition mit allen Mitteln gegen Sie kämpfen wird. Aber das ist doch für jeden von uns nichts Neues. Sie werden dennoch gewinnen, Jim. Da bin ich ganz sicher. Aber was den anderen Einwand angeht – ja, das sehe ich ein.«

»Es gibt da eine Anzahl Punkte«, sagte Howden.

Der Präsident lehnte sich in seinem Sessel zurück. »Nur zu!«

»Der Ausbau der kanadischen Industrie und die Vollbeschäftigung müssen nach dem Unionsvertrag gewährleistet werden.« Howdens Stimme war klar, sein Ton eindringlich. Er war kein Bittsteller, bemühte er sich klarzustellen, sondern ein Gleichgestellter, der über seine

Ansprüche redete. »Die amerikanischen Investitionen und die amerikanische Industrieproduktion in Kanada müssen weiterlaufen und erhöht werden. Wir wollen nicht, daß General Motors sich wegen der Zollunion nunmehr ganz an das Stammhaus in Detroit anschließt und daß Ford nun nur noch von Dearborn aus gesteuert wird. Dasselbe gilt für die Kleinindustrie.«

»Damit bin ich einverstanden«, sagte der Präsident. Er spielte mit einem Bleistift auf dem Schreibtisch. »Schwächen in der Industrieproduktion würden uns allgemein zum Nachteil gereichen. Wir können da bestimmt zu einer Übereinkunft kommen, und ich würde eher sagen, daß Sie noch mehr Industrie bekommen, nicht weniger.«

»Gibt es dafür eine ausgesprochene Garantie?«

Der Präsident nickte. »Eine besondere Garantie. Unser Wirtschaftsministerium und Ihre Leute vom Außenhandels- und Finanzministerium können eine Formel für die Steuerbegünstigung entwickeln.« Sowohl Admiral Rapoport als auch Arthur Lexington machten sich auf Notizblöcken, die neben ihnen lagen, Notizen.

Howden erhob sich aus dem Sessel, der dem Präsidenten gegenüberstand, wandte sich ab und sah den Präsidenten dann direkt an. »Rohstoffe«, sagte er. »Kanada wird die Lizenzen für den Abbau kontrollieren, und wir wünschen eine Garantie gegen völlige Ausplünderung. Wir wollen nicht, daß hier eine Goldgrube für Amerikaner entsteht – die dann nur noch alles außer Landes zu schaffen brauchen, um es an anderem Ort zu verarbeiten.«

Admiral Rapoport sagte scharf: »In der Vergangenheit sind Sie stets gern bereit gewesen, Ihre Rohstoffe zu verkaufen, vorausgesetzt, daß der Preis stimmte.«

»Das war in der Vergangenheit«, gab Howden zurück. »Wir sprechen jetzt von der Zukunft.« Er begann zu begreifen, warum die Abneigung gegen den Sonderberater des Präsidenten so weit verbreitet war.

»Das spielt ja auch keine Rolle«, griff der Präsident ein. »Wir müssen eben an Ort und Stelle mehr Verarbeitungsbetriebe einrichten. Das hilft dann beiden Ländern. Weiter!«

»Verteidigungsaufträge und Importe mit Entwicklungshilfe«, sagte Howden. »Kanada wünscht einige umfassende Rüstungsaufträge – Flugzeuge und Lenkraketen, nicht nur Schrauben und Muttern.«

Der Präsident seufzte. »Da wird uns die eigene Lobby die Hölle heiß machen. Aber irgendwie werden wir das schon schaffen.« Mehr Notizen wurden gemacht.

»Ich wünsche, daß einer meiner eigenen Minister hier im Weißen Haus sitzt«, sagte Howden. Er hatte sich wieder gesetzt. »Es müßte jemand sein, der Ihr Ohr hat und unser beider Ansichten zu interpretieren vermag.«

»Ich habe bereits geplant, Ihnen etwas Ähnliches anzubieten«, bemerkte der Präsident. »Worum geht es sonst noch?«

»Weizen!« sagte der Premierminister. »Ihre eigenen Exporte und Gratisgeschenke haben unsere ehemaligen Märkte überschwemmt. Und noch schlimmer: Kanada kann nicht mit einer landwirtschaftlichen Produktion konkurrieren, die in der Größenordnung, die Sie gewohnt sind, subventioniert wird.«

Der Präsident schaute zu Admiral Rapoport hinüber, der kurz nachdachte und dann erklärte: »Wir könnten eine Garantie der Nichtintervention geben, wo es um die Verkäufe Kanadas auf dem internationalen Markt geht, und wir könnten gewährleisten, daß die kanadischen Überschüsse – bis zur Höhe der Ernteerträge des vergangenen Jahres – zuerst verkauft werden.«

»Ist das in Ordnung?« Der Präsident zog fragend die Augenbrauen hoch.

Der Premierminister nahm sich mit seiner Antwort Zeit. Dann sagte er zurückhaltend: »Ich würde den ersten Teil dieses Angebotes vorziehen und den zweiten einer weiteren Verhandlung überlassen. Wenn Ihre Produktion ansteigt, dann sollte das auch für unsere möglich sein, und zwar durch entsprechende Garantien gewährleistet.«

Mit einem Anflug von Kühle in der Stimme sagte der Präsident: »Gehen Sie da nicht ein wenig zu weit, Jim?«

»Ich glaube nicht.« Howden hielt dem Blick des anderen stand. Er hatte nicht die Absicht, jetzt schon Zuge-

ständnisse zu machen. Außerdem war die größte Forde-
derung noch gar nicht auf dem Tisch.

Es gab eine Pause, dann nickte der Präsident. »Einverstanden – Verhandlung.«

Sie redeten weiter – über den Handel, die Industrie,
die Beschäftigungslage, die auswärtige Politik, die Tätigkeit von Konsulaten, über Devisen, die Binnenwirtschaft,
die Rechtshoheit der kanadischen Zivilgerichte über Angehörige der amerikanischen Streitkräfte... In jedem
Fall wurden die Zugeständnisse, die der Premierminister
zu erreichen versuchte, gewährt. Bisweilen geschah das
mit geringfügigen Abänderungen, in einigen Fällen nach
einer Diskussion, meist jedoch ohne weitere Erörterung.
Das war eigentlich gar nicht verwunderlich, dachte Howden. Offensichtlich hatte man bereits die meisten Forderungen erwartet, und der Präsident hatte die Besprechung
mit dem festen Willen eingeleitet, sie schnell und tat-
kräftig zu beenden.

Wenn jetzt normale Zeiten gewesen wären – soweit
die Zeit in einem Geschichtsabschnitt überhaupt normal
ist, dachte James Howden –, dann würden die Konzessionen, die er bereits erreicht hatte, Hindernisse auf dem
Weg der kanadischen Entwicklung beseitigen, die Regierungen vor ihm bereits seit Generationen zu überwinden
gesucht hatten. Aber – er wurde gezwungen, sich daran
zu erinnern – die Zeit war weder normal, noch gab es
überhaupt Gewißheit für eine zukünftige Entwicklung.

Die Mittagszeit kam und verstrich. Ganz in ihren Verhandlungen befangen aßen sie auf Tabletts kaltes Roastbeef mit Salat und tranken dann Kaffee.

Zum Nachtisch aß der Premierminister einen Schokoladenriegel, den er eingesteckt hatte, bevor er *Blair House*
verließ. Das war einer aus einem ganzen Karton, den der
kanadische Botschafter am Vortag herübergeschickt hatte, weil die Vorliebe des Premierministers für Süßigkeiten
bei Vertrauten und Freunden wohlbekannt war.

Dann kam der Augenblick, auf den James Howden gewartet hatte.

Er hatte um eine Karte Nordamerikas gebeten, und

während sie aßen, war sie gegenüber dem Präsidenten an die Wand gehängt worden. Es war eine politische Karte, auf der das Gebiet Kanadas rosa eingefärbt war, die Vereinigten Staaten braun und Mexiko grün. Die Grenze zwischen den USA und Kanada – eine lange schwarze Linie – verlief deutlich sichtbar durch die Mitte. Neben der Karte lehnte ein Zeigestock an der Wand.

Jetzt wandte James Howden sich direkt an den Präsidenten: »Wie Sie bereits vor einiger Zeit gesagt haben, Tyler, sind Grenzen nicht unwandelbar. Wir in Kanada – wenn der Unionsvertrag in unseren beiden Ländern Gesetzeskraft erhält –, wir sind bereit, eine Grenzveränderung als selbstverständlich hinzunehmen. Die Frage ist: Sind Sie auch damit einverstanden?«

Der Präsident lehnte sich mit gerunzelter Stirn über den Schreibtisch. »Ich glaube, ich verstehe Sie da nicht ganz.«

Admiral Rapoports Gesicht war ausdruckslos.

»Wenn erst mal die Schießerei mit Kernwaffen beginnt«, sagte der Premierminister, seine Worte sorgsam wählend, »dann kann ja alles passieren. Wir werden vielleicht einen Sieg erringen, oder wir werden dezimiert, und unser Land wird besetzt. Dann hilft keiner unserer gegenwärtigen Pläne. Vielleicht erreichen wir auch in kurzer Zeit ein Patt, wobei der Feind genauso ausgeblutet und hilflos ist wie wir.«

Der Präsident seufzte. »All unsere sogenannten Experten sagen mir, daß wir uns gegenseitig innerhalb weniger Tage praktisch zerstören werden. Gott weiß, wie viel oder wie wenig diese Leute tatsächlich wissen, aber man muß schließlich irgendwelche Pläne ausarbeiten.«

Howden lächelte, als ihm ein flüchtiger Gedanke kam. »Ich weiß, was Sie von den Sachverständigen halten. Mein Friseur hat eine Theorie, daß sich die Erde nach einem Krieg mit Kernwaffen in der Mitte spaltet und in kleine Stücke zerbricht. Ich frage mich manchmal, ob ich ihn nicht ins Verteidigungsministerium berufen sollte.«

»Das einzige, was uns davon abhält«, fügte Arthur Lexington hinzu, »ist die Tatsache, daß er ein verdammt guter Friseur ist.«

Der Präsident lachte. Admiral Rapoports Gesicht verzog sich leicht zur Andeutung eines Lächelns.

Wieder ernst und gefaßt fuhr der Premierminister fort: »Für unseren gegenwärtigen Zweck, glaube ich, müssen wir die Situation nach dem Kriege unter der Voraussetzung sehen, daß wir nicht besiegt werden.«

Der Präsident nickte. »Einverstanden.«

»In dem Fall«, sagte Howden, »scheinen mir zwei Möglichkeiten gegeben. Erstens, daß unsere beiden Regierungen – die kanadische und die amerikanische – vollkommen aufgehört haben zu funktionieren, so daß Ruhe und Ordnung nicht mehr aufrechterhalten werden können. In dem Fall kann nichts, was wir hier sagen oder tun, zu dem betreffenden Zeitpunkt von Nutzen sein, und ich glaube ohnehin, daß niemand von uns hier Anwesenden noch da wäre, um die Lage zu beurteilen.«

Wie lässig wir doch von all diesen Dingen reden, dachte er: Leben und Tod; Überleben und Auslöschung; die Kerze brennt, die Kerze wird ausgepustet. Und doch nehmen wir im Herzen nie ganz die Wahrheit zur Kenntnis. Wir nehmen doch immer an, daß irgend etwas in irgendeiner Weise das unwiderrufliche Ende hinauszögert.

Der Präsident war geräuschlos hinter seinem Schreibtisch aufgestanden. Er drehte den anderen den Rücken zu und zog einen Vorhang zur Seite, so daß er auf den Rasen des Weißen Hauses hinausschauen konnte. Die Sonne war verschwunden, stellte Howden fest. Graue Federwolken übersäten den Himmel. Ohne sich umzudrehen, sagte der Präsident: »Sie sprachen von zwei Möglichkeiten, Jim.«

»Ja«, gab Howden zu. »Die zweite Möglichkeit ist die, die ich für wahrscheinlich halte.« Der Präsident trat vom Fenster zurück, setzte sich wieder in seinen Stuhl. Sein Gesicht, dachte Howden, schien noch sorgenvoller als zuvor.

Admiral Rapoport fragte: »Was ist nun Ihre Alternative?«

Sein Ton klang wie: Nun machen Sie doch schon!

»Es besteht die Möglichkeit«, sagte Howden mit fast tonloser Stimme, »daß unsere beiden Regierungen bis zu einem gewissen Grad überleben aber daß Kanada auf Grund unserer Nähe zum Feind den härtesten Schlag empfangen hat.«

Der Präsident sagte leise: »Jim, ich schwöre Ihnen bei allem, was mir heilig ist, daß wir – vorher und nachher – alles tun, was nur in unseren Kräften steht.«

»Ich weiß«, sagte Howden, »und das ›Nachher‹ ziehe ich ja in Erwägung. Wenn es für Kanada eine Zukunft gibt, dann müssen Sie uns den Schlüssel dazu reichen.«

»Den Schlüssel?«

»Alaska«, sagte James Howden ruhig. »Alaska ist der Schlüssel.« Er wurde sich seines eigenen Atem-Rhythmus' bewußt, bemerkte draußen ein plötzliches Menuett von ineinander verschmelzenden Geräuschen: das gedämpfte ferne Hupen, das sanfte Trommeln erster Regentropfen, das leise Zirpen eines Vogels. Arthur Lexington, überlegte er ganz zusammenhanglos, hätte sicher sagen können, was für ein Vogel das war... der Ornithologe ... Der Ehrenwerte Arthur Edward Lexington, Magister Artium, Doktor der Literaturwissenschaft, Außenminister, dessen Befehl auf jedem kanadischen Paß zu lesen war: »Im Namen Ihrer Majestät der Königin ... ist dem Träger dieses Passes zu erlauben, frei ohne jede Behinderung zu reisen ... es ist ihm Hilfe und Schutz zu gewähren.« Arthur Lexington ... jetzt saß er da mit seinem Pokergesicht, forderte mit ihm zusammen, mit James Howden, die geballte Macht der Vereinigten Staaten in die Schranken.

Sie müssen uns Alaska geben, wiederholte er in Gedanken. *Alaska ist der Schlüssel.*

Schweigen. Reglosigkeit.

Admiral Rapoport neben Lexington auf dem Sofa: Schweigsam. Keine Wärme, keine Ausstrahlung auf dem pergamenten verrunzelten Gesicht. Der übergroße Kopf. Nur die stählernen Augen, die kalt dreinblickten. Rasch ... zur Sache ... vergeuden Sie meine Zeit nicht ... wie können Sie wagen ...!

Wie kann er es wagen ... wie kann er es wagen, über jenen mit den Flaggen flankierten Schreibtisch hinweg den Geschäftsträger des mächtigsten Amtes in der Welt so anzugehen ... wobei er doch selbst – der Führer einer kleineren schwächeren Macht – außen ruhig, innen jedoch äußerst angespannt seine absurde anmaßende Forderung vorbringt, die bereits ausgesprochen ist.

Er erinnerte sich an sein Gespräch mit Arthur Lexington vor elf Tagen, am Tage vor der Sitzung des Verteidigungsrates. »Die Amerikaner würden sich darauf niemals einlassen, nie«, hatte Lexington gesagt. Und er hatte geantwortet: »Wenn ihnen das Wasser hoch genug steht, dann werden sie unter Umständen nachgeben.«

Alaska. Alaska ist der Schlüssel.

Die Augen des Präsidenten starrten geradeaus. In ihnen spiegelte sich verdutzter Unglauben.

Nach einer Zeit, die endlos schien, regte sich der Präsident in seinem Stuhl. Er sagte geradeheraus: »Wenn ich Sie nicht mißverstanden habe, dann kann ich einfach nicht glauben, daß es Ihnen damit ernst ist.«

»Mir ist es noch nie so ernst gewesen«, sagte James Howden, »in meiner ganzen politischen Laufbahn noch nicht.«

Jetzt stand er selbst auf, sagte mit Nachdruck und Klarheit: »Tyler, Sie waren es, der heute von unserer ›gemeinsamen Festung‹ sprach. Sie waren es, der erklärte, daß unsere Politik sich mit dem ›wie‹ und nicht so sehr mit dem ›wenn‹ beschäftigen muß. Sie waren es, der auf die Dringlichkeit hinwies, der klarmachte, daß es uns an Zeit fehlt. Ich sage Ihnen jetzt im Namen der Regierung Kanadas, daß wir mit allem übereinstimmen, was Sie meinen. Aber ich sage Ihnen darüber hinaus, daß Alaska kanadisch werden muß, wenn wir in Kanada überleben wollen – und dazu sind wir doch gemeinsam entschlossen, wenn der Unionsvertrag zustande kommen soll.«

Der Präsident sprach ernst, mit bittender Stimme: »Jim, das ist unmöglich, glauben Sie mir.«

»Sie sind wahnsinnig!« Das war Admiral Rapoport mit hochrotem Gesicht.

»Es *ist* möglich!« Howden schrie die Worte durch das Zimmer. »Und ich bin nicht wahnsinnig, sondern äußerst besonnen. Ich bin nüchtern genug, das Überleben meines eigenen Landes zu fordern. Ich bin nüchtern genug, darum zu kämpfen – was ich bei Gott tun werde!«

»Aber doch nicht so . . .!«

»Hören Sie zu!« Howden ging rasch zur Karte hinüber und nahm den Zeigestock mit Nachdruck in die Hand. Er fuhr von Osten nach Westen über den neunundvierzigsten Breitengrad. »Zwischen dieser Stelle und dieser hier« – er zog eine zweite Linie über den sechzigsten Breitengrad – »da kommt es zur völligen Zerstörung und zu atomarem Niederschlag, wie Ihre Sachverständigen und unsere uns erklären. Wenn wir Glück haben, so passiert das Ganze in großen, dünn besiedelten Regionen, wenn wir Pech haben, wird das ganze Land davon betroffen. Deshalb besteht unsere einzige Chance eines Wiederaufbaus, unsere einzige Hoffnung, das zu konsolidieren, was von Kanada übrigbleibt, darin, daß man einen neuen Mittelpunkt schafft, ein neues nationales Zentrum, weg von der Verwüstung, in das man sich dann zurückziehen kann, wenn dazu überhaupt noch eine Chance bleibt.«

Der Premierminister hielt inne. Die Augen des Präsidenten waren fest auf die Karte gerichtet. Admiral Rapoport öffnete den Mund, als wolle er noch einmal sprechen, schloß seine Lippen dann jedoch wieder. Arthur Lexington beobachtete unauffällig das Profil des Admirals.

»Das kanadische Sammlungsterritorium«, fuhr Howden fort, »muß den drei Haupterfordernissen entsprechen. Es muß südlich der Baumgrenze und der subarktischen Zone verlaufen. Wenn das nicht so wäre, dann wäre eine Nachrichtenverbindung und der Lebensunterhalt eine zu große Aufgabe. Zweitens muß das Gebiet westlich unserer gemeinsamen Lenkraketen-Verteidigungslinie im Norden liegen, und drittens muß es eine Region sein, wo der atomare Niederschlag voraussichtlich gar nicht fällt oder nur geringfügig ist. Nördlich des neunundvierzigsten Breitengrades gibt es nur ein Gebiet, das allen Erfordernissen entspricht – Alaska.«

Der Präsident fragte leise: »Wie können Sie sich je über den zukünftigen atomaren Niederschlag Gewißheit verschaffen?«

Howden stellte den Zeigestock wieder gegen die Wand. »Wenn ich in diesem Augenblick den sichersten Platz in der nördlichen Hemisphäre für einen Krieg mit Kernwaffen wählen müßte, dann wäre das Alaska. Es ist gegen eine Invasion gefeit. Wladiwostok, das nächste größere Ziel für einen Atomangriff, liegt über fünftausend Kilometer entfernt. Ein Niederschlag – entweder von einem sowjetischen Angriff oder von unserem eigenen – ist unwahrscheinlich. So gewiß, wie solche Dinge überhaupt sein können – Alaska wird durchkommen.«

»Ja«, sagte der Präsident, »ich stimme, glaube ich, mit Ihnen überein – wenigstens was diese Feststellung angeht.« Er seufzte. »Aber was das Übrige betrifft . . . das ist eine ausgezeichnete Idee – und ich muß ganz ehrlich zugeben, daß sie auch weitgehend sinnvoll ist. Aber Sie müssen sich doch einfach darüber klar sein, daß weder ich noch der Kongreß einen Staat der Vereinigten Staaten einfach verhökern können.«

»In dem Fall«, antwortete James Howden kalt, »hat meine eigene Regierung noch viel weniger Grund, das ganze Land zu verhökern.«

Admiral Rapoport stieß zornig hervor: »Der Unionsvertrag ist doch schließlich kein Kuhhandel.«

»Das scheint wohl kaum der Wahrheit zu entsprechen«, mischte sich Arthur Lexington ein. »Kanada würde einen teuren Preis zahlen.«

»Nein!« Die Stimme des Admirals wurde schneidend. »Weit davon entfernt, einen Preis zu zahlen, wäre es der Akt überwältigender Großzügigkeit gegenüber einem gierigen labilen Land, das aus Zurückhaltung, aus Heuchelei und Unentschlossenheit einen nationalen Zeitvertreib gemacht hat. Sie reden davon, Kanada wieder aufzubauen, aber warum sollten Sie sich überhaupt die Mühe machen? Amerika hat das für euch schon einmal getan, und wir werden es vielleicht erneut tun müssen.«

James Howden hatte sich wieder gesetzt. Jetzt sprang

er auf, sein Gesicht war vor Zorn verzerrt. Er sagte eisig: »Ich glaube, das brauche ich mir nicht anzuhören, Tyler.«

»Nein, Jim«, sagte der Präsident ruhig, »das brauchen Sie wohl nicht. Aber wir hatten uns darauf geeinigt, ganz offen zu reden, und es ist bisweilen besser, daß die Dinge klar ausgesprochen werden.«

Howden war außer sich vor Zorn. Er war erstarrt. »Darf ich dann annehmen, daß Sie sich dieser bösartigen Verleumdung anschließen.«

»Nun ja, Jim, ich gebe zu, daß man das Gesagte auch etwas taktvoller hätte formulieren können, aber das ist eben nicht Levins Art. Trotzdem entschuldige ich mich, wenn Sie wollen, für seine Ausdrucksweise.« Die Stimme drang lässig über den Schreibtisch zum Premierminister, der immer noch aufrecht stand. »Aber ich würde auch sagen, daß er schon recht hat, wenn er meint, daß Kanada immer unersättlich ist. Selbst jetzt, wo wir Ihnen doch so viel mit dem Unionsvertrag anbieten, verlangen Sie noch mehr.«

Arthur Lexington war mit Howden aufgestanden. Er ging jetzt zum Fenster, und als er sich umdrehte, richtete er den Blick auf Admiral Rapoport. »Vielleicht«, gab er zu bedenken, »tun wir das, weil wir ein Recht auf mehr haben.«

»Nein!« Die Antwort des Admirals kam wie aus der Pistole geschossen. »Ich habe gesagt, daß Sie ein gieriges Volk sind, und das trifft auch zu.« Seine hohe Stimme wurde noch höher. »Vor dreißig Jahren wollten Sie einen amerikanischen Lebensstandard, möglichst von heute auf morgen. Sie haben dabei ganz übersehen, daß der amerikanische Lebensstandard ein Jahrhundert lang mit Schweiß und Verzicht aufgebaut wurde. So haben Sie Ihre Rohstoffe preisgegeben, statt sparsam damit umzugehen. Sie haben die Amerikaner ins Land gelassen, die Ihre Bodenschätze hoben, die das Risiko übernahmen und alles aufbauten. Auf diese Weise haben Sie Ihren Lebensstandard erkauft – dann haben Sie sich spöttisch von den Dingen abgewandt, die wir gemeinsam hatten.«

»Levin . . .«, tadelte der Präsident.

»Heuchelei, habe ich gesagt!« Als hätte er nicht gehört, fuhr der Admiral fort. »Sie haben Ihr Eigentum verhökert und dann nach einem eigenen Charakter gesucht, indem Sie die Eigenheiten Kanadas herauszustellen versuchten. Ja, es gab solche Eigenheiten in der Vergangenheit, aber sie wurden verweichlicht, und Sie haben sie verloren, und alle königlichen Untersuchungsausschüsse der Welt werden sie nicht wieder ausgraben können.«

James Howden haßte den anderen, seine eigene Stimme zitterte vor Zorn. Das war nicht alles Verweichlichung. »Es gibt eine Liste aus zwei Weltkriegen, von der Sie vielleicht schon einmal gehört haben: St. Eloi, Vimy, Dieppe, Sizilien, Ortona, Normandie, Caën, Falaise . . .«

»Ausnahmen gibt es immer!« gab der Admiral zurück. »Aber ich erinnere mich auch daran, daß das kanadische Parlament die allgemeine Wehrpflicht debattierte, die Sie ja noch nie gehabt haben, während die amerikanischen Marineinfanteristen in der Korallensee verreckten.«

Ingrimmig gab Howden zurück: »Da spielten andere Faktoren eine Rolle – Quebec, der Kompromiß . . .«

»Kompromiß, Unentschlossenheit, Verzagtheit . . . wo zum Teufel ist da der Unterschied, wenn das alles für ein ganzes Volk zum Zeitvertreib wird? Und Sie werden noch immer unentschlossen sein an dem Tag, an dem die Vereinigten Staaten Kanada mit Kernwaffen verteidigen, mit Waffen, bei denen Sie froh sind, daß wir sie haben, die einzusetzen Sie aber viel zu selbstgerecht sind.«

Der Admiral war aufgesprungen und stand nun Howden gegenüber. Der Premierminister widerstand einem Verlangen zuzuschlagen, Schlag um Schlag gegen das Gesicht vor ihm zu führen. Statt dessen brach der Präsident das feindselige Schweigen. »Ich mache Ihnen einen Vorschlag«, sagte der Präsident. »Warum treffen Sie beide sich nicht morgen früh bei Sonnenaufgang beim Potomac. Arthur und ich sind Sekundanten, und wir lassen uns aus dem Völkerkundemuseum Pistolen und Säbel bringen.«

Lexington fragte trocken: »Welche Waffe würden Sie denn empfehlen?«

»Wenn ich Jim wäre, würde ich ihn auf Pistolen fordern«, sagte der Präsident. »Das einzige Schiff, das Levin je befehligte, hat an jedem Ziel vorbeigeschossen.«

»Wir hatten schlechte Munition«, bemerkte der Admiral. Zum ersten Mal huschte die Andeutung eines Lächelns über sein ledernes Gesicht. »Waren Sie damals nicht Marineminister?«

»Ich hab so viele Ämter gehabt«, sagte der Präsident, »da kann man sich kaum noch erinnern.«

Obwohl die Spannung etwas gewichen war, hielt das Gefühl der Kränkung Howden immer noch gefangen. Er wollte einen Vergeltungsschlag führen, er wollte mit ähnlichen Worten reagieren, wollte dem entgegentreten, was gesagt worden war. Er wollte angreifen, wie er das so gut verstand: Der Vorwurf der Gier stand einem Volke nicht an, das aus dem Überfluß fett und wohlhabend geworden war ... Verzagtheit war wohl kaum ein Vorwurf, den die Vereinigten Staaten sich erlauben konnten, die einen eigensüchtigen Isolationismus betrieben hatten, bis sie angesichts der Kanonen gezwungen waren, ihn aufzugeben ... Selbst das kanadische Zögern war besser als das Versagen, die naive Unzulänglichkeit der amerikanischen Diplomatie, mit ihrem dumpfen Glauben, daß der Dollar eine Antwort auf alle Probleme darstellte ... Amerika mit der unerträglichen tugendhaften Attitüde, immer im Recht zu sein. Amerika mit seiner Weigerung, daran zu glauben, daß andere Vorstellungen, fremde Regierungssysteme bisweilen auch ihre Vorzüge haben könnten, Amerika mit seiner beharrlichen Unterstützung von abgewirtschafteten Marionettenregimen im Ausland ... Amerika mit dem glatten, verbindlichen Geschwätz von der Freiheit im eigenen Lande, wobei derselbe Mund sprach, der die Abweichler zugleich verdammte ... Und noch mehr, sehr viel mehr, sehr viel mehr ...

Als er gerade unbeherrscht und zornig reden wollte, gebot sich James Howden Einhalt.

Bisweilen, so dachte er, äußert sich das wahre Format eines Staatsmannes im Schweigen. Kein Fehlerkatalog konnte jemals einseitig sein, und das meiste von dem, was Admiral Rapoport gesagt hatte, war unbehaglich zutreffend.

Außerdem, was auch Rapoport immer sein mochte, ein Dummkopf war er nicht. Der Premierminister spürte, daß hier eine Schau abgezogen wurde, mit ihm als Mitwirkendem. War das ein bewußter Versuch gewesen, so fragte er sich, den der Admiral klug in die Wege geleitet hatte, um ihn aus der Balance zu bringen? Vielleicht. Vielleicht auch nicht. Aber diese Rauferei führte zu nichts. Er war entschlossen, die wichtige Grundfrage nicht aus den Augen zu lassen.

Er schien die anderen zu ignorieren und wandte sich an den Präsidenten. »Ich muß es völlig klarstellen, Tyler«, sagte er gemessen, »daß – wenn wir kein Zugeständnis in der Alaskafrage bekommen – unsere Regierungen keine Übereinkunft erzielen werden.«

»Jim, Sie *müssen* doch einsehen, daß die ganze Situation unmöglich ist.« Der Präsident schien ruhig und beherrscht, unerschütterlich wie zuvor. Aber die Finger seiner rechten Hand, das bemerkte Howden, trommelten nervös auf die Schreibtischplatte. Jetzt fuhr er fort: »Fangen wir doch noch einmal an. Sprechen wir über die anderen Bedingungen. Vielleicht gibt es noch mehr Punkte, auf die wir uns einigen können, Vorteile für Kanada, die wir zu verwirklichen vermögen.«

»Nein.« Howden schüttelte den Kopf unnachgiebig. »Zunächst einmal sehe ich nicht, daß die Situation so unmöglich ist, und zweitens: Wir sprechen von Alaska oder überhaupt nicht.« Er war jetzt überzeugt davon – man *hatte* versucht, ihn aus dem Gleichgewicht zu bringen. Selbst wenn der Versuch geglückt wäre, hätte die andere Seite daraus keinen Vorteil zu ziehen vermocht. Andererseits jedoch hätte er andeuten können, wie weit er zum Kompromiß bereit war, wenn man ihn dazu zwang. Der Präsident war ein mit allen Wassern gewaschener Verhandlungsführer, der eine Andeutung solcher Art niemals übersehen würde.

Der Premierminister rieb sich vorsichtig über die Spitze

seiner langen Nase. »Ich werde Ihnen sagen, wie wir uns die Abwicklung vorstellen. Zunächst müßte es in Alaska freie Wahlen geben, die wir gemeinsam überwachen würden, mit einer Abstimmung über ›ja‹ oder ›nein‹.«

Der Präsident sagte: »Da würden Sie nie gewinnen.« Aber die tiefe Stimme klang etwas weniger dogmatisch als zuvor. Howden hatte das Gefühl, daß in undefinierbarer Weise so ganz allmählich die Führung der Verhandlung an ihn übergegangen war. Er erinnerte sich an Arthur Lexingtons Worte heute morgen: »Wenn wir es einmal ganz brutal ausdrücken, dann sind wir auf einem Markt, wo das Angebot den Preis bestimmt. Die Zugeständnisse, die wir anzubieten haben, brauchen die Vereinigten Staaten, und sie brauchen sie ganz dringend.«

»Offengestanden glaube ich, daß wir gewinnen würden«, sagte Howden, »und wir würden auch den Wahlkampf in der Absicht, ihn zu gewinnen, führen. Es hat in Alaska immer eine ganze Menge prokanadische Gefühle gegeben, die sich in letzter Zeit noch verstärkt haben. Außerdem, ob Sie das wissen oder nicht, der große Triumph, ein Staat geworden zu sein, hat längst an Schmelz verloren. Sie haben für die Leute in Alaska nicht so viel getan, wie sie erwartet hatten, und da oben sind sie ziemlich einsam. Wenn wir das Land übernehmen würden, würden wir zunächst ein zweites Regierungszentrum schaffen. Wir würden Juneau – oder vielleicht auch Anchorage zur zweiten Hauptstadt Kanadas machen. Wir würden uns vorwiegend auf die Erschließung Alaskas konzentrieren, und zwar vor allen anderen Provinzen. Wir würden Alaska das Gefühl geben, nicht länger beiseite stehen zu müssen.«

»Es tut mir leid«, sagte der Präsident geradeheraus. »Ich kann das alles nicht akzeptieren.«

Dies war der Augenblick, das wußte Howden, sein As auszuspielen. »Vielleicht werden Sie mir bereitwilliger Glauben schenken«, sagte er leise, »wenn ich Ihnen sage, daß die ersten Sondierungsgespräche in dieser Angelegenheit nicht von Kanada, sondern von Alaska ausgegangen sind.«

Der Präsident stand auf. Seine Augen waren starr auf Howden gerichtet. Er sagte scharf: »Würden Sie das vielleicht näher erläutern!«

»Vor zwei Monaten«, sagte der Premierminister, »hat geheim ein Sprecher für eine Gruppe prominenter Persönlichkeiten in Alaska Kontakt mit mir aufgenommen. Der Vorschlag, den ich Ihnen heute unterbreitet habe, ist der Vorschlag, der mir zu jenem Zeitpunkt gemacht wurde.«

Der Präsident kam hinterm Schreibtisch hervor. Sein Gesicht war jetzt dem Howdens nahe. »Namen«, sagte er. Seine Stimme klang ungläubig. »Da müßte ich schon die Namen wissen.«

Arthur Lexington zog ein Blatt Papier aus der Tasche. Der Premierminister nahm es und gab es dem Präsidenten. »Hier sind die Namen.«

Während er las, verbreitete sich verdutzte Ungläubigkeit auf dem Gesicht des Präsidenten. Schließlich gab er die Liste Admiral Rapoport weiter.

»Ich will nicht versuchen . . .« Auf einmal kamen die Worte zögernd. »Ich will nicht versuchen, vor Ihnen zu verbergen, daß diese Namen und Ihre Information einen beträchtlichen Schock darstellen.«

»Nehmen wir einmal an«, sagte der Präsident langsam, »nehmen wir nur einmal an, Sie würden eine Volksbefragung machen und verlieren.«

»Wie ich bereits sagte, wir erwarten, daß wir nicht verlieren. Wir würden die Bedingungen besonders attraktiv gestalten, so wie Sie den Unionsvertrag anziehend gemacht haben. Und Sie selbst würden sich doch für ein ›ja‹ einsetzen, um die nordamerikanische Verteidigungsgemeinschaft zu erreichen.«

»Würde ich das wirklich?« Die Augenbrauen zogen sich hoch.

»Ja, Tyler«, sagte Howden fest. »Das wäre ein fester Bestandteil unseres Abkommens.«

»Aber selbst mit meiner Hilfe könnten Sie immer noch verlieren«, beharrte der Präsident. »Die Wahl könnte doch mit ›nein‹ ausgehen.«

328

»Wenn das geschähe, dann würden wir selbstverständlich die Entscheidung annehmen. Die Kanadier glauben auch an Selbstbestimmung.«

»Was würde unter den Umständen dann aus dem Unionsvertrag?«

»Der wäre davon nicht betroffen«, sagte James Howden. »Mit der Zusage, Alaska zu bekommen – oder wenigstens mit der Zusage auf eine Volksbefragung –, kann ich in Kanada meine Wahlen und damit auch die Vollmacht zur Unterzeichnung des Unionsvertrages gewinnen. Die Volksbefragung käme dann später. Was auch immer das Ergebnis wäre, wir könnten nicht mehr rückgängig machen, was bereits eingeleitet wurde.«

»Nun ja . . .« Der Präsident schaute zu Admiral Rapoport hinüber, dessen Gesicht undurchdringlich erschien. Dann sagte er halb in Gedanken, halb an die anderen gewandt: »Das würde eine Verfassungsversammlung im Staat bedeuten . . . Wenn ich das vor den Kongreß brächte, glaube ich schon, daß die Umstände es diskutabel machen würden . . .«

Howden bemerkte ruhig: »Darf ich Sie an Ihre eigene Erklärung über die Unterstützung des Kongresses erinnern. Ich glaube, Sie sagten etwa: ›Es gibt kein Gesetz, das ich wünsche, das ich nicht auch durchzusetzen vermöchte.‹«

Der Präsident schlug mit der Faust in seine Handfläche. »Verdammt noch einmal, Jim! Sie verstehen es aber wirklich, einem das Wort im Mund herumzudrehen.«

»Ich möchte Sie warnen, Mr. President«, sagte Arthur Lexington leichthin, »dieser Herr hat für das gesprochene Wort ein Tonbandgedächtnis. Bisweilen finden wir das zu Hause äußerst beunruhigend.«

»Bei Gott, das kann man wohl sagen! Jim, ich will Ihnen eine Frage stellen.«

»Ja bitte.«

»Warum glauben Sie, solch überhöhte Forderungen stellen zu können? Sie brauchen doch den Unionsvertrag, das wissen Sie.«

»Ja«, sagte James Howden. »Ich glaube schon, daß wir

ihn brauchen. Aber ich glaube auch, ganz offen gestanden, daß Sie ihn noch nötiger haben. Und wie Sie bereits sagten, die Zeit ist das Wichtigste.«

Es herrschte Schweigen in dem kleinen Zimmer. Der Präsident atmete tief. Admiral Rapoport zog die Schultern hoch und wandte sich ab.

»Nehmen wir einmal an, nehmen wir bloß einmal an,« sagte der Präsident leise, »daß ich mich mit Ihren Bedingungen einverstanden erklärte, wobei natürlich unser Kongreß seine Zustimmung geben müßte, wie würden Sie unser Einverständnis bekanntgeben?«

»Eine Erklärung im Unterhaus in elf Tagen von heute an gerechnet.«

Wieder eine Pause.

»Sie verstehen ... Ich nehme nur einmal an.« Die Worte waren zurückhaltend, gequält. »Aber wenn es geschähe, dann müßte ich eine gleichlautende Erklärung vor dem versammelten Kongreß abgeben. Sie sind sich darüber im klaren, daß unsere Erklärungen auf die Sekunde genau gleichzeitig abgegeben werden müßten.«

»Ja«, sagte Howden.

Er hatte gewonnen, das wußte er. Er schmeckte den Sieg.

3

In der Privatkabine der Vanguard hatte Margaret Howden, die in einem neuen stahlblauen Kostüm mit einem Velourhut auf dem attraktiven grauen Haar dasaß, den Inhalt ihrer Handtasche auf einen kleinen Lesetisch geleert. Sie sortierte zusammengeknüllte kanadische und amerikanische Banknoten aus – vorwiegend kleinere Werte –, sie schaute zu ihrem Gaten hinüber, der sich mit der Leitartikelseite des *Toronto Daily Star* von gestern beschäftigte. Vor einer Viertelstunde – nach dem Abschiedszeremoniell durch den Vizepräsidenten mit einer Ehrengarde der US Marines – war ihr Sonderflugzeug auf dem Flughafen Washington gestartet. Jetzt flogen sie im

Sonnenschein des späten Vormittags über den durchbrochenen Haufenwolken zügig nach Norden, nach Ottawa und nach Hause.

»Weißt du«, sagte Howden, der seine Zeitung umblätterte, »ich habe mich oft gefragt, warum wir nicht die Leitartikelautoren einfach ans Ruder lassen und ihnen die Geschicke des Landes anvertrauen. Die haben für alles eine Lösung. Wenn sie natürlich das Land regieren müßten, dann gäb es ja immer noch das Problem, wer nun die Leitartikel schreiben sollte.«

»Warum nicht du?« Sie legte die Banknoten neben ein kleines Häufchen Silbergeld, das bereits gezählt war. »Vielleicht könnten wir auf diese Weise mehr Zeit gemeinsam verbringen, und ich brauchte nicht einkaufen zu gehen, um die Zeit zwischen zwei Reisen zu nutzen. Ach, du lieber Gott! – Ich fürchte, daß ich recht verschwenderisch gewesen bin.«

Howden lächelte unwillkürlich. Er legte die Zeitung weg und fragte: »Wieviel?«

Margaret verglich die Summe des gezählten Geldes mit einer in Bleistift geschriebenen Liste, an die Quittungen angeheftet waren. Sie antwortete reuig: »Fast zweihundert Dollar.«

Er war versucht, milde zu protestieren, er erinnerte sich jedoch, daß er Margaret ihr jüngstes finanzielles Problem nicht mitgeteilt hatte. Das Geld war eben ausgegeben. Warum sollte man sich jetzt darüber Sorgen machen? Außerdem würde eine Diskussion über ihre eigenen Finanzen – die Margaret immer Sorgen machten – mehr Energie erfordern, als er im gegenwärtigen Augenblick zu verschwenden bereit war. Statt dessen sagte er: »Ich bin ja vom Zoll befreit. Du aber nicht. Du kannst also Geschenke bis zu hundert Dollar zollfrei einführen, für den Rest mußt du eben Zoll zahlen.«

»Nein, das mach ich nicht!« rief Margaret. »Das ist doch der absurdeste Unfug, den ich je gehört habe. Du weißt doch ganz genau, daß die Zollbeamten uns nicht kontrollieren würden, wenn du nicht darauf bestündest. Du hast gewisse Privilegien, warum nutzt du sie nicht?«

Ihre Hand legte sich instinktiv über das kleine Häufchen verbleibender Dollars.

»Mein Liebes«, sagte er geduldig – sie hatten sich mit dieser Frage schon bei anderer Gelegenheit beschäftigt – »du weißt doch, wie ich darüber denke. Ich glaube nun einmal, daß ich mich genau so benehmen sollte, wie man es von jedem normalen Bürger erwartet.«

Margaret errötete leicht und sagte: »Ich kann nur sagen, du benimmst dich da absolut kindisch.«

»Vielleicht hast du recht«, gestand er mit sanftem Nachdruck. »Aber ich möchte eben trotzdem, daß es so gemacht wird.«

Wieder fühlte er ein Zögern, sich in weitere Erklärungen einzulassen, zu erklären, daß es politisch klug sei, ganz peinlich korrekt zu sein, wenn es um kleine Dinge ging, selbst das bißchen Schmuggeln zu vermeiden, das sich die meisten Kanadier bisweilen erlaubten, wenn sie über die Grenze zurückkamen. Außerdem war er sich immer klar darüber gewesen, wie leicht es war – für Leute, die wie er in der Öffentlichkeit standen –, in die Falle kleiner, bisweilen unschuldiger Übertretungen zu geraten. Es gab kleinliche Leute, ganz besonders in den rivalisierenden Parteien, die stets auf der Lauer lagen, um die geringfügigste Entgleisung festzustellen, die dann später die Zeitungen mit Lust aufnehmen würden. Er hatte Politiker aus dem öffentlichen Leben verschwinden sehen, er hatte erlebt, wie man ihnen die Ehre abgeschnitten hatte, und das alles nur wegen geringfügiger Übertretungen, die in anderen Kreisen nicht mehr als einen milden Tadel hervorgerufen hätten. Dann gab es andere, die seit Jahren riesige Summen öffentlicher Gelder in die eigenen Taschen gestopft hatten, die aber auch – normalerweise durch Unachtsamkeit – bei irgendeiner geringfügigen Kleinigkeit erwischt wurden.

Er faltete die Zeitung zusammen und legte sie weg.

»Mach dir doch bitte nichts daraus, wenn du nun einmal Zoll zahlen mußt. Vielleicht gibt es schon bald gar keinen Zoll – und auch keine Zollbeamten – mehr.« Er hatte bereits am vergangenen Abend Margaret die Um-

332

risse des Unionsvertrages erklärt. »Na ja«, sagte seine Frau, »darüber bin ich sicherlich nicht traurig. Ich habe immer gedacht, daß es töricht ist, wenn man dieses ganze Theater durchmachen muß – Koffer aufmachen, Gegenstände deklarieren – und wenn das Ganze bei zwei Ländern geschieht, die sich doch in jeder Hinsicht so nahe sind.«

Howden lächelte, beschloß jedoch, Margaret keinen Vortrag über die Geschichte der kanadischen Zölle zu halten, die erst die außergewöhnlich günstigen Bedingungen des Unionsvertrages ermöglicht hatten. Und das waren tatsächlich günstige Bedingungen, dachte er und lehnte sich in dem bequemen Polstersessel zurück. Noch einmal, wie er das verschiedentlich während der vergangenen vierundzwanzig Stunden getan hatte, dachte James Howden über den unbestreitbaren Erfolg seiner Verhandlungen in Washington nach.

Natürlich hatte der Präsident selbst am Ende keine verbindliche Zusage auf die Forderung nach Alaska gegeben. Aber die Zustimmung zu einer Volksbefragung in Alaska würde erfolgen. Dessen war sich Howden sicher. Diese Vorstellung brauchte natürlich Zeit, bis man sich mit ihr vertraut gemacht hatte. Zunächst würde der ganze Vorschlag – wie das auch ursprünglich dem Premierminister selbst ergangen war – in Washington unverschämt und unmöglich erscheinen. Aber wenn man ihn dann sorgfältig erwog, dann war er lediglich die nüchterne und logische Erweiterung des Unionsvertrages, in dem ja Kanada so viel aufgeben mußte.

Und was nun die Volksbefragung in Alaska anging, wenn er der Unterstützung gedachte, die man ihm bereits zugesichert hatte, so konnte Kanada die Bedingungen für ein ›ja‹ so attraktiv gestalten, daß man sie einfach nicht zurückweisen konnte. Außerdem würde er bereits im voraus großzügige Abfindungen für jene Einwohner Alaskas garantieren, die unter einer neuen Regierung nicht bleiben wollten, obwohl er hoffte, daß die meisten im Lande blieben. In jedem Falle würden die Grenzen zwischen Alaska, Kanada und den übrigen Vereinigten Staaten, wenn erst einmal der Unionsvertrag in Kraft getreten war, nur noch ein Produkt der Phantasie sein. Der Unterschied in Alaska wäre lediglich darin zu sehen, daß die kanadische Gerichtsbarkeit und die kanadische Verwaltung eingeführt würden.

Der eine Hauptfaktor, den er mit dem Präsidenten nicht erörtert hatte, war die Möglichkeit, daß Kanada trotz der zu erwartenden Verwüstung nach dem Kriege als der stärkere Partner des Unionsvertrags dastehen könnte. Was jedoch eine solche Entwicklung und ihre praktischen Auswirkungen anging, so mußte man die Zeit arbeiten lassen.

Die Turbo-Prop-Triebwerke heulten auf, als die Vanguard sich nach Norden wandte. Er schaute aus dem Kabinenfenster und sah, daß unter ihnen immer noch grüne Felder lagen.

»Wo sind wir jetzt, Jamie?« fragte Margaret.

Er schaute auf die Uhr. »Wir müssen schon aus Maryland heraus sein, also dürften wir jetzt wohl über Pennsylvania fliegen. Danach kommt noch New York, und dann sind wir in wenigen Minuten zu Hause.«

»Ich hoffe, es schneit nicht in Ottawa«, sagte Margaret und räumte ihre Rechnungen und ihr Geld weg. »Ich möchte erst ganz langsam wieder kalt werden.«

Er dachte erheitert: Es gibt auch Dinge, die ich lieber ganz langsam tun würde. So sollte man ganz allmählich und sorgfältig die nötige Unterstützung für einen solchen Unionsvertrag vorbereiten. Aber wie immer drängte die Zeit, und er würde verschiedene Risiken eingehen und rasch handeln müssen.

Glücklicherweise hatte er jetzt eine Menge anzubieten. Die Absprache über Alaska und die anderen wichtigen Konzessionen würden ausreichen, um sich dem Parlament und den Wählern zu stellen. Im Zusammenhang mit der Kürze der Zeit, die man nicht mehr eigens zu betonen brauchte, konnte er eine Wahl gewinnen, davon war er überzeugt, und er konnte sich somit eine Vollmacht für den Unionsvertrag geben lassen.

Ganz abgesehen von einer Krise – die Zeit war reif.

Noch vor zehn oder sogar fünf Jahren, als die Suche nach einer sogenannten kanadischen Eigenständigkeit mit dem dazugehörigen Chauvinismus ihren Höhepunkt erreicht hatte, da hätte man jeden Unionsvertrag umgehend zurückgewiesen. Aber die Stimmung im Lande hatte sich seither gewandelt.

Natürlich würde die Opposition, von Bonar Deitz geführt, mit allen nur möglichen Waffen kämpfen. Aber er konnte sie schlagen, dessen war er gewiß. Extremer Nationalismus galt heute als das, was er war – als eine gefährliche Selbstbespiegelung, gefährlich, weil sie eine Zeitlang Kanada von seinen stärksten Freunden in einer feindseligen Welt getrennt hatte. Jetzt gab es kulturelle Verbindungen und ideelle. Es gab ein gemeinsames Empfinden – bisweilen sogar Liebe – in immer wachsendem Maße zwischen Nord und Süd. Es war keineswegs so, daß die Leute nicht mehr den Vereinigten Staaten kritisch gegenüberstanden. Ganz im Gegenteil. Die Vereinigten Staaten konnten bisweilen gerade Freunde und Bewunderer zur Verzweiflung bringen. Aber wenn man alle Fehler in Betracht gezogen hatte, gab es eine gemeinsame grundlegende Anständigkeit – im Gegensatz zu dem schwärenden Übel an anderen Stellen der Welt.

Margaret hatte den *Star* aufgenommen und durchgeblättert. »Ach, hier sind die Horoskope. Hast du deins gelesen?«

Er wandte den Kopf und antwortete gereizt: »Nein, und ich wäre froh, wenn du das nicht immer wieder zur Sprache brächtest.« Er fragte sich, ob Margaret versuchte, ihn als Vergeltung für die kurze Auseinandersetzung zu reizen. In letzter Zeit war ihre Beziehung zueinander etwas belastet gewesen, vielleicht, weil sie zu wenig Zeit miteinander verbracht hatten. Ihr letztes langes Gespräch war wann gewesen . . . o ja, am Abend dieses unangenehmen Zwischenfalles im *Government House*. Er meinte, Margaret gegenüber mehr Rücksicht zeigen zu müssen, aber die Schwierigkeit war ja schließlich, daß der Tag nur so wenige Stunden hatte und daß so viele Dinge von Bedeutung waren und nur von ihm erledigt werden konnten. Wenn die Vorbereitungen, die er jetzt vor sich hatte, zum Teil abgeschlossen waren, dann hatten sie sicher mehr Zeit . . .

»Was für ein blödsinniger Quatsch das ist!« Margaret raschelte empört mit der Zeitung. »Aber wirklich! Der *Star* ist immer so selbstgerecht, wenn es um Gott und die Welt geht, und dann drucken sie diesen unglaublichen Unfug jeden Tag ab.«

»Vielleicht schämen sie sich dessen auch«, sagte ihr Mann. »Aber das treibt doch die Verkaufsziffern hoch. Deshalb setzen sie das erst gegen Ende ein und hoffen, daß es niemand bemerkt, außer denen, die es ohnehin lesen wollen.«

»Hör mal zu! Hier ist dein Horoskop für heute, Jamie – für Schützen.«

Margaret las deutlich, hielt die Seite ins Licht. »Wichtige und günstige Vibrationen der Venus. Sorgen Sie sich nicht um Ihr Werk. Ihre Bemühungen werden auch weiter Erfolg bringen. Verlieren Sie nicht den Glauben an sich. Hüten Sie sich vor Wolken, die allmählich größer werden.« Sie legte die Zeitung weg. »Was für ein Unfug! Was für ein blöder Unfug!«

»Ja«, sagte James Howden, »da hast du recht.« Es war doch sonderbar, dachte er: Da war noch einmal auf die Wolke Bezug genommen. Wie hatte das noch vor anderthalb Wochen geheißen: *Hüten Sie sich vor einer Wolke, die nicht größer ist als eine Männerhand.* Der Ausdruck kam aus dem Alten Testament, oder nicht? Das war die Geschichte von Elias, der eine kleine Wolke aus dem Meer hatte aufsteigen sehen . . . Und danach hatte ihn der Engel berührt, und er hatte Könige gesalbt. Später hatte er das Wasser des Jordan geteilt und war in einem feurigen Wagen gen Himmel gefahren. Für Elias jedoch war die Wolke das Sinnbild der Stärke gewesen. Galt das auch für ihn? Oder war es eine Warnung? Plötzlich kamen ihm die Worte der alten Frau Zeeder wieder in den Sinn . . . An jenem Tag vor Gericht in Medecine Hat . . . *Ich bin im Zeichen des Schützen geboren, mein Lieber. Das werden Sie schon noch sehen!*

»Jamie!« sagte Margaret scharf.

»Was gibt's denn?« Er versuchte, seine Gedanken wieder zu konzentrieren.

»Was hast du gerade gedacht?«

»Ich habe überhaupt nicht gedacht«, log er. »Ich hatte einen Augenblick ganz abgeschaltet.«

Wenige Minuten später sagte Margaret: »Kapitän Galbraith hat mich nach vorn ins Cockpit eingeladen. Ich gehe wohl mal rüber.«

Der Premierminister nickte. »Ja bitte, tu das doch und entschuldige mich für diesmal.« Er schaute auf die Wanduhr in der Kabine. »Während du da vorn bist, lasse ich mir mal den jungen Prowse kommen. Er hat die letzten zwei Tage schon irgend etwas auf dem Herzen gehabt.«

Obwohl er mehrere Begleiter bei sich hatte – die drei Kabinettsmitglieder und seine eigenen engsten Mitarbeiter, die jetzt vorn in der Maschine saßen –, hatte der Premierminister in Washington fast ausschließlich seine Zeit mit Arthur Lexington verbracht.

»Ist in Ordnung«, sagte Margaret. »Ich schicke ihn rüber.«

Elliot Prowse, der aus der vorderen Kabine kam, nachdem Margaret gegangen war, war einer der beiden Persönlichen Referenten des Premierministers. Er war jung, sah sportlich und gut aus, war von Hause aus wohlhabend und hatte sein Examen an der McGill-Universität mit Auszeichnung bestanden. Er ging in eine politische Lehre, wie sie heute für jene jungen Männer üblich war, deren Ehrgeiz auf ein höheres politisches Amt zielte. In wenigen Jahren würde er seinen gegenwärtigen Job aufgeben und sich um einen Sitz im Unterhaus bewerben. Mittlerweile nutzte die Partei seine Intelligenz und seine Kenntnisse, während er selbst einen einmaligen Einblick in die Verwaltungsmaschinerie der Regierung bekam, was für ihn eines Tages eine Abkürzung auf dem Weg ins Kabinett bedeuten konnte.

James Howden war sich nie ganz klar, wie weit er Prowse mochte, der bisweilen unangenehm ernst sein konnte. Aber jetzt verleitete die sattsame Genugtuung des Premierministers über die Besprechungen in Washington ihn dazu, etwas redseliger zu werden. Er bat den Assistenten, sich zu setzen, und fragte: »Nun, Elliot, Sie haben doch sicher etwas auf dem Herzen.«

»Ja«, Prowse setzte sich vorsichtig, sein Gesichtsausdruck war ernst wie immer. »Wie Sie sich vielleicht erinnern, ich wollte Ihnen gestern schon mitteilen ...«

»Ich weiß«, sagte Howden, »und es tut mir leid, daß ich Sie nicht angehört habe. Aber es gab eine Menge besonderer Probleme – einige sind Ihnen bekannt –, und ich konnte mir einfach die Zeit nicht nehmen.«

Er glaubte eine Spur von Ungeduld bei dem jüngeren Mann entdeckt zu haben. Nun, das war auch etwas, was man in der Politik lernen mußte: Man mußte sich an Gerede gewöhnen, von dem das meiste überflüssig war, aber Reden gehörte zu diesem Geschäft.

»Mr. Richardson und Miß Freedeman haben sich mit mir in Verbindung gesetzt«, sagte Elliot Prowse. »Es geht um diesen Einwanderungsfall in Vancouver.«

»Das darf doch nicht wahr sein!« platzte James Howden los. »Ich habe von diesem Unsinn wirklich genug.«

»In Ottawa haben sie anscheinend noch eine ganze Menge davon zu hören bekommen.« Prowse schaute auf ein Blatt in einer Akte, die er bei sich hatte.

Howden schäumte. »Haben die Leute denn gar nichts anderes, um damit ihre törichten Gedanken zu beschäftigen? Wissen sie denn eigentlich nicht, daß es wichtigere Dinge gibt – viel wichtigere Angelegenheiten –, die in der Welt vor sich gehen?« Die Ankündigung des Unionsvertrages, dachte er, würde im Handumdrehen alle Einwanderungsfragen aus den Nachrichten verbannen. Wenn die Ankündigung erst heraus war, dann würden die Zeitungen keinen Platz mehr für irgend etwas anderes haben. Aber dafür war es noch zu früh ...

»Das kann ich nicht sagen, Sir.« Prowse hatte die Gewohnheit, jede Frage wörtlich zu nehmen, ganz egal ob sie nur rhetorisch war oder nicht. »Aber ich habe die Zahlenangaben über Telegramme und bisher eingegangene Briefe in dieser Angelegenheit.«

»Raus damit«, murmelte Howden.

»Seit Sie Ottawa verlassen haben, sind bis heute morgen zweihundertvierzig Telegramme und dreihundertzweiunddreißig Briefe, an Sie adressiert, eingegangen. Bis auf zwei Telegramme und achtzehn Briefe sind alle für den Mann auf dem Schiff und äußern ihre Kritik an der Regierung.«

»Na ja«, brummte Howden, »wenigstens zweiundzwanzig Leute haben noch nicht den Verstand verloren.«

»Eine neue Entwicklung bahnt sich außerdem an.« Elliot Prowse wandte sich wieder seinen Notizen zu. »Der blinde Passagier auf dem Schiff hat wohl jetzt einen Anwalt, der vorgestern eine einstweilige Verfügung erhalten hat, um den Mann einem Gericht vorführen zu können. Über den Antrag wird heute nachmittag vor einem Gericht in Vancouver entschieden.«

»Das Gericht wird den Antrag abweisen«, sagte Howden ungeduldig. »Das ist ein alter Juristentrick, den hab ich selber auch schon angewandt.«

» Ja, Sir. Ich weiß, daß man in Ottawa dieser Ansicht ist, aber Mr. Richardson macht sich große Sorgen über die Zeitungsberichte. Es hat anscheinend sehr viele über diesen Fall gegeben. Er hat mich angehalten, Ihnen zu berichten, daß die Zeitungen immer mehr Raum darauf verwenden und meistens auf der Titelseite. Einige der Tageszeitungen aus dem Osten Kanadas haben jetzt bereits ihre eigenen Reporter in Vancouver, die sich mit dem Fall beschäftigen. Nach ihren Bemerkungen vor unserem Abflug nach Washington sind vierzehn kritische Leitartikel veröffentlicht worden. Mr. Bonar Deitz gibt darüber hinaus kritische Erklärungen ab, mit denen er die Regierung angreift. Mr. Richardson gibt zu bedenken, daß die Opposition daraus Kapital schlägt.«

»Was zum Teufel sollten sie wohl sonst tun?« sagte der Premierminister ärgerlich. »Sollten sie uns mit wehenden Fahnen empfangen?«

»Ich weiß nicht, was er darüber denkt.«

Howden gab gereizt zurück: »Und warum müssen Sie jede Frage beantworten?«

»Ich habe immer gedacht, daß Sie eine Antwort erwarten«, sagte Prowse.

Der Ton des jungen Mannes brachte höflich ein gewisses Erstaunen zum Ausdruck, und trotz seiner eigenen Wut zeigte Howden ein Lächeln. »Das ist nicht Ihre Schuld. Es ist niemandes Schuld außer . . .« Seine Gedanken beschäftigten sich mit Harvey Warrender.

»Noch etwas«, sagte Elliot Prowse. »Mr. Richardson hat mich gebeten, Sie zu warnen, daß bei unserer Ankunft auf dem Flughafen die Presse weitere Fragen stellen wird. Er meint, er weiß nicht, wie Sie sich davor schützen könnten.«

»Ich werde mich nicht davor schützen«, sagte James Howden grimmig. Er schaute seinem Assistenten direkt in die Augen. »Sie gelten doch als ein intelligenter junger Mann. Was schlagen Sie denn vor?«

»Na ja . . .« Prowse zögerte.

»Nur raus damit.«

»Wenn ich so sagen darf, Sir, Sie wirken ganz gut, wenn Sie die Beherrschung verlieren.«

Howden lächelte wieder und schüttelte dann den Kopf. »Nehmen Sie von mir eine Warnung an: Verlieren Sie nie, ja, niemals die Beherrschung, wenn Sie mit der Presse zu tun haben.«

Später jedoch hatte er genau das getan, seinen eigenen Rat vergessend.

Das geschah nach der Landung auf dem Flughafen in Ottawa. Sie waren, wie das bei den Flügen von VIPs normalerweise geschah, auf der Linienverkehrsseite des Flughafens und nicht auf der Luftwaffenseite ausgerollt. In der Privatkabine, nachdem Elliot Prowse nun gegangen und sein eigener Ärger zunächst auf Eis gelegt war, badete sich James Howden voller Selbstzufriedenheit im Bewußtsein einer triumphalen Heimkunft, obwohl im Augenblick sein Erfolg in Washington nur ganz wenigen mitgeteilt werden konnte.

Aus einem Fenster schauend sagte Margaret: »Auf der Tribüne dort scheinen recht viele Menschen zu sein. Glaubst du, daß die auf uns warten?«

340

Er machte seinen Haltegurt los und beugte sich vor. Es stimmte. Er sah es sofort. Da waren mehrere hundert Menschen, die meisten mit schweren Wintermänteln und Schals, die sie vor der Kälte schützten. Sie standen dicht gegen die Schutzgeländer gedrängt. Weitere Menschen schienen noch hinzuzukommen.

»Das ist durchaus möglich«, sagte er nachdenklich. »Schließlich hat ja doch der Premierminister von Kanada ein gewisses Ansehen.«

Margarets Gesichtsausdruck war unverbindlich. »Ich hoffe, daß wir da nur schnell hindurchkommen«, sagte sie. »Ich bin etwas müde.«

»Na ja, das wird schon nicht zu lange dauern, aber wir werden wohl ein paar Worte sagen müssen.« In Gedanken spielte er mit den Fragen: ... außerordentlich erfolgreiche Besprechungen (das konnte er, ohne voreilig zu sein, durchaus sagen) ... eine Erklärung über die praktischen Ergebnisse innerhalb der nächste Wochen ... weitere Bemühungen um noch engere, herzlichere (besser nicht »vertraute« sagen) Beziehungen zwischen unseren beiden Ländern ... sehr froh, die eigene, seit langem bestehende Freundschaft mit dem Präsidenten wieder aufgefrischt zu haben ...

So etwas in der Art, hatte er beschlossen, würde dem Anlaß entsprechen.

Die Triebwerke waren jetzt abgestellt, die Tür im Rumpf war geöffnet, und eine Treppe wurde an die Maschine gerollt. Während die übrigen an Bord in höflicher Zurückhaltung warteten, stiegen James Howden und Margaret als erste aus.

Die Sonne kam nur für Minuten hinter den Wolken vor, und ein eisiger Nordwind fegte über den Flughafen.

Als sie innehielten – zum Teil noch vor dem Wind geschützt – und auf der Plattform der Leiter standen, da dachte Howden, daß die Menge, die kaum mehr als hundert Meter entfernt war, sonderbar ruhig schien.

Stuart Cawston trottete ihnen mit ausgestreckter Hand entgegen. »Willkommen daheim!« rief er, »willkommen bei uns allen.«

»Aber ich bitte Sie!« rief Margaret. »Wir waren doch nur drei Tage fort.«

»Aber es ist uns allen länger erschienen«, versicherte Cawston. »Wir haben Sie vermißt.«

Als die Hand des ›lächelnden Stu‹ sich um Howdens schloß, murmelte er: »Ein wundervolles, wundervolles Ergebnis. Sie haben dem Land einen großen Dienst geleistet.«

Howden ließ Margaret vor sich die Treppe hinuntergehen und fragte leise: »Haben Sie mit Lucien Perrault gesprochen?«

Der Finanzminister nickte: »Genauso, wie Sie es am Telefon angegeben haben. Ich habe Perrault informiert, aber sonst niemanden.«

»Gut«, sagte Howden beifällig. Sie begannen auf das Flughafengebäude zuzugehen. »Wir halten morgen eine Kabinettsitzung ab, und ich möchte mit Ihnen, mit Perrault und noch ein paar anderen Leuten schon heute abend reden. Wir treffen uns am besten in meinem Büro.«

Margaret protestierte: »Muß das denn unbedingt heute abend sein? Wir sind doch beide so müde, und ich habe mich so auf einen ruhigen Abend gefreut.«

»Wir werden noch ruhige Abende erleben«, gab ihr Mann mit einer Spur von Ungeduld zurück.

»Vielleicht könnten Sie zu uns rüberkommen, Margaret«, schlug Cawston vor. »Daisy würde sich sicher sehr freuen.«

»Recht herzlichen Dank, Stu«, Margaret schüttelte den Kopf. »Ich glaube, heute abend nicht.«

Jetzt waren sie auf halbem Wege zur Empfangshalle. Hinter ihnen stiegen die anderen aus der Maschine.

Erneut war sich der Premierminister der schweigenden, abwartenden Menge bewußt. Er bemerkte neugierig: »Die sind aber ungewöhnlich ruhig, oder?«

Cawstons Gesicht verzog sich. »Es heißt, daß die Eingeborenen hier nicht besonders freundlich sind.« Er fügte hinzu: »Es scheint sich um eine organisierte Demonstration zu handeln. Sie sind in Autobussen gekommen.«

Als ob die Worte ein Signal gewesen wären, brach der Sturm los.

Das Geschrei und die Buhrufe kamen zuerst besonders heftig, als wären sie aufgestaut und plötzlich freigesetzt worden. Dann wurden laute Zurufe hörbar, wie »Geizhals!« »Diktator!« »Herzloser Bastard!« »Wir wählen dich ab!« »Du bleibst nicht mehr lange Premierminister!« »Warte nur auf die nächste Wahl!«

Zugleich gingen die Spruchbänder in die Höhe und zwar mit einer Art geplanter Präzision. Bis zu diesem Augenblick waren sie noch verborgen geblieben, aber jetzt konnte Howden lesen:

EINWANDERUNGSMINISTERIUM
KANADAS GESTAPO

LASST DUVAL HEREIN!
GEBT IHM EINE CHANCE!

ÄNDERT DIE TEUFLISCHEN
EINWANDERUNGSGESETZE!

JESUS CHRISTUS WÜRDE HIER
AUCH ABGEWIESEN!

KANADA BRAUCHT DUVAL
NICHT HOWDEN

DIESE HERZLOSE REGIERUNG
MUSS WEG!

Howden kniff die Lippen zusammen und fragte dann Cawston: »Haben Sie davon gewußt?«

»Brian Richardson hat mich gewarnt«, sagte der Finanzminister verlegen. »Wenn man ihm Glauben schenkt, dann ist das Ganze von der Opposition bezahlt. Aber ich habe mir, ehrlich gestanden, nicht vorgestellt, daß es so schlimm sein würde.«

Der Premierminister sah, wie Fernsehkameras auf die

Plakate zuschwenkten, und er hörte die Buhrufe der Menge. Diese Szene würde heute abend im ganzen Land über die Bildschirme gehen.

Man konnte nur weiter ruhig auf die Tür des Hauptgebäudes zugehen. Die wütenden Rufe wurden lauter. James Howden nahm Margaret am Arm, und ein gequältes Lächeln erschien auf seinem Gesicht. »Tu nur so, als ob nichts los wäre«, flüsterte er ihr zu, »und geh nicht schneller.«

»Ich versuch es ja schon«, sagte Margaret. »Aber es ist nicht leicht.«

Als sie das Gebäude betraten, nahm der Lärm der Rufenden ab. Eine Gruppe von Reportern wartete. Brian Richardson tauchte hinter ihnen auf. Weitere Fernsehkameras wurden auf den Premierminister und Margaret gerichtet.

Als die Howdens stehenblieben, fragte ein junger Reporter: »Premierminister, haben Sie Ihre Einstellung zum Einwanderungsfall Duval in irgendeiner Weise geändert?«

Nach Washington ... nach den Verhandlungen auf höchster Ebene, nach dem Entgegenkommen des Präsidenten, seinem eigenen Erfolg ... war diese erste Frage wirklich eine Erniedrigung. Erfahrung, weise Überlegenheit und Vorsicht waren vergessen, als der Premierminister zornig erklärte: »Nein, ich habe meine Ansicht nicht geändert, und es besteht auch kaum die Wahrscheinlichkeit, daß ich das tun werde. Was hier vor sich geht – falls Sie es nicht selbst bemerken, ist eine genau durchdachte politische Demonstration, die von verantwortungslosen Elementen angezettelt worden ist.« Die Bleistifte huschten schnell über das Papier, als Howden fortfuhr: »Diese Elemente – und ich brauche sie nicht eigens zu nennen – benutzen diese Bagatelle, um die Aufmerksamkeit der Öffentlichkeit von den wirklichen Leistungen unserer Regierung auf wichtigeren Gebieten abzulenken. Darüber hinaus möchte ich Ihnen sagen, daß die Presse, durch fortwährendes Hochspielen dieser unbedeutenden Angelegenheit zu einer Zeit, da tiefgreifende und große Entscheidungen unserem Lande bevorstehen, entweder

344

schlecht beraten oder verantwortungslos ist, vielleicht sogar beides.«

Er sah, wie Brian Richardson beschwörend den Kopf schüttelte. Nun ja, dachte Howden, die Zeitungen hatten oft genug ihren Willen durchzusetzen vermocht, und bisweilen war der Angriff doch die beste Verteidigung. Dann fuhr er jedoch – sein Zorn war etwas abgeflaut – fort: »Sie, meine Herren, sollten sich doch daran erinnern, daß ich vor drei Tagen mit viel Geduld ausführlich Fragen zu diesem Thema beantwortet habe. Sollten Sie das jedoch vergessen haben, so möchte ich noch einmal betonen, daß die Regierung die Absicht hat, sich an die Bestimmungen zu halten, wie sie in den Einwanderungsgesetzen festgelegt sind.«

Jemand sagte ruhig: »Sie meinen damit, daß Sie Duval auf dem Schiff verrotten lassen wollen?«

Der Premierminister gab ärgerlich zurück: »Die Frage geht mich nichts an.«

Das war eine unglückliche Wortwahl: Er hatte gemeint, daß die Angelegenheit nicht in seinem Entscheidungsbereich läge. Aber die Starrköpfigkeit hinderte ihn daran, das bereits Gesagte noch einmal zu differenzieren.

Am Abend war dann das Zitat von der Atlantik- zur Pazifikküste gereist. Im Hörfunk und im Fernsehen wurde es wiederholt, und die Redakteure der Tageszeitungen setzten mit geringfügigen Veränderungen die Schlagzeilen auf die Titelseite:

Duval: Den Premierminister geht der Fall nichts an.

Presse, Öffentlichkeit: Verantwortungslos.

Vancouver, 4. Januar

Wenige Minuten vor 13.30 Uhr östlicher Normalzeit war die Maschine des Premierministers auf dem Flughafen Ottawa gelandet. In Vancouver war es zur gleichen Zeit – vier Provinzen und drei Zeitgrenzen weiter westlich – noch Morgen, und es ging auf 10.30 Uhr zu. Um diese Zeit sollte die einstweilige Verfügung, die die Zukunft und Freiheit von Henri Duval betraf, im Richterzimmer besprochen werden.

»Warum im Richterzimmer?« fragte Dan Orliffe Alan Maitland, den er auf dem oberen Stockwerk des Gerichtsgebäudes von British Columbia getroffen hatte. »Warum nicht in einem Gerichtssaal?« Alan war gerade erst hereingekommen. Über Nacht hatte sich ein bitter scharfer Wind erhoben, der die Stadt erschauern machte. Jetzt herrschte eifrige Geschäftigkeit in dem warmen Gebäude um sie her: eilende Anwälte, deren Talare flatterten, andere mit Mandanten bei einem letzten Gespräch, Gerichtsbeamte, Zeitungsreporter – heute mehr als gewöhnlich, wegen des Interesses, das der Fall Duval geweckt hatte.

»Die Anhörung ist dann später in einem Gerichtssaal«, sagte Alan gehetzt. »Ich kann doch jetzt nicht stehenbleiben. Wir sind in ein paar Minuten dran.« Es irritierte ihn, daß Dan Orliffe den Bleistift über einem geöffneten Notizblock hielt. Er hatte soviel Bleistifte und Notizblocks in den vergangenen Tagen gesehen, seit Orliffe seine erste Geschichte geschrieben hatte. Dann gestern wieder, als bekanntgeworden war, daß er sich um eine einstweilige Verfügung bemüht hatte. Es war zu mehreren Interviews und Fragen gekommen: Stand er denn mit seiner Klage wirklich auf beiden Beinen? Was würde seiner Meinung nach geschehen? Wenn die einstweilige Verfügung tatsächlich erteilt werden sollte, was würde dann als nächstes geschehen? . . .

346

Er war den meisten Fragen ausgewichen, hatte eine Entschuldigung aus beruflichen Gründen vorgebracht, und dann hatte er erklärt, daß er ja ohnehin einen Fall, der noch vor Gericht anhängig sei, nicht besprechen könne. Er wußte auch, mit welcher Abneigung die Richter Anwälte betrachteten, die sich an die Öffentlichkeit drängten. Und die Aufmerksamkeit der Presse, die er bereits erfahren hatte, bereitete ihm großes Unbehagen. Aber diese Sorgen hatten die Schlagzeilen gestern und heute nicht aufhalten können, auch nicht die Nachrichtensendungen in Funk und Fernsehen ...

Gestern nachmittag waren dann die Telefonanrufe und die Telegramme aus dem ganzen Lande gekommen. Fremde wandten sich an ihn – die meisten waren Menschen, von denen er nie gehört hatte, obgleich darunter auch ein paar prominente Namen waren, die er kannte. Alle hatten ihm Erfolg gewünscht, einige hatten Geld angeboten, und er war zutiefst bewegt, daß die Leiden eines einzigen unglücklichen Menschen schließlich doch so viel echte Anteilnahme hervorrufen konnten.

Jetzt, in dem Augenblick, in dem Alan stehengeblieben war, um mit Dan Orliffe zu sprechen, umgaben ihn bereits weitere Reporter. Einer der auswärtigen Journalisten, an den sich Alan noch von gestern erinnerte – das war der Mann von der *Montreal Gazette,* dachte er –, fragte ihn jetzt: »Ja, wie kommt es denn, daß Sie zunächst ins Richterzimmer müssen?«

Alan wurde sich klar, daß er ein paar Minuten darauf verwenden mußte, die Lage klar darzustellen. Das waren schließlich keine üblichen Gerichtsreporter, und die Presse hatte ihm geholfen, als er Hilfe nötig hatte ...

»Alle Fälle, die nicht als formelle Gerichtsverfahren gelten«, erklärte er rasch, »werden vom Richter in seinem Zimmer behandelt und nicht im Gerichtssaal. Normalerweise stehen aber so viele Fälle zur Verhandlung an, und so viele Leute müssen befragt werden, daß der Richter in einen Gerichtssaal geht, der dann für eine gewisse Zeit als sein Privatzimmer gilt.«

»Wie war das noch mit dem alten Spruch, daß das

Recht ein Esel ist?« tönte eine spöttische Stimme aus dem Hintergrund.

Alan grinste. »Wenn ich sagte, daß ich auch Ihrer Meinung wäre, würden Sie mich vielleicht zitieren.«

Ein kleiner Mann in der ersten Reihe fragte: »Kommt Duval heute hierher?«

»Nein«, antwortete Alan. »Er ist noch auf dem Schiff. Wir können ihn erst vom Schiff herunterholen, wenn die einstweilige Verfügung bestätigt wird. Darum geht es bei der heutigen Anhörung.«

Tom Lewis drückte sich mit seiner kurzen, gedrungenen Gestalt durch die Gruppe. Er nahm Alan beim Arm und drängte ihn: »Jetzt müssen wir uns aber beeilen!«

Alan schaute auf die Uhr. Es war fast 10.30 Uhr. »Das wär's«, sagte er zu den Reportern gewandt. »Wir gehen jetzt wohl besser hinein.«

»Viel Glück, Junge!« sagte einer der Agenturkorrespondenten. »Wir halten Ihnen die Daumen.«

Als sich die Außentür hinter dem letzten Eintretenden schloß, rief der Gerichtsdiener: »Ruhe!« Im vorderen Teil des kleinen quadratischen Gerichtssaales trat die hagere Gestalt von Richter Willis hinter einem Gerichtsdiener rüstig in den Saal. Er ging auf die Empore, verbeugte sich formell vor den Anwälten – den etwa zwanzig, die in der nächsten halben Stunde vor ihm erscheinen würden – und ohne sich umzudrehen, ließ er sich in den Stuhl fallen, den der Gerichtsdiener hinter ihn geschoben hatte.

Tom Lewis beugte sich zu Alan, der neben ihm stand und flüsterte: »Wenn der Knabe den Stuhl zu spät hinstellt, dann schlägt der Alte einen Purzelbaum.«

Einen Augenblick lang schaute der Richter zu ihnen hinüber, sein scharfgeschnittenes, kantiges Gesicht war ernst unter den buschigen grauen Augenbrauen und den nachdenklichen Augen, die Alan vor zwei Tagen so beeindruckt hatten. Alan fragte sich, ob er sie gehört hatte, kam jedoch zu dem Schluß, daß das unmöglich sei. Jetzt gab der Richter mit einem nur angedeuteten formellen Nicken in Richtung des Gerichtsdieners das Zeichen dafür, daß die Sitzung beginnen konnte.

Alan schaute sich in dem mahagonigetäfelten Gerichtssaal um und sah, daß die Presse zwei volle Sitzreihen besetzt hielt, und zwar ganz vorn, auf der anderen Seite des Mittelgangs. Auf seiner eigenen Seite, hinter ihm und vor ihm saßen die Anwaltskollegen, die meisten von ihnen hielten Dokumente in der Hand oder blätterten in Akten und hielten sich für den Aufruf bereit. Dann kamen fünf Männer in den Saal, gerade als er nach hinten schaute.

Der erste war Kapitän Jaabeck in einem blauen Kammgarnanzug mit einem Regenmantel über dem Arm. Er bewegte sich befangen in der ungewohnten Umgebung. Mit ihm kam ein älterer, gutangezogener Mann, den Alan als Anwalt eines Rechtsanwaltsbüros in der Stadt erkannte. Er hatte sich auf Seerecht spezialisiert. Das war dann wohl der Anwalt der Reederei. Die beiden setzten sich hinter die Reporter. Der Rechtsanwalt – dem Alan schon einmal vorgestellt worden war – schaute herüber und nickte freundlich. Kapitän Jaabeck neigte den Kopf mit einem leichten Lächeln.

Direkt darauf folgte ein Trio: Edgar Kramer, wie immer sorgfältig gekleidet im gutgebügelten Nadelstreifenanzug mit weißem Taschentuch, das sorgfältig in der Brusttasche gefaltet war. Ein zweiter, untersetzter Mann, mit einem getrimmten Bürstenschnurrbart, der Kramer den Vortritt ließ, als sie hereinkamen – wahrscheinlich ein Assistent aus dem Ministerium, dachte Alan. Der Mann, der die beiden vor sich hergehen ließ, ein schwerer, vornehm aussehender Mann, war fast mit Gewißheit ein weiterer Anwalt, was aus seinem selbstbewußten Auftreten im Gerichtssaal zu schließen war.

Vorn im Gerichtssaal hatten nun die Einzelverhandlungen begonnen. Ein Fall nach dem anderen wurde vom Gerichtsdiener aufgerufen. Bei jeder Namensnennung stand ein Anwalt auf, gab eine kurze Erklärung ab. Normalerweise stellte der Richter einige beiläufige Fragen, dann nickte er, gab zu verstehen, daß der Antrag genehmigt sei.

Tom Lewis stieß Alan an. »Ist das dein Freund Kramer

– der da drüben mit dem sauertöpfischen Gesicht?« Alan nickte.

Tom drehte den Kopf, um die anderen zu begutachten, dann wandte er sich zurück und pfiff leise durch die Zähne. Er flüsterte: »Hast du gesehen, wen er da bei sich hat?«

»Die Modepuppe in dem grauen Anzug?« flüsterte Alan zurück. »Ich kenne ihn nicht, kennst du ihn denn?«

Tom legte die Hand vor den Mund und sagte dann: »Aber ja. A. R. Butler, Kronanwalt, kein Geringerer. Die schießen auf dich mit den großen Kanonen, mein Junge! Willst du nicht doch noch weglaufen?«

»Ganz ehrlich gestanden«, murmelte Alan, »ja.«

R. A. Butler war ein Name, mit dem man zu rechnen hatte. Er galt als einer der erfolgreichsten Strafverteidiger der Stadt. Ihm ging der Ruf voraus, umfassende juristische Kenntnisse zu haben, und seine Fragen im Kreuzverhör sowie sein Plädoyer konnten tödlich sein. Normalerweise interessierte er sich nur für größere Fälle. Alan dachte, daß es wohl einige Anstrengung gekostet haben müsse und ein erhebliches Honorar, wenn das Einwanderungsministerium ihn als Anwalt verpflichten konnte. Schon jetzt, bemerkte Alan, machte sich das Interesse unter den Presseleuten durch Unruhe bemerkbar.

Der Gerichtsdiener rief: »In Sachen Henri Duval – Antrag auf einstweilige Verfügung.«

Alan stand auf. Er sagte rasch: »Mylord, können wir den Fall im zweiten Durchgang behandeln?« Das war eine Geste der Höflichkeit gegenüber den anderen anwesenden Anwälten. Diejenigen, die auf der Liste nach ihm kamen und Anträge hatten, die keiner Begründung bedurften, konnten dann ihr Anliegen rasch vorbringen und wieder gehen. Danach dann wurden die übrigen Namen – diejenigen, bei denen langwierigere Verhandlungen notwendig waren – noch einmal aufgerufen.

Als der Richter zustimmend nickte, rief der Gerichtsdiener den nächsten Namen auf.

Alan setzte sich wieder und fühlte eine Hand auf seiner Schulter. Es war R. A. Butler. Der ältere Anwalt war zu

350

ihm herübergekommen und hatte sich hinter ihn gesetzt. Er verbreitete eine Duftwolke von After Shave Lotion.

»Guten Morgen«, flüsterte er. »Ich trete in Ihrem Falle auf, und zwar für das Ministerium. Mein Name ist Butler.« Er lächelte höflich und streckte die Hand aus, wie es sich für einen älteren gegenüber einem jüngeren Mitglied der Anwaltskammer geziemte.

Alan schüttelte die weiche, sorgfältig manikürte Hand. »Ja«, murmelte er. »Ich weiß.«

»Harry Tolland vertritt die *Nordic Shipping* Reederei.« Der andere flüsterte immer noch und deutete auf den Anwalt, der Kapitän Jaabeck begleitet hatte. »Das sind die Schiffseigner. Ich nehme an, Sie wissen das.«

»Nein«, sagte Alan mit verhaltenem Atem. »Das hab ich nicht gewußt. Danke schön.«

»In Ordnung, alter Junge. Ich habe nur gedacht, Sie könnten die Information vielleicht brauchen.« Wieder legte R. A. Butler die Hand auf Alans Schulter. »Ein interessanter Punkt, den Sie da zur Sprache gebracht haben. Wir werden uns sorgfältig damit auseinandersetzen.« Mit einem freundlichen Nicken ging er wieder auf die andere Seite des Gerichtssaals zurück.

Alan schaute hinüber, wollte höflich Edgar Kramer grüßen. Aber nur einen Augenblick lang erreichte er Kramers Blick, als dieser ihn beobachtete. Dann wandte sich der Beamte mit unbeweglichem Gesicht ab.

Mit einer Hand vor dem Mund sagte Tom: »Dreh dich mal um und reibe deine Jacke gegen mich. Genau da, wo der große Mann dich berührt hat.«

Alan grinste. »Er ist doch recht freundlich, hatte ich den Eindruck.« Aber das äußerlich gezeigte Selbstvertrauen war nur eine Pose. Die Spannung und eine wachsende Nervosität bemächtigten sich seiner.

»Einer der erfreulichen Aspekte unseres Berufes«, murmelte Tom, »liegt ja darin, daß jeder dich erst einmal freundlich anlächelt, bevor er dir das Messer in die Rippen stößt.«

Der zweite Durchgang hatte begonnen.

Normalerweise wäre jetzt der Gerichtssaal schon fast

leer gewesen, aber bisher hatten ihn nur einige der anderen Anwälte verlassen. Es war offensichtlich, daß sie blieben, weil der Duvalfall so viel Interesse geweckt hatte.

Eine Scheidungsklage war soeben behandelt worden.

Jetzt machte sich überall die Erwartung bemerkbar.

Wie schon zuvor, rief der Gerichtsdiener: »In der Sache Henri Duval.«

Alan stand auf. Als er sprach, war seine Stimme unerwartet belegt.

»Mylord ...« Er zögerte, hustete und hielt dann inne. Im Gerichtssaal herrschte Schweigen. Die Reporter drehten ihre Köpfe. Die abschätzenden grauen Augen von Richter Willis ruhten auf ihm. Jetzt setzte er noch einmal an.

»Mylord, ich erscheine im Auftrag des Antragstellers Henri Duval. Mein Name ist Alan Maitland, und mein Kollege Mr. Butler« – Alan schaute sich im Gerichtssaal um. R. A. Butler erhob sich und verbeugte sich – »erscheint vor Ihnen im Auftrag des Ministeriums für Einwanderung, und mein Kollege Mr. Tolland« – Alan schaute auf eine Notiz, die er noch einen Augenblick zuvor gemacht hatte – »vertritt die *Nordic Shipping Company*.« Der Anwalt neben Kapitän Jaabeck erhob sich und verbeugte sich zum Richter hin.

»Ja und«, sagte Richter Willis ungehalten, »worum geht es denn?«

Die Frage klang zwar abweisend, enthielt jedoch eine feine Ironie. Es war unwahrscheinlich, daß selbst die von allem Tagesgeschehen so weit entfernte Gestalt eines Richters am Obersten Gerichtshof – der doch vermutlich Zeitungen las – während der letzten elf Tage die Existenz Henri Duvals nicht wahrgenommen hätte. Aber es war auch eine Erinnerung daran, daß das Gericht sich lediglich mit Tatsachen und mit angemessen vorgetragenen Anträgen beschäftigen würde. Darüber hinaus war sich Alan bewußt, daß die Argumente, die er vor zwei Tagen dargelegt hatte, hier noch einmal ganz wiederholt werden mußten. Noch immer nervös begann er. Bisweilen stockte seine Stimme.

»Wenn Euer Lordschaft gestatten, der Fall liegt folgendermaßen.« Noch einmal beschrieb Alan Maitland den Status des Henri Duval an Bord der *Vastervik*, er erwähnte die ›Weigerung‹ Kapitän Jaabecks, der zweimal abgelehnt hatte, den blinden Passagier den Einwanderungsbehörden an Land vorzuführen. Noch einmal brachte er sein Argument vor, daß hierdurch eine unrechtmäßige Inhaftierung Duvals gegeben sei, die wiederum ein Prinzip der Menschenrechte verletze.

Selbst während er sprach, war sich Alan über die außerordentlich fadenscheinige Beweisführung klar. Aber wenn auch seine Beredsamkeit und sein Selbstvertrauen geringer waren als bei seinem ersten Plädoyer, so ließ ihn doch eine verbissene Beharrlichkeit weitermachen. Zu seiner Rechten gewahrte er beim Sprechen den Kronanwalt R. A. Butler, der höflich zuhörte, die Hand hinter einem Ohr, und der gelegentlich auf einem Block eine Notiz machte. Nur einmal verriet der Gesichtsausdruck des erfahrenen Anwaltes – als Alan zur Seite schaute – ein mattes duldsames Lächeln. Kapitän Jaabeck, das konnte er sehen, folgte seinen Ausführungen gespannt.

Wieder bemühte sich Alan – und er wußte, das mußte er hier tun –, nicht Gefühlsmomente anzusprechen. Aber dennoch erinnerte er sich an das gequälte Gesicht des jungen blinden Passagiers mit seiner wunderlichen Mischung von Hoffnung und Resignation. Was würde in ein oder zwei Stunden überwiegen – die Hoffnung oder die Resignation?

Er schloß mit dem Argument, das er schon vor zwei Tagen benutzt hatte: Selbst ein blinder Passagier, so behauptete er, hatte das Recht, eine Sonderanhörung des Einwanderungsministeriums zu seinem Einwanderungsantrag zu verlangen. Wenn eine solche Anhörung allen Neuankömmlingen versagt würde, dann könnte es sogar geschehen, daß einem rechtmäßigen Bürger Kanadas – der nur zeitweilig seine Identität nicht nachweisen kann – die Einreise in sein eigenes Land verwehrt würde. Das war dasselbe Argument, das Richter Willis ein Lächeln abgerungen hatte, als er es vorgetragen hatte.

Jetzt zeigte sich kein Lächeln. Die weißhaarige aufrechte Gestalt verströmte nur absolute Teilnahmslosigkeit.

Alan setzte sich nach seinem zehnminütigen Vortrag, seiner eigenen Unzulänglichkeit bewußt.

Nun erhob sich die breitschultrige Gestalt des selbstbewußten R. A. Butler. Mit selbstverständlicher Würde – wie ein römischer Senator, dachte Alan – wandte er sich dem Vorsitzenden zu.

»Mylord« – die kultivierte, tiefe Stimme füllte den Gerichtssaal – »ich habe mit Interesse und Bewunderung dem Vortrag meines ehrenwerten Kollegen Mr. Maitland gelauscht.«

Es gab eine genau berechnete Pause, in der Tom Lewis flüsterte: »Der Bastard hat es fertiggebracht zu erklären, daß du keine Erfahrung hast, ohne daß er es wörtlich sagt.«

Alan nickte. Er hatte dasselbe gedacht.

Die Stimme fuhr fort: »Mit Interesse, weil Mr. Maitland eine neuartige Umkehrung eines sonst recht simplen Rechtsgedankens vorgetragen hat, mit Bewunderung, weil er eine bemerkenswerte Fähigkeit hat, noch aus dem feuchtesten Holz Feuer zu schlagen – oder zumindest scheinbar Feuer zu schlagen.«

Wenn irgendein anderer dies gesagt hätte, so hätte es rüde und brutal gewirkt. Von R. A. Butler kommend und mit einem freundlichen Lächeln dargeboten, schienen die Worte eine gutmütige Strafpredigt zu sein, die nur ein klein wenig Reibfläche bot.

Hinter Alan kicherte jemand.

R. A. Butler fuhr fort: »Die schlichte Wahrheit, wie ich mich anschicken möchte zu beweisen, Mylord, beruht darin, daß der Mandant meines Kollegen, Mr. Duval, dessen besonderer Schwierigkeiten wir uns alle bewußt sind und dem gegenüber das Einwanderungsministerium außerordentlich wohlwollend ist ... Die schlichte Wahrheit ist, daß Duval unter Arrest steht, und zwar nicht unrechtmäßig, sondern völlig rechtmäßig, auf Grund eines Haftbefehls, der auf der Grundlage der kanadischen Einwanderungsgesetze ausgestellt wurde. Darüber hinaus möchte ich doch Euer Lordschaft zu bedenken geben, daß der Kapitän des Schiffes *Vastervik* vollkommen rechtmäßig gehandelt hat, als er Duval arretierte, wie das nach dem Bericht meines geschätzten Kollegen geschehen ist. Wenn der Kapitän des Schiffes das nicht getan hätte . . .«

Glatt kamen die sorgfältig formulierten, geschliffenen Sätze. Wo Alan gezögert, nach Worten gesucht hatte, da verkündete R. A. Butler seine Meinung mit fließender rhythmischer Präzision. Wo Alan ein Argument umschreibend angedeutet hatte, manchmal wieder zur ursprünglichen Argumentation zurückkehrend, da beschäftigte sich R. A. Butler wirkungsvoll mit jedem einzelnen Punkt, ging rasch und mühelos zum nächsten über.

Seine Argumente waren überzeugend: Daß der Arrest durchaus rechtmäßig sei, daß alles Notwendige von der Justiz getan worden sei, daß der Kapitän des Schiffes nicht falsch gehandelt habe, auch nicht das Einwanderungsministerium in Ausführung seiner Bestimmungen, daß Henri Duval als blinder Passagier keine Rechtsansprüche habe und deshalb eine besondere Einwanderungsanhörung nicht verlangt werden könne, daß Alans Argument über einen hypothetischen kanadischen Bürger, dem die Einreise verwehrt wurde, so dumm sei, daß man nur darüber lachen könne. Und lachen – natürlich in gutmütiger Weise – wollte R. A. Butler.

Das war, so mußte Alan sich selbst sagen, ein ausgezeichneter Auftritt. R. A. Butler schloß seine Ausführungen: »Mylord, ich bitte um Ablehnung dieses Antrages und um Aufhebung der einstweiligen Verfügung.« Nachdem er sich dem Zeremoniell entsprechend tief verneigt hatte, setzte er sich wieder.

Als ob ein großer Star auf der Bühne gewesen wäre und nun wieder abgetreten sei, herrschte in dem kleinen Gerichtssaal plötzlich Stille. Seit seinem ersten Satz – »Worum geht es denn hier überhaupt?« – hatte Richter Willis kein Wort gesagt. Obwohl Gefühle hier keinerlei Platz hatten, hatte Alan erwartet, daß man auf dem Gesicht des Richters wenigstens ein wenig rechtliche Bedenken hätte sehen können. Aber es hatte keinerlei Anzeichen dafür gegeben. Soweit die Angelegenheit den Richter anging, dachte er, hätte man hier auch über Steine oder Zement reden können und nicht über einen lebenden Menschen. Jetzt regte sich der Richter, veränderte seine stocksteife Haltung in dem Richterstuhl mit der hohen Rückenlehne, las seine Notizen und goß sich Eiswasser ein, das er schlürfte. Die Reporter wurden unruhig, bemerkte Alan. Er sah, wie mehrere auf die Uhr schauten. Für einige, so dachte er, mußte wohl der Redaktionsschluß näherrücken. Obgleich es schon nach elf Uhr war, drängten sich immer noch viele Menschen in den Raum. Nur wenige der Anwälte, die ihre eigenen Fälle vorgetragen hatten, waren gegangen. Als er jetzt den Kopf nach hinten wandte, bemerkte er, daß sich hinter ihm noch mehr Sitzplätze gefüllt hatten. Zum ersten Mal nahm Alan den Lärm von draußen wahr: Der Wind, der stärker wurde und sich dann wieder abschwächte; der Verkehr, ein dröhnendes Gepolter, das wie Preßlufthämmer tönte; in der Ferne hörte man eine Schiffsglocke; vom Wasser her dröhnte eine Schleppersirene: Vielleicht verließ ein Schiff den Hafen, wie die *Vastervik* das bald tun würde, mit oder ohne Henri Duval. In einem Augenblick würden sie darüber Gewißheit haben.

In der Stille hörte man, wie ein Stuhl scharrend zurückgeschoben wurde. Tolland, der Anwalt der Reederei stand auf. Mit einer Stimme, die im Gegensatz zu den wohltönenden Lauten von R. A. Butler sonderbar rauh klang, setzte er an: »Wenn Euer Lordschaft gestatten . . .«

Richter Willis schaute von seinen Notizen plötzlich auf und in Richtung des Sprechenden. »Nein, Mr. Tolland«, sagte er, »ich brauche Sie nicht zu bemühen.«

Der Anwalt verbeugte sich und setzte sich wieder.

Die Bemerkung des Richters bedeutete nur eines. Alans Fall war in sich zusammengebrochen, und kein zusätzliches Argument war erforderlich, um ihn ganz abzusetzen.

»Na ja«, flüsterte Tom. »Wir haben es wenigstens versucht.«

Alan nickte. Er erkannte, daß er eigentlich schon von Anfang an eine Niederlage erwartet hatte. Er hatte doch gleich gewußt, daß seine Strategie lediglich einen Versuch darstellte. Jetzt aber, wo die Niederlage da war, empfand er Bitterkeit. Er fragte sich, wie weit sein eigener Mangel an Erfahrung dafür verantwortlich war, seine linkische Ausdrucksweise vor Gericht. Wenn er mehr Selbstbewußtsein gehabt hätte, so überzeugend wie der Kronanwalt R. A. Butler gewirkt hätte, würde er dann Erfolg gehabt oder auch versagt haben?

Oder wenn er das Glück gehabt hätte, vor einem anderen Richter zu erscheinen – vor einem Mann, der mehr Mitgefühl hatte als die strenge, abweisende Gestalt da auf dem Richterstuhl –, wäre dann das Ergebnis ein anderes?

Wie die Dinge lagen, war dem nicht so.

Im Kopf von Richter Stanley Willis war die Entscheidung, die er jetzt treffen würde, unvermeidlich erschienen, bevor einer der Anwälte überhaupt gesprochen hatte. Er hatte die offenkundige Schwäche von Alan Maitlands Fall – trotz des geschickten Ansatzes – innerhalb von Sekunden nach dem ersten Vortrag vor zwei Tagen bemerkt.

Aber zu jener Zeit hatte es ausreichende Gründe gegeben, eine einstweilige Verfügung in Aussicht zu stellen. Jetzt jedoch – zum aufrichtigen Bedauern des Richters – gab es keine Gründe zur Ausstellung eines Vorführungsbefehls.

Richter Willis hielt R. A. Butler, den Kronanwalt, für einen Exhibitionisten und einen Schmierenschauspieler. Die Rhetorik und die fließende Rede, diese Darstellung herablassender Gutmütigkeit waren Theatertricks, die möglicherweise die Geschworenen beeinflussen konnten und es auch taten, aber die Richter waren meistens nicht davon angetan. Dennoch stand es keineswegs schlecht um R. A. Butlers Kenntnisse der Rechtsgepflogenheiten, und die Argumente, die er soeben vorgetragen hatte, waren praktisch unangreifbar.

Richter Willis mußte – und das würde er auch in

einem Augenblick tun – den Antrag auf Vorführung ablehnen. Aber er wünschte ganz nachdrücklich, daß er auf
irgendeine Weise dem jungen Anwalt Alan Maitland und
damit seinem Mandanten Henri Duval behilflich sein
könnte.

Der Wunsch hatte zwei Beweggründe. Erstens war
Richter Willis als eifriger Zeitungsleser davon überzeugt,
daß man dem heimatlosen blinden Passagier eine Chance
geben sollte, in Kanada an Land zu gehen und zu leben.
Vom ersten Bericht an hatte er geglaubt, daß das Einwanderungsministerium die Bestimmungen – wie das seines Wissens auch bereits vorher getan worden war – nicht
so eng auslegen durfte. Es hatte ihn erstaunt und erzürnt,
als er erfuhr, daß dies nicht geschehen würde, sondern
daß die Regierung – durch ihre Einwanderungsbeamten –
eine seiner Meinung nach unnachgiebige und äußerst
fragwürdige Position bezogen hatte.

Der zweite Grund war, daß Richter Willis das gefiel, was er von Alan Maitland gesehen hatte. Das linkische Benehmen, ein gelegentliches Steckenbleiben machten dem Richter überhaupt nichts aus. Ein zuverlässiger
Anwalt – wie er wohl wußte – brauchte kein Demosthenes
zu sein.

Als der Fall Duval in die Zeitungen gekommen war,
hatte Richter Willis angenommen, daß einer der erfahrenen Anwälte – aus Mitgefühl für den blinden Passagier – umgehend seine kostenlose Hilfe anbieten würde.
Zunächst hatte es ihn betrübt, daß niemand sich dazu bereitgefunden hatte, und dann, als die Nachricht kam, daß
ein einziger junger Anwalt in die Bresche gesprungen war,
hatte er sich insgeheim gefreut. Als er jetzt Alan Maitland
betrachtete, hatte sich seine Freude in Stolz verwandelt.

Seine eigene Rolle in diesem Fall war natürlich vollkommen zufällig gewesen. Und natürlich durfte keinerlei
persönliche Empfindung sein Richteramt beeinflussen.
Dennoch konnte ein Richter bisweilen das eine oder andere tun . . .

Das hing alles davon ab, dachte Richter Willis, wie
listig der junge Anwalt Henri Duvals war.

358

Kurz erläuterte der Richter seine Gründe für die Unterstützung des Argumentes von R. A. Butler. Die Arrestverfügung des Kapitäns stand in Übereinstimmung mit dem Haftbefehl des Einwanderungsministeriums, erklärte der Richter. Deshalb war es keine unrechtmäßige Verhaftung, für die ein Vorführungsbefehl erlassen werden konnte. Er fügte brummig hinzu: »Der Antrag ist abgewiesen.«

Alan legte, schon im Aufbruch, seine Papiere in die Aktentasche, als die gleiche Stimme klar sagte: »Mr. Maitland!« Alan stand auf. »Ja, Mylord.«

Die buschigen Augenbrauen schienen noch eindrucksvoller. Alan fragte sich, was jetzt wohl kommen würde. Vielleicht ein scharf formulierter Tadel. Andere, die schon aufgestanden waren, um den Raum zu verlassen, nahmen wieder Platz.

»Sie haben in Ihrer Beweisführung erklärt«, sagte der Richter streng, »daß Ihr Mandant das Recht auf eine Anhörung seitens der Einwanderungsbehörde hat. Es ist also wohl logisch, daß Sie sich wegen einer solchen Anhörung an das Ministerium für Einwanderungsfragen wenden, dessen Beamte« – Richter Willis schaute auf die Gruppe, in deren Mitte Edgar Kramer stand – »das zweifellos möglich machen werden.«

»Aber, Mylord...« setzte Alan ungeduldig an. Er hielt inne, war wütend, fühlte sich unfähig zu einer Äußerung. Selbst mit allen vor Gericht üblichen Schönfärbereien konnte man einem Richter des Obersten Gerichtshofes dieser Provinz einfach nicht sagen: Was Sie mir da erzählen, ist Unfug. Haben Sie denn nicht zugehört? – Das Einwanderungsministerium weigert sich, eine solche Anhörung zu gestatten, und deshalb haben wir uns heute hier vor Gericht unterhalten. Haben Sie denn überhaupt nicht zugehört? Haben Sie nichts verstanden? Oder haben Sie bloß geschlafen?

Es war schlimm genug, dachte Alan, zufällig an einen harten, gefühllosen Richter gekommen zu sein. Nun auch noch zum Narren gehalten zu werden, das war der Gipfel der Schmach.

»Wenn natürlich die Einwanderungsbehörde unnachgiebig ist«, bemerkte Richter Willis, »dann können Sie doch immer noch ein *Mandamus* beantragen – eine gerichtliche Aufforderung an die Behörde, tätig zu werden – oder nicht?«

Alan fühlte unüberlegte Worte auf seine Zunge drängen. Das war einfach das letzte. War es denn nicht genug, verloren zu haben, ohne daß . . .

Da ließ ihn ein plötzlicher Gedanke innehalten. Er sah neben sich Tom Lewis, dessen Gesichtsausdruck eine Mischung aus Ungeduld und Ekel war. Offensichtlich hatte Tom denselben Eindruck, was den absurden Vorschlag des Richters anging.

Und doch . . .

Alan Maitland versuchte sich zu erinnern – an halbvergessene Vorlesungen . . . an verstaubte Gesetzessammlungen, in die man einmal hineingeschaut und die man dann wieder vergessen hatte . . . er wußte, daß es irgendwo einen Schlüssel gab, wenn er ihn nur ins Schloß stecken konnte . . . Dann ordnete sich seine Erinnerung, die Mosaiksteinchen paßten zusammen.

Alan wischte sich mit der Zunge über die Lippen. Er wandte sich dem Richterstuhl zu und sagte dann besonnen: »Wenn Mylord gestatten . . .«

Die Augen wandten sich ihm zu. »Ja, Mr. Maitland?«

Noch vor einem Augenblick hatte Alan gehört, wie leise Schritte auf die Ausgangstür zugingen. Jetzt kamen sie zurück. Ein Stuhl knarrte, als sich jemand setzte. Die anderen im Gerichtssaal hielten inne. R. A. Butler schaute Alan direkt an. Dann blickte er zum Richter hinüber und wieder zurück.

Edgar Kramer war völlig verdutzt. Alan bemerkte, daß Kramer auch außerordentlich unruhig wirkte. Er war mehrfach auf seinem Stuhl hin und her gerutscht, als fühle er sich körperlich unwohl.

»Würden Mylord die Güte besitzen«, fragte Alan, »die letzte Erklärung noch einmal zu wiederholen?«

Die Augenbrauen des Richters zogen sich zusammen. Deutete sich in seinem Blick ein Lächeln an?

»Ich habe gemeint,« antwortete Richter Willis, »wenn das Ministerium unnachgiebig ist, dann könnten Sie sich immer noch um einen *Mandamus Erlaß* bemühen.«

Beginnendes Verstehen – und Wut – zeigten sich in R. A. Butlers Gesichtsausdruck.

In Alans Kopf dröhnten plötzlich zwei Worte wie das Knallen einer Startpistole. *Obiter Dictum.*

Obiter Dictum – das, was beiläufig gesagt wird . . . die Meinung eines Richters zu einem rechtlichen Problem, das für seine Entscheidung im Augenblick nicht direkt von Bedeutung ist, die Meinung eines Richters improvisiert geäußert . . . *Obiter Dictum*, ohne Verbindlichkeit . . . nur zur Unterrichtung der Parteien gedacht . . . zur Unterrichtung.

Richter Willis hatte beiläufig gesprochen, als ob ein flüchtiger Gedanke ihm gekommen und schon wieder verschwunden sei. Aber es gab nichts Beiläufiges, dessen wurde sich Alan jetzt bewußt, im Denken dieses klugen Richters, den er so sehr zu Unrecht der Gleichgültigkeit und Verschlafenheit verdächtigt hatte.

»Ich danke Ihnen, Mylord«, sagte Alan. »Ich werde mich sofort um einen *Mandamus Erlaß* bemühen.«

Eine *Mandamus Verfügung* war heute nicht besonders wichtig. Aber sie konnte Bedeutung erlangen, wenn man darauf einen Antrag stellte. *Mandamus,* das alte »Wir befehlen!« Die verbindliche Anweisung an einen Beamten, sein öffentliches Amt auszuüben . . . ein Vorrecht der englischen Könige seit der Reformation, heute ein Vorrecht der Richter, obgleich es selten geltend gemacht wurde.

Solch eine Verfügung, gegen Edgar Kramer gerichtet und mit der Vollmacht des Gerichtes im Hintergrund, würde ihn zwingen, eine Anhörung abzuhalten, so wie sie Alan ohne Verzögerung oder weitere Befragung wünschte. Durch sein *Obiter Dictum*, seine beiläufige Bemerkung, hatte Richter Willis klargemacht, daß eine *Mandamus Verfügung,* wenn sie beantragt würde, jetzt auch erlassen werden könnte.

»Guck mal, wie sie die Köpfe zusammenstecken«, flüsterte Tom Lewis. »Die geraten ganz schön ins Schwitzen.«

Auf der anderen Seite des Gerichtssaals, die Köpfe zusammengesteckt, diskutierten R. A. Butler, Edgar Kramer und der Anwalt der Reederei leise, aber erregt.

Nach einem Augenblick erhob sich R. A. Butler mit rotem Kopf, gar nicht mehr so weltmännisch, und wandte sich dem Richterstuhl zu. Mit kaum noch spürbarer Höflichkeit sagte er: »Ich erbitte die Erlaubnis, Mylord, einen Augenblick mit meinem Mandanten sprechen zu dürfen.«

»Selbstverständlich.« Der Richter hatte die Fingerspitzen zusammengelegt und schaute zur Decke hinauf, während er wartete. Der Anwalt des blinden Passagiers Duval war so scharfsinnig und so wach gewesen, wie er gehofft hatte.

Alan setzte sich.

»Der grauhaarige Alte ist in Ordnung«, murmelte Tom Lewis.

»Hast du gleich gemerkt, worauf er hinaus will?« fragte Alan.

»Zuerst nicht«, flüsterte Tom, »aber jetzt weiß ich, was er will. Genau richtig für dich!«

Alan nickte. Er strahlte innerlich und war darauf bedacht, es nach außen hin nicht merken zu lassen.

Die scheinbar beiläufige Bemerkung des Richters, das wußte er, hatte die andere Seite in eine unmögliche Lage versetzt. Das Einwanderungsministerium – in der Person von Edgar Kramer – mußte sofort eine von zwei Alternativen ergreifen: Entweder auch weiterhin die Sonderanhörung verweigern, die Alan wünschte, oder sie gewähren. Im ersteren Falle konnte Alan einen *Mandamus Erlaß* beantragen, der Kramer die Hände binden würde. Außerdem konnte Alan sicherstellen, indem er sich mit der Verfügung Zeit nahm, daß Henri Duval an Land war, wenn die *Vastervik* wieder auslief.

Andererseits – wie Edgar Kramer bei ihrer ersten Zusammenkunft hämisch erklärt hatte – wenn das Ministerium die Anhörung genehmigte, dann hatte es Henri Duval offiziell anerkannt und somit die Tür für weitere rechtliche Schritte geöffnet, darunter auch die Berufungsinstanzen. Auf diese Weise ergab sich eine gute Chance, daß das ganze Verfahren verzögert werden konnte, bis die *Vastervik* ausgelaufen war und Henri Duval als *fait accompli* in Kanada zurückließ.

R. A. Butler war wieder aufgestanden. Etwas von seiner guten Laune – obwohl noch längst nicht alles – war zurückgekommen. Hinter ihm jedoch grollte Edgar Kramer.

»Mylord, ich möchte zur Kenntnis geben, daß das Ministerium für Einwanderung in Befolgung der Wünsche Eurer Lordschaft – obwohl von Gesetzes wegen nicht dazu verpflichtet – sich entschieden hat, einer Sonderanhörung im Falle des Mr. Duval, des Mandanten unseres Kollegen hier, stattzugeben.«

Richter Willis beugte sich vor und sagte scharf: »Ich habe keinerlei Wunsch zum Ausdruck gebracht.«

»Ich bitte Mylord um Entschuldigung . . .«

»Ich habe keinen Wunsch geäußert«, wiederholte der Richter bestimmt. »Wenn das Ministerium sich für eine Anhörung entscheidet, so ist das sein eigener Beschluß. Meinerseits jedoch ist kein Druck ausgeübt worden. Haben Sie das klar verstanden, Mr. Butler?«

R. A. Butler schien zu schlucken. »Ja, Mylord, ich habe verstanden«.

Alan zugewandt fragte dann der Richter streng: »Entspricht das Ihren Vorstellungen, Mr. Maitland?«

Alan erhob sich. »Ja, Mylord«, antwortete er. »Vollkommen.«

Es kam noch zu einer zweiten raschen Aussprache zwischen R. A. Butler und Edgar Kramer. Der letztere schien mit Nachdruck auf etwas hinzuweisen. Der Rechtsanwalt nickte mehrfach und lächelte dann schließlich. Er wandte sich erneut dem Richter zu.

»Noch ein weiterer Punkt, Mylord.«

»Ja?«

Seitlich zu Alan hinüberschauend, fragte R. A. Butler:

363

»Hat Mr. Maitland vielleicht in unserer Angelegenheit heute noch Zeit für ein klärendes Gespräch?«

Richter Willis runzelte die Stirn. Das war Zeitverschwendung. Die privaten Zusammenkünfte der gegnerischen Parteien gingen das Gericht nichts an.

Mit einem Gefühl, sich für Butler schämen zu müssen, nickte Alan und antwortete: »Ja.« Wo er jetzt sein Ziel erreicht hatte, hatte es keinen Sinn, nicht entgegenkommend zu sein.

R. A. Butler ignorierte die gerunzelte Stirn des Richters und sagte geradeheraus: »Es freut mich, daß Mr. Maitland uns in diesem Punkt entgegenkommt, denn angesichts der besonderen Umstände will es mir erforderlich erscheinen, daß man die Angelegenheit umgehend behandelt. Deshalb schlägt das Ministerium für Einwanderung vor, die Sonderanhörung noch heute zu einem Zeitpunkt abzuhalten, der Mr. Maitland und seinem Mandanten angenehm ist.«

Alan mußte sich bedauernd eingestehen, daß er einem alten Hasen unbesehen auf den Leim gegangen war. Hätte er nicht vor einem Augenblick so eifrig seine Zustimmung gegeben, dann wäre es möglich gewesen, sich gegen den kurzfristig anberaumten Termin zu wenden, zum Beispiel vorzugeben, daß er noch andere Termine habe . . .

Damit war das Torverhältnis – wenn man sich das so vorstellte – wieder ausgeglichen.

Der strenge Blick von Richter Willis ruhte auf ihm. »Wir sollten die Angelegenheit hinter uns bringen. Sind Sie damit einverstanden, Mr. Maitland?«

Alan zögerte, schaute dann zu Tom Lewis hinüber, der mit den Schultern zuckte. Sie dachten dasselbe, das wußte Alan, daß Edgar Kramer schon wieder ihren Plan der Verzögerungstaktik durchschaut und durchkreuzt hatte – die einzige Taktik, die ihnen zur Verfügung stand. Wenn die Sonderanhörung nun heute nachmittag stattfand, konnten selbst die rechtlichen Schritte, die sich daraus ergaben, nicht genügend Zeit in Anspruch nehmen, um Henri Duval an Land zu belassen, bis die *Vastervik* aus-

lief. Der Sieg, der noch vor einem Augenblick erreichbar
schien, war jetzt wieder in weite Ferne gerückt.

Zurückhaltend sagte Alan: »Ja, Mylord – ich bin damit einverstanden.«

Während R. A. Butler onkelhaft lächelte, eilten die Reporter zur Tür. Nur einer war der Horde voraus – Edgar
Kramer mit einem gequälten Gesichtsausdruck und einem
verkrampften Körper eilte, rannte fast aus dem Gerichtssaal.

2

Als Alan Maitland den Gerichtssaal verließ, fand er sich
sofort von einem halben Dutzend Reportern eingekeilt,
die zurückgekehrt waren, nachdem sie ihren Bericht telefonisch durchgegeben hatten.

»Mr. Maitland, was für Chancen gibt es jetzt...?« –
»Wann werden wir Duval sehen?...« – »He, Maitland!
Was hat das mit dieser Sonderanhörung auf sich?...« –
»Ja, was ist daran so besonders?« – »Erzählen Sie uns was
von dieser Verfügung. Haben Sie die richtige oder die fal-
sche bekommen?«

»Nein«, gab Alan schnippisch zurück. »Ich habe nicht
die falsche bekommen.«

Weitere Reporter gesellten sich zu der Gruppe, ver-
stopften zum Teil den Korridor, auf dem es recht geschäftig herging.

»Ja, und warum dann ...«

»Hören Sie«, protestierte Alan, »ich kann doch nicht
über einen Fall sprechen, der noch vor Gericht ist.«

»Das müssen Sie meinem Chefredakteur erklären, mein
lieber Freund ...«

»Verflixt noch mal, erzählen Sie uns doch was!«

»Na gut«, sagte Alan. Sofort wurde es ruhiger. Die
Gruppe drängte dichter auf ihn zu, als Leute aus anderen
Gerichtssälen sich einen Weg bahnten.

»Es ist doch ganz schlicht so, daß das Einwanderungsministerium sich bereit erklärt hat, eine Sonderanhörung
im Falle meines Mandanten zu genehmigen.«

Die Vorbeigehenden schauten neugierig auf Alan.

»Wer führt denn die Anhörung durch?«

»Normalerweise ein höherer Einwanderungsbeamter.«

»Ist dabei der junge Duval auch anwesend?«

»Natürlich«, sagte Alan. »Er muß ja Fragen beantworten.«

»Und wie steht's mit Ihnen?«

»Ja, ich bin auch dabei.«

»Wo wird denn diese Anhörung stattfinden?«

»Im Gebäude des Einwanderungsministeriums.«

»Können wir da rein?«

»Nein. Das ist eine Anhörung, die das Ministerium intern durchführt und die ohne Presse unter Ausschluß der Öffentlichkeit stattfindet.«

»Wird danach wenigstens eine Erklärung abgegeben?«

»Danach müssen Sie Mr. Kramer fragen.«

Einer murmelte: »Der sture Hund!«

»Was kann denn so eine Anhörung schon bringen, wenn Sie Duval bis jetzt noch nicht die Einwanderung in unser Land ermöglichen konnten?«

»Bisweilen kommen bei einer sorgfältigen Untersuchung neue Tatsachen zur Sprache, die von Bedeutung sind.« Aber das war ja nur eine vage Hoffnung, wie Alan wußte. Jede wirkliche Chance für den jungen blinden Passagier lag in der Verzögerung der rechtlichen Schritte, die jetzt bereits verhindert worden war.

»Was haben Sie für einen Eindruck von der Entscheidung heute morgen?«

»Tut mir leid. Darüber kann ich nicht sprechen.«

Tom Lewis hatte sich geräuschlos neben Alan vorgearbeitet.

»Hallo«, begrüßte ihn Alan. »Wo bist du denn gewesen?«

Sein Partner antwortete leise: »Ich war neugierig, was Kramer so nervös gemacht hat, deshalb bin ich ihm nachgegangen. Hast du schon mit deinem Kumpel Butler eine Zeit festgelegt?«

»Ich hab mit ihm geredet. Wir haben uns auf vier Uhr geeinigt.«

Ein Reporter fragte: »Was haben Sie da gesagt?«

Alan antwortete: »Die Anhörung findet um vier Uhr statt. Aber jetzt müssen Sie mich bitte entschuldigen, denn ich habe bis dahin noch eine Menge zu erledigen.«

Alan machte sich frei und ging mit Tom Lewis weg.

Als sie außer Hörweite der Reporter waren, fragte Alan: »Was hast du da von Kramer gesagt?«

»Nichts von Bedeutung, er hatte es nur eilig, auf den Lokus zu kommen. Weil ich sowieso schon da war, habe ich mich neben ihn gestellt, und er schien tatsächlich ein paar Minuten lang Schmerzen zu haben. Der arme Hund hat sicher ein Prostataleiden.«

Das erklärte Edgar Kramers Nervosität im Gericht, seine offenkundige Verzweiflung gegen Ende der Sitzung. Die Tatsache war nicht weiter von Bedeutung, aber Alan nahm sie doch zur Kenntnis.

Weitergehend waren sie an die breite Steintreppe gekommen, die hinunter ins Erdgeschoß führte.

Eine sanfte Stimme sagte hinter ihnen: »Mr. Maitland, könnten Sie mir vielleicht eine weitere Frage beantworten?«

»Ich habe doch bereits erklärt...« Alan drehte sich um und hielt inne.

»Ich wollte ja nur wissen«, sagte Sharon Deveraux, ihre Augen sahen unergründlich und unschuldig aus, »wo Sie Mittag essen gehen?«

Verdutzt und zugleich erfreut fragte Alan: »Woher kommen Sie denn?«

»Ganz sicher nicht aus dem Kohlenkeller«, sagte Tom. Er betrachtete Sharons Hut, eine leichte Komposition aus Samt und Tüll. »Da wären Sie wohl kaum mehr so sauber.«

»Ich war im Gerichtssaal«, lächelte Sharon. »Ich habe mich reingeschmuggelt. Ich hab das Ganze ja nicht verstanden, aber Alan war doch großartig, finden Sie nicht?«

»Ja sicher«, sagte Tom Lewis. »Er hatte zwar den Richter um seinen kleinen Finger gewickelt, aber großartig war er schon.«

»Sagt man nicht, daß Rechtsanwälte reaktionsschnell

sind?« sagte Sharon. »Niemand hat bisher meine Frage nach dem Mittagessen beantwortet.«

»Ich hatte eigentlich nichts vor«, sagte Alan und seine Augen leuchteten. »Wir könnten Ihnen ganz in der Nähe von unserer Kanzlei eine schöne Auswahl von Pizzas anbieten.«

Gemeinsam gingen sie nun die Stufen hinunter, Sharon hatten sie zwischen sich genommen.

»Oder auch dampfende, sahnige Spaghetti«, meinte jetzt Tom. »Mit der dicken heißen Sauce – jener Sauce, die an beiden Mundwinkeln herunterläuft und sich dann am Kinn wieder zu einem kleinen Rinnsal vereinigt.«

Sharon lachte. »Das würde ich sicher gern mal essen. Was ich aber eigentlich sagen wollte, ist, daß Großpapa Sie fragen läßt, ob Sie sich mit ihm treffen könnten. Er würde sehr gern direkt von Ihnen hören, wie die Sache steht.«

Die Aussicht, Sharon irgendwohin begleiten zu dürfen, war verlockend. Dennoch schaute Alan voller Bedenken auf seine Uhr.

»Dazu brauchen wir ja nicht lange«, beschwichtigte Sharon ihn. »Großvater hat eine Suite im Georgia Hotel. Er hat sie gemietet, um sie zu benutzen, wenn er in der Stadt ist, und jetzt ist er gerade dort.«

»Er hat tatsächlich«, fragte Tom neugierig, »dort eine ganze Hotelsuite ständig gemietet?«

»Ja.« Sharon nickte. »Das ist furchtbar extravagant, und ich sage ihm das auch immer. Manchmal werden die Zimmer wochenlang gar nicht benutzt.«

»Ach, darüber würde ich mir keine Sorgen machen«, sagte Tom ganz beiläufig. »Es tut mir nur leid, daß ich noch nie daran gedacht habe. Erst vorgestern bin ich unten in der Stadt in einen Regenschauer gekommen, und ich hatte bloß ein Kaufhaus zum Unterstellen.«

Sharon lachte. Als sie unten an der Treppe angekommen waren, blieben sie stehen.

Einen Augenblick lang schaute Tom Lewis abwechselnd auf die Gesichter seiner beiden Begleiter: Sharon, heiter und unbefangen; Alan, im Augenblick ernst, nach-

denklich, mit seinen Gedanken immer noch im Gerichtssaal, wo heute morgen die Verhandlung stattgefunden
hatte. Und doch, so dachte Tom Lewis, bei allen äußeren
Unterschieden spürte man eine herzliche Zuneigung, die
zwischen den beiden bestand. Er glaubte, daß sie die
gleiche Vorliebe für ganz bestimmte Dinge teilten. Er
fragte sich, ob sie sich dessen schon bewußt waren.

Tom erinnerte sich an seine schwangere Frau zu Hause
und seufzte innerlich den unbeschwerten ledigen Tagen
nach.

»Ich würde gern mitkommen«, sagte Alan, und es war
ihm offensichtlich ernst. Er nahm Sharon beim Arm.
»Aber Sie haben doch nichts dagegen, wenn wir uns etwas
beeilen, ich muß heute nachmittag bei der Anhörung dabei
sein.« Es war gerade noch genug Zeit, so überlegte er –
aus Höflichkeit –, Senator Deveraux über die bisherigen
Ereignisse zu unterrichten.

Sharon fragte: »Sie kommen doch sicher mit, Mr.
Lewis?«

Tom schüttelte den Kopf. »Vielen Dank für die Einladung, aber das ist eigentlich nicht mein Bier. Ich begleite
Sie aber gern bis zum Hotel.«

Alan und Tom nahmen die Enkelin des Senators zwischen sich und verließen die laute Vorhalle des Obersten
Gerichtshofes durch den Seiteneingang an der Hornby
Street. Die Kälte der engen dunklen Straße draußen war
ein scharfer, beißender Kontrast zum warmen Inneren des
Gebäudes. Ein bitterkalter Windstoß erfaßte sie und ließ
sie für einen Augenblick innehalten. Dann zog Sharon
ihren mit Zobelpelz abgesetzten Mantel enger zusammen.
Sie empfand ein Gefühl der Freude über Alans Nähe.

»Der Wind bläst vom Meer herüber«, sagte Tom. Vor
ihnen hatte man den Bürgersteig aufgerissen, und er führte
die beiden durch den Verkehr zur Nordwestseite der
Hornby Street und ging dann in Richtung auf die West
Georgia Street voran. Auf Verkehrsampeln und Zebra-
streifen achteten sie nicht. »Heute muß der bisher kälteste
Tag des Winters sein.«

Sharon hielt mit einer Hand ihren unpraktischen Hut

fest. Sie sagte zu Alan gewandt: »Jedes Mal wenn ich ans
Meer denke, dann denke ich auch an Ihren blinden Passagier und daran, was es für ihn bedeuten muß, daß er
nie an Land gehen kann. Ist das Schiff eigentlich so
schlimm, wie die Zeitungen behaupten?«

Er antwortete kurz: »Eher schlimmer.«

»Würde es Ihnen viel ausmachen – wirklich etwas bedeuten –, wenn Sie nicht gewinnen?«

Mit einer Heftigkeit, die ihn selbst erstaunte, antwortete Alan: »Das bedeutet mir eine ganze Menge. Ich
würde mich dann fragen, in was für einem verrotteten,
elenden Land ich lebe, wenn es einen Heimatlosen wie
diesen jungen Mann einfach abweisen kann: Einen guten
Mann, einen gesunden jungen Mann, der sicherlich ein
Gewinn wäre . . .«

Tom Lewis fragte ganz ruhig: »Bist du dir dessen
sicher?«

»Ja.« Alan schien überrascht. »Bist du es nicht?«

»Nein«, sagte Tom. »Ich glaube nicht.«

»Warum?« Sharon hatte die Frage gestellt.

Sie waren jetzt zur West Georgia Street gekommen,
warteten darauf, daß die Verkehrsampel umschaltete und
überquerten dann bei Grün die Straße.

»Sagen Sie mir doch, warum«, drängte Sharon.

»Ich weiß nicht«, sagte Tom. Sie gingen wieder über
die Hornby Street, kamen zum Georgia Hotel und blieben dann stehen und suchten vor dem Wind neben der
Eingangstür Schutz. Die Luft schien feucht, was möglichen Regen andeutete. »Ich weiß nicht«, wiederholte
Tom. »Das kann ich nicht so genau definieren. Ich ver-
lasse mich da vielleicht ganz auf meinen Instinkt.«

Alan fragte abrupt: »Was gibt dir denn das Gefühl?«

»Als ich dem Kapitän seine Vorladung brachte, da habe
ich mit Duval gesprochen. Du erinnerst dich doch, daß
ich dich gefragt habe, ob ich ihn mal sehen könnte?«

Alan nickte.

»Nun, ich habe mit ihm geredet, und ich habe auch
versucht, ihn sympathisch zu finden. Aber ich hatte das
Gefühl, daß er irgendwo einen Knacks hat, daß da irgend-

ein dunkler Punkt ist. Es war fast so, als wäre er zerbrochen – das ist vielleicht nicht seine Schuld, sondern
eine Veränderung, die seine Lebensgeschichte mit sich
gebracht hat.«

»Wieso zerbrochen?« Alan runzelte die Stirn.

»Ich hab dir ja schon gesagt, daß ich es nicht genau
beschreiben kann, aber ich hatte den Eindruck, wenn wir
ihn an Land bringen und ihm eine Einwanderungserlaubnis erwirken, dann wird er zerbrechen.«

Sharon sagte: »Ist das nicht ziemlich vage?« Sie hatte
ein Gefühl der Verteidigungsbereitschaft, als würde etwas
angegriffen, was Alan viel bedeutete.

»Ja«, antwortete Tom. »Deshalb habe ich es ja auch
bisher noch nicht zur Sprache gebracht.«

»Ich glaube, daß du dich irrst«, sagte Alan kurz. »Aber
selbst wenn du recht hättest, verändert es doch nicht die
rechtliche Situation – seine Rechte und das Übrige werden
davon nicht betroffen.«

»Das weiß ich«, sagte Tom Lewis. »Das rufe ich mir
auch selbst immer wieder ins Gedächtnis.«

Er zog den Mantelkragen hoch und bereitete sich auf
den Heimweg vor. »Ich wünsche dir jedenfalls für heute
nachmittag viel Erfolg!«

3

Die prunkvollen Doppeltüren im zwölften Stock waren
offen, als Alan und Sharon den mit Teppichen ausgelegten
Korridor vom Aufzug her entlang kamen. Von dem
Augenblick an, wo Tom Lewis sie unten auf der Straße
verlassen hatte, war ihm erregend bewußt geworden, wie
nahe sie einander waren. Dieses Gefühl dauerte an, als
Alan durch den Eingang zur Suite einen älteren uniformierten Kellner wahrnahm, der den Inhalt eines Ser-
vierwagens – offenbar ein kaltes Buffet – auf einen Tisch
mit weißem Tischtuch in der Mitte des Raumes hinüber-
trug.

Senator Deveraux saß in einem breiten Polstersessel, den
Rücken zur Tür und schaute durch das Mittelfenster des

Wohnzimmers auf den Hafen hinaus. Als er Sharon und Alan eintreten hörte, wandte er den Kopf, ohne aufzustehen.

»Nun, Sharon, mein Kompliment, daß du den Helden der Stunde überzeugt hast.« Der Senator streckte Alan die Hand entgegen. »Erlauben Sie mir, mein Junge, Ihnen zu einem beachtlichen Erfolg zu gratulieren.«

Alan drückte die ausgestreckte Hand. Einen Augenblick lang war er überrascht festzustellen, wie viel älter und angegriffener der Senator wirkte als bei ihrer letzten Zusammenkunft. Das Gesicht des alten Mannes war vollkommen bleich, die gesunde Röte, die er damals festgestellt hatte, war verschwunden, und seine Stimme klang vergleichsweise schwach.

»Wir haben ja keineswegs einen Erfolg errungen«, sagte Alan befangen. »Wir haben nicht einmal einen richtigen Einbruch erzielt.«

»Ach Unsinn, mein Junge! – Obwohl Ihnen die Bescheidenheit sehr gut ansteht. Vor einem Augenblick habe ich noch eine richtige Lobeshymne auf Sie in den Nachrichten gehört.«

»Was haben die denn in den Nachrichten gesagt?« fragte Sharon.

»Sie bezeichneten die Verhandlungen als einen klaren Sieg für die Kräfte der Menschlichkeit, die sich gegen die Tyrannei unserer gegenwärtigen Regierung richten.«

Alan fragte zweifelnd: »Haben Sie wirklich solche Formulierungen benutzt?«

Der Senator machte mit der Hand eine wegwerfende Geste. »Vielleicht habe ich das ein bißchen umformuliert, aber das war jedenfalls der Sinn der Nachricht, und Alan Maitland, dieser junge aufrechte Rechtsanwalt, der auf Seiten des Rechts stand, hat nach dieser Nachricht die Gegner einfach überfahren.«

»Wenn jemand das wirklich gesagt hat, dann muß er wohl noch mal die Tatsachen überprüfen.« Der ältere Kellner stand unauffällig neben ihnen, und Alan gab ihm seinen Mantel. Der Mann hängte ihn in einen Wandschrank und verließ dann diskret das Zimmer. Sharon verschwand durch eine angrenzende Tür. Alans Blicke folgten ihr, dann ging er zu einem Stuhl am Fenster und setzte sich dem Senator gegenüber. »Wir haben zeitweilig die Oberhand bekommen, das ist wahr. Aber auf Grund meiner eigenen Dummheit habe ich einen Teil unseres Sieges schon wieder verspielt.« Er berichtete, was bei der Verhandlung geschehen war, und erwähnte, wie er doch schließlich von R. A. Butler überlistet worden war.

Senator Deveraux nickte weise. »Dennoch würde ich sagen, daß Ihre Mühen von Erfolg gekrönt waren.«

»Ganz sicher«, sagte Sharon, die sich jetzt zu ihnen gesellte. Sie hatte ihren Mantel ausgezogen und trug ein weiches Wollkleid. »Alan war einfach großartig.«

Alan lächelte resigniert. Es schien sinnlos, hier zu protestieren. »Aber dennoch sind wir weit davon entfernt, daß man Henri Duval als Einwanderer akzeptiert.

Der Ältere gab keine direkte Antwort. Sein Blick ging auf die Docks und den Hafen zurück. Alan drehte den Kopf und konnte die *Burrard* Bucht sehen, in der der starke Wind Gischt aufwirbelte. Die Nordküste war in einen Sprühnebel eingehüllt. Ein Schiff verließ den Hafen, ein Getreidefrachter, der tief lag, offensichtlich schwer beladen. Den Kennzeichen nach mußte er Japaner sein. Eine Fähre von der Vancouver Insel kam in den Hafen, hinterließ eine weiße Kiellinie, als sie durch die *First Narrow*s fuhr, drehte dann im weiten Bogen nach steuerbord auf den CPR Kai zu. Schiffe kamen an, verließen den Hafen: Schiffe, Männer, Fracht, das stetige Hin und Her eines verkehrsreichen Hochseehafens.

Der Senator meinte schließlich: »Vielleicht wird es letzten Endes nicht gelingen, unseren blinden Passagier an Land zu bekommen. Man kann Schlachten für sich entscheiden und doch den Krieg verlieren. Aber unterschätzen Sie nie die Bedeutung von Schlachten, mein Junge, ganz besonders nicht in der Politik.«

»Ich glaube doch, Senator, daß wir uns darüber schon klar geworden sind«, gab Alan zurück, »ich habe nichts mit der Politik zu tun, ich versuche nur, das Beste für meinen Mandanten zu erreichen.«

»Aber natürlich!« Die Stimme des alten Mannes verriet zum ersten Mal eine Spur von Gereiztheit. »Und ich würde auch sagen, daß Sie keine Gelegenheit ungenutzt lassen, darauf hinzuweisen. Bisweilen – wenn ich das einmal sagen darf – gibt es nichts Ermüdenderes als die Selbstgerechtigkeit junger Leute.«

Alan errötete ob des Tadels.

»Aber Sie werden einem alten Kämpfer verzeihen«, sagte der Senator, »wenn ich mich über die Unannehmlichkeiten freue, die an ganz bestimmter Stelle Ihre umsichtige Tätigkeit mit sich gebracht hat.«

»Das kann wohl nicht schaden.« Alan versuchte, die Bemerkung leichthin abzutun. Er hatte das unangenehme Gefühl, unnötig grob gewesen zu sein.

Hinter ihnen klingelte das Telefon. Der Kellner, der unauffällig zurückgekommen war, nahm den Hörer ab. Er bewegte sich, als fühle er sich hier zu Hause, bemerkte Alan, als sei er an die Bewohner dieser Privatsuite gewöhnt und habe den Senator schon oft zuvor bedient.

Der Senator sagte zu Alan und Sharon gewandt: »Warum eßt Ihr beiden jungen Leute nicht? Da steht es doch hinter Euch. Ihr findet alles, was Ihr braucht.«

»Na gut«, sagte Sharon. »Aber möchtest du nicht auch mitessen, Großpapa?«

Der Senator schüttelte den Kopf. »Vielleicht später, jetzt nicht.«

Der Kellner legte den Telefonhörer auf den Tisch und trat vor. Er sagte: »Das ist Ihr Gespräch nach Ottawa, Senator, und Mr. Bonar Deitz ist am Apparat. Möchten Sie es hier am Tisch annehmen?«

»Nein, ich geh rüber ins Schlafzimmer.«

Der Alte erhob sich aus dem Sessel, dann fiel er zurück, als sei die Anstrengung für ihn zu groß gewesen. »Na ja, ich bin heute wohl etwas zu schwer.«

Voller Sorge trat Sharon an seinen Sessel heran. »Großpapa, du sollst dich doch nicht überanstrengen!«

»Paperlapapp!« Der Senator nahm Sharons Hände, und sie half ihm beim Aufstehen.

»Darf ich, Sir?« Alan bot seinen Arm.

»Nein, danke schön, mein Junge. Ich bin noch nicht reif für den Rollstuhl. Ich brauche nur ein winziges bißchen Hilfe, um die Schwerkraft zu überwinden. Das Gehen habe ich immer selbst geschafft und hoffe, das auch in Zukunft zu tun.«

Mit diesen Worten ging er durch die Tür, die Sharon zuvor benutzt hatte, und ließ sie angelehnt.

»Ihm fehlt doch hoffentlich nichts?« fragte Alan besorgt.

»Ich weiß nicht.« Sharon hatte den Blick auf die Tür gerichtet. Sie wandte sich zu Alan um und fügte hinzu: »Selbst wenn er sich nicht wohl fühlt, dann läßt er sich von mir doch nicht helfen. Warum sind einige Männer so furchtbar starrköpfig?«

»Ich bin nicht starrköpfig.«

»Nicht so sehr.« Sharon lachte. »Bei dir kommt das in Wellen. Aber essen wir doch erst einmal.«

Vichyssoise war aufgetragen, Krabben in Mayonnaisesauce, Puterflügel in Currysauce und Zunge in Aspik. Der ältere Kellner eilte herbei.

»Danke schön«, sagte Sharon. »Wir bedienen uns selbst.«

»Wie Sie wünschen, Miß Deveraux.« Der Kellner verneigte sich respektvoll, schloß die Doppeltüren hinter sich und ließ die beiden allein.

Alan füllte zwei Suppentassen mit *Vichyssoise* und gab eine Sharon hinüber. Sie tranken stehend davon.

Alans Herz schlug schneller. »Wenn das hier alles vorbei ist«, fragte er vorsichtig, »treffen wir uns dann vielleicht auch manchmal?«

»Das hoffe ich doch.« Sharon lächelte. »Sonst müßte ich mich ja immer irgendwo im Gericht herumtreiben.«

Er spürte den Hauch von Parfüm, den er bereits bei ihrer Wiederbegegnung im Haus des Senators wahrgenommen hatte. Er nahm auch die Blicke Sharons wahr, in denen sich Heiterkeit und vielleicht noch etwas anderes spiegelte.

Alan setzte seine Suppentasse ab. Er sagte entschlossen: »Gib mir deine.«

Sharon protestierte: »Ich bin aber noch nicht fertig.«

»Das macht auch nichts.« Er griff hinüber, nahm die Tasse und stellte sie auf den Tisch.

Er hielt Sharon beide Hände hin, und sie kam zu ihm. Ihre Gesichter waren sich nah. Er legte die Arme um sie, und ihre Lippen begegneten sich sanft. Er hatte das erfreuliche und zugleich atemberaubende Gefühl, auf einem Luftkissen zu schweben.

Einen Augenblick später berührte er schüchtern ihr Haar und flüsterte: »Das hab ich schon seit dem Weihnachtsmorgen tun wollen.«

»Ich doch auch«, sagte Sharon glücklich. »Warum hast du so lange gewartet?«

Sie küßten sich erneut. Wie aus einer unwirklichen Welt drang von Senator Deveraux die Stimme zu ihnen, noch durch die halbgeöffnete Tür gedämpft. »... jetzt ist der Augenblick, wo wir zuschlagen müssen, Bonar ... natürlich sprichst du im Parlament ... Howden ist schon auf dem Rückzug ... großartig, mein Junge, großartig! ...« Alan schienen die Worte ohne Bedeutung zu sein, ohne Verbindung zu ihm.

»Wegen Großpapa brauchst du dir keine Gedanken zu machen«, flüsterte Sharon, »wenn er mit Ottawa telefoniert, dauert das immer Stunden.«

»Hör auf zu reden«, sagte Alan. »Du verschwendest unsere Zeit.«

Zehn Minuten später verstummte die Stimme, und sie lösten sich aus der Umarmung. Senator Deveraux kam wenig später aus dem Nebenzimmer. Er ging langsam. Er ließ sich mit Bedacht auf ein Sofa gegenüber dem Tisch mit dem kalten Buffet sinken. Wenn er bemerkt hatte, daß die Speisen kaum angerührt waren, so machte er darüber keine Bemerkung.

Nach einer Atempause sagte der Senator: »Ich habe ausgezeichnete Nachrichten.«

In dem Gefühl, auf die Erde zurückgekehrt zu sein, und in der Hoffnung, daß seine Stimme normal klinge, fragte Alan: »Hat die Regierung nachgegeben? Lassen sie Duval einreisen?«

»Nein, das nicht«, der Alte schüttelte den Kopf. »Wenn das jetzt geschähe, dann könnte es sogar unsere gegenwärtige Strategie durchkreuzen.«

»Was gibt's denn?« Alan hatte jetzt wieder beide Beine auf dem Boden. Er hielt seinen Ärger darüber zurück, daß die Politik offensichtlich immer noch an erster Stelle stand.

»Mach's doch nicht so spannend, Großvater,« sagte Sharon, »raus mit der Sprache!«

»Die parlamentarische Opposition«, erklärte der Senator mit großer Pose, »wird morgen in Ottawa eine umfassende Debatte im Unterhaus zur Unterstützung unseres jungen Freundes Henri Duval verlangen.«

»Glauben Sie, daß eine solche Debatte ihm irgend etwas nützt?« fragte Alan.

Der Senator antwortete scharf: »Schaden wird sie doch sicher nicht, oder? Und außerdem bleibt der Name Ihres Mandanten in den Schlagzeilen.«

»Ja«, gab Alan zu. Er nickte nachdenklich. »Insofern würde uns die Debatte schon helfen.«

»Da bin ich ganz sicher, mein Junge. Bei unserer Anhörung heute nachmittag gilt es also, sich daran zu erinnern, daß noch andere Menschen mit Ihnen zusammenarbeiten, um das gute Werk zu vollenden.«

»Ich danke Ihnen, Senator. Ich werde daran denken.« Alan schaute auf die Uhr und sah, daß es Zeit war, sich auf den Weg zu machen. Er fühlte deutlich, wie nahe Sharon ihm war, er ging hinüber zu dem Wandschrank, wo der Kellner seinen Mantel untergebracht hatte.

»Und was heute nachmittag betrifft«, sagte Senator Deveraux langsam, »ich würde noch eine Winzigkeit zu bedenken geben.«

Alan schlüpfte in seinen Mantel und wandte sich um. »Ja, Sir?«

Der Schalk blitzte in den Augen des Alten. »Es wäre vielleicht empfehlenswert«, sagte er, »wenn Sie sich noch vor der Anhörung den Lippenstift aus dem Gesicht wischen würden.«

Um fünf Minuten vor vier geleitete eine Sekretärin des Einwanderungsministeriums Alan Maitland höflich in ein Konferenzzimmer im Hafengebäude, wo die Sonderanhörung im Falle Henri Duval durchgeführt werden sollte.

Es war ein rein funktionell eingerichtetes Zimmer, bemerkte Alan – etwa vier Meter fünfzig breit und doppelt so lang mit Zwischenwänden aus lackiertem Sperrholz, die bis zur Decke durch Drahtglas abgeschlossen waren. Ein einfacher Bürotisch, ebenfalls lackiert, stand in der Mitte, und um den Tisch herum waren fünf Holzstühle mit Sorgfalt angeordnet. Auf dem Tisch lag an jedem Platz ein Notizblock und ein spitzer Bleistift. Vier Aschenbecher, symmetrisch hintereinander angeordnet, standen in gleichem Abstand auf dem Tisch. Auf einem Beistelltischchen standen Gläser und eine Karaffe mit Eiswasser. Andere Möbel gab es nicht in diesem Raum.

Drei Leute waren vor Alan in den Raum gegangen. Eine rothaarige Stenografin, die sich bereits gesetzt hatte und ihren Stenoblock aufgeschlagen hielt, wobei sie selbstzufrieden ihre manikürten Fingernägel betrachtete. Dann R. A. Butler, der sich mit würdiger Gelassenheit an eine Ecke des Tisches gesetzt hatte. Der untersetzte Mann mit dem wohlgestutzten Zahnbürstenschnurrbart, der Edgar Kramer am Vormittag begleitet hatte, unterhielt sich mit Butler.

R. A. Butler nahm Alan zuerst wahr.

»Willkommen und meine herzlichen Glückwünsche!« Er stand auf und streckte mit einem breiten herzlichen Lächeln seine Hand aus. »Wenn wir den Abendzeitungen Glauben schenken, dann befinden wir uns hier in Gegenwart eines Volkshelden. Ich nehme an, Sie haben die Zeitungen gesehen.«

Alan nickte verlegen. »Ja, leider.« Er hatte sofort, nachdem er Sharon und den Senator verlassen hatte, die Frühausgaben der *Post* und des *Colonist* gekauft. In beiden Zeitungen war die Anhörung im Richterzimmer als Aufmacher auf Seite eins gebracht worden. Fotos von Alan dienten als Blickfang. Dan Orliffes Bericht in der *Post* benutzte Sätze wie »Umsichtige rechtliche Schachzüge«, »Ein erfolgreicher Coup Maitlands« und »Ein taktischer Sieg«. Der *Colonist*, noch nicht so aufgebracht wie die *Post* im Falle Henri Duval, war weniger lobpreisend gewesen, obgleich die meisten Tatsachen mit hinlänglicher Genauigkeit dargestellt wurden.

»Na ja«, sagte R. A. Butler gutgelaunt. »Wo wären wir Rechtsanwälte ohne die Presse. Selbst wenn nicht alles immer stimmt, so ist das doch die einzige Werbung, die man uns erlaubt. Übrigens, kennen Sie Mr. Tamkynhil?«

»Nein«, sagte Alan, »ich glaube nicht.«

»George Tamkynhil«, sagte der Mann mit dem Schnurrbart. Sie reichten sich die Hand. »Ich gehöre dem Ministerium an, Mr. Maitland. Ich werde die Untersuchung leiten.«

»Mr. Tamkynhil hat eine Menge Erfahrung mit Fällen dieser Art«, sagte R. A. Butler. »Sie werden feststellen, daß er außergewöhnlich fair ist.«

»Danke schön.« Er würde zunächst einmal abwarten, beschloß Alan. Aber wenigstens war er froh, daß der Untersuchungsbeamte nicht Edgar Kramer war.

Es wurde leise an die Tür geklopft, die sich dann öffnete. Ein uniformierter Einwanderungsbeamter geleitete Henri Duval herein.

Als Alan Maitland den jungen blinden Passagier zuvor gesehen hatte, war Duval schmutzig und mit Öl befleckt, sein Haar war von der Arbeit an den Pumpen der *Vastervik* verschmiert und strähnig gewesen. Heute war er im Gegensatz dazu sauber und wirkte frischgewaschen. Sein Gesicht war glattrasiert, und sein langes schwarzes Haar ordentlich gekämmt. Seine Kleidung war einfach: Wie zuvor geflickte Blue Jeans, eine gestopfte blaue Seemannsjacke und alte Segeltuchschuhe – die möglicherweise, so dachte Alan, einer der Matrosen abgelegt hatte.

Aber wie zuvor waren es Gesicht und Augen, die Aufmerksamkeit erregten, das runde Gesicht mit seinen knabenhaften und doch stark ausgeprägten Zügen. Die tief-

379

liegenden Augen, intelligent und ansprechend und doch mit der immer vorhandenen Trauer im Blick.

Auf eine Geste Tamkynhils entfernte sich der uniformierte Beamte.

Henri Duval stand an der Tür, und sein Blick ging rasch von einem Gesicht zum anderen. Alan nahm er zuletzt wahr, und als er ihn erkannte, lächelte er ihm herzlich zu.

»Wie geht's, Henri?« Alan beugte sich vor, um ihm näher zu sein. Er legte seine Hand beruhigend auf den Arm des jungen blinden Passagiers.

»Ich gut, richtig gut.« Henri Duval nickte und fragte dann, Alan ins Gesicht schauend, voller Hoffnung: »Jetzt ich arbeiten Kanada – ich bleiben?«

»Nein, Henri«, Alan schüttelte den Kopf. »Leider noch nicht, aber diese Herren hier werden Ihnen ein paar Fragen stellen. Sie sind hier zu einer Untersuchung.«

Der junge Mann schaute sich um. Mit einer Spur von Nervosität: »Sie bei mir bleiben?«

»Ja, ich bleibe hier.«

»Mr. Maitland«, sagte Tamkynhil.

»Ja.«

»Wenn Sie ein paar Minuten mit diesem jungen Mann allein sein wollen«, sagte der Untersuchungsbeamte höflich, »dann ziehen wir uns gern zurück.«

»Ich danke Ihnen«, sagte Alan. »Ich glaube nicht, daß es nötig ist. Wenn ich ihm nur kurz erklären könnte . . .«

»Aber selbstverständlich.«

»Henri, dies ist Mr. Tamkynhil vom kanadischen Einwanderungsministerium und Mr. Butler, ein Rechtsanwalt.« Während Alan sprach, wandte Duval forschend den Blick vom einen zum anderen, und jeder der beiden nickte freundlich. »Die beiden Herren werden Ihnen Fragen stellen, und Sie müssen diese Fragen ehrlich beantworten. Wenn Sie irgend etwas nicht verstehen, dann müssen Sie es sagen, und ich werde versuchen, es zu erklären. Aber Sie dürfen nichts verheimlichen. Verstehen Sie das?«

Der blinde Passagier nickte heftig. »Ich sag Wahrheit. Ich immer sag Wahrheit.«

R. A. Butler wandte sich an Alan: »Ich werde übrigens

keine Frage stellen. Ich bin nur hier, um den Ablauf zu verfolgen.« Er lächelte offen. »Man könnte etwa sagen, daß es meine Aufgabe ist sicherzustellen, daß gesetzmäßig vorgegangen wird.«

»Was das angeht«, sagte Alan nicht ohne Schärfe, »so ist das auch meine Aufgabe.«

George Tamkynhil hatte sich auf den Stuhl am Kopf des Tisches gesetzt. »Nun, meine Herren«, sagte er, »wenn Sie bereit sind, dann können wir anfangen.«

Alan Maitland und Henri Duval saßen an der einen Seite des Tisches nebeneinander, auf der anderen Seite saßen die Stenografin und R. A. Butler.

Tamkynhil schlug eine Akte auf, nahm einen Bogen Papier heraus und reichte der Stenografin einen Durchschlag. Mit sorgfältig artikulierender Stimme las er dann: »Es handelt sich hier um eine Untersuchung gemäß den Bestimmungen des Einwanderungsgesetzes im Gebäude des kanadischen Einwanderungsministeriums Vancouver, British Columbia, am 4. Januar. Der Verantwortliche bin ich, George Tamkynhil, ein Untersuchungsbeamter, der vom Ministerium für Einwanderung unter Paragraph 1 des Abschnittes II des Einwanderungsgesetzes rechtmäßig ernannt worden ist.«

Die Stimme fuhr dann fort, den offiziellen Text vorzulesen. Es war alles so furchtbar korrekt, dachte Alan. Er hatte wenig Hoffnung, was das Ergebnis dieser Untersuchung anging. Es war außerordentlich unwahrscheinlich, daß das Ministerium die eigene Haltung als Ergebnis eines Untersuchungsvorganges revidieren würde, den es selbst kontrollierte, besonders deshalb nicht, weil keine neuen Tatsachen vorgebracht werden würden. Und doch, weil er darum gebeten hatte, mußten die Formalitäten – alle Formalitäten – durchgeführt werden. Er fragte sich selbst jetzt noch, ob irgend etwas bisher durch seine eigenen Bemühungen erreicht worden war. Und doch konnte man in der Juristerei so oft lediglich einen einzigen Schritt machen und nur darauf hoffen, daß sich noch ein neues Hilfsmittel einstellen würde, bevor der nächste Schritt eingeleitet werden mußte.

Nachdem die Ausführungen beendet waren, fragte Tamkynhil Henri Duval: »Verstehen Sie, warum diese Untersuchung durchgeführt wird?«

Der junge blinde Passagier nickte eifrig. »Ja, ja. Ich verstehen.«

Tamkynhil wandte sich seinen Notizen zu und fuhr dann fort: »Wenn Sie es wünschen, dann können Sie sich auf eigene Kosten rechtmäßig durch einen Anwalt bei dieser Anhörung vertreten lassen. Ist Mr. Maitland, der hier anwesend ist, Ihr Anwalt?«

Wieder ein Nicken. »Ja.«

»Wollen Sie Ihren Eid auf die Bibel leisten?«

»Ja.«

Mit dem vertrauten Ritual bestätigte Duval, daß er die Wahrheit sagen würde. Die Stenografin schrieb in Langschrift, die polierten Fingernägel glänzten: »Henri Duval hat den Zeugeneid geleistet.«

Jetzt legte Tamkynhil seine Notizen beiseite, fuhr sich über den Schnurrbart und dachte nach. Von jetzt an, das wußte Alan, würden die Fragen nicht geprobt sein.

Tamkynhil fragte ruhig: »Wie heißen Sie?«

»Ich heiße Henri Duval.«

»Haben Sie je einen anderen Namen benutzt?«

»Nie. Das ist Name mein Vater mir gibt. Ich ihn nie gesehen. Mein Mutter mir gesagt.«

»Wo sind Sie geboren?«

Das war eine Wiederholung der Befragung, die Duval hatte über sich ergehen lassen – zunächst von Dan Orliffe, dann von Alan Maitland –, seit er vor zwölf Tagen angekommen war.

Stetig eine einzige kurze Antwort fordernd, ging das Frage- und Antwortspiel weiter. Tamkynhil, das gestand Alan in Gedanken zu, war tatsächlich ein geschickter und gewissenhafter Fragesteller. Seine Fragen waren einfach, direkt und wurden ohne Erregung vorgetragen. So weit wie nur eben möglich, beschäftigte er sich mit den Ereignissen im richtigen Zeitablauf. Wo durch Sprachschwierigkeiten irgendein Mißverständnis zu bestehen schien, ging er geduldig zum Ausgangspunkt zurück, um das

Mißverständnis zu klären. Es wurde hier nicht versucht, die Befragung zu beschleunigen, keinerlei Drohungen wurden spürbar, keinerlei Bemühung, Punkte zu sammeln, und keinerlei hinterhältige Tricks. Tamkynhil wurde kein einziges Mal laut.

Jede Frage und Antwort wurde zuverlässig von der Stenografin niedergeschrieben. Das Protokoll, dessen war sich Alan bewußt, würde ein Beispiel peinlich genauer Verfahrenspraxis sein, gegen das man offensichtlich nur mit größter Schwierigkeit mit der Begründung, daß es sich um Irrtümer oder unfaire Behandlung handelte, würde vorgehen können. R. A. Butler dachte offensichtlich dasselbe, was aus seinem gelegentlichen zustimmenden Nicken geschlossen werden konnte.

Die Geschichte, die hier Punkt für Punkt wieder zusammengesetzt wurde, war weitgehend so, wie Alan sie bereits zuvor gehört hatte: Die einsame Geburt des Henri Duval auf dem unbekannten Schiff, die Rückkehr nach Djibouti; die frühe Kindheit – Armut und Wanderzeit, aber wenigstens nicht ohne die Mutterliebe... und dann der Tod der Mutter, als er sechs Jahre alt war. Danach die furchterregende Einsamkeit, eine tierische Existenz mit der Nahrungssuche im Eingeborenenviertel; der ältere Somali, der ihm eine Unterkunft gab. Dann wieder Wanderschaft, jetzt jedoch allein. Von Äthiopien nach Britisch Somaliland... wieder in Äthiopien... Die Reise mit einer Kamelkarawane; arbeiten nur für das Essen; das Überqueren von Grenzen mit anderen Kindern...

Dann, als er kein Kind mehr war, seine Ausweisung aus Französisch Somaliland, das er bislang als seine Heimat betrachtet hatte, das erschütternde Gewahrwerden, nirgendwo hinzugehören, offiziell nicht existent zu sein, ohne Dokumente jeglicher Art... Der Rückmarsch nach Massana, Diebstähle auf dem Weg; seine Entdeckung auf dem Marktplatz, die plötzliche Flucht; Furcht... Die Verfolger... und das italienische Schiff.

Die Wut des italienischen Kapitäns; die Grausamkeit des ersten Offiziers; der Hunger und schließlich die Flucht... Die Docks von Beirut; die Wachen; wieder

Furcht und Schrecken und der große Schatten im Hafen; in Verzweiflung – wiederum blinder Passagier auf dem schweigenden Schiff.

Die Entdeckung auf der *Vastervik*; Kapitän Jaabeck; die Erfahrung ihm erwiesener Freundlichkeit; der Versuch, ihn wieder loszuwerden; die Weigerung der Einwanderungsbehörden; die *Vastervik*, sein Gefängnis ... Die zwei langen Jahre; Verzweiflung, Zurückweisung; ... überall geschlossene Türen: in Europa, im Nahen Osten, in England und in den USA, den Ländern, die sich auf die Freiheit so viel zugute taten ... Kanada, seine allerletzte Hoffnung ...

Alan Maitland fragte sich, als er nun noch einmal zuhörte: Gab es einen Menschen, der all dies, ohne gerührt zu sein, mit anhören konnte? Er hatte Tamkynhils Gesicht beobachtet. Da drückte sich Mitgefühl aus, dessen war er sicher. Zweimal hatte der Untersuchungsbeamte bei seiner Befragung gezögert, er zweifelte offensichtlich, faßte sich an den Schnurrbart. Konnte es Erregung sein, die ihn einhalten ließ?

R. A. Butler lächelte nicht mehr. Seit einiger Zeit schon hatte er auf seine Hände hinuntergeschaut.

Aber ob Sympathie etwas nutzen würde, das war eine andere Frage. Fast zwei Stunden waren vergangen. Die Untersuchung näherte sich ihrem Ende. Tamkynhil fragte: »Wenn man Ihnen erlaubte, in Kanada zu bleiben, was würden Sie tun?«

Eifrig – selbst nach der langen Befragung – antwortete der blinde Passagier: »Ich gehe erst Schule, dann arbeiten.« Er fügte hinzu: »Ich arbeite gut.«

»Haben Sie denn Geld?«

Stolz sagte Henri Duval: »Ich haben sieben Dollar, dreißig Cents.«

Das war das Geld, Alan wußte es, das die Autobusfahrer am Heiligen Abend gesammelt hatten.

»Haben Sie irgendwelches persönliches Eigentum?«

Wieder ganz eifrig: »Ja, Sir. Viel: Diese Kleider, ein Radio, eine Uhr. Leute mir schicken. Und Obst. Haben mir alles gegeben. Ich danke sehr, nette Menschen.«

In der darauffolgenden Stille drehte die Stenografin ein Blatt auf ihrem Block um.

Schließlich sagte Tamkynhil: »Hat Ihnen jemand eine Arbeit angeboten?«

Alan warf ein: »Wenn ich vielleicht diese Frage beantworten . . .«

»Ja, Mr. Maitland.«

Alan blätterte in den Papieren in seiner Aktentasche und zog zwei Bögen heraus. »In den letzten beiden Tagen sind zahlreiche Briefe eingegangen.«

Einen Augenblick lang kam das Lächeln auf R. A. Butlers Gesicht zurück.

»Ja«, sagte er, »da müssen wohl zahlreiche gekommen sein.«

»Hier sind zwei ausgesprochene Stellenangebote«, erklärte Alan. »Das eine Angebot ist von der *Veterans* Gießerei, das andere von der Schleppergesellschaft *Columbia Towing*, die Duval als Hilfsarbeiter an Bord nehmen würde.«

»Ich danke Ihnen.« Tamkynhil las die Briefe, die Alan ihm hinübergereicht hatte, und gab sie dann an die Stenografin weiter. »Nehmen Sie bitte die Firmenbezeichnungen auf.«

Als die Briefe zurückgegeben waren, fragte der Untersuchungsbeamte: »Mr. Maitland, wollen Sie noch ein paar Fragen an Mr. Duval stellen?«

»Nein«, sagte Alan. Was immer jetzt auch geschehen würde, das Verfahren war so sorgfältig durchgeführt worden, daß man es sich nicht besser hätte wünschen können.

Tamkynhil fuhr sich noch einmal mit der Hand an den Schnurrbart. Er öffnete den Mund, als wolle er etwas sagen und hielt dann inne. Er schaute statt dessen auf die Akte, die er vor sich liegen hatte, und nahm ein vorgedrucktes Formular heraus. Während die anderen warteten, füllte er verschiedene Leerstellen auf dem Formular mit Tinte aus.

Nun, dachte Alan, hier kommt es jetzt wieder auf uns zu.

Tamkynhil schaute unverwandt den jungen blinden Passagier an. »Mr. Henri Duval«, sagte er und senkte dann den Blick auf das vorgedruckte Formular. Er las mit gleichbleibender Stimme: »Auf Grund der Beweisaufnahme bei dieser Untersuchung bin ich zu der Erkenntnis gekommen, daß Sie nicht rechtmäßig nach Kanada einwandern oder in Kanada bleiben dürfen und daß es als erwiesen anzusehen ist, daß Sie der mit dem Einwanderungsverbot belegten Klasse angehören, die in Paragraph (t) des Abschnittes 5 der Einwanderungsgesetze aufgeführt ist, da Sie nicht unter die Bedingungen und Erfordernisse der Unterabschnitte 1, 3 und 8 des Abschnittes 18 der Einwanderungsbestimmungen fallen.«

Tamkynhil machte eine Pause und schaute Henri Duval wieder an. Dann las er entschlossen weiter: »Ich gebe damit Anweisung, daß Sie verhaftet und anschließend zu jenem Ort deportiert werden, von dem Sie nach Kanada gekommen sind, oder in jenes Land zu schaffen sind, dessen Staatsbürgerschaft Sie innehaben, oder in ein Land, das der Minister bestimmen wird ...«

Verhaftet und deportiert ... *Paragraph (t) des Abschnittes 5* ... *Unterabschnitte 1, 3 und 8 des Abschnittes 18.* Alan Maitland dachte: Wir verkleiden unsere Barbarei mit Höflichkeit und nennen das Ganze zivilisiert. Wir sind wie Pontius Pilatus, und wir schwelgen in der Illusion, daß wir ein christliches Land sind. Wir lassen hundert tuberkulöse Emigranten herein und schlagen uns in gefälliger Selbstgerechtigkeit an die Brust, wir lassen weitere Millionen außer acht, die in einem Krieg zugrunde gerichtet wurden, in dem Kanada reich wurde. Durch selektive Immigration verurteilen wir Familien und Kinder zum Elend, bisweilen zum Tode, wenden dann unsere Nasen und Blicke ab, damit wir nichts sehen oder riechen. Wir zerbrechen ein einzelnes Menschenwesen, weisen es ab, suchen für unsere Schande dann vernunftbedingte Gründe. Und was immer wir auch tun, welche Heuchelei wir auch anwenden, es gibt ein Gesetz oder eine Bestimmung ... *Paragraph (t) des Abschnittes 5* ... *Unterabschnitte 1, 3 und 8 des Abschnittes 18.*

Alan stieß seinen Stuhl zurück und stand auf. Er wollte aus diesem Raum hinaus, wollte den kalten Wind draußen schmecken, die klare frische Luft . . .

Henri Duval schaute auf, sein junges Gesicht sah bekümmert aus. Er fragte ein einziges Wort: »Nein?«

»Nein, Henri.« Alan schüttelte langsam den Kopf, legte dann dem blinden Passagier die Hand auf die Schulter. »Es tut mir leid . . . Sie haben wohl an die falsche Tür geklopft.«

Das Unterhaus

»Sie haben also das Kabinett unterrichtet«, sagte Brian Richardson. »Wie haben die es denn aufgenommen?« Der Generalsekretär der Partei rieb sich mit der Hand über die Augen, wie um die Müdigkeit wegzuwischen. Seit dem Vortag, seit der Rückkehr des Premierministers aus Washington hatte Richardson die meiste Zeit an seinem Schreibtisch verbracht. Erst vor zehn Minuten war er aufgebrochen und mit einem Taxi zum *Parliament Hill* gekommen.

James Howden schaute immer noch zum Fenster hin, von wo er aus seinem Büro im Mittelflügel auf den stetigen Strom des Kommens und Gehens hinuntergeschaut hatte. Die Hände hatte er tief in die Jackentaschen vergraben. In den vergangenen Minuten war ein Botschafter gekommen, drei Senatoren, wie die drei Weisen aus dem Morgenlande, waren unten vorbeigegangen; ein schwarz gekleideter Geistlicher mit einem Habichtskopf war wie eine Drohung des Jüngsten Gerichts vorbeistolziert; Boten mit ihren Botentaschen mit dem Monogramm der Königin, der eigenen Wichtigkeit in ihrem beschränkten Machtbereich bewußt, waren vorbeigeeilt; eine Handvoll Journalisten von der Pressetribüne, Abgeordnete, die vom Mittagessen oder einem kurzen Spaziergang zurückkehrten und die sich hier wie die Mitglieder eines Clubs zu Hause fühlten, und natürlich die unvermeidlichen Touristen, von denen einige dort unten standen und sich neben den dämlich grinsenden *Mounties* von Freunden fotografieren ließen.

Was bedeutet das nur alles, dachte Howden. Wozu ist es letzten Endes gut? Alles um uns herum erscheint so auf Dauer gestaltet: Die lange Prozession durch die Jahre, die Ahnengalerie, die geschichtsträchtigen Gebäude, unsere Regierungssysteme, unsere Aufgeklärtheit oder das, was wir dafür halten. Und doch ist alles so flüchtig in der

388

Zeit, und wir selbst sind darin der zerbrechlichste Teil, besonders dem Verfall anheim gegeben. Warum mühen wir uns, warum streben, warum schaffen wir, wenn das Höchste, was wir in der Spanne Zeit zu erreichen vermögen, doch nichts bedeutet?

Es gab wohl keine Antwort, dachte er. Eine Antwort gab es nie. Die Stimme des Generalsekretärs seiner Partei rief ihn in die Wirklichkeit zurück.

»Was haben die denn dazu gesagt?« wiederholte Brian Richardson. Eine Kabinettssitzung hatte heute morgen stattgefunden.

Sich vom Fenster abwendend fragte Howden: »Wozu gesagt?«

»Zum Unionsvertrag, natürlich. Was sonst.«

James Howden dachte nach, bevor er eine Antwort gab. Die beiden Männer waren im Parlamentsbüro des Premierministers, im Raum 307 S, einem kleineren und gemütlicheren Zimmer als die offizielle Bürosuite im Ostflügel, aber nur eine Aufzugfahrt vom Unterhaus entfernt.

»Es wundert mich, daß Sie fragen. Was den Unionsvertrag angeht, so haben die meisten Kabinettsmitglieder das Ergebnis unserer Besprechungen bemerkenswert positiv aufgenommen. Natürlich wird es Meinungsverschiedenheiten geben – vielleicht starken Widerspruch –, wenn wir die Angelegenheit noch einmal diskutieren.«

Brian Richardson sagte trocken: »Das versteht sich doch wohl von selbst?«

»Ich glaube schon«, Howden ging durchs Zimmer. »Aber dann vielleicht auch wieder nicht. Es trifft oft zu, daß große Ideen leichter zu akzeptieren sind als kleinliche Gedanken.«

»Das ist darauf zurückzuführen, daß die meisten Menschen nur kleine Köpfe haben.«

»Nicht notwendigerweise.« Es gab Zeiten, wo Richardsons Zynismus Howden verletzte. »Ich glaube, Sie waren es doch, der darauf hingewiesen hat, daß wir uns bereits seit langem auf einen Unionsvertrag zubewegt haben. Darüber hinaus sind die Bedingungen, wie ich sie jetzt durch meine Verhandlungen erreicht habe, für Kanada ausgesprochen günstig.« Der Premierminister hielt inne, wischte sich über die Nase und fuhr dann nachdenklich fort: »Das Außergewöhnliche bei der Kabinettssitzung heute morgen war, daß einige der Anwesenden wesentlich mehr Wert darauf legten, über diese peinliche Einwanderungsaffäre zu reden.«

»Aber das geht doch jedem so. Sie haben doch sicher die Zeitungen von heute gelesen?«

Der Premierminister nickte, setzte sich dann und lud Richardson ein, in einem gegenüberstehenden Sessel Platz zu nehmen. »Dieser Anwalt, dieser Maitland in Vancouver, scheint uns eine Menge Schwierigkeiten zu bereiten. Was wissen wir von ihm?«

»Ich habe das überprüfen lassen. Er scheint wirklich nur ein junger, recht intelligenter Mann mit keinen erkennbaren politischen Verbindungen zu sein.«

»Jetzt nicht, das ist schon möglich, aber solche Fälle sind dazu geeignet, politische Verbindungen zu begründen. Können wir uns irgendwie indirekt an Maitland heranmachen, können wir ihm einen Platz bei der Nachwahl offerieren, wenn er sich bereit erklärt, seinen Eifer ein wenig zu bremsen?«

Der Generalsekretär schüttelte den Kopf. »Das ist zu riskant. Ich habe meine Nachforschungen gemacht, und man hat mir geraten, die Finger davon zu lassen. Wenn wir solch ein Angebot machen, dann würde es Maitland gegen uns benutzen. Er ist der Typ dazu.«

Howden dachte, daß er in seiner eigenen Jugend auch »so ein Typ« gewesen war. »Nun gut«, sagte er. »Was haben Sie sonst noch vorzuschlagen?«

Richardson zögerte. Drei Tage und drei Nächte, seit Milly Freedeman ihm die belastende Fotokopie des Abkommens zwischen dem Premierminister und Harvey Warrender gezeigt hatte, war er die verschiedenen Möglichkeiten durchgegangen.

Irgendwo, davon war Brian Richardson überzeugt, gab es einen Hebel, den man gegen Harvey Warrender ansetzen konnte. Solch einen Hebel gab es immer. Selbst Erpresser hatten Geheimnisse, die sie lieber für sich behielten, obwohl das Problem immer dasselbe blieb: Wie konnte man das Geheimnis erfahren? Es gab in der Politik viele Persönlichkeiten – in der Partei und außerhalb der Partei –, deren Geheimnisse Richardson zugetragen worden waren, oder die er im Laufe der Jahre selbst ergründet hatte. In einem verschlossenen Safe in seinem Büro enthielt ein schmales braunes Heft all diese Mitteilungen, in einer eigenen Kurzschrift notiert, die nur er zu lesen vermochte.

Aber unter »Warrender« fand sich in seinem privaten Braunbuch nichts, außer einer jüngeren Eintragung, die er vor einigen Tagen gemacht hatte.

Und doch ... irgendwie ... Der Hebel mußte gefunden werden. Wenn jemand ihn finden konnte, das wußte Richardson, so war er selbst es.

Während der drei Tage und drei Nächte hatte er in seiner Erinnerung gründlich nachgeforscht ... Er hatte die geheimen Falten umgestülpt ... hatte sich an beiläufig Dahingeredetes erinnert, an Zwischenfälle, Bagatellen ... Er hatte mit Gesichtern, Orten und Formulierungen gespielt. Das war ein Verfahren, das er zuvor erfolgreich angewandt hatte. Diesmal jedoch hatte es zu keinem Ergebnis geführt.

Nur hatte er während der vergangenen vierundzwanzig Stunden das unbeirrbare Gefühl gehabt, einer Lösung nahe zu sein. Er wußte, daß es irgend etwas gab, das sich an die Schwelle seines Bewußtseins drängte. Ein Gesicht, eine Erinnerung, ein Wort konnte es unter Umständen auslösen. Aber er hatte es noch nicht. Die Frage war nur: Wie lange würde es dauern?

Er war versucht, Howden seine Kenntnis über die vor neun Jahren geschlossene Übereinkunft zu enthüllen, eine umfassende und offene Diskussion darüber zu führen. Das konnte die Atmosphäre klären helfen, möglicherweise einen Plan vorbereiten, mit dem man Harvey Warrender zu begegnen vermochte, vielleicht sogar freisetzen, was in seinem Gedächtnis noch verhaftet war. Dadurch aber würde er Milly in die Geschichte hineinziehen, die in diesem Augenblick draußen im Büro arbeitete und ihre intime Verbindung diskret zu verheimlichen wußte. Milly durfte nicht hineingezogen werden, jetzt nicht und auch später nicht. Der Premierminister hatte gefragt: »Was haben Sie sonst noch vorzuschlagen?«

»Es gibt eine sehr einfache Lösung, Chef, die ich bereits zuvor dringend empfohlen habe.«

Howden sagte scharf: »Wenn Sie meinen, daß wir dem blinden Passagier die Einwanderung erlauben sollen, dann kommt das jetzt gar nicht in Frage. Wir haben eine feste Stellung bezogen, und dabei müssen wir bleiben. Wenn wir jetzt nachgeben, ist das ein Eingeständnis unserer Schwäche.«

»Wenn Maitland seinen Willen bekommt, dann könnte das Gericht möglicherweise Ihre Position für falsch erklären.«

»Nein! Nicht wenn die Sache richtig angefaßt wird. Ich will mit Warrender über den Beamten reden, der da draußen die Verantwortung trägt.«

»Kramer«, sagte Richardson. »Er ist stellvertretender Abteilungsleiter, der zeitweilig nach Vancouver entsandt worden ist.«

»Vielleicht müssen wir ihn zurückrufen. Ein erfahrener Mann hätte niemals eine Sonderanhörung zugelassen. Die Zeitungen behaupten, daß er diese Anhörung freiwillig angeboten hatte, nachdem der Antrag auf einstweilige Verfügung abgewiesen worden war.« Howden fügte in plötzlich aufwallendem Zorn hinzu: »Wegen dieser groben Dummheit ist die ganze Geschichte wieder ins Rollen gebracht worden.«

»Vielleicht sollten Sie warten, bis Sie nach Vancouver kommen. Dann können Sie ihm persönlich den Kopf waschen. Haben Sie den Reiseplan schon durchgesehen?«

»Ja.« Howden erhob sich aus dem Sessel, in dem er gesessen hatte, und ging zu dem mit Papieren überhäuften Tisch in der Nähe des Fensters hinüber. Er ließ sich dahinter in einen Sessel fallen und griff nach einer offenliegenden Akte. »Wenn man bedenkt, wie kurzfristig das alles gemacht werden mußte«, sagte er anerkennend,

»dann ist das ein gutes Programm, das Sie für mich zusammengestellt haben.«

Howdens Blick glitt die Liste entlang. Wenn man eine
Erklärung über den Unionsvertrag vor dem Unterhaus in
zehn Tagen voraussetzte, dann waren fünf Tage verfüg-
bar für eine Reise durch das Land, auf der er sprechen
konnte – das war die »Vorbereitungszeit«, die sie geplant
hatten. Er würde übermorgen in Toronto beginnen – auf
einer gemeinsamen Versammlung der einflußreichen *Ca-
nada-* und *Empire Clubs* –und am letzten Tag in Quebec
und Montreal den Abschluß machen. Dazwischen würden
Fort William, Winnipeg, Edmonton, Vancouver, Calgary
und Regina liegen.

Trocken bemerkte er: »Ich sehe, Sie haben die übliche
Quote von Ehrendoktorhüten eingefügt.«

»Ich habe immer geglaubt, daß Sie so etwas sammeln«, sagte Richardson.

»Na, vielleicht kann man das so nennen. Ich habe sie
alle im Keller von Nummer 24, zusammen mit der India-
nerkopfschmucksammlung. Die sind etwa genauso
nützlich.«

Richardson grinste breit. »Lassen Sie das nur nie
jemanden erfahren. Wir würden dann die Indianer und
die Intellektuellen als Wähler verlieren.« Er fügte hinzu:
»Sie haben gesagt, das Kabinett hat sich neben dem
Unionsvertrag auch noch mit dem Fall Duval beschäftigt.
Ist man da zu irgendeinem Schluß gekommen?«

»Nein. Nur wenn die Opposition heute Nachmittag im
Unterhaus eine Debatte erzwingt, dann spricht Harvey
Warrender für die Regierung, und ich greife ein, wenn es
notwendig wird.«

Richardson sagte grinsend: »Etwas vorsichtiger als
gestern, hoffe ich doch.«

Der Premierminister wurde puterrot im Gesicht. Er
antwortete zornig: »Solche Bemerkungen können Sie sich
sparen. Was ich gestern am Flughafen gesagt habe, war
sicherlich falsch. Das gebe ich zu. Aber jeder von uns
macht gelegentlich Fehler. Selbst Sie haben von Zeit zu
Zeit Fehler gemacht.«

»Ich weiß.« Der Generalsekretär rieb reuig seine Nasenspitze. »Und ich glaube, ich habe soeben einen weiteren Fehler begangen. Entschuldigung.«

Etwas besänftigt sagte Howden: »Vielleicht kann Harvey Warrender mit der ganzen Sache allein fertig werden.«

Howden dachte, wenn Harvey tatsächlich genau so gut und überzeugend sprach, wie er das bei der Kabinettssitzung getan hatte, dann konnte er sehr wohl verlorenes Terrain für die Regierung und für die Partei zurückgewinnen. Als er heute morgen von anderen Ministern scharf angegriffen worden war, hatte Harvey das Vorgehen der Einwanderungsbehörde verteidigt und es als folgerichtig und angemessen dargestellt. In seiner Haltung war auch nichts Unstetes mehr zu spüren gewesen. Seine Einstellung war vernünftig und zurückhaltend, obwohl man ja bei Harvey nie wußte, wann seine Stimmung umschlug.

Der Premierminister stand wieder auf und ging ans Fenster, den Rücken Brian Richardson zugewandt. Dort unten waren jetzt weniger Menschen, bemerkte er. Die meisten, so dachte er, waren wohl in den Mittelblock gegangen, wo in wenigen Minuten das Unterhaus zusammentreten würde.

»Erlauben die Statuten denn eine Debatte im Unterhaus?« fragte Richardson.

»Normalerweise nicht.« Howden antwortete, ohne sich umzudrehen. »Aber heute nachmittag wird ein Zusatzantrag gestellt, und dann kann die Opposition jedes beliebige Diskussionsthema wählen. Ich habe ein Gerücht gehört, daß Bonar Deitz die Einwanderungsfrage vornehmen will.«

Richardson seufzte. Er konnte sich bereits die Rundfunk- und Fernsehnachrichten von heute abend vorstellen und die Berichterstattung in den Zeitungen morgen früh.

Zaghaft wurde an die Tür geklopft. Die Tür öffnete sich, und Milly kam herein. Howden drehte sich um und sah sie an.

»Es ist schon fast halb«, sagte Milly. »Wenn Sie noch

zum gemeinsamen Gebet zurecht kommen wollen . . .«
Sie lächelte Richardson an und nickte. Als der Generalsekretär gekommen war, hatte er ihr eine Notiz zuge-
steckt, die seiner Art entsprechend lautete: »Warte heute
abend um sieben auf mich. Wichtig.«
»Ja«, sagte der Premierminister. »Ich gehe.«
Über ihnen begann das Glockenspiel im *Peace Tower*
mit der Melodie des Londoner *Big Ben*.

2

Die sonore, vornehme Stimme des Parlamentspräsidenten
näherte sich dem Ende des gemeinsamen Gebetes, als
James Howden in das Regierungszimmer eintrat. Wie
immer, dachte der Premierminister, zog der Präsident eine
eindrucksvolle Schau ab. Durch den am nächsten gelege-
nen Ausgang zum Saal konnte er die vertrauten alltäglich
wiederholten Worte hören . . . *und bitten wir dich, . . .*
besonders für den Generalgouverneur, den Senat und das
Unterhaus . . . daß du all deren Beratungen segnen und im
rechten Geiste stattfinden lassen mögest . . . daß Friede
und Glück, Wahrheit und Gerechtigkeit, Glaube und
Hoffnung auf alle Ewigkeit in uns sein mögen . . .
  Solch hochgemute Gefühle, dachte Howden – die alltäglich abwechselnd auf französisch und englisch vorgetragen wurden für einen vermutlich zweisprachigen
Gott. Es war schade, daß die Worte schon in ein paar
Minuten bei den kleinlichen politischen Auseinander-
setzungen wieder vergessen sein würden.
  Aus dem Saal drang ein Chor sonorer *Amen* herein, die
Stimme des Parlamentsdieners übertönte dabei die an-
deren. Das war sein Privileg.
  Jetzt kamen andere Minister und Abgeordnete herein.
Das Parlament füllte sich, wie das normalerweise der Fall
war zur Fragestunde bei Beginn einer Sitzung. Am Pre-
mierminister und dem Regierungszimmer vorbei gingen
Anhänger seiner eigenen Mehrheitspartei zu ihren Sitzen.
Howden blieb noch stehen, sprach kurz mit Ministern

und nickte anderen zu, die im Vorübergehen seine Anwesenheit respektvoll würdigten.

Er ließ genügend Zeit verstreichen, bis die Besuchergalerie sich gefüllt hatte, bevor er dann selbst den Saal betrat. Wie immer gab es Unruhe, Köpfe drehten sich ihm zu, als er erschien. Als werde er der Aufmerksamkeit nicht gewahr, ging er gelassen zu der doppelten Regierungsbank auf der Regierungsseite des Hauses hinüber, die er mit Stuart Cawston teilte, der bereits dort saß. Er verbeugte sich vor dem Präsidenten, der in seinem halb überdachten, thronähnlichen Sessel am Nordende des hohen länglichen Saales saß, und dann nahm James Howden seinen eigenen Platz ein. Einen Augenblick später nickte er wohlgefällig Bonar Deitz im Sessel des Oppositionsführers direkt ihm gegenüber zu.

Die Routinefragen an Minister der Regierung hatten bereits begonnen. Ein Abgeordneter von Neufundland war beunruhigt, weil eine große Anzahl von toten Kabeljaus an der Atlantikküste angeschwemmt wurde. Was gedachte die Regierung zu tun? Der Minister für Hochseefischerei schickte sich an, eine komplizierte und etwas gequälte Antwort zu geben.

Neben dem Premierminister murmelte der lächelnde Stu Cawston: »Wie ich höre, hat Deitz die Einwanderungsfrage gewählt. Ich hoffe, Harvey wird sich wacker schlagen.«

James Howden nickte und blickte dann hinter sich in die zweite Reihe der Regierungsbank, wo Harvey Warrender saß, offensichtlich war er nicht aus der Ruhe zu bringen; nur gelegentlich zuckten seine Gesichtsmuskeln.

Durch die Art, wie die Fragen weiter vorgetragen wurden, war es offensichtlich, daß die Einwanderungsfrage und Henri Duval – normalerweise ein Thema, mit dem die Opposition genüßlich die Regierung in der Fragestunde bombardieren würde – ganz bewußt ausgespart wurde. Das war eine zusätzliche Bestätigung dafür, daß Bonar Deitz und seine Anhänger eine ausführliche Debatte über dieses Thema planten, wenn der Zusatzantrag in wenigen Minuten eingebracht wurde.

Die Pressetribüne war überfüllt, bemerkte Howden resigniert. Alle vorderen Plätze waren besetzt, und weitere Reporter drängten sich dahinter.

Die Fragestunde war nun beendet, und der lächelnde Stu stand neben dem Premierminister auf. Er brachte jetzt formell den Antrag auf Eröffnung der Tagesordnung ein.

Der Präsident raffte seinen seidenen Talar um seine korpulente Gestalt und nickte. Sofort war der Oppositionsführer auf den Beinen.

»Herr Präsident«, sagte der Ehrenwerte Bonar Deitz mit Verve, hielt dann inne und wandte sein hageres Gelehrtengesicht fragend dem Präsidenten zu. Dieser nickte wie ein schwarzgekleideter Maikäfer in seinem Sessel unter dem Schirmdach aus geschnitztem Eichenholz.

Einen Augenblick lang hielt Deitz inne und schaute dann hinauf zur weitausladenden Decke des Saales, fünfzehn Meter über ihm – eine Angewohnheit, die sich unbewußt bisweilen einstellte. James Howden dachte, das war fast so, als ob sein Hauptopponent versuchte, von den geschnitzten Holztäfelungen und den mit Blattgold ausgelegten Stuckecken die Worte herunter zu holen, die er für einen Augenblick der Größe brauchte.

»Die traurige Bilanz dieser Regierung«, begann Bonar Deitz, »wird auf keinem Gebiet so deprimierend dargelegt, wie bei der Einwanderungspolitik und der alltäglichen Behandlung von Einwanderungsfragen. Ich möchte zu bedenken geben, Herr Präsident, daß die Regierung und vor allem ihr Ministerium für Einwanderung noch mit beiden Beinen im neunzehnten Jahrhundert steht, in einem Geschichtsabschnitt, aus dem diese Regierung weder durch das Bewußtsein einer veränderten Welt, noch durch die schlichte, sich alltäglich stellende Frage der Menschlichkeit herauszuholen ist.«

Das war eine ganz passable Eröffnung, dachte Howden, obwohl – egal, was Bonar Deitz sonst aus seiner Betrachtung der Saaldecke empfangen hatte – es nicht gerade großartig war. Die meisten Worte waren bereits in der einen oder anderen Form von früheren Oppositionsgruppen im Unterhaus verwendet worden.

Dieser Gedanke brachte ihn dazu, eine Notiz für Harvey Warrender zu schreiben. »Zitieren Sie Fälle, bei denen die Opposition, als sie noch in der Regierung war, dasselbe Verfahren angewandt hat, wie wir heute. Wenn keine Einzelheiten vorhanden, aus dem Ministerium umgehend kommen lassen.« Er faltete den Notizzettel, nickte einem Boten zu und deutete auf den Einwanderungsminister.

Einen Augenblick später wandte Harvey Warrender den Kopf dem Premierminister zu, nickte und legte die Hand auf eine Akte, die neben anderen auf dem Tisch vor ihm lag. Na ja, dachte Howden, so muß es sein. Ein guter Assistent mußte auch seinen Minister in solchen Fragen im voraus umfassend informieren.

Bonar Deitz fuhr jetzt fort: »... bei diesem Mißtrauensvotum« ... »ein erschreckendes Beispiel eines tragischen Falles, wo menschliche Erwägungen und auch die einfachen Menschenrechte willkürlich ignoriert worden sind.«

Als Deitz innehielt, wurde auf der Oppositionsseite auf die Tische geklopft. Auf der Regierungsseite rief ein Hinterbänkler: »Ich wünschte, wir könnten *Sie* ignorieren.«

Eine Sekunde zögerte der Oppositionsführer.

Die manchmal rohen Auseinandersetzungen im Unterhaus hatten Bonar Deitz noch nie sehr viel Spaß gemacht. Seit seiner ersten Wahl zum Parlamentsabgeordneten vor Jahren schon war ihm das Parlament immer wie ein großer Sportplatz erschienen, wo die gegnerischen Mannschaften versuchten, bei jeder Gelegenheit dem Gegner Punkte abzuringen. Die Verhaltensregeln, so schien es, waren kindisch einfach: Wenn die eigene Partei eine Maßnahme durchsetzen wollte, dann war sie natürlich gut. Wenn die andere Partei sich für etwas einsetzte und nicht die eigene, war das automatisch schlecht. Selten gab es irgend etwas dazwischen. Darüber hinaus galt es als gegen die Regierung gerichtet und unloyal, Zweifel an der Einstellung der eigenen Partei zu äußern und sich vielleicht zu fragen, ob nicht in einem besonderen Fall die Gegner recht hätten.

398

Für Deitz, den Gelehrten und Intellektuellen, war es auch ein Schock gewesen zu entdecken, daß die rechte Loyalität gegenüber der Partei so weit ging, daß man, um andere Parteimitglieder zu unterstützen, auf die Pulte trommelte und wie ausgelassene Schuljungen Hänseleien in den Saal rief, wobei gelegentlich wesentlich weniger Bildung erforderlich war, als Schüler sie zeigten. Rechtzeitig dann, lange bevor er Oppositionsführer geworden war, hatte Deitz gelernt, beides zu tun, obgleich das selten ohne eine Art innerer Auflehnung geschah.

Der Zwischenrufer hatte gesagt: »Ich wünschte, wir könnten *Sie* ignorieren.«

Seine instinktive Reaktion war, daß er sich mit einem rüden und törichten Zwischenruf nicht beschäftigen wollte. Aber seine eigenen Anhänger, das wußte er, erwarteten wohl eine gewisse Vergeltung. Deshalb rief er zurück: »Der Wunsch des ehrenwerten Abgeordneten ist verständlich, da ja die Regierung, die er unterstützt, schon so viele Dinge seit so langer Zeit ignoriert hat.«

Er schüttelte anklagend den Finger zu anderen Seite des Parlaments. »Aber es kommt eine Zeit, wo man das Gewissen dieses Landes nicht länger zu ignorieren vermag.«

Das war nicht sehr gut, meinte Bonar Deitz. Er glaubte, daß der Premierminister, der ein Meister der schlagfertigen Entgegnung war, vielleicht besser abgeschnitten hätte. Aber wenigstens hatte sein Versuch eines Gegenangriffs bei den Anhängern seiner Partei eine Kaskade des Tischklopfens bewirkt.

Jetzt hörte man auch als Reaktion darauf Buhrufe und Einwürfe wie »Hört, hört!« und »Sind Sie denn unser Gewissen?« von der anderen Seite.

»Ruhe, Ruhe.« Das war der Präsident, der jetzt aufstand und seinen Dreispitz aufsetzte. In wenigen Augenblicken hatte der Lärm nachgelassen.

»Ich beziehe mich auf das Gewissen unseres Landes«, proklamierte Bonar Deitz. »Ich will Ihnen sagen, was dieses Gewissen *mir* mitteilt. Es sagt mir, daß wir eines der reichsten und am dünnsten besiedelten Länder in der

Welt sind. Und doch will uns die Regierung durch ihren Einwanderungsminister glauben machen, daß es bei uns keinen Platz für diesen einzelnen unglücklichen Menschen gibt . . .«

In einem anderen Abschnitt seines Gehirns war sich der Oppositionsführer bewußt, daß er mit seinen Worten rücksichtslos umging. Es war gefährlich, Gefühle dieser Art so unzweideutig für das Protokoll zu äußern, weil jede Partei, die an die Regierung kam, schon sehr bald herausfand, daß der politische Druck zur Einschränkung der Neueinwanderung zu groß war, um übergangen zu werden. Eines Tages, das wußte Deitz, würde er vielleicht seine hitzigen Worte von heute bedauern müssen.

Aber in ganz bestimmten Augenblicken – und dies war einer – ekelten und ermüdeten ihn die Kompromisse der Politik, die endlosen zaghaften Reden. Heute wollte er doch einmal klar zum Ausdruck bringen, was er ehrlich dachte, und zum Teufel mit den Folgen!

Auf der Pressetribüne, so bemerkte er, waren die Köpfe auf die Notizblöcke gesenkt.

Bonar Deitz plädierte für Henri Duval, einen unbedeutenden Menschen, dem er nie begegnet war, und er redete weiter.

Auf der anderen Seite des Mittelganges hörte James Howden mit halbem Ohr zu. Während der letzten Minuten hatte er die Uhr an der Südwand des Saales unter der steil angeordneten Damentribüne betrachtet, die heute zu drei Vierteln besetzt war. Er wußte, daß sehr bald ein Drittel der Reporter den Saal verlassen würden, um die entsprechende Nachricht für die Abendausgabe ihrer Blätter noch durchzutelefonieren. Da ja der Redaktionsschluß bevorstand, würden sie im nächsten Augenblick den Saal verlassen. Er horchte aufmerksam und wartete auf seine Chance . . .

»Es muß doch wohl Zeiten geben«, deklamierte Bonar Deitz, »wo menschliche Erwägungen das sture Festhalten am Buchstaben des Gesetzes überwinden können?«

Der Premierminister war aufgesprungen. »Herr Präsident, gestattet der Oppositionsführer eine Frage?«

Bonar Deitz zögerte. Aber das war eine vernünftige Bitte, die er kaum abschlagen konnte. Kurz angebunden sagte er: »Ja.«

»Möchte der Oppositionsführer unterstellen«, sagte Howden mit plötzlich erwachter Rhetorik, »daß die Regierung das Gesetz ignorieren sollte, das Gesetz unseres Landes, vom Parlament verabschiedet . . .«

Von der Oppositionsseite her drangen Zurufe wie »Was soll die Frage!« – »Kommen Sie zur Sache« – »Das ist eine Rede!«, und von seinen Anhängern hörte man wie zur Vergeltung Ordnungsrufe und »Warten Sie doch die Frage ab!« – »Wovor habt Ihr denn Angst!« Bonar Deitz, der sich gesetzt hatte, stand jetzt wieder auf.

»Ich komme zum Kernpunkt meiner Frage«, erklärte der Premierminister laut, seine Stimme erhob sich über den Lärm, »und das wäre folgende Feststellung.« Er hielt inne, wartete, bis es vergleichsweise ruhig geworden war, und dann fuhr er fort: »Da es offenkundig ist, daß dieser unglückliche junge Mensch, Henri Duval, in keiner Weise nach unseren gesetzlichen Vorschriften einwandern kann, möchte ich den Oppositionsführer fragen, ob er nicht dafür ist, den Fall vor die Vereinten Nationen zu bringen. Ich darf dazu ergänzend feststellen, daß die Regierung ohnehin die Absicht hat, diese Angelegenheit den Vereinten Nationen vorzutragen . . .«

Sofort brach ein Tumult los. Noch einmal Zwischenrufe, Beschuldigungen und Gegenanklagen im Saal. Der Präsident stand auf, seine Stimme blieb unbeachtet. Mit rotem Gesicht, mit zornig blitzenden Augen wandte sich Bonar Deitz dem Premierminister zu. Ärgerlich rief er: »Das ist ein hinterhältiger Trick –«

Und das war es auch.

Die Reporter entfernten sich jetzt von der Pressetribüne. Die Unterbrechung, die Ankündigung waren zeitlich genau richtig gekommen.

James Howden konnte die Einleitung zu den meisten Berichten, die jetzt telefonisch durchgegeben oder auf der Maschine getippt wurden, voraussagen. *Henri Duval, der Mann ohne Heimat, kann damit rechnen, daß sein Fall vor die Vereinten Nationen gebracht wird*, verkündete der Premierminister heute vor dem Parlament. Die Agenturen *Canada Press* und *British United Press* hatten wahrscheinlich schon eine Nachricht mit Vorrang gesendet. »PREMIERMINISTER ERKLÄRT: DUVALFALL VOR DIE VEREINTEN NATIONEN« würden die Fernschreiber herunterklappern, und die Redakteure unter Zeitdruck, die fieberhaft nach einem neuen Aspekt des Falles suchten, würden diese Worte gleich in ihre Schlagzeilen einarbeiten. Der Angriff der Opposition, die Rede von Bonar Deitz, sie würden sicherlich erwähnt, aber waren in ihrer Bedeutung nur noch zweitrangig.

Innerlich erwärmt, kritzelte der Premierminister eine einzeilige Notiz für Arthur Lexington: »Entsprechendes Schreiben aufsetzen.« Wenn er später befragt wurde, dann mußte er in der Lage sein zu erklären, daß das Versprechen, sich an die Vereinten Nationen zu wenden, durch das Außenministerium eingelöst worden war.

Bonar Deitz hatte seine unterbrochene Rede jetzt wieder aufgenommen. Aber man hatte das Gefühl, daß sie an direkter Wirkung verloren hatte, daß hier der Dampf abgelassen war. James Howden war sich dessen bewußt, und er glaubte, daß Deitz es ebenfalls merken mußte.

Früher einmal, vor langer Zeit, hatte der Premierminister Bonar Deitz geschätzt und sogar gemocht, trotz des Abgrundes der parteipolitischen Differenzen, die sie voneinander trennten. Eine Integrität und Charakterfestigkeit schien den Oppositionsführer auszuzeichnen, eine ehrliche Beharrlichkeit bei all seinen Aktionen, die zu bewundern man sich nur schwer enthalten konnte. Aber mit der Zeit hatte sich Howdens Einstellung geändert, bis er jetzt an Bonar Deitz lediglich noch mit duldsamer Verachtung dachte.

Der Wechsel war hauptsächlich durch das Verhalten von Deitz als Oppositionsführer gekommen. Mehrfach hatte Howden bemerkt, daß Bonar Deitz sich die Gelegenheit hatte entgehen lassen, James Howdens Verletzlichkeit in ganz bestimmten Fällen auszunutzen. Daß ein solches Vorgehen eine akzeptable Zurückhaltung bedeu-

tete, war nicht weiter ausschlaggebend (jedenfalls von
Howden aus gesehen). Die Rolle eines Führers war es, zu
führen und rücksichtslos und hart zu sein, wann immer
es darum ging, einen Vorteil zu nutzen. Parteipolitik war
kein Honigschlecken, und der Weg zur Macht war unweigerlich mit zerstörten Hoffnungen und mit den Resten
der ehrgeizigen Träume anderer Männer gepflastert.

An Rücksichtslosigkeit hatte es Bonar Deitz gefehlt.

Er hatte andere Vorzüge: Intellekt und Gelehrsamkeit,
Einsicht und Vorausschau, Geduld und persönlichen
Charme. Aber diese Eigenschaften aufs Ganze gesehen
hatten ihn nie als wirklichen Gegner für James McCallum
Howden qualifiziert – oder wenigstens hatte es den An-
schein gehabt, daß sie dazu nicht ausreichten.

Es war fast unmöglich, sich Bonar Deitz als Premierminister vorzustellen, der das Kabinett an der Leine hat,
im Unterhaus den Ton angibt, der rasch manövriert, mit
Finten arbeitet, schnell handelt – wie er das noch vor
einem Augenblick getan hatte –, um taktische Vorzüge in
der Debatte zu nutzen.

Und wie stand es mit Washington? Hätte der Oppositionsführer dem amerikanischen Präsidenten und seinem
brillanten Berater die Stirn bieten können, wäre er mit so
viel Gewinn aus Washington zurückgekommen wie Howden? Sehr wahrscheinlich wäre Deitz dort vernünftig geblieben, er wäre niemals so unnachgiebig aufgetreten wie
James Howden und hätte letzten Endes mehr Zugeständnisse gemacht, weniger gewonnen. Dasselbe galt auch für
die Entscheidungen, die in den kommenden Monaten getroffen werden mußten.

Dieser Gedanke erinnerte ihn daran, daß er, James
Howden, in zehn Tagen hier vor dem Parlament den
Unionsvertrag mit seinen Bedingungen bekanntgeben
würde. Das wäre dann die richtige Zeit für menschliche
Größe und für weitreichende historische Entscheidungen,
wobei lächerliche Kleinigkeiten – blinde Passagiere, Einwanderung und ähnliches – vergessen oder einfach
ignoriert würden. Er fühlte sich betrogen, empfand Ärger
darüber, daß die gegenwärtige Debatte zu diesem Zeit-

punkt für bedeutsam gehalten wurde, wo sie doch tatsächlich lächerlich trivial war im Vergleich zu den Aufgaben, über die er schon bald reden würde.

Jetzt kam Bonar Deitz nach einer fast einstündigen Rede zum Schluß.

»Herr Präsident, es ist nicht zu spät«, erklärte der Oppositionsführer, »es ist nicht zu spät für die Regierung, in großherziger Verständigungsbereitschaft diesem jungen Mann Henri Duval die kanadische Heimstatt zu gewähren, um die er nachsucht. Es ist nicht zu spät für das Individuum, sich aus der tragischen Kerkerhaft zu befreien, zu der ein Zufall bei der Geburt ihn verurteilt hat. Es ist nicht zu spät für Duval – mit unserer Hilfe und in unserer Mitte –, ein nützliches glückliches Mitglied der Gesellschaft zu werden. Ich appelliere an die Regierung, Mitgefühl zu zeigen. Ich bitte nachdrücklich, daß wir nicht vergeblich appelliert haben.«

Nachdem er dann noch die Fassung des Resolutionsantrages mitgeteilt hatte »... daß dieses Hohe Haus die Weigerung der Regierung bedauert, ihre angemessene Verantwortung zu übernehmen und ihre Aufgabe auf dem Gebiet der Einwanderungspolitik zu erfüllen ...«, setzte sich Bonar Deitz, und bei der Opposition wurde auf die Tische geklopft.

Sofort stand Harvey Warrender auf.

»Herr Präsident«, begann der Einwanderungsminister mit seiner tragenden Baßstimme, »wie üblich ist es dem Oppositionsführer gelungen, mit Fantasievorstellungen die Tatsachen zu verschleiern, eine einfache Frage mit außergewöhnlicher Sentimentalität zu vernebeln, und es ist ihm gelungen, einen ganz normalen Rechtsvorgang im Einwanderungsministerium als eine sadistische Verschwörung gegen die gesamte Menschheit auszugeben.«

Sofort hörte man ärgerliche Protestrufe und »Zurücknehmen!«, dagegen wiederum Bravorufe und das Klopfen auf die Tische von der anderen Seite.

Harvey Warrender ignorierte den Aufstand und fuhr erhitzt fort: »Wenn diese Regierung eines Rechtsbruches schuldig wäre, dann verdienten wir die Verachtung des

Hauses. Wenn das Ministerium für Bürgerrechte und Einwanderung seine ihm rechtmäßig auferlegten Verpflichtungen nicht erfüllt hätte, wenn es die Bestimmungen, die das Parlament verabschiedet hat, außer acht gelassen hätte, dann würde ich den Kopf senken und die gerechte Verurteilung entgegennehmen. Aber da wir keines von beidem getan haben, will ich Ihnen auch versichern, daß ich keinen der beiden Vorwürfe annehmen kann.«

James Howden wünschte jetzt, daß Harvey Warrender seinen aggressiven Ton etwas dämpfen würde. Es gab Augenblicke im Unterhaus, die eine lärmende, dem Augenblick hingegebene Taktik erforderlich machten, aber heute war nicht die Zeit dafür. Hier und jetzt wäre eine besonnene vernünftige Haltung wesentlich wirksamer. Außerdem war sich der Premierminister in beklemmender Weise eines hysterischen Untertons in Warrenders Stimme bewußt. Dieser Unterton blieb, als Warrender fortfuhr: »Was hat es mit diesem Vorwurf der Ruchlosigkeit und Herzlosigkeit auf sich, den der Oppositionsführer hier öffentlich erhebt? Es ist doch eine einfache Tatsache, daß die Regierung nicht gegen das Gesetz verstoßen hat, daß ihr Ministerium für Einwanderung seine Verpflichtungen entsprechend den Einwanderungsgesetzen Kanadas erfüllt hat, und zwar mit unbeirrbarer Fairneß.«

Nun, das war schon ganz richtig. Das war eigentlich etwas, was gesagt werden mußte. Wenn Harvey nur in seiner persönlichen Ausstrahlung weniger verkrampft wirken würde . . .

»Der Oppositionsführer hat von dem Menschen Henri Duval gesprochen. Wollen wir doch für einen Augenblick die Frage beiseite lassen, ob dieses unser Land eine Last auf sich nehmen sollte, die niemand anders will, ob wir unsere Tore dem menschlichen Strandgut öffnen sollten . . . «

Ein Aufschrei des Protestes übertraf in seiner Lautstärke alle früheren Zusammenstöße des Tages im Parlament. Harvey Warrender war zu weit gegangen, das wußte Howden. Selbst auf der Regierungsseite konnte

405

man erschrockene Gesichter sehen, wobei nur wenige Angehörige der Regierungspartei halbherzig gegen den Aufschrei der Opposition protestierten.

Bonar Deitz war aufgesprungen. »Herr Präsident, zur Geschäftsordnung. Ich protestiere...« Hinter ihm gab es weitere ärgerliche, protestierende Zurufe.

In dem anwachsenden Lärm machte Harvey Warrender entschlossen weiter. »Ich möchte doch zu bedenken geben, daß wir die falsche Sentimentalität beiseite lassen und allein das Gesetz betrachten sollten. Dem Gesetz ist Genüge getan...«

Seine Worte wurden in einer anschwellenden Fülle ärgerlicher Zwischenrufe erstickt.

Eine Stimme erhob sich über die anderen: »Herr Präsident, möchte der Einwanderungsminister vielleicht definieren, was er unter menschlichem Strandgut versteht?«

Mit Unbehagen bemerkte James Howden, woher die Frage kam. Arnold Geaney hatte gesprochen, ein Hinterbänkler der Opposition, der als Abgeordneter eines der Elendsviertel von Montreal vertrat.

Es gab zwei bemerkenswerte Dinge, wenn man Arnold Geaney betrachtete. Er war ein Krüppel, nur ein Meter sechzig groß, mit einem teilweise gelähmten und mißgestalteten Körper und mit einem Gesicht, das so einmalig häßlich und verzogen war, daß man annehmen mußte, die Natur habe sich gegen ihn verschworen, um ein menschliches Monstrum hervorzubringen. Und doch hatte dieser Mann sich eine bemerkenswerte parlamentarische Karriere als Vertreter hoffnungsloser Anliegen trotz seines unfaßbaren Handicaps erkämpft. Howden mochte den Mann persönlich überhaupt nicht. Er hielt ihn für einen Exhibitionisten, der sein Gebrechen schamlos ausnutzte. Zugleich war sich natürlich der Premierminister sehr wohl bewußt, daß die Sympathie des Volkes allzu leicht auf der Seite eines Krüppels ist, und er hatte es sich stets versagt, sich mit Arnold Geaney in der Debatte anzulegen.

Jetzt fragte Geaney erneut: »Möchte der Minister bitte die Worte ›menschliches Strandgut‹ definieren!«

406

Harvey Warrenders Gesichtsmuskeln zuckten wieder einmal. James Howden stellte sich die Antwort vor, die der Einwanderungsminister spontan und ohne Kontrolle geben würde: »Niemand ist besser in der Lage als der Ehrenwerte Abgeordnete, genau zu wissen, was ich meine.« Um jeden Preis, schloß Howden, mußte diese Art von Replik verhindert werden.

Der Premierminister erklärte über die Zurufe und Gegenrufe hinweg: »Der Ehrenwerte Abgeordnete für Ost Montreal verleiht bestimmten Worten eine Bedeutung, die mein Kollege, dessen bin ich sicher, ganz gewiß nicht beabsichtigt hat.«

»Dann soll er das doch selbst sagen!« Geaney erhob sich mit Mühe auf seinen Krücken, rief die Worte ärgerlich zur anderen Seite des Parlaments hinüber. Man konnte in seiner Umgebung zu seiner Unterstützung Rufe hören: »Zurücknehmen! Zurücknehmen!« Auf den Tribünen lehnten sich die Besucher nach vorn.

»Ruhe! Ruhe!« Das war der Präsident, dessen Stimme in dem Getümmel kaum zu hören war.

»Ich nehme gar nichts zurück!« Harvey Warrender schrie unbeherrscht, sein Gesicht war unter dem strähnigen Haar rot angelaufen, sein Stiernacken schien noch stärker hervorzutreten. »Nichts nehme ich zurück! Verstehen Sie!«

Und wieder der Lärm. Wieder die Ordnungsrufe des Präsidenten. Dies war ein seltener parlamentarischer Zwischenfall, bemerkte Howden. Nur eine ganz tief verwurzelte Meinungsverschiedenheit oder eine Frage nach den Menschenrechten konnte das Parlament auf eine Weise, wie es heute geschehen war, außer Fassung bringen.

»Ich verlange, daß der Minister zur Verantwortung gezogen wird.« Das war immer noch die hartnäckige, durchdringende Stimme von Arnold Geaney.

»Ruhe! Die Frage, die dem Hohen Haus vorliegt ... « schließlich gelang es dem Präsidenten, sich Gehör zu verschaffen. Auf der Regierungsseite nahmen der Premierminister und Harvey Warrender wieder ihre Sitze aus

Respekt vor dem Präsidenten ein. Jetzt erstarben auch im ganzen Saal die Zwischenrufe. Nur Arnold Geaney, der auf seinen Krücken schwankte, bot weiterhin der Autorität des Parlamentspräsidenten die Stirn.

»Herr Präsident, der Einwanderungsminister hat diesem Hohen Haus etwas von menschlichem Strandgut erzählt. Ich verlange . . . «

»Ruhe! Ich möchte den Abgeordneten bitten, seinen Platz wieder einzunehmen.«

»Zur Geschäftsordnung . . . «

»Wenn der Abgeordnete nicht sofort wieder seinen Platz einnimmt, werde ich einen Tadelsantrag aussprechen müssen.«

Es war fast so, als wünsche Geaney den Tadel herbei. Die Geschäftsordnung des Parlamentes war eindeutig formuliert, daß nämlich alle übrigen Abgeordneten zu schweigen hatten, wenn der Präsident aufstand. Für diesen Fall war noch eigens eine Sonderbestimmung erlassen worden. Wenn Geaney auch weiterhin diese Bestimmung mißachtete, würde irgendeine Form der disziplinären Bestrafung unvermeidlich sein.

»Ich gebe dem ehrenwerten Abgeordneten noch eine Gelegenheit«, warnte der Präsident mit strenger Stimme, »bevor ich einen Tadelsantrag gegen ihn stelle.«

Arnold Geaney sagte trotzig: »Herr Präsident, ich stehe hier für einen Menschen, der fünftausend Kilometer von hier entfernt ist und voller Verachtung von dieser Regierung als ›menschliches Strandgut‹ bezeichnet wurde . . . «

Der Plan, wie James Howden plötzlich gewahr wurde, war vollkommen einfach. Der Krüppel Geaney versuchte, sich in das Martyrium des blinden Passagiers hineinzuschmuggeln. Das war ein völlig eindeutiges, wenn auch zynisches politisches Manöver, das Howden um jeden Preis durchkreuzen mußte.

Der Premierminister stand auf und rief: »Herr Präsident, ich glaube, diese Angelegenheit läßt sich zu einer befriedigenden Lösung bringen . . . « Er hatte bereits beschlossen, daß er namens der Regierung die beleidigenden

408

Worte zurücknehmen würde, ganz egal, wie Harvey
Warrender sich dazu stellen mochte . . .

Zu spät.

Der Präsident ignorierte den Premierminister und verkündete dann mit fester Stimme: »Ich habe die unangenehme Pflicht, gegen den Ehrenwerten Abgeordneten
für Ost Montreal einen Tadelsantrag zu stellen.«

James Howden war sich bei aufsteigender Wut klar,
daß er den Schachzug verloren hatte.

Die Formalitäten folgten rasch. Der Tadelsantrag des
Parlamentspräsidenten gegen einen Abgeordneten war
eine äußerst seltene Maßnahme. Wenn es jedoch dazu
kam, wurde ein Disziplinarverfahren der übrigen Abgeordneten automatisch und unwiderruflich eingeleitet.
Die Autorität des Präsidenten mußte ja vor allem aufrecht erhalten werden. Er verkörperte die Autorität des
Parlamentes selber, die Autorität des Volkes, die in jahr-
hundertelangem Kampf errungen worden war . . .

Der Premierminister reichte eine Notiz, die aus zwei
Worten bestand, an Stuart Cawston, den Alterspräsiden-
ten des Parlaments weiter. Die Worte waren »Minimale
Bestrafung«. Der Finanzminister nickte.

Nach einem hastig geführten Gespräch mit dem Postminister, der hinter ihm saß, erhob sich Cawston. Er verkündete: »Angesichts Ihres Tadelsantrags, Herr Präsident,
bleibt mir nichts anderes übrig, als mit Unterstützung des
Postministers Mr. Gold zu beantragen, ›daß der Ehrenwerte Abgeordnete für Ost Montreal von der Sitzung
des heutigen Tages ausgeschlossen wird‹.«

Mit Unbehagen stellte der Premierminister fest, daß die
Pressetribüne schon wieder überfüllt war. Die Abend-
nachrichten für Fernsehen und Rundfunk und die Schlagzeilen für die Tageszeitungen wurden jetzt gemacht.

Eine namentliche Abstimmung über Cawstons Antrag
nahm zwanzig Minuten in Anspruch. Die Abstimmung
ergab 131 Ja-, 55 Neinstimmen. Der Präsident verkündete
dann offiziell: »Der Antrag ist angenommen.« Im Parlament herrschte Stille.

Arnold Geaney erhob sich vorsichtig, schwankte auf

seinen Krücken. Ganz bewußt, einen mühevollen Schritt um den anderen, zwang er seinen verbildeten Körper an den vorderen Oppositionsbänken vorbei in den Mittelgang. James Howden, der Geaney im Unterhaus seit vielen Jahren erlebt hatte, wollte es scheinen, daß er sich nie langsamer bewegt hatte. Der Krüppel drehte sich in Richtung des Präsidentenstuhles mit einer mitleiderregenden, linkischen Geste, verbeugte sich, und einen Augenblick hatte es den Anschein, als würde er fallen. Dann fing er sich jedoch, drehte sich noch einmal um und verbeugte sich erneut. Als er durch die Außentüren des Sitzungssaales, die vom Saaldiener weit aufgehalten wurden, verschwand, gab es im Saal ein hörbares Aufatmen.

Der Präsident sagte gemessen: »Der Minister für Einwanderung hat das Wort.«

Harvey Warrender – jetzt etwas zurückhaltender als zuvor, fuhr fort, wo er unterbrochen worden war. Aber James Howden wußte, daß alles, was jetzt noch geschah, gegen das Vorangegangene abfiel. Arnold Geaney war mit Recht und nur für ein paar Stunden ausgeschlossen worden, weil er die Geschäftsordnung des Unterhauses wissentlich verletzt hatte. Aber die Presse würde aus diesem Zwischenfall eine große Sache aufbauschen, und die Öffentlichkeit, die nichts von der Geschäftsordnung für die Debatte verstand und sich auch darum keinerlei Sorgen machte, würde nur zwei vom Leben benachteiligte Menschen sehen – den Krüppel und den einsamen blinden Passagier, Opfer einer unnachsichtigen despotischen Regierung.

Zum ersten Mal fragte sich Howden, wie lange sich die Regierung noch erlauben konnte, an Popularität so zu verlieren, wie das seit der Ankunft von Henri Duval der Fall war.

3

Auf Brian Richardsons Notiz hatte es geheißen: »Erwarte mich um sieben.«

Fünf Minuten vor sieben hoffte Milly Freedeman, die

keineswegs fertig war und gerade tropfnaß aus ihrer Badewanne stieg, daß sich Richardson verspäten würde.

Milly fragte sich oft, mit einer gewissen Gleichgültigkeit, warum sie, die ihren Alltag im Büro – und den Alltag James Howdens – mit fast computerähnlicher Pünktlichkeit zu bewältigen wußte, fast nie die gleiche Pünktlichkeit in ihrem Privatleben bewies. Auf dem *Parliament Hill* war sie stets auf die Sekunde pünktlich, zu Hause nur ganz selten. Die Bürosuite des Premierministers war ein Musterbeispiel der Ordnung, da waren die Schränke stets aufgeräumt, und es gab eine Ablage, aus der Milly innerhalb von Sekunden einen fünf Jahre alten handgeschriebenen Brief eines obskuren Individuums, dessen Name längst vergessen war, hervorzaubern konnte. Aber im Augenblick – und das war ganz typisch – wühlte sie in ihren unordentlichen Schubladen in der Schlafzimmerkommode, um einen frischgewaschenen Büstenhalter zu finden, der sich einfach nicht finden lassen wollte.

Sie meinte – wenn sie sich die Mühe machte, darüber nachzudenken –, daß ihre eigene Organisationslosigkeit außerhalb des Büros eine innere Rebellion dagegen war, daß sich in ihr Privatleben von außen her Einflüsse oder Gewohnheiten einzuschleichen drohten. Sie war immer rebellisch gewesen gegen Einflüsse von außen oder Ideen anderer Menschen, die auf sie einzuwirken, ihre Persönlichkeit einzulullen drohten.

Auch hatte sie es nie gern gehabt, wenn andere ihre Zukunft für sie planten, selbst wenn die Planung mit gutem Willen verbunden war. Als Milly noch auf der Universität Toronto gewesen war, hatte ihr Vater sie einmal zu beeinflussen versucht, damit sie seine Rechtsanwaltspraxis übernähme. »Du würdest viel Erfolg haben, Milly«, hatte er vorausgesagt. »Du bist klug und schnell, und du hast einen Kopf, der es dir ermöglicht, wesentliche Zusammenhänge zu erfassen. Wenn du wolltest, dann könntest du Männer wie mich um den kleinen Finger wickeln.«

Später hatte sie dann argumentiert: Wenn sie selbst

auf die Idee gekommen wäre, dann hätte sie es vielleicht gemacht. Aber selbst bei ihrem eigenen Vater, den sie sehr liebte, hatte sie sich dagegen gewehrt, daß ihre persönlichen, privaten Entscheidungen von jemand anderem getroffen würden.

Das war natürlich alles ein Widerspruch in sich. Man konnte ja nie eine vollkommen unabhängige Existenz führen, genau so wenig wie man sein Privatleben vollkommen vom Dienst trennen konnte. Sonst würde es nie ein Verhältnis mit James Howden gegeben haben, dachte Milly, als sie endlich den Büstenhalter fand und überstreifte, und kein Brian Richardson würde sie heute abend besuchen.

Aber war das überhaupt richtig? War es richtig, Brian den Besuch zu gestatten? Wäre es nicht besser gewesen, wenn sie von Anfang an fest geblieben wäre, wenn sie darauf bestanden hätte, daß ihr Privatleben unversehrt blieb – das Privatleben, das sie sorgfältig aufgebaut hatte seit jenem Tage, an dem sie sich endgültig darüber klar wurde, daß es für sie und James Howden keine gemeinsame Zukunft gab?

Sie zog sich einen Slip an, und die Fragen drangen wieder auf sie ein.

Ein in sich geschlossenes Privatleben, einigermaßen glücklich, war sehr viel wert. Ging sie bei Brian Richardson das Risiko ein, ihre schwer erkämpfte Zufriedenheit zu verlieren und nichts dafür zu bekommen?

Sie hatte Zeit gebraucht – viel Zeit nach dem Bruch mit James Howden, um ihre Lebensart und ihr ganzes Denken auf den Dauerzustand des Alleinseins einzustellen. Aber wegen ihres tiefverwurzelten Instinkts für die Lösung persönlicher Probleme (ohne fremde Hilfe, so glaubte Milly) hatte sie sich bis zu dem Punkt abgefunden, wo ihr Leben heutzutage zufriedenstellend, ausgeglichen und erfolgreich war.

Milly beneidete nicht mehr – wie das früher der Fall gewesen war – verheiratete Freundinnen mit ihren schützenden, Pfeife rauchenden Männern und den lärmenden Kindern. Manchmal schien ihr das Leben dieser

Freundinnen, verglichen mit ihrer eigenen Unabhängigkeit und Freiheit, langweilig und routinemäßig, je mehr sie in die Lebensumstände Einblick gewann.

Es ging hier doch darum: Waren ihre Gefühle für Brian Richardson so geartet, daß sie den Gedanken an eine herkömmliche Verbindung wieder näherrückten?

Sie öffnete die Tür des Wandschranks im Schlafzimmer und fragte sich, was sie wohl anziehen sollte. Am Heiligen Abend hatte Brian gesagt, daß sie in Hosen sehr sexy aussähe ... Sie wählte hellgrüne Hosen, suchte dann noch einmal in den Schubladen nach einem weißen Pullover mit Ausschnitt. Sie zog keine Strümpfe an und schlüpfte in kleine weiße Sandalen. Als sie Hose und Pullover angezogen und sich ein leichtes Make-up aufgelegt hatte, das sie tagsüber und auch am Abend trug, war es bereits zehn Minuten nach sieben. Sie fuhr sich mit den Händen durch das Haar und beschloß dann doch, es zu bürsten. Sie eilte ins Badezimmer.

Sie schaute in den Spiegel und sagte sich: »Du brauchst dir über gar nichts, über absolut gar nichts Sorgen zu machen. Ja, wenn ich ehrlich bin, dann könnte ich mich in Brian verlieben, und vielleicht ist das bereits geschehen. Brian ist aber nicht frei, und er wünscht es so. Deshalb stellt sich die Frage gar nicht.

Aber es gibt doch eine Frage. Wie wird das später sein, wenn er wieder weg ist, wenn du wieder allein bist?

Einen Augenblick lang hielt Milly inne. Sie erinnerte sich daran, wie es vor neun Jahren gewesen war. Die leeren Tage, die verzweifelten Nächte, die langen, langsam dahinschleichenden Wochen ... Sie sagte laut: »Ich glaube nicht, daß ich das noch einmal mitmachen könnte.« Und in Gedanken: »Vielleicht sollte ich doch heute abend Schluß machen.«

Sie war noch in Erinnerungen versunken, als es klingelte.

Brian küßte sie, bevor er seinen schweren Wintermantel auszog. Er roch nach Tabak, und er war nicht frisch rasiert. Milly empfand ein Gefühl der Schwäche, fühlte, wie ihre guten Vorsätze schwanden. Ich will diesen

Mann, dachte sie. Ganz egal zu welchen Bedingungen. Dann erinnerte sie sich an ihre Überlegungen vor einigen Minuten: Vielleicht sollte ich heute abend doch Schluß machen.

»Milly, Liebes«, sagte er ruhig. »Du sieht großartig aus.«

Sie machte sich zögernd los, schaute ihn an. Dann sagte sie voller Sorge: »Brian, du bist erschöpft.«

»Ich weiß.« Er nickte. »Und ich muß mich auch rasieren. Und ich komme gerade aus dem Parlament.«

Es war ihr zwar im Augenblick egal, aber sie fragte doch: »Wie ist es denn gelaufen?«

»Hast du denn nichts gehört?«

Sie schüttelte den Kopf. »Ich bin schon früh nach Hause gegangen. Radio habe ich inzwischen nicht gehört. Habe ich denn etwas verpaßt?«

»Nein«, sagte er. »Du wirst noch früh genug alles erfahren.«

»Ist die Debatte schlecht ausgegangen?«

Er nickte resigniert. »Ich habe auf der Tribüne gesessen. Ich wäre besser gar nicht hingegangen. Die werden uns morgen in den Zeitungen schlachten.«

»Trinken wir doch etwas«, sagte Milly. »Du scheinst es nötig zu haben.«

Sie mixte Martinis, wobei sie mehr Gin als Vermouth nahm. Sie brachte die Gläser aus der Kochnische und sagte fast heiter: »Das wird dir gut tun. Jedenfalls hilft es meistens.«

Heute abend wird nicht Schluß gemacht, dachte sie. Vielleicht in einer Woche, in einem Monat. Aber heute abend nicht.

Brian Richardson nippte an seinem Drink und setzte das Glas auf den Tisch.

Ohne Einleitung, fast abrupt, verkündete er: »Milly, ich möchte, daß du mich heiratest.«

Einige Sekunden, die wie Stunden schienen, herrschte Schweigen. Dann sprach er wieder, jetzt behutsam: »Milly hast du mich verstanden?«

»Ich könnte schwören«, sagte sie, »daß du mich gebeten hast, dich zu heiraten.« Die Worte schienen ganz leicht hingesagt, schienen mit ihr nichts zu tun zu haben, als sie jetzt mit schon fast unpersönlicher Stimme sprach. Sie hatte das Gefühl zu schweben.

»Du solltest damit nicht scherzen«, sagte Richardson grimmig. »Es ist mir ernst.«

»Liebling, Brian.« Ihre Stimme war sanft. »Ich scherze doch gar nicht. Ganz bestimmt nicht.«

Er setzte sein Glas auf den Tisch und kam zu ihr. Als sie sich lang und leidenschaftlich geküßt hatten, preßte sie ihr Gesicht gegen seine Schulter. Der Tabakgeruch war immer noch da. »Halt mich fest«, flüsterte sie. »Halt mich ganz fest.«

»Wenn du dann so weit bist«, sagte er, die Lippen in ihr Haar gedrückt, »dann kannst du mir ja vielleicht mal eine Antwort geben.«

All ihre weiblichen Instinkte drängten sie, ein »Ja« hinauszuschreien. Die Stimmung und der Augenblick waren für rasche Zustimmung wie geschaffen. War es nicht das, was sie schon immer gewollt hatte? Hatte sie sich nicht noch vor ein paar Minuten selbst gestanden, daß sie Brian zu jeder Bedingung annehmen würde? Und jetzt, unerwartet, konnte sie die besten Bedingungen haben – heiraten, Dauer . . .

Das war alles so einfach. Eine gemurmelte Anerkennung und es wäre alles erledigt. Da brauchte man sich nicht mehr umzuwenden.

Diese Endgültigkeit schreckte sie jedoch. Hier ging es um Wirklichkeit, nicht um einen Traum. Sie wurde plötzlich von einem Schauer der Ungewißheit überfallen. Eine vorsichtige Stimme schien ihr zuzuraunen: Warte!

»Ich bin ja vielleicht keine besondere Partie«, Brians Stimme brummte in ihrem Haar, eine Hand streichelte ihr zart über den Hals. »Ich bin schon etwas angestaubt, und ich muß noch meine Scheidung durchsetzen, obgleich es da keine Schwierigkeiten gibt. Eloise und ich haben uns schon geeinigt.«

Nach einer Pause fuhr die Stimme langsam fort: »Ich glaube, ich liebe dich, Milly. Ich glaube es wirklich.«

Sie hob den Kopf – die Tränen standen ihr in den Augen – und küßte ihn. »Brian, Liebling, ich weiß, daß du mich liebst, und ich glaube auch, daß ich dich liebe. Aber ich muß Gewißheit haben. Bitte, gib mir etwas Zeit.«

Sein Gesicht verzog sich zu einem rauhen Grinsen. »Na ja«, sagte er, »ich habe auf dem Herweg die ganze Zeit geprobt. Ich habe es wohl falsch gemacht.«

Er dachte: Vielleicht habe ich zu lange gewartet. Vielleicht habe ich alles falsch angepackt. Vielleicht ist das auch eine Vergeltung für die Art und Weise, wie es angefangen hat: Ich habe mir nichts daraus gemacht und wollte mich gegen eine gefühlsmäßige Bindung abschirmen. Jetzt bin ich es, der die Bindung will, und stehe da wie Pik sieben. Aber schließlich, so tröstete er sich, war die Unentschlossenheit zu Ende. Das rastlose Erforschen der eigenen Seele, das ihn in den letzten Tagen beschäftigt hatte. Jetzt hatte er die Gewißheit, daß Milly für ihn das Wichtigste war. Jetzt schien es ohne sie nur noch Leere zu geben . . .

»Bitte, Brian.« Ihr Gleichgewicht und ihre Selbstbeherrschung hatte sie wiedergewonnen. Sie sagte beschwörend: »Ich bin dadurch so geschmeichelt und geehrt, Darling, und ich glaube auch, daß meine Antwort ›Ja‹ sein wird. Aber ich will Gewißheit haben – deinet- und meinetwegen. Bitte, gib mir etwas Zeit.«

Er fragte brüsk: »Wie lange denn?«

Sie setzten sich nebeneinander auf das Sofa, ihre Köpfe aneinandergeschmiegt, die Hände hielten sie fest umschlungen.

»Ich weiß es wirklich nicht, Liebling, und ich hoffe nur, daß du mir keinen festen Termin abverlangst. Ich könnte es einfach nicht ertragen, wenn ich mich nach dem Terminkalender entscheiden müßte. Aber ich verspreche dir, daß ich es dir sofort sage, wenn ich sicher bin.«

Sie dachte: Was ist bloß mit mir los? Habe ich Angst vor dem Leben? Warum zögere ich? Warum lege ich mich jetzt nicht fest? Aber die Stimme der Vernunft befahl ihr: Warte!

Brian streckte die Arme aus, und sie schmiegte sich an

ihn. Ihre Lippen fanden sich, und er küßte sie leidenschaftlich – und sie erwiderte seine Küsse, ihr Herz schlug wild. Langsam glitten seine Hände zärtlich ihren Körper entlang.

Später kam Brian Richardson dann ins Wohnzimmer und brachte Kaffee für beide. Hinter ihm in der Kochnische bereitete Milly belegte Brote mit Salami vor. Sie stellte fest, daß ihr Frühstücksgeschirr immer noch unabgewaschen im Spülbecken lag. Sie dachte, vielleicht sollte ich tatsächlich einige meiner Bürogewohnheiten auch in der eigenen Wohnung einführen.

Richardson ging zu dem tragbaren Fernsehgerät hinüber, das auf einem niedrigen Abstelltisch gegenüber einem der großen Sessel stand. Er stellte das Gerät an und rief: »Ich weiß ja nicht, ob ich es aushalten kann, aber wir machen uns am besten mit dem Schlimmsten vertraut.« Als Milly den Teller mit den Broten hereinbrachte und auf den Tisch stellte, begannen soeben die Nachrichten der *Canadian Broadcasting Corporation*.

Wie das jetzt meist geschah, beschäftigte sich der erste Bericht mit der Verschlechterung der internationalen Beziehungen. Von den Sowjets angezettelte Unruhen waren wiederum in Laos aufgeflammt, und der Kreml hatte äußerst kriegerisch auf eine amerikanische Protestnote geantwortet. In den sowjetischen Satellitenstaaten Europas zog man Truppen zusammen. Ein freundlicher Meinungsaustausch hatte zwischen der jetzt wiederhergestellten Achse Moskau–Peking stattgefunden.

»Es kommt immer näher«, murmelte Richardson. »Jeden Tag.«

Der Fall Henri Duval kam als nächstes an die Reihe. Der gepflegte Nachrichtensprecher las: »In Ottawa kam es heute im Unterhaus zu lärmenden Auseinandersetzungen zum Falle Henri Duval, des Mannes, der ohne Staatsbürgerschaft ist und jetzt in Vancouver auf seine Deportation wartet. Auf der Höhe eines Zusammenstoßes zwischen Regierung und Opposition wurde Arnold Geaney, der Abgeordnete für Ost-Montreal, für den Rest der heutigen Sitzung ausgeschlossen ...«

Hinter dem Nachrichtensprecher erschien auf dem Rückprojektor ein Bild von Henri Duval, danach ein Standfoto des verkrüppelten Abgeordneten. Wie Richardson – und auch James Howden – bereits befürchtet hatten, wurde der Zwischenfall mit dem vorübergehenden Ausschluß des Abgeordneten und Harvey Warrenders Phrase vom »menschlichen Strandgut«, die dazu geführt hatte, zum Mittelpunkt der Nachrichten. Ganz egal, wie fair auch immer die Nachricht formuliert war, es ließ sich einfach nicht vermeiden, daß der blinde Passagier und der Krüppel als Opfer einer uneinsichtigen, gnadenlosen Regierung erscheinen mußten.

»Der CBC-Korrespondent Norman Deeping«, sagte der Nachrichtensprecher, »beschreibt jetzt die Debatte im Parlament . . . «

Richardson griff nach dem Knopf, um das Gerät abzustellen. »Ich glaube nicht, daß ich noch mehr davon vertragen kann. Hast du etwas dagegen?«

»Nein«, Milly schüttelte den Kopf. Sie fand es heute abend schwierig, ihr Interesse wachzuhalten, obgleich sie die Bedeutung dessen erkannte, was sie gesehen hatte. Die wichtigste Frage war noch immer nicht entschieden . .

Brian Richardson zeigte auf die nunmehr dunkle Mattscheibe. »Verdammt noch mal, weißt du, was die für eine Zuhörerschaft haben? Das ist eine Sendung, die im ganzen Land, von Küste zu Küste ausgestrahlt wird. Und dazu kommen all die anderen Kanäle – Hörfunk, Regionalfernsehen, die Zeitungen von morgen . . .« Er zog hilflos die Schultern hoch.

»Ich weiß«, sagte Milly. Sie versuchte, sich in Gedanken wieder auf unpersönliche Dinge zu konzentrieren. »Ich wünschte, ich könnte etwas dagegen unternehmen.«

Richardson war aufgestanden und ging im Zimmer auf und ab. »Du hast ja schon etwas getan, Milly. Wenigstens hast du gefunden . . . « Er ließ den Satz unvollendet.

Sie beide, das wußte Milly, dachten jetzt an die Fotokopie, an dieses schicksalhafte geheime Übereinkommen zwischen James Howden und Harvey Warrender. Sie fragte zögernd: »Hast du irgend etwas . . . ?«

Er schüttelte den Kopf. »Verflucht noch mal! Da gibt es einfach nichts ... gar nichts ... «

»Weißt du«, sagte Milly langsam, »ich habe immer gedacht, daß Mr. Warrender irgend etwas Sonderbares an sich hat. Die Art und Weise wie er spricht und wie er sich benimmt, als wäre er die ganze Zeit übernervös. Und dann die Geschichte mit seinem Sohn – der Sohn, der im Krieg gefallen ist ... «

Sie hielt inne, war verdutzt über Brian Richardsons Gesichtsausdruck. Seine Augen starrten auf ihr Gesicht, der Mund hatte sich geöffnet.

»Brian –«

Er flüsterte: »Milly, liebe Milly, sag das doch noch einmal!«

Sie wiederholte widerstrebend: »Mr. Warrender – ich habe gesagt, daß er sich sonderbar benimmt, was seinen Sohn angeht. Er hat doch wohl zu Hause so eine Art Hausaltar. Die Leute haben darüber viel geredet.«

»Ja, Ja.« Richardson nickte. Er versuchte, seine Erregung zu verbergen. »O ja. Aber ich glaube, damit hat es nichts auf sich.«

Er fragte sich, wie schnell er jetzt wohl gehen könnte. Er wollte ein Telefon benutzen, aber nicht Millys Telefon. Es gab ganz bestimmte Dinge ... Vorkehrungen, die er treffen mußte ... Er wollte nicht, daß Milly davon Kenntnis erhielt.

Zwanzig Minuten später telefonierte er aus der öffentlichen Telefonzelle eines Drugstores, der die ganze Nacht geöffnet war. »Es ist mir vollkommen wurscht, wie spät es ist«, sagte der Generalsekretär dem Partner am anderen Ende. »Ich sage Ihnen, daß Sie jetzt sofort in die Stadt fahren müssen, und ich treffe Sie dann in der *Jasper Lounge*.«

4

Der blasse junge Mann mit der Hornbrille, der soeben aus dem Bett geholt worden war, drehte den Stiel seines Glases nervös zwischen den Fingern. Er sagte mit dem

Anflug eines Vorwurfs in der Stimme: »Ich weiß wirklich nicht, ob ich das machen kann.«

»Warum denn nicht?« fragte Brian Richardson. »Sie sitzen doch im Verteidigungsministerium. Sie brauchen doch bloß zu fragen.«

»So einfach ist das doch nicht«, sagte der junge Mann. »Außerdem sind das Dokumente, die unter Geheimnisschutz stehen.«

»Zum Teufel noch mal!« meinte Richardson. »Aufzeichnungen, die schon so alt sind – wer kümmert sich noch darum!«

»Sie kümmern sich doch offensichtlich darum«, sagte der junge Mann mit einer Andeutung von Aufbegehren. »Das ist es ja gerade, was mir Sorgen macht.«

»Ich gebe Ihnen mein Wort«, sagte Richardson, »daß die Information niemals mit Ihnen in Verbindung gebracht wird, ganz egal, was ich mit der Information mache, die Sie mir geben.«

»Aber die Aufzeichnungen sind schwer zu finden. Diese alten Akten sind irgendwo in Kellern und in Schuppen untergebracht. Das kann unter Umständen Tage oder Wochen dauern.«

»Das ist Ihr Bier«, sagte Richardson rücksichtslos. »Nur kann ich nicht wochenlang warten.« Er winkte einem Kellner zu. »Bitte noch einmal dasselbe.«

»Nein, danke«, sagte der junge Mann. »Das ist für mich genug.«

»Wie Sie wollen.« Richardson nickte dem Kellner zu. »Dann nur einmal.«

Als der Kellner wieder weg war, sagte der junge Mann: »Es tut mir leid, aber ich muß ablehnen.«

»Das tut mir auch leid«, sagte Richardson, »denn Ihr Name rutschte auf der Liste immer weiter nach oben.« Es entstand eine kurze Pause. »Sie wissen doch, von welcher Liste ich spreche?«

»Ja«, sagte der junge Mann. »Ich weiß.«

»In meiner Position«, sagte Richardson, »beschäftige ich mich natürlich mit der Auswahl von Kandidaten für ein Unterhausmandat. Es gibt sogar Leute, die behaupten, daß ich praktisch alle neuen Männer in unserer Partei auswähle, die dann schließlich auch gewählt werden.«

»Ja«, sagte der junge Mann, »das habe ich auch gehört.«

»Natürlich haben die Bezirksverbände das letzte Wort, aber meist richten sie sich nach den Anweisungen des Premierministers oder nach dem, was ich dem Premierminister als Empfehlung mitgebe.«

Der junge Mann sagte nichts. Mit der Zungenspitze berührte er die Lippen und befeuchtete sie.

Brian Richardson sagte leise: »Ich mache mit Ihnen ein Geschäft. Sie besorgen mir die Unterlagen, und ich setze Ihren Namen oben auf die Liste. Und nicht nur für irgend einen Wahlkreis, sondern für einen Wahlkreis, in dem Sie ganz sicher gewinnen.«

Dem jungen Mann stieg die Röte ins Gesicht, als er fragte: »Und wenn ich nicht tue, was Sie wollen?«

»In dem Falle«, sagte Richardson gedehnt, »garantiere ich Ihnen verbindlich, daß Sie, solange ich in der Partei bin, niemals ins Unterhaus kommen und auch niemals die Kandidatur für irgend einen Wahlkreis bekommen, den Sie zu gewinnen eine Chance haben. Sie bleiben Assistent, bis Sie verfaulen, und das ganze Geld Ihres Vaters wird daran nichts ändern.«

Der junge Mann sagte verbittert: »Sie verlangen von mir, daß ich meine politische Karriere mit einem faulen Kompromiß beginne.«

»Ich tue Ihnen lediglich einen Gefallen«, sagte Richardson. »Ich mache Sie mit Tatsachen vertraut, die zu entdecken andere Leute Jahre brauchen.«

Der Kellner war zurückgekommen, und Richardson fragte: »Wollen Sie wirklich nicht noch ein Glas trinken?«

Der junge Mann leerte sein Glas. »Ja, doch«, sagte er, »ich trinke noch ein Glas.«

Als der Kellner gegangen war, fragte Richardson: »Nehmen wir doch einmal an, daß ich recht habe. Wie lange brauchen Sie dann, um das zu beschaffen, was ich brauche?«

»Na ja«, der junge Mann zögerte. »Vielleicht ein paar Tage.«

»Kopf hoch!« Brian Richardson beugte sich hinüber, klopfte dem anderen mit der Hand auf das Knie. »In zwei Jahren haben Sie die ganze Angelegenheit völlig vergessen.«

»Ja«, sagte der junge Mann unglücklich. »Davor fürchte ich mich ja gerade.«

»Verhaftet und deportiert«

Der Ausweisungsbefehl für Henri Duval starrte Alan Maitland von seiner Schreibtischplatte aus an.

›... verfüge hiermit, daß Sie verhaftet und zu jenem Ort zurückgebracht werden, von dem Sie nach Kanada kamen, oder in das Land, dessen Staatsbürgerschaft Sie innehaben, oder in das Land Ihrer Geburt, oder in das Land, das ...‹

Seit die Verfügung vor fünf Tagen bei der Sonderanhörung ergangen war, hatte sich diese Anordnung in Alans Kopf festgefressen, bis er mit geschlossenen Augen den genauen Wortlaut wiedergeben konnte. Und er hatte den Wortlaut oft wiederholt, hatte in dem amtlichen Kauderwelsch nach einem winzigen Loch gesucht, hatte nach einer Schwäche geforscht, einer Lücke, durch die man einen Ausweg finden konnte.

Aber es gab keine.

Er hatte Verordnungen und die Protokolle früherer Fälle gelesen, zunächst dutzendweise, dann hunderte von ihnen, hatte sich durch die gestelzte Fachsprache hindurchgequält, hatte immer bis tief in die Nacht gearbeitet, bis seine Augen rote Ränder aufwiesen, ihn die Glieder schmerzten, weil er nach Schlaf verlangte. Während der Tagesstunden hatte ihm Tom Lewis in der Bücherei des Obersten Gerichtshofes geholfen, wo sie zusammen die Inhaltsverzeichnisse durchforscht hatten, kurze Abrisse studierten und Berichte in uralten, selten geöffneten Wälzern nachlasen.

»Ich brauche kein Mittagessen mehr«, hatte Tom am zweiten Tag gesagt, »mein Magen ist schon voller Staub.«

Was sie suchten, war ein Präzedenzfall, der zeigen würde, daß die Behandlung des Duvalfalles durch die Einwanderungsbehörde einen Verfahrensfehler aufwies und deshalb eine Revision verlangte. Wie Tom sagte: Wir brauchen irgend etwas, was wir einem Richter auf den

Tisch knallen und dann sagen können: »Alter Freund, die können uns nicht an die Karre fahren, und hier ist die Begründung.« Und später, als er ermüdet oben auf einer Bibliotheksleiter stand, hatte Tom gesagt: »Es ist nicht das Wissen, das einen zum Anwalt macht; man muß nur wissen, wo man nachschlagen muß, und wir haben eben die richtige Stelle noch nicht gefunden.«

Sie hatten auch während der übrigen Tage bei ihrer Suche, die jetzt zu Ende war, nicht die richtige Stelle gefunden. »Man kann eben nur bis an die Grenze seiner Leistungsfähigkeit arbeiten«, hatte Alan schließlich zugestanden. »Ich glaube, wir können jetzt aufgeben.«

Jetzt war es zwei Uhr nachmittags am Donnerstag, dem 9. Januar. Vor einer Stunde hatten sie Schluß gemacht.

Bei ihrer Suche in der Bibliothek hatte es eine kurze Unterbrechung gegeben – das war gestern morgen, als ein Ausschuß des Einwanderungsministeriums Henri Duvals Berufung gegen das Ergebnis der Sonderanhörung beraten hatte. Aber das war eine rein formelle Prozedur, deren Schiedsspruch mit Edgar Kramer als Vorsitzendem und zwei Einwanderungsbeamten vorauszusehen war.

Dies war der Teil des Verfahrens, den Alan ursprünglich zu verzögern gehofft hatte. Nachdem er vor Gericht so unbesonnen gehandelt hatte, war alles viel zu schnell abgelaufen ...

Obwohl er wußte, daß alle Mühe umsonst war, hatte Alan seine Argumente so nachdrücklich und sorgfältig vorgebracht, als müsse er den Richter und die Geschworenen überzeugen. Der Untersuchungsausschuß – mit Edgar Kramer, der peinlich höflich war – hatte aufmerksam zugehört und dann feierlich seinen Beschluß zugunsten der zuvor erlassenen Verfügung verkündet. Danach hatte Alan Tom Lewis erzählt: »Das war so, als müsse man sich mit der Prinzessin auf der Erbse streiten, nur noch viel langweiliger.«

Er kippte seinen Stuhl in dem kleinen vollgestopften Büro zurück und unterdrückte ein müdes Gähnen. Alan bedauerte jetzt, daß der Fall fast abgeschlossen war. Es schien, als ob er nichts mehr tun konnte. Die *Vastervik* sollte in vier Tagen auslaufen, die Reparaturen waren abgeschlossen, und das Schiff nahm soeben neue Ladung an Bord. Vorher, vielleicht morgen, mußte er noch einmal auf das Schiff, um Henri Duval das Endergebnis mitzuteilen. Aber er wußte, daß die Nachricht für den blinden Passagier nicht mehr unerwartet kam. Der junge Mann wußte zuviel über menschliche Gleichgültigkeit, als daß ihn eine weitere Bestätigung noch hätte überraschen können.

Alan streckte seine 1,80 m, kratzte seinen Kopf mit dem Bürstenhaarschnitt und ging dann aus dem kleinen Raum, der nur durch die Glaswände abgetrennt war, hinaus in den bescheiden eingerichteten Warteraum. Der war leer. Tom Lewis war in der Stadt, beschäftigte sich mit einer Immobilienangelegenheit, die sie vor ein paar Tagen übertragen bekommen hatten. Die matronenhafte verwitwete Sekretärin, erschöpft durch den Arbeitsdruck der vergangenen Tage, war um die Mittagszeit bereits nach Hause gegangen, um, wie sie sagte, »vierundzwanzig Stunden zu schlafen, Mr. Maitland, und wenn Sie meinen Rat annehmen, dann tun Sie dasselbe.« Vielleicht wäre das wirklich das einzig Richtige, dachte Alan. Er war versucht, nach Hause zu gehen, zurück in die kleine Wohnung in der Gilford Street, das Klappbett herunterzulassen und alles zu vergessen, auch blinde Passagiere, Einwanderungsbehörden und die allgemeine Unzulänglichkeit der Menschen. Nur Sharon nicht. Das war es: Er würde seine Gedanken nur noch auf Sharon konzentrieren. Er fragte sich, wo sie wohl in diesem Augenblick war, was sie gemacht hatte, seit sie sich zuletzt vor zwei Tagen begegnet waren – ein paar Minuten bei einer Tasse Kaffee zwischen ihren Sitzungen in der Bibliothek. Er fragte sich, woran sie dachte, wie sie wohl jetzt aussah, ob sie lächelte oder in der ihr eigenen forschenden Weise die Stirn nachdenklich gerunzelt hatte.

Er beschloß, sie anzurufen. Er hatte ja noch Zeit, denn für Henri Duval konnte er jetzt nichts mehr tun. Er benutzte das Telefon im Warteraum und wählte die Nummer der Deveraux'. Der Butler antwortete: Ja, Miß Deveraux war zu Hause. Würde Mr. Maitland vielleicht einen Augenblick warten. Ein paar Augenblicke später hörte er, wie sich leichte Schritte dem Telefon näherten.

»Alan!« Sharons Stimme war aufgeregt. »Du hast etwas gefunden!«

»Ich wünschte, wir hätten etwas«, sagte er. »Aber wir haben aufgegeben.«

»Ach nein!« Der Ton des Bedauerns war echt. Er erklärte die ergebnislosen Nachforschungen, versuchte anzudeuten, warum eine weitere Suche einfach sinnlos war.

»Aber trotzdem«, sagte Sharon, »ich kann einfach nicht glauben, daß dies das Ende ist. Du denkst einfach weiter, und dann wird dir schon etwas einfallen, wie du das bisher auch gemacht hast.«

Er fühlte sich durch ihr Vertrauen gerührt, konnte es nur leider nicht rechtfertigen.

»Ich habe mal eine Idee gehabt«, sagte er. »Ich habe mir vorgestellt, daß ich eine Puppe von Edgar Kramer mache und dann magische Nadeln reinstecke. Das ist so ziemlich das einzige, was wir noch nicht versucht haben.«

Sharon lachte. »Ich hab mal einen Modellierkurs mitgemacht.«

»Machen wir das doch heute abend«, schlug er wieder etwas weniger verzagt vor. »Wir fangen mit dem Abendessen an, und dann machen wir vielleicht mit der Puppe weiter.«

»Ach Alan, es tut mir leid, aber ich kann nicht.«

Impulsiv fragte er: »Warum denn nicht?«

Sharon zögerte einen Augenblick und sagte dann: »Ich habe schon eine Verabredung.«

Naja, dachte er, wer viel fragt, bekommt viel Antwort. Er fragte sich, mit wem sie wohl eine Verabredung hätte, ob das wohl jemand war, den Sharon schon lange kannte, und wohin sie wohl gingen. Er empfand bohrende Eifersucht, redete sich dann jedoch ein, daß dies völlig unbegründet sei. Schließlich mußte Sharon ja wohl schon ihr eigenes Gesellschaftsleben gehabt haben, längst bevor er auf der Bildfläche erschienen war. Und ein Kuß im Hotel war ja noch keine Verlobung . . .

»Es tut mir leid, Alan. Wirklich. Aber das ist eine Verabredung, die ich einfach nicht rückgängig machen kann.«

»Das will ich doch auch gar nicht.« Mit betonter Mun-
terkeit sagte er: »Ich wünsch dir viel Spaß. Ich ruf dich an,
wenn es irgend etwas Neues gibt.«

Sharon sagte unsicher: »Auf Wiedersehen.«

Als er den Hörer wieder aufgelegt hatte, schien das
Büro noch kleiner und noch deprimierender als zuvor zu
sein. Ohne irgendein Ziel ging er auf und ab und wünschte,
er hätte nicht angerufen.

Auf dem Tisch der Sekretärin lag ein Haufen geöffneter
Telegramme, der ihm ins Auge fiel. Er hatte noch nie in
seinem Leben so viele Telegramme bekommen wie während der letzten Tage. Er nahm eines von oben und las:

GLÜCKWUNSCH ZUM GROSSARTIGEN EINSATZ STOP
JEDER MENSCHLICH EMPFINDENDE BÜRGER MUSS
SIE UNTERSTÜTZEN

K. R. BROWNE

Wer war K. R. Browne, fragte er sich. Ein Mann oder
eine Frau? Arm oder reich? Und was für eine Persönlichkeit? Machte er oder sie sich wirklich Sorgen über die
ganze Ungerechtigkeit und Unterdrückung ... Oder hatte
er oder hatte sie sich lediglich von einer sentimentalen
Welle erfassen lassen? Er legte das Telegramm zurück und
zog ein anderes hervor.

JESUS SAGT WAS IHR TUT DEM GERINGSTEN UNTER DIESEN
MEINEN BRÜDERN DAS HABT IHR MIR GETAN! ALS MUTTER
VON VIER SÖHNEN BETE ICH FÜR SIE UND DEN
ARMEN JUNGEN

BERTHA MCLEISH

Ein drittes, länger als die übrigen, zog seine Aufmerksamkeit auf sich.

DIE ACHTUNDZWANZIG MITGLIEDER DES KIWANI CLUBS IN
STAPLETON UND DER PROVINZ VON MANITOBA DIE HIER
VERSAMMELT SIND GRÜSSEN SIE UND WÜNSCHEN ERFOLG
BEI DER HUMANITÄREN BEMÜHUNG STOP WIR SIND

AUF SIE UNSEREN KANADISCHEN MITBÜRGER STOLZ STOP
WIR HABEN GESAMMELT UND SCHECK FOLGT STOP
BITTE BENUTZEN SIE DAS GELD WIE SIE ES FÜR RICHTIG
HALTEN

GEORGE EARNDT, SEKRETÄR

Der Scheck, erinnerte sich Alan, war heute morgen gekommen. Er war mit anderen an einen Treuhänder weitergegeben worden, der sich angeboten hatte, etwaige Spenden für Henri Duval zu verwalten. Bis heute waren rund elfhundert Dollar eingegangen.

Ich danke Ihnen, K. R. Browne, Mrs. McLeish und den Kiwani Clubmitgliedern aus Stapleton, dachte Alan. Und ich danke all den anderen. Er blätterte in dem Haufen von Telegrammen. Ich habe es nicht geschafft, mich durchzusetzen, aber ich danke Euch trotzdem.

Auf dem Boden in einer Ecke lagen zwei große Stapel Zeitungen, bemerkte er jetzt, und ein weiterer Stapel lag auf einem Stuhl. Viele davon, insgesamt drei Stapel, waren Zeitungen aus anderen Städten – aus Toronto, Montreal, Winnipeg, Regina, Ottawa. Eine, sah er, kam sogar aus dem fernen Halifax in Neuschottland. Einige der Reporter, die sie hier besuchten, hatten Zeitungen dagelassen, in denen, wie sie sagten, Berichte über ihn waren. Ein Nachbar, der auf dem gleichen Stock gegenüber ein Büro hatte, fügte noch einige *New York Times'* hinzu, wahrscheinlich aus demselben Grund. Bis jetzt hatte Alan noch keine Zeit gehabt, um mehr als ein paar flüchtig zu überlesen. In Bälde würde er sie sich alle sorgfältig ansehen, und er würde sich wohl ein Buch mit den Ausschnitten anlegen. Wahrscheinlich würde er nie mehr so viele Schlagzeilen machen. Er dachte an einen möglichen Titel für die Ausschnittsammlung. Vielleicht »Nachruf auf eine verlorene Sache«.

»Ach, mach doch halblang, Maitland«, sagte er laut. »Du hast ja mehr Mitleid mit dir selbst als mit Duval.«

Bei den letzten Worten wurde an die Außentür geklopft, die sich auch gleich öffnete. Ein Kopf erschien – das gerötete, breitknochige Gesicht von Dan Orliffe. Der

Reporter folgte dem Kopf mit seinem untersetzten Bauernkörper nach und schaute sich um. Er fragte: »Sind Sie allein?«

Alan nickte.

»Ich dachte, ich hätte sprechen gehört.«

»Das haben Sie auch. Ich habe ein Selbstgespräch geführt.« Alan grinste resignierend. »Soweit ist es schon mit mir gekommen.«

»Sie brauchen Hilfe«, sagte Dan Orliffe. »Wie wäre es, wenn ich Ihnen eine Aussprache mit einem interessanteren Partner vermitteln könnte?«

»Mit wem denn, zum Beispiel?«

Orliffe antwortete beiläufig: »Vielleicht beginnen wir mit dem Premierminister. Der wird übermorgen hier in Vancouver erwartet.«

»Howden selbst?«

»Kein Geringerer.«

»Ja ja, gewiß.« Alan ließ sich in den Stuhl der Sekretärin fallen, lehnte sich zurück und legte die Füße neben die abgenutzte Schreibmaschine auf den Tisch. »Ich sage Ihnen, was ich mache: Ich miete mir ein Zimmer im Stundenhotel und lade ihn dann ein, in meinem Apartment zu wohnen.«

»Hören Sie«, sagte Dan, »ich scherze nicht. Das ist tatsächlich wahr. Eine Zusammenkunft ließe sich durchaus arrangieren, und vielleicht führt das zu irgendeinem Ergebnis.« Er fragte eindringlich: »Sie können ja doch vor Gericht nicht mehr viel für Duval erreichen, oder?«

Alan schüttelte den Kopf. »Wir sind wirklich am Ende.«

»Dann kann man doch nichts mehr verlieren?«

»Ich glaube nicht. Aber was soll das Ganze?«

»Sie können doch ein Gnadengesuch einreichen, oder nicht?« drängte Dan. »Das Recht des Gnadenerweises und der ganze Unfug. Sind dafür nicht die Anwälte da?«

»Dabei muß man auch schon ein paar handfeste Argumente vorbringen.«

Alan verzog das Gesicht. »Ich kann mir genau vorstellen, wie das Ganze aussieht. Ich liege auf den Knien, und der Premierminister wischt sich die Tränen aus den Augen. ›Alan, mein Junge‹, sagte er dann, ›in den letzten Wochen habe ich alles gründlich falsch gemacht. Wenn du jetzt hier nur unterschreibst, dann vergessen wir die ganze Angelegenheit, und ich erfülle dir jeden Wunsch.‹ «

»Okay«, gab Dan Orliffe zu. »Es läßt sich also nicht aus dem Ärmel schütteln. Aber was Sie bisher gemacht haben, war ja auch kein Honigschlecken. Warum jetzt aufgeben?«

»Aus einem ganz einfachen Grund«, gab Alan ruhig zurück. »Weil einmal der Punkt kommt, wo es vernünftig ist, wenn man zugibt, daß man verloren hat.«

»Sie enttäuschen mich«, sagte Dan. Er streckte den Fuß aus und trat geistesabwesend gegen ein Tischbein.

»Es tut mir leid. Ich hätte gern mehr erreicht.« Nach einer Pause fragte Alan neugierig: »Warum kommt denn der Premierminister überhaupt nach Vancouver?«

»Er macht eine Blitzreise durch das Land. Die Leute machen sich eine Menge Gedanken darüber.« Der Reporter zog die Schultern hoch. »Aber darum kümmern sich andere Leute. Ich habe mir lediglich vorgenommen, euch zwei zusammenzubringen.«

»Er würde mich doch nie empfangen«, erklärte Alan.

»Wenn man ihn darum bitten würde, dann könnte er es sich nicht leisten, das Ersuchen abzulehnen.« Dan Orliffe deutete auf den Zeitungsstapel auf dem Bürostuhl. »Darf ich die mal runternehmen?«

»Aber natürlich.«

Dan ließ die Zeitungen auf den Boden fallen, drehte den Stuhl herum und setzte sich rittlings hin. Er schaute Alan an, die Ellbogen legte er auf die Rückenlehne. »Jetzt überlegen Sie sich doch mal«, argumentierte er ernsthaft, »wenn Sie es bis jetzt noch nicht richtig verstanden haben, lassen Sie es mich genau erklären. Für zehn Millionen Menschen, vielleicht für mehr – für alle Leute, die eine Zeitung lesen, das Fernsehen anschauen oder Radio hören – sind Sie ein wahrer Gralsritter.«

»Gralsritter«, wiederholte Alan. Er fragte neugierig: »Das ist doch aus dem *Parzival*, oder nicht?«

»Ich glaube schon.« Die Stimme klang gleichgültig.

»Ich erinnere mich, daß ich die Geschichte mal gelesen habe«, sagte Alan, »bei den Pfadfindern war das.«

»Von den Pfadfindern sind wir schon lange weg«, sagte der Reporter. »Aber vielleicht ist bei Ihnen etwas hängengeblieben.«

»Aber machen Sie nur weiter«, sagte Alan. »Sie haben da gerade von zehn Millionen Menschen gesprochen.«

»Man hat Sie zu einem Volkshelden gemacht«, sagte Orliffe. »Sie sind eine Art Idol geworden. Ich habe wirklich noch nie so etwas erlebt.«

»Das ist doch eine Gefühlsduselei«, sagte Alan. »Wenn das alles vorbei ist, dann bin ich in zehn Tagen völlig vergessen.«

»Vielleicht schon«, gab Dan zu. »Aber solange Sie noch eine Persönlichkeit im Brennpunkt des öffentlichen Interesses sind, da müssen Sie mit Respekt behandelt werden. Selbst von Premierministern.«

Alan grinste, als erheitere ihn der Gedanke. »Wenn ich den Premierminister um eine Audienz bitten wollte, wie sollten wir das in die Wege leiten?«

»Lassen Sie das nur die *Vancouver Post* machen«, meinte Dan Orliffe. »Howden liebt uns nicht, aber er kann uns auch nicht ignorieren. Außerdem möchte ich gern morgen einen Exklusivbericht bringen. Wir sagen dann, daß Sie um ein Gespräch gebeten haben und jetzt auf die Antwort warten.«

»Jetzt kommen wir der Sache schon näher.« Alan nahm die Füße vom Tisch. »Ich habe mir doch gedacht, daß die Sache irgendwo einen Haken hatte.«

Dan Orliffes Gesicht zeigte eine einstudierte Betroffenheit. »Jeder hat doch sein eigenes Interesse an so einer Sache, aber Sie und ich, wir würden einander helfen und auch Duval. Außerdem würde Howden es nie wagen, bei dieser Vorauspublicity ein Gespräch abzulehnen.«

»Ich weiß nicht. Ich weiß einfach nicht.« Alan stand auf und reckte sich müde. Was nutzt das alles, dachte er. Was konnte schon durch einen weiteren Versuch gewonnen werden?

Dann sah er in Gedanken das Gesicht von Henri Duval vor sich und hinter Duval – überlegen lächelnd und triumphierend – die Gestalt von Edgar Kramer.

Plötzlich hellte sich Alans Gesicht auf, und seine Stimme klang weniger verzagt. »Jetzt ist schon alles egal!« sagte er. »Versuchen wir's doch mal.«

Der Generalsekretär

Der junge Mann mit der Hornbrille hatte gesagt: Ein paar Tage.

Da ein Wochenende dazwischenlag, hatte er vier Tage gebraucht.

In der Geschäftsstelle des Parteivorstandes auf der Sparks Street saß er jetzt Brian Richardson auf der Besucherseite des Schreibtisches gegenüber.

Wie immer war das Büro des Generalsekretärs, das nur sparsam eingerichtet war, erstickend heiß. An zwei Wänden glucksten Dampfheizungen, die voll aufgedreht waren, wie Wasserkessel. Obgleich es erst früher Nachmittag war, hatte Richardson die Jalousien bereits heruntergezogen und die schäbigen Vorhänge geschlossen, um die Zugluft von den rissigen Fenstern des alten Gebäudes abzuhalten. Leider hatte diese Vorkehrung auch die Wirkung, die frische Luft fernzuhalten.

Draußen, wo sich eine Decke arktischer Luft bereits seit Sonntagmorgen auf Ottawa und die ganze Provinz Ontario gelegt hatte, war die Temperatur auf minus einundzwanzig Grad Celsius gesunken. Drinnen, so zeigte ein Tischthermometer an, waren es sechsundzwanzig Grad.

Auf der Stirn des jungen Mannes bildeten sich Schweißperlen. Richardson richtete seine schwere, breitschultrige Gestalt in dem ledernen Kippstuhl auf. »Nun, was gibt's?« fragte er.

»Ich habe, was Sie wollten«, sagte der junge Mann leise. Er legte einen großen braunen Umschlag mitten auf den Schreibtisch. Auf dem Umschlag stand: »Ministerium für Verteidigung.«

»Gut gemacht.« Brian Richardson hatte ein Gefühl wachsender Erregung. Hatte sich sein Verdacht, sein Schuß ins Blaue bezahlt gemacht? Hatte er sich zuverlässig an eine beiläufige Bemerkung, einen angedeuteten Vorwurf, erinnert – vor Jahren auf einer Cocktailparty von einem Mann geäußert, dessen Namen er nie erfahren hatte? Das mußte schon vor fünfzehn, vielleicht sogar vor zwanzig Jahren gewesen sein ... Lange vor seiner eigenen Verbindung zur Partei ... Lange bevor James Howden und Harvey Warrender für ihn mehr bedeuteten als Namen in der Zeitung. So lange zurückliegende Erinnerungen an Menschen, Orte, Zusammenhänge verwischten sich. Und selbst wenn es nicht so war, die ursprünglich geäußerte Beschuldigung konnte von Anfang an unwahr gewesen sein. Er konnte, so dachte er, leicht unrecht haben.

»Ruhen Sie sich erst mal aus«, schlug Richardson vor. »Rauchen Sie doch, wenn Sie mögen.«

Der junge Mann zog ein flaches goldenes Zigarettenetui aus der Tasche, klopfte die Zigarette mit beiden Enden auf und steckte sie dann mit einer kleinen Flamme an, die aus einer Ecke des Etuis kam. Im Nachhinein öffnete er das Etui erneut und bot dem Generalsekretär eine Zigarette an.

»Nein danke.« Richardson hatte bereits eine Tabaksdose aus einer der unteren Schubladen des Schreibtisches hervorgesucht. Er stopfte seine Pfeife und setzte sie in Brand, bevor er den Umschlag öffnete und einen dünnen grünen Schnellhefter herausnahm. Als die Pfeife richtig zog, begann er zu lesen.

Fünfzehn Minuten lang las er schweigend. Nach zehn Minuten wußte er, daß er das vor sich liegen hatte, was er brauchte. Ein Verdacht hatte sich bestätigt, eine Zufallserinnerung war richtig gewesen.

Er schloß den Schnellhefter und sagte zu dem jungen Mann mit der Hornbrille: »Ich brauche diese Akte vierundzwanzig Stunden lang.«

Ohne zu sprechen, die Lippen fest aufeinandergepreßt, nickte sein Gegenüber.

Richardson legte die Hand auf die geschlossene Akte. »Ich nehme an, daß Sie wissen, was hier drin ist.«

»Ja, ich hab die Akte gelesen.« Zwei Farbflecke zeigten sich auf den Backen des jungen Mannes. »Und ich möchte sagen, wenn Sie irgend etwas aus dieser Akte benutzen, ganz egal zu welchem Zweck, dann sind Sie ein noch gemeinerer und schmutzigerer Bastard als ich sowieso schon glaube.«

Einen Augenblick lang wurden die normalerweise geröteten Backen des Generalsekretärs purpurfarben. Seine blauen Augen glänzten stählern. Dann hatte er sichtlich den Ärger überwunden. Er sagte gelassen: »Ihr Engagement macht mir Spaß, aber ich kann Ihnen nur dazu sagen, daß es bisweilen von ausschlaggebender Bedeutung ist, daß jemand im Schlamm wühlt, wenn es ihm auch gar keinen Spaß macht.«

Die Antwort blieb aus.

»Jetzt aber ist es an der Zeit, daß wir über Sie reden«, sagte Richardson. Er griff in einen Ablagekasten, blätterte in den Papieren und nahm zwei aneinandergeheftete Bogen heraus. Als er einen Blick darauf geworfen hatte, fragte er: »Wissen Sie, wo Fallingbrook ist?«

»Ja, in Nordwest Ontario.«

Richardson nickte. »Ich würde vorschlagen, daß Sie sich, so gut Sie können, über diesen Wahlkreis informieren: Über die Gegend, die Einheimischen – dabei kann ich Ihnen helfen –, über die Wirtschaftszweige, die Geschichte und alles, was nötig ist. Dieser Wahlkreis ist seit zwanzig Jahren von Hal Tedesco vertreten worden. Er kandidiert nicht mehr bei der nächsten Wahl, obwohl das bisher noch nicht bekanntgegeben worden ist. Fallingbrook ist ein zuverlässiger, sicherer Wahlkreis, und der Premierminister wird Sie als Kandidat unserer Partei nominieren.«

»Naja«, sagte der junge Mann grollend, »Sie verschwenden wirklich keine Zeit.«

Richardson sagte pointiert: »Wir haben einen Vertrag miteinander geschlossen. Sie haben Ihren Teil erfüllt, ich halte also mein Wort.« Er deutete auf die Akte auf seinem Schreibtisch und fügte hinzu: »Sie bekommen morgen diesen Umschlag zurück.«

Der junge Mann zögerte. Er sagte unsicher: »Ich weiß nicht, was ich jetzt sagen soll.«

»Dann sagen Sie am besten gar nichts«, riet ihm Richardson. Zum ersten Mal grinste er. »Das ist ein Teil

435

der Schwierigkeiten, die die Politik so mit sich bringt. Zuviele Leute reden zuviel.«

Als er eine halbe Stunde später die Akte noch einmal durchgelesen hatte, diesmal sorgfältiger, zog er eines der beiden Telefone auf seinem Schreibtisch zu sich heran. Das war eine direkte Außenleitung. Er wählte die Zentrale des Regierungsgebäudes und bat dann, mit dem Einwanderungsministerium verbunden zu werden. Nach dem Gespräch mit einer weiteren Telefonistin und zwei Sekretärinnen hatte er schließlich den Minister an der Leitung.

Harvey Warrenders Stimme dröhnte im Hörer: »Was kann ich für Sie tun?«

»Ich möchte Sie gern kurz sprechen, Herr Minister.« Mit den meisten Kabinettsmitgliedern duzte sich Brian Richardson. Warrender war eine der wenigen Ausnahmen.

»Ich habe jetzt eine Stunde Zeit«, sagte Harvey Warrender, »wenn Sie da herüberkommen wollen.«

Richardson zögerte. »Das möchte ich lieber nicht tun, wenn es Ihnen nichts ausmacht. Ich habe da ein ziemlich persönliches Anliegen. Am liebsten wäre es mir, wenn ich heute abend zu Ihnen nach Hause kommen könnte. Sagen wir etwa um acht Uhr.«

Der Minister bestand darauf: »Wir können uns in meinem Büro ganz vertraulich unterhalten.«

Der Geschäftsführer erwiderte geduldig: »Ich würde dennoch lieber zu Ihnen nach Hause kommen.«

Es war offensichtlich, daß Harvey Warrender es gar nicht gern hatte, wenn man ihm seine Pläne durchkreuzte. Er sagte grollend: »Ich mag diese Mystifizierung nicht. Worum geht es denn eigentlich?«

»Wie ich schon sagte, es handelt sich um eine persönliche Angelegenheit. Ich glaube, daß Sie mir heute abend zustimmen werden, wenn ich sage, wir sollten uns darüber nicht am Telefon auslassen.«

»Hören Sie mal, wenn es sich um diesen gottverdammten blinden Passagier handelt . . .«

Richardson fiel ihm ins Wort: »Mit dem hat es gar nichts zu tun.« Wenigstens nicht direkt, dachte er. Nur

436

indirekt, durch eine heimtückische Verkettung von Ereignissen, die der blinde Passagier – völlig unschuldig an der Entwicklung – ins Rollen gebracht hatte.

»Naja, gut«, gestand der Einwanderungsminister schließlich widerwillig zu. »Wenn Sie unbedingt müssen, kommen Sie zu mir nach Hause. Ich erwarte Sie dann um acht Uhr.«

Es klickte in der Leitung. Warrender hatte aufgehängt.

2

Die Residenz des Ehrenwerten Harvey Warrender war ein eindrucksvolles zweistöckiges Haus in Rockliffe Park Village, im Nordosten von Ottawa. Wenige Minuten nach acht beobachtete der Generalsekretär, wie die Scheinwerfer seines Jaguars die Kurven der mit Bäumen bestandenen Boulevards dieses Stadtteils ausleuchteten, der einmal viel prosaischer McKays Busch geheißen hatte und jetzt das elegante exklusive Wohnviertel für die Elite der Hauptstadt darstellte.

Das Haus Warrenders, das Richardson nach einigen weiteren Autominuten erreichte, lag in einem großen kunstvoll angelegten Park mit dichtem Baumbestand. Man näherte sich ihm auf einer langen geschwungenen Auffahrt. Das Haus selber, das mit seiner Front aus Bruchsteinen überraschend wirkte, hatte weiße Doppeltüren, die von zwei weißen Säulen flankiert wurden. Nach Westen und Osten – hinter den angrenzenden Rasenflächen wie Richardson wußte – lagen die Häuser des französischen Botschafters und eines Richters am Obersten Gerichtshof, und der Oppositionsführer Bonar Deitz wohnte direkt gegenüber.

Er parkte den Jaguar in der Auffahrt, ging dann zwischen den Säulen hindurch und drückte auf die erleuchtete Klingel. Drinnen im Haus ertönte leise ein Glockenspiel.

Der Minister für Einwanderung, in Hausjacke und mit roten Lederpantoffeln, öffnete eine der weißen Doppeltüren persönlich und schaute nach draußen. »Oh«,

437

sagte er, »Sie sind es. Dann kommen Sie doch bitte herein.«

Ton und Haltung waren wenig einladend. Auch machte sich ein leichtes Schleppen der Sprache bemerkbar, offensichtlich das Ergebnis – so nahm Richardson an – des großen Glases puren Whiskys, das Harvey Warrender in der Hand hielt, und vermutlich mehrerer anderer, die ihm vorausgegangen waren. Das war keine Situation, dachte er, die ihm bei dem, was er sich vorgenommen hatte, sehr zustatten kommen würde. Vielleicht allerdings doch, denn bei manchen Leuten war die Wirkung von Alkohol nicht vorauszusehen.

Der Generalsekretär trat ein und schritt über einen weichen Perserteppich, der mitten auf dem Parkett der weiten Empfangshalle lag. Harvey Warrender deutete auf einen Queen-Anne-Sessel mit gerader Lehne. »Legen Sie doch ab«, befahl er fast, dann ging er, ohne abzuwarten, die Vorhalle entlang auf eine Tür zu, die bereits offenstand. Richardson zog seinen schweren Mantel aus und folgte ihm.

Warrender nickte in Richtung des Raumes, dessen Tür offenstand, und Richardson ging ihm in ein geräumiges, fast quadratisches Arbeitszimmer voraus. Drei der Wände waren vom Boden bis zur Decke mit Büchern zugestellt, zahlreiche von ihnen mit teurem Handeinband. Ein massiver Kamin aus Feldsteinen bildete das Zentrum der vierten mahagonigetäfelten Wand. Ein Feuer mußte hier zuvor gebrannt haben, jetzt jedoch lagen nur noch ein paar angekohlte Scheite glimmend auf dem Rost. Ein dunkel polierter Mahagonischreibtisch stand seitlich. Im ganzen Zimmer waren Ledersessel verteilt.

Aber beherrscht wurde das Zimmer durch ein Bild über dem Kamin.

Eine rechteckige Nische war in die Täfelung der Wand eingelassen worden, und darin – beleuchtet durch geschickt verborgene Leuchtkörper – hing das Gemälde eines jungen Mannes in Luftwaffenuniform. Es war ein ähnliches, wenn auch größeres Ölbild als das, was sich in Harvey Warrenders Büro befand.

Unter dem Bild standen drei Gegenstände auf einem Sims, wie Richardson bemerkte. Das Modell eines Moskito-Bombers aus dem Zweiten Weltkrieg, eine zusammengefaltete Karte in einem Kunststoffumschlag und dazwischen eine Luftwaffen-Offiziersmütze, deren Stoff und Kokarde verschmutzt und verblichen waren. Schaudernd erinnerte sich der Generalsekretär an Millys Worte: »Eine Art Hausaltar!«

Harvey Warrender war direkt hinter ihm eingetreten. »Sie betrachten da meinen Sohn Howard«, sagte er. Diese Bemerkung klang etwas freundlicher als seine bisherigen. Sie teilte sich außerdem durch eine deutlich bemerkbare Whiskyfahne mit.

»Ja«, sagte Richardson, »das habe ich mir wohl gedacht.« Er hatte das Gefühl, ein Ritual mitmachen zu müssen, dem sich alle Besucher zu unterwerfen hatten. Er mußte so schnell wie möglich zur Sache kommen.

Aber Harvey Warrender ließ sich nicht abschrecken. »Sie fragen sich vielleicht, was das für Gegenstände unter dem Bild sind«, sagte er. »Die Sachen haben alle Howard gehört. Sie wurden mir zurückgeschickt – alles, was er hatte, als er an der Front gefallen war. Ich habe einen ganzen Schrank voll, und ich wechsle die Sachen alle paar Tage aus. Morgen nehme ich das Flugzeugmodell weg und lege einen kleinen Taschenkompaß hin. In der nächsten Woche ersetze ich dann die Karte durch eine Brieftasche von Howard. Die Mütze ist meist dort. Manchmal habe ich das Gefühl, er kommt hier ins Zimmer und setzt seine Mütze auf.«

Was konnte man darauf antworten, dachte Richardson. Er fragte sich, wieviele Leute schon die gleiche Peinlichkeit empfunden hatten. Eine ganze Anzahl wohl, wenn das Gerücht zutraf.

»Er war ein feiner Kerl«, sagte Warrender. Seine Aussprache war immer noch vom Alkohol verzerrt. »Er hatte einen anständigen Charakter. Durch und durch ein feiner Kerl, und als Held ist er gestorben. Ich darf annehmen, daß Sie das schon gehört haben.« Dann schärfer: »Sie müssen es schon gehört haben.«

439

»Naja«, begann Richardson und hielt dann inne. Er hatte das Gefühl, was immer er auch sagte, er würde den Wortschwall des anderen nicht eindämmen können.

»Es war bei einem Luftangriff über Frankreich«, sagte der Einwanderungsminister. Seine Stimme wurde gefühlvoll, als habe er die Geschichte schon unzählige Male zuvor erzählt. »Sie flogen Moskitos, die zweisitzigen Bomber, die so aussahen wie dieses kleine Modell hier. Howard mußte gar nicht an die Front. Er hatte schon mehr Einsätze geflogen als notwendig, aber er meldete sich freiwillig. Er war der Staffelkapitän.«

»Verzeihen Sie«, warf Richardson ein, »meinen Sie nicht, wir sollten . . .« Er wollte diese Entwicklung aufhalten; wollte sie jetzt sofort beenden . . .

Warrender hörte die Unterbrechung nicht einmal. Er fuhr fort: »Dank Howard war der Angriff ein voller Erfolg. Das Ziel wurde schwer verteidigt, aber sie haben es beklotzt. So pflegten sie zu sagen: ›das Ziel beklotzen‹.«

Mit einem Gefühl der Hilflosigkeit hörte der Generalsekretär zu.

»Dann wurde auf dem Rückflug Howards Maschine getroffen, und Howard wurde tödlich verletzt. Aber er flog weiter . . . Ein angeschossenes Flugzeug . . . das sich Kilometer um Kilometer zurückkämpfte. Und Howard wollte den Beobachter retten . . . obwohl er ja selbst im Sterben lag.« Warrenders Stimme überschlug sich, dann schien es, als habe er ein Schluchzen unterdrückt.

O Gott, dachte Richardson, um Gottes Willen, ich muß dieser Geschichte ein Ende machen. Aber es ging noch weiter.

»Er hat den Rückflug geschafft . . . und ist gelandet; der Beobachter war in Sicherheit . . . und Howard starb.« Jetzt schlug die Stimme um und wurde streitbar. »Man hätte ihm doch wenigstens posthum das Viktoriakreuz oder wenigstens die Flugspange verleihen können. Heute meine ich ja manchmal noch, daß ich mich darum bemühen sollte . . . Howard zuliebe wenigstens.«

»Tun Sie das nicht!« Der Geschäftsführer sprach jetzt lauter, er war entschlossen, sich Gehör zu verschaffen.

»Lassen Sie doch die Vergangenheit schlafen! Lassen Sie Vergangenes in Ruhe.«

Der Einwanderungsminister hob sein Glas und trank es aus. Er winkte Richardson zu. »Wenn Sie einen Drink wollen, mixen Sie sich einen.«

»Danke schön.« Brian Richardson wandte sich dem Schreibtisch zu, auf dem ein Tablett mit Gläsern, Eis und Flaschen stand. Er goß sich großzügig einen Rye ein, fügte Eis und Ginger Ale hinzu.

Als er sich umdrehte, stellte er fest, daß Harvey Warrender ihn aufmerksam betrachtete. »Ich hab Sie ja nie gemocht«, sagte der Einwanderungsminister. »Schon gleich von Anfang an konnte ich Sie nicht ausstehen.«

Brian Richardson zuckte mit den Schultern. »Da sind Sie sicher nicht der einzige.«

»Sie waren Jim Howdens Mann, nicht meiner«, blieb Warrender beim Thema. »Als Jim Sie zum Generalsekretär der Partei machen wollte, hab ich mich dagegen gewandt. Ich nehme an, daß Ihnen Jim das auch erzählt hat, daß er versucht hat, Sie gegen mich aufzuhetzen.«

»Nein, das hat er mir nie gesagt.« Richardson schüttelte den Kopf. »Und ich glaube auch nicht, daß er mich gegen Sie aufhetzen will. Dafür hätte er doch keinen Grund.«

Abrupt fragte Warrender: »Was haben Sie eigentlich im Krieg gemacht?«

»Ach, ich war eine Zeitlang bei der Infanterie. Nichts Besonderes erlebt.« Er verkniff sich, die drei Jahre in der Wüste zu erwähnen – Nordafrika, dann Italien, in einigen der härtesten Schlachten des Krieges. Der Exfeldwebel Richardson sprach heute nur noch selten davon, selbst im Kreis enger Freunde. Kriegserinnerungen, die Parade bedeutungsloser Siege langweilten ihn.

»Das ist ja das Schlimme bei Euch Etappenhasen. Ihr seid alle durchgekommen. Aber die Wertvollsten...« Harvey Warrenders Blick richtete sich wieder auf das Porträt. »... Von denen sind viele nicht mehr zurückgekommen.«

»Herr Minister«, sagte der Generalsekretär, »könnten

wir uns nicht setzen? Ich möchte mit Ihnen eine ganz bestimmte Angelegenheit erörtern.« Er wollte das alles hinter sich bringen, um wieder fort, aus diesem Haus hinaus zu kommen. Zum ersten Mal fragte er sich, ob Harvey Warrender überhaupt normal war.

»Nur zu.« Der Einwanderungsminister deutete auf zwei einander gegenüberstehende Sessel. Richardson ließ sich in einen der Sessel fallen, während Warrender zum Schreibtisch hinüberging und sich Whisky in sein Glas goß. »Dann man los«, sagte er und setzte sich, »schießen Sie los.«

Richardson beschloß, daß es wohl das beste sei, wenn er gleich zur Sache käme.

Zurückhaltend sagte er: »Ich weiß von der Übereinkunft zwischen Ihnen und dem Premierminister – der Parteivorsitz, die kommerzielle Fernsehlizenz, alles, was damit in Zusammenhang steht.«

Es herrschte ein verdutztes Schweigen. Dann fauchte Harvey Warrender mit zusammengekniffenen Augen: »Das hat Ihnen Howden erzählt. Er ist ein betrügerischer . . .«

»Nein.« Richardson schüttelte heftig den Kopf. »Der Chef hat es mir nicht gesagt, und er weiß nicht einmal, daß ich davon Wind bekommen habe. Wenn er es wüßte, wäre er wahrscheinlich außer sich.«

»Sie verlogener Bastard!« Warrender sprang auf, schwankte unsicher.

»Sie können denken, was Sie wollen«, sagte Richardson ganz ruhig. »Aber warum sollte ich mir die Mühe machen zu lügen? Es ist doch schließlich völlig egal, *wie* ich davon erfahren habe. Jedenfalls ist es eine Tatsache, daß ich Bescheid weiß.«

»Nun gut«, tobte Warrender los, »da sind Sie also hierher gekommen, um mich zu erpressen. Ich will Ihnen nur eins sagen, Sie aufgeblasener Pfau von einem Generalsekretär, es macht mir überhaupt nichts aus, wenn unser kleines Geschäft bekannt wird. Obwohl Sie mir hier mit Offenlegung drohen, werde ich doch zuletzt lachen. Ich werde Ihnen die Schau stehlen. Ich rufe jetzt die Presse

442

an und erzähle es den Jungens – hier heute abend noch!«

»Bitte setzen Sie sich doch«, sagte Brian Richardson. »Sollten wir nicht etwas leiser sprechen? Vielleicht stören wir Ihre Frau.«

»Die ist ausgegangen«, sagte Harvey Warrender kurz. »Außer uns ist niemand im Hause.« Aber er setzte sich doch wieder.

»Ich bin doch nicht hierhergekommen, um Ihnen zu drohen«, sagte der Geschäftsführer. »Ich bin gekommen, um zu bitten.« Er würde es zunächst einmal so versuchen, dachte er. Er hatte wenig Hoffnung auf Erfolg, aber die Alternative durfte nur benutzt werden, wenn alles andere fehlgeschlagen war.

»Bitten?« fragte Warrender. »Was meinen Sie mit bitten?«

»Genau das. Ich bitte Sie, den Chef doch endlich freizugeben, lassen Sie die Vergangenheit ruhen. Geben Sie mir diese schriftliche Vereinbarung . . .«

»O ja«, sagte Warrender sarkastisch, »ich hab mir schon gedacht, daß Sie dazu noch kommen würden.«

Richardson versuchte, seine Stimme überzeugend klingen zu lassen: »Daraus kann doch jetzt nichts Gutes mehr kommen, Herr Minister. Sehen Sie das nicht?«

»Was ich plötzlich ganz klar sehe, ist, warum Sie dies tun. Sie versuchen, sich selbst nur zu schützen. Wenn ich Jim Howden bloßstelle, dann ist er erledigt, und wenn Jim Howden abtritt, dann sind Sie auch geliefert.«

»Das würde wohl so sein«, sagte Richardson müde. »Und Sie können mir das glauben oder nicht, aber ich habe mir darüber wirklich noch keine Gedanken gemacht.«

Das stimmte wirklich, dachte er. Diese Möglichkeit war bei seinen Überlegungen an allerletzter Stelle gekommen. Er fragte sich, warum er hier jetzt saß? War es die persönliche Loyalität gegenüber James Howden? Zu einem Teil sicher. Aber die wirkliche Antwort mußte eigentlich umfassender sein. War es denn nicht richtig, daß Howden – bei allen Fehlern – für das Land als Premierminister gut gewesen war? Welche Ablässe er sich auch immer hatte verkaufen lassen – als Mittel, die Macht zu behalten –, hatte er seinerseits nicht mehr, wesentlich mehr dafür gegeben? Er verdiente ein besseres Schicksal – und auch Kanada – als Schande und Bloßstellung. Vielleicht, dachte Brian Richardson, war das, was er jetzt hier tat, eine Art Patriotismus, wenn auch eine verquere Art.

»Nein«, sagte Harvey Warrender. »Meine Antwort ist endgültig und unwiderruflich nein.«

Dann mußte also die Waffe doch angewendet werden. Es herrschte Schweigen, als die beiden einander abschätzten.

»Wenn ich Ihnen mitteilen würde«, sagte der Generalsekretär langsam, »daß ich ganz bestimmte Kenntnisse habe, die Sie dazu zwingen würden, Ihre Haltung zu ändern ... Kenntnisse, die ich selbst unter vier Augen mit Ihnen nur äußerst ungern erörtern möchte ... Würde sich dann Ihre Einstellung ändern, selbst jetzt noch?«

Der Einwanderungsminister sagte fest: »Es gibt nichts, weder im Himmel noch auf Erden, was mich dazu bringen könnte, das soeben Gesagte zu widerrufen.«

»Ich glaube aber doch, daß es so etwas gibt«, sagte Brian Richardson fest, aber leise. »Wissen Sie, ich weiß die Wahrheit über Ihren Sohn.«

Es schien, als wolle das Schweigen im Raum nie enden. Schließlich flüsterte der bleichgewordene Harvey Warrender: »Was wissen Sie?«

»Um Himmels willen«, sagte Richardson dringlich, »ist es denn nicht genug, daß ich Bescheid weiß? Ersparen Sie mir doch, jedes einzelne Wort zu erzählen.«

Immer noch ein Flüstern: »Sagen Sie mir genau, was Sie wissen.«

Es konnte also nicht bei der Andeutung bleiben, es blieb nichts ungesagt. Die harte und tragische Wahrheit mußte heraus.

»Nun gut«, sagte Richardson leise. »Aber es tut mir leid, daß Sie darauf bestehen.« Er schaute dem anderen direkt in die Augen. »Ihr Sohn Howard war nie ein Held. Er kam wegen Feigheit vor dem Feind vor das Kriegsgericht. Er wurde verurteilt, weil er seine Kameraden verlassen und gefährdet hatte und weil er für den Tod seines eigenen Beobachters verantwortlich war. Das Kriegsgerichtsverfahren stellte seine Schuld im Sinne der Anklage fest. Er erwartete das Urteil, als er sich aufhängte.«

Alle Farbe war aus Harvey Warrenders Gesicht gewichen.

Zögernd und doch bestimmt fuhr Richardson fort: »Ja, es hat tatsächlich einen Luftangriff mit einem Zielort in Frankreich gegeben. Ihr Sohn aber hat den Angriff nicht geleitet, er befehligte nur seine eigene Maschine mit einem einzigen Beobachter. Freiwillig hatte er sich auch nicht gemeldet. Es handelte sich um seinen ersten Feindflug, den allerersten.«

Die Lippen des Generalsekretärs waren trocken. Er befeuchtete sie mit der Zunge und fuhr dann fort: »Die Staffel flog in Abwehrformation. In der Nähe des Zielgebietes wurde sie stark durch Flak angegriffen. Die anderen Maschinen kämpften sich durch und setzten ihre Bomben ins Ziel. Einige wurden abgeschossen. Ihr Sohn – und das trotz der Bitten seines eigenen Beobachters – brach aus der Staffel aus und flog zurück und machte dadurch seine Staffelkameraden verletzlich.«

Warrenders Hände zitterten, als er das Whiskyglas abstellte.

»Auf dem Rückflug«, sagte Richardson, »wurde die Maschine durch Granatfeuer getroffen. Der Beobachter wurde schwer verwundet, aber Ihr Sohn blieb völlig unverletzt. Dennoch verließ Ihr Sohn den Pilotensitz und weigerte sich zu fliegen. Der Beobachter übernahm trotz seiner Verwundung und trotz der Tatsache, daß er kein ausgebildeter Pilot war, den Steuerknüppel und versuchte, die Maschine zum Heimatflughafen zurückzubringen.«

... Wenn er die Augen schloß, dann konnte er sich die Szene genau vorstellen: Die winzig kleine, überfüllte Kanzel mit dem unerträglichen Lärm, jetzt voll Blut des verletzten Beobachters. Das Motorengeräusch, ohrenbetäubend, das große Loch, wo die Flakgranate eingeschlagen war, der Wind, der sich darin fing, und drau-

445

ßen das Aufbellen der Fliegerabwehr. Und drinnen . . .
Furcht überall, wie eine dichte widerlich stinkende Wolke.
Und in einer Ecke der Kanzel eine zusammengekauerte,
verzweifelte Gestalt . . .

Du armes Schwein, dachte Richardson. Du armes
Schwein. Du bist einfach zusammengebrochen, das ist
alles. Du hast die Grenzlinie überschritten, bei der schon
viele von uns geschwankt haben. Du hast das getan, was
andere oft genug tun wollten. Weiß Gott. Wer sind wir
schon, daß wir jetzt mit Steinen auf dich werfen?

Tränen strömten über Harvey Warrenders Gesicht. Er
stand auf und sagte mit gebrochener Stimme: »Das ist
genug. Ich will nichts mehr hören.«

Richardson hielt inne. Es war auch nur noch wenig
hinzuzufügen: Die Bruchlandung in England – so gut wie
der Beobachter sie ausführen konnte. Die beiden waren
aus dem Wrack gezogen worden. Howard Warrender war
auf unbegreifliche Weise unverletzt, der Beobachter lag
im Sterben . . . Später sagten dann die Sanitäter, daß er
durchgekommen wäre, wenn er nicht durch die Erschöpfung beim Rückflug so viel Blut verloren hätte . . . Das
Kriegsgerichtsverfahren; der Urteilsspruch – schuldig . . .
Selbstmord . . . Und dann, letzten Endes, nachdem die
Berichte entsprechend schön gefärbt wurden, war die Angelegenheit abgeschlossen worden.

Harvey Warrender hatte jedoch davon gewußt. Er
hatte die Wahrheit gekannt, obwohl er die falsche und
törichte Legende eines Heldentodes darum gewoben
hatte.

»Was wollen Sie?« fragte er mit schwankender Stimme.
»Was wollen Sie von mir?«

Richardson sagte es geradeheraus: »Die schriftliche
Vereinbarung, die Sie und der Chef unterschrieben
haben.«

Ganz kurz glühte noch ein Funke des Widerstandes
auf. »Und wenn ich nicht nachgebe?«

»Ich hatte gehofft«, sagte Richardson, »daß Sie mir die
Frage nicht stellen würden.«

»Ich stelle sie aber jetzt.«

Der Generalsekretär seufzte tief. »In dem Falle werde ich das Protokoll des Kriegsgerichtsverfahrens zusammenfassen und das Ganze vervielfältigen lassen. Die Kopien werden anonym in neutralen Briefumschlägen an jedermann, der in Ottawa eine gesellschaftliche Stellung hat, verschickt – an Unterhausabgeordnete, Minister, die Presse, an Beamte, an Ihre eigenen Abteilungsleiter im Ministerium.«

»Sie Schweinehund!« Warrenders Stimme schien zu ersticken. »Sie verotteter, bösartiger Schweinehund.«

Richardson zog die Schultern hoch. »Ich möchte es nicht tun, es sei denn, Sie zwingen mich dazu.«

»Die Leute würden Verständnis haben«, sagte Harvey Warrender. Farbe kehrte in sein Gesicht zurück. »Ich sage Ihnen: Die verstehen das und haben Mitgefühl. Howard war jung, er war ja noch ein Kind ...«

»Die Leute hätten immer Mitgefühl gezeigt«, sagte Richardson. »Und auch jetzt haben sie vielleicht Mitleid für Ihren Sohn, aber nicht für Sie. Das wäre früher vielleicht der Fall gewesen, aber heute nicht mehr.« Er nickte in Richtung des Porträts in der erleuchteten Nische. Die absurden und nutzlosen Reliquien lagen darunter. »Sie werden sich an diese Scharade erinnern und ganz Ottawa wird über Sie lachen.«

In Gedanken fragte er sich, ob das wirklich so wäre. Es würde sicherlich nicht an Neugier und an Spekulationen fehlen, aber zu lachen gäbe es wohl wenig. Manchmal waren die Menschen einer unerwarteten Tiefe des Verständnisses und des Mitgefühls fähig. Die meisten würden sich vielleicht fragen, welch wunderliche Geistesverirrung Harvey Warrender zu der Täuschung, die er aufrechterhalten hatte, geführt haben mochte. Waren seine eigenen Träume vom Ruhm auf seinen Sohn projiziert worden? Hatte die bittere Enttäuschung, die Tragödie des Todes seinen Geist verwirrt? Richardson fühlte lediglich eine Art schmerzhaften Mitleids.

Warrender jedoch glaubte, daß man ihn auslachen würde. Seine Gesichtsmuskeln zuckten. Plötzlich eilte er zum Kamin hinüber und griff einen Schürhaken vom danebenstehenden Ständer. Er schwang ihn über den Kopf und schlug dann unbeherrscht auf das Porträt ein und ließ nicht ab, bis nur noch der Rahmen und einige Leinwandfetzen übrig waren. Mit einem einzigen Schlag zerschmetterte er das kleine Flugzeug und warf dann die Kartentasche und die ausgebleichte Mütze darunter in das Feuer. Er drehte sich um und atmete hektisch. Er fragte: »Nun, sind Sie jetzt zufrieden?«

Richardson stand auf. Er sagte ruhig: »Es tut mir leid, daß Sie das getan haben. Das war nicht notwendig.«

Jetzt kamen wieder die Tränen. Der Einwanderungsminister ging fast mit einer gewissen Ergebenheit zu einem Sessel hinüber. Wie instinktiv griff er nach dem Whiskyglas, das er zuvor abgesetzt hatte. »Gut«, sagte er leise, »ich gebe Ihnen unseren Vertrag.«

»Und alle Kopien, sowie Ihre Zusage, daß keine weiteren Kopien bestehen?«

Warrender nickte.

»Wann?«

»Ich brauche zwei oder drei Tage. Ich muß nach Toronto fahren. Die Papiere sind dort in einem Safe.«

»In Ordnung«, sagte Richardson. »Wenn Sie die Vereinbarung abgeholt haben, dann möchte ich, daß Sie sie gleich dem Chef übergeben. Er darf nicht erfahren, was hier heute abend passiert ist. Das ist ein Teil unserer Absprache. Ist Ihnen das klar?«

Wieder ein Nicken.

So mußte Richardson die Übereinkunft auf Treu und Glauben annehmen. Aber ein Zurück gab es für Warrender jetzt nicht mehr. Dessen war sich Richardson gewiß.

Harvey Warrender hob den Kopf, und in seinen Augen zeigte sich Haß. Richardson dachte, es war erstaunlich, wie der Gemütszustand dieses Mannes sich so schnell von einem Extrem zum anderen wenden konnte.

»Es gab einmal eine Zeit«, sagte Warrender gemessen, »da hätte ich Sie erledigen können.« Mit einem Anflug von Gereiztheit fügte er hinzu: »Ich bin ja schließlich immer noch im Kabinett.«

Richardson zog unbeteiligt die Schultern hoch. »Das

kann schon sein. Aber, wenn ich ganz ehrlich sein soll, ich glaube, daß Ihnen jetzt alles egal ist.« An der Tür wandte er den Kopf und rief über die Schulter zurück: »Stehen Sie nicht auf, ich finde schon meinen Weg.«

3

Als er losfuhr, machte sich die Reaktion bei ihm bemerkbar: Scham, Ekel, eine tiefe Depression.

In diesem Augenblick sehnte sich Brian Richardson nach warmer menschlicher Gemeinschaft mehr als nach irgend etwas anderem. Als er sich dem Stadtzentrum näherte, hielt er an einer Telefonzelle an und ließ den Motor des Jaguar laufen. Er wählte Millys Telefonnummer. Insgeheim flehte er: Bitte, sei doch zu Hause; ich brauche dich heute nacht. Bitte, bitte. Das Rufzeichen war fortwährend zu hören und blieb unbeantwortet. Schließlich hängte er ein.

Da mußte er wohl in seine eigene Wohnung zurück. Er ertappte sich dabei, daß er sogar hoffte, dieses eine Mal möge Eloise zu Hause sein. Er ging durch die leeren, einsamen Zimmer, nahm dann ein großes Glas, eine ungeöffnete Flasche Rye und fing an, sich systematisch zu betrinken. Zwei Stunden später, kurz nach ein Uhr morgens, schloß Eloise Richardson, kühl, schön und elegant gekleidet, die Wohnungstür auf. Als sie ins Wohnzimmer trat – mit den cremefarbenen Wänden und den schwedischen Nußbaummöbeln –, da fand sie ihren Mann auf dem weißen Teppich ausgestreckt, betrunken schnarchend. Neben ihm lag eine leere Flasche und ein umgekipptes Glas.

Sie rümpfte in verachtungsvollem Ekel die Nase, dann ging Eloise in ihr eigenes Schlafzimmer und verschloß – wie üblich – die Tür hinter sich.

Richter Willis

Im Arbeitszimmer seiner Suite im Hotel Vancouver gab James Howden seinem Assistenten Elliot Prowse eine Dollarnote. »Gehen Sie doch bitte mal runter zum Empfang«, sagte er, »und holen Sie mir sechs Schokoladentafeln.«

Wenn er je dazu kommen sollte, seine Memoiren zu schreiben, beschloß er, dann würde er darauf hinweisen, daß einer der Vorzüge des Premierministeramtes darin bestand, daß man jemanden wegschicken konnte, um einem Süßigkeiten zu holen. Das mußte doch sicherlich für jedes ehrgeizige Kind ein Ansporn sein!

Als der junge Mann – wie üblich mit ernsthaft verschlossenem Gesicht – gegangen war, machte James Howden die Tür zum äußeren Zimmer zu und isolierte sich somit vom Geräusch der Telefone und der klappernden Schreibmaschinen, an denen freiwillige Parteifreunde zeitweilig arbeiteten. Er setzte sich in einen Sessel und überdachte den bisherigen Ablauf seiner Blitzreise.

Ohne Frage erwies sich diese Tour als ein brillanter persönlicher Erfolg.

In seiner ganzen politischen Karriere war James Howden nie zu einer größeren Höhe der Rhetorik aufgestiegen, noch hatte er je zuvor die Zuhörerschaft wirkungsvoller für sich zu gewinnen versucht. Die Ghostwriter für seine Reden, die von Brian Richardson verpflichtet worden waren – einer aus Montreal, der andere ein Journalist von *Time* und *Life* aus New York –, hatten ihre Arbeit gut gemacht. Aber noch besser waren bisweilen Howdens eigene Improvisationen, wenn er die vorbereiteten Manuskripte weglegte und mit Überzeugung und einem ehrlichen Gefühl redete, das sich auf die meisten Zuhörer direkt übertrug.

Vorwiegend sprach er – vorbereitet und unvorbereitet – vom Erbe Nordamerikas und vom Druck der rivalisierenden Ideologien, der das Überleben dieses Kontinents bedrohte. Er erklärte, daß jetzt die Zeit für Einigkeit gekommen sei, eine Zeit, mit allem Kleinlichen und Verzagten Schluß zu machen, eine Zeit, sich über Bagatellen hinwegzusetzen und das große Ziel der Freiheit des Menschen vorrangig zu behandeln.

Die Menschen reagierten, als hätten sie genau diese Worte hören wollen. Sie reagierten, als wäre ihnen hier die Führerpersönlichkeit beschert worden, die sie ersehnten . . .

Wie geplant hatte der Premierminister den Unionsvertrag nicht erwähnt. Der Verfassung nach mußten solche Pläne zunächst dem Parlament unterbreitet werden.

Aber er verbreitete das Gefühl, daß der Moment zum Aufbruch gekommen sei, daß das Volk bereit sei für eine engere Vereinigung mit den Vereinigten Staaten. James Howden spürte es, und sein politischer Instinkt für den Wandel, der sich ankündigte, war selten falsch gewesen.

In Toronto waren die Zuhörer jubelnd aufgestanden und hatten ihm minutenlang Beifall gespendet. In Fort William, in Winnipeg, Regina, Calgary und in Edmonton hatte man ihn genauso oder in ähnlicher Weise empfangen. Jetzt war er zu seiner letzten Station vor der Rückkehr an die Ostküste nach Vancouver gekommen, wo er heute abend im Queen Elizabeth Theater zu dreitausend Menschen sprechen würde. Die Berichterstattung der Presse und auch die Reaktion auf seine Reise in den Leitartikeln war ungewöhnlich gut gewesen. In den Zeitungen und auch im Fernsehen und im Funk wurden seine Reden stets zu Beginn gebracht. Howden dachte, daß er außergewöhnliches Glück gehabt hatte, weil während der vergangenen Tage bemerkenswert wenig konkurrenzfähige Nachrichten angefallen waren und weil bisher weder eine Katastrophe noch ein aufsehenerregendes Sexualverbrechen oder ein kleiner Krieg in irgendeinem Teil der Welt dazwischengekommen war, um seine Reise aus dem Rampenlicht der Öffentlichkeit zu drängen.

Es traf zu, daß es zu geringfügigen Unannehmlichkeiten gekommen war. Der Fall des Einwanderungskandidaten

Henri Duval wurde immer noch täglich in den Zeitungen erwähnt, und die Kritik an der Haltung der Regierung in dieser Angelegenheit hatte angedauert. Es hatte auch Demonstrationen gegeben, und zwar in jedem Ort auf seiner Reise, wo Plakate zur Unterstützung des blinden Passagiers gezeigt wurden. Bei einigen seiner Veranstaltungen, die mit Diskussion geführt wurden, hatte es auch zu dieser Frage kritische Einwürfe gegeben. Aber er fühlte, daß die Unruhe abebbte, daß die Angelegenheit weniger interessant wurde – vielleicht, weil nichts eher der Vergessenheit anheim fällt als die Begeisterung für eine verlorene Sache.

Er wünschte, daß der junge Prowse sich beeilen möge.

Einen Augenblick später kam Prowse mit vor Schokoladentafeln prallgefüllten Taschen ins Zimmer.

»Möchten Sie einen Riegel?« fragte der Premierminister. Er nahm das Papier ab und begann zufrieden zu kauen.

»Nein, danke, Sir«, erwiderte sein Assistent, »wenn ich ganz ehrlich bin, ich mach mir nicht viel aus Süßigkeiten.«

Das kann ich mir denken, dachte Howden. Laut sagte er: »Haben Sie mit dem verantwortlichen Beamten für die Einwanderung gesprochen?«

»Ja, er war heute morgen hier. Er heißt Kramer.«

»Was weiß er von dieser Duval-Angelegenheit zu berichten?«

»Er hat mir gesagt, daß die Leute, die diesen Mann unterstützen, rechtlich keine weiteren Schritte unternehmen können. Der Fall ist praktisch erledigt.«

Nur Elliot Prowse, dachte Howden, pflegte Wörter wie »praktisch erledigt« in der Konversation zu gebrauchen. »Na ja«, sagte er, »hoffentlich hat er diesmal recht. Ich kann Ihnen aber doch gestehen, daß ich froh bin, wenn der Leichnam weggeschafft ist. Wann läuft das Schiff aus?«

»Übermorgen abend.«

Am selben Tag, dachte Howden, an dem er in Ottawa den Unionsvertrag bekanntgeben würde.

»Mr. Kramer war sehr daran gelegen, Sie persönlich

452

zu sprechen«, sagte der Assistent. »Er schien wohl sein Vorgehen in dieser Angelegenheit erklären zu wollen. Ich habe ihm jedoch gesagt, daß ein persönliches Gespräch völlig unmöglich sei.«

Howden nickte zustimmend. Viele Beamte würden gern ihr Vorgehen dem Premierminister erklären, besonders, wenn sie für eine verfahrene Situation verantwortlich waren. Kramer war da offensichtlich keine Ausnahme.

»Sie können ihm eine Mitteilung machen«, sagte James Howden. Es würde ja schließlich nichts schaden, beschloß er, dem Mann eins auf die Finger zu geben. »Sagen Sie ihm, daß ich mit seiner Behandlung des Falles vor Gericht außerordentlich unzufrieden gewesen bin. Er hätte eine Sonderanhörung nicht anbieten dürfen. Damit wurde die ganze Sache erst wieder aufgegriffen, als sie schon fast vom Tisch war.«

»Das war es, glaube ich, was er erklären wollte . . .«

»Bestellen Sie ihm, daß ich in Zukunft bessere Leistungen erwarte«, fügte Howden unbeirrt hinzu. Sein Ton machte es klar, daß die Angelegenheit seinerseits damit erledigt war.

Der Assistent zögerte und sagte dann entschuldigend: »Dann gibt es da noch diese andere Angelegenheit im Zusammenhang mit Duval. Der Anwalt des Mannes, Mr. Maitland, ist hier, um mit Ihnen zu sprechen. Sie erinnern sich doch, daß Sie einverstanden waren . . .«

»Zum Teufel noch mal!« In einem plötzlichen Zornesausbruch schlug der Premierminister mit der Hand auf den Tisch. »Nimmt diese Geschichte denn nie ein Ende . . .?«

»Das hab ich mich auch schon gefragt, Sir.« Vor etwa einem Jahr, als Elliot Prowse noch neu gewesen war, hatte ihn so ein Zornesausbruch James Howdens tagelang beschäftigt. In jüngster Zeit aber hatte er sich daran gewöhnt, damit rascher fertig zu werden.

Der Premierminister fragte ärgerlich: »Das war diese verflixte Zeitungsidee. Die haben sich da eingemischt, oder?«

453

»Ja, die *Vancouver Post*, die haben vorgeschlagen . . .«

»Ich weiß, was die vorgeschlagen haben, und das ist ganz typisch.« Er fuhr zornig fort: »Die Zeitungen sind einfach nicht mehr damit zufrieden, ihre Nachrichten zu bringen. Sie müssen auch selber noch die Nachrichten erfinden.«

»Aber Sie haben sich bereitgefunden . . .«

»Ich weiß, verflixt noch mal, daß ich mich einverstanden erklärt habe! Warum erzählen Sie mir immer wieder, was ich bereits weiß?«

Mit hölzernem Gesicht antwortete Prowse: »Ich war nicht sicher, ob Sie sich noch erinnerten.«

Manchmal fragte sich Howden, ob sein Assistent so vollkommen humorlos war, wie er schien.

Die Bitte war ihm gestern in Calgary vorgelegt worden, nachdem die *Vancouver Post* mit der Nachricht herausgekommen war, daß der Anwalt Maitland sich um ein Gespräch mit dem Premierminister bemühen würde, wenn dieser an die Westküste käme. Die Nachrichtenagenturen hatten diese Mitteilung aufgenommen und verbreitet.

Nach einem Telefongespräch mit Brian Richardson hatten sie sich dann darauf geeinigt, daß man diese Bitte auf keinen Fall abschlagen dürfe. Jetzt war Alan Maitland gekommen.

»Nun gut«, sagte James Howden resigniert. »Schicken Sie ihn herein.«

Alan Maitland hatte bereits eine dreiviertel Stunde in einem Vorzimmer der Hotelsuite gewartet, und mit dem Fortschreiten der Minuten hatte sich seine Nervosität und Ungewißheit gesteigert. Als er jetzt in das innere Zimmer gebeten wurde, fragte er sich, was er hier überhaupt wollte.

»Guten Morgen«, sagte der Premierminister leutselig. »Sie wollen wohl mit mir sprechen.«

Die beiden Männer betrachteten einander mit unsicherer Zurückhaltung. Sein Interesse überwand die Nervosität, und Alan nahm eine hochgewachsene Gestalt wahr, etwas vorgebeugt, in einem bequemen Polstersessel versunken.

Die Gesichtszüge – das kantige Raubvogelgesicht, die nachdenklichen Augen und die lange Hakennase – waren ihm von tausend Zeitungsseiten und Bildschirmen her vertraut. Und doch war das Gesicht älter, durchfurchter als es auf den Bildern erschien. Er nahm einen Anflug von Müdigkeit wahr, den er eigentlich nicht erwartet hatte. »Ich danke Ihnen, daß Sie mich empfangen haben, Mr. Premierminister«, sagte Alan. »Ich wollte mich persönlich im Namen von Henri Duval an Sie wenden.«

Die jungen Rechtsanwälte waren heutzutage noch jünger als früher, dachte James Howden, oder war es nur so, daß sie älteren Anwälten, die immer älter wurden, so erschienen? Er fragte sich, ob er vor vierzig Jahren genau so jugendlich und energisch erschienen war wie der junge Mann mit dem Bürstenhaarschnitt und dem athletischen Körperbau, der jetzt voller Befangenheit vor ihm stand.

»Aber setzen Sie sich doch.« Der Premierminister deutete auf einen Sessel ihm gegenüber, den Alan nahm. »Sie müssen sich bitte kurz fassen, Mr. Maitland, denn ich kann mich nur ein paar Minuten freimachen.«

»Das hatte ich auch nicht anders erwartet, Sir.« Alan war sorgfältig darauf bedacht, seinen Ton respektvoll erscheinen zu lassen. »Deshalb habe ich mir vorgenommen, die Tatsachen des Falles unerwähnt zu lassen. Ich kann mir vorstellen, daß Sie die meisten Einzelheiten schon gehört haben.«

»Gehört haben!« Howden widerstand einem plötzlichen Drang, in ein hysterisches Gelächter auszubrechen. »Großer Gott! – Seit Wochen gibt es anscheinend gar nichts anderes mehr.«

Alan lächelte – ein herzliches, knabenhaftes Lächeln, bemerkte Howden, das schnell erschien und ebenso schnell wieder vom Gesicht verschwand. Dann war er sofort wieder ernst und begann: »Es gibt viele Umstände, Mr. Premierminister, die die Tatsachen gar nicht aufzeigen. Die Lebensbedingungen auf dem Schiff; ein Mann, der in einem Loch festgehalten wird, das kaum größer ist als ein Tierkäfig; ein Mensch ohne Freiheit, ohne Hoffnung ...«

455

»Ist es Ihnen vielleicht schon einmal in den Sinn gekommen, Mr. Maitland«, warf Howden ein, »daß es
sich hier nicht um ein kanadisches Schiff handelt, daß
diese Lebensbedingungen bereits seit beträchtlicher Zeit
existieren und daß sie dieses Land nichts angehen?«

»Wen gehen sie denn etwas an? Ich frage Sie.« Alans
Augen blitzten auf. Seine ursprüngliche Nervosität war
jetzt vergessen. »Sollen wir uns etwa um Menschen keine
Gedanken machen, die nicht unserem netten, nach außen
hin abgeschlossenen Club angehören?«

James Howden antwortete geduldig: »Sie sprechen von
einem netten, nach außen hin abgeschlossenen Club. Sind
Sie sich bewußt, daß Kanadas Praxis, was die Einwanderung angeht, eine der besten in der Welt ist?«

Alan Maitland beugte sich in seinem Sessel vor: »Da
gibt es eigentlich nicht so viel Konkurrenz, oder?«

Einen Punkt für ihn, dachte Howden. Laut antwortete
er scharf: »Das hat gar nichts damit zu tun. Es ist doch
eine Tatsache, daß es Gesetze und Ausführungsbestim-
mungen für solche Fälle gibt, und wenn sie irgendeine
Bedeutung haben sollen, dann muß man sich doch danach
richten.«

»Ein Teil der Gesetzgebung ist ziemlich willkürlich«,
sagte Alan, »besonders, was die Menschenrechte angeht.«

»Wenn das Ihre Meinung ist, dann können Sie ja bei
den zuständigen Gerichten Rechtsmittel einlegen.«

»Der Leiter Ihrer Einwanderungsbehörde in Vancouver
hat sicherlich nicht so gedacht. Er hat mir zu verstehen
gegeben, daß kein Gericht sich in diese Entscheidungen
einzumischen habe.«

»Aber nichtsdestoweniger«, bestand der Premierminister, »sind Sie doch vor Gericht gegangen, und Sie haben
Ihren Fall verloren.«

Alan gab reuig zu: »Ja, wir haben verloren. Deshalb
bin ich auch hier – um Sie zu bitten.« Das Lächeln
huschte wieder über sein Gesicht. »Wenn nötig, will ich
gern vor Ihnen auf die Knie fallen.«

»Nein.« Howden lächelte in Erwiderung. »Ich will
nicht, daß Sie das tun.«

»Sir, ich möchte Ihnen etwas über Henri Duval erzählen.« Wenn er keine Zeit hatte, dachte Alan, dann wollte er doch wenigstens so gut abschneiden, wie nur eben möglich. »Er ist ein anständiger kleiner Kerl. Widerstandsfähig, er arbeitet hart und gern. Ich bin davon überzeugt, daß er ein guter Bürger unseres Landes sein würde. Zugegeben, er spricht nicht gut englisch, er hat auch keine Ausbildung genossen ...«

»Mr. Maitland«, der Premierminister unterbrach ihn entschlossen, »der Grund, warum dieser Mann nicht einwandern kann, ist doch ganz einfach. Die Welt ist voll von Menschen, denen zu helfen es sich – oberflächlich gesehen – vielleicht lohnt. Aber die Hilfe muß doch einfach ihre Ordnung haben. Es muß ein Plan dahinterstehen, ein Aktionsplan. Das ist der Grund, warum wir ein Einwanderungsgesetz haben ...«

Und außerdem, dachte er starrköpfig, würde er diesem absurden und gänzlich unangemessenen Lärm in der Öffentlichkeit auf keinen Fall stattgeben. Die Schmach, die er am Flughafen von Ottawa erlitten hatte, war ihm immer noch peinlich in Erinnerung. Und selbst wenn er die Drohung Harvey Warrenders außer acht ließ, dann würde ein Zugeständnis zum gegenwärtigen Zeitpunkt schwach und lächerlich erscheinen. Als Premierminister hatte er seine Entscheidung bekanntgegeben. Das mußte doch immerhin Gewicht haben.

Alan Maitland argumentierte: »Henri Duval ist in Vancouver, Herr Premierminister. Er ist nicht in Ungarn, in Äthiopien oder in China. Er ist jetzt hier.« Er fügte mit einem Anflug von Bitterkeit hinzu: »In einem Land, wo es immer heißt, daß man den Ausgesetzten eine Chance gibt.«

Die Ausgesetzten. Einen Augenblick lang erinnerte sich James Howden schmerzlich an das Waisenhaus. Er dachte an die Welt da draußen, an die unerwartete Chance, die ihm ein Mann erkämpft hatte – sein eigener Alan Maitland, vor langer, langer Zeit. Aber wenigstens war er hier im Lande geboren. Er kam zu dem Schluß, daß das Gespräch lange genug gedauert hatte.

»Die Einwanderungsgesetze sind in unserem Lande rechtsgültig. Zweifellos hat diese Gesetzgebung ihre Fehler. Aber wie die Dinge liegen, ist dieses Gesetz von den Bürgern Kanadas bestätigt worden. Es tut mir deshalb leid, daß ich dem Gesetz folgend, nein sagen muß.«

Die abschließenden raschen Höflichkeitsfloskeln wurden noch ausgetauscht. Stehend schüttelte James Howden Alans Hand. »Erlauben Sie mir noch, Ihnen in Ihrem Beruf viel Erfolg zu wünschen«, bemerkte er. »Vielleicht werden Sie eines Tages in die Politik gehen. Ich könnte mir vorstellen, daß Sie da schnell Karriere machen.«

Alan antwortete ruhig: »Ich glaube nicht, Sir. In der Politik gibt es zuviele Dinge, die ich nicht mag.«

Als Alan Maitland gegangen war, nahm der Premierminister noch einen zweiten Schokoladenriegel und knabberte nachdenklich daran. Etwas später rief er seinen Assistenten zu sich und verlangte gereizt den Entwurf für seine Rede am Abend.

2

In der Empfangshalle des Hotels Vancouver wartete Dan Orliffe auf Alan Maitland. Erwartungsvoll fragte er: »Gibt es was Neues?«

Alan schüttelte verneinend den Kopf.

»Na ja«, sagte Orliffe ermutigend, »Sie sorgen wenigstens dafür, daß der Fall noch im Bewußtsein der Öffentlichkeit bleibt, und das ist schließlich auch etwas wert.«

Verbittert fragte Alan: »Tatsächlich? Sagen Sie mir nur, was die Öffentlichkeit tun kann, wenn die Regierung nicht nachgibt.«

»Haben Sie das noch nicht gehört? Die Öffentlichkeit kann eine neue Regierung wählen. Das versteht sie immerhin.«

»Großartig!« sagte Alan. »Dann warten wir auf Neuwahlen und schicken Henri eine Postkarte mit der erfreulichen Nachricht. Vorher müssen wir allerdings noch herausfinden, wo er gerade ist.«

»Ach hören Sie doch auf«, sagte Dan. »Ich fahr Sie in Ihr Büro. Auf dem Weg können Sie mir erzählen, was Howden gesagt hat.«

Tom Lewis arbeitete in seinem eigenen kleinen Zimmerchen, als Alan ins Büro kam. Dan Orliffe war nach dem Gespräch im Wagen wieder weggefahren, vermutlich zur Redaktion der *Vancouver Post*. Noch einmal, um Tom zu unterrichten, wiederholte Alan, wie es ihm ergangen war.

»Das muß man dir lassen«, sagte Tom. »Du läßt ja nicht locker, wenn du dich erst einmal festgebissen hast.«

Alan nickte. Er fragte sich, ob er Sharon anrufen sollte. Vielleicht bestand dazu wirklich kein Grund. Sie hatten seit ihrem Telefongespräch vor zwei Tagen keine Verbindung mehr miteinander gehabt.

»Ach übrigens«, sagte Tom, »da ist ein Paket für dich gekommen – vom Chauffeur gebracht mit allem Drum und Dran. Es liegt in deinem Büro.«

Alan ging neugierig hinüber. Ein gut verpackter Karton lag auf dem Schreibtisch. Er knüpfte den Bindfaden auf, nahm eine Schachtel heraus und nahm den Deckel ab. Unter verschiedenen Lagen von Seidenpapier lag eine in Ton modellierte Plastik – eine Büste. Eine Notiz, die daneben lag, lautete: »Ich habe versucht, das Ganze Mr. Kramer ähnlich zu machen, aber das hier ist dabei herausgekommen. Deshalb bitte keine Nadeln hineinstekken – niemals! In Liebe. Sharon.« Er nahm die Plastik heraus. Es war, wie er errötend feststellte, ein durchaus ähnliches Abbild seiner selbst.

3

Nur einige hundert Meter von der Suite des Premierministers im Hotel Vancouver entfernt, ging Richter Stanley Willis vom Obersten Gerichtshof in British Columbia unruhig in seinem Richterzimmer auf und ab. Das tat er nun schon seit über einer Stunde.

Richter Willis, mit ernstem nachdenklichem Gesicht,

äußerlich gar nicht zu verwirren, kämpfte innerlich eine wahre Schlacht.

Die Positionen waren ganz klar. Auf der einen Seite stand seine Integrität als Richter, auf der anderen sein eigenes Gewissen. Beide hatten im Brennpunkt eine Person: Henri Duval.

Edgar Kramer hatte dem Assistenten des Premierministers gesagt: »Rechtlich gesehen können die Männer, die den blinden Passagier unterstützen, nun nichts mehr unternehmen.« Alan Maitland hatte nach einwöchigen Nachforschungen den gleichen Schluß gezogen.

Richter Willis jedoch verfügte über Kenntnisse, die beweisen würden, daß beide Ansichten falsch waren. Sein Wissen war dergestalt, daß man – wenn es nur umgehend genutzt wurde – Henri Duval aus seinem Gefängnis an Bord des Schiffes wenigstens zeitweilig, möglicherweise für immer befreien könnte.

Der Schlüssel lag in einem schweren gebundenen Band – Protokolle des Obersten Gerichtshofes in British Columbia, Band 34, 1921 – auf dem Schreibtisch des Richters. Das Buch war aufgeschlagen, und auf der Seite stand *Rex gegen Ahmed Singh*.

Das Papier, auf dem diese Worte und der darauf folgende Text standen, war vergilbt und gebleicht. Aber der rechtsgültige Inhalt – *de ratio decidendi* – war genau so verbindlich, als wäre das Urteil erst gestern ergangen.

Ein kanadischer Richter hatte das Urteil erlassen: Ahmed Singh, im Jahre 1921 ... und deshalb Henri Duval heute ... *konnte nicht lediglich auf ein Schiff deportiert werden.*

Jeder Mensch (das hatte der längst verstorbene Richter 1921 erklärt) muß in das Land ausgewiesen werden, aus dem er kommt, *und nicht zu irgendeinem anderen Ort.*

Aber die *Vastervik* war keineswegs für den Libanon bestimmt, das Land aus dem Henri Duval gekommen war ... wo er an Bord des Schiffes gegangen war. Die MS *Vastervik* war ein Trampdampfer, und der nächste Anlaufhafen war Belfast, die Weiterfahrt von diesem Hafen war ungewiß ...

460

Der Deportationserlaß gegen Henri Duval war deshalb unrechtmäßig und ungültig.

Das Protokoll des Verfahrens *Rex gegen Ahmed Singh* brachte es klar zum Ausdruck.

Richter Stanley Willis hatte die Tatsachen über die *Vastervik* ganz diskret in Erfahrung gebracht, so wie er sich auch über die anderen Einzelheiten des Falles diskret unterrichtet hatte.

Er hatte von den Nachforschungen von Alan Maitland und Tom Lewis nach rechtlichen Präzedenzfällen gehört, die die Deportation von Henri Duval verhindern würden. Er hatte darüber hinaus von ihrem Mißerfolg Kenntnis erhalten, und das erstaunte ihn nicht weiter.

Er hatte keine Kritik gegen die jungen Anwälte vorzubringen, weil sie den Fall *Rex gegen Ahmed Singh* nicht entdeckt hatten. Dieser Fall war fälschlicher Weise gekürzt und auch im Index unter *Kanadische Einschränkung* aufgeführt, was gar nicht so sehr ungewöhnlich war. Der Richter selbst hätte nichts davon erfahren, nur war er schon vor Jahren einmal zufällig diesem Protokoll begegnet, und die Tatsache war ihm im Gedächtnis geblieben.

Richter Willis dachte, da er ja nun wußte, was er hier vor sich hatte, wenn er Henri Duvals Anwalt wäre, dann würde er sofort – noch heute nachmittag –, eine neue *Habeas-Corpus-Verfügung* beantragen. Als Richter würde er ihr sofort stattgeben, wenn ihm ein solcher Antrag vorgelegt würde – nicht mit der halbherzigen einstweiligen Verfügung, wie er das zuvor getan hatte, sondern mit einem vollgültigen Vorführungserlaß, der dann Henri Duval sofort aus dem Gewahrsam auf der *Vastervik* befreien würde.

Aber schließlich *war* er Richter und *kein* Rechtsanwalt. Und kein Mensch konnte beides zugleich sein.

Zum Amt des Richters gehörte es, sich unparteiisch mit den Fällen zu befassen, die ihm angetragen wurden. Es war keineswegs seine Aufgabe, sich direkt in Fälle einzumischen oder einen Vorgang einzuleiten, durch den eine der Parteien den Vorzug vor der anderen erhielt. Gelegentlich, das war gewiß so, konnte ein Richter einem Anwalt einen kleinen Tip geben, er vermochte wohl Schritte anzudeuten, die seiner Meinung nach der Gerechtigkeitsfindung zuträglich sein würden. Er selbst hatte das mit Alan Maitland bei der ersten Anhörung über Henri Duval getan.

Aber darüber hinaus war der Eingriff des Richters abzulehnen. Ja, noch mehr, er würde einen Verrat am Richteramt bedeuten.

Noch einmal ging Richter Willis den Teppich zwischen dem Fenster und seinem Schreibtisch entlang. Heute waren die breiten knochigen Schultern über dem hageren Körper nach vorn gebeugt, als laste die Verantwortung schwer auf ihnen. Das längliche, kantige Gesicht, nachdenklich angespannt, sah sorgenvoll aus.

Wenn ich nicht wäre, wer ich bin, dachte Richter Willis, dann wäre ja alles so einfach. Ich würde das Telefon auf dem Schreibtisch abheben und um Alan Maitlands Nummer bitten. Wenn er dann antwortete, dann würde ich ganz einfach sagen: Schauen Sie sich die Gerichtsprotokolle des Obersten Gerichtshofes von British Columbia, Band 34, 1921, Seite 191, *Rex gegen Ahmed Singh* an. Mehr wäre dann gar nicht nötig. Er ist ein wacher junger Mann, und noch bevor die Gerichtsregistratur heute schließt, wäre er mit einem *Habeas-Corpus*-Antrag hier.

Eine solche Vorführung würde Henri Duval daran hindern, mit dem Schiff wieder den Hafen zu verlassen.

Und ich mache mir Sorgen, dachte er. Alan Maitland macht sich Sorgen. Und ich auch.

Aber weil ich bin, was ich bin, da kann ich nicht ... weder direkt, noch indirekt, ... so vorgehen.

Und doch ... es gab immerhin die *unausgesprochene Prämisse*.

Das war eine Formulierung, an die er sich noch aus seinen Studententagen erinnerte. Sie wurde immer noch gelehrt, obwohl dieser Grundsatz – in Anwesenheit von Richtern, selten Erwähnung fand.

Die unausgesprochene Prämisse war die Erkenntnis, daß kein Richter, wie gut auch seine Absicht immer war, jemals unparteiisch zu sein vermochte. Ein Richter war ein Mensch, und deshalb konnte er die Waagschalen der Gerechtigkeit niemals gerade halten. Bewußt oder unbewußt wurde jeder seiner Gedanken und jede seiner Handlungen durch die Ereignisse und durch die eigenen Lebensumstände beeinflußt.

Richter Stanley Willis nahm dieses Postulat an. Er wußte auch, daß er selbst eine Prämisse sein eigen nannte. Die konnte man in einem Wort zusammenfassen.

Belsen.

Es war 1945 gewesen.

Die juristische Karriere von Stanley Willis war wie der Werdegang vieler Menschen seiner Generation durch die Jahre des Zweiten Weltkrieges unterbrochen worden. Er hatte als Artillerieoffizier bei den kanadischen Truppen in Europa von 1940 bis zum Ende des Krieges gedient. Gegen Ende hatte der Major Stanley Willis, Träger der Tapferkeitsmedaille, Verbindungsoffizier bei der Zweiten Britischen Armee, das 63. Panzerabwehrregiment bei der Befreiung des nationalsozialistischen Konzentrationslagers von Bergen-Belsen begleitet.

Er war einen Monat lang in Belsen geblieben. Und was er dort gesehen hatte, war die erschütterndste Einzelerfahrung seines Lebens gewesen. Noch Jahre danach, bisweilen noch heute, kamen ihm die Schrecken jener dreißig Tage in fieberhaften Traumvorstellungen wieder ins Gedächtnis. Und Stanley Willis – ein gelehrter, sensibler Mann unter seiner starren Fassade – war mit einer erklärten Absicht wieder von Belsen weggegangen: Daß er in den Jahren, die ihm noch blieben, alles tun würde, was ihm persönlich gegeben war, um das Elend mißhandelter und getretener Menschen zu lindern.

Als Richter war ihm das nicht leicht gefallen. Es hatte Gelegenheit gegeben, wo er trotz innerer Zweifel verpflichtet gewesen war, Urteile gegen die Schuldigen zu verhängen, wo ihm doch sein Instinkt sagte, daß die Gesellschaft und nicht die Individuen eigentlich schuldig war. Bisweilen jedoch hatte ein unglücklicher elender Missetäter, der von den meisten schon als unbekehrbar abgetan war, ein leichtes oder milderes Urteil empfangen, weil ein Schatten der Vergangenheit ... die unausgesprochene Prämisse ... sich über das Denken von Richter Willis gelegt hatte.

So auch jetzt.

Das Schicksal von Henri Duval bewegte ihn immer noch heftig, wie schon vor der ersten Anhörung.

Da war ein Mann in Gefangenschaft. Ein Mann konnte von Rechts wegen befreit werden.

Zwischen dem einen und dem anderen stand jedoch der aufrichtige Stolz des Richters.

Hochmut kommt vor dem Fall. Und er ging hinüber zum Telefon.

Er durfte Alan Maitland nicht direkt anrufen. Das verlangte wohl die Diskretion. Aber es gab eine andere Möglichkeit. Er konnte mit seinem früheren Partner sprechen, einem geachteten Anwalt, der scharfsinnig war und die Feinheiten eines Gespräches mitbekommen würde. Die Information würde gewiß umgehend weitergegeben, ohne daß die Informationsquelle dabei enthüllt werden mußte. Aber sein früherer Partner in der Anwaltspraxis war auch ein Mann, der eine dezidierte Meinung über die Einmischung der Richter hatte ...

Richter Willis seufzte. Wenn man sich schon in eine Verschwörung einließ, dachte er, dann wußte man nie genau, wie sie ausging.

Die Verbindung wurde hergestellt. Er sagte: »Hier ist Stanley Willis.«

Eine tiefe Stimme sagte am anderen Ende der Leitung mit herzlicher Zuneigung: »Das ist aber eine angenehme Überraschung, Mylord.«

Der Richter sagte, ohne zu zögern: »Ein gar nicht amtliches Gespräch, Ben.«

Man hörte ein Kichern. »Wie geht es dir, Stan? Wir haben lange nichts voneinander gehört.« Man konnte echte Zuneigung spüren.

»Ich weiß. Wir müssen uns mal wieder sehen.« Aber

er bezweifelte, daß es dazu in naher Zukunft kommen würde. Ein Richter war auf Grund seines Amtes schon gezwungen, einen einsamen Weg zu gehen.

»Ja, Stan, was kann ich für dich tun? Möchtest du jemanden verklagen?«

»Nein«, sagte Richter Willis. Das unverbindliche Geplauder war noch nie seine Sache gewesen. »Ich habe mir gedacht, daß ich vielleicht einmal mit dir über diesen Fall Duval sprechen könnte.«

»Ach ja, der blinde Passagier. Ich habe deine Entscheidung gelesen. Schade drum, aber ich wüßte nicht, wie du anders hättest entscheiden können.«

»Nein«, gab der Richter zu, »anders wäre es nicht gegangen. Aber der junge Maitland ist trotzdem ein intelligenter junger Anwalt.«

»Das finde ich auch«, sagte die Stimme. »Er wird unserem Beruf zur Ehre gereichen.«

»Ich habe gehört, daß man sich verzweifelt um Präzedenzfälle bemüht hat.«

»Wie ich gehört habe«, sagte die tiefe Stimme mit einem Anflug von Heiterkeit, »haben Maitland und sein Partner die ganze Bibliothek auf den Kopf gestellt. Aber sie haben kein Glück gehabt.«

»Ich habe mich gefragt«, sagte Richter Willis langsam, »warum sie sich nicht auf *Rex gegen Ahmed Singh* in den Protokollen des Obersten Gerichtshofes von British Columbia, Band 34, 1921, Seite 191 bezogen haben. Ich könnte mir denken, daß sie auf Grund dieses Präzedenzfalles ohne Schwierigkeiten eine *Habeas-Corpus-Verfügung* bekommen könnten.«

Am anderen Ende der Leitung herrschte Schweigen. Der Richter konnte sich vorstellen, wie sich die Augenbrauen hochzogen. Er spürte Mißbilligung. Dann sagte die Stimme etwas kühler als zuvor: »Du wiederholst wohl am besten diesen Hinweis noch einmal. Ich habe ihn nicht ganz mitbekommen.«

Nachdem er die Literaturangabe noch einmal wiederholt und bald darauf den Hörer wieder aufgehängt hatte, dachte Richter Willis: Wir müssen für alles, was wir tun, einen Preis zahlen. Aber die Information, das wußte er, würde weitergeleitet werden.

Er schaute auf die Uhr, bevor er sich wieder einem Stapel bereits ausgeschriebener Urteile auf seinem Schreibtisch zuwandte.

Viereinhalb Stunden später, als sich die Dunkelheit auf die Stadt niedersenkte, meldete der gebrechliche ältere Gerichtsdiener, der in der offenen Tür stand: »Mylord, Mr. Maitland hat einen Antrag auf *Habeas Corpus*.«

4

Unter hellen, zwischen Masten verspannten Flutlichtern lud die *Vastervik* Holz.

Voller Selbstvertrauen, in einem wahren Begeisterungsrausch eilte Alan Maitland die rostige Eisengangway zum vollgestellten, schäbigen Hauptdeck hinauf.

Der Düngemittelgeruch war verschwunden. Etwa noch verbleibende Spuren wurden von einer frischen Brise, die von der See kam, weggeblasen. Der saubere Geruch von Fichten und Zedernholz war im ganzen Schiff wahrzunehmen.

Die Nacht war kalt, aber die Sterne blinkten an einem klaren Himmel.

Der Bootsmannsmaat, den Alan am Weihnachtsmorgen angetroffen hatte, kam ihm vom Vorderdeck des Schiffes entgegen.

»Ich möchte gern Kapitän Jaabeck sprechen«, rief Alan übers Deck, »und wenn er in seiner Kabine ist, finde ich den Weg selber.«

Der dünne, drahtige Schiffsoffizier kam näher. »Dann finden Sie man Ihren Weg«, sagte er. »Und selbst, wenn Sie den Weg nicht wüßten, Sie scheinen in der richtigen Laune zu sein, heute abend jeden Weg zu finden.«

»Ja«, stimmte Alan zu, »die Laune habe ich wohl.« Instinktiv griff er an seine Manteltasche, um sich zu vergewissern, daß das wertvolle Stück Papier noch dort war.

Er wandte sich dem Inneren des Schiffes zu und rief

über die Schulter zurück: »Wie geht es Ihnen mit Ihrer Erkältung?«

»Das wird rasch besser«, antwortete der Maat, »sobald wir erst ausgelaufen sind.« Er fügte hinzu: »In achtundvierzig Stunden ist es endlich so weit.«

Achtundvierzig Stunden. Das war knapp gewesen, dachte Alan, aber es sah so aus, als hätten sie es noch rechtzeitig geschafft. Heute nachmittag war er in seinem Appartment in der Gilford Street gewesen, als ihn die Mitteilung von Tom Lewis erreicht hatte: Schau dir *Rex gegen Ahmed Singh an.*

Er hatte sofort beschlossen, daß er keine Chance außer acht lassen durfte, Hoffnung hatte er jedoch wenig, und er war in die Bibliothek des Obersten Gerichtshofes gegangen. Als er dort das Urteil aus dem Jahre 1921 las, machte sein Herz einen Sprung. Danach war dann alles in fieberhafter Eile vor sich gegangen, als es darum ging, die mehrfach auszufertigenden Schriftstücke, die das Gesetz erforderte, abzufassen, zu schreiben, zu überprüfen und zusammenzustellen. Ob es um einen Ausnahmefall ging oder nicht, der Moloch Bürokratie mußte mit Papier gefüttert werden ...

Dann die Hetze zum Gericht, um die Registratur des Obersten Gerichtshofes noch zu erreichen, bevor man dort zumachte. Und es war ihm gelungen, obwohl es wirklich knapp gewesen war, und wenige Minuten später hatte er dann vor Richter Willis gestanden, der heute gerade wieder Bereitschaftsdienst hatte.

Der Richter, abweisend und unnahbar wie immer, hatte sorgfältig zugehört und dann nach einigen kurzen Fragen eine Verfügung auf *Habeas Corpus* – und zwar die voll rechtsgültige Verfügung und nicht nur die einstweilige Verfügung ausgefertigt. Das war ein seltener und auf unauffällige Weise dennoch dramatischer Augenblick. Das Originaldokument und eine Kopie waren jetzt in Alans Tasche. *Elizabeth von Gottes Gnaden, Souverän des Vereinigten Königreiches, von Kanada und aller ihrer anderen Territorien und Machtbereiche, Verteidigerin des rechten Glaubens ... befiehlt, daß Ihr sogleich nach Emp-*

fang dieses unseres Dokumentes . . . die Person des Henri Duval ausliefert . . .

Natürlich würde es immer noch eine Vorladung vor Gericht geben, und die war auf übermorgen festgesetzt. Aber das Ergebnis war praktisch schon klar: Die *Vastervik* würde auslaufen, und zwar ohne Henri Duval an Bord.

Irgendwann morgen, rief sich Alan in Erinnerung, mußte er den Anwalt anrufen, der ihm den Tip mit dem Fall von *Ahmed Singh* gegeben hatte. Tom Lewis hatte sich den Namen gemerkt. Das war ja doch die Wende gewesen . . .

Er kam zur Tür der Kapitänskabine und klopfte. Drinnen rief eine Stimme: »Herein!«

Kapitän Jaabeck, in Hemdsärmeln und in dicken Tabaksrauch eingehüllt, machte Eintragungen in ein großes Hauptbuch unter einer abgeschirmten Schreibtischlampe. Er legte den Füllhalter aus der Hand, stand dann auf, höflich wie immer, und bat seinen Besucher, auf einem der grünen Ledersessel Platz zu nehmen.

Alan hüstelte, als der Rauch in seine Lungen drang, und begann: »Ich störe Sie . . .«

»Das macht doch nichts. Ich habe für diesmal genug geschrieben.« Der Kapitän schloß das Buch. Er fügte abgespannt hinzu: »Wenn in Zukunft einmal Archäologen unsere Welt ausbuddeln, dann werden sie das nie verstehen. Wir haben ihnen zu viele Worte hinterlassen.«

»Wo wir schon von Worten reden«, sagte Alan, »ich habe da einige mitgebracht.«

Lächelnd zog er die *Habeas-Corpus*-Verfügung aus der Tasche und gab sie Kapitän Jaabeck.

Der Kapitän las gemächlich, seine Lippen bewegten sich, der juristische Jargon ließ ihn bisweilen zögern. Schließlich schaute er auf und fragte ungläubig: »Sie haben es also schließlich doch noch geschafft?«

»Ja«, sagte Alan glücklich. »Diese Verfügung bedeutet, daß Henri jetzt von Bod gehen kann. Er wird nicht mit Ihnen ausfahren.«

»Und jetzt – in diesem Augenblick . . .«

»In diesem Augenblick, Kapitän«, erwiderte Alan entschlossen, »möchte ich, daß er seine Siebensachen packt und mit mir kommt. Die Verfügung besagt, daß er jetzt in meine Obhut gegeben wird.« Er fügte hinzu: »Wenn Sie irgendwelche Zweifel haben, können wir die *Mounties* anrufen...«

»Nein, nein! Das ist doch nicht notwendig.« Kapitän Jaabeck legte den Erlaß auf den Tisch, und sein Gesicht verzog sich zu einem herzlichen, vergnügten Lächeln. »Ich begreife nicht, wie Sie das geschafft haben, Mr. Maitland, aber man muß Ihnen gratulieren. Es kommt nur ein bißchen plötzlich.«

»Ich weiß«, sagte Alan. »Ich bin auch etwas außer Atem.«

Zehn Minuten später, mit strahlenden Augen und mit einem breiten glücklichen Grinsen, erschien Henri Duval in der Kabine des Kapitäns. Er trug einen Matrosendufflecoat, der ihm um mehrere Größen zu weit war, und einen abgeschabten Pappkoffer, der mit Bindfaden zusammengehalten wurde. Als erstes, so beschloß Alan, mußte man morgen etwas von dem mittlerweile angesammelten Geld investieren, um ihm neue Kleidung für sein Erscheinen vor Gericht zu kaufen.

»Mr. Maitland nimmt dich mit«, sagte der Kapitän.

Der junge blinde Passagier nickte, sein Gesicht leuchtete vor Begeisterung und Erwartung auf. »Ich jetzt fertig.«

»Du wirst auf dieses Schiff nicht zurückkehren«, sagte der Kapitän leise. »Ich möchte dir Auf Wiedersehen sagen.«

Einen Augenblick lang schwand die Erregung von dem jugendlichen Gesicht. Es war so, als hätten die Worte des Kapitäns eine Wirklichkeit enthüllt, die Henri Duval nicht vorausgeahnt hatte. Er sagte befangen: »Dies gutes Schiff.«

»Viele Dinge sind so, wie wir sie uns selbst gestalten.« Der Kapitän streckte seine Hand aus. »Ich wünsche, daß du glücklich wirst, Henri, und Gottes Segen. Arbeite hart, bete und tu, was Mr. Maitland dir sagt.«

Der blinde Passagier nickte mit verständnisloser Traurigkeit. Das war eine sonderbare Szene, dachte Alan. Es
war fast so, als nähmen Vater und Sohn voneinander
Abschied. Er spürte, daß die beiden zögerten, wirklich
Schluß zu machen.

»Ich glaube, wir müssen jetzt gehen.« Alan nahm das
Original der Verfügung wieder an sich und ließ dem Kapitän die Kopie. Er schüttelte dem Kapitän die Hand und
sagte: »Es war mir wirklich eine Ehre, Kapitän Jaabeck.
Vielleicht sehen wir uns einmal wieder.«

»Wenn ich mehr blinde Passagiere habe –« sagte der
Kapitän lächelnd – »dann werde ich Sie als ihren Freund
wieder bemühen.«

Die Nachricht war im Schiff wie ein Lauffeuer verbreitet worden. Als Alan und Henri Duval wieder erschienen, hatte die Besatzung das Verladen aufgegeben und
sich an der Reling versammelt. Aufgeregte Stimmen tön-
ten durcheinander. Stubby Gates kam auf sie zu. »Dann
mach's man gut, Junge«, sagte er, »und sieh zu, daß du
zurecht kommst. Hier ist ein kleines Geschenk von den
Jungs und von mir.« Alan sah, wie ein kleiner Packen
Banknoten überreicht wurde. Als sie die Gangway hin-
untergingen, rief die Mannschaft ein dreifaches Hurra
nach.

»Bleiben Sie stehen! Rühren Sie sich nicht!« Das war
eine befehlende Stimme, die aus der Dunkelheit des
Docks kam. Als Alan innehielt, blitzte eine ganze Bat-
terie von Blitzlichtern auf.

»He!« rief Alan. »Was soll das denn?«

»Presseberichterstattung«, sagte Dan Orliffe, »was
sonst?« Orliffe und die anderen Reporter drängten sich
um sie.

»Sie haben sich ja ganz schön weggeschlichen, Maitland«, sagte einer der Männer heiter, »aber wir sind Ihnen auf der Spur geblieben.«

Eine andere Stimme rief: »Gute Arbeit!«

»Hören Sie«, protestierte Alan, »heute abend kann ich
wirklich nichts dazu sagen. Vielleicht gibt es morgen früh
eine Erklärung.«

»Und wie wär's mit einer Erklärung Henris?«

»Lassen Sie Duval reden?«

»Nein«, sagte Alan bestimmt, »jetzt wenigstens nicht.«

Dan Orliffe fragte ruhig: »Wie sind Sie hierhergekommen?«

»Ich habe ein Taxi genommen.«

»Mein Wagen steht drüben an der Hafeneinfahrt. Ich bringe Sie gern, wohin Sie wollen.«

»In Ordnung«, stimmte Alan zu. »Gehen wir.«

Unter den Protestrufen der anderen Reporter stiegen sie in Dan Orliffes Kombiwagen. Noch immer blitzten die Fotolampen. Henri Duval grinste breit.

Als sie aus dem Hafenviertel raus waren, fragte Dan: »Wohin bringen Sie ihn denn?«

Da hatte es so viele andere Dinge gegeben, so manches, das man bedenken mußte . . .

»Sie bringen mich in Verlegenheit«, sagte Alan. »Daran habe ich überhaupt noch nicht gedacht.«

Sein eigenes Appartment war viel zu klein. Tom und Lilian Lewis konnten vielleicht ein Feldbett aufstellen . . .

»Das habe ich mir schon gedacht«, sagte Dan. »Deshalb hat unsere Zeitung eine Suite im Hotel Vancouver reserviert. Wir zahlen dann die Rechnung.«

Zweifelnd sagte Alan: »Naja, das wird schon in Ordnung sein, obwohl ich mir eigentlich etwas Einfacheres vorgestellt hatte . . .«

»Zum Teufel aber auch!« Dan trat auf den Gashebel, um noch bei gelb eine Kreuzung zu überqueren. »Lassen Sie Henri sich doch einmal einen guten Tag machen.«

Wenige Minuten später fügte er hinzu: »Was die Hotelsuite angeht: ich habe vergessen, Ihnen zu sagen – die Suite des Premierministers ist genau am anderen Ende des Korridors.« Er kicherte. »Das wird dem Howden Spaß machen!«

Margaret Howden

»Um Gottes Willen!« rief Margaret Howden. »Eine so knallige Schlagzeile habe ich noch nie gesehen!«

Die Ausgabe der *Vancouver Post* lag auf dem Tisch im Wohnzimmer der Howdens ausgebreitet. Die breite Schlagzeile auf Seite eins lautete:

HENRI KOMMT AN LAND!

Die übrige Seite war ganz mit großen Fotos von Henri Duval und Alan Maitland und mit einem Bericht über die beiden angefüllt.

»Diese Type nennt man die ›Wiederkehr Christi‹«, informierte der Generalsekretär Margaret. »So große Typen nimmt man nur bei ganz besonderen Gelegenheiten.« Er fügte verdrießlich hinzu: »Wie zum Beispiel, wenn eine Regierung stürzt.«

Von der anderen Seite des Zimmers her gab James Howden zurück: »Den Humor wollen wir uns noch eine Weile aufsparen, wenn Sie nichts dagegen haben.«

»Wir brauchen doch eine Aufheiterung«, sagte Richardson.

Es war am Spätnachmittag, draußen schneite es und wurde dunkel. Während der Nacht, nach seiner Rede in Vancouver, war der Premierminister mit dem Flugzeug nach Ostkanada zurückgekehrt. Mittags hatte er in Quebec gesprochen, und in einer knappen Stunde würde er Ottawa wieder verlassen, um an einer abendlichen Versammlung in Montreal teilzunehmen. Morgen um 16 Uhr würde er dann im Unterhaus den Unionsvertrag bekanntgeben. Die Belastung der vergangenen Tage machte sich bemerkbar.

Die Zeitung aus Vancouver, erst wenige Stunden alt, war mit einem Flugzeug auf Grund einer besonderen Absprache, die Richardson getroffen hatte, gebracht worden. Er hatte die Zeitung persönlich am Flughafen in Ottawa abgeholt und sie direkt zum Haus des Premierministers im Sussex Drive 24 gefahren. Die Behandlung der Nachricht, das wußte er bereits, war typisch für andere Zeitungen im ganzen Land.

James Howden unterbrach sein Hin- und Hergehen und fragte sarkastisch: »Ich darf annehmen, daß sie irgendwo auch noch meine Rede erwähnt haben.« Es war die beste Rede der ganzen Tour gewesen. Unter anderen Gegebenheiten hätte sie sicherlich im Mittelpunkt der heutigen Berichterstattung gestanden.

»Hier ist sie«, sagte Margaret, die die Zeitung durchblätterte. »Sie steht auf Seite drei.« Sie schien eine gewisse Heiterkeit zu unterdrücken. »Ach du lieber Gott, der Bericht ist aber recht kurz.«

»Ich bin froh, daß es dich erheitert«, bemerkte ihr Mann eisig. »Ich kann das gar nicht so lustig finden.«

»Es tut mir leid, Jamie«, sagte Margaret. Sie versuchte, ihre Stimme reuig klingen zu lassen, obwohl ihr das schlecht gelang. »Aber ich kann einfach nicht gegen den Gedanken an: Ihr alle, die ganze Regierung mit ihrer Entschlossenheit, und dann kommt dieser eine kleine Mann...« Brian Richardson bemerkte ruhig: »Ich bin ganz Ihrer Meinung, Mrs. Howden. Wir haben uns von einem cleveren jungen Anwalt die Hosen runterziehen lassen.«

»Ein für alle Mal«, erklärte James Howden zornig, »ich bin nicht daran interessiert zu erfahren, wer wen geschlagen hat.«

»Bitte schrei doch nicht«, mahnte Margaret.

»Ich bin aber daran interessiert«, sagte Richardson. »Das bedeutet einen Unterschied an dem Tag, an dem die Stimmen ausgezählt werden.«

»Wäre es zuviel verlangt«, bestand der Premierminister, »wenn wir uns zunächst einmal auf die Tatsachen beschränken würden?«

»In Ordnung«, sagte Richardson ohne Zurückhaltung, »dann fangen wir doch einmal hiermit an.« Er nahm aus seiner Innentasche ein zusammengefaltetes Stück Papier. »Eine neue Gallup-Umfrage beweist heute morgen, daß die Popularität der Regierung in den letzten vierzehn

Tagen um sieben Prozent gesunken ist, und auf die Frage: ›Sind Sie für einen Regierungswechsel?‹ haben einundsechzig Prozent mit ja geantwortet, einunddreißig Prozent mit nein, und sieben Prozent waren unentschieden.«

»Setz dich doch, Jamie«, drängte Margaret. »Sie auch, Brian. Ich lasse Tee bringen, und wir können ihn hier in Ruhe trinken.«

Howden ließ sich in einen Sessel beim Kamin fallen. »Machen Sie doch bitte einmal das Feuer an.« Er deutete auf den Kamin, in dem bereits Holz aufgeschichtet war.

Richardson entzündete ein Streichholz aus einer Flachschachtel, ließ es in der vorgehaltenen Hand anbrennen und beugte sich nieder. Einen Augenblick später schossen die Flammen hoch.

Margaret sprach am anderen Ende des Zimmers in ein Haustelefon.

Howden sagte zurückhaltend: »Ich wußte nicht, daß es wirklich so schlecht steht.«

»Es ist viel schlimmer als schlecht; es ist katastrophal. Die Briefe und Telegramme kommen waschkorbweise, und alle sind gegen uns.« Richardson versuchte, den Tonfall des Premierministers aufzunehmen, und fragte: »Was würden Sie davon halten, wenn wir die Bekanntgabe des Unionsvertrages, die ja für morgen vorgesehen ist, verschieben würden?«

»Das kommt gar nicht in Frage.«

»Ich warne Sie: Wir sind auf eine Wahl nicht vorbereitet.«

»Wir müssen es schaffen«, erklärte Howden. »Wir müssen das Risiko in Kauf nehmen.«

»Und verlieren?«

»Der Unionsvertrag ist für das Weiterbestehen Kanadas von lebenswichtiger Bedeutung. Wenn man das den Leuten richtig erklärt, dann sehen sie es ein.«

»Tun sie das wirklich?« fragte Richardson leise. »Oder sehen sie immer nur Henri Duval vor sich?«

Howden wollte soeben eine unbesonnene Antwort geben, hielt aber inne. Die Frage, so dachte er, war

474

schließlich gerechtfertigt. Und die Annahme, die sie voraussetzte, konnte sich als richtig erweisen.

Ein Prestigeverlust durch den Zwischenfall mit Duval konnte die Niederlage der Regierung in der Frage des Unionsvertrages bedeuten. Das sah er jetzt – und zwar unmißverständlich, wenn es ihm zuvor noch nicht klar gewesen war.

Und doch, überlegte er, wenn es dazu kam, wie sonderbar und ironisch war es doch, daß eine so unbedeutende Person wie ein blinder Passagier die Geschichte von Völkern zu beeinflussen vermochte.

War das wirklich sonderbar? War es etwas Neues? War es denn überhaupt ironisch? Vielleicht waren es durch die Jahrhunderte die menschlichen Angelegenheiten der einzelnen gewesen, die die Welt gewandelt hatten, die Geschichte machten und die Menschheit zu einer Aufklärung hinführten, die man zwar in der Ferne wahrzunehmen glaubt und doch nie zu erreichen vermochte...

Vielleicht ist das eine Methode, uns demütig zu machen, dachte er. Das ist ein Lernprozeß, dieses Ankämpfen gegen das Geschick.

Aber die praktischen Fragen waren vordringlicher. Er sagte zu Richardson: »Es gibt gute Gründe, die Bekanntgabe nicht zu verschieben. Wir brauchen jeden Tag im Rahmen des Unionsvertrages. Unsere Verteidigung und unser Weiterbestand hängen davon ab. Wenn wir abwarten würden, dann gäbe es zweifellos eine Indiskretion. Politisch wären wir schlechter gestellt als jetzt.«

Der Generalsekretär nickte. »Ich habe mir gedacht, daß Sie das sagen. Ich wollte meiner Sache nur sicher sein.«

»Ich habe Tee bestellt«, sagte Margaret, die sich ihnen wieder zugesellte. »Sie bleiben doch, oder nicht?«

»Danke, gern, Mrs. Howden.« Brian Richardson hatte Margaret stets gemocht. Er beneidete Howden um seine erfolgreiche Ehe. Er beneidete ihn um die Behaglichkeit und die heitere Gelassenheit, die ihm diese Ehe gab.

»Es wäre wahrscheinlich auch nicht mehr von Nutzen«, sagte der Premierminister nachdenklich, »wenn die Einwanderungsbehörde jetzt noch Duval einreisen ließe?«

Richardson schüttelte heftig den Kopf. »Das würde nicht das Geringste ändern. Außerdem ist er ja bereits im Lande. Was immer auch morgen vor Gericht entschieden wird, so wie ich die Dinge sehe, kann er nicht mehr auf das Schiff deportiert werden.«

Das Papier unter dem Holz war durchgebrannt und die Birkenscheite flackerten jetzt auf. Die Wärme strahlte in dem bereits behaglich warmen Zimmer auf sie aus.

Richardson dachte nach: Vielleicht war sein eigenes quälend peinliches Gespräch mit Harvey Warrender ein Fehler gewesen. Gewiß war es zu spät gewesen, um in diesen Fall noch wirksam eingreifen zu können, obwohl dadurch zumindest für die Zukunft James Howdens ein Schatten von ihm genommen war. Wenn es überhaupt eine Zukunft gab, dachte er resigniert.

Ein Hausmädchen brachte den Tee und zog sich wieder zurück. Margaret Howden schenkte ein, und Brian Richardson nahm den Tee in einer eleganten Royal Doulton Tasse, Kuchen lehnte er ab.

Margaret sagte fragend: »Du mußt wirklich heute abend nach Montreal, Jamie?«

Ihr Mann fuhr sich mit einer müden Geste über das Gesicht. »Ich wünschte, ich brauchte nicht zu fliegen. Ich hätte zu jedem anderen Zeitpunkt einen Vertreter geschickt. Aber heute abend muß ich selbst hin.«

Der Generalsekretär schaute zum Fenster, dessen Vorhänge noch nicht zugezogen waren. Die Dunkelheit war jetzt vollständig, und draußen schneite es immer noch. »Ich habe mich nach dem Wetterbericht erkundigt, bevor ich herkam«, sagte er. »Bei Ihrem Flug gibt es keine Schwierigkeiten. Montreal ist frei und bleibt auch so, und ein Hubschrauber wartet dort bereits auf Sie, um Sie in die Stadt zu bringen.« James Howden nickte.

Behutsam wurde an die Tür geklopft, und Milly Freedeman kam herein. Richardson schaute auf. Er war erstaunt. Er hatte nicht gewußt, daß Milly im Hause war. Das war allerdings nichts Ungewöhnliches. Er wußte, daß sie oft mit Howden im Arbeitszimmer des Premierministers im ersten Stock arbeitete.

»Ich bitte um Entschuldigung.« Sie lächelte Richardson und Margaret zu und wandte sich dann an Howden. »Das Weiße Haus ist am Telefon. Der Präsident möchte Sie gerne sprechen.«

»Ich komme sofort«, sagte der Premierminister und stand auf.

Brian Richardson setzte seine Teetasse ab. »Ich glaube, ich muß auch weg. Ich danke Ihnen für den Tee.« Er blieb höflich an Margarets Sessel stehen und berührte dann Milly leicht am Arm. Als die beiden Männer den Raum zusammen verließen, tönte Richardsons Stimme zurück: »Ich bin zum Abflug am Flughafen, Chef.«

»Gehen Sie noch nicht, Milly«, sagte Margaret. »Bleiben Sie doch auf eine Tasse Tee.«

»Danke schön.« Milly nahm den Sessel, aus dem Richardson aufgestanden war.

Margaret machte sich mit der silbernen Teekanne und der Kanne mit dem heißen Wasser zu schaffen und erklärte: »Dies ist ein turbulenter Haushalt. Hier hat man nie länger Ruhe als höchstens ein paar Minuten.«

Milly sagte zurückhaltend: »Nur Sie verlieren die Ruhe nie.«

»Ich habe ja keine Wahl.« Margaret schenkte Milly Tee ein und füllte ihre eigene Tasse nach. »An mir fließt das alles ab. Irgendwie kann ich mich einfach nicht mehr über all diese wichtigen Ereignisse erregen.« Nachdenklich fügte sie hinzu: »Eigentlich müßte ich das ja wohl.«

»Ich sehe nicht, warum«, gab Milly zurück. »Das ist doch fast immer dasselbe, wenn man es einmal aus der Nähe betrachtet.«

»Das habe ich auch immer gedacht.« Margaret lächelte. Sie schob Zucker und Milch hinüber, so daß sie beide näher an Millys Tasse standen. »Aber es erstaunt mich, das auch von Ihnen zu hören. Ich habe immer gedacht, daß Sie Jamies begeisterte rechte Hand sind.«

Milly sagte plötzlich, sich selbst in Erstaunen versetzend: »Begeisterung flaut ab, und die Kraft verläßt einen irgendwann einmal.«

Margaret lachte. »Wir sind beide furchtbar unloyal,

oder meinen Sie nicht? Aber gelegentlich tut es einem richtig gut, einmal unloyal zu sein.«

Es gab eine Pause. Das Knistern der brennenden Scheite war das einzige Geräusch in dem hohen, düster wirkenden Wohnzimmer. Der Widerschein des Feuers tanzte über die Decke. Margaret sagte, behutsam ihre Teetasse abstellend: »Haben Sie es je bedauert, daß sich die Dinge so entwickelt haben – ich meine, was Sie und Jamie angeht?«

Einen Augenblick lang hielt Milly den Atem an. Die Stille im Zimmer wurde bedeutungsschwer. Margaret hatte es also gewußt. Sie hatte es all die Jahre gewußt und nie ein Wort gesagt. Milly hatte sich häufig gefragt, ob sie Bescheid wisse. Bisweilen hatte sie es vermutet, und jetzt wußte sie es, und das war eine Erleichterung für sie.

Sie antwortete einfach und geradeheraus: »Ich bin mir nie ganz klar geworden. Jetzt denke ich nicht mehr oft darüber nach.«

»Nein«, sagte Margaret, »es kommt die Zeit, wo man das schließlich nicht mehr tut. Wenn es passiert, dann glaubt man, daß die Wunde nie wieder heilt. Aber letzten Endes tut sie es dann doch.«

Milly zögerte, suchte nach den richtigen Worten für das, was sich in Gedanken andeutete. Schließlich sagte sie behutsam: »Es muß Sie sehr geschmerzt haben.«

»Ja.« Margaret nickte versonnen. »Ich erinnere mich, daß ich damals furchtbar verletzt war. Jede Frau ist das. Aber letzten Endes wird man damit fertig. Es ist doch so, daß man einfach damit fertig werden muß.«

Milly sagte zögernd: »Ich frage mich, ob ich auch so verständnisvoll sein könnte.« Nach einem Augenblick des Zögerns fügte sie dann impulsiv hinzu: »Brian Richardson will mich heiraten.«

»Und nehmen Sie an?«

»Ich habe mich noch nicht entschlossen.« Milly schüttelte verwundert den Kopf. »Ich glaube, ich liebe ihn; ich weiß es sogar, aber dann bin ich mir doch nicht so sicher.«

»Ich wünschte, ich könnte Ihnen helfen.« Margarets Stimme klang teilnahmsvoll, verstehend.

»Ich habe aber schon vor langer Zeit erfahren, daß man nicht das Leben anderer Menschen leben kann. Wir müssen unsere eigenen Entscheidungen treffen, selbst wenn sie falsch sind.«

Ja, dachte Milly, als sie wiederum die Ungewißheit verspürte – wie lange konnte ihre eigene Entscheidung wohl aufgeschoben werden?

2

James Howden schloß sorgfältig die Doppeltüren des Arbeitszimmers, bevor er das rote Telefon abnahm, das Gegenstück zu seinem Apparat auf seinem Büroschreibtisch im Ostflügel des Regierungsgebäudes. Es war ein Telefon mit einer Verschlüsselungs- und Entzerrungsanlage.

»Hier spricht der Premierminister«, sagte er.

Die Stimme eines Telefonisten erwiderte: »Der Präsident wartet, Sir. Einen Augenblick, bitte.«

Es klickte im Apparat, und dann kam die laute polternde Stimme. »Sind Sie das, Jim?«

Howden lächelte, als er den vertrauten Dialekt des Mittelwestens heraushörte. »Ja, Tyler«, sagte er, »hier spricht Howden.«

»Wie ist es Ihnen denn ergangen, Jim?«

Er gab zu: »Ich bin etwas abgespannt. Ich habe in wenigen Tagen eine Menge Dinge erledigen müssen.«

»Ich weiß. Ihr Botschafter war bei mir. Er hat mir Ihren Reiseplan gezeigt.« Die Stimme des Präsidenten klang besorgt. »Hetzen Sie sich nur nicht zu sehr ab. Wir alle brauchen Sie.«

»Ich mache gerade noch rechtzeitig Schluß«, lächelte Howden. »Aber es tut mir wohl, wenn ich höre, daß ich gebraucht werde. Ich hoffe, daß auch die Wähler so denken.«

Die Stimme wurde ernst. »Glauben Sie, daß Sie durchkommen? Glauben Sie, daß Sie damit fertigwerden?«

»Ja«, antwortete Howden mit gleichem Ernst. »Es wird

sicherlich nicht leicht, aber ich kann es schaffen, vorausgesetzt, daß alle Bedingungen, die wir erörtert haben, auch erfüllt werden.« Er fügte bedeutungsvoll hinzu: »*Alle* Bedingungen.«

»Deshalb rufe ich an.« Die polternde Stimme hielt inne. »Wie ist eigentlich bei Ihnen das Wetter da oben im hohen Norden?«

»Es schneit.«

»Das hab ich mir gedacht.« Der Präsident lachte. »Sind Sie sicher, daß Sie noch mehr davon haben wollen – Alaska zum Beispiel?«

»Wir wollen es«, sagte Howden, »und wir wissen auch, wie wir mit Schnee und Eis fertig werden. Wir leben dauernd damit.« Er versagte es sich hinzuzufügen, was der Minister für Bodenschätze und Bergbau begeistert vor zehn Tagen im Kabinett geäußert hatte: »Alaska ist wie eine Büchse, in die man nur zwei Löcher geschlagen hat. Wenn wir auch noch den Deckel abtrennen, dann können ganze Gebiete kultiviert werden – für die Landwirtschaft, für den Wohnungsbau und die Industrie. Wenn wir dann allmählich auch lernen, das Wetter zu beeinflussen, dann können wir noch weiter vordringen ...« Es war schwierig, dauernd im Bewußtsein eines bevorstehenden Krieges zu denken.

»Na ja«, sagte der Präsident. »Wir haben beschlossen, die Volksabstimmung anzuerkennen. Ich muß mich sicher noch darum schlagen. Unsere Leute hier haben es nicht gern, wenn sie wieder einen Stern von der Fahne abtrennen müssen, wenn der erst einmal draufgenäht ist. Aber so wie Sie, glaube ich auch, daß ich mich durchsetzen werde.«

»Ich bin froh«, sagte James Howden. »Sehr froh.«

»Haben Sie den Entwurf für unsere gemeinsame Erklärung erhalten?«

»Ja«, bestätigte Howden. »Angry ist mir nach Westkanada nachgeflogen. Ich habe ein paar Änderungsvorschläge gemacht und ihn dann die Einzelheiten mit Arthur Lexington ausarbeiten lassen.«

»Dann werden wir morgen früh mit der endgültigen

480

Fassung fertig sein, wobei Alaska schon in den Text einbezogen ist. Wenn es dann nach der Erklärung zu unseren jeweiligen Reden kommt, werde ich die Selbstbestimmung für Alaska herausstellen. Ich darf annehmen, daß Sie dasselbe tun.«

»Ja, das tue ich.« Der Premierminister fügte trocken hinzu: »Für Alaska *und* Kanada.«

»Dann um vier Uhr morgen nachmittag.« Der Präsident lachte. »Vielleicht sollten wir unsere Uhren vergleichen.«

»Vier Uhr«, sagte Howden. Er hatte das Gefühl der Endgültigkeit, als schließe sich jetzt irgendwo eine Tür.

Die Stimme des Präsidenten drang leise aus der Hörmuschel. »Jim.«

»Ja, Tyler?«

»Die internationale Lage hat sich nicht gebessert, Sie wissen das?«

»Wenn überhaupt«, sagte Howden, »dann würde ich sie als noch schlechter bezeichnen.«

»Sie erinnern sich ja an das, was ich gesagt habe: Ich bete darum, daß uns noch ein Jahr Zeit bleibt, bevor die kriegerischen Auseinandersetzungen beginnen. Das ist aber auch das Höchste, was wir erhoffen können.«

»Ja«, sagte Howden. »Ich erinnere mich.«

Es gab eine Pause, und es wurde heftig geatmet, als ob man in einem Augenblick des Gefühlsausbruches die Kontrolle wieder zu gewinnen versuchte. Dann sagte die Stimme ruhig: »Es ist eine gute Sache, die wir hier anpakken, Jim. Das allerbeste ... für die Kinder ... und für die Kindeskinder.«

Einen Augenblick herrschte Schweigen. Dann war die Leitung nach einem Klicken unterbrochen.

Als er den roten Telefonhörer auf die Gabel zurückgelegt hatte, stand James Howden nachdenklich in dem stillen, mit Büchern angefüllten Arbeitszimmer. Ein Porträt von Sir John A. Macdonald, dem Gründer des kanadischen Bundesstaates – Staatsmann, Bonvivant und bukolischer Trinker – schaute auf ihn hernieder.

Dies war ein Moment des Triumphes, dachte Howden.

Vor einem Augenblick noch hatte der Präsident scherzend auf sein Zugeständnis einer Volksbefragung in Alaska hingewiesen, aber das mußte für ihn eine bittere Pille gewesen sein. Und wäre nicht Howdens eigene Zähigkeit bei den Verhandlungen gewesen, das Zugeständnis wäre nie gemacht worden. Jetzt gab es neben all den anderen positiven Zugeständnissen für Kanada noch den großen roten Apfel als Ausgleich für den Verlust eines Großteils der kanadischen Souveränität. Zusammenhanglos fiel ihm ein: A für Apfel; A für Alaska.

An die Doppeltüren des Arbeitszimmers wurde einmal leise geklopft. »Ja«, rief er.

Es war Yarrow, der Butler. Der sich leise und unauffällig bewegende Major Domus von Nr. 24 sagte: »Mr. Cawston ist hier. Er sagt, daß es sehr dringend ist.« Hinter Yarrow konnte Howden draußen auf dem Korridor den Finanzminister im schweren Mantel und Schal, den Homburg in der Hand sehen.

Er rief: »Kommen Sie herein, Stu.«

Cawston schüttelte den Kopf, als er ins Zimmer trat und Yarrow ihm den Mantel abnehmen wollte. »Ich bleibe nur ein paar Minuten. Ich behalte den Mantel hier.« Er nahm den Mantel ab, warf ihn über einen Stuhl und legte dann Hut und Schal daneben. Er wandte sich um und lächelte wie einstudiert, rieb sich mit einer Hand über den zunehmend kahler werdenden Kopf, und als sich dann die Tür hinter dem Butler schloß, wurde sein Gesichtsausdruck ernst. »Ich habe schlechte Nachrichten«, sagte er gepreßt. »Schlimmer kann es kaum noch kommen.«

Howden wartete ab. Cawston sagte dann gedehnt: »Das Kabinett ist uneins – der Bruch verläuft genau in der Mitte.«

Howden ließ die Worte zunächst einmal einsinken, bevor er entgegnete: »Ich verstehe nicht«, sagte er. »Ich hatte doch den Eindruck –«

»Ja, ich auch«, bestätigte Cawston. »Ich habe gedacht, daß Sie uns alle nachdrücklich überzeugt hätten.« Er machte eine Geste des Bedauerns. »Mit Ausnahme von dem einen oder anderen, der ohnehin nach der morgigen Ankündigung seinen Rücktritt angeboten hätte.«

Howden nickte. Seit seiner Rückkehr aus Washington hatten sie zwei Kabinettssitzungen über den Unionsvertrag abgehalten. Die erste Sitzung war ähnlich verlaufen wie die Besprechung des Verteidigungsrates am Heiligen Abend. Bei der zweiten Sitzung war Begeisterung aufgekommen, in dem Maße, wie man die Vorteile für Kanada zu erkennen begann. Es hatte natürlich ein paar Abweichler gegeben. Das hatte man erwarten müssen. Er hatte auch die Unvermeidbarkeit einiger Rücktritte vorausgesehen – man mußte sie einfach akzeptieren und die darauffolgende Unruhe gelassen ertragen. Aber eine wirkliche Rebellion im Kabinett . . .

Er sagte streng: »Erzählen Sie mir die Einzelheiten.«

»Neun sind auf der gegnerischen Seite.«

»Neun!« Dann hatte also Cawston nicht übertrieben, als er sagte: »Das Kabinett hat einen Bruch in der Mitte erlitten.« Neun Minister waren mehr als ein Drittel des Kabinetts.

»Es wären nicht so viele gewesen, da bin ich sicher«, sagte der lächelnde Stu entschuldigend, »wenn nicht die Führung der oppositionellen . . .«

»Führung!« gab Howden erregt zurück. »Welche Führung?«

»Das wird Sie erstaunen.« Cawston zögerte, als nehme er bereits den Zorn des Premierministers vorweg. »Der Führer der ganzen Revolte ist Adrian Nesbitson.«

Verblüfft, ungläubig starrte James Howden ihn an.

Als nehme er das Ergebnis vorweg, sagte Cawston: »Gar kein Zweifel. Adrian Nesbitson ist es. Er hat vor zwei Tagen begonnen und hat es fertiggebracht, die anderen zu überzeugen.«

»Der Narr! Der alte unnütze Narr!«

»Nein.« Cawston schüttelte nachdenklich den Kopf. »Das ist nicht die richtige Methode. Man kann ihn nicht so einfach abtun.«

»Aber wir hatten uns doch geeinigt. Wir haben eine Absprache getroffen.« Die Übereinkunft an Bord des Flugzeuges war doch klar gewesen. Das Amt des Generalgouverneurs und als Gegengabe die loyale Unterstützung des alternden Verteidigungsministers . . .

Cawston erklärte unmißverständlich: »Was für eine Absprache Sie auch immer getroffen haben, die ist mittlerweile überholt.«

Die beiden Männer standen immer noch. Grimmig fragte der Premierminister: »Wer sind die anderen?«

»Borden Tayne, George Yhorkis, Aaron Gold, Rita Buchanan . . .« Cawston ging die verbleibenden Namen schnell durch. »Aber Adrian ist es, der den Ausschlag gibt. Er hält die Rebellen zusammen.«

»Ist Lucien Perrault noch auf unserer Seite?« Er dachte rasch an Quebec, an die wichtige Unterstützung der Franco-Kanadier. Cawston nickte.

Es war wie ein schlechter Traum, dachte Howden. Ein Alptraum, aus dem aberwitzige Gestalten die Vernunft verbannt hatten. Er mußte doch jeden Augenblick aufwachen.

Draußen wurde an die Tür geklopft, und Yarrow kam herein. Er sagte: »Ihr Wagen wartet, Sir. Es ist jetzt Zeit, zum Flughafen zu fahren.«

Cawston sagte drängend: »Adrian ist ein völlig veränderter Mann geworden. Es ist fast, als ob . . .« Er suchte nach einem Bild. ». . . Als ob man einer Mumie eine Bluttransfusion gemacht hätte, die daraufhin wieder lebendig geworden ist. Ich habe mit ihm gesprochen, und ich kann Ihnen sagen —«

»Sagen Sie mir nichts!« Das ging jetzt wirklich zu weit. »Ich werde selbst mit ihm reden.«

James Howden rechnete rasch nach. Die Zeit rann dahin. Nur noch wenige Stunden verblieben ihm bis um vier Uhr morgen Nachmittag.

»Adrian weiß, daß er mit Ihnen sprechen muß«, sagte Cawston. »Er hält sich zu einer Aussprache bereit.«

»Wo?«

»Die ganze Gruppe ist in Arthur Lexingtons Büro. Ich bin von dort gekommen. Arthur redet mit ihnen. Aber ich fürchte, daß er nichts erreicht.«

Der Butler hustete diskret. Howden wußte, daß seine Termine für heute abend außerordentlich knapp waren. Er sah im Geiste den wartenden Wagen, die Sonder-Vanguard, die auf dem Flughafen Uplands schon die Triebwerke warmlaufen ließ, den Hubschrauber, der in Montreal bereitstand, die erwartungsvolle zahlreiche Zuhörerschaft ...

Er sagte entschlossen: »Nesbitson muß mit mir nach Montreal fliegen. Wenn er sich jetzt gleich auf den Weg macht, kann er mit meiner Maschine fliegen.«

Cawston nickte rasch. »Ich kümmere mich darum.« Er war bereits am Telefon, als Howden das Haus verließ.

3

Der Oldsmobile des Premierministers fuhr direkt zu der wartenden Maschine.

Die Navigationslampen der Vanguard leuchteten rhythmisch in der Dunkelheit auf, während das Bodenpersonal, in Anoraks mit Kapuzen verpackt, sich wie geschäftige Maulwürfe um die Maschine herum zu schaffen machte. Ein Akkuwagen – bereit zum Anwerfen der Triebwerke – war mit dem Rumpf durch Kabel verbunden.

Der Chauffeur öffnete die Wagentür, und der Premierminister stieg aus. Unten an der Laderampe, den Mantel mit der Hand gegen den scharfen Wind und den wirbelnden Schnee fest zusammenhaltend, wartete Brian Richardson. Er kam ohne Umschweife zur Sache. »Der Alte ist soeben angekommen. Er ist in Ihrer Kabine, schon angeschnallt und hat einen Scotch mit Soda in der Hand.«

Howden blieb stehen. Er fragte: »Hat Stu Ihnen erzählt?«

Richardson nickte.

»Ich werde versuchen, mit ihm zu diskutieren«, sagte Howden grimmig. »Ich weiß nicht, was ich sonst machen soll.«

»Haben Sie erwogen, ihn rauszuschmeißen?« Der Gene-

ralsekretär grinste säuerlich. »Sagen wir einmal in fünf-
zehnhundert Meter Höhe.«

Trotz seiner eigenen Depressionen lachte Howden.
»Dann hätten wir zwei Märtyrer: Einen in Vancouver
und einen hier.« Er schickte sich an, die Stufen emporzu-
steigen, und rief dann über die Schulter hinweg: »Und
außerdem, ab heute können die Nachrichten nur besser
werden.«

»Viel Erfolg, Chef!« rief der Generalsekretär, aber
seine Worte wurden vom Wind fortgetragen.

In dem kompakten Raum der Sondermaschine – die
luxuriöse Einrichtung war angenehm beleuchtet – saß die
untersetzte Gestalt General Nesbitsons in einem der vier
tiefen Sessel, bereits angeschnallt, wie Richardson gesagt
hatte. Der Verteidigungsminister hatte einen Drink in der
Hand, den er abstellte, als der Premierminister eintrat.

Draußen hörte man ein Aufheulen, als die Turboprop-
Triebwerke anliefen.

Der Chefsteward stand hinter Howden, der den Kopf
schüttelte. »Lassen Sie erst einmal«, sagte er kurz. »Ich
brauche jetzt gar nichts, und wir möchten nicht gestört
werden.« Er warf seinen Mantel über einen der freiste-
henden Sessel und setzte sich dann dem Alten gegenüber.
Eine der Leselampen, bemerkte er, war eingeschaltet. Sie
schien auf Nesbitsons immer kahler werdenden Kopf und
das Gesicht mit den roten Backen wie eine Verhörlampe
auf einen Verhafteten. Na ja, dachte Howden, vielleicht
war das ein Omen für die Methode, die er anwenden mußte.

»Dies ist ein kurzer Flug«, sagte er beiläufig, »und wir
haben sehr wenig Zeit. Ich darf annehmen, daß Sie mir
eine Erklärung schuldig sind.«

Die Vanguard rollte jetzt zur Startbahn hinaus, und
wenn man nach der Bewegung ging, dann fuhr sie schnell.
Es durfte keine Verzögerung geben. Heute abend, das
wußte Howden, würde man seiner Maschine die Lande-
erlaubnis vor allem anderen geben, was da flog.

Einen Augenblick lang wurde der Alte über Howdens
Ton zornrot. Dann sagte er mit erstaunlicher Festigkeit:
»Ich möchte doch meinen, daß diese Erklärung selbstver-

ständlich ist, Premierminister. Ich werde mein Amt aus, Protest gegen das, was Sie planen, zur Verfügung stellen, und das haben auch andere vor.«

James Howden fragte kühl: »Haben Sie da vielleicht nicht etwas vergessen? – Einen Vertrag, den wir geschlossen haben. Hier in dieser Maschine, vor zehn Tagen?«

Die Augen des Alten hielten Howdens Blick stand. Er sagte gelassen: »Ich schäme mich, wenn ich mich daran erinnere. Wir sollten uns eigentlich beide schämen.«

»Es steht Ihnen frei, von Ihrer eigenen Scham zu sprechen«, brauste Howden auf, »nicht von meiner. Ich versuche, dieses Land zu retten. Sie und Ihresgleichen, die immer nur zurückschauen, würden es zerstören.«

»Wenn Sie Kanada retten wollen, warum möchten Sie es dann verschenken?« Hinter den Worten deutete sich eine neue Stärke an. Howden erinnerte sich an das, was Stu Cawston gesagt hatte: Adrian ist ein völlig veränderter Mensch. Auch körperlich schien er weniger verfallen, schien er eine bessere Figur zu machen als zuvor.

»Wenn Sie von dem Unionsvertrag sprechen«, argumentierte der Premierminister, »so gewinnen wir wesentlich mehr, als wir aufgeben.«

Der Alte erwiderte bitter: »Wir lösen unsere Streitkräfte auf, wir haben die Yankees ohne jede Einschränkung im Lande, wir lassen sie unsere Außenpolitik machen – das nennen Sie einen Gewinn?«

Die Maschine war kurz abgebremst worden und lief dann an, rollte zum Abheben zunehmend schneller. In einem wirren Muster blitzte draußen die Startbahnbefeuerung auf und verschwand dann. Jetzt hatte die Maschine abgehoben. Einen Augenblick später wurde mit einem Ruck das Fahrwerk eingezogen. Der Premierminister überlegte: sie hatten zwanzig Minuten Flugzeit, vielleicht weniger. Es war immer dasselbe Elend: zu wenig Zeit.

Er sagte: »Wir gehen einem Krieg entgegen, und Sie wollen nur die eine Seite sehen!«

»Ich sehe schon das Ganze«, gab Nesbitson zurück, »und ich kann Ihnen nur sagen – Krieg oder kein Krieg –,

Ihr Unionsvertrag wäre der Anfang vom Ende. Die Amerikaner würden es nie bei einer teilweisen Union bewenden lassen. Die wollen uns dann schon ganz schlucken. Wir würden die britische Fahne aufgeben müssen, die Königin, unsere Überlieferung . . .«

»Nein«, gab Howden zu bedenken. »Das sind genau die Dinge, die wir beibehalten werden.«

Der Alte hustete. »Wie könnten wir das denn? – Wo doch die Grenze vollständig offen ist und die Amerikaner, darunter Neger und Puertorikaner, hereinfluten werden in unser Land. Unsere Eigenständigkeit würde verschwinden, weil man uns an Zahl übertrifft, und den Leuten würde das nichts ausmachen. Darüber hinaus würden wir hier mit einem Rassenproblem fertig werden müssen, das wir nie zuvor gekannt haben. Toronto würden Sie in ein zweites Chicago verwandeln. Montreal würde zum New Orleans. Wir haben ein Einwanderungsgesetz, das Sie doch gerade erst verteidigt haben. Warum sollten wir das mit allem, was uns etwas bedeutet, vor die Hunde gehen lassen?«

»Wir würden gar nichts vor die Hunde gehen lassen«, sagte Howden zornig. »Wir würden lediglich gewisse Angleichungen vornehmen. Natürlich gibt es Probleme, das will ich Ihnen gern zugestehen. Aber es kann überhaupt nicht so schlimm werden, wie wenn wir hilflos und allein bleiben.«

»Das glaube ich einfach nicht.«

»Was die Verteidigung angeht«, bestand der Premierminister, »so bietet der Unionsvertrag uns den Fortbestand. Wirtschaftlich gesehen werden sich für Kanada ungeahnte Möglichkeiten eröffnen. Haben Sie die Volksbefragung in Alaska in Ihre Überlegungen einbezogen, eine Volksbefragung, die wir gewinnen? Alaska als kanadische Provinz?«

Nesbitson sagte polternd: »Ich habe in Erwägung gezogen, daß jeder Verrat mit dreißig Silberlingen belohnt wird.«

Ein flammender Zorn ergriff Howden. Er beherrschte sich mit einer großen Willensanstrengung und erklärte dann: »Trotz allem, was Sie sagen, geben wir doch unsere Souveränität nicht auf . . .«

»Nein?« Der Ton war weniger fest. »Aber was nutzt uns Souveränität ohne die nötige Macht, um sie aufrechtzuerhalten?«

Howden sagte ärgerlich: »Wir haben die Macht auch jetzt nicht. Wir haben nie über diese Macht verfügt, wir waren nur in der Lage, uns bei kleineren Auseinandersetzungen zu verteidigen. Die Vereinigten Staaten haben die Macht in der Hand. Indem wir unsere militärische Schlagkraft übertragen und die Grenze öffnen, vergrößern wir die Angriffsstärke der Amerikaner, die auch unsere eigene ist.«

»Es tut mir leid, Premierminister«, sagte General Nesbitson mit Würde. »Aber damit kann ich niemals übereinstimmen. Sie machen doch den Vorschlag, unsere ganze Geschichte aufzugeben, alles, wofür Kanada bisher gestanden hat . . .«

»Da haben Sie Unrecht! Ich versuche, gerade das in die Zukunft hinüber zu retten.« Howden beugte sich nach vorn und sprach jetzt ernsthaft besorgt den anderen eindringlich an. »Ich versuche, die Dinge zu bewahren, die uns am Herzen liegen, und zwar bevor es zu spät ist: die Freiheit, die Menschenwürde und Gerechtigkeit nach dem Gesetz. Alles andere ist doch nicht von Bedeutung.« Er bat jetzt fast: »Können Sie das nicht begreifen?«

»Alles, was ich begreifen kann«, sagte der Alte hartnäckig, »ist, daß es irgend einen anderen Weg geben muß.«

Es hatte einfach keinen Sinn, das wußte Howden jetzt. Aber er versuchte es noch einmal. Nach einer Pause fragte er: »Geben Sie mir doch wenigstens darauf eine Antwort: Wie würden Sie die Verteidigung Kanadas gegen einen Fernraketenangriff sehen?«

Nesbitson begann zögernd: »Zunächst einmal würden wir unsere konventionellen Streitkräfte . . .«

»Lassen Sie nur«, sagte Howden. Er fügte resigniert hinzu: »Ich bin nur erstaunt darüber, daß Sie während Ihrer Amtszeit als Verteidigungsminister nicht wieder die Kavallerie eingeführt haben.«

Morgen früh würde er sich einzeln mit den übrigen rebellischen Ministern unterhalten, beschloß James Howden. Einige von ihnen, dessen war er sicher, würde er bestimmt wieder auf seine Seite ziehen können. Aber es würde auch andere geben im Kabinett, im Parlament und in den Parteibezirken – die genau so dachten wie Adrian Nesbitson, die ihm auch folgen würden, die an ihren Wunschträumen gemeinsam mit Nesbitson festhalten würden . . . bis der letzte radioaktive Staub . . .

Aber er hatte ja immer schon einen Kampf erwartet, gleich von Anfang an. Es würde einen harten Kampf geben, aber wenn er Nesbitson dazu bringen konnte, seine Ansichten offen darzulegen, die spießige Absurdität seiner Überlegungen deutlich werden zu lassen . . .

Es war einfach Pech, daß diese Entwicklung und der Zwischenfall im Einwanderungsministerium zusammengefallen waren.

Die zwanzig Minuten waren vorüber. Der Ton der Triebwerke veränderte sich, und die Maschine verlor an Höhe. Unter sich konnten sie verstreute Lichter sehen, vor sich den Widerschein der strahlenden Stadt Montreal.

Adrian Nesbitson hatte das Glas, das er abgesetzt hatte, als Howden hereinkam, jetzt ausgetrunken. Er hatte etwas daraus verschüttet.

»Premierminister«, sagte er, »persönlich bin ich ja verflixt traurig über diese Auseinandersetzung zwischen uns.«

Teilnahmslos nickte Howden. »Sie sind sich natürlich darüber klar, daß ich Sie jetzt auf keinen Fall als Generalgouverneur empfehlen kann.«

Dem Alten schoß die Röte ins Gesicht. »Ich dachte doch, daß ich klargestellt hatte –«

»Ja«, sagte Howden brüsk, »Sie haben mir eine ganze Menge klargestellt.«

Er ließ seine Gedanken von Nesbitson wegschweifen und konzentrierte sich auf das, was noch bis morgen nachmittag getan werden mußte.

Henri Duval

Wenige Minuten nach sieben Uhr dreißig schellte das Telefon in Alan Maitlands Appartment in der Gilford Street. Alan, noch schlaftrunken und nur in seinen Schlafanzugshosen – er zog die Jacken nie an und hatte eine ganze Sammlung davon noch in der ursprünglichen Verpackung –, bereitete das Fühstück auf seinem zweiflammigen Gaskocher. Er zog den Stecker des Toasters aus der Wand, der die Angewohnheit hatte, Brot in Asche zu verwandeln, wenn man nicht genau aufpaßte, und nahm beim zweiten Klingeln den Hörer ab.

»Guten Morgen«, sagte Sharons fröhliche Stimme. »Was machst du denn gerade?«

»Ich koche ein Ei.« Alan fuhr mit seinem Blick an dem Telefonkabel entlang und schaute dann auf eine Sanduhr auf dem Tisch in der Kochnische. »Das kocht schon drei Minuten. In einer Minute muß ich es runternehmen.«

»Laß es noch sechs Minuten kochen«, schlug Sharon amüsiert vor, »dann kannst du es morgen hartgekocht essen. Großvater möchte gern, daß du mit uns frühstückst.«

Alan dachte rasch nach. »Das ließe sich wohl machen.« Er berichtigte sich dann: »Wenigstens – ich meine, danke schön.«

»Gut.«

Er gab zu bedenken: »Ich nehme an, dein Großvater weiß, daß heute morgen die Duval-Verhandlung ist.«

»Ich glaube, darüber will er mit dir reden«, sagte Sharon. »Wie lange brauchst du?«

»Ich bin in einer halben Stunde bei euch.«

Während er sich anzog, aß er dennoch das Ei.

In der Villa am Southwest Marine Drive geleitete der Butler, der sich immer noch so bewegte, als schmerzten ihn seine Füße, Alan in ein großes Zimmer, dessen Wände – wie die Empfangshalle – mit polierter Holztäfelung

491

nach Art der elisabethanischen Zeit ausgekleidet waren. Ein eichener Refektoriumstisch, das sah Alan, war für drei Personen gedeckt. Die Silberbestecke blitzten, und weiße Servietten lagen neben den Tellern. Auf einem Buffet aus geschnitzter Eiche standen verschiedene silberne Servierschalen, die vermutlich das Frühstück enthielten. Der Butler sagte: »Der Senator und Miß Deveraux kommen jeden Augenblick.«

»Danke schön«, sagte Alan. Er ging durch den ganzen Raum zu den Fenstern mit den Damastvorhängen hinüber, die auf den breiten Frazerfluß, mindestens dreißig Meter unter ihnen, gingen. Hinabschauend konnte er die großen Holzflöße sehen, vom Sonnenlicht im Morgennebel umspielt. Die Quelle des Wohlstandes für dieses Haus und für andere ähnliche Villen, dachte er.

»Guten Morgen, mein Sohn.« Es war Senator Deveraux, der mit Sharon in der Türöffnung stand. Alan wandte sich um.

Wie schon beim letzten Mal schien die Stimme des Senators geschwächt. Heute stützte er sich schwer auf einen Stock, und auf der anderen Seite stützte Sharon seinen freien Arm. Sie lächelte Alan warm an. Er fühlte, wie bei ihrem Anblick sein Herz wiederum rascher schlug.

»Guten Morgen, Sir«, sagte Alan. Er zog einen Stuhl herbei, und Sharon half ihrem Großvater, sich hineinzusetzen. »Ich hoffe, Sie befinden sich wohl.«

»Mir geht es wirklich ausgezeichnet, danke.« Vorübergehend hatte die Stimme wieder die überzeugende Festigkeit von früher. »Meine einzigen Beschwerden, die periodisch auftreten, sind nur die Unannehmlichkeiten des Greisenalters.« Er betrachtete Sharon und Alan, die jetzt bei ihm am Tisch saßen. »Letzten Endes müssen ja auch junge Menschen darunter leiden.«

Der Butler war geräuschlos wiedergekommen und begann jetzt, das Frühstück aus den Servierschalen auf die vorgewärmten Teller zu geben. Es gab Rührei und Spiegelei.

Sharon sagte beflissen: »Wir können dir auch ein gekochtes Ei machen lassen, wenn du magst.«

»Nein danke!« Alan betrachtete die große Portion, die man vor ihm auf den Tisch gestellt hatte. »Der einzige Grund, warum ich zu Hause gekochte Eier esse, ist nur, daß ich ein guter Wasserkocher bin.«

»Sie sind tatsächlich ein Mann, der vollkommen abkochen kann«, bemerkte der Senator. »Und nicht nur mit Wasser.« Er fügte langsam hinzu: »Ich finde, daß Ihre Kochkünste unerwartete Ergebnisse zeitigen können.«

Als der Butler gegangen war und die Tür sanft hinter sich geschlossen hatte, sagte Sharon: »Ich gehe heute ins Gericht, ich hoffe, du hast nichts dagegen.«

»Ich wünschte fast, du hättest es mir nicht gesagt.« Alan lächelte über den Tisch hinweg. »Da bin ich möglicherweise befangen.«

Abrupt fragte Senator Deveraux: »Sagen Sie mir, mein Junge: Läuft Ihre Rechtsanwaltspraxis gut?«

»Ganz ehrlich gestanden, nein.« Alan lächelte bedauernd. »Im Anfang war es recht mäßig, und der größte Teil unserer Ersparnisse war bald aufgebraucht. Dann haben wir allmählich begonnen, so viel einzunehmen, wie wir ausgaben. In diesem Monat werden wir jedoch nicht hinkommen.«

Sharon runzelte die Stirn, als sei sie erstaunt. »Aber diese ganze Publicity wird doch sicherlich mehr Aufträge bringen. Bekommt Ihr dadurch nicht neue Mandanten?«

»Das habe ich auch zuerst gedacht«, antwortete Alan ganz offen. »Aber jetzt glaube ich, dadurch werden die Leute ferngehalten. Tom und ich haben gestern abend noch darüber gesprochen.« Er erklärte dem Senator: »Tom Lewis ist mein Partner.«

»Ja, das weiß ich wohl«, sagte der Alte. Er fügte hinzu: »Ich habe über Sie beide einige Erkundigungen eingezogen.«

»Ich glaube eben einfach«, erklärte Alan weit ausholend, »konservative Mandanten, wie Geschäftsleute zum Beispiel, die haben gar nichts dafür übrig, wenn ihre Anwälte eine Menge Publicity bekommen. Andere, die nur Kleinigkeiten abwickeln wollen, erhalten den Eindruck, daß wir zu bedeutend oder zu kostspielig sind.«

Der Senator nickte. »Eine bemerkenswert umsichtige Einschätzung der Situation, möchte ich sagen.«

»Wenn das aber zutrifft«, sagte Sharon, »dann ist das furchtbar ungerecht.«

»Ich glaube wohl«, bemerkte Senator Deveraux, »daß Ihr Mr. Lewis besonders an Gesellschaftsrecht interessiert ist.«

Erstaunt antwortete Alan: »Das ist wahr. Tom ist immer schon daran interessiert gewesen. Er hofft, sich eines Tages darauf spezialisieren zu können.« Neugierig fragte er sich, wohin dieses Gespräch wohl führen sollte.

»Es kommt mir so vor«, sagte der Senator etwas pompös, »als ob es für Sie hilfreich sein wird, wenn wir uns heute morgen über zwei Dinge klar werden. Zunächst einmal ist da die Frage eines Vorschusses auf die Gebühr, die Sie für Ihre gegenwärtige Tätigkeit bekommen. Ich frage mich, ob Sie mit zweitausend Dollar einverstanden sind.«

Alan schluckte das Spiegelei, das er gerade im Mund hatte, herunter. Ganz verwirrt erwiderte er: »Ehrlich gestanden, Sir, ich hatte nie geglaubt, daß meine Abschlußrechnung auch nur annähernd an diese Zahl herankommen würde.«

»Erlauben Sie mir, Ihnen einen handfesten Rat zu geben.« Senator Deveraux war mit seiner kleinen Frühstücksportion fertig. Jetzt schob er den Teller von sich und beugte sich über den Tisch. »Verkaufen Sie sich in diesem Leben niemals billig. Bei freien Berufen werden einige der höchsten Gebühren – bei der Juristerei, der Medizin und auch auf anderen Gebieten – ausschließlich durch Unverschämtheit bestimmt. Gestatten Sie sich, unverschämt zu sein, mein Sohn! Damit kommen Sie schon ganz schön weiter.«

»Und außerdem«, sagte Sharon, »in Großvaters Fall läßt sich das noch alles von der Steuer abschreiben.«

Alan grinste. »Ich danke Ihnen, Sir. Wenn Sie das so formulieren, dann nehme ich Ihren Rat gern an.«

»Und dann das zweite Thema.« Der Senator nahm eine Zigarre aus der Jackentasche und schnitt das Ende ab.

Als sie angezündet war, fuhr er dann fort: »Culliner, Bryant etc. sind im Augenblick die Rechtsberater für den größten Teil meiner geschäftlichen Unternehmungen. In letzter Zeit ist jedoch die Arbeitslast immer größer geworden, und ich habe schon einmal erwogen, eine Aufgabenteilung vorzunehmen. Es wird sich vielleicht als ganz zufriedenstellend erweisen, wenn Sie und Mr. Lewis die Deveraux-Forstwirtschaft GmbH übernehmen würden. Das ist ein beträchtlicher Etat, und der würde sicherlich eine zuverlässige Grundlage für Ihre juristische Praxis bieten.« Er fügte hinzu: »Wir können später noch eine monatliche Pauschalgebühr ausmachen.«

»Ich weiß gar nicht, was ich da sagen soll«, meinte Alan. »Nur scheint heute wirklich ein guter Morgen für mich zu sein.« Er hatte das Gefühl, laut vor Freude herausschreien zu müssen. Er mußte einfach schnell zu einem Telefon kommen, um auch Tom an der erfreulichen Neuigkeit teilhaben zu lassen.

Sharon lächelte jetzt.

»Ich hatte gehofft, daß Ihnen das Spaß machen würde, mein Sohn. Aber es gibt noch eine weitere Angelegenheit, die ich mit Ihnen besprechen möchte. Während wir das tun« – er blickte zu Sharon hinüber – »würdest du vielleicht einmal so nett sein, mir einen Scheck über zweitausend Dollar zur Unterschrift vorzubereiten?« Er dachte einen Augenblick nach und fügte dann hinzu: »Schreib ihn doch bitte auf den *Consolidated Fond* aus.«

Wenn man Geld hatte, dachte Alan erheitert, dann hatte man direkt Schwierigkeiten, wenn es darum ging, das Konto zu bestimmen, von dem man abheben wollte.

»In Ordnung«, sagte Sharon munter. Sie stand auf und nahm ihre Kaffeetasse mit.

Als sich die Tür geschlossen hatte, schaute der Senator seinen Gast auf der anderen Seite des Tisches an. »Wenn ich vielleicht fragen darf«, sagte er direkt, »wie ist Ihr Verhältnis zu Sharon?«

»Wir haben noch nicht darüber gesprochen«, antwortete Alan zurückhaltend, »aber ich werde sie bald fragen, ob sie mich heiraten möchte.«

Der Senator nickte. Er legte die Zigarre weg. »Ich habe so etwas wohl vermutet. Ich darf annehmen, daß Sie sich darüber klar sind, daß Sharon durch ihr eigenes Vermögen eines Tages reich sein wird.«

»Das habe ich angenommen«, sagte Alan.

»Glauben Sie, daß der Unterschied zwischen Ihnen einer glücklichen Ehe im Wege stehen würde?«

»Nein, das glaub ich nicht«, sagte Alan mit Nachdruck. »Ich habe die Absicht, hart zu arbeiten und mir meine eigene Karriere aufzubauen. Wenn wir einander lieben, dann wäre es doch töricht, so etwas dazwischenkommen zu lassen.«

Senator Deveraux seufzte. »Sie sind ein bemerkenswert nüchterner und umsichtiger junger Mann.« Er hatte die Hände ineinander verschlungen. Er richtete jetzt seine Augen auf die Hände. Langsam sagte er: »Ich wünsche mir immer wieder, daß mein eigener Sohn – Sharons Vater – so wie Sie gewesen wäre. Leider ist er ein Fachmann für schnelle Motorboote, für Frauen von der gleichen Art und sonst für nichts.«

Dazu gab es nichts zu sagen, dachte Alan. Gar nichts. Er saß schweigend da.

Schließlich hob der Senator wieder den Kopf. »Was zwischen Sharon und Ihnen geschieht, das bleibt Ihre Angelegenheit. Sharon wird schon ihre eigene Entscheidung treffen, wie sie das immer getan hat. Aber ich darf Ihnen sagen, wenn Sharon sich für Sie entscheiden sollte, dann würde ich Ihnen ganz sicher nicht im Wege stehen.«

»Ich danke Ihnen«, sagte Alan. Er empfand Dankbarkeit – und Verwirrung. So vieles geschah in so kurzer Zeit. Er würde Sharon bald fragen. Vielleicht noch heute.

»Zur Besiegelung all dessen, wovon wir gesprochen haben«, sagte der Ältere, »habe ich eine Bitte.«

Alan antwortete: »Wenn ich sie erfüllen kann, Sir, will ich das gern tun.«

»Sagen Sie mal: Glauben Sie, daß Sie heute Ihren Fall vor Gericht gewinnen werden?«

Erstaunt antwortete Alan: »Ja, ich bin sicher, daß es mir gelingen wird.«

»Gibt es die Möglichkeit, daß Sie verlieren?«

»Die Möglichkeit ist immer vorhanden«, gab Alan zu. »Die Einwanderungsbehörde wird sicher nicht ohne Kampf aufgeben, und ich muß ihren Argumenten begegnen. Aber wir haben eine starke Begründung, wesentlich besser als zuvor.«

»Nehmen Sie doch einmal an, nur in Gedanken, daß Sie etwas nachlässig wären, wenn es darum geht, dem gegnerischen Argument zu begegnen. *Könnten* Sie dann verlieren ... ohne daß es offensichtlich wäre ... ich meine, könnten Sie absichtlich verlieren ...?«

Alan errötete. »Ja, aber – –«

»Ich möchte, daß Sie verlieren«, sagte Senator Deveraux leise, »ich möchte, daß Sie verlieren und daß Henri Duval deportiert wird. Das war meine Bitte.«

Es bedurfte einer langen, ganzen Minute, bis die Bedeutung des Gesagten Alan klargeworden war.

Ungläubig und mit gepreßter Stimme protestierte Alan: »Haben Sie eine Vorstellung davon, was Sie da verlangen?«

»Ja, mein Junge«, erwiderte der Senator bedächtig, »die habe ich, glaube ich, schon. Ich bin mir klar, daß ich eine große Bitte äußere, weil ich genau weiß, wie viel dieser Fall für Sie bedeutet hat. Aber ich bitte Sie nachdrücklich, mir zu glauben, daß es gute und triftige Gründe für meine Bitte gibt.«

»Sagen Sie mir dann«, forderte Alan, »sagen Sie mir, welches die Gründe sind.«

»Ich darf voraussetzen«, sagte der Senator gemessen, »daß, was wir jetzt sagen, völlig unter uns bleibt und nie aus diesem Raum hinausdringt. Wenn Sie damit einverstanden sind, wie ich hoffe, dann braucht niemand, nicht einmal Sharon, je zu wissen, was passiert ist.«

»Die Gründe«, bestand Alan zurückhaltend. »Geben Sie mir Ihre Gründe.«

»Es gibt zwei Gründe«, antwortete der Senator, »und ich will den weniger wichtigen zuerst nennen. Ihr blinder Passagier dient unserer Sache – und der Sache seinesgleichen – viel besser, wenn er ausgewiesen wird, trotz der Bemühungen, die in seiner Sache unternommen wurden. Einige Menschen unter uns erreichen ihre Größe im Martyrium. Er ist einer von diesen.«

Alan sagte ruhig: »Was Sie wirklich meinen, ist doch, daß es politisch gesehen Howdens Partei noch schlechter machen würde – weil die ja schließlich Duval hinausgeworfen hat – und daß es Ihre eigene Partei in einem besseren Licht erscheinen lassen würde, weil sie ja versucht haben, ihn zu retten oder wenigstens den Anschein zu erwecken wußten.«

Der Senator zuckte ganz leicht mit den Schultern. »Sie haben Ihre eigene Ausdrucksweise dafür. Ich bin für meine verantwortlich.«

»Und der zweite Grund?«

»Ich habe eine alte und recht zuverlässige Nase für politische Schwierigkeiten«, sagte Senator Deveraux. »Und politische Schwierigkeiten rieche ich zur Zeit.«

»Schwierigkeiten?«

»Es ist möglich, daß in naher Zukunft die Zügel der Regierungsgewalt übergeben werden. Der Stern von James Howden ist im Sinken begriffen, und unser eigener steigt.«

»Ihr eigener«, erinnerte Alan ihn. »Nicht der meine.«

»Ich hatte, ganz ehrlich gestanden, gehofft, daß er auch bald der Ihre werden könnte. Aber lassen Sie uns doch zunächst einmal feststellen, daß sich die Geschicke der Partei, deren Vorsitzender zu sein ich die Ehre habe, zur Zeit zum Besseren zu wandeln scheinen.«

»Sie haben von Schwierigkeiten gesprochen«, bestand Alan. »Was für Schwierigkeiten?«

Der Senator schaute Alan gerade in die Augen. »Ihr blinder Passagier – wenn man ihm gestattet hierzubleiben – könnte die Ursache ausgesprochener Unannehmlichkeiten für seine Gönner werden. Er ist ein Mensch, der nirgendwo richtig hinpaßt. Ich spreche aus langer Erfahrung. Es hat schon in der Vergangenheit ähnliche Fälle wie diesen gegeben. Wenn es dazu käme, wenn er irgendwie abrutschen würde, dann könnte die ganze Sache unserer eigenen Partei sehr abträglich sein – ein dauernder Pfahl im Fleisch – genau so wie wir es jetzt der Regierung gemacht haben.«

»Was macht Sie denn so sicher«, fragte Alan, »daß er – wie Sie sagen – abrutschen wird?«

Senator Deveraux sagte mit Festigkeit: »Weil es unvermeidlich ist, daß es so kommt. Mit seiner Herkunft . . . in unserer nordamerikanischen Gesellschaft . . .«

»Da bin ich nicht Ihrer Meinung«, sagte Alan aufbrausend. »Da bin ich aber vollkommen anderer Meinung.«

»Ihr Partner, Mr. Lewis, ist das nicht.« Der Senator sagte ganz sanft: »Soweit ich weiß, hat er doch auch gesagt, daß der Mann irgend etwas Sonderbares an sich hat – ›er ist irgendwie zerbrochen‹, und wenn man ihn an Land bringt, dann würde er wohl – ich zitiere Ihren Partner – ›zerbrechen‹.«

Alan dachte verbittert: Sharon hatte also ihr Gespräch am Tage der ersten Anhörung genau berichtet. Er fragte sich, ob sie auch wußte, in welcher Weise dieses Gespräch gegen ihn benutzt wurde. Vielleicht schon. Jetzt begann er, an den ehrlichen Beweggründen aller Menschen in seiner Umgebung zu zweifeln.

»Es ist nur sehr bedauerlich«, sagte er resignierend, »daß Sie daran nicht schon gedacht haben, bevor wir den Fall überhaupt aufgenommen haben.«

»Ich gebe Ihnen mein Wort, mein Junge, wenn ich das gewußt hätte, daß der Fall zu diesem unserem Gespräch führen würde, dann hätte ich ihn nie aufgenommen.« Die Stimme des Alten klang überzeugend. Er fuhr fort: »Ich gebe gern zu, daß ich Sie unterschätzt habe. Ich habe nie davon zu träumen gewagt, daß Sie so bemerkenswert erfolgreich sein würden.«

Alan dachte, daß er sich bewegen müsse, daß er seine Haltung ändern, vielleicht ein wenig laufen müsse . . . vielleicht konnte er die Muskeln seines Körpers einfach betätigen und damit den Aufruhr in seinem Kopf überwinden. Er rückte seinen Stuhl vom Frühstückstisch zurück, stand auf und ging zum Fenster hinüber, an dem er schon zuvor gestanden hatte.

Hinausschauend konnte er wieder den Fluß sehen. Die

Sonne hatte den Nebel aufgelöst. In der schwachen Wellenbewegung des Wassers hoben sich die zusammengezurrten Flöße und senkten sich dann wieder leicht.

»Es gibt einfach Entscheidungen, die wir treffen müssen«, sagte der Senator, »die uns schmerzen. Aber hinterher wissen wir, daß wir die beste und klügste Entscheidung getroffen haben ...«

Alan wandte sich abrupt um und sagte: »Ich möchte nur etwas ganz klar wissen, wenn Sie nichts dagegen haben.«

Auch Senator Deveraux war vom Tisch abgerückt, blieb aber in seinem Stuhl sitzen. Er nickte. »Aber gewiß.«

»Wenn ich mich weigere, das zu tun, was geschieht dann mit den Fragen, die wir zuvor erörtert haben – mit der rechtlichen Betreuung der Deveraux-Forstwirtschaft ...«

Der Senator sah gequält aus. »Ich würde es lieber nicht auf der Basis erörtern, mein Junge.«

»Aber ich möchte das gern«, sagte Alan rücksichtslos. Er wartete auf eine Antwort.

»Ich glaube ... unter bestimmten Umständen ... da wäre ich vielleicht gezwungen, die Angelegenheit noch einmal zu überdenken.«

»Ich danke Ihnen«, sagte Alan. »Ich wollte nur Klarheit haben.«

Mit Bitterkeit dachte er, man hatte ihm das Gelobte Land erst gezeigt und jetzt ...

Einen Augenblick lang wurde er schwach. Die Versuchung war sehr stark. Der Senator hatte gesagt: *Niemand ... nicht einmal Sharon braucht es zu wissen.* Es ließ sich ja so leicht einrichten: Eine Flüchtigkeit, eine Nachlässigkeit beim Plädoyer, eine Konzession gegenüber dem gegnerischen Anwalt ... Vielleicht wurde er dann von seinen Berufskollegen kritisiert, aber schließlich war er jung. Die Unerfahrenheit konnte als Tarnung dienen. Solche Angelegenheiten wurden schnell vergessen.

Dann aber wies er den Gedanken von sich, als habe er ihn nie gehabt.

Seine Stimme klang klar und durchdringend.

»Senator Deveraux«, erklärte er, »ich habe heute morgen ohnehin die Absicht gehabt, dieses Verfahren zu gewinnen. Ich möchte Ihnen jetzt nur zu verstehen geben, daß ich immer noch gewinnen werde, nur ist meine Entschlossenheit jetzt zehnmal größer.«

Eine Antwort kam nicht. Die Augen wurden hochgezogen, das Gesicht war bekümmert, als sei es durch die Anstrengung ausgelaugt.

»Nur noch eins«, Alans Stimme wurde jetzt schneidend. »Ich möchte es ganz klarstellen, daß Sie mich nicht mehr in irgendeiner Weise bezahlen. Mein Mandant ist Henri Duval und niemand sonst.«

Die Tür öffnete sich, und Sharon kam zurück mit einem Stück Papier in der Hand. Sie fragte unsicher: »Ist irgend etwas passiert?«

Alan deutete auf den Scheck. »Den brauchst du nicht mehr. Ich würde vorschlagen, daß du ihn wieder in den *Consolidated Fond* zurückgibst.«

»Warum denn, Alan? Warum?« Sharons Mund stand offen, ihr Gesicht war bleich.

Plötzlich, ohne es sich erklären zu können, wollte er verletzen, wollte wehtun.

»Dein großartiger Großvater hat mir einen Vorschlag unterbreitet«, antwortete er rücksichtslos. »Ich würde sagen, du fragst ihn mal danach. Schließlich warst du bei dem Geschäft ja inbegriffen.«

Er eilte unhöflich an ihr vorbei und hielt nicht inne, bis er seinen stark mitgenommenen Chevrolet draußen an der Auffahrt erreicht hatte. Er wendete den Wagen und fuhr rasch in Richtung Stadt.

2

Alan Maitland klopfte hart an die Außentür der Suite im Hotel Vancouver, die für Henri Duval reserviert war. Einen Augenblick später wurde die Tür einen Spalt breit geöffnet, und er sah dahinter die breitschultrige, untersetzte

Gestalt von Dan Orliffe. Der Reporter öffnete die Tür ganz und fragte: »Wo haben Sie bloß gesteckt?«

»Ich hatte noch eine andere Verabredung«, antwortete Alan kurz. Er trat ein und schaute sich in dem luxuriös eingerichteten Zimmer, in dem außer Orliffe niemand war, sorgfältig um. »Wir müssen uns auf den Weg machen. Ist Henri fertig?«

»Jeden Augenblick«, antwortete der Reporter. »Er ist im Nebenzimmer und zieht sich an.« Er nickte in Richtung der geschlossenen Schlafzimmertür.

»Ich möchte gern, daß er den dunklen Anzug anzieht«, sagte Alan. »Das sieht vor Gericht besser aus.« Sie hatten am Tag zuvor zwei neue Anzüge für Duval gekauft, auch Schuhe und andere Kleidungsstücke, wobei sie von dem Geld genommen hatten, das sich in dem kleinen Fonds bereits angesammelt hatte. Die Anzüge waren natürlich Konfektion, rasch geändert, aber sie paßten gut. Sie waren gestern gegen Abend gebracht worden.

Dan Orliffe schüttelte den Kopf. »Er kann den dunklen Anzug nicht tragen. Er hat ihn verschenkt.«

Alan sagte gereizt: »Was heißt das, er hat ihn verschenkt?«

»Genau das, was ich sage. Da war ein Zimmerkellner, der etwa Henris Größe hatte. Da hat ihm Henri den Anzug gegeben. Einfach so. O ja, er hat auch noch ein paar von den neuen Hemden dazugelegt und ein Paar Schuhe.«

»Wenn das ein Witz sein soll«, fuhr ihn Alan an, »dann muß ich sagen, daß ich ihn nicht sehr lustig finde.«

»Hören Sie zu, alter Freund«, konterte Orliffe, »wenn Ihnen eine Laus über die Leber gelaufen ist, dann lassen Sie Ihre schlechte Laune nicht an mir aus. Und damit Sie es ganz genau wissen, ich halte das auch für keinen guten Witz.«

Alan verzog das Gesicht. »Tut mir leid. Ich habe wohl noch eine Art sentimentalen Katzenjammer.«

»Das ist alles geschehen, bevor ich herkam«, erklärte Orliffe.

»Offensichtlich hatte Henri eine Schwäche für diesen

Burschen, und schon war's passiert. Ich habe nach unten telefoniert, um den Anzug zurückzubekommen, aber der Kellner hatte seine Schicht schon beendet.«

»Was hat Henri denn gesagt?«

»Als ich ihn zur Rede stellte, hat er lediglich die Schultern hochgezogen und mir gesagt, es gäbe doch sicherlich noch viele Anzüge für ihn, und er wollte überhaupt eine Menge Dinge verschenken.«

»Da werden wir ihm aber gleich den Kopf zurechtsetzen«, sagte Alan grimmig. Er ging zur Schlafzimmertür hinüber und öffnete sie. Drinnen betrachtete sich Henri Duval in einem hellbraunen Anzug mit weißem Hemd, ordentlich gebundener Krawatte und auf Hochglanz geputzten Schuhen in einem großen Spiegel. Er drehte sich strahlend zu Alan um.

»Ich seh schön aus, nicht wahr?«

Es war einfach unmöglich, das ansteckende knabenhafte Vergnügen zu ignorieren. Alan lächelte. Henris Haar war auch geschnitten. Es war jetzt sauber gekämmt, und er trug einen Scheitel. Gestern war viel los gewesen. Eine ärztliche Untersuchung, Interviews für die Presse und das Fernsehen, ein Einkaufsbummel und eine Anprobe für die Anzüge.

»Ja, du siehst wirklich sehr gut aus.« Alan versuchte, seiner Stimme einen strengen Klang zu geben. »Aber das heißt doch nicht, daß du einfach neue Anzüge verschenken kannst, die eigens für dich gekauft worden sind.«

Henri sah plötzlich beleidigt aus. Er sagte: »Der Mann ich gebe, ist mein Freund.«

»So weit ich darüber Bescheid weiß«, sagte Dan Orliffe aus dem Nebenzimmer, »sind sie sich zum ersten Mal begegnet. Henri scheint sehr schnell Freundschaft zu schließen.«

Alan sagte bestimmt: »Du verschenkst deine neue Kleidung nicht, nicht einmal an Freunde.«

Der junge blinde Passagier schmollte wie ein Kind. Alan seufzte. Es würde ganz bestimmt Schwierigkeiten geben, das sah er jetzt, wenn man Henri Duval an seine neue Umgebung anpassen mußte. Laut sagte er: »Wir müssen jetzt aber gehen. Wir dürfen nicht zu spät zum Gericht kommen.«

Auf dem Weg nach draußen blieb Alan stehen. Er schaute sich in der Suite um und sagte dann zu Duval: »Wenn wir vor Gericht Erfolg haben, heute nachmittag, dann suchen wir dir ein Zimmer, in dem du wohnen kannst.«

Der junge Mann sah verblüfft aus. »Warum nicht hier? Dies Haus gut.«

Alan sagte schneidend: »Das bezweifele ich nicht. Aber wir haben nicht das nötige Kleingeld für dieses Hotel.«

Henri Duval gab strahlend zu bedenken: »Die Zeitung zahlt.«

»Ab morgen nicht mehr.« Dan Orliffe schüttelte den Kopf. »Mein Chefredakteur murrt sowieso schon über die Kosten. O ja, da gibt es noch etwas.« Er sagte zu Alan: »Henri hat beschlossen, daß wir ihn jetzt bezahlen müssen, wenn wir ihn fotografieren. Davon hat er mich heute morgen informiert.«

Alan fühlte, wie seine Gereiztheit wiederkam. »Er versteht diese Dinge ja nicht, und ich hoffe sehr, daß Sie das nicht drucken.«

»Ich werde es nicht drucken«, sagte Dan ruhig. »Aber andere werden es sicher tun, wenn sie es hören. Ich würde vorschlagen, daß Sie sobald wie nur möglich mit unserem jungen Freund einmal ein ernstes Wort reden.«

Henri Duval strahlte die beiden an.

3

Vor dem Gerichtssaal, in dem die Anhörung heute morgen stattfinden sollte, drängten sich die Leute. Die Besucherplätze waren bereits belegt. Höflich, aber mit Nachdruck wiesen die Gerichtsdiener Neuankömmlinge ab. Alan drängte sich durch den Menschenauflauf, beachtete Fragen von dicht hinter ihm folgenden Reportern nicht und führte Henri Duval durch die Mitteltür des Gerichtssaales.

Alan hatte sich mittlerweile einen Anwaltstalar mit einem weißen Bäffchen über die Schultern geworfen. Heute gab es nämlich eine Verhandlung mit allem Drum und Dran und mit den genauen Bestimmungen des Protokolls. Als er eintrat, bemerkte er den geräumigen eindrucksvollen Gerichtssaal mit den Stühlen aus geschnitzter Eiche, mit dem dicken roten Teppich und den darauf abgestimmten purpurroten, mit Gold abgesetzten Vorhängen vor den hohen Bogenfenstern. Das Sonnenlicht fiel durch die Jalousien.

An einem der langen Anwaltstische saßen Edgar Kramer, A. R. Butler, der Kronanwalt, und der Anwalt der Schiffsreederei, Tolland, in steifen Ledersesseln, gegenüber dem Richterstuhl mit seinem Baldachin und mit dem darüber angebrachten königlichen Wappen.

Alan begab sich mit Henri Duval zum zweiten Tisch. Der Pressetisch zu seiner Rechten war überfüllt. Dan Orliffe, der zuletzt kam, quetschte sich zwischen die anderen Presseleute. Der Gerichtsdiener und der Gerichtsstenograf saßen unter dem Richterpodium. Von den überfüllten Zuschauerplätzen hinter den Anwälten drang ein tiefes Brummen der leise geführten Gespräche zu ihnen herüber.

Alan blinzelte seitlich und bemerkte, daß sich die beiden anderen Anwälte ihm zugewandt hatten. Sie lächelten und nickten, und er gab den Gruß zurück. Wie schon bei früherer Gelegenheit war Edgar Kramers Blick bewußt abgewandt. Einen Augenblick später ließ sich Tom Lewis, ebenfalls im Talar, auf dem Platz neben Alan nieder. Er schaute sich um und bemerkte dann respektlos: »Das erinnert mich an dein Büro. Ist nur ein bißchen größer.« Er nickte Duval zu. »Guten Morgen, Henri.«

Alan fragte sich, wann er Tom die Mitteilung machen sollte, daß sie für die Arbeit, die sie jetzt leisteten, kein Honorar mehr bekommen würden, wann er ihm gestehen sollte, daß er durch seinen unbesonnen geäußerten Stolz eine Zahlung verschenkt hatte, die ihnen von Rechts wegen zustand, was auch immer sein Streit mit Senator Deveraux bedeuten mochte. Vielleicht konnte das zum

Ende ihrer Partnerschaft führen; zumindest jedoch würde es für sie beide einen ausgesprochenen Verzicht bedeuten.

Er dachte an Sharon. Er war sich jetzt sicher, daß sie keine Kenntnis von dem gehabt hatte, was ihr Großvater heute morgen vorgetragen hatte, und daß dies auch der Grund sein mußte, warum sie aus dem Zimmer geschickt worden war. Wenn sie geblieben wäre, hätte sie sicherlich genauso protestiert. Aber anstatt ihr zu vertrauen, hatte er an ihr gezweifelt. Plötzlich erinnerte er sich voller Scham an die Worte, die er Sharon gegenüber gebraucht hatte: *Du warst bei dem Geschäft ja inbegriffen.* Er wünschte jetzt verzweifelt, daß er diese Worte wieder zurücknehmen könnte. Er nahm an, daß sie ihn nun nicht mehr sehen wollte.

Da kam ihm ein Gedanke. Sharon hatte gesagt, sie würde heute morgen im Gericht sein. Er blickte sich forschend um, suchte die Zuschauerreihen ab. Wie er schon befürchtet hatte, war sie nicht im Raum.

»Ruhe!« Das war der Gerichtsdiener.

Die Beamten, die Anwälte und die Zuschauer standen auf, als Richter Stanley Willis mit raschelnder Robe hereinkam und seinen Platz auf der Richtertribüne einnahm.

Als das Gericht Platz genommen hatte, verkündete der Gerichtsdiener: »Oberster Gerichtshof. 13. Januar, in Sachen Henri Duval.«

Alan Maitland war schon aufgestanden. Rasch hatte er sich des Vorgeplänkels entledigt und begann dann: »Mylord, seit Jahrhunderten ist jedes Individuum, das der Rechtsprechung der Krone unterliegt – ob es nun zeitweilig im Lande ist oder nicht –, berechtigt gewesen, sich am Fuße des Thrones um eine Bewahrung vor der Ungerechtigkeit zu bemühen. Um es kurz zusammenzufassen, das tut auch heute mein Mandant in seinem Antrag auf eine *Habeas-Corpus*-Verfügung.«

Alan wußte, daß dies eine formaljuristische Anhörung war, wobei einzelne Aspekte des abstrusen Rechts von ihm und A. R. Butler debattiert wurden. Er hatte bereits zuvor beschlossen, jedes Fünkchen Menschlichkeit zu nutzen, das er nur vorbringen konnte. Jetzt fuhr er fort: »Ich möchte die Aufmerksamkeit des Gerichts auf den Deportationsbefehl lenken, der von der Einwanderungsbehörde ausgestellt wurde.« Alan zitierte die Worte, die er mittlerweile auswendig konnte, ». . . verhaftet und deportiert zu dem Ort, woher Sie gekommen sind, oder in das Land, dessen Staatsangehörigkeit Sie besitzen oder dessen Bürger Sie sind, in das Land Ihrer Geburt oder in ein Land, das vom Ministerium . . .«

Ein Mensch, so argumentierte er, konnte doch schließlich nicht gleichzeitig an vier verschiedene Stellen deportiert werden. Deshalb mußte eine Entscheidung getroffen werden, welcher von den vier möglichen Orten hier gemeint war. »Wer soll denn diese Entscheidung treffen?« fragte Alan rhetorisch und beantwortete dann seine eigene Frage: »Man müßte doch zu dem Schluß kommen, die Behörde, die auch den Ausweisungsbefehl erlassen hat. Und doch hat es keine solche Entscheidung gegeben. Man hat nur beschlossen, daß mein Mandant, Henri Duval, auf dem Schiff in Haft gehalten werden soll.«

Durch dieses Vorgehen – oder dieses Nichttätigwerden behauptete Alan – wurde der Kapitän des Schiffes gezwungen, die unmögliche Wahl unter den vier Alternativen zu treffen. Alan erklärte heftig: »Es ist so, als ob Mylord einen Menschen eines Verbrechens für schuldig befunden und dann gesagt hätte: ›Ich verurteile diesen Mann entweder zu drei Jahren Gefängnis oder zu zwölf Schlägen mit der Rute oder zu sechs Monaten im Polizeigefängnis, und ich überlasse es jemandem außerhalb dieses Gerichtssaales zu entscheiden, welche Strafe nun tatsächlich Anwendung finden soll‹.«

Als Alan innehielt und einen Schluck aus einem Glas mit Eiswasser nahm, das Tom Lewis eingegossen hatte, da war der Anflug eines Lächelns auf dem Gesicht des Richters zu sehen. Am Tisch der Gegenanwälte machte A. R. Butler mit ausdruckslosem Gesicht eine Bleistiftnotiz.

Alan fuhr fort: »Ich gebe deshalb zu bedenken, Mylord, daß der Ausweisungsbefehl für Henri Duval rechtlich anfechtbar ist, weil er gar nicht genau ausgeführt werden kann.«

Und nun – das war die stärkste Säule seiner Argumentation – gab er einen kurzen Überblick über den Ablauf des Falles *Rex gegen Ahmed Singh*, wobei er die Einzelheiten aus dem Band mit Gerichtsprotokollen entnahm, den er mitgebracht hatte, wobei die betreffenden Stellen durch eingelegte Papierstreifen gekennzeichnet waren. In dem Fall im Jahre 1921, wenn man einmal den ganzen juristischen Jargon wegließ, hatte ein kanadischer Richter geurteilt: Ein abgewiesener Immigrant, Ahmed Singh, konnte nicht lediglich auf ein Schiff deportiert werden. Und das konnte Henri Duval, so argumentierte Alan, eben auch nicht.

»Vor dem Gesetz«, erklärte Alan, »sind die beiden Fälle identisch. Somit also müßte der Ausweisungsbefehl im Verlauf des *Habeas-Corpus*-Verfahrens als unrechtmäßig abgewiesen und mein Mandant freigesetzt werden.«

A. R. Butler rutschte auf seinem Sessel hin und her und machte eine weitere Notiz. Bald würde er die Gelegenheit einer Erwiderung und Gelegenheit zum Vortragen seiner eigenen Argumente haben. Mittlerweile floß Alans Redestrom voller Selbstvertrauen weiter. Er hatte Senator Deveraux erklärt: *Ich habe die Absicht zu gewinnen* ...

Auf dem Platz neben A. R. Butler hörte Edgar Kramer unbefriedigt dem sich in die Länge ziehenden Verfahren zu.

Edgar Kramer hatte juristische Grundkenntnisse, und seine Kenntnisse zusammen mit seinem Instinkt sagten ihm, daß das Verfahren für die Einwanderungsbehörde gar nicht so gut ablief. Darüber hinaus sagte ihm sein Instinkt, daß man innerhalb der Behörde einen Prügelknaben finden mußte, wenn der Urteilsspruch ablehnend für das Ministerium wäre. Und es gab einen ganz offensichtlichen Prügelknaben: ihn selbst.

Er war sich dessen bewußt gewesen, seit er die kurze und scharfe Mitteilung vor zwei Tagen bekommen hatte:

»Der Premierminister ... außerordentlich unzufrieden ...
Einstellung bei dem Verfahren im Amtszimmer des Richters ... hätte keine Sonderanhörung anbieten sollen ...
erwartet bessere Leistungen in Zukunft.« Der Persönliche
Referent des Premierministers, der den Tadel am Telefon
durchgab, schien dies mit besonderer Befriedigung getan
zu haben.

Edgar Kramer begann erneut, über diese bittere Ungerechtigkeit in Zorn zu geraten. Man hatte ihm sogar
das elementare Grundrecht der eigenen Verteidigung versagt, man hatte ihm nicht einmal Gelegenheit gegeben,
persönlich dem Premierminister zu erklären, daß ihm die
Sonderanhörung von diesem Richter dort aufgezwungen
worden war und daß er angesichts zweier unmöglicher
Situationen, die am wenigsten schädliche und die in kür-
zester Frist zu behandelnde gewählt hatte.

Das war durchaus korrekt gewesen, so wie alles korrekt gewesen war, was er getan hatte, von dem Augenblick an, wo er in Vancouver eingetroffen war.

In Ottawa waren seine Anweisungen vor der Abreise
eindeutig gewesen. Der Staatssekretär hatte ihm persönlich aufgetragen: Wenn sich der blinde Passagier Duval
für die Zulassung als Immigrant entsprechend den gesetzlichen Bestimmungen nicht qualifizierte, dann durfte er
unter keinen Umständen einreisen. Darüber hinaus hatte
Edgar Kramer die Vollmacht erhalten, alle notwendigen
rechtlichen Schritte einzuleiten, um eine solche Zulassung
zu verhüten, welche Rechtsmittel auch immer eingelegt
würden.

Eine weitere Zusicherung war ihm gemacht worden:
Politischer Druck oder die laut geäußerten Bedenken der
Öffentlichkeit sollten nicht die Ausführung des gültigen
Gesetzes beeinflussen. Diese Zusicherung, so hatte man
ihm gesagt, war direkt vom Minister, von Mr. Warrender,
ausgesprochen worden.

Edgar Kramer war seinen Anweisungen gewissenhaft
gefolgt, wie er das immer in den Jahren seiner Laufbahn
getan hatte. Trotz allem, was hier und jetzt geschah,
hatte er sich dem Gesetz gefügt – dem Einwanderungs-

gesetz, das vom Parlament verabschiedet war. Er hatte seine Pflicht erfüllt, war loyal gewesen und keineswegs nachlässig. Und schließlich war es nicht seine Schuld, daß ein strebsamer Rechtsanwalt und ein irregeleiteter Richter seine Bemühungen ins Gegenteil verkehrt hatten.

Seine Vorgesetzten, so nahm er an, würden Verständnis zeigen. Und doch ... das Mißbehagen des Premierministers war wiederum etwas anderes.

Tadel von seiten des Premierministers konnte einen Beamten um seinen Ruf bringen, machte ihn zu einem Gezeichneten, dessen Fortkommen gehemmt war. Und selbst wenn die Regierungen wechselten, die Vorurteile wurden weitergegeben.

In seinem eigenen Fall war natürlich der Tadel nicht groß gewesen, und vielleicht hatte der Premierminister ihn bereits vergessen. Dennoch hatte Edgar Kramer irgendwo das unangenehme Gefühl, daß seine strahlende Zukunft – verglichen mit der Situation vor einer Woche – etwas gedämpfter erschien.

Er mußte sich auf jeden Fall davor hüten, noch einmal einen umstrittenen Zug zu tun. Wenn der Premierminister noch einmal unangenehm an seinen Namen erinnert wurde ...

Im Gerichtssaal wurden weiter Worte gewechselt. Der Richter war an verschiedenen Stellen mit Fragen in den Redefluß eingefallen, und jetzt disputierten A. R. Butler und Alan Maitland in höflicher Weise einen geringfügigen Verfahrenspunkt. »... mein gelehrter Kollege sagt, der Erlaß ist im genauen Wortlaut unter Abschnitt 36 zu finden. Ich jedoch möchte zu bedenken geben, daß die Hinzufügung dieser Kommata von Bedeutung sein könnte. Es ist nicht in den genauen Formulierungen des Abschnittes 36 ...«

Edgar Kramer haßte Alan Maitland gründlich. Darüber hinaus hatte er den Drang zu urinieren: Gefühlsregungen, darunter auch Ärger, hatten jetzt immer diese Wirkung auf ihn. Und man konnte einfach nicht leugnen, daß sein Leiden in letzter Zeit schlimmer geworden war, daß die Schmerzen bei einer Verhaltung größer wurden.

510

Er versuchte, sich in Gedanken abzuschirmen ... zu vergessen ... an etwas anderes zu denken ...

Er blickte hinüber zu Henri Duval. Der blinde Passagier grinste, verstand nicht, was vor sich ging, sein Blick wanderte über den ganzen Saal. Sein ganzer Instinkt, den Kramer sein eigen nannte ... seine Jahre der Erfahrung ... verhießen ihm, daß dieser Mann niemals ein gesetzter Einwanderer werden würde. Seine ganze Lebensgeschichte stand gegen ihn. Trotz der Hilfe, die ihm vielleicht zuteil wurde, konnte sich ein solcher Mann nicht an ein Land anpassen, darin leben, das er nie verstehen würde. Für diesen Menschentyp gab es ein Verhaltensmuster: Kurzfristiger Eifer, dann wieder Tatenlosigkeit. Das emsige Suchen nach schneller Belohnung. Schwäche, Verfall, Schwierigkeiten ... die ganze Entwicklung ging dann stetig bergab. Es gab viele solcher Fälle in den Akten seiner Behörde. Die harte Realität, die von Idealisten mit den glänzenden Augen einfach ignoriert wurde.

»... Gewiß, Mylord, die wichtigste Frage, wenn es um einen *Habeas-Corpus*-Erlaß geht, ist schließlich die Frage der Zuverlässigkeit des Arrestes ...«

Der Gedanke ... der Drang urinieren zu müssen, das Herannahen körperlicher Schmerzen ... das würde er nicht mehr länger unterdrücken können.

Edgar Kramer verkrampfte sich ganz verzagt in seinen Sessel. Aber er würde den Raum nicht verlassen.

Alles war jetzt recht, alles, nur keine Aufmerksamkeit erregen.

Er schloß die Augen und betete um eine Verhandlungspause.

Ganz so einfach war es wohl nicht, dessen wurde sich Alan Maitland klar. Der Kronanwalt A. R. Butler kämpfte unnachgiebig, griff jedes Argument an, zitierte Präzedenzfälle, die gegen *Rex gegen Ahmed Singh* sprachen. Auch der Richter schien außerordentlich wißbegierig, er stellte kleinlich alles in Frage, als ob er aus einem Grunde, der nur ihm selbst bekannt war, wünschte, daß Alans Argumentation ganz genau geprüft werde.

In diesem Augenblick verteidigte A. R. Butler das Vorgehen der Einwanderungsbehörde. »Keine persönliche Freiheit ist hier beeinträchtigt worden«, erklärte er. »Duval hatte im vorliegenden Falle seine Rechte, die nunmehr abgelaufen sind.«

Das Auftreten des älteren Anwaltes, dachte Alan, war so eindrucksvoll wie immer. Die tiefe, joviale Stimme fuhr fort: »Ich gebe daher zu bedenken, Mylord, daß die Tatsache der Zulassung eines solchen Menschen unter den zuvor beschriebenen Umständen unweigerlich die Tore Kanadas einer Flut von Immigranten öffnen würde. Das wären keine Einwanderer im üblichen Sinne mehr. Es wären Leute, die eine Einwanderung verlangen, nur weil sie sich nicht mehr erinnern können, wo sie geboren sind, weil sie keine Reisedokumente besitzen oder in einsilbigen Wörtern sprechen.«

Sofort war Alan aufgesprungen. »Mylord, ich protestiere gegen die Bemerkungen meines Kollegen. Die Frage, wie irgend ein Mensch spricht . . .«

Richter Willis winkte ihm, sich zu setzen. »Mr. Butler«, sagte der Richter sanft, »ich glaube nicht, daß Sie oder ich uns an die Zeit erinnern können, als wir geboren wurden.«

»Was ich damit sagen wollte, Mylord –«

»Und außerdem«, sagte der Richter bestimmt, »ich kann mir vorstellen, daß einige unserer angesehensten Familien hier am Ort von Leuten abstammen, die ohne Reisedokumente von einem Schiff gekommen sind. Mir fallen da gleich eine ganze Reihe ein.«

»Wenn Mylord vielleicht gestatten –«

»Und was das Sprechen einsilbiger Wörter angeht, so stelle ich bei mir fest, daß ich es in meinem eigenen Lande tue – zum Beispiel, wenn ich die Provinz Quebec besuche.« Der Richter nickte gelassen. »Machen Sie weiter, Mr. Butler.«

Einen Augenblick lang rötete sich das Gesicht des Anwalts. Dann fuhr er fort: »Der Punkt, den ich – zweifellos in unzureichender Weise, wie Mylord sagte – zu bedenken geben wollte, ist ja, daß die Bevölkerung von

Kanada auf Grund der Einwanderungsgesetze Schutz beanspruchen kann . . .«

Äußerlich wurden diese Worte mit dem gleichen mühelosen Selbstbewußtsein vorgetragen und pointiert dargeboten. Aber jetzt, das merkte Alan, war es A. R. Butler, der verzweifelt nach einem Strohhalm suchte.

Zu Anfang der Verhandlung war Alan Maitland ganz unsicher gewesen. Er hatte befürchtet, daß er trotz allem noch verlieren könnte, daß selbst in diesem Stadium Henri Duval verurteilt werden würde, mit der *Vastervik* abzufahren, wenn sie heute abend auslief, daß Senator Deveraux irrtümlich annehmen konnte, daß seine Intrige Erfolg gehabt hätte . . . Aber jetzt stellte sich wieder das Gefühl der Selbstsicherheit ein.

Er wartete darauf, daß dieser Abschnitt des Plädoyers zu Ende ging, und seine Gedanken beschäftigten sich mit Henri Duval. Trotz Alans Überzeugung, daß der junge blinde Passagier ein potentiell guter Einwanderer war, hatte ihn der Zwischenfall im Hotel heute morgen verwirrt. Mit einem unangenehmen Gefühl erinnerte er sich an Tom Lewis' Zweifel. »Da ist irgendwo etwas nicht in Ordnung, eine Schwäche . . . vielleicht nicht einmal seine Schuld; vielleicht etwas in seiner Lebensgeschichte, das immer wieder zum Vorschein kommt.«

Das brauchte nicht wahr zu sein, sagte sich Alan zornig; jeder Mensch, ganz egal woher er kam, brauchte Zeit, um sich an eine neue Umgebung anzupassen. Außerdem kam es ja in erster Linie auf das Prinzip an: auf persönliche Freiheit, die Freizügigkeit eines einzelnen. Er hatte, als er sich einmal im Gerichtssaal umschaute, den Blick Edgar Kramers auf sich gespürt. Nun, diesem selbstgerechten Beamten würde er schon zeigen, daß es Rechtsverordnungen gab, die wirksamer waren als willkürliche Verwaltungserlasse.

Das Schwergewicht der Plädoyers hatte sich verschoben. Vorübergehend hatte A. R. Butler wieder seinen Platz eingenommen, und Alan versuchte jetzt noch einmal, das alte Feld zu beackern: die Angelegenheit mit der Berufung an die Einwanderungsbehörde nach der

Sonderanhörung. Sofort protestierte A. R. Butler, aber der Richter bestimmte, daß die Frage behandelt werden konnte, und fügte dann wie beiläufig hinzu: »Wenn es den Herren Anwälten genehm ist, dann können wir uns vielleicht zu einem kurzen Gespräch zurückziehen.«

Alan war schon so weit, daß er die Anregung des Richters höflich aufgreifen wollte, als er einen Ausdruck großer Erleichterung auf Edgar Kramers Gesicht wahrnahm. Er hatte auch bemerkt, daß der Beamte während der letzten Minuten äußerst unruhig in seinem Stuhl mit der hohen Rückenlehne hin- und hergerutscht war. Eine plötzliche Erinnerung ... sein Instinkt ... bewirkte, daß Alan zögerte.

Er gab zu bedenken: »Wenn Mylord gestatten, dann würde ich sehr gern vor der Verhandlungspause diesen Abschnitt meines Plädoyers noch abschließen.«

Richter Willis nickte zustimmend.

Alan fuhr fort, sich an das Hohe Gericht zu wenden. Er untersuchte den Berufungsvorgang, kritisierte die Zusammensetzung des Berufungsausschusses mit seinen drei Mitgliedern – darunter Edgar Kramer – einem Einwanderungsbeamten, der ein Kollege des Leiters dieser Berufungsverhandlung, George Tamkynhil, war.

Rhetorisch fragte er: »Kann man voraussetzen, daß eine so zusammengesetzte Gruppe die Entscheidung eines nahestehenden Amtskollegen aufheben würde? Würde solch ein Gremium eine Entscheidung rückgängig machen, die bereits vom Einwanderungsminister persönlich im Unterhaus bekanntgegeben worden war?«

A. R. Butler warf zornig ein: »Mein Kollege mißdeutet hier ganz wissentlich die Situation. Dieser Ausschuß ist schließlich ein Berufungsausschuß.«

Der Richter beugte sich vor. Richter waren immer empfindlich, wenn es um Verwaltungsgerichtsbarkeit ging ... Das war etwas, was Alan sehr wohl wußte. Jetzt richtete er seine Blicke auf Edgar Kramer und wurde sich bewußt, warum er die Verzögerung eingeleitet hatte. Es war eine bösartige Eingebung gewesen – eine Sottise, die er sich bis zu diesem Augenblick selbst nicht eingestanden hatte.

Das war auch nicht notwendig gewesen, er wußte ja, daß der Fall gewonnen war. Nun wartete er mit Unbehagen.

Durch einen Schleier des Schmerzes hindurch hatte Edgar Kramer den letzten Wortwechsel vernommen. Er wartete, betete im stillen um die Pause, die der Richter angekündigt hatte.

Richter Willis bemerkte beißend: »Wenn ich das recht verstehe, so ist doch diese sogenannte Berufung nach einer Sonderanhörung nichts anderes, als eine Bestätigung mit Brief und Siegel, die durch dieselbe Behörde erteilt wird. Warum soll man dann das Ganze um Himmels Willen Berufung nennen?« Der Richter fixierte seinen Blick auf Kramer und fuhr dann streng fort: »Ich möchte doch dem Vertreter des Ministeriums für Einwanderung zu bedenken geben, daß das Gericht nachdrückliche Zweifel hegt . . .«

Aber Edgar Kramer hörte gar nicht mehr zu. Der körperliche Schmerz . . . der Drang, der zuvor begonnen hatte, war immer stärker geworden und übertönte jetzt alles. Sein Kopf, sein Körper konnten es nicht mehr ertragen. Gebrochen und voll zorniger Verzweiflung schob er seinen Stuhl zurück und eilte aus dem Gerichtssaal.

»Halt!« Das war die scharfe, befehlende Stimme des Richters.

Er achtete nicht darauf. Draußen im Korridor, immer noch rasch gehend, konnte er hören, wie Richter Willis sich in beißender Schärfe an A. R. Butler wandte, ». . . möchte doch diesen Beamten warnen . . . Respektlosigkeit . . . wenn das noch einmal passiert . . . Verurteilung wegen Mißachtung des Gerichts . . .« Und dann abrupt: »Das Gericht zieht sich zu einer viertelstündigen Beratungspause zurück.«

Er konnte sich die beflissenen, aufgeregten Pressemeldungen vorstellen, die schon in wenigen Minuten durchtelefoniert oder geschrieben werden würden: *Edgar S. Kramer, ein leitender Beamter der Einwanderungsbehörde, wurde heute mit einem Verfahren wegen Mißachtung des Gerichtes während des Verfahrens im Falle Henri Duval vor dem Obersten Gerichtshof von British*

Columbia bedroht. Kramer lief aus dem Gerichtssaal, als Richter Willis sich mit einer kritischen Bemerkung an ihn wandte, und er ließ dabei eine Anweisung des Richters außer acht ...

Das würde überall erscheinen. Und das würde vom Publikum gelesen, von Kollegen, von Untergebenen, von Vorgesetzten, vom Minister und vom Premierminister ...

Das würde er nie zu erklären vermögen.

Er wußte, daß seine Karriere beendet war. Es würde eine Dienstaufsichtsbeschwerde geben, und er würde noch Beamter bleiben, aber ohne die Möglichkeit einer weiteren Beförderung. Die Verantwortung würde immer geringer werden, die Achtung würde schwinden. Das war auch schon anderen passiert. Vielleicht würde in seinem eigenen Fall eine medizinische Untersuchung eingeleitet, möglicherweise eine vorzeitige Pensionierung ...

Er beugte sich vor, legte den Kopf gegen die kühle Fliesenwand der Toilette und wehrte sich gegen den Drang, bittere Tränen des Zorns zu vergießen.

4

Tom Lewis fragte: »Was nun?«

»Wenn du es wissen willst«, antwortete Alan Maitland, »das habe ich mich auch gerade gefragt.«

Sie standen auf den Stufen des Gerichtsgebäudes. Es war am frühen Nachmittag, das Wetter war warm und die Sonne schien, was für diese Jahreszeit äußerst ungewöhnlich war. Vor einer Viertelstunde war der Urteilsspruch zu ihren Gunsten verkündet worden. Henri Duval, so entschied Richter Willis, konnte nicht auf ein Schiff deportiert werden. Deshalb würde Duval heute abend nicht an Bord der *Vastervik* auslaufen. Im Gericht war es zu spontanem Beifall gekommen, den der Richter streng unterdrückte.

Alan sagte nachdenklich: »Henri ist ja noch kein anerkannter Einwanderer, und vermutlich kann er noch immer direkt nach dem Libanon deportiert werden, wo er an Bord des Schiffes gegangen ist. Aber ich glaube nicht, daß die Regierung so vorgehen wird.«

»Das glaube ich auch nicht«, stimmte Tom mit ihm überein. »Er scheint sich jedenfalls darüber keine Sorgen zu machen.«

Sie schauten auf die andere Seite der großen Freitreppe hinüber, wo Henri Duval von einem Haufen Reporter, Fotografen und Bewunderer umgeben war. Mehrere Frauen befanden sich in der Gruppe. Der frühere blinde Passagier stellte sich hier den Fotografen, grinste breit mit vorgestreckter Brust.

»Wer ist der miese Typ da im Kamelhaarmantel?« fragte Tom.

Er schaute sich einen in schreienden Farben angezogenen Mann mit scharfen pockennarbigen Gesichtszügen und geöltem Haar an. Er hatte eine Hand auf Henri Duvals Schulter gelegt und ließ sich mit ihm fotografieren.

»Das ist ein Nachtclub-Impresario. Er ist vor ein paar Minuten hier erschienen und hat erklärt, daß er Henri auftreten lassen will. Ich bin dagegen, aber Henri gefällt die Idee.« Alan sagte langsam: »Ich sehe nicht ganz, was ich dagegen tun kann.«

»Hast du mit Duval über die Stellenangebote gesprochen, die wir haben? Der Job auf dem Schleppboot hört sich doch ganz gut an.«

Alan nickte: »Er hat mir gesagt, daß er die ersten paar Tage noch nicht arbeiten will.«

Tom zog die Augenbrauen hoch. »Der wird ein bißchen zu unabhängig, wenn ich das richtig sehe.«

Kurz angebunden antwortete Alan: »Ja.« Er hatte schon gemerkt, daß sich ganz bestimmte Verantwortungsbereiche, die seinen Schützling betrafen, als unerwartete Bürde erweisen würden.

Es gab eine Pause, und dann bemerkte Tom: »Du weißt ja wohl, warum Kramer so schnell aus dem Gerichtssaal verschwunden ist.«

Alan nickte gemächlich. »Ich habe mich an das letzte Mal erinnert – und das, was du mir dann erzählt hast.«

517

Tom sagte leise: »Du hast das absichtlich so hinge-
bogen, oder nicht?«

»Ich war mir nicht sicher, was wohl geschehen würde«,
gab Alan zu. »Ich konnte wohl bemerken, daß er kurz
vor dem Platzen stand.« Er fügte bedauernd hinzu: »Ich
wünschte, ich hätte es nicht getan.«

»Ich kann mir vorstellen, daß es auch Kramer leid tut«,
sagte Tom. »Du hast es ihm ganz schön gegeben. Ich
habe hinterher mit A. R. Butler gesprochen. Butler ist
übrigens gar kein schlechter Bursche, wenn man ihn erst
einmal näher kennenlernt. Er hat mir gesagt, daß Kramer
ein guter Beamter ist – arbeitsam und ehrlich. Wenn ich
vielleicht meinen gelehrten Kollegen einmal zitieren darf,
›wenn Sie sich vorstellen, was wir den Beamten zahlen,
dann sind die Kramers wirklich viel besser, als wir sie
verdienen‹.«

Alan schwieg.

Tom Lewis fuhr fort: »Butler sagt, daß Kramer bereits
einen Tadel in dieser Angelegenheit – und zwar vom
Premierminister selbst – hat einstecken müssen. Ich
glaube, was jetzt hier passiert ist, wird ihm noch einen
weiteren einbringen, so daß du dir ohne viel Phantasie
vorstellen kannst, daß du ihm endgültig das Genick gebrochen hast.«

Alan sagte langsam: »Ich schäme mich dieser ganzen
Angelegenheit!«

Tom nickte. »Dann sind wir wenigstens zu zweit.«

Dan Orliffe hatte die Menschenansammlung um
Henri Duval verlassen und kam auf sie zu. Er trug eine
zusammengefaltete Zeitung unter dem Arm. »Wir gehen
zurück auf Henris Zimmer«, verkündete er. »Da hat einer
eine Flasche spendiert, und die Stimmung geht wohl
auf eine Party hin. Kommen Sie mit?«

»Nein, danke«, sagte Alan. Tom schüttelte den Kopf.

»Okay.« Der Reporter hatte Alan die Zeitung gereicht,
als er sich gerade abwenden wollte. »Das ist die Mittags-
ausgabe. Sie finden da ein paar Zeilen über sich, in der
Abendausgabe gibt's dann mehr.«

Tom und Alan schauten zu, wie die Gruppe um Henri

Duval wegging. Der eigentliche Motor war dabei der Mann im Kamelhaarmantel. Eine der Frauen hatte sich bei Henri eingehängt. Der frühere blinde Passagier strahlte glücklich und freute sich über die Aufmerksamkeit. Er schaute nicht zurück.

»Ich lasse ihn erst mal machen«, sagte Alan. »Später werde ich dann mit ihm reden. Ich kann ihn doch nicht einfach allein, kann ihn doch nicht ohne jede Aufsicht lassen.«

Tom grinste sardonisch. »Viel Spaß dabei.«

»Vielleicht ist er in Ordnung«, sagte Alan. »Er wird sich doch sicher fangen. Das kann man doch nie voraussagen, und man sollte auch nie Vorurteile haben.«

»Nein«, sagte Tom. »Vorurteile sollte man nie haben.«

»Selbst wenn er nicht besonders erfolgreich ist«, bestand Alan, »so ist das Prinzip immer noch wichtiger als der Mann.«

»Jaja.« Tom folgte Alan die Stufen des Gerichts hinunter. »Darauf kann man sich immer noch berufen.«

Alan erzählte bei dampfenden Spaghetti im italienischen Restaurant, was aus ihrer Gebühr geworden war. Erstaunlicherweise schien Tom fast ganz unberührt.

»Ich hätte wahrscheinlich dasselbe getan«, sagte er. »Mach dir keine Sorgen, wir kommen schon zurecht.«

Alan fühlte Wärme und Dankbarkeit in sich aufsteigen. Um seine eigenen Gefühlsregungen zurückzuhalten, öffnete er die Zeitung, die Dan Orliffe ihm gegeben hatte.

Auf Seite drei war ein Bericht über das Duval-Verfahren, der war jedoch vor dem Urteilsspruch und dem Zwischenfall mit Edgar Kramer geschrieben. Eine Nachricht aus dem Büro in Ottawa der *Canadian Press* Nachrichtenagentur enthüllte, daß der Premierminister »heute nachmittag eine bedeutende und weitreichende Erklärung im Unterhaus machen würde«. Über den Inhalt der Erklärung war nichts weiter bekannt, aber die Spekulationen brachten die Ansprache mit der sich stetig verschlechternden internationalen Lage in Verbindung. In der Spalte für Spätnachrichten waren Rennergebnisse verzeichnet und noch eine weitere Nachricht:

Senator Richard Deveraux starb heute morgen unerwartet, vermutlich an den Folgen eines Herzschlages in seinem Heim in Vancouver. Senator Deveraux war 74 Jahre alt.

5

Die Haustür stand offen. Alan ging hinein.

Er fand Sharon allein im Empfangszimmer.

»O Alan!« Sie lief ihm entgegen. Ihre Augen waren vom Weinen gerötet.

Sanft sagte er: »Ich bin sofort hergekommen, als ich es gehört habe.« Er nahm behutsam ihre Hände und führte Sharon zu einem Sofa. Sie setzten sich nebeneinander.

»Sag am besten gar nichts«, meinte er, »nur wenn du willst.«

Nach einem Augenblick sagte Sharon: »Es ist . . . etwa eine Stunde nachdem du gegangen bist, passiert.«

Er fuhr schuldbewußt zusammen: »Es war doch nicht etwa, weil . . .«

»Nein.« Ihre Stimme war leise, aber fest. »Er hatte zuvor schon zwei Herzanfälle gehabt. Wir wußten seit einem Jahr, daß ein weiterer Infarkt . . .«

»Worte sind zwar unzulänglich«, sagte er. »Aber ich möchte doch sagen, daß es mir leid tut.«

»Ich habe ihn liebgehabt, Alan. Er hat sich um mich gekümmert, seit ich ein Baby war. Er war liebevoll und gütig.« Sharons Stimme überschlug sich, dann fuhr sie fort: »Ja, weißt du, ich weiß alles über die Politik – da gab es schlimme Sachen und auch gute. Bisweilen schien es, als könne er sich dagegen gar nicht wehren.«

Alan sagte behutsam: »Wir sind doch alle so. Ich meine, wir sind alle so beschaffen.« Er dachte an Edgar Kramer und an sich.

Sharon hob die Augen. Sie sagte unbeirrt: »Ich habe es nicht gehört . . . wo doch hier alles drüber und drunter ging. Hast du deinen Fall gewonnen?«

Er nickte bedächtig. »Ja, wir haben gewonnen.« Aber

er fragte sich, was er gewonnen und was er verloren hatte.

»Nachdem du heute morgen weg warst«, sagte Sharon vorsichtig, »hat Großvater mir erzählt, was geschehen ist. Er wußte genau, daß er das nicht von dir hätte verlangen sollen. Das wollte er dir auch noch selbst sagen.«

Er sagte tröstend: »Das ist doch jetzt völlig egal.« Er wünschte jedoch, daß er heute morgen etwas behutsamer gewesen wäre.

»Er hat gewollt, daß du das noch erfährst.« Ihre Augen füllten sich mit Tränen, ihre Stimme wurde unsicher. »Er hat mir gesagt... daß du der anständigste junge Mann bist... den er je kennengelernt hat... und wenn ich dich nicht sofort bei der Hand nehmen und heiraten würde...«

Ihre Stimme blieb weg. Dann lag sie in seinen Armen.

Der Unionsvertrag

Es war 15.20 Uhr. Noch vierzig Minuten blieben.

Um 16.00 Uhr würde gleichzeitig in Ottawa und Washington der Unionsvertrag bekanntgegeben.

Im Unterhaus wuchs die Spannung. Heute morgen hatte der Premierminister bekanntgegeben, daß er eine ›Erklärung von tiefgreifender Bedeutung mit Auswirkungen auf das ganze Volk‹ abgeben werde. Details waren nicht mitgeteilt worden, aber auf dem *Parliament Hill* war die Spekulation fast stündlich angewachsen.

Im Parlament wurde mit der Routinearbeit weitergemacht, aber die Erwartung lag unterschwellig im Raum. Die Besuchertribünen waren bereits besetzt, eine lange Schlange von Zuspätgekommenen, die Pech gehabt hatten, stand draußen in der Vorhalle. Auf der Diplomatentribüne waren bereits mehrere Botschafter eingetroffen. Eine danebenliegende Tribüne wurde jetzt von den Damen der Abgeordneten besetzt.

Draußen, vor dem Abgeordnetensaal waren die Lobbies, die Korridore und die Pressezimmer angefüllt mit erregten Gesprächen. Die Nachricht von einem Bruch im Kabinett wurde als Gerücht verbreitet. Soweit James Howden wußte, war allerdings über die Ursache keine Mitteilung durchgesickert. Einen Augenblick zuvor waren die Gespräche in der Regierungslobby leiser geworden, als der Premierminister hereingekommen war und sich zu seinem eigenen Abgeordnetensitz begeben hatte.

Er setzte sich und schaute umher, öffnete dann den Aktendeckel, den er mitgebracht hatte. Er verschloß seine Ohren dem Mann, der gerade sprach – ein Abgeordneter von den hinteren Bänken, der die ungewöhnliche Aufmerksamkeit zu genießen wußte, und dann las Howden noch einmal die aufeinander abgestimmte gemeinsame Erklärung, sowie den Einführungstext für seine eigene darauf folgende Rede.

Seit Tagen hatte er an dieser Rede gebosselt, und zwar immer zwischen anderen Verpflichtungen, und heute morgen, ganz früh, nach seiner Rückkehr aus Montreal hatte er die Rede vollendet. Er hatte nur wenig geschlafen, aber die Erregung und ein Gefühl der Schicksalhaftigkeit hielten ihn aufrecht.

Die Rede, die er heute vor dem Parlament halten würde – ganz im Gegensatz zu den anderen der vergangenen Tage –, war ganz von ihm selbst verfaßt. Außer Milly Freedeman, die die Entwürfe geschrieben hatte, hatte niemand die Rede bisher gesehen oder daran gearbeitet. Er wußte, daß das, was er geschrieben hatte und was er erklären würde, ihm vom Herzen kam. Was er vorschlug, würde den Ablauf der Geschichte verändern. Für Kanada würde sein Vorschlag wenigstens auf Zeit ein Nachlassen im Zusammengehörigkeitsgefühl des Volkes bedeuten. Letztes Endes jedoch, davon war er überzeugt, würden die Vorzüge der Union das Risiko der Separation aufwiegen. Man brauchte Mut, um den Tatsachen ins Gesicht zu sehen, mehr Mut vielleicht, als bei den leeren Empörungen, von denen es in der Vergangenheit gewimmelt hatte.

Aber würden andere Menschen es auch so sehen?

Einige ganz sicher, das wußte er. Viele würden ihm vertrauen, wie sie das zuvor auch getan hatten. Andere ließen sich überzeugen, einige durch die Angst. Ein großer Teil des Volkes war geistig ohnehin bereits auf Amerika ausgerichtet. Diesen Leuten mußte der Unionsvertrag logisch und in sich schlüssig erscheinen.

Aber es würde Opposition geben und eine erbitterte Auseinandersetzung. Die hatte schon begonnen.

Heute früh hatte er einzeln die acht Abtrünnigen im Kabinett gesprochen, die Adrian Nesbitson unterstützten. Durch nachdrückliche Überzeugungskraft und einen persönlichen Appell hatte er drei zurückzugewinnen vermocht, fünf jedoch blieben unbeirrbar. Sie würden gemeinsam mit General Nesbitson zurücktreten und sich als unabhängige Oppositionsgruppe gegen den Unionsvertrag stemmen. Ohne Zweifel würden ihnen einige Un-

523

terhausabgeordnete folgen, die dann gemeinsam eine isolierte Gruppe im Unterhaus bilden würden.

Das war ein harter Schlag, obwohl er nicht vollkommen auszuschließen gewesen war. Er hätte jedoch mehr darauf vertrauen können, auch diese Widrigkeiten zu überstehen, wenn die Popularität der Regierung nicht in den letzten Wochen abgenommen hätte. Wenn es nur nicht diesen Zwischenfall mit dem blinden Passagier gegeben hätte ... Entschlossen, seinen inneren brennenden Zorn nicht wieder erneut zu entfachen, richtete Howden seine Gedanken auf ein anderes Thema. Er hatte jedoch wahrgenommen, daß Harvey Warrender noch nicht im Saal war. Auch Bonar Deitz, der Oppositionsführer war noch nicht gekommen.

Eine Hand berührte seine Schulter. Als er sich umdrehte, sah er die schwarzen Locken und den nach oben strebenden Schnurrbart von Lucien Perrault. Heiter, wie er immer erschien, verneigte sich der Franco-Kanadier vor dem Parlamentspräsidenten und setzte sich auf den leeren Sessel von Stuart Cawston, der vorübergehend den Saal verlassen hatte.

Perrault lehnte sich hinüber und flüsterte: »Es stimmt also wohl, was ich höre, daß wir noch einen Kampf vor uns haben.«

»Das befürchte ich leider«, murmelte Howden. Herzlich fügte er hinzu: »Ich kann Ihnen gar nicht sagen, wieviel Ihre Unterstützung mir bedeutet hat.«

Perrault zog mit einer gallischen Geste die Schultern hoch, in seinen Augen blitzte der Schalk. »Na ja, wir halten zusammen, und wenn wir fallen, dann gibt es wenigstens einen Donnerschlag.« Einen Augenblick später ging er lächelnd zu seinem eigenen Platz hinüber.

Ein Saaldiener legte einen Briefumschlag auf den Tisch des Premierministers. Er riß den Umschlag auf und las in Milly Freedemans Handschrift: ›Der Präsident bereitet sich jetzt darauf vor, das Weiße Haus zu verlassen, und fährt zum Capitol.‹ Im Büro des Premierministers, das nur ein paar Minuten zu Fuß entfernt lag, saß Milly an einer ständig offenen Telefonleitung nach Washington.

Diese Vorkehrungen waren zur Vermeidung möglicher Zwischenfälle während der letzten Minuten getroffen worden. Bisher war noch nichts passiert.

Auf der anderen Seite des Parlaments kam jetzt der Oppositionsführer herein. Bonar Deitz sah bleicher aus als gewöhnlich und sorgenvoller, dachte Howden. Er ging sofort zu seinem Tisch in der ersten Reihe und winkte mit den Fingern einen Saaldiener herbei. Während der Saaldiener wartete, kritzelte Deitz eine Notiz und faltete sie zusammen. Es erstaunte Howden, daß ihm die Notiz übergeben wurde. Sie lautete: »Wichtig, daß wir dringende persönliche Angelegenheit zwischen Ihnen und Harvey Warrender besprechen. Bitte kommen Sie sofort zu mir, Zimmer 16. B. D.«

Alarmiert und verblüfft schaute Howden auf. Aber der Oppositionsführer war schon gegangen.

2

Im gleichen Augenblick als Bonar Deitz ins Unterhaus gekommen war, ging Brian Richardson in das Vorzimmer der Bürosuite des Premierministers, wo Milly Freedeman wartete. Das Gesicht des Generalsekretärs war grimmig. In seiner Hand hielt er ein Blatt Papier, das aus einem Fernschreiber gerissen war. Ohne Einleitung sagte er zu Milly: »Ganz egal wo der Chef ist, ich brauche ihn – und zwar umgehend.«

Milly deutete auf das Telefon, das sie in der Hand hielt. Sie formte mit den Lippen das eine Wort »Washington«. Ihre Augen gingen hinüber zur Uhr an der Wand.

»Es ist noch Zeit«, sagte Richardson kurz. »Wenn er schon im Parlament ist, dann hol ihn wieder heraus.« Er legte das Fernschreiben auf den Tisch vor sie hin. »Das kommt aus Vancouver. Und das hat jetzt Priorität.«

Milly las rasch und schrieb dann, den Telefonhörer ablegend, rasch eine Notiz. Sie faltete die Notiz und das Fernschreiben zusammen, verschloß sie in einem Umschlag und drückte auf eine Klingel. Kurz darauf klopfte

525

ein Saaldiener an und kam herein. Milly wies ihn an: »Bitte bringen Sie das ganz schnell hin und kommen Sie sofort zurück.« Als der Saaldiener gegangen war, nahm sie den Telefonhörer wieder hoch und horchte.

Einen Augenblick später, die Sprechmuschel zuhaltend, fragte Milly: »Das Gerichtsverfahren ist ziemlich schlecht gelaufen, oder nicht?«

Richardson antwortete verbittert: »Wenn es noch eine weitere Möglichkeit gibt, die Regierung dumm, bösartig und ungeschickt erscheinen zu lassen, dann kann ich sie mir nicht vorstellen.«

»Kann man denn etwas tun – überhaupt irgend etwas?«

»Mit etwas Glück – wenn der Chef mit dem einverstanden ist, was ich will –, dann können wir etwa zwei Prozent dessen wiedergewinnen, was wir verloren haben.« Der Generalsekretär ließ sich in einen der Sessel fallen. Er fügte resigniert hinzu: »So wie die Dinge jetzt stehen, machen selbst zwei Prozent etwas aus.«

Milly horchte ins Telefon. »Ja«, sagte sie. »Das habe ich.« Mit der freien Hand schrieb sie noch eine Notiz. Sie hielt wieder die Hand über die Sprechmuschel und sagte dann zu Richardson: »Der Präsident hat das Weiße Haus verlassen und fährt jetzt zum Capitol hinüber.«

Er antwortete verdrießlich: »Hipp hipp hurra. Ich hoffe, er weiß den Weg.«

Milly notierte die Zeit: 15.30 Uhr.

Brian Richardson stand auf und näherte sich ihr. »Milly«, sagte er, »das kann uns doch alles gestohlen bleiben. Laß uns heiraten.« Er hielt inne und fügte dann hinzu: »Ich habe meine Scheidung schon eingeleitet. Eloise ist einverstanden.«

»O Brian!« Plötzlich waren ihre Augen feucht. »Du wählst aber auch den ungeeignetsten Augenblick.« Ihre Hand hatte sie immer noch auf die Sprechmuschel gelegt.

»Den Augenblick gibt es nicht – den einzig richtigen Augenblick«, sagte er rauh, »wir müssen nehmen, was wir kriegen.«

»Ich wünschte, ich wäre genau so sicher wie du«, sagte sie. »Ich habe ja so lange darüber nachgedacht.«

»Hör mal zu«, drängte er, »es kommt zum Krieg – das sagen alle. Alles mögliche kann geschehen. Laß uns doch zugreifen und das beste aus dem machen, was uns geblieben ist.«

»Wenn es nur so einfach wäre.« Milly seufzte.

Er sagte trotzig: »Wir können es so einfach machen.«

Unglücklich antwortete sie: »Darling, Brian, ich weiß es nicht. Ganz ehrlich, ich weiß es nicht.«

Oder weiß ich es doch? dachte sie. Ist es, daß ich zuviel verlange: Unabhängigkeit und die Ehe – beides zugleich, wobei man keines missen möchte?

Das ging wohl nicht, sie wußte es. Vielleicht war Unabhängigkeit etwas, dessen sie sich schon zu lange erfreut hatte.

Er sagte linkisch: »Ich liebe dich, Milly. Das habe ich dir auch wohl schon gesagt, und es hat sich nichts geändert.« Er wünschte, daß er seine tieferen Empfindungen zu artikulieren vermöchte. Für manche Dinge konnte man eben nur schwer die richtigen Worte finden.

Milly bat: »Können wir denn nicht noch eine Weile so weitermachen wie bisher?«

Nur eine Zeitlang. Das war es, dachte er, das war so wie immer und würde auch so sein. Nur eine Zeitlang, und früher oder später würde dann einer von ihnen zu der Erkenntnis kommen, daß die Zeit gekommen war, um Schluß zu machen.

»Schon möglich«, sagte er. Er hatte das Gefühl, etwas verloren zu haben, was er nie wirklich besessen hatte.

3

In Zimmer 16 – dem luxuriösen Privatzimmer neben der Suite des Parlamentspräsidenten, in das sich alle Parteien teilten, stand der Premierminister Bonar Deitz gegenüber. Außer den beiden war niemand im Zimmer.

Deitz sagte ruhig: »Ich danke Ihnen, daß Sie so prompt gekommen sind.«

Howden nickte. Die Befangenheit, die er zuvor empfunden hatte, blieb. Er fragte unsicher: »Was wollen Sie mir über Harvey Warrender mitteilen?«

Statt einer Antwort sagte Deitz unverbindlich: »Sie wissen doch, daß wir in Rockliffe Nachbarn sind?«

»Ja.« Die Warrenders und die Deitz', das wußte Howden, hatten gegenüberliegende Grundstücke.

»Heute morgen hat mich Harveys Frau zu sich gerufen.« Der Oppositionsführer fügte hinzu: »Harveys Frau und meine sind gute Freundinnen.«

Howden sagte ungeduldig: »Ja und?«

Der andere zögerte, sein hageres Gelehrtengesicht sah sorgenvoll aus. Dann sagte er: »Harvey hatte sich in sein Arbeitszimmer eingeschlossen. Er wollte nicht herauskommen. Als wir ihn riefen, drohte er, Selbstmord zu begehen.«

Überrascht sagte Howden: »Hat er denn . . .«

»Nein.« Deitz schüttelte den Kopf. »Leute, die das androhen, tun das normalerweise nicht. Wenigstens hat man mir das einmal gesagt.«

»Was ist denn . . .«

»Wir sind dann schließlich eingebrochen. Die Warrenders haben einen Diener. Wir haben gemeinsam die Tür eingedrückt.«

Diese Langsamkeit war ärgerlich. Howden sagte: »Und was dann?«

»Das war wie ein Alptraum. Harvey ist Amok gelaufen. Wir haben versucht, ihn zu beruhigen. Er tobte los, hatte Schaum vor dem Mund . . .«

Als sprächen sie von etwas Abstraktem, sagte Howden: »Ich habe immer gedacht, daß so etwas nur in Romanen . . .«

»Beileibe nicht.« Deitz nahm seine randlose Brille ab. Er fuhr sich mit der Hand übers Gesicht. »Ich hoffe, daß ich nie wieder so etwas sehen muß.«

Das Ganze war in gewisser Weise unwirklich. Howden fragte: »Was geschah denn danach?« Mit den Augen betrachtete er die schmächtige Figur des anderen – die Figur, die ein grausamer Karikaturist einmal mit einer Bohnenstange verglichen hatte.

»O Gott!« Deitz schloß die Augen und öffnete sie dann wieder. Er gewann mit Mühe seine Beherrschung zurück. »Glücklicherweise ist der Butler sehr stark. Er hat Harvey festgehalten. Wir haben ihn an einen Stuhl gebunden, und die ganze Zeit . . . da hat er gekämpft, getobt . . .«

Das war unglaublich. Grotesk. »Das kann ich einfach nicht glauben«, sagte Howden. Er bemerkte, daß seine Hände zitterten. »Ich kann es einfach nicht glauben.«

»Das werden Sie aber«, sagte Bonar Deitz grimmig. »Sie werden es glauben, wenn Sie Harvey erst sehen.«

»Wo ist er denn jetzt?«

»Im Eastview Krankenhaus. Da haben sie ihn zunächst einmal beruhigt. So nennen die das wohl. Nachdem es geschehen war, wußte Harveys Frau, wen sie anrufen mußte.«

Der Premierminister sagte scharf: »Wie konnte sie das denn wissen?«

»Offensichtlich war das keine vollkommene Überraschung«, antwortete Deitz. »Harvey ist schon lange in Behandlung gewesen – in psychiatrischer Behandlung. Wußten Sie das?«

Verblüfft sagte Howden: »Davon hatte ich keine Ahnung.«

»Auch sonst wohl niemand, nehme ich an. Seine Frau hat es mir hinterher erzählt. Es gibt auch Geisteskranke auf Harveys Seite der Familie. Ich nehme an, daß sie das erst festgestellt hat, nachdem sie schon verheiratet waren. Und es gab auch irgendeinen Zwischenfall, als er noch lehrte, aber das wurde vertuscht.«

»Um Gottes Willen!« atmete Howden heftig. »Mein Gott!«

Sie hatten gestanden. Mit einem plötzlichen Gefühl der Schwäche ließ er sich auf einem Stuhl nieder. Deitz setzte sich neben ihn.

Der Oppositionsführer sagte leise: »Es ist doch sonderbar, oder nicht, wie wenig wir voneinander wissen, bis dann so etwas geschieht!«

James Howdens Gedanken gingen durcheinander. Er wußte einfach nicht, woran er zuerst denken sollte. Er

529

und Harvey Warrender waren nie enge Freunde gewesen, aber jahrelang hatten sie als Kollegen gearbeitet.

Er fragte: »Wie ist denn Harveys Frau damit fertig geworden?«

Bonar Deitz hatte seine Brille mit einem Papiertaschentuch gereinigt. Jetzt setzte er sie wieder auf. Er antwortete: »Wo jetzt alles vorbei ist, scheint sie erstaunlich ruhig zu sein. In gewisser Weise ist sie wohl erleichtert. Ich kann mir vorstellen, daß es nicht leicht war, in dieser Situation mit ihm zusammen zu leben.«

»Nein«, antwortete er gedehnt, »das ist es wohl nicht gewesen.« Es war für niemanden leicht, mit Harvey Warrender auszukommen. Er erinnerte sich an Margarets Worte: »Ich habe mir manchmal gedacht, daß Harvey etwas verrückt ist.« Seinerzeit hatte er ihr zugestimmt, aber er hätte sich doch nie träumen lassen ...

Bonar Deitz sagte zurückhaltend: »Es besteht wohl kaum ein Zweifel, nehme ich an, daß Harvey für geisteskrank erklärt wird. Zwar übereilen sie nichts bei solchen Verfahren, aber in seinem Fall scheint es wohl vorwiegend eine Formalität zu sein.«

Howden nickte benommen. Aus Gewohnheit strichen seine Finger über die Hakennase.

Deitz fuhr fort: »Was immer notwendig ist, wir werden es Ihnen im Parlament leicht machen. Ich werde meine Leute dahingehend instruieren, und man braucht die ganze Geschichte dann nur nebenher zu erwähnen. Die Zeitungen werden darüber natürlich nicht berichten.«

Nein, dachte Howden, ganz bestimmte Tabus beachteten die Zeitungen ja wohl doch.

Da kam ihm ein Gedanke. Er befeuchtete seine Lippen mit der Zunge.

»Als Harvey ... tobte ... hat er da irgend etwas Besonderes gesagt?«

Der Oppositionsführer schüttelte den Kopf. »Das war meist zusammenhangloses Zeug. Verworrene Worte, lateinische Wortfetzen. Ich konnte daraus nichts entnehmen.«

»Und ... sonst nichts?«

»Wenn Sie hieran gedacht haben«, sagte Bonar Deitz

leise, »dann nehmen Sie es besser gleich an sich.« Aus einer Innentasche seines Jacketts zog er einen Umschlag. Er war an den Ehrenwerten James M. Howden gerichtet. Die Handschrift, obwohl sie ungleichmäßig und verschmiert erschien, war als Harvey Warrenders Schrift zu erkennen.

Als Howden den Umschlag nahm und öffnete, zitterten seine Hände. Zwei Bogen lagen in dem Umschlag. Der eine war ein gewöhnlicher Briefbogen, der in derselben verwirrenden Weise beschrieben war... als habe der Schreiber unter Druck gestanden – es war Harvey Warrenders Rücktritt als Minister. Das andere Papier war ein verblichenes Programm des Parteikonvents, auf dessen Rückseite die schicksalhafte Übereinkunft vor neun Jahren geschrieben worden war.

Bonar Deitz beobachtete sorgfältig Howdens Gesicht. »Der Umschlag lag offen auf Harveys Schreibtisch«, sagte er. »Ich habe dann beschlossen, ihn zu schließen. Das schien mir angebrachter.«

Ganz langsam hob sich Howdens Blick. Seine Gesichtsmuskeln zuckten. Seinen ganzen Körper durchfuhr ein Zittern, wie ein Krampf, den er nicht zu beherrschen vermochte. Er flüsterte: »Sie haben... gesehen... was darin war?«

Bonar Deitz antwortete: »Ich würde es gern verneinen, aber das wäre dann nicht wahr.« Er zögerte und fuhr dann fort: »Ja, ich habe es gelesen. Darauf bin ich sicher nicht stolz, aber meine Neugier erwies sich als stärker.«

Furcht, eisige Furcht legte sich um Howdens Herz. Dann gewann die Resignation die Oberhand.

So hatte ihn also letzten Endes ein Stück Papier vernichtet. Er war durch seinen eigenen Ehrgeiz, seine Rücksichtslosigkeit gescheitert... Durch einen Augenblick der Fehlbeurteilung vor langen Jahren. Daß er ihm das Originaldokument gab, war natürlich ein Trick. Bonar Deitz hatte sich längst eine Kopie verschafft. Die würde dann veröffentlicht werden, wie das auch schon in anderen Fällen geschehen war... Bei Bestechungsaffären, mit

Schecks, die auf den Namen zweifelhafter Damen ausgestellt waren, bei bedenklichen Übereinkünften ... Die
Presse würde natürlich trompeten. Seine Gegner würden
sich in Selbstgerechtigkeit baden. Politisch konnte er sicher
nicht überleben. Mit einer sonderbaren Gelöstheit fragte
er sich, was jetzt wohl geschehen würde.

Er fragte: »Was werden Sie nun damit tun?«

»Nichts.«

Irgendwo hinter ihnen öffnete und schloß sich eine Tür.
Schritte kamen auf sie zu. Bonar Deitz sagte bestimmt:
»Der Premierminister und ich möchten gern allein sein.«
Die Schritte entfernten sich wieder. Die Tür wurde ge-
schlossen.

»Gar nichts?« sagte Howden. Seine Stimme klang ungläubig. »Gar nichts?«

Gemessen sagte der Oppositionsführer: »Ich habe seit
heute morgen ausgiebig nachgedacht. Ich müßte wohl
eigentlich die Beweisstücke nutzen, die Harvey hinterlassen hat. Wenn einige meiner eigenen Leute wüßten, daß
ich sie ihnen vorenthalte, dann würden sie mir nie verzeihen.«

Ja, dachte Howden. Es gab ja viele, die ihn gern vernichten würden, ganz egal mit welchen Mitteln. Eine winzige Hoffnung dämmerte in seinen Gedanken. Sollte er
vielleicht doch noch Schonung finden – zu den Bedingungen seines Gegners Deitz?

Deitz sagte leise: »Aber ich kann mir einfach nicht
vorstellen, daß ich so etwas tue. Ich habe nichts dafür
übrig, im Dreck zu wühlen. Da bleibt einem zuviel an den
Fingern hängen.«

Aber ich hätte es mit dir gemacht, dachte Howden.
Ohne Zögern hätte ich es dir angetan.

»Ich hätte dieses Material vielleicht dennoch benutzt,
wenn nicht etwas anderes geschehen wäre. Wissen Sie, ich
kann Sie auch auf andere Weise schlagen.« Es gab eine
Pause, und dann sagte Deitz mit überlegenem Selbstvertrauen: »Das Parlament und das Land werden niemals
den Unionsvertrag annehmen. Sie werden geschlagen, und
ich werde gewinnen.«

»Dann haben Sie Bescheid gewußt?«

»Das habe ich schon seit einigen Tagen gewußt.« Zum ersten Mal lächelte der andere. »Ihr Freund im Weißen Haus hat auch seine Opposition. Da unten ist das eine oder andere durchgesickert. Zwei Senatoren und ein Kongreßabgeordneter haben mich besucht, und die vertraten nur andere, denen das Konzept oder seine Bedingungen genauso wenig gefallen. Die Unterrichtung, darf ich sagen, war ziemlich umfassend.«

Howden sagte ernst: »Wenn wir uns nicht vereinigen, dann ist das der Selbstmord für Kanada – das ist das Ende.«

»Es scheint mir Selbstmord zu sein, wenn wir es tun.« Ruhig fügte Deitz hinzu: »Wir haben auch in der Vergangenheit Kriege schon überstanden. Ich möchte lieber noch einmal – als unabhängige Nation – in einen Krieg ziehen und das Risiko auf mich nehmen.«

»Ich hoffe, daß Sie sich das noch einmal überlegen«, sagte Howden, »daß Sie es sich ganz sorgfältig überlegen.«

»Das habe ich bereits getan. Unsere Politik ist festgelegt.« Der Oppositionsführer lächelte. »Sie werden mir verzeihen, wenn ich mir meine Argumente für die Debatte und die bevorstehende Wahl aufbewahre.« Er fügte hinzu: »Sie werden doch eine Neuwahl ausrufen, nehme ich an.«

»Ja«, sagte Howden.

Deitz nickte. »Das habe ich mir gedacht.«

Sie standen beide auf, als hätten sie sich das gemeinsam vorgenommen. Howden sagte linkisch: »Ich glaube, ich muß Ihnen dafür danken.« Er schaute auf den Umschlag in seiner Hand.

»Es ist mir lieber, wenn Sie es nicht tun. Vielleicht müßten wir uns dann beide schämen.«

Bonar Deitz streckte seine Hand aus. »Wir werden sehr bald gemeinsam im Ring stehen. Da wird es harte Worte geben, wie das immer der Fall ist. Ich möchte dabei bis zu einem gewissen Grad glauben, daß es sich nicht um persönliche Angriffe handelt.«

James Howden nahm die ausgestreckte Hand. »Nein«,

533

sagte er, »das wird bestimmt nicht persönlich gemeint sein.« Irgendwie, so dachte er, hatte Bonar Deitz trotz seiner Schmächtigkeit an Format erheblich gewonnen.

4

Der Premierminister ging eilig in sein Büro im Parlamentsgebäude. Er hielt ein Bündel Papiere in der Hand. Die Minuten flogen dahin. Er hatte das Gefühl wacher Entschlossenheit.

Vier Leute warteten auf ihn: Richardson und Milly, Margaret Howden, die soeben gekommen war, und Elliot Prowse. Der Assistent schaute unruhig auf seine Uhr.

»Wir haben noch Zeit«, sagte Howden, »aber nur noch ganz kurz.« Er fragte Margaret: »Bist du so nett und wartest drinnen auf mich?« Als sie in sein Büro gegangen war, nahm er aus den Papieren das Fernschreiben, das Richardson ihm zugeschickt hatte. Es war der Bericht über den Urteilsspruch in Vancouver: Die Befreiung Henri Duvals, den Tadel Edgar Kramers durch den Richter. Er hatte das noch vor einem Augenblick gelesen, als er wieder in den Plenarsaal zurückgegangen war.

»Das ist schlecht«, begann Richardson, »aber wir können retten . . .«

»Das weiß ich«, unterbrach Howden ihn. »Und das beabsichtige ich auch zu tun.«

Er war sich einer Aktionsfreiheit bewußt, die er zuvor nie besessen hatte. Trotz der Tragödie Harvey Warrenders war die persönliche Drohung beseitigt. Warrenders Rücktrittserklärung, verworren geschrieben, aber nichtsdestoweniger gültig, befand sich in seiner Hand.

Er sagte zu dem Generalsekretär: »Geben Sie heute nachmittag eine Presseerklärung heraus, in der es heißt, daß Duval sofort ein vorläufiges Einwanderungsvisum bekommt. Sie können mich auch zitieren und sagen, daß es keine Berufung gegen den Urteilsspruch in Vancouver oder weitere Versuche, diesen Mann zu deportieren, geben

534

wird. Darüber hinaus können Sie verlautbaren, daß das Kabinett auf meine persönliche Empfehlung hin einen Kabinettserlaß erwägt, der Duval den vollen Einwandererstatus so bald wie möglich verleihen wird. Sie können auch noch hinzufügen, daß die Regierung immer die Entscheidungen der Gerichte und die Rechte des Einzelnen respektiert. Ist das alles klar?«

Richardson sagte beipflichtend: »Da können Sie sich drauf verlassen. Jetzt liegen wir richtig.«

»Und noch etwas.« Die Worte kamen rasch, der Ton klang befehlend: »Sie können mich da nicht direkt zitieren, aber ich will es bekanntmachen, daß dieser Kramer dort seiner Verpflichtungen enthoben und zu einem Disziplinarverfahren zurückberufen wird. Wenn Sie darüber hinaus die Idee, daß Kramer die Regierung in dieser ganzen Duval-Angelegenheit von Anfang an falsch beraten hat, noch anbringen können, ist das um so besser.«

»Gut«, sagte Richardson. »Wirklich sehr gut.«

Der Premierminister drehte sich zu seinem Assistenten um und wies ihn an: »Veranlassen Sie, daß alles durchgeführt wird. Rufen Sie den Staatssekretär her und sagen Sie ihm, daß dies meine Anweisungen sind. Sie können auch noch hinzufügen, daß ich meinerseits Kramer für unfähig halte, je wieder einen verantwortlichen Posten zu übernehmen.«

»Ja, Sir«, sagte Prowse.

»Sie können auch dem Staatssekretär mitteilen, daß Mr. Warrender sich nicht wohlfühlt und daß ich morgen einen stellvertretenden Minister ernennen werde. Erinnern Sie mich daran.«

»Ja, Sir.« Prowse schrieb rasch.

Der Premierminister hielt inne, um Atem zu holen.

»Und noch etwas«, gab Milly zu bedenken. Sie hatte immer noch den Telefonhörer am Ohr und gab ihm ein Telegramm des Außenministeriums, das vor einem Augenblick eingegangen war. Es kam vom kanadischen Hohen Kommissar in London und begann: »Ihre Majestät hat sich huldvoll bereitgefunden, die Einladung anzunehmen . . .«

Die Königin kam also.

Das würde helfen. Darüber war Howden sich klar. Das würde viel helfen. Er überlegte rasch und sagte dann: »Ich werde das morgen im Parlament bekanntgeben.« Heute wäre es zu früh dafür. Wenn es aber morgen bekannt würde, am Tage nach der Erklärung des Unionsvertrages, dann sähe das Ganze so aus, als hätte es die Billigung der Königin. Und morgen – selbst wenn die Nachricht vom Unionsvertrag London mittlerweile erreicht hätte, würde der Buckingham Palast noch nicht genügend Zeit gehabt haben, um die Einladung erneut zu überdenken.

»Es gibt verschiedene Rücktrittsangebote im Kabinett«, sagte Milly gefaßt. »Die sechs, die Sie bereits erwartet haben«, sie hatte mit einer Büroklammer zusammengeheftete Briefe in der Hand. Er konnte auf dem obersten Brief Adrian Nesbitsons Unterschrift erkennen.

»Ich werde die mit hinüber ins Parlament nehmen und sie bekanntgeben.« Er dachte: Es hat keinen Sinn, einen Aufschub zu erreichen. Man mußte geradewegs mit dieser Situation fertig werden. Er informierte Milly: »Es gibt noch einen Rücktritt, aber behalten Sie die Erklärung hier bei sich.«

Aus den Papieren in seiner Hand wählte er Harvey Warrenders Brief und sagte dann: »Den werden wir mehrere Tage lang zurückhalten.« Es hatte ja wohl keinen Sinn, noch weitere Uneinigkeit in aller Öffentlichkeit zu dokumentieren. Außerdem war Warrender ja nicht wegen des Unionsvertrages zurückgetreten. Sie würden noch eine Woche warten und dann Gesundheitsgründe als Ursache angeben. Wenigstens einmal zu Recht, dachte er.

Da kam ihm ein Gedanke. Er drehte sich zu Brian Richardson um. »Ich möchte gern, daß Sie mir eine bestimmte Information besorgen. Innerhalb der vergangenen Tage hat der Oppositionsführer eine nichtoffizielle Delegation aus den Vereinigten Staaten empfangen – zwei Senatoren und einen Kongreßabgeordneten. Diese Männer haben andere Politiker vertreten. Ich will Namen, Daten und auch den Ort, an dem sie sich getroffen haben. Ich will wissen, wer dort war und alles, was Sie mir zu diesem Punkt noch besorgen können.«

Der Generalsekretär nickte. »Ich werde es versuchen. Das ist sicher nicht schwierig.«

Er konnte diese Information in der Debatte vielleicht verwenden, beschloß James Howden, und zwar als Waffe gegen Bonar Deitz. Seine eigene Zusammenkunft mit dem Präsidenten war der Öffentlichkeit bekanntgegeben worden. Man konnte nunmehr zeigen, daß der Zusammenkunft, die Deitz hatte, sicherlich keinerlei Bedeutung zuzumessen war. Wenn man das geschickt auswalzte, dann konnte man dem Ganzen den Geruch des Verschwörerischen geben. Das würde den Leuten nicht gefallen, und die Enthüllung – wenn sie von ihm kam – wäre an sich schon bedeutsam. Er entledigte sich seiner Gewissensbisse. Bonar Deitz konnte sich den Luxus des Verzeihens leisten. Als Politiker, der um sein politisches Weiterleben kämpfte, konnte sich das der Premierminister nicht erlauben.

Elliot Prowse sagte nervös: »Die Zeit . . .«

Howden nickte. Er ging in sein Büro und schloß die Tür hinter sich.

Margaret stand am Fenster. Sie drehte sich lächelnd zu ihm um. Als sie noch vor einem Augenblick draußen weggeschickt worden war, hatte sie sich ausgeschlossen gefühlt, obwohl sie wußte, daß dort Dinge gesagt werden mußten, die für andere Ohren, aber nicht für ihre bestimmt waren. In gewisser Weise, so dachte sie, spielte sich so ihr ganzes Leben ab. Über ganz bestimmte Schranken hinaus – im Gegensatz zu Milly Freedeman – hatte man ihr nie erlaubt vorzudringen. Aber vielleicht war das ihr eigener Fehler – ein Mangel an Begeisterungsfähigkeit für die Politik. Und überhaupt war die Zeit für den Protest schon lange vorbei. Sie sagte leise: »Ich bin gekommen, um dir Glück zu wünschen, Jamie.«

Er ging auf sie zu und küßte sie. »Ich danke dir, Liebes. Es hat den Anschein, als brauchten wir es.«

Sie fragte: »Steht es denn wirklich so schlimm?«

»Wir haben bald Wahlen«, antwortete er. »Wenn ich

ganz ehrlich bin, es besteht durchaus die Möglichkeit, daß unsere Partei verliert.«

»Ich weiß, das willst du nicht«, sagte sie, »aber selbst wenn das passiert, dann sind wir beiden doch noch füreinander da.«

Er nickte bedächtig. »Manchmal glaube ich, daß mich die Erinnerung daran noch aufrecht erhält.« Er fügte hinzu: »Obwohl wir vielleicht nicht viel Zeit haben. Die Russen wollen es wohl nicht.«

Er war sich bewußt, wie die Minuten dahinrannen. »Wenn es dazu kommt, daß ich verliere«, sagte er, »dann weißt du ja, daß wir nur sehr wenig Geld haben.«

Margaret sagte nachdenklich: »Ja, das weiß ich.«

»Man wird uns Geschenke anbieten, vielleicht große Summen. Ich habe aber beschlossen, nichts anzunehmen.« Er fragte sich, würde Margaret das verstehen? Würde sie verstehen, daß er, wo er sich dem Ende seines Lebens näherte – die lange aufwärts führende Straße vom Waisenhaus bis zum höchsten Amt im Staate lag hinter ihm –, nicht noch einmal auf Wohltätigkeit angewiesen sein wollte.

Margaret trat auf ihn zu, ihre Hand umklammerte die seine. »Das macht doch nichts, Jamie«, ihre Stimme war nicht ohne Bewegung. »O, ich meine ja, daß es eine Schande ist, daß Premierminister arm bleiben, wo du doch alles hingegeben und so vieles selbstlos geleistet hast. Vielleicht wird das eines Tages jemand ändern. Aber für uns ist es doch egal.«

Er empfand ein Gefühl der Dankbarkeit und Liebe. Wie weit, fragte er sich, konnte das Zutrauen reichen? Er sagte: »Es gibt noch etwas, was ich dir bereits vor Jahren hätte sagen sollen.« Er streckte das alte Programm vom Parteikonvent aus – und zwar mit der beschriebenen Seite nach oben –, so wie Bonar Deitz es ihm gebracht hatte.

Margaret las das Geschriebene mit Sorgfalt. »Wo immer dieses Ding auch herkommt«, sagte sie, »ich meine, du solltest es verbrennen.«

Er fragte neugierig: »Es macht dir nichts?«

»Ja«, antwortete sie, »es macht mir schon etwas. Du hättest mir doch schließlich vertrauen können.«

»Ich habe mich sicher geschämt.«

»Ja«, sagte Margaret, »das kann ich wohl verstehen.« Als er zögerte, fuhr sie fort: »Wenn es dich erleichtert, dann glaube ich nicht, daß dieser Zwischenfall irgend etwas zwischen uns geändert hat, nur für Harvey Warrender. Ich habe immer das Gefühl gehabt, du warst zu dem berufen, was du dann auch wurdest; berufen, die Dinge zu tun, die du dann vollendet hast.« Sie gab den Bogen Papier zurück und fügte dann leise hinzu: »Jeder macht doch Gutes und Schlechtes. Verbrenn das, Jamie. Du hast das schon längst wieder gutgemacht.«

Er ging zum Kamin hinüber, zündete ein Streichholz an und sah zu, wie das Papier aufflammte. Er hielt es an einer Ecke, bis die Flammen seine Hand zu verbrennen drohten. Er ließ den Bogen fallen und sah wie die Überreste verbrannten. Dann trat er die Asche mit seinem Schuh auseinander.

Margaret suchte in ihrer Handtasche. Sie holte ein abgerissenes Stück Zeitungspapier hervor und sagte: »Ich hab das in der heutigen Morgenzeitung gefunden. Ich habe es für dich aufbewahrt.«

Er nahm es und las: »Für die unter dem Zeichen des Schützen Geborenen ist heute ein Tag des Erfolges. Das Glück kommt jetzt ...«

Ohne zu Ende zu lesen, knüllte er das Papier zusammen.

»Wir gestalten unser eigenes Glück«, sagte er. »Ich habe meines gefunden an dem Tag, an dem ich dich geheiratet habe.«

5

Drei Minuten vor vier wartete Arthur Lexington in der Regierungslobby.

Der Außenminister sagte: »Haben Sie alles erledigt?«

James Howden nickte. »Es gab noch einiges zu tun.«

»Ich habe schlechte Nachrichten.« Lexington sprach schnell. »Gleich nach Ihrer Rede planen Nesbitson und die anderen fünf, zur Opposition überzutreten.«

Das war der letzte Schlag. Ein Kabinett, das gespalten war bei sechs Rücktritten, war schon schlimm genug. Daß aber dieselben ehemaligen Minister zur Oppositionspartei übertraten – damit die Regierung und die Partei unwiderruflich aufgebend –, das erweckte schon den Eindruck einer Katastrophe. Vielleicht kam es einmal in einer Generation vor, daß ein einzelner Abgeordneter in einem Augenblick der äußersten Zuspitzung zur Gegenpartei übertrat. Aber ein Viertel des Kabinetts...

Howden dachte grimmig: Dadurch würde die Aufmerksamkeit erst recht auf die Opposition gegen den Unionsvertrag und gegen ihn gelenkt.

»Sie haben ein Angebot unterbreitet«, sagte Lexington. »Wenn Sie die Erklärung verschieben, dann werden sie so lange still halten, bis wir uns noch einmal darüber unterhalten haben.«

Einen Augenblick lang zögerte Howden. Es war wirklich höchste Zeit, aber er konnte Washington immer noch rechtzeitig erreichen. Milly hatte schließlich die offene Leitung...

Dann erinnerte er sich an die Worte des Präsidenten: *Wir haben keine Zeit. Wenn wir nachdenken, wenn wir vernünftig überlegen, wenn wir der Logik folgen, dann haben wir alle Zeit aufgebraucht... Wenn wir überhaupt noch Zeit haben, dann nur durch Gottes Hilfe... Ich bete darum, daß mir noch ein Jahr geschenkt wird... Das beste für die Kinder und für ihre Kindeskinder...*

Er sagte entschlossen: »Wir verschieben nicht.«

»Das habe ich nicht anders erwartet«, sagte Lexington leise. Er fügte hinzu: »Ich glaube, wir müssen jetzt hineingehen.«

Das Unterhaus war überfüllt – es gab keinen freien Platz, und alle Tribünen waren besetzt. Das Publikum, die Diplomaten, angesehene Besucher waren in den Raum gepfercht. Es gab Unruhe, als der Premierminister mit

Arthur Lexington hinter sich hereinkam. Der Abgeordnete der Regierungspartei, der zuvor schon gesprochen hatte, kam zum Schluß seiner Ausführungen. Er schaute auf die Uhr. Seine Instruktionen vom Fraktionsvorsitzenden waren unmißverständlich gewesen.

Zum zweiten Mal verbeugte sich James Howden vor dem Parlamentspräsidenten und nahm seinen Platz ein. Er spürte die Vielzahl der Blicke, die auf ihn gerichtet waren. Bald – sowie die Drähte der Nachrichtenagenturen und die Fernschreiber zu summen begannen und ihre Nachrichten ausspuckten – würden die Augen Nordamerikas, ja der ganzen Welt auf ihn gerichtet sein.

Über sich auf der Diplomatentribüne konnte er den sowjetischen Botschafter sehen, der steif dasaß, ohne ein Lächeln. Der amerikanische Botschafter, Philipp Angrove, der Britische Hohe Kommissar, die Botschafter von Frankreich, der Bundesrepublik, Italien, Indien, Japan, Israel... und noch ein Dutzend weitere. Die Berichte würden heute abend noch über die Telegrafenleitungen und durch Kuriere an jede bedeutende Hauptstadt der Welt gehen.

Es gab ein wenig Unruhe auf der Tribüne des Parlamentspräsidenten, als Margaret den für sie reservierten Vordersitz einnahm. Sie schaute nach unten, und als sich ihre Blicke trafen, lächelte sie. Gegenüber wartete Bonar Deitz aufmerksam. Hinter Deitz saß zusammengesunken der verkrüppelte Arnold Geaney mit hellglänzenden Augen. Auf der Regierungsseite, rechts von Howden, starrte Adrian Nesbitson unbeweglich vor sich hin. Seine Wangen waren gerötet, seine Schultern wirkten eckig.

Voller Respekt legte ein Saaldiener eine Notiz auf den Tisch des Premierministers. Von Milly Freedeman geschrieben, lautete sie: ›Die gemeinsame Sitzung des Kongresses ist jetzt versammelt, und der Präsident ist im Kapitol angekommen. Er war durch hurrarufende Massen auf der Pennsylvania Avenue aufgehalten worden, beginnt aber seine Rede zum vorgesehenen Zeitpunkt.‹

Von hurrarufenden Massen aufgehalten. James Howden fühlte Neid in sich aufsteigen. Die starke Position des

541

Präsidenten nahm noch an Festigkeit zu, und seine eigene Position wurde schwächer.

Und doch . . .

Bis zum letzten Augenblick war keine Sache verloren. Wenn er schon untergehen mußte, dann würde er doch bis zum Ende kämpfen. Sechs Kabinettsminister waren noch nicht die ganze Nation, und er würde diesen Fall dem Volk zur Entscheidung vorlegen, wie er das zuvor getan hatte. Vielleicht würde er dennoch überstehen und gewinnen. Ein Gefühl der Macht und des Vertrauens bemächtigte sich seiner.

Zehn Sekunden vor vier. Im Unterhaus wurde es ruhig.

Bisweilen herrschte hier Banalität, Langeweile und Mittelmäßigkeit und kleinliches Gekeife. Aber das Parlament konnte, wenn es erforderlich war, dem Augenblick geschichtlicher Größe gerecht werden. Das war jetzt geschehen. Dies war ein Augenblick, an den die Geschichte sich erinnern würde, solange noch Jahre für die Geschichte übrig waren.

Irgendwie, dachte Howden, sind wir ein Spiegel des Lebens: Unsere Schwächen und unsere Kleinlichkeit sind da, und doch gibt es darüber hinaus stets die Höhen, die Menschen zu erreichen vermögen. Freiheit war ein solcher Gipfel, ganz egal in welcher Form oder mit welcher Maßnahme sie erreicht wurde. Wenn ein wenig aufgegeben werden mußte, um das Große zu erreichen, so war das ein Opfer, das man bringen mußte.

So gut er konnte, würde er die Worte finden, um in jene Richtung zu weisen.

Oben im *Peace Tower* fing das Glockenspiel an zu läuten. Jetzt schlug majestätisch die große Bourdonglocke die Stunde.

Der Parlamentspräsident verkündete: »Der Premierminister.«

Langsam, nicht wissend, was die Zukunft bereithielt, erhob er sich, um zum Parlament zu sprechen.

Arthur Hailey

Letzte Diagnose
Ullstein Buch 2784

Hotel
Ullstein Buch 2841

Airport
Ullstein Buch 3125

Räder
Ullstein Buch 3272

Die Bankiers
Ullstein Buch 20175

Hochspannung
Ullstein Buch 20301

ein Ullstein Buch

»Dieser Bestsellerautor kennt den direkten Weg zum Publikum: Spannung.«
Münchner Merkur

Harold Robbins

Die Unersättlichen
Ullstein Buch 2615

Die Profis
Ullstein Buch 2946

Die Moralisten
Ullstein Buch 2659

Die Bosse
Ullstein Buch 3100

Die Traumfabrik
Ullstein Buch 2709

Der Clan
Ullstein Buch 3198

Die Manager
Ullstein Buch 2723

Der Pirat
Ullstein Buch 3494

Die Playboys
Ullstein Buch 2824

Sehnsucht
Ullstein Buch 20080

Die Wilden
Ullstein Buch 2885

Träume
Ullstein Buch 20114

ein Ullstein Buch